TRUST YOUR EYES

트러스트 유어 아이즈

린우드 바클레이 장편소설 | 신상일 옮김

TRUST
YOUR
EYES

해문

트러스트 유어 아이즈

TRUST YOUR EYES by Linwood Barclay

For my brother

PROLOGUE

그가 오처드 가로 접어들어 그 창문을 바라본 것은 순전히 우연이었다. 일주일, 한 달, 일 년 후에 바라볼 수도 있었겠지만, 그는 오늘 그 창문을 바라보게 되었다.

물론 언제가 됐든 결국 그는 오처드 가를 배회했을 것이다. 그는 새로운 도시에 도착하면 모든 거리를 샅샅이 돌아다녔다. 그의 여행은 늘 체계적으로 시작된다. 거리 하나를 한쪽 끝에서 반대쪽 끝까지 쭉 살펴본 뒤 이와 평행하게 늘어선 옆 거리로 넘어가 왔던 방향을 거슬러 내려가는 식이다. 식료품점에서 진열대들을 둘러볼 때처럼. 하지만 교차로에 멈춰 선 그의 눈에 뭔가 흥미로운 것이 발견될 때면 이 질서정연한 규칙은 물거품이 돼 버린다.

맨해튼에 도착했을 때 바로 그런 일이 일어났다. 맨해튼은 여태껏 방문한 도시들 중에서도 가장 체계적으로 탐사할 수 있는 곳이었다. 적어도, 거리들이 가로세로로 완벽한 격자 형태를 만들고 있는 14번 가 북쪽 지역은 그랬다. 남쪽의 웨스트 빌리지, 그리니치 빌리지, 소호, 차이나타운은 다소 복잡했지만 그리 문제 될 것은 없었다. 그는 이미 훨씬 무질서한 런던, 로마, 파리, 보스턴의 노스엔드도 즐겁게 돌아다녔다.

그는 델란시 가에서 남쪽으로 돌아 오처드 가로 들어갔지만, 이 산책의 최초 출발지는 스프링 가와 멀베리 가의 교차점이었다. 그는 그곳에서 남쪽 그랜드 가로 향했고 서쪽 크로즈비 가로 가다가 다시 북쪽 프린스 가로, 그리고 동쪽 엘리사베스 가, 남쪽 켄메어 가로 향했다. 이어서 그는 델란시 가를 따라 동쪽으로 이동하다가 오른쪽으로 방향을 꺾어 오처드 가로 접어들었다.

오처드 가는 아름다운 거리였다. 그렇다고 해서 정원과 분수대가 있다거나 보도를 따라 녹음이 우거진 것은 아니었다. 부다페스트의 바치 거리라든가, 파리의 샹젤리제, 샌프란시스코의 롬바드 가처럼 아름답지는 않았지만, 이곳은 다채로운 요소들이 조화를 이룬 고풍스러운 거리였다. 북쪽으로 일방통행인 비좁은 길. 만들어진 지 150년쯤 됐을 법한 낡은 벽돌식 공동주택들은 5층을 넘기는 것이 거의 없었고 주로 3~4층에 그쳤다. 오처드 가는 맨해튼 역사의 수많은 시점들을 간직하고 있었다. 건물들의 정면에는 뼈대처럼 앙상한 비상계단이 달려 있었고, 창문 위의 아치, 돌출한 상인방上引枋, 화려한 장식이 새겨진 문짝은 19세기 중후반에 유행했던 이탈리아풍 양식을 반영하고 있었다. 건물들의 1층에는 세련된 카페부터 디자이너의 의상실까지 각양각색의 가게들이 들어서 있었다. 보다 평범하고 전통적인 업종으로는 제복 판매점, 부동산 중개소, 미용실, 화랑, 여행가방 가게 등이 있었다. 영업이 끝난 가게들은 아래로 잡아당기는 철제 셔터로 닫혀 있었다.

그는 지나가는 차들을 신경 쓰지 않고 오처드 가의 중앙을 걸어 내려갔다. 지금은 차량 같은 것은 아무래도 좋았다. 그는 항상 도로 중앙을 걸어 내려가면서 장소를 익혔다. 그렇게 해야 최고의 전망을 확보할 수 있었다. 그래야 정면을 바라보거나, 좌우로 시선을 돌리거나, 360도 회전하여 어디가 어디인지를 쉽게 분간할 수 있었다. 신속히 이동해야 할 경우에 대비하여 주변의 경관과 이동 가능한 지점들을 파악해 두는 편이 좋았다.

그의 관심사는 도시의 구성 요소, 즉 구조, 배치, 기반시설이었다. 그는 여행 중 마주친 사람들에게 신경을 쓰지도, 말을 걸지도 않았다. 모퉁이에 서서 담배를 피우고 있는 붉은 머리 여자에게 인사말을 건네지도, 그녀가 가죽 재킷, 짧은 스커트, 일부러 올을 푼 듯한 검은 스타킹으로 선보이는 패션 스타일에 관심을 갖지도 않았다. 검은 야구모자를 쓰고 그의 앞을 쏜살같이 가로질러 가는 운동선수 같은 여자에게 올해 뉴욕 양키스의 성적이 어떨 것 같냐고 물어볼 생각도 하지 않았다. 그는 야구 경기를 보지도 않았고 관심도 없었다. 열 명 남짓한 사람들이 주머니에 관광안내 책자를 찔러 넣은 채 여자 한 명을 빙 둘러싸고 귀를 기울이는 장면도 그다지 궁금하지 않았다. 그는 그 여자가 관광안내원일 것이라고 추측할 뿐이었다.

그는 오처드 가와 브룸 가의 교차점 남동쪽 모퉁이에서 괜찮은 식당을 하나 발견했다. 작은 흰색 테이블과 노란 플라스틱 의자들이 바깥쪽 보도에 놓여 있었지만, 거기에 앉아 있는 손님은 없었다. 식당 창문에는 "들어오세요. 따뜻합니다."라는 표지판이 걸려 있었다. 가까이 다가가 유리창을 들여다보니 식당 안에서 커피를 마시거나, 노트북 컴퓨터로 작업을 하거나, 신문을 읽고 있는 사람들이 보였다.

유리창에는 여행 도중 종종 그의 눈에 띄었던 바로 그 자동차의 모습이 반사되고 있었다. 특징이 없는 세단. 아마도 혼다의 시빅. 위에는 기계 장치가 하나 달려 있다. 그는 이 자동차를 전에도 수차례 보았다. 만약 정황을 알지 못했다면 자동차가 자신을 쫓아다닌다고 착각했을 것이다. 그는 자동차에서 신경을 끄고 다시 식당 유리창 안을 들여다보았다.

그는 식당으로 들어가 카페라떼나 카푸치노를 한 잔 마실 수 있다면 좋겠다고 생각했다. 코끝에 커피 향이 느껴지는 듯했다. 하지만 그는 계속 길을 가야 했다. 갈 곳은 많았고 시간은 부족했다. 내일은 몬트리올로 갈 계획이었다. 몬트리올에서의 작업을 충분히 마친다면 모레는 마드리드로 갈 것이다.

하지만 이 오처드 가는 그의 기억에 남을 것이다. 식당 창문의 표지판, 보도의 테이블과 의자들, 오처드 가의 가게들과 건물들 사이 좁은 골목길들. 그가 스프링 가, 멀베리 가, 그랜드 가, 크로즈비 가, 프린스 가, 엘리자베스 가, 켄메어 가, 델란시 가에서 봤던 모든 것을 기억하듯이.

그는 이 모든 것을 기억할 것이다.

이윽고 오처드 가와 브룸 가의 교차점에서부터 블록을 3분의 1 정도 걸어 내려갔을 때, 그는 문득 위를 올려다봤다.

우연은 바로 이곳에서 발생했다. 그가 오처드 가에 들른 것은 특별한 사건이 아니었다. 중요한 것은 그가 가게들의 위쪽을 올려다봤다는 사실이었다. 그는 평상시 위를 올려다보지 않는다. 가게들을 살펴보고, 창문의 표지판들을 읽고, 카페 안의 사람들을 관찰하고, 문 위에 적힌 숫자들을 머릿속에 집어넣지만, 건물의 1, 2층 이상 높은 곳으로는 눈길을 주지 않는다. 볼 생각이 있었지만 잊어버릴 때도 있고 시간이 없어서 그냥 지나칠 때도 있다. 따라서 그가 "그" 공동주택의 "그" 창문을 보지 않은 채 오처드 가를 걸어 내려갔다 해도 이상할 것은 없었다.

하지만 어쩌면 우연이 아닐지도 모른다고 그는 생각했다. 어쩌면 그는 그 창문을 볼 운명이었을지도 모른다. 기묘한 방식이긴 하지만 이것은 일종의 테스트였을지도 모른다. 그가 "준비"가 되었는지 확인하기 위한 테스트. 그는 물론 자신이 준비가 되었다고 생각했지만, 그의 재능을 이용하려는 사람들은 임무를 맡기기 전에 확신이 필요할 테니까.

그 창문은 담배와 신문을 파는 가게(이 가게의 유리창에도 아까의 자동차가 비치고 있었다)와 여성용 스카프 전문점이 있는 건물의 3층에 있었다. 창문에는 두 장의 창유리가 붙어 있었고, 공기조화기가 창턱에서 튀어나와 아래쪽 창유리의 절반을 가리고 있었다. 그의 시선을 끈 것은 바로 공기조화기 위로 보이는 하얀색 물체였다.

처음에 그 물체는 백화점이나 미용실에서 가발을 진열할 때 쓰는 하얀 스티로폼 두상처럼 보였다. 그는 '창문에 저런 물건을 올려놓다니, 웃기잖아.'라고 생각했다. 오처드 가를 내려다보는, 머리카락과 이목구비가 없는 하얀 머리통이라니. 사실 뉴욕이라면 창문에 뭐가 보여도 이상할 것은 없었다. 나라면 저 두상에 선글라스라도 씌워서 좀 더 개성 있게 만들 텐데. 아, 이거 생각해보니 꽤 기발한데? 물론 그는 사람들이 자신을 기발하다고 생각할 리 없다는 것쯤은 알고 있었다.

하지만 보면 볼수록 그는 저 물체가 정말로 하얀 스티로폼 두상인지 확신할 수 없었다. 물체의 표면은 희미하게 반짝였고 매끌매끌해 보였다. 꼭 식료품점이나 세탁소에서 사용하는 불투명한 비닐봉지 같았다.

그는 자세히 살펴보기 위해 물체에 초점을 맞췄다.

창가에 놓인 하얗고 둥그스름한 물체는 여전히 사람의 머리 모양을 하고 있었다. 비닐 표면의 돌출된 부분은 아무리 봐도 사람의 코처럼 보였다. 팽팽하게 당겨진 위쪽은 이마, 아래쪽은 턱. 심지어 입모양 비슷한 것도 눈에 띄었다. 공기를 들이쉬려고 헐떡이며 열린 입술.

또는, 비명을 지르는 입술.

물체는 흰색 스타킹을 뒤집어쓴 사람의 머리처럼도 보였지만, 저 광택은 아무래도 비닐의 그것이었다.

저건 절대로 현명한 행동이 아니다. 비닐봉지를 머리에 뒤집어쓰다니. 저런 바보 같은 짓을 하다가는 숨이 막혀 죽을 것이다.

그런데 얼굴 형태가 저렇게 선명히 드러나려면 비닐봉지를 머리 뒤쪽에서 비틀어 세게 잡아당겨야 할 텐데? 하지만 그렇다면 저 머리의 주인공이 봉지를 잡아당기는 팔이나 손이 보여야 하는데 보이지 않는다.

만약 그렇다면, 봉지를 잡아당기는 다른 누군가가 있다는 말인데.

'오. 아니야, 안 돼.'

그가 목격한 것은 정말로 그것인가? 누군가가 남의 머리에 비닐봉지를 뒤집어씌우고 잡아당기는 장면인가? 숨 쉴 공기를 끊기 위해? 질식시킬 목적으로? 만약 그렇다면 숨을 쉬려고 발버둥치는 듯한 저 입모양을 설명할 수 있다.

질식당하는 사람은 누구일까? 남자? 여자? 질식시키는 사람은 누구지?

문득, 그는 창가의 소년을 떠올렸다. 수년 전 여기가 아닌 다른 곳의 또 다른 창가.

지금 저 사람은 소년이나 소녀처럼 보이지는 않는다. 저것은 어른이었다.

목숨이 끊어지고 있는 어른.

그에게는 분명 그런 상황으로 보였다.

심장 박동이 빨라졌다. 그는 지금까지 여행을 하면서 여러 가지를 보아 왔다. 옳지 못한 일이 벌어지는 장면들도 여럿 보았다.

하지만 저것에 비하면 모두 사소한 것이었다. 세상에, 살인 현장이라니.

그는 저것이 살인 현장이라고 확신했다.

그는 소리를 지르지 않았다. 재킷 안의 휴대폰을 꺼내 911에 연락하지도 않았다. 가까운 가게로 뛰어들어가 경찰을 불러달라고 외치지도 않았다. 저 3층 창문에서 벌어지는 일을 막기 위해 건물 안으로 달려들어가 계단을 오르지도 않았다.

그저 머뭇거리며 팔을 뻗을 뿐이었다. 마치 3층에서 질식당하고 있는 저 사람의 얼굴을 건드리려는 듯이, 머리에 씌워진 물체를 만져서 그것이 무엇인지 파악하려는—.

'똑, 똑.'

그렇게 하여 저 사람이 실제로 무슨 일을 당하고 있는지를 이해하기—.

'똑, 똑.'

그는 창문에서 벌어지는 광경에 혼이 빠진 나머지 누가 찾아왔다는 사실을 깨닫지 못했다. 누군가 방문을 두드리고 있었다.

그는 마우스에서 손을 뗀 뒤 푹신한 컴퓨터 의자를 빙글 돌리며 말했다.

"왜?"

문이 조금 열렸다. 복도에 있는 사람이 그에게 말을 건넸다. "내려와서 밥 먹어, 토마스."

"뭐 먹을 건데?"

"햄버거. 바비큐 식당에서 사온 거야."

의자에 앉은 그는 심드렁하게 대답했다. "알았어."

그는 다시 의자를 돌려 거대한 컴퓨터 모니터에 떠 있는 창문의 이미지를 바라봤다. 흐릿하고 하얀 물체에 감싸인 머리가 부유하고 있었다. 마치 유령의 얼굴처럼.

당시, 이 장면을 목격한 사람이 있었을까? 위를 올려다본 사람이 있었을까?

오래전 그때는 아무도 창가의 소년을 보지 않았다. 아무도 올려다보지 않았다. 아무도 소년을 도와주지 않았다.

남자는 창문의 이미지를 컴퓨터 화면에 그대로 남겨두었다. 저녁을 먹고 돌아와서 자세히 살펴봐야겠다. 어떻게 할지는 그다음에 결정해야지.

TWO WEEKS EARLIER

2주 전

1

"어서 들어오게, 레이."

해리 페이튼은 나와 악수를 하고 나서 변호사 사무실 안으로 인도했다. 그리고 책상 맞은편의 붉은 가죽 의자를 가리켰다. 해리는 내 아버지 또래였지만 아버지보다 몇 년은 더 젊어 보였다. 180센티미터 정도의 키에 단정한 차림새. 멜론처럼 반들반들한 머리. 보통 대머리는 사람을 늙어 보이게 하지만 해리는 예외였다. 그는 장거리 달리기를 즐겼고, 값비싼 양복이 제2의 피부인 양 잘 어울리는 남자였다. 그의 책상은 질서 그 자체였다. 컴퓨터, 모니터, 키보드, 최신 스마트폰, 법무 관련 서류철. 책상의 빈 곳은 붓질을 하지 않은 캔버스마냥 깨끗했다.

"다시 한번 말하지만 정말 유감이야. 자네 부친에 관해서는 할 말이 너무 많지만 클레이턴 목사님이 한마디로 잘 정리하더군. 애덤 킬브라이드는 선한 사람이었습니다, 라고."

나는 애써 웃음을 지었다. "네. 목사님이 말씀을 참 잘하시더군요. 아버지를 만나본 적도 없을 텐데. 아버지는 교회에 나가지 않았죠. 장례식을 맡아줄 목사를 찾은 건 운이 좋았어요. 아무튼, 장례식에 와주셔서 감사합니다. 덕분에 참석자가 열 명이 넘었어요."

장례식 참석자는 나와 목사를 포함하여 열한 명이었다. 참석자는 변호사인 해리, 아버지의 회사 동료 한 명, 한때 아버지의 사장이었던 렌 프렌티스, 렌의 아내 마리, 프로미스 폴즈 외곽에 〈홈 디포〉가 들어서서 망하기 전까지 철물점을 운영하던 아버지의 친구 한 명, 클리블랜드에서 온 아버지의 동생 테드 삼촌과 로베르타 숙모, 성은 제대로 못 들었지만 아버지의 이웃인 한나라는 여자가 있었다. 그리고 나와 토마스가 고등학교 때 알고 지내던 줄리 맥길도 참석했다. 그녀는 지역 신문 〈프로미스 폴즈 스탠다드〉의 기자였고 아버지의 사고에 관해 기사를 썼었다. 하지만 그녀는 장례식의 기사를 쓰려고 온 것은 아니었다. 아버지의 사고는 짤막한 기삿거리로 적합했지만 아버지가 올해의 시민이라거나 로터리 클럽 회장 정도 되는 인물은 아니었으니까. 아버지는 신문사의 관심을 받을 만큼 프로미스 폴즈 지역에 기여를 한 적이 없었다. 줄리는 단지 애도를 표하고자 장례식에 참석한 것뿐이었다.

장례식이 끝난 뒤 에그 샐러드 샌드위치가 많이 남게 되었다. 다들 나더러 남은 샌드위치를 가지고 가서 동생에게 주라고 말했다. 나는 동생이 몸이 안 좋아서 장례식에 참석하지 못했다고 둘러댔지만 아무도, 적어도 동생을 아는 사람은 아무도, 그 말을 믿지 않았다. 나는 집에 돌아오는 길에 차창을 열어서 샌드위치들을 던져 버리고 싶은 충동을 느꼈다. 샌드위치, 새들이나 먹으라지. 하지만 그러지 않았다. 나는 샌드위치들을 집으로 가져왔고, 샌드위치들은 곧 없어졌다.

"자네 동생도 왔으면 좋았을 텐데. 만난 지 오래됐군." 나는 해리가 지금의 만남을 언급하는 줄 알고 의아했다. 동생은 유언 집행자가 아니었기 때문이다. 하지만 나는 곧 그가 장례식 얘기를 하고 있음을 깨달았다.

"네, 참석하라고 말은 했습니다. 사실 토마스는 몸이 안 좋은 게 아니었어요."

"그럴 줄 알았어."

"설득해 봤지만 소용이 없었습니다."

페이튼은 딱하다는 듯 고개를 저었다. "자네 동생 곁에서 애덤은 혼자 참 많이 애썼지. 로즈가 세상을 떠나 하느님 품으로 돌아가기 전에도 그랬지만. 자네 모친이 죽은 지 얼마나 됐지?"

"어머니는 2005년에 돌아가셨죠."

"그 뒤로 애덤은 훨씬 힘들었을 거야."

"그래도 그때는 아버지가 〈P&L〉을 그만두기 전이었어요." 아버지는 예전에 〈프렌티스와 롱〉이라는 인쇄소에서 일을 했었다. "어머니가 돌아가신 후 얼마 안 돼서 아버지는 이른 정년퇴직을 했죠. 아버지가 힘든 건 그때부터였어요. 항상 집에만 있어야 했으니까요. 아버지는 괴로웠겠지만 달아날 성격은 못 됐죠. 그냥 상황을 감수했어요." 나는 입술을 깨물었다. "어머니는 동생의 상황을 받아들이고 신경을 껐지만 아버지는 그러지 못했어요. 그러니 더 힘들었겠죠."

"애덤은 죽기에 아직 젊은 나이였는데…… 예순둘에 세상을 뜨다니. 소식을 들었을 때 어찌나 놀랐던지……."

"네, 저도 그랬습니다. 어머니는 생전에 아버지에게 수백 번 당부했었죠. 그렇게 가파른 언덕에서 트랙터로 잔디를 깎으면 위험하다고. 하지만 아버지는 자기도 다 아니까 걱정하지 말라고만 했어요. 그 언덕은 우리 땅이긴 하지만 집 뒤쪽으로 멀리 떨어져 있어서 도로나 이웃집에서는 보이지도 않을 텐데……. 아래의 시냇물까지 45도나 경사가 져 있었어요. 아버지는 트랙터를 비스듬히 몰았습니다. 무게 중심을 언덕 쪽으로 기울인 채 잔디를 깎았죠. 아래를 향해 곧바로 몰다간 트랙터가 뒤집어질 위험이 있으니까."

"애덤이 사고를 당하고 발견될 때까지 얼마나 방치되어 있었지?"

"아버지는 점심 식사 후에 잔디를 깎으러 나갔을 거예요. 발견된 것은 저녁 여섯 시가 다 돼서였죠. 트랙터가 뒤집어져서 아버지 위로 떨어졌고 운전대 위쪽 가장자리가 몸 중앙을," 나는 내 배를 가리켰다. "복부를 압박했어요. 내장이 파열됐습니다."

"맙소사." 해리는 자신의 배를 어루만졌다. 아버지가 얼마나 오래 그 고통을 견뎌야 했을까 생각하는 듯했다.

나는 그 밖에는 더 할 말이 없었다.

"자네 부친은 나보다 한 살 아래였지." 해리는 얼굴을 찡그렸다. "우린 가끔 같이 술을 마셨어. 로즈가 살아있었을 때는 함께 골프를 치기도 했었는데. 하지만 로즈가 세상을 떠난 뒤로는 18홀을 미칠 시간 동안 토마스를 혼자 둘 수 없어서……."

"어차피 아버지는 골프에 소질이 없었잖아요."

해리는 애처로운 미소를 지었다. "솔직히 말하면 애덤은 퍼트는 그럭저럭 했지만 드라이브가 형편없었어."

나는 웃으며 말했다. "네, 맞아요."

"하지만 로즈가 세상을 떠난 뒤로는 골프 연습장에서 골프공 한 바구니를 칠 시간도 없었지."

"아버지는 늘 해리 씨 칭찬을 했어요. 해리 씨는 아버지의 변호사이기 이전에 친구였죠." 아버지와 해리가 서로 알게 된 것은 25년 전이었다. 당시 해리는 부인과 이혼을 했고 원래 살던 집을 부인에게 넘겨준 뒤 뉴욕 북쪽 변두리의 프로미스 폴즈 시내로 와 신발 가게 위층에 집을 얻어 살게 되었다. 해리는 자신이 이혼 소송에서 돈을 몽땅 털린 주제에 이혼 전문 변호사 일을 하고 있는 게 뻔뻔스럽지 않냐고 농담을 하곤 했다.

그때 해리의 휴대폰이 한 번 울렸다. 이메일이 도착했음을 알리는 소리인 듯했지만, 그는 눈길을 주지 않았다.

"지난번 만났을 때 아버지는 저런 휴대폰을 하나 장만하려고 했어요." 나는 해리의 휴대폰을 향해 고갯짓을 했다. "아버지가 사용하던 휴대폰은 카메라 기능이 있었지만 오래된 기종인데다 화질도 별로였거든요. 이메일을 보낼 수 있는 휴대폰도 필요했고요."

"애덤은 이런 첨단 기술 제품을 쓰는 데 거리낌이 없었지." 해리는 양 손바닥을 마주쳤다. 이제 슬슬 본격적인 용건을 얘기할 순서라는 뜻이었다.

"장례식 때 들은 바로 자네는 아직 벌링턴에 작업실이 있다면서? 거기서 작업을 하고 있지?"

나는 뉴욕 주가 아니라 버몬트 주에 살고 있었다. "네."

"일하는 건 괜찮나?"

"그럭저럭요. 이쪽 업계가 한참 변화를 겪는 중이긴 하지만요."

"자네 그림을 하나 봤는데…… 아, 그림 말고 다른 명칭이 있던가?"

"네. '일러스트', '캐리커처'라고 부르죠."

"몇 주 전 〈뉴욕 타임스〉 신간 소개에 실린 걸 봤어. 자네 작품은 딱 보면 알겠어. 사람들 머리를 거대하게 과장시키고 몸은 작게 그리더군. 머리 무게 때문에 넘어질 것같이 말이야. 그리고 윤곽이 둥글둥글해. 얼굴에 음영을 넣은 게 참 마음에 들던데, 그건 어떻게 하는 건가?"

"에어브러시를 씁니다." 내가 말했다.

〈타임스〉에 자주 게재하는 모양이군?"

"예전보다는 줄어들었어요. 사람을 써서 일러스트를 그리는 것보다 자료 사진을 싣는 편이 훨씬 간편하니까요. 신문사와 잡지사들은 예산을 감축하고 있는 추세예요. 요즘은 웹사이트 쪽 일이 더 많습니다."

"웹사이트? 웹사이트도 만들 줄 아나?"

"아니요. 웹사이트 개발자는 따로 있고 저는 거기에 쓸 그림을 그립니다."

"자네 고객인 잡지사와 신문사가 뉴욕과 워싱턴에 있으니 자네도 이곳에 살 줄 알았지만, 생각해보면 그런 일을 하는 건 어디에 살든 상관없겠지?"

"네. 스캔해서 이메일로 보낼 수 없을 때는 페덱스로 보내면 되니까요."

내가 더 이상 말이 없자 해리는 책상 위의 서류철에서 문서들을 꺼내 찬찬히 살폈다.

"레이, 부친이 쓴 유언장을 읽어본 적은 있겠지?" 해리가 물었다.

"네."

"오래전에 작성하고 거의 수정하지 않았어. 로즈가 죽은 뒤 약간 고치긴 했지만. 얼마 전에 〈켈리스〉에서 커피를 마시고 있는 애덤을 본 적이 있다네. 내게 한 잔 살 테니 들어오라고 하더군. 애덤은 창가 테이블에 앉아 거리를 내다보고 있었지. 〈스탠다드〉 신문을 펴놓았지만 읽고 있지는 않았어. 가끔 그곳에 앉아 있는 애덤을 보고는 했는데 혼자만의 시간을 위해 집 밖으로 나온 것 같더군. 여하튼 애덤은 나를 불러서 유언장을 고칠 생각이라고 말했어. 몇 가지 단서를 붙이고 싶다고 말이야. 하지만 결국 그러지 못하고 떠났구먼."

"그건 몰랐습니다. 하지만 동생의 상태를 고려하면 놀랄 일은 아니에요. 아버지는 재산을 똑같이 나눠주지 않을 생각이었겠죠."

"솔직히 말해서 만약 애덤이 유언장을 고치러 왔다면 나는 공평하게 분배하는 게 좋다고 설득했을 거야. 자녀들을 똑같이 대하는 게 좋다고 말이야. 안 그러면 훗날 불화가 생길 테니까. 물론 최종 결정은 애덤의 몫이었겠지만. 결국, 유언장은 수정되지 않은 채 남게 되었어. 자네가 고민 좀 해야 할 거야."

나는 아버지가 아무도 없는 식당에 앉아 있는 모습을 떠올려 봤다. 어머니가 떠난 뒤 아버지는 대부분의 시간을 집에서 혼자 지냈다. 물론, 엄밀히 말해 혼자는 아니었지만 혼자만의 시간을 위해 굳이 집 밖으로 나갈 필요는 없었다. 그러나 나는 달아나고 싶은 아버지의 심정을 헤아릴 수 있었다. 누구든 가끔 절대적인 고독을 필요로 한다. 환경의 변화가 필요하달까? 그런 생각을 하니 나는 문득 서글퍼졌다.

"그럼 유언장에 따라 50대 50이겠군요. 부동산을 처분한 돈의 절반은 저에게, 절반은 동생에게."

"그렇지. 부동산뿐만 아니라 은행 예금도 포함해서."

"아버지와 어머니가 노후를 위해 몇 년 동안 모은 돈이 거의 10만 달러 정도 될 거예요. 두 분은 본인들을 위해 한 푼도 쓰지 않으셨으니 아버지가 2, 30년쯤 더 사셨더라면 10만 달러를 꽉 채웠겠죠." 나는 말을 멈췄다. "그리고 금액은 적지만 아버지가 가입한 생명보험이 있었어요."

해리 페이튼은 고개를 끄덕이며 의자에 등을 기대었다. 그는 머리 뒤로 손을 올려 깍지를 낀 뒤 이빨 사이로 공기를 빨아들였다. "집을 어떻게 할지 잘 생각해보게. 팔고 남은 돈을 동생과 나누든 어떻게 하든 다 자네 권한이니까. 저당 잡힌 것도 없으니 팔면 30만~40만 달러는 받을 수 있을 거야."

"거기에 땅이 만 9천 평 정도 있어요."

"그래. 그걸 팔면 자네와 동생에게 각각 25만 달러 정도가 돌아갈 거야. 이것저것 다 따져보면 자네로서는 꽤나 괜찮은 사건인 셈이로군. 지금 나이가 얼마나 됐나, 레이?"

"서른일곱입니다."

"동생이 자네보다 두 살 어리던가?"

"네."

페이튼은 천천히 고개를 끄덕였다. "예금만 잘하면 자네 동생이 몇 년간 생활하기에 충분할 거야. 하지만 아직 젊은 나이라 사회복지수당을 받으려면 아직 많이 남았으니……. 애덤의 말대로라면 토마스는 일을 할 수 있는 상태도 아니라지?"

나는 머뭇거리다 대답했다. "그런 셈이죠."

"하지만 자네의 경우는 사정이 좀 달라. 투자를 하거나 큰 집을 사는 데 돈을 쓸 수 있겠지. 자네 아직 결혼 안 했지? 하지만 언젠가 좋은 사람을 만나 결혼을 하고 아이가 생기면—."

"무슨 말씀인지 압니다." 나는 이십 대에 몇 차례 결혼할 뻔한 적이 있긴 했지만, 아직 하지 못했다. "아이를 가질 것 같진 않지만요."

"그건 모르는 일이야." 해리는 손사래를 치며 말했다. "사실 변호사로서 내가 이러쿵저러쿵 간섭할 문제는 아니야. 하지만 자네 부친은 내가 그의 친구로서 어린 자네들을 보살펴 주기를 바랐지. 인생의 조언 같은 거 말일세." 해리는 웃으며 말을 이었다. "하긴 자네들은 이제 어린애가 아니로군. 한참 전이라면 몰라도."

"고맙습니다, 해리 씨."

"어쨌건, 레이, 내 말의 요점은 자네는 이 뜻밖의 불로소득 없이도 생활이 가능하다는 거야. 이미 잘살고 있잖은가? 설령 일하는 게 어려워진다 해도 다른 방법을 찾아 생활을 유지할 수 있을 테지. 하지만 자네 동생에게는 유산이 전부야. 생존하려면 집을 판 돈이 필요해. 물론 적당한 살 곳을 찾는다는 전제에서 말이야. 집세는 정부 보조를 받거나 해야겠지."

"그건 저도 생각하고 있어요." 내가 말했다.

"내가 궁금한 건, 자네, 동생을 집 밖으로 나오게 할 수 있겠나? 잠깐 외출하는 게 아니라 아주 말이야."

나는 마치 답이 허공에 떠 있기라도 한 듯 사무실을 둘러보았다. "모르겠어요. 동생은, 그 뭐더라……, 광장공포증 같은 건 아니에요. 아버지도 동생을 밖에 데리고 나가고는 했습니다. 대개 의사를 만나러 갈 때였죠." 나는 차마 "정신과 의사"라고 말할 수 없었지만 해리는 이미 알고 있었다. "토마스를 밖으로 데리고 나가는 건 문제가 아니에요. 문제는 녀석을 키보드에서 떼어 놓는 거죠. 외출했다 집에 돌아올 때면 아버지와 동생은 둘 다 진이 쫙 빠져 있곤 했습니다. 제 생각에, 동생을 다른 곳으로 이사 보내는 건 문제 될 게 없어요."

해리가 말했다. "그래, 그럼 본론으로 들어가 볼까? 자, 다행인 점은 자네가 유언 집행자로서 할 일이 별로 없다는 거야. 시간 있을 때 들러서 몇 가지 서류에 서명만 하면 돼. 중간에 자네 의견이 필요한 건이 생길 텐데 그땐 앨리스를 통해 연락을 취하도록 하지. 부동산 가격을 감정해서 얼마인지 알려주기도 해야 할 테고." 해리는 서류들을 넘겨보며 말했다. "자네 전화번호와 이메일 주소는 여기 있군."

"알겠습니다."

"그리고 들었는지 모르겠지만, 전에 자네 부친에게 받은 생명보험 증서 사본을 보니까 재해사망도 적용이 되더군."

"그건 몰랐습니다."

"5만 달러야. 자네들의 재산이 조금 더 불어난 셈이지." 해리는 내가 그 소식을 머릿속으로 받아들이는 동안 잠깐 말을 멈췄다. "벌링턴으로 돌아가기 전에 이곳에 잠시 머물 계획인가?"

"네. 상황이 좀 정리될 때까지요."

이로써 우리의 용건은 일단락되었다. 해리는 나를 사무실 밖으로 배웅하다가 내 팔을 건드리며 말했다.

"레이." 그는 머뭇거리며 말을 꺼냈다. "만약 애덤이 밖으로 나가서 오랫동안 돌아오지 않고 있다는 것을 자네 동생이 눈치챘다면, 그래서 좀 더 일찍 부친을 찾으러 나갔다면, 상황이 달라졌을까?"

나는 이미 그 질문을 스스로에게 던져 본 적이 있었다. 아버지는 동생에게 발견되기 전 몇 시간 동안을 언덕 아래에 처박힌 채 움쭉달싹하지 못했었다. 사고가 일어난 순간은 꽤나 요란스러웠을 것이다. 트랙터가 뒤집어지는 소리와 잔디 깎는 날이 돌아가는 시끄러운 소리……

아버지는 비명을 질렀을까? 만약 그랬다면 그 비명은 트랙터의 소음을 이길 수 있었을까? 언덕을 넘어 집까지 들렸을까?

하지만 그래 봤자 토마스는 듣지 못했을 것이다.

"저는 그냥…… 달라지지 않았을 거라고 생각하려고요. 애초에 그런 가정이 불가능하니까요."

해리는 무슨 말인지 알겠다는 듯 고개를 끄덕였다. "그래, 그게 좋겠지. 한번 엎질러진 물은 엎질러진 거니까. 지나간 시간은 되돌릴 수 없고 말이야." 나는 해리가 또 다른 상투적인 표현을 구사하리라고 생각했지만 그는 대신 다음과 같이 말했다. "이제 애덤은 진짜로 혼자만의 세계에 살게 됐구면."

"네. 그게 어떤 기분인지는 모르겠지만요." 내가 말했다.

2

나는 차를 몰고 아버지의 집으로 돌아갔다.

어머니가 돌아가시고 아버지 혼자 살게 됐음에도 나는 매우 오랫동안 이 집을 "부모님의 집"이라고 인식했다. "아버지의 집"이라고 부르기까지 1년이 걸렸다. 그러니 아버지가 돌아가신 지 1주일도 안 된 지금, 내가 여전히 이곳을 아버지의 집이라고 부르는 것은 당연했다.

하지만 아니었다. 이제 아버지의 집이 아니다. 이 집은 나의, 그리고 동생의 집이었다.

나는 이 집에서 생활한 적이 없었다. 잠깐 들를 때마다 손님용 침실에서 묵었을 뿐 어릴 적의 추억거리는 전혀 없었다. 〈플레이보이〉나 〈펜트하우스〉를 감춰 넣던 서랍장이라든가, 모형 자동차를 올려놓던 선반, 포스터를 붙이던 벽 따위는 없었다. 부모님이 이 집을 산 것은 내가 스물한 살 때였다. 당시 우리 집은 프로미스 폴즈 중심가 스토니우드 드라이브에 있었고 나는 이미 그 집을 나와서 살고 있었다. 부모님은 두 아들 중 한 놈이라도 출세하기를 바랐지만 그 꿈은 내가 올버니에서의 대학 생활을 집어치우고 새러토가 스프링스 비크먼 가의 미술관에서 일을 시작하는 바람에 무기한 연기되었다.

부모님은 딱히 농사에 취미가 없었지만, 이 집은 그들에게 최적의 조건을 갖추고 있었다. 우선, 이 집은 이웃과 이웃이 서로 수백 미터 떨어진 교외에 위치했다. 부모님은 이웃의 간섭을 받는 걸 원치 않았다. 적당한 고립. 그편이 사건, 사고의 확률을 줄일 수 있었다.

둘째, 이곳은 아버지의 일터와 가까운 편이었다. 그러나 아버지는 차를 몰아 프로미스 폴즈 중심가를 뚫고 반대편의 일터까지 직행하는 최단거리를 이용하는 대신, 1970년대 후반에 만들어진 우회로를 이용했다. 그는 〈P&L〉을 마음에 들어 했기 때문에 집에서 더욱 가까운 다른 직장을 찾지 않았다.

셋째, 지붕창이 달리고 포치(porch)로 둘러싸인 이 집은 그 자체로 무척 매력적이었다. 어머니는 봄부터 가을까지 포치에 앉아 있는 것을 즐겼다. 집에는 헛간이 하나 딸려 있었는데, 연장을 보관하거나 잔디 깎는 트랙터를 주차해 두는 용도 정도로 사용됐다. 가을에 건초를 보관할 일은 없었지만, 부모님은 헛간의 모양새를 퍽이나 마음에 들어 했다.

대지는 꽤 넓었지만 부모님이 실제로 관리한 것은 약 2천5백 평 정도였다. 집의 뒷마당은 18미터 정도 평평하게 뻗어 나가다가 경사진 언덕이 되어 아래쪽 개울을 향해 떨어지면서 시야에서 사라졌다. 개울은 굽이쳐 흐르다가 강과 합류하였고, 강은 시내 중심으로 흘러들어가 프로미스 폭포가 되어 떨어져 내렸다.

내가 예전에 개울까지 내려간 적은 단 한 번뿐이었다. 그리고 지금, 개울가에는 내가 처리해야 할 임무 하나가 기다리고 있었다. 하지만 언제 처리할 마음이 들지는 모르겠다.

아버지가 관리하지 않는 나무 없는 평지의 일부는 이웃 농가에 임대되어 있었다. 비록 몇 푼 안 되지만 몇 년간 아버지는 그로부터 임대 수입을 얻고 있었다. 집과 가장 가까운 숲은 고속도로 너머에 있었다. 차도에서 집의 진입로로 들어서면 마치 무개화차(지붕이 없는 화물차) 위에 올려진 상자 두 개처럼 집과 헛간이 나란히 늘어선 채 등장했다. 어머니는 진입로가 길어서 다행이라고 말하고는 했다. 손님이 오는 것을 보고 마음의 준비를 할 여유가 있었기 때문이었다. 물론 어머니도 인정하듯, 그런 마음의 준비가 필요한 경우는 거의 없었지만.

"사람들이 희소식을 들고 집으로 찾아오는 경우는 드물잖니." 어머니는 내게 몇 차례 그렇게 얘기했었다. 사실 어머니의 경험에 비춰보면 틀린 말은 아니었다. 어머니가 어릴 적에 미국 정부 공무원들이 집으로 찾아와 어머니의 어머니에게 한국 전쟁에 니간 남편이 돌아오지 못하게 됐다고 통지한 것을 생각해보면 그렇다.

나는 나의 사륜구동 아우디 Q5를 포치의 계단 가까이 천천히 몰아 아버지의 10년 된 크라이슬러 미니밴 옆에 주차했다. 아버지는 나의 독일제 자동차를 탐탁지 않게 여겼다. 미국이 한때 맞서 싸웠던 나라의 경제를 지원해주는 것은 옳지 않다는 것이 요점이었다. 몇 달 전 아버지는 내게 이렇게 말했었다. "미국이 북베트남에서 차를 수입하면 넌 그것도 한 대 살 셈이냐?" 아버지의 지나친 걱정에 맞서기 위해 나는 그가 아끼는 소니 TV를 들먹이며 응수했다. 아버지는 그 소니 TV로 스탠리 컵 결승전을 시청하고는 했다. 하키의 퍽(puck)을 볼 수 있을 정도로 화면이 커다란 TV였다.

"저 TV는 일본제잖아요."

"TV 건드리기만 해봐. 혼날 줄 알아."

나는 포치의 계단을 두 단씩 올라가 현관문을 열고 주방으로 들어갔다. 나에게도 집 열쇠가 있었기 때문에 아버지의 열쇠를 꺼내 쓸 필요는 없었다. 벽걸이 시계는 4시 30분경을 가리키고 있었다. 저녁으로 뭘 해 먹을지 슬슬 생각할 시간이었다.

나는 냉장고를 뒤져 아버지가 식료품점에서 마지막으로 확보해 온 식량 중 뭐가 남았는지를 살펴보았다. 아버지는 요리를 잘하는 편은 아니었지만 기본적인 것은 할 줄 알았다. 끓는 물에 파스타를 집어넣거나 덥힌 오븐에 닭을 던져넣는 정도? 하지만 그나마도 번거로울 때면 아버지는 햄버거, 피시스틱, 감자튀김, 또는 〈스토퍼스〉 영업점 하나를 차릴 만큼의 냉동식품들을 냉장고에 가득 채워넣고 며칠을 버티기도 했다.

오늘 저녁은 냉장고에 남은 것들로 때운다 해도 내일은 식료품점에 다녀와야 할 것 같았다. 고백하자면 나 또한 요리를 즐기는 편이 아니어서 벌링턴에 있을 때에도 저녁 식사로 치리오스 시리얼보다 거창한 음식을 차려 먹은 적이 드물었다. 혼자 살다 보면 제대로 된 식사를 제대로 된 방식으로 먹을 의욕이 좀처럼 들지 않는 법이다. 나는 종종 주방에 선 채 TV 뉴스를 보면서 저녁을 먹거나, 전자레인지에 돌린 라자냐를 작업실로 들고 가서 작업을 하면서 먹었다.

냉장고를 열어보니 버드와이저 맥주 여섯 캔이 보였다. 아버지는 기본에 충실하고 저렴한 맥주를 좋아했다. 나는 묘한 기분을 느끼며 그의 마지막 맥주들을 향해 몸을 기울였다. 그리고 머뭇거리다가 결국 하나를 꺼내 캔 뚜껑을 땄다.

"아버지를 위해 건배." 나는 캔을 들어 올리며 그렇게 말한 뒤, 주방 테이블 의자에 앉았다.

집은 예전처럼 깔끔했다. 아버지는 성격이 무척이나 꼼꼼한 사람이었다. 그래서 더욱 2층 복도의 "그" 광경을 용납하기가 힘들었을 것이다. 나는 아버지의 꼼꼼함이 군 생활에서 비롯된 것이라고 추측했다. 아버지는 육군으로 징병 되어 2년간을 대부분 베트남에서 복무했는데, 그 시절의 얘기를 절대로 입 밖에 꺼내지 않았다. 어쩌다 군대 얘기가 나올 때면 그는 "다 끝난 일이야"라며 대화를 잘라버렸다. 아버지는 자신의 성격이 정밀함과 세심한 주의를 요구하는 인쇄소 일을 한 탓이라고 둘러대곤 했다.

나는 의자에 앉아 아버지의 맥주를 들이켜면서, 저녁으로 먹을 음식을 데우거나 전자레인지에 돌릴 의지를 끌어모았다. 냉장고의 음식들을 뒤지다가 나는 맥주 캔을 또 하나 꺼내어 땄다. 주방이 낯설었기 때문에 식탁용 깔개, 식기, 냅킨 따위를 찾으려면 서랍장들을 이리저리 뒤져야 했다.

식사 준비가 거의 끝나갈 무렵 나는 거실로 들어갔다. 그리고 계단을 오르기 전에 난간에 손을 얹고 거실을 둘러봤다. 부모님이 20년 전 올버니에서부터 가지고 있었던 체크무늬 소파, 아버지가 소니 TV를 볼 때 앉았던 리클라이너 안락의자. 소파와 같은 시기에 구입한 모서리가 깨진 커피 테이블.

가구들은 비록 낡았지만 아버지는 전자제품에서만큼은 인색하지 않았다.

36인치 HD 평면 스크린 TV는 아버지가 1년 전에 축구와 하키 경기를 보기 위해 구입한 것이었다. 아버지는 혼자서도 스포츠 경기를 즐겨보는 편이었다. DVD 플레이어도 있었고, 인터넷으로 영화를 구매하는 장비도 갖추어져 있었다.

이 모든 것을 전부, 아버지 혼자서 봤다.

이 집의 거실은 다른 수많은 집의 거실들과 다를 게 없었다. 평범했다. 특이할 것이 하나도 없었다. 그러나 계단을 올라가면 상황은 돌변한다.

부모님은 동생의 광적인 취미를 그의 방에 가두어 놓으려고 부단히 애를 썼지만 소용이 없었다. 그들이 이길 수 없는 게임이었다. 몇 년 전에 어머니가 옅은 노란색으로 칠한 2층 복도는 지금 종이들로 뒤덮여 빈틈이 거의 보이지 않았다. 계단을 올라가 침실 세 개와 화장실 하나가 있는 2층 복도를 보노라면 마치 2차 세계대전의 지하 작전실을 보는 듯했다. 벽에 적국 영토의 초대형 지도들이 붙어 있고, 전술가들이 지시봉을 휘저으며 침공을 계획 중인 작전실. 하지만 작전실이라면 지도가 보다 규칙적으로 배열되어 있을 터였다. 예를 들어, 독일의 전체 지도와 도시별 지도들은 분명 벽 한쪽에 함께 모여 붙어 있을 것이다. 프랑스는 다른 부분에, 이탈리아는 프랑스 옆에 위치할 것이다.

다시 말해, 쓸 만한 군사 전략가라면 폴란드 지도를 하와이 지도 옆에 붙이는 짓 따위는 하지 않을 것이라는 뜻이다. 파리의 관광안내 지도를 캔자스의 주유소들이 안내된 고속도로 지도 위에 붙이지도 않을 것이고, 알제리의 지형도를 멜버른의 위성 사진 옆에 붙이지도 않을 것이며, 〈내셔널 지오그래픽〉의 너덜너덜한 인도 지도를 리우데자네이루 옆에 스테이플러로 박아 넣지도 않을 것이다.

2층 복도 벽을 빈틈없이 가린 이 지도들의 태피스트리, 또는 광기의 퀼트는 마치 누군가가 세계를 믹서기로 갈아서 벽지로 만들어버린 듯한 광경이었다.

지도에서 지도로 붉은 매직펜의 선들이 그어져 있었지만 그 연결고리는 불분명하고 무관했다. 벽의 이곳저곳이 온통 메모투성이였다. 포르투갈의 지도에는 이유를 알 수 없는 "380킬로미터"가 쓰여 있었다. 위도와 경도를 나타내는 무작위적인 숫자들이 곳곳에서 눈에 띄었다. 어떤 장소들에는 사진이 첨부되어 있기도 했다. 시드니 오페라 하우스의 이미지를 출력한 사진이 호주 지도에 짧은 초록색 마스킹 테이프 조각으로 붙어 있었다. 타지마할의 해어진 사진은 인도 지도 위에 뭉쳐진 껌으로 붙어 있었다.

아버지가 어떻게 혼자서 이 꼴을 견뎌냈는지 모르겠다. 어머니가 살아 있을 때는 그래도 완충 장치가 있는 셈이었다. 어머니는 아버지에게 바에 가서 렌 프렌티스나 직장 동료들, 아니면 해리 페이튼과 함께 스포츠 경기라도 보다 오라고 설득하고는 했다. 아버지는 매일, 매주, 매달 이 2층 복도를 걸을 때마다 벽에 아무것도 붙어 있지 않다고, 오래전에 아내가 자신의 도움을 받아가며 칠한 노란색 페인트 말고는 아무것도 없다고 스스로를 세뇌하며 견뎠을 것이다.

나는 2층의 첫 번째 방으로 향했다. 문은 여느 때처럼 닫혀 있었다. 나는 가볍게 노크를 하기 위해 손을 들어 올렸다가 주먹이 나무문에 닿기 전에 우선 귀를 기울였다.

문 안쪽에서 말소리가 들렸다. 대화. 하지만 말하는 사람은 한 사람. 정확한 내용은 알아들을 수 없었다.

나는 노크를 했다.

"왜?" 토마스가 말했다.

나는 문을 열었다. 혹시 토마스가 통화를 하는 중인가 했지만 그의 손에는 수화기가 쥐어져 있지 않았다. 나는 토마스에게 저녁 먹을 시간이라고 말했고 토마스는 곧 내려오겠다고 대답했다.

3

"통화하게 돼서 반갑군."

"제 전화를 받아주셔서 감사합니다."

"아무한테나 내 개인 전화번호를 알려주지 않는다네. 하지만 자네는 매우 특별한 인재니까."

"감사합니다. 정말 감사합니다."

"최근 자네가 보낸 이메일들을 읽어봤는데, 윤곽이 슬슬 드러나고 있더군."

"네, 그렇습니다."

"좋은 소식이야."

"저, 궁금한 게 있는데…… 일이 언제 벌어질지 아십니까?"

"알고 있다면 좋겠지만 그건 테러리스트들이 쳐들어올 정확한 시간을 묻는 거나 마찬가지야. 우리도 전혀 모른다네. 하지만 언제 어떻게 닥칠지 모르니 준비 태세를 갖춰야 해."

"물론입니다."

"자네는 준비가 되어 있으리라고 믿어. 자네는 어마어마하게 중요한 자산이야. 훌륭한 인재라고."

"제게 맡겨만 주십시오."

"임무에 위험이 따른다는 사실은 알고 있겠지?"

"알고 있습니다."

"미국 정부에 적대적인 놈들은 자네 같은 인물을 붙잡으려고 안달이니까 말이야."

"네, 알고 있습니다."

"그렇다면 다행이군. 자, 난 이만 가봐야겠네. 아내가 중동에 갔다가 오늘 돌아오거든."

"그렇습니까?"

"그래. 아내도 분명 할 일이 산더미 같을 거야."

"부인께서는 대통령이 되지 못하셔서 속상해하시지 않습니까?"

"흠, 아내는 거기에 마음을 쓸 여유가 없는 것 같더군."

"무슨 말씀인지 알겠습니다."

"여하튼 일을 계속 진행하게나."

"감사합니다, 감사합니다, 대통령 각하. 저기…… 지금도 '대통령 각하' 라고 불러도 괜찮을까요?"

"물론이지. 대통령직에서 물러나도 직함은 유지된다네."

"연락드리겠습니다."

"그래, 연락하게나."

4

"형, 지금 퐁 루아얄 호텔에 묵고 있다고 가정해봐. 거기서 루브르 박물관까지 어떻게 갈 수 있을까?" 토마스가 내게 물었다. "생각해봐. 엄청 쉬운 문제야."

"뭐? 지금 어디 얘기를 하는 거야?"

토마스는 한숨을 쉬며 주방 테이블 너머에 앉은 나를 안타까운 눈으로 바라보았다. 나는 마치 다섯까지 숫자를 세지 못해 어른을 실망시킨 어린아이라도 된 기분이었다. 토마스와 나는 생김새가 무척 비슷했다. 둘 다 키는 180센티미터 정도였고 검은 머리카락은 숱이 줄고 있었다. 하지만 토마스가 나보다 체중이 조금 더 나갔다. 내가 〈스윙어스〉에 출연한 날렵한 빈스 본이라면 토마스는 〈브레이크 업: 이별후애(愛)〉에 나오는 투실투실한 빈스 본인 셈이었다. 그리고 확실히 내가 토마스보다 건강해 보였는데 이는 몸의 상태와는 관계가 없었다. 하루 스물세 시간을 밖에 나가지 않고 방에서만 보낸다면(토마스는 주방에서 아침, 점심, 저녁 식사를 입에 쑤셔 넣는 데 각각 20분씩 할애했다) 누구라도 얼굴이 핏기없이 창백해져 병든 것처럼 보일 테니까. 토마스는 분명 비타민 D 결핍증일 것이다. 버뮤다 제도라도 가서 일주일쯤 쉬다 와야 할 지경이다. 그는 버뮤다 제도에 가본 적은 없어도 그곳의 모든 호텔들의 이름과 위치를 알고 있을 것이다.

"루브르 박물관이라고 했잖아. 어딘지 모르겠어? 루브르, 루브르, 생각을 좀 해봐."

"그래, 알아. 파리잖아." 내가 말했다.

토마스는 나를 격려하듯 열광적으로 고개를 끄덕였다. 그는 내가 전자레인 지로 데워 준 냉동 미트로프를 거의 다 먹어치운 상태였지만 나는 아직 절반 도 못 먹었고 다 먹을 생각도 없었다. 차라리 버터 바른 스티로폼이 이것보 다 맛있을 것 같았다. 토마스는 몸을 계단 쪽으로 돌린 채 의자에 앉아 있었 는데 마치 당장이라도 2층 자기 방으로 질주할 듯한 기세였다. "맞아. 형이 루브르 박물관으로 간다고 가정해봐. 어떤 길로 가야 될까?"

"모르겠는데, 토마스." 나는 지친 목소리로 대답했다. "루브르 박물관이 어디에 있는지는 알아. 가본 적이 있어. 스물일곱 살 때 꼬박 엿새를 루브르 박물관에서 보냈지. 파리에서 한 달 동안 살았거든. 미술 수업을 하나 들었 어. 하지만 네가 말하는 그 호텔은 모르겠다. 호텔에서는 묵은 적이 없어. 난 호스텔에서 묵었으니까."

"퐁 루아얄 호텔." 토마스가 말했다.

나는 멍한 표정을 지은 채 토마스의 말을 기다렸다.

"몽탈랑베르 가에 있는 호텔이야."

"제기랄, 토마스, 나는 그게 어디 있는 건지ㅡ."

"바크 가에서 갈라져 나오는 거리야. 잘 생각해봐. 회색 돌로 지어진 낡은 호텔이야. 입구에 호두나무 같은 걸로 만들어진 회전문이 달려 있어. 회전문 오른쪽은 엑스레이를 촬영하는 곳인 것 같아. 창문에 '유방조영술', '방사 선 촬영'이라고 쓰여 있거든. 위층에는 공동주택의 창문들이 보여. 창가에는 식물이 심어진 점토 화분들이 늘어서 있고. 8층짜리 건물이야. 왼쪽은 아주 비싸 보이는 식당이 하나 있는데 입구에 검은 차양이 드리워져 있고 창문들 이 어두워. 파리의 보통 카페들과는 다르게 바깥에 테이블과 의자가 놓여 있 지 않ㅡ."

토마스는 이것들을 전부 암기하고 있었다.

"나 진짜 피곤해, 토마스. 해리 페이튼 씨 사무실에 가서 얘기를 좀 하다 왔어."

"루브르 박물관은 퐁 루아얄 호텔에서 찾아가기 쉬워. 호텔에서 나오면 바로 보이거든."

"변호사 사무실에서 무슨 얘기 했는지 들어 볼래?"

토마스는 양손을 내 앞에다 대고 어수선하게 휘저었다. "우선 호텔에서 길 건너편으로 넘어가. 왼쪽으로 바크 가가 몽탈랑베르 가와 비스듬하게 만나는 지점이 보일 거야. 거기서 우회전해서 바크 가를 올라가. 위니베르시테 가가 나올 텐데 건너서 계속 전진해. 베르뇌이 가도 건너가. 그런데 내 발음이 맞는지 모르겠다. 고등학교 때 프랑스어 수업 들은 적이 없어서. 아무튼, 거기 까지 가면 모퉁이에 맛있는 페이스트리와 빵들을 진열해 놓은 가게가 보일 거야. 이제 릴르 가를 건너서 계속 걷다가―."

"페이튼 씨 말로는 아버지가 유언장을 써놓은 게 있대. 이 집은 우리 둘 몫이야."

"길을 쭉 내려다보면 곧바로 보일 거야. 루브르 박물관 말이야. 강 건너편에 있어. 계속 걸어가. 곧 왼쪽으로 아나톨 프랑스 강변로가, 오른쪽으로 볼테르 강변로가 펼쳐지는 지점에 도착할 거야. 그런데 그 길은 이름이 계속 바뀌나 봐. 아무튼, 그곳에서 오른쪽으로 비스듬히 걷다가 퐁 루아얄을 건너. 퐁(pont)은 다리라는 뜻이지? 다리를 건너면 바로 루브르 박물관이야. 아주 간단하지? 방향을 틀 필요도 없어. 호텔문을 열고 나가서 우회전 한 다음에 쭉 걸어가면 끝이야. 자, 이번엔 좀 어려운 걸 해보자. 나한테 파리에 있는 호텔 이름을 아무거나 대 봐. 거기까지 가는 최단 거리를 알려줄게. 사실 방법이 백 가지는 될 테지만 어느 것을 택하든 거리는 비슷해. 뉴욕처럼 말이야. 아니, 뉴욕하고는 다르지. 길들이 직각으로 만나지 않고 사방으로 뻗어 있으니까. 하지만 내 요점은 알겠지?"

"토마스, 잠깐 멈추고 내 얘기 좀 들어 봐." 나는 참을성 있게 말했다.

토마스는 나를 바라보며 눈을 깜빡거렸다. "무슨 얘긴데?"

"아버지 얘기."

"아버지는 죽었잖아." 토마스는 마치 지능지수가 낮은 사람을 보듯 나를 바라봤다. 하지만 곧 슬픔 비슷한 무언가가 그의 얼굴을 잠깐 스쳐 갔다. 그는 창밖을 힐끔 내다보며 말했다. "내가 아버지를 발견했어. 개울가에서."

"알아."

"저녁식사 시간이 지났어. 나는 아버지가 방문을 노크하고 밥 먹으러 내려오라고 말하기를 기다렸어. 하지만 아버지는 오지 않았고 나는 배가 너무 고파서 무슨 일인지 보러 내려갔어. 먼저 집 안을 뒤졌어. 지하실에서 보일러를 고치고 있나 싶어서 내려가 봤지만 아버지는 없었어. 밴이 주차되어 있는 걸 보니 아버지는 근처 어딘가에 있는 것 같았어. 집 안에서 아버지를 찾을 수 없어서 밖으로 나갔어. 맨 처음에는 헛간으로 들어갔어."

이미 들은 내용이었다.

"헛간에도 아버지는 없었어. 나는 집을 빙 돌아서 언덕이 시작되는 지점까지 걸어갔어. 내려다보니 아버지가 트랙터에 깔려 있었어."

"알아, 토마스."

"나는 트랙터를 밀쳐냈어. 아주 힘들었지만 밀쳐냈어. 하지만 아버지는 일어나지 않았어. 그래서 집으로 달려와 911에 전화했어. 911 사람들이 와서 아버지가 죽었다고 말했어."

"알아. 넌 정말 끔찍한 일을 겪었어."

"아직 언덕 아래에 있어."

트랙터 얘기였다. 나는 트랙터를 언덕 위로 끌고 와 헛간에 집어넣어야 했다. 트랙터는 사고 이후 쭉 언덕 아래에 방치되어 있었다. 시동은 제대로 걸릴까? 트랙터가 뒤집어지면서 안의 연료가 전부 새어나갔을지도 모른다. 그렇다면 헛간에 반쯤 채워진 연료통이 있으니 그걸 사용하면 된다.

"너와 상의할 것이 있어, 토마스. 아버지가 돌아가셔서 해야 할 일들."

토마스는 생각에 잠긴 듯 고개를 끄덕이며 말했다. "아버지 방에 지도를 붙여도 될지 생각하는 중이었어. 지도 붙일 공간이 부족해. 아버지, 어머니는 1층이랑 계단에 붙이지 말라고 했지만 아버지 방은 2층에 있잖아. 이제 아버지가 그 방을 안 쓰니까 괜찮을 것 같은데 형은 어떻게 생각해? 어머니도 오래전에 죽었으니까 그 방을 쓸 사람은 아무도 없잖아."

그건 틀린 말이었다. 나는 원래 토마스의 방 옆의 객실을 사용했었다. 나는 집에 자주 들르는 편은 아니었지만 어머니는 내가 언제든 쓸 수 있는 상태로 객실을 유지했다. 하지만 어젯밤 나는 아버지의 방으로 옮겨갔다. 벽 너머로 들려오는 마우스 클릭하는 소음들을 견딜 수가 없었기 때문이다. 토마스에게 그만 좀 하라고 말했지만, 토마스가 내 말을 들은 척도 하지 않아서 결국 방을 바꾸기로 했다. 처음에는 돌아가신 아버지의 이불을 덮고 자려니 기분이 이상했지만 곧 괜찮아졌다. 나는 지쳐 있었고, 원체 그리 감상적인 성격도 아니었다.

"너 혼자 이 집에 살 수는 없어." 내가 말했다.

"혼자가 아니야. 형이 있잖아."

"나는 언젠가 집으로 돌아가야 해."

"집? 여기가 집이잖아."

"아니야, 토마스. 내 집은 벌링턴에 있어."

"버몬트 주 벌링턴, 매사추세츠 주 벌링턴, 노스캐롤라이나 주 벌링턴, 뉴저지 주 벌링턴, 워싱턴 주 벌링턴, 캐나다 온타리오 주 벌링—."

"토마스."

"벌링턴이 아주 많은데 형이 모르나 싶어서. 그럴 땐 구체적으로 말해야돼. 버몬트 주 벌링턴이라고 말하지 않으면 형이 정확히 어디 사는지 알 수없어."

"너는 알고 있잖아. 내가 그랬으면 좋겠어? 벌링턴으로 돌아가야 한다고 말할 때마다 '버몬트 주'를 붙였으면 좋겠냐고, 토마스?"

"나한테 화내지 마."

"화낸 거 아니야. 아무튼, 우리 이제 얘기 좀 하자."

"알았어."

"내가 집으로 돌아가면 너 혼자 여기 있게 될 텐데 그게 걱정이야."

토마스는 걱정할 것 없다는 듯 고개를 저었다. "나는 괜찮아."

"집안일은 아버지가 도맡아 했잖아. 음식을 만들고, 청소하고, 공과금을 납부하고, 식료품점에 가서 먹을 것을 사오거나, 보일러를 살펴보다가 수리가 필요하면 사람을 부르는 일들 말이야. 어떤 것들은 아버지가 직접 고치기도 했지. 전등이 꺼지면 아버지가 지하실로 내려가서 회로 차단기 스위치를 다시 올렸어. 너 차단기 패널이 어디 있는지나 아니, 토마스?"

"보일러는 이상 없어." 토마스가 말했다.

"넌 운전 면허증도 없잖아. 어떻게 식료품점까지 가서 먹을 걸 사올래?"

"배달시키면 돼."

"네가 먹고 싶어 하는 것을 이런 촌구석까지 배달해 줄 사람이 어디 있겠니?"

"형이 있잖아." 토마스가 말했다.

"난 여기 없을 거라니까?"

"다시 오면 되잖아. 일주일에 한 번씩 와서 먹을 것도 사놓고 공과금도 내고 보일러도 점검한 다음에 벌링턴으로 돌아가면 되잖아." 토마스는 잠시 멈췄다가 덧붙였다. "버몬트 주 벌링턴."

"내가 없을 때는 어떻게 하려고? 그리고 집에 먹을 게 있다고 치자. 너 혼자 만들어 먹을 수 있어?"

토마스는 딴 곳으로 시선을 돌렸다.

나는 토마스에게 다가가 팔을 뻗어 그의 팔을 건드렸다. "나를 좀 봐." 토마스는 마지못해 고개를 돌렸다.

"평상시의 생활 방식을 조금만 바꾸면 너 혼자서도 해낼 수 있어." 내가 말했다.

"무슨 말이야?"

"네게 주어진 시간을 잘 활용하라는 말이지."

토마스는 어리둥절한 표정을 지었다. "나는 시간을 아주 잘 활용하고 있어."

나는 토마스에게서 손을 거두고 양 손바닥을 테이블 위에 올려놓으며 물었다. "그래? 어떻게?"

"정말이야. 아주 잘 활용하고 있어." 토마스가 말했다.

"너의 하루 일과를 한번 설명해봐."

"어떤 날? 평일? 주말?" 토마스는 어떻게든 대답을 피하려는 눈치였다.

"평일하고 주말 일과가 많이 달라?"

토마스는 잠시 생각했다. "아닐걸."

"그럼 아무 때나 상관없으니까 네가 골라."

급기야 토마스는 나를 의심의 눈초리로 쳐다보며 말했다. "지금 나 놀리는 거야? 괴롭히는 거야?"

"시간을 잘 활용하고 있다면서? 한번 들어보자고."

"알았어. 9시쯤에 일어나서 샤워를 해. 9시 30분쯤 아버지가 만들어준 아침 식사를 먹어. 그리고 일을 시작해."

"일이라고? 어떤 일인지 얘기해봐."

"알잖아."

"네가 그걸 '일'이라고 부른 건 처음이야. 자세히 얘기해봐."

"아침을 먹고 일을 하러 가. 점심 먹을 때 잠깐 일을 쉬었다가 저녁 먹을 때까지 다시 일을 해. 그리고 자기 전에 일을 조금 더 해."

"자는 시간은 새벽 1시에서 3시쯤이지?"

토마스는 고개를 끄덕였다.

"자, 어떤 일을 하는지 얘기해봐."

"형, 왜 자꾸 이래?"

"네가 '일'이라고 부르는 그것에 시간을 조금만 덜 쏟는다면 스스로를 돌볼 수 있어. 토마스, 네가 아주 오랫동안 곤란을 겪어 왔다는 것은 다들 아는 사실이야. 아직까지도 해결되지 않은 곤란이지. 난 널 이해해. 아버지, 어머니가 널 이해했듯이. 게다가 같은 곤란에 처한 다른 사람들은 대체로 환청을 비롯한 심각한 증상들을 겪는 것에 비해 넌 그럭저럭 괜찮은 편이야. 혼자서 일어나고, 옷을 입고, 지금처럼 이성적인 대화도 나눌 수 있으니까."

"나도 알아." 토마스는 약간 노기를 띤 목소리로 말했다. "나는 완벽히 정상이야."

"하지만 너는, 그러니까, 그 일에 지나치게 많은 시간을 할애하기 때문에 혼자 집안일을 하면서 살 수가 없어. 네가 그 시간을 조정할 수 없다면 어쩔 수 없이 다른 방법을 찾아야 해."

"다른 방법? 그게 무슨 뜻이야?"

나는 말을 머뭇거렸다. "다른 곳에서 사는 것 말이야. 시내의 공동주택 같은 곳. 아니면…… 이건 최근에 떠오른 생각인데, 너와 비슷한 곤란을 겪는 사람들이 모여 사는 주택에 들어가는 것도 괜찮을 것 같아. 너 혼자 할 수 없는 일들을 처리해 줄 사람들이 있으니까."

"왜 자꾸 '곤란'이라고 하는 거야? 나는 곤란한 거 없어. 정신적인 문제가 있지만 잘 통제하고 있단 말이야. 형한테 관절염이 있는데 내가 '형은 뼈가 곤란해'라고 말하면 좋겠어?"

"미안하다. 나는 그냥……." 나는 어떻게 말을 해야 좋을지 몰랐다.

"나더러 병원에서 살라고? 미친 사람들이 사는 병원?"

"네가 미쳤다고 말한 적 없어, 토마스."

"병원에서 살기 싫어. 음식이 형편없단 말이야." 토마스는 내가 먹다 남긴 미트로프를 바라봤다. "저것보다 맛이 없어. 게다가 병원에는 인터넷이 안 되잖아."

"병원이 아니라 널 돌봐줄 사람들이 있는 곳을 말하는 거야. 요리는 네가 직접 할 수 있어. 내가 가르쳐 줄게."

"난 여기를 나갈 수 없어." 토마스는 짐짓 사무적인 투로 말했다. "내 물건들은 전부 여기 있어. 내 일터는 여기야."

"토마스, 너는 깨어 있을 때 한 시간을 빼고는 하루 종일 컴퓨터로 세계 여행이나 하고 있잖아. 날이 가고 달이 가도 하루 종일. 그러는 건 건강에 좋지 않아."

"컴퓨터는 최근에야 쓰게 된 거야. 몇 년 전에는 지도, 지도책, 지구의밖에 없었어. 〈횔360〉(Whirl360)도 없었고. 덕분에 지금은 상황이 훨씬 좋아졌어. 난 평생 이런 걸 기다려 왔어."

"넌 예전부터 지도에 강박이 있었지. 하지만—."

"강박이 아니라 관심이야. 난 예전부터 지도에 관심이 있었어. 형이 사람들을 바보처럼 그려내는 데 강박이 있다고 말하지 않잖아? 형이 그린 오바마 그림을 봤어. 의사처럼 하얀 가운을 입고 청진기를 멘 그림이 잡지에 실렸는데 바보처럼 보이더라."

"의도한 거야. 잡지사에서 그렇게 요구했어." 내가 말했다.

"어쨌든 그건 강박이 아니잖아. 형이 하는 일이잖아."

지금은 내 얘기를 하고 있을 때가 아니었다. 나는 하던 말을 이었다. "〈횔360〉이라는 이 새로운 기술 때문에 지도에 대한 너의 관심이 건강을 해치게 됐어. 세계의 도시와 거리들을 돌아다니는 게 참 재미있다는 건 물론 알지만, 토마스, 너 그것 말고는 아무것도 안 하잖아?"

토마스는 다시 바닥을 내려다봤다.

"내 말 듣고 있어? 넌 밖에 나가지도 않아. 사람들도 안 만나고 책이나 잡지도 안 읽어. TV도 안 봐. 거실로 내려와서 영화를 보지도 않아."

"볼 만한 게 없단 말이야. 영화들이 전부 형편없어. 다 실수투성이야. 뉴욕에서 벌어지는 일이라고 해놓고는 배경을 보면 토론토나 밴쿠버같이 전혀 다른 곳이라고."

"토마스, 네가 하는 일이라고는 컴퓨터 앞에 앉아 클릭질이나 하면서 거리를 보고 또 보는 것뿐이야. 너, 세계가 어떤지 보고 싶니? 아무 도시나 골라 봐. 도쿄든 뭄바이든 형이 데려가 줄게. 로마는 어때? 같이 가자. 트레비 분수 옆의 식당에 앉아 피자나 파스타를 시켜먹고 후식으로 젤라토를 먹자. 여태껏 네가 해본 일 중 가장 재미있을 거야. 컴퓨터 화면의 정지 화상을 보는 게 아니라 현실 속의 진짜 도시를 보는 거야. 넌 그 장소들을 느낄 수 있어. 노트르담 성당의 벽돌들을 손가락으로 만져보고, 홍콩의 템플 스트리트 야시장에서 냄새를 맡고, 도쿄의 가라오케에서 들려오는 노랫소리도 들을 수 있어. 아무 곳이든 말만 해. 형이 데려가 줄게."

토마스는 멍한 얼굴로 나를 바라봤다. "아니, 싫어. 난 그냥 여기가 좋아. 병에 걸리거나, 수화물을 잃어버리거나, 빈대가 우글거리는 호텔에 묵을 필요가 없으니까. 말이 안 통하는 도시에서 앓아눕거나 노상강도를 당할 일도 없지. 게다가 난 시간이 없어."

"무슨 소리야, 시간이 없다니?"

"모든 곳을 직접 돌아다닐 시간이 없어. 여기서 하는 편이 빨라. 일을 빨리 끝낼 수 있어."

"토마스, 무슨 일을 끝낸다는 거야?"

"지금은 말 못 해. 형한테 얘기해줘도 괜찮은지 보안규정을 확인해봐야 돼." 토마스가 말했다.

나는 길게 한숨을 내쉬며 머리 위에 손을 올렸다. 진이 다 빠져서 그만 화제를 바꾸기로 했다.

"줄리 맥길 기억나니? 우리랑 같은 고등학교 다닌 여자애."

"응. 그 사람이 왜?" 토마스가 말했다.

"장례식에 왔었어. 너 어떻게 지내냐고 묻더라. 인사를 전해 달래."

토마스는 기다리는 눈빛으로 날 바라보며 말했다. "인사할 거야?"

"뭐?" 나는 그 말을 이해하는 데 시간이 잠깐 걸렸다. "아, 그래, '안녕?'. 네가 장례식에 왔으면 줄리가 직접 말했겠지." 토마스는 아무런 대꾸도 하지 않았다. 그가 여전히 내게 귀를 기울이지 않자 나는 기분이 언짢았다. "줄리가 너랑 같은 반이었나?"

"아니. 줄리는 나보다 한 학년 위였고 형보다 한 학년 아래였어." 토마스는 잠시 말을 멈췄다. "아버 가 34번지에 살았어. 2층 건물이었는데 1층 한가운데 문이 있었고 양옆으로 창문이 있었어. 2층에는 창문이 세 개. 초록색 건물인데 오른쪽에 굴뚝이 있었어. 우편함에는 꽃그림이 찍혀 있었고. 줄리는 항상 나한테 상냥했어. 아직도 예뻐?"

나는 고개를 끄덕였다. "응. 머리카락은 여전히 검은색이지만 짧게 잘랐더라."

"아직도 몸매가 좋아?" 토마스의 말투는 마치 줄리가 아직 스바루 자동차를 몰고 있냐고 물어보는 듯 음란한 기색이 조금도 없었다.

"그런 셈이지. 너 혹시 줄리하고…… 그런 사이였어?" 내가 물었다.

"그런 사이?" 토마스는 정말 몰라서 묻는 것이었다.

"데이트했어?"

"아니." 토마스가 대답했다. 사실 물어볼 것도 없었다. 토마스는 여자친구를 꾸준히 사귄 적이 없었다. 데이트를 한 것도 손으로 꼽을 정도라서 나조차 기억할 수 있었다. 그의 괴상하고 내성적인 성격 탓이기도 했지만 애당초 토마스는 여자에게 관심도 없었을 것이다. 내가 침대 매트리스 밑에 한참 도색 잡지를 숨길 때 토마스는 엄청난 양의 지도들을 수집하고 있었으니까.

"하지만 난 줄리를 좋아했어. 줄리가 나를 구해줬거든." 토마스가 말했다.

나는 고개를 기울이며 기억을 떠올렸다. "그때 말이야? 쌍둥이 랜드리 형제?"

토마스는 고개를 끄덕였다. 쌍둥이인 스카일러 랜드리와 스탠 랜드리는 둘이 합쳐서 지능지수가 페인트 한 통 값밖에 안 되는 학교 불량배들이었다. 어느 날 토마스가 학교에서 집으로 걸어가는데 이들이 길을 막더니 토마스가 교실에서 혼잣말한 것을 가지고 시비를 걸었다. 그 난폭한 자식들이 토마스를 괴롭히려는 순간 줄리 맥길이 나타났다.

"그때 줄리가 어떻게 했어?" 내가 물었다.

"나를 가만두라고 놈들한테 소리를 질렀어. 놈들과 내 사이를 가로막더니 놈들을 겁쟁이라고 욕했어. 그리고 다른 욕도 했어."

"뭐라고 했는데?"

"꼴통."

나는 고개를 끄덕였다. "그래, 기억난다."

"여자아이한테 도움을 받아서 부끄러웠어." 토마스가 말했다. "하지만 안 그랬으면 쌍둥이 놈들한테 두들겨 맞았을 거야. 디저트 있어?" 토마스가 물었다.

"응? 어, 글쎄? 냉장고에 비어가는 아이스크림 통이 있긴 한데."

"형이 가져다줄래? 계획했던 것보다 너무 오래 1층에 있었어. 지금 다시 올라가 봐야 돼." 토마스는 이미 자리에서 일어나고 있었다.

"그래, 알았어."

"내가 본 게 있어." 토마스가 말했다.

"뭐라고?"

"본 게 있어. 컴퓨터에서. 이건 형한테 보여줘도 괜찮을 것 같아. 보안규정에 어긋나지 않을 거야."

"그게 뭔데?"

"형이 직접 봐야 돼. 설명하려면 너무 길어."

"힌트라도 좀 주지그래?" 내가 물었다.

토마스는 다시 대답했다. "직접 봐." 그는 잠시 말을 멈췄다. "아이스크림 가지고 올라와서 봐."

5

나는 5분 후 토마스의 방으로 올라갔다. 냉장고에는 바닐라 아이스크림 통이 있었다. 긁어내 보니 한 사람 먹을 양이 겨우 나왔는데 어차피 나는 식욕이 없었으므로 상관없었다.

토마스의 일과에 대해 이성적으로 논의하려고 시도한 것은 애초에 어리석은 짓이었다. 이미 부모님이 긴 세월 동안 애써봤지만 실패한 싸움이었다. 내가 성공할 수 있을 리가 없었다. 토마스는 그저 토마스일 뿐이다. 항상 저런 상태였고 냉정히 생각해보면 앞으로도 계속 그럴 것이다.

토마스의 증상은 어릴 때부터 나타났다. 적어도 증상의 조짐이 보였다. 여섯 살 적부터 토마스는 지도라면 환장하는 아이였다. 당시 부모님은 그 점을 굉장히 자랑스러워했다. 손님들이 집에 찾아올 때면 부모님은 피아노 신동을 자녀로 둔 부모들이 아이에게 브람스의 곡을 연주시키듯 토마스를 자랑했다.

"나라를 하나 골라봐." 아버지는 손님들에게 말했다. "아무거나."

부모님의 친구들은 토마스의 재주가 무엇인지 궁금해하며 나라 이름을 댔다. "아르헨티나." 그러면 토마스는 연필과 메모장을 들고 그 나라를 그려냈다. 점을 찍어서 도시들을 표시하고 이름을 적었다. 심지어 이웃 국가들의 이름까지 적었다. 그리고 손님들이 확인할 수 있도록 그림을 건넸다.

문제는 손님들이 아르헨티나와 아칸소 주조차 구분하지 못하는 경우가 태반이어서 토마스가 그린 지도가 정확한지 어떤지 알지 못했다는 것이었다. 그러면 아버지는 책장에서 지도책을 꺼내 아르헨티나의 페이지를 펴고 말했다. "이거 봐! 이거 좀 보라고! 놀랍지 않아? 멘도사의 위치까지 정확히 맞췄잖아. 내가 장담하는데, 이 녀석은 커서 지도 제작사가 될 거야."

부모님이 자신을 잔재주꾼으로 자랑하는 것이 언짢았는지 어땠는지 모르겠지만, 토마스는 싫은 내색을 한 번도 보이지 않았다. 당시 나는 토마스를 그저 천부적인 재능을 지닌 어린 동생으로만 보았다. 다소 내향적이고 말이 없는 아이였지만 심각한 문제가 있다는 낌새는 없었다.

하지만 머지않아 문제는 드러나고야 말았다.

부모님은 어린 토마스를 한없이 자랑스러워했다. 어린 나를 자랑스러워할 일은 별로 없었다. 적어도 가족 여행을 갈 때는 그랬다. 어머니가 챙겨 놓은 짐을 아버지가 차 트렁크에 싣고서, 우리 가족은 애틀랜틱시티, 플로리다, 보스턴으로 여행을 떠나고는 했다. 방향 감각이 둔한 어머니는 주유소에서 얻은 도로 지도를 읽는 데 항상 애를 먹었다. 지도를 접는 것만큼은 훌륭하고 완벽하게 해냈지만.

그래서 지도를 읽는 것은 아버지의 몫이었다. 요즘 운전 중에 문자 메시지를 보내는 것이 위험하다고들 하는데 사실 웃기는 소리다. 당시 스마트폰이 있었다면 아마 아버지는 버펄로의 우회로에서 길을 찾으면서 동시에 문자로 소설이라도 써서 보낼 수 있었을 것이다. 어머니가 지도를 적당한 크기로 접어 운전대 위에 걸쳐 놓으면, 아버지는 매초 지도와 정면을 번갈아 보며 미국 땅을 돌아다녔다.

하지만 토마스가 일곱 살이 되던 해에 상황은 변했다.

"아빠, 내가 지도 읽을래." 토마스가 말했다.

아버지는 처음에 그 말을 무시했지만 토마스는 끈질기게 보챘다. 결국, 아버지는 별 도움은 안 되겠지만 꼬마 녀석이 자부심이라도 느끼게 할 요량으로 지도를 넘겼다. 하지만 토마스는 놀이 따위를 하려는 게 아니었다. 글 읽는 법을 배우기 한참 전의 아이들이 책을 펴서 단어를 웅얼거리듯 길잡이 시늉이나 하려는 것이 아니었다.

토마스는 지도를 잠깐 보더니 말했다. "90번 도로를 16킬로미터 더 운전하다가 동쪽 22번 도로로 들어가."

"야, 내가 좀 보자." 아버지는 지도를 다시 집어들어 운전대 위에 놓고 살펴봤다.

"미치겠군. 이 녀석 말이 맞아." 아버지가 말했다.

지도 읽기에서만큼은 토마스가 언제나 옳았다.

나는 녀석에게서 지도를 빼앗으려고 했다. 내가 형이니까 길잡이를 해야 한다고 생각한 것이다. 아버지가 꼬맹이 동생 녀석의 말을 따르는 광경을 보는 것은 괴로운 일이었다.

"레이몬드!" 아버지가 나에게 소리를 질렀다. "동생 가만두지 못해? 걔가 하게 놔둬. 잘하고 있잖아."

나는 지원을 요청하듯 어머니를 바라봤다. 어머니가 내게 말했다. "너도 잘하는 게 있어. 하지만 저건 토마스에게 맡기렴."

"내가 잘하는 게 뭔데?" 내가 물었다.

어머니는 대답하는 데 시간이 걸렸다. "그림을 잘 그리잖니. 여행지에 도착하면 그림을 그려 주렴. 재미있을 거야."

이 얼마나 같잖은 위로인가? 우리에게는 카메라가 있었다. 도대체 관광지를 굳이 미술작품으로 그려낼 필요가 뭐가 있단 말인가? 그게 무슨 도움이 된단 말인가? 모욕감을 느낀 나는 여행 중에 가지고 놀려고 들고온 종이, 연필, 안전가위 따위가 담긴 케이스에 손을 넣어 아무것도 그리지 않은 검은색 판지를 꺼내 어머니에게 건넸다.

"칼즈배드 동굴이야." 나는 어머니에게 말했다. 칼즈배드 동굴은 전날 우리가 들렀던 관광지였다. "집에 돌아가면 액자에 걸어 놔."

토마스의 증상이 나타난 것은 우리 가족이 피츠버그 남동쪽으로 차로 한 시간 반 걸리는 남부 펜실베이니아의 어느 리조트에 놀러 갔던 여름이었다. 당시 나는 열한 살, 토마스는 아홉 살이었다. 산비탈에 지어진 리조트는 낡고 웅장했다. 지금 와서 생각해보면 그 리조트는 스티븐 킹의 소설을 영화화

한 〈샤이닝〉에 나오는 오버룩 호텔과 닮아 있었지만, 엘리베이터에서 피가 넘쳐흐른다거나 욕조에 죽은 여자의 시체가 있다거나 꼬마아이가 세발자전거를 타고 불쑥 복도에 나타나거나 하지는 않았다. 대신 리조트에는 미니골프장, 수영장, 한밤의 빙고 게임, 오후 네 시 포치에서 먹는 쿠키와 레모네이드 따위가 있었다. 그곳에서 보낸 일주일은 재미있었지만 가장 기억에 남는 일화는 집에 돌아오는 길에서 벌어졌다. 토마스가 사전에 계획해 놓은 경로를 아버지가 이탈하려고 했을 때였다.

리조트에서 어머니가 내려와 수영을 하거나 편자 던지기 놀이를 하자고 간청했지만, 토마스는 며칠 동안 지도만 바라보며 연구한 끝에 집에 돌아가는 가장 빠른 길이 북쪽 앨투너를 가로지르는 99번 도로임을 알아냈다. 처음에 우리는 토마스의 말에 따라 99번 도로를 탈 계획이었지만 어머니가 쇼핑을 하기 위해 해리스버그를 거쳐 가자고 해서 동쪽 76번 도로를 타기로 했다. 원래의 경로에서 몇 킬로미터 이탈하는 셈이었다.

"안 돼!" 뒷좌석에서 그 얘기를 들은 토마스가 말했다. "99번 도로로 가야 돼!"

"엄마가 해리스버그에 가자고 하잖아, 토마스. 호들갑 떨지 마." 아버지가 말했다.

"일주일 동안 계획했단 말이야!" 토마스는 울기 시작했다.

"해리스버그에서 집으로 가는 길을 계획하면 어떻겠니? 그것도 재미있잖아?" 어머니가 제안했다.

"안 돼! 지도대로 가야 돼." 토마스가 고집을 부렸다.

"조용히 해, 토마스. 우리는 그냥―."

"안 돼!"

"맙소사. 레이, 게임이든 뭐든 꺼내서 동생하고 놀아줘. 〈매드립스〉(문장에 비어있는 단어를 채워넣는 게임) 책 어디 있어?"

하지만 토마스는 급기야 안전벨트를 풀고 좌석에 무릎을 꿇고 앉더니 머리를 차창에 찧기 시작했다.

아버지가 말했다. "야, 너 지금 무슨 짓을——."

"토마스!" 어머니가 소리를 질렀다.

나는 토마스를 붙들려고 했지만 토마스는 나를 밀쳐냈다. 그는 멈추지 않고 차창에 머리를 찧었다. 유리창에 피가 묻어나왔다.

아버지는 차를 급히 돌려 갓길에 세웠다. 어머니는 조수석에서 뛰쳐나오다가 자갈밭에서 넘어질 뻔했다. 어머니는 뒷문을 열고 토마스를 팔로 감싸 안았다. 토마스의 머리는 온통 멍과 피투성이였다.

"알았어, 알았어, 99번 도로로 갈 거야. 네가 가르쳐준 길로 집에 갈 거야." 어머니가 말했다.

나는 토마스의 방에 들어가는 것이 싫었다. 그의 공간은 지도로 장식된 복도보다 더 꺼림칙했다. 방의 벽은 온통 지도투성이였고 바닥에도 지도들이 흩어져 있었다. 책장 하나는 다양한 지도책들, 나선철로 묶인 미국자동차협회에서 발간한 낡은 도로지도(요즘도 사용하는 사람이 있는지 모르겠다), 인터넷으로 구입한 지도들이 담긴 커다란 마분지 통들과 인터넷에서 출력한 지도들의 인쇄물들로 넘쳐났다. 나로서는 얼른 알아보기 어려운 도시들의 위성사진들도 있었다.

벽에 딱 붙은 싱글 침대는 종이들에 뒤덮여 잘 보이지도 않았다. 이건 마치 도적 떼가 내셔널 지오그래픽 본부를 휩쓸고 지나간 듯한 난장판이었다. 이 방은 소방 법규들을 심각하게 위반하고 있었다. 누구든 촛불을 들고 지도 범벅인 복도와 방 사이를 왔다 갔다 하기만 하면 금세 연기로 뒤덮일 판이었다.

심각하게 고민해 볼 문제였다.

토마스는 컴퓨터 앞에 앉아 있었다. 책상에는 키보드 하나와 평면스크린 모니터 세 개가 나열되어 있었다. 모니터들에는 서로 다른 인터넷 브라우저 화면이 떠 있었는데 동일한 길거리 하나를 각각 왼쪽, 가운데, 오른쪽에서 찍은 이미지들을 비추고 있었다. 모니터들의 브라우저 주소창에는 모두 "wh irl360.com"이라는 웹사이트 주소가 찍혀 있었다.

솔직히 말해 내 생각에도 〈휠360〉은 굉장한 웹사이트였다. 10년 전만 해도 상상조차 할 수 없는 기술이었다.

이 웹사이트에 접속하면 순식간에 전 세계가 손가락 끝에 놓이게 된다. 지구상의 어느 곳이든 클릭만 하면 하늘에서 내려다보는 것처럼, 일반적인 지도나 위성 사진 형태의 조감도가 나타난다. 이미지를 확대하면 고층건물의 옥상 통기관까지 뚜렷이 볼 수 있다.

이것만으로도 굉장하다.

하지만 그게 다가 아니었다.

거리를 클릭하면 그 거리를 볼 수 있다. 문자 그대로, 볼 수 있다. 마치 실제로 그 거리 한가운데 서서 보는 것처럼. 마우스를 클릭할 때마다 화면은 몇 미터씩 앞으로 전진하게 되고, 클릭한 상태에서 마우스를 움직이면 왼쪽이나 오른쪽으로 방향을 바꾸거나 360도 회전하는 것이 가능하다. 가게나 식당 창문에 뭐가 붙어 있는지 궁금하다면 화면을 확대하면 된다. "오늘의 스페셜: 양파를 곁들인 간 요리 5달러 99센트" 같은 표지를 읽을 수 있는 것이다.

나도 가끔 이 웹사이트를 이용했다. 작년 토론토로 여행을 갔을 때 나는 도시 동쪽 끝에 있는 세련된 동네인 더 비치의 퀸 가 남쪽에 사는 대학 시절 친구를 만난 적이 있다. 친구는 이메일을 보내 일단 집에서 만나자고 했고, 우리는 그의 집에서 걸어서 갈 수 있는 거리의 이탈리아 식당에 가기로 했다.

나는 〈휠360〉 웹사이트에 접속하여 친구 집에서 퀸 가까지 걸어간 뒤 사방으로 한두 블록 둘러본 결과 두 개의 식당을 발견했다. 인터넷에서 검색해보니 그중 한 곳이 이탈리아 식당이었다. 온라인 메뉴를 미리 본 덕분에 나는 식당에 가기도 전에 랍스터 라비올리를 주문하기로 결정할 수 있었다.

그러므로 나는 토마스에게 이 웹사이트가 그야말로 꿈의 기술이라는 것을,

그가 이 웹사이트에 환장할 수밖에 없다는 것을 충분히 이해했다. 마치 〈스타트렉〉의 팬이 어느 날 아침 눈을 떠보니 USS 엔터프라이즈호(스타트렉에 나오는 우주함선)에 탑승하고 있는 것과 비슷한 셈이었다.

현재 토마스가 화면에 고정시킨 길거리는 내가 알지 못하는 곳이었다. 길은 좁아서 차선 하나가 들어설 정도였고, 오른쪽에는 차들이 평행 주차되어 있었다. 아마도 유럽의 어느 거리인 듯했다.

나는 토마스의 전화기 옆에 아이스크림을 놓았다. 전화선으로 인터넷을 연결하던 시절, 부모님은 토마스의 방에 별도의 전화선을 설치했다. 토마스가 인터넷을 온종일 사용하는 탓에 걸려오는 전화를 받지 못하기가 일쑤였고 전화를 거는 것도 곤란했기 때문이었다. 별도의 전화선 덕분에 토마스는 원하는 만큼 마음껏 인터넷을 쓸 수 있었다. 하지만 와이파이가 설치된 지금, 전화기는 토마스에게 별로 쓸모없는 물건이 되었다. 그에게 걸려오는 전화라고 해봤자 텔레마케터가 전부였다.

토마스는 아이스크림을 보며 말했다. "초콜릿 소스는 없어?"

"다 떨어졌어." 나는 그렇게 말했지만 사실 찾아보지도 않았다. "거기는 어디야?"

"세일럼 가."

"어디 있는 세일럼 가?"

"보스턴. 노스엔드."

"음, 그렇군. 보스턴이겠지. 난 네가 요즘 파리만 돌아다니는 줄 알았어."

"두루두루 돌아다녀." 토마스가 말했다. 재미있으려고 한 말인지는 확실치 않았지만 나는 그 말을 듣고 웃었다.

"여기, 이상한 거 보여?" 토마스가 물었다.

나는 화면을 바라봤다. 얼굴이 지워진 사람들이 거리를 걸어 다니고 있었다. 〈훨360〉에는 사람들의 정면 얼굴과 차 번호판을 지워야 하는 규정이 있는 듯했다. 거리에는 자동차들도 보였다. 거리의 이름이 적힌 표지판들도 있었는데 뭐라고 쓰여 있는지는 알 수 없었다.

"아니." 내가 말했다.

"여기 은색 SUV 보여?" 토마스가 손가락으로 가리켰다. 오른쪽 모니터에는 자동차의 측면이 보였다.

"그래, 보인다."

"운전사가 무슨 짓을 했는지 좀 봐. 뒤로 후진하다가 저 파란 자동차를 박았어. 파란 자동차의 전조등에 부딪힌 게 보이잖아?"

"확대해 볼래?"

토마스가 더블 클릭을 하자 SUV의 뒤쪽 범퍼와 파란 자동차의 앞부분 이미지가 흐릿하게 확대되었다.

"네 말이 맞네." 내가 말했다.

"보이지, 그렇지?"

"그래. 〈훨360〉의 사진을 찍는 자동차가 여기를 돌아다닐 때 마침 저 차가 후진하다 뒤차를 박은 모양이네. 쯧쯧. 그리고 사고 현장이 포착된 걸 네가 발견했다는 얘기구나?"

"SUV 운전자는 자기가 뒤차를 박았다는 사실을 알지도 못할 거야." 토마스가 아이스크림을 떠먹으면서 말했다.

"아마 그렇겠지. 나 TV 볼 건데 같이 볼래? 영화 주문해서 볼까? 제대로 된 장소에서 촬영한 영화라면 너도 짜증 내지 않고 볼 수 있겠지?"

"신고해야 돼. 파란 차 주인한테 누가 자기 차를 박았는지 알려줘야 해." 토마스가 말했다.

"자, 토마스, 생각을 좀 해보자. 일단, 번호판들이 가려져 있어서 SUV 주인이나 파란 차 주인을 알아낼 방법이 없어. 게다가 이 화면은 이미 몇 달 전, 어쩌면 몇 년 전에 찍힌 사진이야. 사고 자체도 사소하지만 얼마나 오래전에 일어난 사고인지도 알 수 없다고. 파란 차 주인이 차를 고친 지 1년쯤 됐을지 어떻게 알겠어? 아니, 차를 팔아버렸을지도 모르지. 이 화면은 생방송이 아니야. 너도 알잖아? 과거의 정지 화면이라고."

토마스는 아무 말이 없었다.

"왜 그래? 말 좀 해봐."

"우두커니 아무것도 안 하는 것은 옳지 못해." 토마스가 말했다.

"야, 토마스, 지금—맙소사, 토마스, 지금 우리가 사람이 자동차에 깔리는 현장을 목격한 것도 아니잖아? 그러게 내가 아까 뭐랬어? 너는 너무 오래 컴퓨터만 붙들고 앉아 있어. 나가서 시간을 보내야 돼. 내려가서 영화 보자. 아버지가 아주 괜찮은 TV를 샀어. 평면 와이드스크린이야. 저대로 사용하지 않으면 아깝잖아."

"형이 먼저 가 있어. 난 좀 있다 내려갈게. 영화 골라 놔. 같이 보자." 토마스가 말했다.

나는 1층으로 내려가 TV를 켜고 리모컨들의 버튼을 눌러 영화 채널에 접속했다.

나는 영화들을 살펴보다가 2년 전에 뉴질랜드에서 만들어진 〈더 맵 리더〉라는 영화를 발견했다.

"와, 이게 뭐야. 야, 토마스! 이 영화 네가 엄청 좋아하겠다. 지도를 읽는 꼬마에 관한 얘기래!"

"그래. 곧 내려갈게." 토마스가 말했다.

그러나 토마스는 내려오지 않았다. 15분을 기다리다가 나는 아무것도 보지 않은 채 TV를 끄고 주방으로 가서 아버지의 마지막 남은 맥주를 마셨다.

6

지금으로부터 9개월 전. 앨리슨 피치는 접이식 소파 침대에 누운 채 베개에서 고개를 살짝 들어 올려 좁은 거실의 반대편에 놓인 DVD 플레이어 액정 화면의 디지털 시계를 바라봤다. 정오가 거의 다 된 시각. 앨리슨은 아침에 햇빛 때문에 깨어나지 않도록 밤 근무를 끝내고 돌아와 창문의 블라인드를 내리긴 했지만, 창문에 검은색 종이를 붙이거나 두꺼운 커튼을 달지 않고서야 햇살을 완전히 막을 수는 없었다.

'날씨 한번 화창하네.' 앨리슨은 이불을 머리까지 뒤집어썼다.

지금쯤이면 이 집의 침실을 쓰는 룸메이트인 코트니 윌머스는 나가고 없을 것이다. 이 도시에서는 임대료 규제가 적용되는 집이 아니고서야 혼자 집세를 감당할 수 없었다. 웨이트리스의 급료로는 어림도 없었다. 월 가의 사무실에서 근무하는 코트니는 아침 여덟 시면 집을 나섰고, 앨리슨의 근무는 보통 오후 다섯 시부터 시작됐다. 가끔 코트니가 일찍 집에 돌아오는 날이면 두 사람은 5분 정도 서로를 맞닥뜨렸다.

앨리슨은 오늘이 그날이 아니길 바랐다. 그녀는 그다지 코트니를 보고 싶지 않았다. 코트니는 앨리슨과 아주 진지한 대화를, 앨리슨으로서는 별로 달갑지 않은 대화를 하려고 할 것이다. 그리고 앨리슨은 대화의 주제가 뭔지 정확히 알고 있었다.

돈.

언제나 돈 얘기였다. 지난 두 달간 코트니가 얘기하려는 주제는 오직 돈뿐이었다. 앨리슨이 자기 몫의 집세, 케이블 방송료, 인터넷 사용료를 내지 않게 된 뒤로 항상 그랬다. 코트니는 케이블 방송과 인터넷을 끊겠다고 위협했지만 앨리슨은 코트니가 그러지 못하리라는 것을 잘 알았다. 코트니는 집에 있을 때면 페이스북에 꼭 붙어 지냈다. 앨리슨이 알기로는 직장에서도 다르게 없었다. 코트니가 어떻게 지금까지 그 무역회사에서 안 잘리고 붙어 있는지 앨리슨은 도대체 이해할 수가 없었다. 적어도 앨리슨은 바에 가서 진짜로 일을 한다. 진땀을 빼면서 일한다. 서빙을 하고, 개 같은 손님들의 뒤치다꺼리를 하고, 주문 하나 똑바로 받지 못해 나를 곤경에 빠트리는 주방 놈들의 지랄을 견뎌낸다.

그렇게 돈을 번다. 그렇다, 앨리슨은 돈을 번다. 문제는 충분하지 않다는 것이다. 지난 석 달 동안 앨리슨은 자기 몫의 집세를 절반밖에 내지 못했다. 냉장고에 먹을 것을 채워넣지도 못했다. 코트니에게는 돈이 들어오면 다 갚겠다고 말했다.

그럴 때면 코트니는 "내 눈앞에 돈을 갖다 놓으면 믿을게."라며 빈정거릴 뿐이었다.

'나쁜 년.'

코트니는 앨리슨보다 벌이가 훨씬 좋았다. 그러나 정작 코트니가 하는 일이라고는 푹신푹신한 의자에 엉덩이를 깔고 앉아 컴퓨터 앞에서 하루 종일 남들 돈이나 옮기는 일뿐이었다. 앨리슨은 코트니가 하는 일을 절반도 이해할 수가 없었다.

상황은 앨리슨이 본가에 전화를 걸었던 두 달 전에 악화되었다. 앨리슨은 데이턴에 있는 어머니에게 전화를 걸어 뉴욕이라는 도시가 생각보다 살기 힘들다고 푸념했다.

"아이고, 애. 너 그냥 데이턴으로 돌아오지 그러니?" 앨리슨의 어머니가 말했다.

"싫어, 엄마."

"〈타깃〉에서 사람을 구한다더라. 신문에 채용 공고가 났어."

"〈타깃〉에서 일하려고 데이턴에 돌아가지는 않을 거야." 앨리슨이 말했다.

"괜찮은 사람이라도 만났니?"

"아, 엄마."

"식당에서 일하면 젊은 남자들 만날 기회가 많잖니?"

"엄마, 제발 좀." 엄마와의 전화 통화는 왜 항상 이런 식이지? 엄마는 내가 데이턴을 떠난 이유가 그런 질문들을 받는 게 짜증 나서라는 걸 알기나 할까?

"어미가 딸자식이 좋은 남자 만나 행복하길 바라는 게 뭐가 잘못됐니? 네 아빠랑 나는 결혼해서 행복하게 잘 살았다. 너 벌써 서른하나야. 앞으로 계속 나이는 먹을 텐데."

앨리슨은 어머니의 장단을 좀 맞춰주기로 했다. "사실 만나는 사람 있어." 다행히 거짓말은 아니었다. 일말의 진실이 있다면 이야기를 지어내는 것쯤은 어렵지 않았다. 특히 그 대상이 어머니라면. 앨리슨은 실제로 누군가를 만났고 함께 시간을 보냈었다. 꽤나 뜨거운 시간을. 한 번의 눈짓으로 시작되는 관계.

서로 바라보는 것만으로 상대의 마음을 헤아리는 사건.

앨리슨은 수화기 너머에서 어머니의 표정이 밝아지는 것을 느꼈다. "누구니?" 어머니가 들뜬 목소리로 물었다. "어떤 남자야?"

"만난 지 얼마 안 됐어. 어떻게 될지 더 두고 봐야 해. 확실히 이 사람이다 싶으면 그때 얘기해 줄 테니 질문 공세는 이제 그만. 당장은 더 심각한 걱정거리들이 있단 말이야."

"무슨 걱정 말이니?"

"손님들이 팁 주는 게 예전 같지 않아. 게다가 경기 불황이라서 다들 집에서 먹고 마셔. 이빨 깨진 것도 속상해 죽겠는데."

"이빨이 깨졌다고? 무슨 소리니?"

"내가 얘기 안 했나?" 물론 얘기한 적이 없었다. 방금 지어낸 거니까. 이빨은 멀쩡했다.

"처음 듣는 얘기야. 언제 깨진 거니? 어쩌다가?"

"음, 그러니까, 같이 일하는 일레인이라는 여자애가 있는데, 걔가 하는 짓이 무진장 칠칠맞거든. 얼마 전 일레인이 음료가 잔뜩 올라간 쟁반을 들고 손님들 틈을 비집고 가고 있었어. 그 빌어먹을 은행 직원들 사이를 지나가다가―"

"앨리슨, 말 좀 곱게 해라."

"알았어. 아무튼, 걔가 망할 놈의 은행 직원들 사이를 지나가다가 쟁반을 쓱 들어 올렸어. 그런데 그때 마침 내가 뒤에서 지나가는 중이었거든. 쟁반 모서리가 내 입에 정통으로 부딪혔지 뭐야. 음료수들이 바닥에 떨어지고 난리가 났어. 화장실에 가서 거울을 보니까 앞니가 조금 깨졌더라고."

"아이고, 세상에. 그거 큰일이잖니." 어머니가 말했다.

"많이 깨지진 않았는데 혀를 갖다 댈 때마다 끝이 뾰족뾰족한 게 느껴졌어. 그래서 매디슨에 있는 치과에 가서 치료를 받았어. 치료가 잘 돼서 이젠 돋보기로 봐도 티가 안 나."

물론, 티가 날 리가 없었다.

"돈 많이 들었겠구나."

"응. 웨이트리스들한테 치과 진료가 포함된 의료보험이 제공되지는 않으니까." 앨리슨은 웃으며 말했다. "걱정하지 마. 내가 알아서 할게. 코트니는 이해할 거야. 집세 좀 밀려도 이해해주겠지."

"아이고, 얘, 룸메이트한테 그러면 안 돼. 폐를 끼치는 거잖니. 엄마가 당장 돈 보내줄게."

그날 어머니는 앨리슨에게 우편으로 천 달러짜리 수표를 보냈다.

앨리슨은 수표를 받자마자 은행 통장에 넣었다. 이제 잔액은 1,421달러 87센트가 되었다. 코트니에게 빚진 것보다는 적었지만 일단은 조금이라도 갚을 수 있게 되었다. 하지만 앨리슨은 ATM 명세서의 잔액을 볼수록 코트니에게 그 돈을 넘길 마음이 점차 사라져갔다.

앨리슨이 만났다는 그 사람은 2주 후 바베이도스에 갈 계획이었고 앨리슨에게 함께 가자고 청했다. 하지만 여비를 대주겠다는 말이 없었으므로 앨리슨은 미안하지만 여유가 없어서 못 가겠다고 거절했었다.

하지만 깨진 이빨 덕분에 이제 돈 문제는 해결됐다.

앨리슨은 바베이도스에 1주일간 숙소를 예약했다.

이것이 바로 코트니와의 관계를 엉망으로 만든 계기가 되었다.

코트니는 앨리슨이 택시를 타고 JFK 공항으로 가려고 짐을 챙기는 것을 보며 말했다. "너 지금 장난해? 미친 거 아니야? 나한테 돌려줄 2천 달러는 없는데 놀러 갈 돈은 있다고? 설명 좀 해 볼래?"

"내 돈 아니야. 엄마가 여행 가라고 준 거야." 앨리슨이 말했다.

"뭐?"

"아직 너한테 빚 갚을 만큼 모으지 못했어. 너한테는 일해서 번 돈을 모아서 갚을 거야. 엄마가 준 이 돈은 여행 갈 때 쓰기 위한 거야. 용도가 달라." 앨리슨은 자신의 말이 완벽하게 이치에 맞다고 생각했다. 코트니는 가끔 머리 회전이 둔하다. 저런 애가 돈을 다루는 일을 하다니. 이런 간단한 논리도 이해를 못 하는 저런 애가 어떻게?

"어이가 없네. 정말 어처구니가 없어." 코트니가 말했다.

"있잖아, 나 이번 여행은 꼭 가야 해. 3년 동안 넌 여기저기 많이 돌아다녔잖아. 처음에는 뮌헨, 그다음에는 멕시코. 다섯 달 전에는 런던도 갔었지? 하지만 그동안 나는 아무 데도 못 갔어."

"내가 여행 간 게 너랑 무슨 상관이야?"

"넌 그렇게 자주 여행을 가는데 난 아무 데도 못 간다는 건 불공평하잖아? 너 말이야, 가끔 되게 이기적이야. 나 이제 출발해야 돼. 3시간 후에 비행기가 떠나."

앨리슨이 바베이도스에 머무는 동안 코트니는 수백 통의 문자 메시지와 이메일을 보냈다. 내용은 모두 앨리슨이 얼마나 이기적이고, 자기중심적이고, 자기밖에 모르는 못된 년인지에 관한 것이었다. 온종일 삑삑 울려대는 전화기 덕분에 앨리슨의 휴가는 엉망이 되었다.

그래도 앨리슨은 바베이도스에서 보낸 시간에 만족했다.

앨리슨이 바베이도스에서 돌아오자 코트니는 앨리슨을 쫓아내겠다고 위협했지만, 앨리슨은 자신도 임대 계약서에 이름이 올라가 있기 때문에 쉽지 않을 거라고 응수했다. 그리고 반드시, 꼭, 죽어도, 돈을 갚겠다고 장황하게 통사정을 했다. 어머니에게 부탁하면 돈을 보내줄 거라고, 어머니의 심금을 울려서 일주일 안에 수표를 보내도록 할 괜찮은 이야기를 지어낼 수 있다고 말했다.

그리고 오늘, 약속한 일주일이 지났다. 하지만 오늘 우편으로 수표가 도착할 리는 없었다. 앨리슨은 아직 어머니에게 전화를 걸어 돈을 부탁하지 않았다. 깨진 이빨로 돈을 받아낸 지 얼마 되지도 않았는데 다시 돈을 달라고 할 수는 없었다. 앨리슨은 앞으로 일주일 정도 더 있다가 깨진 이빨만큼 괜찮은 얘기를 지어내 어머니에게 연락할 계획이었다.

빈대 얘기가 좋겠군. 다들 빈대라면 기겁을 하니까. 앨리슨은 집 건물에서 빈대가 발견되는 바람에 해충 방제 요원들이 약을 뿌려 그 악마 같은 벌레들을 퇴치할 때까지 코트니와 일주일간 호텔 방을 빌려 살게 됐다고 말할 생각이었다. 그리고 입던 옷들에 빈대가 붙어 있을지 모르니 전부 버리고 새 옷을 사야 한다는 말도 덧붙일 계획이었다.

어머니는 예전부터 빈대에 관한 뉴스 기사를 볼 때마다 앨리슨에게 이메일로 보내주고는 했다. 그러니 이 이야기라면 어머니에게 겁을 주기에 충분했다.

어머니는 돈을 보내줄 것이다. 앨리슨은 확신했다. 이번에는 돈을 다른 데쓰지 말고 코트니에게 주면 된다.

그때, 커피 테이블 위에서 앨리슨의 휴대폰이 울렸다.

앨리슨은 코트니일 것이라고 예상하며 이불을 걷고 나왔다. 아니나 다를까, 코트니였다. 앨리슨은 전화를 받고 싶지 않았지만 안 받으면 계속 전화를 해댈 것이 뻔했다. 앨리슨은 테이블로 손을 뻗어 휴대폰을 집어 귀에 갖다 댔다.

"응." 앨리슨이 말했다.

"일주일 됐어. 어머니가 돈 보냈어?"

"아직. 우체통 확인 안 해봤지만 아마 안 왔을 거야."

"왜 그렇게 생각하지, 앨리슨?"

"그게, 있잖아, 그래, 사실 엄마한테 전화 안 했어. 무슨 얘기로 둘러댈까 고민 중이었는데 방금 좋은 얘기가 생각났어. 오늘 전화할게. 사나흘이면 돈이 도착할 거야."

"너는…… 너는 정말 못된 년이야."

"진짜야. 돈 다 갚을게."

"계약서에 네 이름이 있든 말든 상관없어. 당장 안 갚으면 네가 일하러 간 사이 짐을 전부 빼서 복도에 내놓겠어. 농담 아니야. 나 지금 다른 룸메이트 찾고 있어."

"맙소사, 너 친구한테 그러는 거 아니야."

"친구라고? 입장을 바꿔놓고 생각해봐!"

"그래, 알았어. 다음 주까지 못 갚으면 쫓아내기 전에 내 발로 나갈게. 그 다음에 다른 사람 구하든지 말든지 마음대로 해."

"일주일?" 코트니는 의심하듯 반문했다.

"맹세해. 가슴에 십자가 긋고 있어."

"아, 난 정말 물러 터졌어. 바보 같은 년." 코트니는 그렇게 말하고 전화를 끊었다.

다시 잠이 들 수는 없을 것 같았다. 앨리슨은 소파 침대에 앉은 채 팔을 뻗어 커피 테이블 위의 리모컨을 집어들고 TV를 켰다. NY1 뉴스 채널이 최근 뉴스들을 요약 보도하고 있었다. 앨리슨은 이메일이나 페이스북 메시지가 온 게 없는지 확인하기 위해 휴대폰을 다시 집어들었다.

오늘 오후에는 꼭 어머니에게 전화를 걸어야 한다. 하지만 그 전에 인터넷에서 빈대에 관한 정보들을 찾아 학습해 둬야겠다. 그래야 그럴싸하고 꼼꼼한 이야기를 지어낼 수 있다. 앨리슨은 어머니가 딸의 속셈을 알아차릴지도 모른다고 생각했지만, 앨리슨이 갑자기 사라졌던 때보다는 차라리 이편이 어머니에게도 나을 것이다. 당시 앨리슨은 몇 달간 어머니에게 연락조차 하지 않았었다. 돈 때문이라도 전화를 걸면 적어도 딸의 행방은 알 수 있는 셈이었다.

앨리슨은 시선을 휴대폰에서 TV로 돌렸다. 오후에 소나기가 내리다가 저녁에 갤 것이라는 일기예보가 나오고 있었다.

앨리슨은 휴대폰에서 사파리 웹브라우저를 열어 "빈대"를 검색했다. 결과가 백만 개쯤 나타났다. 앨리슨은 범위를 좁히려고 검색어에 "뉴욕"을 추가했지만 검색 결과의 양에는 큰 차이가 없었다.

다시 TV를 봤다. 뉴욕 지하철 6번 애비뉴 선에서 누군가가 선로로 뛰어들었다는 뉴스. 앨리슨은 다시 휴대폰을 바라봤다. 집주인이 계약한 해충 방제 회사의 이름을 알아봐야겠다. 좀 더 신빙성 있는 얘기를 지어내려면.

다시 TV를 봤다. 시선을 거두려는 찰나, 화면에서 낯익은 얼굴이 눈에 띄었다.

'어, 저게 뭐야?'

앨리슨은 말문이 막혀 입을 쫙 벌린 채, TV에서 기자 하나가 시내의 어떤 건물 앞 보도에 서서 얘기하는 것을 지켜봤다. "현임 주지사의 강력한 도전자가 될 모리스 쏘척이 부인 브리짓과 함께 나오고 있습니다. 법질서에 관해 훨씬 강경한 입장을 지닌 쏘척은 전통적 가치의 부활을 이번 선거운동의 핵심으로 삼으며 공공연히 주장하고 있습니다만, 주지사로 선출된 뒤 그것을 어떻게 실현할지 정확한 방법은 언급하지 않았습니다. 쏘척의 말에 따르면 뒤에서 그를 지원하는 막강한 유력자들이 있다고 하는데요, 여기에는 전 부통령도 포함된다고 합니다. 지금까지 NY1 뉴스 채널의—."

앨리슨은 TV를 끄고 잠시 허공을 바라보며 방금 본 장면을 되새겼다. 타운 카의 뒷좌석에서 내려 지지자들에게 손을 흔들다가 연설을 하기 위해 건물로 들어가는 부부의 모습이 아직도 눈에 선했다.

"쏘척이라고?" 앨리슨이 속삭였다. "정치가였단 말이야?"

앨리슨은 양손을 머리 위에 올려놓고, 어깨까지 내려오는 검은 머리카락을 손가락으로 쓸어내리며 아주 길게 숨을 내뱉었다.

"환장하겠네."

앨리슨은 아직 어머니에게 전화를 걸지 않아서 다행이라고 생각했다. 돈 문제를 해결할 다른 방법이 생긴 것이다.

7

"너 오늘 그리고린 선생님 만나러 가는 날이야." 나는 토마스가 시리얼 그릇에 우유를 따르는 것을 보며 말했다. "아버지가 몇 주 전에 예약했어."

"형, 나 의사 안 만나도 돼." 토마스는 나를 쳐다보지 않고 말했다.

"좀 가주면 고맙겠는데. 아버지는 네가 가끔은 그리고린 선생님을 만나 보는 게 좋다고 했어."

"가기 싫어. 할 일이 있어." 토마스가 말했다.

"갔다 와서 하면 되잖아. 나갈 일이 있으면 나가야지. 자꾸 고집부리지 마."

"나갈 이유가 생기면 나갈 거야. 하지만 지금은 이유가 없어."

나는 커피가 든 머그컵을 입술에 갖다 대고 한 모금 마셨다. 아버지가 이 집에 남긴 커피라곤 형편없는 인스턴트커피뿐이었지만 그래도 커피랍시고 카페인은 들어 있었다. 나는 설탕을 한 스푼 더 집어넣었다.

"이유가 있어, 토마스. 지금은 우리에게 심적으로 힘든 시기야. 아버지가 돌아가셨잖아. 나도 물론 힘들지만 아버지와 한 지붕 아래에서 살았던 넌 훨씬 더 괴로울 거야."

"아버지는 나한테 자주 화를 냈어." 토마스가 말했다.

"어떨 때 그랬는데?"

"아버지는 자꾸 내가 하기 싫어하는 걸 하라고 강요했어." 토마스는 나를 바라보며 말했다. "지금 형이 하는 것처럼."

"아버지가 너를 괴롭히려고 그런 게 아니잖아. 가끔 짜증을 냈는지는 모르겠지만 널 괴롭히진 않았을 거야."

"아버지는 내가 하루 종일 방에 있는 걸 싫어했어. 나더러 밖에 나가라고 했어. 내가 얼마나 바쁜지 이해를 못했어."

"건강에 안 좋다니까. 넌 바깥 공기를 좀 쐐야 해, 토마스. 넌 지금 그 일에 지나치게 중독돼 있어. 아버지 장례식에도 참석하지 않을 정도면 분명 문제라는 걸 깨달아야 해."

"그날은 멜버른에 가야 했어."

"맙소사, 토마스. 너는 그날 멜버른에 갈 필요 따위는 없었어. 씨발, 멜버른이든 모스크바든 뮌헨이든 몬트리올이든 갈 필요가 없었다고! 네가 가야 할 곳은 아버지의 장례식이었단 말이야!" 나는 토마스를 다그치는 것이 옳지 않다는 것을 알고 있었다. 토마스로서는 불가항력이었을 테니까. 나는 말을 내뱉자마자 즉시 후회했다. 토마스에게 왜 지도에 대한 집착을 버리지 못하냐고 화를 내는 것은 장님에게 왜 볼 수 없느냐고 화를 내는 것이나 마찬가지였다.

"미안하다."

토마스는 아무 말이 없었다. 1분 가까이 우리는 아무 말도 없었다.

내가 먼저 침묵을 깼다. "지금 이것저것 정리해야 할 시기인 만큼 네가 꼭 그리고린 선생님을 만나보면 좋겠어. 나도 선생님하고 할 얘기가 있고."

토마스가 궁금한 눈초리로 나를 쳐다봤다. "형도 곤란한 일이 있어?"

"뭐?"

"잘 생각했어. 형도 의사하고 상담을 해야 돼. 의사가 도와줄 거야."

나는 눈을 깜빡거렸다. "도와줘? 뭘 도와준다는 거야?"

"남한테 명령하고 싶어 하는 형의 욕구. 의사가 약을 줄 거야. 내가 목소리들 때문에 고생했을 때도 의사가 약을 줬어. 형한테도 처방전을 써 줄 거야."

"그래, 그거 좋은 생각이다." 내가 말했다.

"형 혼자 가." 토마스가 제안했다. "돌아와서 의사가 형한테 뭐라고 말했는지 알려줘."

"너도 같이 가는 거야."

토마스는 입술을 핥으며 손가락을 오므리고 펴기를 반복했다. 토마스의 입술이 바싹 마르면서 불안감이 밀려들고 있었다.

"약속은 11시야." 내가 말했다.

"11시, 11시, 11시." 토마스가 마치 수첩에 적은 스케줄을 떠올리기라도 하듯 눈을 위로 치켜들며 말했다.

"너 한가하다는 거 다 알아. 10시 30분에 집에서 출발하자."

토마스는 의자에서 일어나 싱크대로 가서 수도꼭지를 틀고 그릇을 헹궜다. 설거지는 늘 나한테 맡기는 녀석이 저러는 걸 보니 나와 얘기하는 게 어지간히도 싫은 모양이었다.

"도망가지 마, 토마스."

"나 진짜 할 일이 많아." 토마스가 주방을 걸어나가며 말했다. "얼마나 중요한 일인지 형은 몰라."

"자동차에 있는 GPS를 만지게 해줄게."

그 말에 토마스가 멈춰 섰다. "차에 내비게이션이 있어?"

"대시보드에 달려 있지."

토마스는 그의 재킷이 보관돼 있는 현관 옆의 옷장을 바라보며 말했다.

"지금 가자."

"아직 8시 30분이야. 벌써 가서 두 시간이나 기다릴 필요는 없잖아?"

토마스는 잠시 생각하더니 말했다. "알았어. 10시 30분에 갈 준비할게. 하지만 의사한테 형의 문제를 상담받겠다고 약속해."

"약속할게."

토마스가 자기 방으로 올라간 뒤 나는 아침 설거지를 끝내고 미뤄왔던 그 일을 처리하기로 결심했다.

나는 뒷문을 열고 나가서 뒷마당을 걸어갔다. 잔디가 깎인 지 일주일이 된 마당에는 풀이 조금 자라 있었다. 나는 아래쪽 개울을 향해 내리막이 시작되는 지점에 멈춰 섰다.

해리 페이튼에게 말했던 것처럼 언덕은 경사가 가팔랐다. 따라서 풀을 베려면 자동이든 수동이든 제초기를 사용하는 편이 현명했다. 어쩌다 손에서 놓친다 해도 제초기만 언덕을 굴러떨어져 물에 빠지는 정도로 그칠 것이다.

보통의 경우, 이 집에 사는 사람이라면 언덕의 꼭대기까지만 잔디를 깎는 것으로 만족할 것이다. 비탈의 잡초들은 멋대로 자라도록 방치할 것이다. 하지만 아버지는 개울가에 이르기까지 모조리 깔끔하게 손질하고 싶어 했다. 개울가를 손본다고 해서 애덤 킬브라이드 씨의 시골집이 해변의 별장이 되는 것도 아니었지만 아버지는 가능한 모든 범위를 정리하고자 했다. 그래서 봄부터 가을까지 매주, 아버지는 잔디를 깎을 때 꼭 언덕의 비탈을 포함시켰다.

어머니는 돌아가시기 1년 전에 나와 전화 통화를 하던 중, 아버지가 트랙터가 뒤집어지지 않게끔 언덕으로 무게 중심을 실은 채 비스듬히 운전하면서 잔디 깎는 짓을 그만두게 설득해 달라고 부탁했었다.

"네 아버지 저러다가 죽을지도 몰라." 어머니가 말했다.

"아버지가 잘 알아서 할 거예요."

"하여간 남자들이란." 어머니는 역정을 내며 말했다. "해리와 렌에게도 부탁했었는데 너랑 똑같은 소리를 하더라."

결국, 남자들의 판단이 틀린 셈이었다.

녹색 보닛과 펜더, 노란색 의자가 달린 트랙터는 언덕 아래에 똑바로 서 있었다. 엔진을 덮은 보닛은 비뚤어져 있었고 뒷바퀴의 펜더들은 윗부분에 긁힌 자국들이 나 있었다. 운전대는 휘어져 있었다.

내가 들은 바로, 트랙터는 한 번 뒤집어진 상태에서 아버지 위로 떨어졌다고 했다. 현장에 도착했을 때 토마스는 트랙터를 언덕 위로 올릴 수 없었다.

위쪽은 아무래도 무리였을 것이다. 그래서 토마스는 트랙터를 아래로 밀어 떨어뜨렸고 트랙터는 몇 차례 더 구른 뒤 개울 바로 앞의 평지에 똑바른 자세로 착지했다.

그 이후, 트랙터는 쭉 저 상태였다.

나는 조심스레 언덕을 내려갔다. 사고가 일어난 지점은 쉽게 알아볼 수 있었다. 7센티미터 정도 길이의 풀들이 언덕을 따라 쭉 이어지다가 갑자기 12센티미터 정도로 길어졌는데, 바로 그곳이 트랙터가 지면을 파헤치면서 굴러 떨어진 지점일 것이었다.

나는 균형을 잡기 위해 한쪽 발을 앞으로 내놓은 채 아버지가 숨을 거둔 곳을 내려다보며 잠시 서 있었다. 아버지가 생애의 마지막 숨을 내뱉은 현장. 나는 목에 덩어리 같은 것이 걸리는 것을 느꼈다. 이윽고 나는 언덕을 내려가 트랙터로 다가갔다.

나는 트랙터를 헛간까지 끌고 갈 수 있을지 확신이 없었다. 사고 때문에 엔진이 고장 났을지도 몰랐다. 뒤집어졌을 때 탱크에서 연료가 모조리 새어 나갔을 가능성도 있었다. 어쩌면 배터리도 나갔을 것이다.

나는 머뭇거리며 트랙터에 올라가 의자에 털썩 주저앉았다. 내가 아버지 이후 이 의자에 앉은 최초의 인간이라고 생각하니 기분이 묘했다. 점화 장치에는 아직 열쇠가 꽂혀 있었고 상태는 '꺼짐'이었다. 풀을 깎을 때는 트랙터의 날을 지면 가까이 내리므로 나는 그것을 다시 올리려고 했지만 칼날은 이미 올라가 있었다.

나는 초크 밸브를 완전히 열고 스로틀 밸브를 끝까지 올린 뒤 열쇠를 돌렸다.

엔진이 몇 차례 기침을 하더니 배기구에서 검은 연기가 흘러나왔다. 빌어먹을 기계가 울부짖으며 부활했다. 나는 초크 밸브를 잠그고 스로틀 밸브를 서서히 내린 뒤 클러치 페달을 밟았다. 언덕을 올라가기 위해 기어를 가장 낮게 맞췄다.

그리고 숨을 죽이며 언덕을 올라갔다.

언덕 꼭대기까지 도착한 나는 트랙터를 헛간으로 몰고 가 주차시킨 뒤 헛간 문을 닫고 집으로 돌아갔다.

토마스는 10시에 모든 준비를 마치고 1층으로 내려와 있었다. 파란색 체크무늬 셔츠, 올리브색 바지, 검은색 신발, 하얀색 양말, 트래픽 콘 색깔의 윈드브레이커 차림이었다.

"그 윈드브레이커는 어디서 났어? 횡단보도에서 교통정리라도 하는 거야?" 내가 물었다.

"아니." 토마스가 무표정하게 대답했다. "내가 그런 일 싫어할 거라는 거 알잖아. 어린애들 근처에는 가고 싶지 않아."

"그냥 시답잖은 농담이었어. 어디서 난 거야?"

"아버지하고 지도책 사러 월마트에 간 적이 있었는데 그때 이 옷이 세일 중이었어. 아버지가 사 줬어."

"색깔이 밝네." 내가 말했다.

"형은 갈 준비 다 됐어?"

"예정보다 좀 이른 시간인데?"

"지금 가는 게 좋겠어."

"알았어."

나는 토마스의 것보다 형광 염료가 덜한 나의 스포츠 코트를 꺼내 걸쳐 입었다.

우리는 함께 포치로 나갔고 나는 현관문을 잠갔다. 바람이 차가웠지만 햇살은 밝은 아름다운 날씨였다. 나는 토마스가 잠시 멈춰 서서 바깥 경치를 음미할 것이라고 기대했지만 그는 내 아우디로 직행하더니 조수석의 문손잡이를 잡아당겼다.

"문 잠겨 있어." 토마스가 말했다.

"좀 기다려 봐."

나는 주머니에서 리모컨을 꺼내 차를 겨냥하고 버튼을 눌렀다. 토마스는 차 안에 들어가 안전벨트를 매더니 조바심을 내면서 내가 운전석으로 들어가 안전벨트를 매고 시동 거는 것을 지켜봤다. 내비게이션을 포함한 자동차의 다양한 기능들을 보여주는 대시보드 화면에 불이 들어왔다.

"자, 이걸 작동시키려면—."

"나도 할 수 있어." 토마스는 스위치들을 돌리면서 화면을 건드리며 말했다. "주소를 입력하려면—."

"저기, 저거 보이지? 저걸—."

"알아. 도시부터 입력하는 거지?" 나는 토마스가 화면에 "맥린"이라고 입력하는 것을 보았다.

"너 지금 뭐해?" 그리고린 선생의 병원은 프로미스 폴즈에 있었다.

"이 기계가 버지니아 주 맥린까지 어떻게 길 안내를 하는지 보고 싶어." 토마스가 말했다.

"버지니아라니 무슨 소리야? 버지니아는 수백 킬로미터는 떨어져 있어. 거기까지 가려면 하루 종일 걸린다고. 병원은 10분 거리란 말이야."

"진짜 버지니아까지 가려는 건 아니야. 거기서 약속이 있는 것도 아니야. 그냥 내비게이션이 최적의 경로를 안내해주는지 확인하고 싶었어."

토마스는 잠시 화면을 살펴보더니 불만스러운 표정으로 말했다.

"이제 됐어. 병원의 주소를 입력할게. 페닝턴 가 2654번지 304호."

"호수는 입력하지 않아도 돼. 우편물 보내는 것도 아니잖아. 번지만 눌러도 돼."

토마스는 내비게이션을 뚫어지게 쳐다보다가 문득 고개를 들어 나를 바라봤다. "내가 바보로 보여?"

다른 사람이 이런 질문을 했으면 빈정거리거나 화를 내는 것이라고 생각했겠지만 토마스는 정말로 궁금해서 물어보는 말투였다.

"아니야. 안 그래. 내 말이 그렇게 들렸다면 미안하다."

"형이 내 옷차림을 바보 같다고 생각하는 거 다 알아. 아까 윈드브레이커 가지고 놀렸잖아. 지금은 내가 내비게이션도 조작할 줄 모르는 바보라고 생각하고 있어."

"아니야, 나는—그래, 솔직히 윈드브레이커는 색깔이 좀 밝아. 하지만 네가 바보라고 생각하지는 않아. 넌 내비게이션을 처음 보고도 직관적으로 잘 다루고 있어. 자, 어서 병원 주소를 입력해봐."

토마스가 주소를 입력하자 몇 초 후 내비게이션이 길 안내를 시작했다.

"*표시된 경로를 따라 운전하세요.*" 자동차의 컴퓨터가 말했다.

"마리아야." 나는 진입로로 차를 몰면서 말했다.

"뭐라고?"

"대시보드의 여자에게 내가 붙인 이름이야. 마리아."

"그래? 왜 마리아야?" 토마스가 물었다.

"글쎄. 그냥 마리아라는 이름이 떠올랐어. 그레천이라든가 하이디 같은 독일계 이름을 붙여도 이상할 것이 없겠지만 왠지 마리아가 마음에 들었어."

토마스는 내가 차를 몰아 고속도로로 접어들 때까지 줄곧 화면을 주시했다. 그는 디지털 지도에서 잠시도 눈을 떼지 않았다. "지금 밀러스로路를 지나고 있어." 토마스가 말했다.

"그건 차창 밖을 봐도 알 수 있어. 저기, 뭣 좀 물어보자."

"뭔데?"

"네가 아버지를 발견했을 때에 관한 질문이야. 물어봐도 괜찮아?"

"이 붉은 선 말인데," 토마스가 화면을 가리키며 말했다. "이게 내비게이션이 추천하는 경로야?"

"응, 맞아. 저기, 네가 아버지를 발견했을 때의 상황에 대해 좀 물어봐도 괜찮겠어?"

"뭐가 궁금한데?"

"아버지 위에서 트랙터를 밀어내기 전이나 후에 네가 장치들을 건드렸니?"

"무슨 말이야?"

"트랙터의 시동을 껐다거나 풀 깎는 날을 들어 올렸다거나."

"아니. 난 작동하는 방법을 몰라. 아버지가 트랙터는 못 만지게 했어. 이컴퓨터 잘못됐어." 토마스는 대화를 하는 동안 내비게이션의 화면에서 한 번도 눈을 떼지 않았다.

"그러니까 넌 트랙터의 장치들은 아무것도 안 건드렸다는 말이지?" 내가 말했다.

"그래."

"구급차나 경찰이 도착했을 때는 어땠어? 구급 의료대원들이 트랙터를 만졌어?"

"그 사람들은 아버지만 신경 썼어. 경찰이 트랙터를 건드리는 것도 못 봤어. 하지만 나는 계속 거기 있었던 게 아니니까 나중에 다시 왔을 때 만졌는지는 모르겠어."

"하지만 트랙터는 일주일 동안 그대로 있었잖아. 개울가에 쭉 방치되어 있었어."

"내 말 들었어?" 토마스가 물었다.

"무슨 말?"

"이거 잘못됐어." 토마스는 아직도 화면을 바라보고 있었다.

"잘못됐다니, 뭐가?"

"경로 말이야. 이건 옳지 않아."

"300미터 앞에서 우회전하세요."

"마리아는 틀렸어." 토마스가 말했다.

"그래?"

"잘못된 길을 가르쳐 주고 있어. 더 빠른 길이 있는데."

"가끔 그래. 마리아는 간선 도로를 중심으로 길 안내를 하거든. 게다가 최근에 만들어진 도로들은 아예 모르는 경우도 있어. 걱정하지 마. 마리아는 조언자일 뿐이야. 반드시 마리아 말에 따를 필요는 없어."

"잘 모르는 사람이 조언을 하면 안 돼." 토마스가 버튼들을 만지작거리기 시작했다. "마리아에게 잘못을 지적하려면 어떻게 해야 돼?"

"아니, 그런 건 할 수 없—."

"100미터 앞에서 우회전하세요."

"안 돼!" 토마스가 화면에 대고 소리를 질렀다. "마리아의 말대로 운전하면 사라토가 에 가게 된단 말이야. 나는 사라토가 에 가기 싫어."

"그게 뭐가 어떻다고 그래?"

"거기 가고 싶지 않아!" 토마스의 외침에 점점 광기가 서려 갔다.

"알았어, 알았어. 어느 길로 가고 싶니? 자, 마리아는 무시해 버리자." 내가 말했다.

토마스는 사라토가 가 아닌 메인을 거쳐 시내로 들어가자고 말했다. 어느쪽이든 거리에 큰 차이가 없어서 나는 그렇게 하기로 했다. 마리아는 우리가 사라토가를 그냥 지나치자 차를 돌리라고 간청했지만 나는 그 말을 무시했다. 차가 방향을 바꾸지 않자 마리아는 경로를 다시 계산했지만 여전히 사라토가 쪽으로 돌아가라는 말을 멈추지 않았다.

"닥쳐." 토마스가 마리아에게 말했다.

"300미터 앞에서 좌회전하세요."

"진짜 왜 저래." 토마스는 점점 흥분하고 있었다. "형, 저 여자 멈춰. 말 못하게 해." 토마스는 손바닥으로 대시보드 위를 탁탁 때리기 시작했다. 몇 년 전에 아버지가 TV의 주사선들이 흔들릴 때 쓰던 방법이었다.

"경로를 취소하면 돼. 저기 저 버튼을 눌러." 내가 말했다.

주소 입력을 훌륭하게 해냈던 토마스는 정작 본인이 입력한 것을 취소하는 데는 허둥댔다.

"우회전하세요."

"아니야! 우회전 안 할 거야!" 토마스는 대시보드에 대고 고함을 질렀다.

나는 팔을 뻗어 장치들을 조작하여 마리아를 잠재웠다.

"전원을 껐으니까 이제 괜찮아." 내가 말했다.

토마스는 가죽 시트에 등을 기대고 몇 차례 심호흡을 했다. 이윽고 그는
나를 보며 말했다. "형, 이 자동차 갖다 버려."

8

내비게이션을 가지고 놀 수 없게 되자 토마스는 시무룩해지더니 차를 돌려서 집으로 돌아가자고 말했다. 하지만 나는 물러서지 않은 채 병원에 가야 한다고 대답하고는 계속 차를 몰았다.

토마스는 줄곧 툴툴거렸다.

토마스가 그리고린 선생에게 진료를 받으러 들어간 사이 나는 대기실 의자에 앉아 있었다. 옆에는 여자 환자 한 명이 진료를 기다리고 있었다. 무척이나 여윈 이십 대 후반 정도의 여자는 집게손가락으로 길고 흐트러진 금발머리를 말아서 꼬아대고 있었다. 그녀는 마치 그녀에게만 보이는 거미가 붙어 있기라도 한 듯 벽의 한 지점을 매우 열중하여 주시하고 있었다.

시계를 보니 진료가 끝날 때까지 시간 여유가 있는 듯하여 나는 복도로 나갔다. 휴대폰을 꺼내 웹브라우저에서 전화번호 하나를 찾아 연결 아이콘을 눌렀다.

"〈프로미스 폴즈 스탠다드〉입니다." 녹음된 여자의 음성이 들렸다. "내선번호를 아시면 입력해주시고 안내를 원하시면 2번을 눌러주십시오."

골치 아픈 안내 과정이 끝나고 마침내 통화연결음이 울렸다.

"줄리 맥길입니다."

"안녕, 줄리. 나 레이 킬브라이드야."

"어, 안녕, 레이. 잘 지내?"

"음, 뭐, 그럭저럭. 저기, 지금 통화 괜찮아?"

"기다리는 전화가 있어." 줄리는 신속하게 문장을 내뱉었다. "사실 프로미스 폴즈 고등학교 교장이 전화를 건 줄 알았어. 그 학교 화학실에서 있었던 경미한 폭발 사고에 관해 취재 중이었거든."

"저런."

"부상자는 없었어. 하지만 사람이 다칠 가능성이 있었지. 그건 그렇고, 무슨 일이야?"

"우선은 아버지 장례식에 와줘서 고맙다고 말하고 싶었어. 와줘서 정말 고마워."

"별말씀을." 줄리가 말했다.

"혹시 시간이 괜찮으면 커피라도 마시면서 얘기를 좀 할 수 있을까? 아버지의 사고에 관해 물어보고 싶은 것이 있어. 네가 사고 취재를 담당했었지?"

"짧은 기사였어. 요약 기사 정도의 길이야. 상세한 내용은 나도 잘 몰라."

나는 줄리의 말투에서 그녀가 프로미스 폴즈 고등학교 교장의 전화를 받지 못할까 봐 초조해하고 있음을 눈치챘다. 신경 쓰지 말라고, 시간을 빼앗아서 미안하다고 말하려는 찰나에 줄리가 말했다. "여하튼 알았어. 네 시쯤 이쪽으로 올래? 맥주 한잔하자. 신문사 앞으로 와."

"어, 그래. 그때 보—"

"끊을게." 줄리가 전화를 끊었다.

병원 대기실로 들어가 보니 의사가 토마스와 함께 진료실에서 나오는 중이었다. 그리고린 선생이 토마스에게 말했다. "오는 게 너무 뜸하잖아요. 좀 더 자주 들러요. 우리 계속 연락하도록 해요."

토마스가 나를 가리키며 그리고린 선생에게 물었다. "형이랑 얘기할 거죠?"

"그럴게요."

"나한테 이래라저래라 하지 말라고 얘기해줘요."

"그럼요."

로라 그리고린 선생은 어깨까지 내려오는 불꽃처럼 붉은 머리카락을 트레머리로 묶고 있었다. 키는 162센티미터 정도였는데 하이힐 덕분에 적어도 7센티미터쯤은 추가된 키였다. 그녀는 육십 대 초반의 매력적인 여성이었고, 의사들이 흔히 입는 복장 대신 붉은색 블라우스와 무릎까지 곧게 내려오는 검은색 스커트를 입고 있었다.

"킬브라이드 씨, 같이 좀 들어가실까요?" 그리고린 선생이 내게 말했다.

"레이라고 불러주세요."

그리고린 선생은 토마스에게 우리가 대화하는 동안 대기실에 앉아 있으라고 말했다.

"당신한테 처방을 내리기로 했거든요." 그리고린 선생은 미소를 지으며 내가 의자에 앉는 것을 지켜봤다. 그녀는 책상 뒤에 앉지 않고 내 맞은편 의자에 앉아 다리를 꼬았다. 보기 좋은 다리였다.

"남한테 명령하는 저의 버릇 말이로군요." 내가 말했다.

"맞아요." 나는 그리고린 선생의 미소가 마음에 들었다. 그녀는 앞니 사이가 아주 살짝 벌어져 있었다. "동생 상태가 어떤 것 같아요?" 그녀가 내게 물었다.

"단정 짓기 힘듭니다. 아버지가 돌아가셔서 영향을 받았을 게 분명하지만 내색을 하지 않아요."

"제가 보기에는 마음이 심란한 것 같더군요. 본인은 감정을 억누르고 있지만."

"마리아를 대할 때는 그렇지도 않았어요."

"마리아가 누구예요?" 그리고린 선생이 물었다. 나는 오는 길에 있었던 일을 설명했고 그리고린 선생은 재미있다는 듯 고개를 흔들었다. "레이 씨의 아버지는 토마스가 지도에 너무 많은 시간을 쏟는다면서 걱정이 이만저만이 아니었지요. 아까 토마스는 제게 지도 보는 시간을 줄이고 있다고 말했어요. 어젯밤은 형하고 영화를 봤다던데요?"

"그렇지 않아요. 오늘 여기 올 때도 겨우겨우 나왔어요. 토마스는 일에서 좀처럼 떨어지려고 하질 않아요."

"토마스가 자기 일에 대해 설명하던가요?"

"설명할 게 있기나 한가요? 녀석은 인터넷으로 세계의 도시들을 돌아다녀요. 그게 답니다." 나는 고개를 젓다가 피식 웃었다. "어제 자기 일이 뭔지를 제게 알려주려면 보안규정을 확인해야 한다고 말하더군요."

그리고린 선생이 고개를 끄덕였다. "당신한테 자기가 하는 일을 알려줘도 괜찮다고 아까 토마스가 말하더군요."

나는 의자에 앉은 몸을 조금 꼿꼿이 폈다.

"무슨 말씀이세요? 토마스가 뭘 하는데요?"

"토마스는 본인이 CIA를 위해 일한다고 믿고 있어요. 그들에게 자문을 제공하는 일."

"잠깐만, 뭐라고요? CIA? 미국 중앙정보부?"

"네, 그래요."

"일을 하다니, 어떻게요? 토마스가 CIA를 위해 무슨 일을 한다는, 아니, 무슨 일을 한다고 생각한다는 겁니까?"

"조금 복잡해요. 토마스의 말들은 앞뒤가 잘 맞지 않아요. 꿈에서 다양한 요소들이 서로 충돌하는 것과 비슷하죠. 일단, 토마스는 무시무시한 재난이 발생할 거라고 믿고 있어요. 디지털적인, 전자적인 폭발이랄까요? 물리적인 폭발은 아닌 것 같아요. 전 세계적으로 컴퓨터에 오류가 발생한다든가, 외부 세력이 교묘한 컴퓨터 바이러스를 이용해 미국의 정보 수집을 마비시킨다는 식의 얘기죠."

"아, 이런, 세상에……."

그리고린 선생은 말을 이었다. "재난이 발생하면 가장 먼저 피해를 입는 것은 인터넷의 지도들이에요. 휙, 하고 순식간에 사라지는 거죠. 인터넷 지도에 의존하는 정보부 사람들은 난리가 날 거예요. 왜냐하면 상부에서 종잇

값을 줄이라는 명령을—." 내가 눈썹을 치켜세우는 것을 눈치챘는지 그리고린 선생은 미소를 지었다. "그래요, 좋잇값. 요즘 정부의 예산 삭감이 망상증 환자 수준이거든요." 하지만 그 단어를 내뱉자마자 그리고린 선생은 말실수를 했다는 듯 아차 하는 표정을 지었다. "여하튼, 요점은 이제 정부 기관들에는 종이 지도가 없다는 거예요."

내가 받은 충격은 이제 경탄으로 변해가고 있었다. 내가 아는 토마스에게라면 이런 괴이한 논리들은 모두 이치에 맞았다.

"자, 인터넷의 지도들이 사라지면 CIA가 누구에게 의지할까요?" 그리고린 선생이 물었다.

"알만하군요."

그리고린 선생이 고개를 끄덕였다. "토마스는 암기한 지도들을 그려낼 수 있어요. 세계 주요 도시들의 길거리 지도들이 전부 여기, 들어 있으니까요." 그녀는 집게손가락으로 자신의 관자놀이를 두드렸다. 손가락에 붉은 매니큐어가 발라져 있었다.

"잠깐만. 예전의 지도들이 아직 존재하잖아요? 도서관이나 집에 종이 지도들이 있을 텐데요? 학교에 있는 수백만 권의 지도책들은 어떻고요?"

"논리적으로 생각하면 안 돼요." 그리고린 선생이 지적했다. "동생이 상상하는 재난은 그런 자료들이 이미 파손됐다는 것을 전제로 해요. 전 세계 도서관들은 지도들을 디지털화한 뒤 종이 지도들을 없앴고, 가정집들은 종이 지도들을 신문지와 함께 재활용 쓰레기통에 넣고서는 컴퓨터에 의존하는 상황이라는 거죠. 바로 그래서 재난인 거예요. 토마스는 지도가 사라진 세상에 지도들을 부활시킬 수 있는 유일한 사람이에요. 지도뿐만이 아니죠. 세상의 거리 풍경들, 즉 가게 앞 전경, 집의 마당, 교차로 하나하나를 재생시킬 수 있는 유일한 사람."

나는 감탄하면서 고개를 저었다. "그러니까, 토마스는 그런 재난이 일어날 경우에 대비하는 중인 거로군요."

"'일어날 경우에'가 아니에요. 재난은 반드시 일어나요. 그렇기 때문에 토마스는 하루 종일 방에서 전 세계를 돌아다니며 가능한 많은 도시들을 암기하려고 애쓰는 거예요. 몇 년 전 제가 진료했던 환자들 중에 버펄로의 신문사에서 일하는 남자가 한 명 있었어요. 그 사람은 매일 밤 퇴근할 때마다 당일 자 신문들을 모조리 집에 들고 가고는 했어요. 언젠가 신문사가 불타 없어질 것이라고 굳게 믿고 있었거든요. 그렇게 되면 자신이 신문사의 역사를 온전히 보유한 유일한 사람이 된다는 논리였죠. 적어도 그가 신문사에서 일한 동안의 기록은."

"기가 막히는군요."

"그 남자의 집은 복도, 방, 바닥 구석구석이 신문으로 가득 차 있었어요. 집 안에서 이동하려면 신문더미들 사이를 비집고 가야 할 지경이었죠."

"물건을 하나도 버리지 못하고 집에 쌓아두는 사람들에 대한 리얼리티 쇼가 있던데, 딱 그런 느낌이로군요."

"그런데 흥미로운 건, 신문사가 진짜로 불타 버렸어요." 그리고린이 말했다.

나는 입이 쫙 벌어졌다. "설마요?"

그리고린 선생은 고개를 저었다. "그리고 화재의 원인이 된 가솔린 통이 그 남자의 집에서 발견됐어요."

나는 잠시 말문이 막혔지만 곧 웃으며 말했다. "설마 토마스가 전 세계의 인터넷 지도들을 없앨 컴퓨터 바이러스를 만들고 있다는 말씀은 아니시죠? 녀석의 능력으로는 역부족이에요."

"토마스의 강박증이 드물긴 하지만 유일하지는 않다는 것을 알려드리려고 유사 사례를 얘기한 것뿐이에요. 표출된 형태가 조금 다를 뿐이죠."

"맙소사." 나는 갑자기 떠올랐다. "맥린."

"네?"

"CIA 본부가 맥린에 있잖아요. 토마스는 내비게이션에 맥린을 입력했었어요. 진짜 갈 생각은 없다고 말하긴 했지만. 아마 보안규정상 저를 동반할 수 없었겠죠?" 나는 웃으며 말을 이었다. "하지만 선생님에게 이 얘기를 하도록 허락한 걸 보니 제가 드디어 보안규정을 통과했나 보군요."

"동생은 당신을 신뢰해요. 그건 불행 중 다행이에요. 정신분열증을 겪는 사람들은 대개 가까운 이들에 대한 신뢰를 잃거든요. 모든 사람을 두려워하죠." 그리고린 선생은 숨을 들이쉬었다. "자, 그럼 다른 것들도 마저 설명해 드릴게요."

"알겠습니다."

"토마스는 지도들이 파괴되기 전에도 CIA가 자신에게 연락해서 도움을 청할 거라고 믿고 있어요. 예를 들어, CIA 요원 하나가 카라카스 같은 데서 위험에 빠졌다고 합시다. 요원은 악당들에게 쫓기고 있지만 어느 길로 달아날지 몰라요. 이때 CIA는 토마스에게 연락해서 도주 경로를 알려달라고 해요. 그러면 토마스는 컴퓨터보다 빠른 속도로 도주 경로를 알려주는 거죠."

나는 이마에 놓인 손바닥을 목 뒤로 쓸어내렸다. "토마스라면 가능한 일이네요."

"토마스는 도주 경로를 자주 언급했어요. 갇히거나 곤경에 처한 사람들을 도와줄 도주 경로를."

나는 느릿느릿 고개를 저으며 토마스의 관점을 헤아려 봤다.

그리고린이 말을 이었다. "미국 정부도 토마스에게 도움을 요청할 거예요. 자연재해 같은 것이 일어날 때 말이죠. 최근 미국에서 자주 발생하는 토네이도라든가, 크라이스트처치와 아이티의 지진, 일본의 쓰나미를 생각하면 돼요. 동네들이 통째로 휩쓸려 사라져 버리잖아요? 9/11 테러 같은 불상사는 어떻고요? 구조대원들이 토마스에게 전화를 걸어 자신들의 위치를 말하면, 토마스는 그들에게 예전에 그곳에 뭐가 있었는지, 어디서 뭘 탐색해야 할지 알려줄 수 있다는 거죠."

"네, 알겠습니다…… 저, 아직도 남은 얘기가 있나요?" 내가 물었다.

그리고린은 애석하게 웃음을 지었다. "대략 이 정도예요."

나는 허벅지 위에 양 손바닥을 올려놓았다. "그럼 이제 결론은요?"

"글쎄요. 일단 제 생각에는 아버지가 돌아가셨으니 토마스의 주거에 변화가 있어야 할 것 같은데요?"

나는 그리고린에게 토마스가 그 집에 혼자 사는 것이 걱정된다고 말했다.

"레이 씨의 걱정은 타당해요. 토마스는 시내에서 사는 게 좋아요. 그의 상태가 점검되는 환경에서. 강압적인 감시까지는 필요 없어요. 누군가 토마스를 지켜봐 주기만 하면 돼요. 괜찮은 곳을 추천해 드릴 테니 한번 가 보세요."

"과연 토마스가 순순히 따를까요?"

그리고린 선생은 의자 등받이에 기대며 팔짱을 꼈다. "시간을 두고 설득하면 가능하지 않을까요? 컴퓨터는 사용할 수 있다고 말해주세요. 토마스의 그…… 취미 생활은 유지할 수 있다고 말이에요. 토마스를 자주 집 밖으로 데리고 나가는 것이 중요해요. 같이 야유회라도 하세요. 영화를 보러 가도 좋고, 식료품점이나 백화점에 쇼핑을 가는 것도 좋아요. 토마스를 방에서 자주 나오게끔 해서 바깥 환경에 적응시키면 새로운 곳으로 보내는 것이 수월해질 거예요. 레이 씨가 동생을 돌보기 위해 그 집에 들어가 살진 않을 거잖아요?"

"제가…… 제가 동생에게 무심하다고 생각하진 말아주세요."

그리고린 선생은 고개를 저었다. "물론이죠. 오히려 함께 사는 것은 최선이 아니에요. 토마스를 독립시키는 편이 좋아요. 그럴 의도는 없었겠지만 두 분의 아버지는 토마스를 의존적인 사람으로 만들어 버렸어요. 모든 것을 대신 해 줬으니까요. 아버지가 토마스를 이런저런 책임들로부터 해방시킨 탓에 강박이 강화된 거예요."

"아버지는 자기가 알아서 하는 편이 낫다고 생각했을 겁니다. 저, 아버지가 돌아가신 뒤 토마스의 상태가 더 나빠졌을까요?" 내가 물었다.

"모르겠어요. 아직도 환청이 들리는지 물어봤더니 가끔 들린다고 하더군요. 환청은 정신분열증에 흔히 동반되는 증상이죠. 토마스는 빌 클린턴 전 대통령과 대화를 나눴다고 했어요. 빌 클린턴이 자기와 CIA를 연결해주는 역할을 한다더군요. 환청을 속삭임 수준으로 줄여주는 약을 처방했는데 복용량을 늘리고 싶지는 않네요. 토마스가 약을 매일 먹던가요? 올란자핀이라는 약인데 보셨어요?"

"네."

"복용량을 늘리면 몸의 기능이 둔해져요. 현기증, 체중증가, 구강건조처럼 안 좋은 부작용들도 발생하죠. 지금은 균형이 필요해요. 레이 씨가 도와주면 상황을 적절하게 관리할 수 있을 거예요."

"어제 토마스는 보스턴에서 일어난 경미한 자동차 사고를 컴퓨터로 목격했습니다. 마구 흥분을 하면서 저에게 뭔가 해야 한다고, 몇 달 전쯤 전조등이 박살 난 자동차의 이름 모를 운전사에게 연락을 하라고 다그쳤어요." 내가 말했다.

"인내심을 가지세요. 쉽게 낙담하면 안 돼요. 모든 상황을 고려할 때 토마스는 잘해내고 있어요. 저한테 얘기하지 않은 문제들도 있긴 하지만—"

"어떤 문제입니까? 선생님께 얘기하지 않는 문제가 뭔가요?"

"토마스가 말해주지 않으니 저도 알 길이 없어요. 다만 어릴 적에 무슨 사건이 있었는데 그것이 아직까지도 토마스를 괴롭히는 것 같아요. 구체적인 내용은 털어놓지 않더군요."

나는 가족 여행 중에 토마스가 차창에 머리를 찧어 피투성이가 됐던 끔찍한 사건이 떠올랐다. 그리고린 선생이 이미 알고 있을지 모르겠지만 나는 그 일화를 얘기했다.

"그건 알고 있어요." 그리고린이 말했다. 그렇다면 그 사건은 관계가 없었다.

그리고린 선생은 말을 이었다. "다행히도 토마스는 당신을 아주 좋아해요.

잡지에서 오려낸 당신의 일러스트들을 가져와서 제게 보여주더군요."

"그건 몰랐습니다." 내가 말했다.

"토마스는 예전부터 당신의 재능을 부러워했어요. 머릿속에 있는 장면들을 종이에 그려내는 재능."

"토마스도 지도를 그리잖아요?"

"두 분은 비슷한 재능을 지녔지만 표현 방식이 다르죠." 로라 그리고린이 말했다.

"아버지가 병원에 왔을 때 선생님과 대화를 나눈 적이 있습니까?"

"네."

"아버지가 어때 보였나요?"

"왜 그런 질문을 하시죠?"

"글쎄요, 확실한 이유는 없습니다. 아버지의 친구이자 재산을 관리하는 변호사인 해리 페이튼 씨를 만나서 얘기를 좀 들었는데, 어쩌면 아버지가 우울증이 있었던 게 아닌가 싶더라고요."

"킬브라이드 씨를 진료한 적이 없으니 우울증에 관해 제 의학적인 소견을 말할 수는 없군요. 하지만 킬브라이드 씨는 뭐랄까…… 지쳐 보였어요. 아들을 돌보는 부담만으로도 힘들었겠죠." 그리고린 선생이 말했다.

"저기, 아버지가 재해사망보험에 가입했더라고요. 토마스의 생활이 당분간은 가능할 정도의 보험금이었어요. 그 밖의 유산들도 있고……."

그리고린 선생의 초록색 눈빛이 번뜩였다. "뭔가 짐작하는 게 있나요, 레이?"

나는 고개를 저었다. "모르겠습니다." 나는 손사래를 치며 말했다. "아니에요, 신경 쓰지 마세요."

"당신은 어때요? 잘 지내고 있나요?" 그리고린이 물었다.

"저요?" 뜻밖의 질문이었다. "전 괜찮습니다."

진료 시간이 끝나자 나는 자리에서 일어났다. 그리고린 선생이 내게 말했다. "참, 잊어버릴 뻔했네. 레이 씨의 권위주의를 치료할 약을 주기로 했는데."

그녀는 책상 서랍에 손을 집어넣어 크기가 큰 알약들이 담긴 불투명한 약병을 꺼냈다. 색깔이 밝고 다양한 알약들이었다.

"이게 뭡니까?" 나는 그리고린 선생으로부터 약병을 건네받으며 물었다.

"M&M 초콜릿이에요."

9

새로 사귄 애인을 TV에서 발견하고 경악한 앨리슨 피치는 몇 가지 조사를 위해 노트북 컴퓨터의 전원을 켰다.

"엄청난 놈이잖아……." 앨리슨은 컴퓨터를 보는 내내 숨죽여 속삭였다.

주지사 자리를 노리는 모리스 쏘척은 이미 뉴욕 검찰총장으로서 막강한 권력을 지니고 있었다.(앨리슨은 또다시 "엄청난 놈이야……."라고 반복했다.) 모리스 쏘척은 쉰일곱 살이었고 브리짓은 그의 세 번째 아내였다. 두 사람은 3년 전에 결혼했고 브리짓이 쏘척보다 스물한 살 연하의 미인이라는 사실은 잡담을 즐기는 언론인들 사이에서 여전히 가십거리였다. 부부가 따로 휴가를 보낸다는 글도 있었는데, 앨리슨은 그 사실을 이미 알고 있었다.

쏘척은 하버드 대학 재학 시절에 첫 번째 아내인 캐슬린 월콧을 만났다. 쏘척이 학사 학위를 받고 졸업하자 두 사람은 곧 결혼하였고, 쏘척이 하버드 로스쿨에 진학하여 다니는 동안 캐슬린은 법률 비서로 일하며 남편을 뒷바라지했다. 5년 후 쏘척은 제럴딘 케네디(케네디 대통령 일가와는 연고가 없었다. 적어도 앨리슨이 검색한 글에 따르면 하이애니스 포트의 케네디 일가 저택에 초청을 받을 만큼 가깝지는 않았다)라는 여자와 결혼하기 위해 캐슬린 월콧과 이혼했다.

쏘척은 제럴딘과는 이혼하지 않았다. 제럴딘은 2001년에 자살했다. 차고 문을 닫고 엔진을 틀어놓은 채 일산화탄소를 마시며 BMW 안에 앉아 있었다. 검색한 기사에 따르면 제럴딘은 조울증 진단을 받고 병원에 드나들었다고 한다. 기사에는 다음과 같이 쏘척의 전처 캐슬린의 말이 인용되어 있었다. "내가 왜 자살하지 않았는지 모르겠어요. 그 바람피우는 개자식이랑 결혼 생활을 할 때 나도 분명 자살 생각을 했었는데." 캐슬린 본인은 그런 말을 한 것을 부정했다.

기사들을 읽을수록 앨리슨은 어리둥절했다. 캐슬린은 아름다웠고, 제럴딘도 굉장한 미인이었다. 이렇게 멋진 부인을 둔 사내들은 왜 항상 다른 여자를 찾는 걸까?

쏘척은 그러한 소문들에 아무 대꾸도 하지 않았다. 그는 부인의 죽음을 애도하는 동안 검찰총장 일에 매진했다. 부정한 노조 위원장들, 러시아 출신 조직폭력배들, 아동 포르노 제작자들을 잡아들임으로써 많은 주목을 받았다. 특히 아동 포르노 제작자들에 대해, 쏘척은 할 수만 있다면 놈들을 타임스 광장에서 목매달고 싶다고 말했다. 덕분에 쏘척은 대중들의 점수를 땄지만, 한 전문가는 그가 아동 포르노 제작자들의 표를 잃게 될 것이라는 평을 남겼다.

쏘척은 몇 차례 목숨의 위협을 받았다. 현재는 외출할 때 무기를 휴대하고 다닌다는 보도도 있었다.

제럴딘이 죽고 2년 후부터 쏘척이 여러 명의 매력적인 여자들과 함께 있는 것이 이따금 목격되었다. 기사 사진들 속의 그는 운동경기 개막식, 기금 모금 행사, 정치 행사 등에서 매번 다른 여자를 팔에 안고 있었다. 일부 언론인들은 쏘척의 여성 편력이 언젠가 정치적 약점이 되리라는 우려를 표명했다. 난봉꾼들은 사람들에게 어느 정도 경외심을 불러일으키지만, 언젠가 표면에 떠오를 괴로운 비밀들을 너무 많이 가지고 있다는 것이다. 스트리퍼들을 잔뜩 거느렸던 늙은 이탈리아 총리가 바로 그런 경우였다. 비록 다들 그의 여성 편력을 마치 올림픽 경기처럼 여기긴 했지만. 위에 언급한 언론인들은 쏘척이 고위 관직에 출마하기 전에 정착을 하든지, 적어도 정착하는 시늉이라도 해야 한다고 말했다.

바로 그때 등장한 것이 브리짓이었다.

한때 패션모델이었던 브리짓은 머리카락이 새까맸고 신발을 신지 않은 신장이 178센티미터였다. 앨리슨과도 조금 닮은 구석이 있었다. 브리짓은 소호, 런던, 파리, 홍콩에 지사를 둔 저명한 홍보회사에서 일하고 있었다. 브리짓이 참여한 저개발국 어린이 야구장 건설을 위한 모금 행사는 모리스 쏘척 검찰총장의 관심사와도 일치하여, 두 사람은 처음부터 서로 잘 맞았다. 이후 본인들의 표현에 따르면 폭풍 같은 구애가 이어졌고, 아침 식사를 해결하지 못하는 어린이들이 야구장의 1루로 뛰어가기도 전에 그들은 약혼했다. 그리고 3개월 뒤, 두 사람은 결혼했다.

앨리슨의 조사에 따르면 쏘척은 정치적 성향이 다양한 유력한 친구들이 있었다. 대부분은 우파였다. 그곳에는 공화당과 민주당 출신의 전 부통령 두 사람이 포함되어 있었는데, 뉴욕 시에 들를 때면 항상 쏘척의 집에서 저녁 식사를 할 만큼 가까운 사이였다.

그리고 앨리슨이 특히 주목한 사실이 하나 있었다. 바로 쏘척이 돈이 무척 많다는 사실이었다.

쏘척의 추정된 재산은 눈이 뒤집힐 만큼 어마어마했다. 대부분은 상속받은 유산이었다. 공무원이 그만한 돈을 벌려면 아주아주 많은 부정을 저질러야 할 텐데 모리스 쏘척이 그랬다는 얘기는 없었다. 대신 그의 절친한 친구이자 보좌관인 하워드 탤리먼(별칭 하워드 탈레반)은 이런저런 비열한 꼼수를 써 온 것으로 유명했다. 모리스의 부친인 그레이엄은 부동산 개발업자로서 큰 성공을 거두었고 맨해튼에 스무 개가 넘는 고층건물들을 소유하고 있었다. 부친이 사망하자 쏘척은 사업을 이어받았지만 사익을 위해 공직을 이용한다는 구설수를 피하기 위해 운영으로부터 일정한 거리를 두었다. 앨리슨 같은 평민이 상상할 수 없을 만큼의 땅과 돈을 소유하는 것에 특별히 거리낌은 없었지만, 쏘척이 진심으로 갈망하는 것은 돈이 아니라 사람들의 관심과 그들에 대한 영향력이었다. 그리고 그것을 얻는 최고의 방법은 법을 어긴 자들을 가차 없이 적발하여 처벌하는 것이었다. 영웅은 사람들의 사랑을 받는다.

그 이유야 상황에 따라 다양하겠지만.

앨리슨은 웹사이트들을 돌아다니며 쏘척의 재산에 관한 정보를 수집했다. 그의 재산은 수백만 달러는 되어 보였다. 아니, 어쩌면 수십억 달러일지도 모른다.

어느 쪽이든 앨리슨의 머리를 아찔하게 만들기에 충분한 액수였다.

어쩌면 코트니에게 돈을 갚고도 마놀로 블라닉 구두를 한 켤레 살 만큼 돈을 얻어낼 수 있을 것 같았다. 숙녀에게는 늘 새 구두가 필요한 법이다.

앨리슨은 읊어야 할 대사를 연습하며 거의 한 시간 동안 집 안을 서성였다. 노골적인 협박처럼 들리기는 싫었다. 그녀가 바라는 것은 일종의 대출이었다. 따라서 보통의 대출금처럼 분할 지급으로 갚아나갈 계획이지만, 차이점은 상환 기간이 대략 이천 년 정도라는 것이었다. 그렇다면 차라리 "기증"이라고 하는 편이 나을까? 별거 아니잖아? 돈이 그렇게 많으니 몇천 달러 던져줘도 티도 안 날 거야. 게다가 앨리슨은 보답을 할 것이다. 당연히 보답을 해야 한다. 앨리슨은 보답할 방법도 알고 있었다. 물론, 열린 입을 사용하여 상대를 행복하게 해 줄 생각은 없었다.

오히려 앨리슨은 입을 닫음으로써 보답을 할 것이다. 그로써 감사 인사를 대신할 것이다.

그녀는 〈데일리 뉴스〉, 〈타임스〉, 〈포스트〉 등에 연락하지 않겠다고 결심할 것이다. 물론 〈데이트라인〉 같은 TV 프로그램에도.

호의를 베푸는 거지.

만약 이런 일이 밖으로 새어 나가면 "주지사가 되고 싶어요."라고 써 붙이고 돌아다니는 저 남자에게 전혀 도움이 되지 않을 테니까.

어쩌면 군이 거기까지 말할 필요도 없을지 모른다. 신문사나 TV 프로그램을 언급하지 않아도 될 것이다. "난 당신이 누군지 알아."라고 한마디 하는 순간 수표가 손에 들어올지도 모른다.

앨리슨은 휴대폰을 들고 예전에 받은 전화번호를 입력하다가 동작을 멈췄다. 심장이 쿵쾅거리고 있었다. 꾸며낸 이야기로 어머니에게 돈을 받아내는 것과 이것은······.

규모가 다르다.

데이턴의 아가씨가 대도시로 이사 오면서 이야기의 규모도 함께 커진 셈이었다.

"여보세요?"

"나야. 앨리슨."

"누구라고? 앨리슨?"

"그래, 앨리슨. 기억나?"

"아, 그래, 물론 기억하지. 저기, 그런데, 지금은 통화하기 곤란해."

"우리 만나서 얘기해."

"지금은 안 돼."

"뉴스에서 당신을 봤어."

"뭐? 뉴스?"

"난 전혀 몰랐어. 당신이 누군지 전혀 몰랐다고. 어떻게 그런 걸 숨길 수 있어? 우선 당신이 결혼했다는 사실, 둘째는—."

"저기, 앨리슨, 다음 주나 다다음 주에 내가 전화할게. 지금 당장은 일이 너무 많아. 뉴스를 봤으면 알겠지만 선거 캠페인의 열기가 한참 달아오르는 중이야. 그리고······ 그리고······ 다른 문제들도 있어. 어쩌면 조사가—."

"우리가 처음 만난 장소 기억해?"

"그래, 기억해."

"3시에 거기로 와. 그 시간이면 한산할 거야. 링컨 센터든, 브로드웨이든, 한 끼에 천 달러하는 식당이든 당신이 오늘 밤 가야 할 곳에 늦지 않게 보내줄게."

"난 당신을 만날 수 없어. 우리는—정말 미안하지만 우리가 함께 있는 것이 사람들 눈에 띄면 안 돼."

"3시야."

"맙소사, 도대체 왜 이래?"

"그래도 당신한테 다행인 점은, 내가 임신 같은 건 안 했다는 거겠지?"

앨리슨은 2시 30분에 오 헨리가 〈크리스마스 선물〉을 집필한 곳에서 모퉁이를 돌면 나오는 그래머시 공원의 한 술집으로 갔다. 그녀는 첫 데이트 때 앉았던 좌석에 자리를 잡았다. 데이트? 그걸 데이트라고 부를 수 있을까? "데이트"라면 사회적으로 용인되는 행위 아닌가. "비밀스러운 만남"이라고 부르는 편이 낫겠다. 좀 구닥다리 단어이긴 하지만 "밀회"라든가.

앨리슨은 진토닉을 한 잔 주문하고 바의 정문을 주시했다. 여전히 그녀는 할 말을 머릿속으로 예행연습하고 있었지만, 사실 굳이 그럴 필요를 느끼지는 못했다. 조금 전에도 전화를 걸기 전에 수없이 대사를 연습했건만 막상 통화연결음 뒤로 상대방이 나타나자 그저 머릿속에 맨 처음 떠오른 말을 내뱉었던 것이다. 게다가 마지막의 훌륭한 애드리브. 그녀는 임신에 대한 언급이 아주 기발했다고 자찬했다.

3시 정각. 누군가 문을 열고 걸어 들어와 좌석에 앉은 앨리슨을 바라봤다.

모리스 쏘쳑이 아니었다.

그의 아내 브리짓이었다.

브리짓은 앨리슨이 뉴스에서 본 브리짓 쏘쳑과 사뭇 다른 모습을 하고 있었다. 머리에 붉은색과 검은색이 섞인 스카프를 두르고 있었는데, 앨리슨은 에르메스 제품일 것이라고 추측했다. 선글라스가 얼굴의 절반을 가리고 있었다.

어쨌건 브리짓이 틀림없다. 검찰총장의 섹시하고 젊은 아내. 트렌치코트 주머니에 손을 찔러 넣은 채 굽이 7센티미터가 넘는 하이힐을 신고 또각또각 걸어오는 저 여자. 그녀가 바의 카운터를 지나치자 몇 사람이 고개를 돌려 쳐다봤시만 브리짓인 것을 알아차리시는 못했을 것이다. 저 정도의 비모라면 브리짓이 누구인지 모르더라도 돌아볼 만했다.

브리짓 쏘척은 곧장 앨리슨이 앉은 좌석으로 걸어와 맞은편의 가죽 좌석에 앉았다.

"당신, 꼭 스파이 같네." 앨리슨이 싱긋 웃으며 말했다.

"몇 분밖에 여유가 없어." 브리짓 쏘척이 말했다. "갑자기 만나자고 한 이유가 뭐야?"

"전화로 얘기했잖아. 의논할 게 좀 있다고."

10

"저기, 제가 직함 같은 것에 연연하는 사람이라고 오해하지 않으셨으면 좋겠지만, 제 직함은 어떻게 됩니까?"

"흠, 모르겠군. 솔직히 거기까진 고려하지 못했거든. 생각하는 게 있나?"

"부국장 어떻습니까? 기관 전체는 아니고요, 제가 속한 부서의 부국장이요."

"음, 지도국地圖局 부국장. 어때?"

"지도국이요?"

"방금 떠오른 거야. 더 나은 명칭을 생각해보도록 하시. 참, 사무실 얘기도 해야 되는데."

"사무실은 필요 없습니다, 대통령 각하. 집에서 일하면 됩니다. 집에서 일하는 게 좋습니다. 지금은 형이 함께 살고 있습니다. 컴퓨터도 있고요."

"좋아. 하지만 잊지 말게. 재난이 발생하면 종이와 필기구에만 의존해야 될 거야. 정체 모를 이 바이러스는 컴퓨터들을 모두 고철로 만들어 버릴 테니까. 자네는 지도를 그려주기 위해 커다란 테이블과 평평한 공간이 많이 필요할 거야."

"주방 테이블과 거실 바닥을 이용할 수 있습니다."

"자네 형이 허락할까?"

"그러길 바랍니다. 형은 아버지와 닮았어요. 제게 하기 싫은 것들을 하라고 강요합니다. 아버지가 저를 굉장히 화나게 했던 적이 몇 번 있었는데, 제가 말씀드렸습니까?"

"그래."

"아버지가 사고를 당해서 마음이 안 좋습니다."

"자네 아버지는 자네 일이 얼마나 중요한지 이해하지 못했어. 형은 어떤가? 형이 일의 진척에 방해가 되지는 않는가?"

"아니요. 의사에게 형 얘기를 했습니다. 의사가 형에게 약을 줬어요. 의사에게는 제가 하는 일에 대해 형에게 얘기해도 좋다고 허락했습니다."

"과연 현명한 판단일까?"

"형이니까 괜찮습니다. 아버지에게도 얘기한 적이 있으니까요. 게다가 당장 제가 투입되어야 할 비상사태가 일어날 수도 있으니 형이 알아 두는 편이 좋습니다. 언제 지진이나 쓰나미가 일어날지도 모르고요."

"그래, 자네가 얘기해도 괜찮다고 판단했다면 상관없네."

"저기, 제가 이렇게 직접 대통령 각하께 연락을 해도 괜찮습니까? 저는 예전부터 각하를 존경했습니다. 예전에 저와 연락했던 CIA의 골드스미스 국장은 그때 그 사건 때문에 자리에서 물러났고 각하께서도 아시다시피 자살했습니다. 그래서 각하께 직접 연락하는 게 좋겠다고 생각했어요."

"괜찮고말고."

"다행입니다, 비—. 아, 이런, 내가 무슨 짓을…… 각하를 '빌'이라고 부를 뻔했어요."

"하하, 상관없어. 다들 나를 '빌'이라고 부른다네. 게다가 자네와 나는 이제 친구 아닌가?"

"네, 맞습니다, 그렇습니다, 친구입니다. 오늘 중으로 다시 이메일로 보고 드리겠습니다. 그럼, 안녕히 계십시오."

11

아버지는 토마스를 혼자 두고 외출하는 것을 걱정하지 않았고 나도 마찬가지였다. 동생은 사고방식이 좀 별나고 기벽이 있긴 해도 타인이나 스스로를 해칠 인간은 아니었다. 그는 자살 욕구를 보인 적도 없었고 남을 공격한 적도 없었다. 아버지는 토마스를 집에 남겨 둔 채 프로미스 폴즈 시내로 나가서 식료품을 사거나 그 밖의 볼일을 봤다. 해리가 말한 것처럼 식당에 앉아 커피를 시켜놓고 창밖을 바라보기도 했다.

나도 토마스를 혼자 집에 남겨두고 아버지 장례식에 참석하러 갔었다. 토마스가 장례식 참석을 거부해서 화가 치밀었지만 내가 없는 동안 문제를 일으킬 것이라는 염려는 없었다. 하루 종일 방에 틀어박혀 가상세계를 관광하는 덕택에 다행히도 토마스는 곤란한 문제를 일으키지 않았다. 컴퓨터 화면을 하루 종일 바라본 탓에 생기는 눈의 피로라든가 마우스를 쉴 새 없이 클릭하느라 생기는 손목 부상 말고 무슨 사고가 일어날 수 있겠는가?

그래서 그날 오후 나는 거리낌 없이 토마스에게 잠깐 나갔다 오겠다고 말했다. "올 때 저녁거리 사올게."

"KFC 사와." 토마스는 나를 등진 채 볼리비아인지 벨기에인지 도통 알 수 없는 어느 나라의 길거리를 올라가며 대답했다.

"KFC 같은 건 안 돼. 서브마린 샌드위치 사오려고 하는데 어때?" 내가 말했다.

"검은 올리브는 빼줘." 토마스는 화면에서 한시도 눈을 떼지 않았다.

15분 후, 나는 〈프로미스 폴즈 스탠다드〉 신문사 주차장에 나의 아우디를 주차했다. 4시가 조금 넘은 시각이었다. 줄리 맥길을 기다리게 했을까 봐 걱정했지만 로비에 들어가도 그녀의 모습은 보이지 않았다. 안내 데스크의 직원에게 연결을 부탁하려고 했지만 데스크에는 아무도 없었고 대신 내선번호들이 적힌 종이와 함께 전화기가 한 대 비치되어 있었다.

줄리의 이름을 찾고 있는데 근처의 계단을 재빨리 내려오는 또각또각하는 발걸음 소리가 들렸다.

"안녕?" 줄리가 말했다. "그래, 그게 우리 신문사 안내 직원이야."

줄리는 맥주를 마시려면 그런디스라는 바가 제일 가깝다고 말했는데, 그곳은 내가 벌링턴으로 떠난 뒤 새로 생긴 술집이었다. 사실 내가 이곳을 떠난 건 벌써 10년 반 전이므로 새로 생겼다고 말하기에는 어폐가 있다. 줄리는 검은색 부츠, 청바지, 칼라를 단추로 고정시키는 남성용 흰 와이셔츠, 낡은 검은 가죽 재킷을 입고 있었다. 착암용 드릴 하나와 콘크리트 블록 열 개는 담을 수 있을 정도로 과도하게 커다란 검은색 핸드백을 멘 탓에, 줄리는 한쪽으로 살짝 몸을 기울인 채 걸었다. 줄리의 검은 머리에는 흰 머리카락이 몇 올 섞여 있었는데 일부러 염색한 것 같지는 않았다.

우리는 그런디스에 들어가 자리를 잡고 앉았다. 줄리가 핸드백을 옆으로 던지자 둔탁한 소리가 났다.

"내가 들고 다니는 게 좀 많아." 줄리는 손을 들어 올려 웨이트리스를 부른 뒤 웃으며 말했다. "안녕, 비. 나는 늘 마시던 걸로 주고, 여기 이 언니한테는 주문 좀 받아줘요."

웨이트리스 비가 나를 쳐다봤다. 내가 말했다. "저도 같은 걸로 주세요. 뭔지 모르겠지만."

웨이트리스가 물러가자 줄리가 말했다. "아버지 일은 정말 안됐어. 하지만 널 다시 보니까 좋다. 정말 오래간만이야." 줄리가 웃었다.

"그래." 내가 대답했다. 줄리의 말투는 우리 사이에 의미심장한 사건이 있었음을 넌지시 비추는 듯했다.

줄리가 싱긋 웃음을 지으며 말했다. "너, 기억 못 하는구나."

나는 입을 열었지만 아무 말도 나오지 않았다. 나는 웃음을 지으며 말했다. "어떻게든 둘러대서 넘어갈 속셈이었는데 포기할게. 너는 그렇게 호락호락하지 않을 것 같아."

"고등학교 때 새디 호킨스 댄스파티. 여학생이 남학생을 지목해서 초청하는 파티 말이야. 당시 너는 졸업을 6개월 남겨두고 있었고 나는 2학년이었어. 너는 앤 팰트로의 초청을 받아 파티에 왔지만, 이미 술을 퍼마셔서 고주망태가 된 상태였지. 화가 난 앤에게 버림받은 너는 내게 작업을 걸기 시작했어. 때마침 나도 남학생들을 몇 명 퇴짜 놓은 상황이었지. 어느덧 정신을 차려보니 우린 네 아버지 차 뒷좌석에서 서로 만지작거리고 있었어. 그냥 잊어버렸다고 말해도 괜찮아."

나는 웃으며 침을 꿀꺽 삼켰다. "잊어버렸어."

"그럼 그 일이 있고 몇 개월 뒤 내가 프로미스 폴즈를 떠났다는 것도 잊어버렸겠구나. 그리고…… 9개월 반 후 내 뱃속의 아ㅡ."

"맙소사."

줄리는 웃으며 내 손을 쓰다듬었다. "그냥 장난친 거야. 마지막에 한 말은 장난이었어. 하지만 내가 프로미스 폴즈를 떠난 건 사실이야. 견딜 수가 없었거든. 나는 이 동네랑 도저히 맞지 않았어. 너도 좀 그런 편이었지만, 넌 그럭저럭 잘 지냈어. 왜냐하면, 기분 나쁘게 안 들었으면 좋겠는데, 넌 좀 범생이었잖아."

"맞아." 나는 줄리의 말을 인정했다. "그리고 너는…… 범생이랑은 거리가 멀었지."

줄리는 웃으며 말했다. "난 그때가 전성기였어."

"내 기억이 맞는다면, 시험 때마다 누군가 소방서에 전화를 걸어 학교에 불이 났다던가 폭탄이 있다던가 신고를 했었어. 그게 너라는 소문이 있었는데?"

줄리는 시치미를 떼며 대답했다. "도대체 누가 그런 짓을 했을까? 그런 감당 못할 짓을……." 줄리는 말을 멈췄다. "하지만 까다로운 시험을 볼 준비가 안 된 학생이라면 그런 극단적인 조치를 취하고도 남았을 거야." 또다시 줄리는 말을 멈췄다. "딱 두 번이었어."

"이런, 너 맞구나."

"묵비권." 줄리가 말했다. "프로미스 폴즈를 떠나야 하는 또 다른 이유였지."

"그렇군. 그런데 실은 나도 그렇게 오래 버티진 못했어."

"그런데 지금은 둘 다 돌아왔네?" 줄리가 말하는 동안 웨이트리스가 코로나 두 병을 들고 왔다. "그래도 넌 타당한 사정이 있잖아? 가족이 세상을 떠났으니까."

"네 사정은 뭔데?"

"난 여기저기 떠돌아다녔었어. 작은 지역 신문사 몇 군데에서 일했지. 나는 언론학 전공자는 아니었지만 당시에는 학위가 별로 중요하지 않았어. 덕분에 〈LA 타임스〉에 입사지원을 할 무렵 기자 경력이 꽤 쌓여 있었지. 그러다가 신문사가 규모를 축소하는 바람에 일자리를 잃게 됐어. 다른 신문사들도 모두 예산을 삭감하는 추세였는데, 다행히도 〈프로미스 폴즈 스탠다드〉에 자리가 난 거야. 여자 한 명이 해고를 당했고 하우드라는 남자가, 세상에, 그 남자가 얼마나 엄청난 일을 겪었는지 모를 거야. 그 남자는 새 삶을 시작하기 위해 이곳을 떠났어. 잘됐으면 좋겠네. 아무튼, 덕분에 내가 돌아오게 된 거지. 그런데 〈프로미스 폴즈 스탠다드〉는 지금 돈이 없어. 내보내는 기사라곤 꼴통들이 모여서 쓴 쓰레기 같은 쇼뿐이야. 그래도 내 생활비의 10분의 1을 해결해주니 다른 일자리를 찾을 때까지는 어쩔 수 없지. 꼭 다른 일자리를 찾을 거야."

나는 웃었다.

"왜?"

"회사 사람들도 그렇게 부르는구나. 토마스한테 들었는데, 랜드리 형제들을 꼴통이라고 불렀다면서?"

이번에는 줄리가 기억을 하려고 애썼다. 이윽고 그녀가 말했다. "아, 걔네들? 신발짝보다 무식한 놈들이었지. 내가 꼴통이라고 불렀다고?"

"놈들이 토마스를 괴롭혔을 때. 네가 나타나서 놈들을 쫓아버렸다며? 감사인사를 하기에는 좀 늦은 감이 있지만, 어쨌건 고마워."

"잊어버리고 있었어." 줄리는 코로나의 병목을 잡고 길게 들이켜고는 머리를 좌석에 기댔다. "걔네들 죽었다는 소식 들었어?"

"정말이야?"

"둘 다 술에 취한 상태로 길가에 트럭을 댔어. 한 명이 트럭 뒤에서 물건을 내리고 있었는데 다른 한 명이 그걸 모르고 후진을 했지. 후진을 한 놈은 뒤에서 쿵 하는 소리를 듣고 트럭의 기어를 주차 상태로 두지 않은 채 나갔어. 그러다 트럭이 움직였어. 놈은 움직이는 트럭을 뒤쫓다가 넘어졌고 뒷바퀴에 깔려버렸지. 아쉽게도 내가 오기 전에 일어난 사고야. 그 기사를 담당했으면 재미있었을 텐데." 줄리는 나를 바라보더니 변명하는 듯한 표정을 지었다.

"이런, 미안. 생각 없이 말해 버렸네. 내가 쓴 아버지의 사고에 관한 기사가 궁금하다고 해서 만난 건데……."

나는 고개를 저으며 줄리의 사과를 사양했다. "괜찮아. 기사는 읽었어. 혹시 기사에 쓴 것 외에 아는 것이 있어?"

"아니, 별로 없어."

"사고 후에 경찰이 수사를 했어?"

"응. 통상적인 사고사 수사. 사고에 모호한 구석이 없어서 딱히 사인 규명은 실시하지 않았지. 나는 짧은 후속 기사를 썼지만 특별히 흥미로울 게 없어서 실리지도 않았어. 개개인에게는 이런 사고가 엄청나게 큰일이고 세부사항 하나하나가 중요하지만 신문사로서는 하루 기삿거리일 뿐이야. 5센티미터짜리 단신. 경찰의 사건일지를 보다가 우연히 애덤 킬브라이드라는 이름에 눈이 간 것은 단지 토마스와 너의 아버지라는 것을 알고 있었기 때문이었어."

"그래. 이거, 괜히 귀찮게 했구나."

"괜찮아. 왜, 이런 일들은, 뭐랄까, 견디기 힘든 법이잖아. 저기, 내가 해 줄 수 있는 게 있니? 너나 토마스를 위해?" 줄리가 말했다.

"아니야, 그럴—아, 그래, 시간 될 때 우리 집에 들러 줄래? 토마스가 널 보면 좋아할 거야. 토마스는, 너도 알겠지만, 토마스는 좀 유별나잖아."

"그래. 예전부터 그랬지." 줄리가 말했다.

"예전보다 더 심해진 것 같아."

줄리가 웃으며 말했다. "토마스는 지도를 지독히도 좋아했었는데. 아직도 그래?"

"응."

나는 코로나를 마시기 시작했다. 줄리의 병은 거의 비어 있었다. "그런데 말이야, 실은 너도 좀 특이했어. 매일매일 그림을 그렸지. 운동을 좋아하는 여느 남자애들이랑 달랐어."

"나도 투창 던지기를 했어." 나는 변명하듯이 말했다. 그것은 사실이었다. 투창 던지기는 내가 즐기는 유일한 운동 경기라고 할 수 있었다. 게다가 나는 투창 던지기를 아주 잘했다. 투창 던지기와 학교 지하 레크레이션실의 다트라면 내가 일등이었다.

"투창 던지기? 오, 그것은 남성들이 격하게 몸싸움을 하는 스포츠 종목인가 보죠? 야, 그래도 너, 그림 그리기는 성공했더라? 〈LA 타임스〉에 가끔 실리는 일러스트들을 봤거든. 잘 그렸더라."

"고마워."

"결혼은 했어?"

"아니. 할 뻔한 적은 몇 번 있었지. 너는?"

"명상 음악 하는 남자랑 몇 개월 산 적이 있어. 왜, 그 마사지 받을 때 틀어주는 음악 같은 거 있잖아? 뒤에서 새가 짹짹거리고 시냇물이 졸졸 흐르는 음악. 듣다 보면 몸이 축 늘어지지. 그 남자 본인에게도 그런 힘이 있었어. 대여섯 번 나를 혼수상태에 빠트릴 뻔했지 뭐야. NBA 코치도 한 명 만났어. 그다음에는 리얼리티 쇼 프로듀서가 있었고, 그다음엔 이구아나를 기르는 남자." 줄리는 생각에 잠겨 말을 멈췄다. "나는 평범하지 않은 인간들을 끌어당기는 재주가 있나 봐. 하지만 그건 캘리포니아에 있을 때 얘기고 여기라면 아마 괜찮겠지."

별안간 나는 어떤 장면이 떠올랐다.

"자주색." 내가 말했다.

"뭐?"

나는 집게손가락으로 줄리를 가리키며 흔들어댔다. "속옷 말이야. 자주색이었어."

줄리는 웃으며 말했다. "나 사실 좀 섭섭했어. 너한테 별 인상을 남기지 못한 줄 알았거든."

12

이튿날 아침 식사를 하며 나는 토마스에게 말했다. "그리고린 선생님 참 좋으시더라."

"괜찮은 사람이야." 토마스는 그릇에서 바나나를 집어들었다. "의사가 형한테 무슨 약을 줬어?"

나는 어깨를 으쓱했다. "약 이름을 내가 어떻게 알겠니?"

토마스는 바나나 껍질을 반쯤 벗겼다. "의사가 말했어?"

"뭘?"

"내가 하는 일. 형한테 말해줘도 된다고 허락했는데."

"그래, 말했어."

"이제 형도 내가 뭘 하는지 알아야 될 것 같았어."

"네가 직접 말하지 그랬니?"

토마스는 바나나를 깨물었다. "형이 내 말은 안 믿어도 의사가 말하면 믿을 것 같았어."

"그리고린 선생님이 널 믿는다고 생각하는 거야? 네가 하는 일을? 도주하는 비밀 요원을 구출하기 위해 지도와 거리를 암기한다는 얘기를? 어느 날전 세계의 지도가 사라질 것에 대비해서 여기에다가 모든 정보를 집어넣는다는 얘기를?" 나는 집게손가락으로 관자놀이 바로 위쪽을 두드렸다.

토마스는 바나나를 내려놓고 양 손바닥을 주방 테이블에 올려놓았다. "만약 믿지 않는다면 그렇게 많은 질문들을 할 리가 없잖아? 믿지 않았다면 내말을 무시했을 거야." 실망이 토마스의 얼굴에 드리웠다. "형은 내가 하는 일을 믿지 않는구나. 그리고린 선생님이 형을 설득할 수 있을 거라고 생각했는데 내가 틀렸어."

"토마스, 생각 좀 해봐. 넌 뉴욕 북쪽 프로미스 폴즈 변두리에 사는 일개 시민일 뿐이야. 경찰에서 일한 적도 없고 정부기관에서 일한 적도 없어. 지도 전문가들이 따는 학위가 뭔지 모르겠지만 하여간 그런 학위도 없어. 너는—."

"지도 제작사."

"뭐라고?"

"지도를 만들고 연구하는 전문가를 지도 제작사라고 불러. 하지만 지도 제작은 학위가 없어. 지리학 같은 분야를 전공해서 학위를 딴 다음에 그 지식을 이용해서 지도 제작사 일을 하는 거야."

토마스의 말에 나는 잠깐 어리둥절했지만 곧 다시 본래의 논점으로 돌아왔다. "좋아, 알았어. 아무튼, 넌 지리학 학위가 없잖아. 지도 제작사로 일한 경험도 없고."

"형 말이 맞아." 토마스는 고개를 끄덕였다.

"그럼 자격 요건도 안 되고 정부 당국에 아는 사람도 없는 너에게 미국 중앙정보부가 의지한다고 믿는 거야? 수십억 달러 예산과 세계 곳곳에서 활동하는 요원들을 갖춘 기관이 너더러 제발 지도 일을 맡아달라고 부탁했다는 거냐고?"

토마스는 고개를 끄덕였다. "그래. 놀랍지 않아?"

"놀랍네." 내가 말했다.

"나한테는 암기 능력이 있잖아. 그래서 선택된 거야."

나는 의자에 몸을 기대며 말했다. "네가 선택받은 용사냐?"

"봐, 형은 또 나를 놀리고 있어." 토마스가 말했다.

"아니야, 놀리는—그래, 알았어. 놀리는 것처럼 들렸겠다. 내 요점은, 토마스, 그게 진짜 말도 안 되는 얘기란 거야. 그리고린 선생님한테 듣기로, 너

클린턴 전 대통령과도 연락한다면서?"

전날 밤에 조금 열린 토마스의 방문 앞에서 나는 그가 보이지 않는 누군가와 대화를 나누는 것을 지켜봤었다. 수화기는 전화기에 올려진 채였고 토마스는 키보드를 두드리지도 모니터를 보고 있지도 않았었다. 그때 나는 토마스가 " '빌' 이라고 부를 뻔했어요."라고 말하는 것을 들었다.

"그래, 맞아. 대통령 각하라고 불러도 돼. 대통령들은 퇴임 후에도 대통령 각하라고 부르거든." 토마스가 말했다.

"그건 나도 알아."

"이제 이 얘기는 그만 할래. 의사가 형한테 준 약이 효과가 없나 봐. 약을 먹으면 형이 너그러워지고 이해심도 깊어질 줄 알았는데, 아버지랑 똑같아."

토마스는 먹다 남긴 바나나를 테이블 위에 올려놓고 일어나 방으로 들어갔다. 쾅 하는 소리와 함께 그의 방문이 닫혔다.

집에 먹을 것이 필요했다. 계속 샌드위치와 피자만 먹고 살 수는 없는 노릇이었다. 나는 프라이스 초퍼로 갔다. 카트에 냉동식품을 잔뜩 집어넣고 있는데 렌 프렌티스와 그의 아내 마리를 마주쳤다. 아버지는 인쇄소를 그만둔 후에도 렌을 친구로서 만나왔다. 렌은 원래 핏기없이 허여멀건 얼굴이었지만 장례식 때는 어디선가 햇볕을 좀 쬔 듯 보였다. 오늘은 그때보다는 얼굴색이 조금 옅어져 있었다. 반면, 마리는 창백하고 여위어 있었다. 내가 마리를 처음 만난 시절부터 그녀는 건강이 좋지 않았다. 정확한 명칭은 기억나지 않지만, 만성피로 증후군 같은 증상이었다. 즉, 그녀는 늘 지쳐 있었다. 비록 잘 알지는 못해도 나는 그들 부부를 거의 30년간 알고 지냈다. 그들에게는 나와 동년배인 매튜라는 아들이 하나 있었는데, 우리는 청소년기에 함께 놀러다니곤 했었다. 그는 지금 시러큐스에서 회계사 일을 하고 있었고, 결혼을 해서 세 명의 자녀를 두고 있었다.

"어이, 레이." 렌이 카트를 밀며 내게 다가왔다. 그의 뒤로 마리가 꾸물꾸물 따라오고 있었다. "잘 지내나? 토마스는?"

내가 대답하기 전에 마리가 말했다. "반갑구나, 레이."

"안녕하세요." 나는 두 사람에게 말했다. "저희는 그럭저럭 잘 지내요. 먹을 것 좀 사러 왔어요."

"참 아름다운 장례식이었어." 마리가 진지하게 말했다. 내 아버지는 늘 마리를 "마리 선샤인"이라고 불렀었다. 물론 마리의 면전에다 대고 얘기한 것은 아니었다. 마리는 건강이 좋지 않았지만 늘 유쾌한 사람이었다. 가령, 장례식 때 목사가 바지를 내리고 물건을 꺼내 흔들어댔다 해도, 마리는 장례식용 꽃들이 참 예뻤다는 평부터 할 사람이었다.

"맞아요. 다시 한번, 와 주셔서 감사해요."

나는 렌을 향해 웃으며 말했다.

"장례식장에서 뵀을 때 태양등 아래에서 깜빡 잠이라도 드셨냐고 물어볼 참이었어요."

마리는 내 팔을 장난스레 토닥이며 말했다. "애도 참. 저이는 지지난 주에 여행 갔다 와서 그래."

"어디 가셨길래요? 플로리다?" 내가 물었다.

렌은 별로 중요한 게 아니라는 듯 고개를 저으며 대답했다. "태국."

마리가 렌에게 말했다. "얼마나 아름다웠는지 레이한테 얘기해줘요."

"아, 정말이야. 환상적이었어. 새파란 바다가 산호색으로 물든 것이, 여태껏 그런 광경은 처음이었어. 태국에 가본 적 있나, 레이?"

"아니요. 하지만 좋다는 얘기는 들었어요. 마리 아줌마는 안 가셨어요?"

마리는 한숨을 쉬었다. "난 여행 갈 기력이 없단다. 그렇게 멀리까지는 무리야. 차로 한두 시간 거리에 있는 리조트에서 일주일쯤 보내는 거라면 짐을 챙겨 가겠다만, 공항에 가서 세관을 거치고 신발을 벗었다 신었다 하는 것까진 너무 버거워. 하지만 내가 해외여행을 싫어한다고 해서 렌까지 못 가면 안 되잖니. 여행 좋아하는 다른 사람들하고 함께 가면 되니까."

"그렇지 않아도 네가 벌링턴으로 돌아가기 전에 한번 들를 생각이었다." 렌이 말했다.

"언제 돌아갈지 모르겠어요. 일단은 토마스의 일부터 해결해야죠. 집 문제를 어떻게 해야 할지 결정해야 돼요. 토마스 혼자 그 집에서 살 수 없으니까요." 내가 말했다.

"아이고, 안 되고말고. 걔는 돌봐줄 사람이 필요해." 마리가 말했다.

나는 화가 났지만 내색은 하지 않았다. 마리의 말이 틀린 건 아니었다. 토마스는 돌봐줄 사람이 필요했다. 하지만 토마스는 아이가 아니라 성인이었다. 어린애 취급을 받는 수모를 겪을 이유가 없었다. 하지만 나는 아까 토마스의 '일'에 대해 따졌던 일이 떠올랐고, 동생을 너무 심하게 대하지 않았나 하는 생각에 죄책감을 느꼈다.

"네, 맞아요. 그래도 동생이 자립할 수 있도록 애써 보려고요." 내가 말했다.

나는 동생의 자립에 관해 쭉 생각해 봤다. 토마스가 현실에 존재하지 않는 것들을 믿는다고 해서 현실 세계에 적응할 수 없는 것은 아니다. 나는 토마스가 스스로 음식을 만들고 집안일을 하도록 만들 작정이었다. 일거리를 주면 토마스가 방에서 나오는 시간을 늘릴 수 있을 것이다. 동생을 집 밖의 세상으로 내보낼 수 없다면 집 안이라도 돌아다니게 해야 한다.

"그래. 자, 이제 그만 가봐야겠군. 만나서 반가웠다." 렌이 말했다.

"그렇지 않아도 너희한테 캐서롤을 갖다 주려고 했는데…… 아, 우리 집에 저녁 먹으러 오지 않겠니?" 마리가 말했다.

"말씀 감사합니다. 토마스한테 한번 물어볼게요." 나는 '퍽이나 가능하겠네요'라고 생각하긴 했지만, 밖에서 사람들과 식사하는 것은 한번 시도해볼 만했다. 토마스를 집 밖으로 내보내는 첫걸음. 사실 토마스가 마리아와 다툰 것을 빼면 벌써 병원에도 큰 소동 없이 다녀온 셈이었다.

"토마스는 여전히 컴퓨터 바이러스 재난에 대비해서 지도를 암기하는 중인가?" 렌이 물었다. 그의 입꼬리에 언뜻 웃음기가 번졌다.

나는 예상치 못한 물음에 깜짝 놀랐다. "그걸 어떻게 아세요?"

"네 아버지한테 들었어. 애덤도 혼자만 담아두긴 힘들었을 거야."

나는 천천히 고개를 끄덕였다. 마리가 말했다. "렌, 그런 얘기는 하지 말아요. 당신이 관여할 일이 아니잖아요."

"왜 관여할 일이 아니야? 애덤이 나한테 말한 거잖아!" 렌이 마리에게 버럭 성을 내자 마리는 눈을 깜빡거렸다. 렌이 다시 내게 말했다. "네 아버지가 토마스 때문에 얼마나 힘들었는지 너도 알지?"

결국 나만 빼고 주위의 모두가 상황을 알고 있는 셈이었다.

나는 토마스의 방문을 두드린 뒤 고개를 집어넣을 정도로 문을 빼꼼히 열었다. "다녀왔어."

마우스를 클릭하며 여행 중인 토마스는 나를 등진 채 대답했다. "그래."

"네가 저녁 당번이야."

이 말에 토마스는 비로소 고개를 돌렸다. "뭐?"

"오늘 저녁밥은 네가 만들라고."

"나는 밥 같은 거 안 만들어."

"잘됐네. 지금부터 만들면 되잖아. 냉동식품 사 왔어. 조리가 간단해."

"왜 형이 안 만들어? 아버지는 매일 했단 말이야."

"나도 할 일이 있어. 네가 할 일이 있듯이 나도 있다고. 전화 연락도 해야 하고 필요한 물건들을 가지러 벌링턴에도—."

"버몬트 주."

"그래, 버몬트 주 벌링턴. 상황을 정리할 때까지 여기서 일을 하려면 물건들을 가져와야 돼."

"상황을 정리할 때까지……." 토마스가 조용히 되뇌었다.

"그래. 오븐을 작동하는 방법이나 그 밖에 필요한 것들을 가르쳐 줄게. 5

시에 부엌으로 내려와."

나는 토마스의 쇼크 먹은 얼굴에 내심 통쾌해하며 방문을 닫았다.

때마침 휴대폰이 울렸다. 10년 전부터 내게 일거리를 물어다 주고 있는 나의 에이전트, 제레미 챈들러였다.

"지금 너한테 들어온 일이 세 건이야. 시스티나 성당 천장에 그림 그리는 작업이라면 40년쯤 여유가 있겠지만, 그게 아니잖아. 마감일이 정해져 있는 잡지와 웹사이트라고, 레이. 곧 마감일이야. 할 수 없으면 할 수 없다고 말해. 너만큼의 재능은 없지만 너보다 배고픈 다른 아티스트한테 일을 넘겨야 하니까."

"말했잖아. 지금 아버지 장례식이라니까."

"아, 이런, 깜빡했네. 아버지가 사망하셨지?"

"그래, 맞아. 정확해. '사망' 하셨지."

"장례식 같은 건 다 끝났나?"

"끝났어."

"그럼 정확히 언제 작업실로 돌아오는 거야?"

"아직 여기서 할 일이 있어, 제레미. 여기에 임시 작업실을 꾸려야 할 것 같아."

"좋은 생각이야. 안 그러면 탈링턴에게 일러스트 작업을 맡기려고 했어."

"저런, 안 돼. 그 자식은 그림을 발로 그린다고. 탈링턴이 그린 오바마는 전부 빌 코스비야. 흑인은 다 빌 코스비로 그려 버린다니까."

"네가 일을 맡지 않은 탓에 그렇게 된다면야 비난할 자격도 없잖아. 참, 배콘의 조직 사람들한테서 연락이 왔었는데. 내가 얘기했던가?"

"맙소사." 브루클린의 유명한 범죄 조직의 보스인 카를로 배콘은 살인부터 주차위반 범칙금 미납까지 다양한 혐의로 기소를 당한 자였다. 뉴욕의 잡지사 하나가 나에게 카를로 배콘을 그려 달라고 부탁했고, 나는 그가 자유의 여신상을 향해 총을 겨누고 있는 모습을 그의 신체적 특성들, 특히, 뱃살을 과장해서 그렸다. 그림에서 자유의 여신상은 양손을 허공으로 번쩍 쳐들고 있었다.

제레미의 말을 듣자 순식간에 진땀이 흘러내렸다. "나, 목숨이 위험한 거야?"

"아니야, 아니야, 그런 게 아니야. 배콘이 네 일러스트가 아주 마음에 들었나 봐. 원본을 사고 싶어 했어. 조폭들은 주목받는 걸 굉장히 좋아해. 그게 딱히 긍정적인 시선이 아니라도."

"너한테 원본이 있던가?" 내가 물었다.

"있어."

"배콘에게 보내. 돈은 받지 마."

"벌써 보냈어. 오늘 전화 건 용건은 따로 있어."

"뭔데?"

"지금 웹사이트 하나가 개설되는 중이야. 굉장히 높으신 분들이 후원하고 있는데, 허핑턴 포스트의 아성에 도전하고 싶어 하더군. 하지만 차별화하기를 원해. 그래서 내가 〈뉴요커〉 웹사이트에 있는 것처럼 정치 애니메이션을 만들어 올리면 어떻겠냐고 제안했지. 10초쯤 되는 애니메이션. 하지만 실제 움직이는 장면은 최소화할 거야. 가령, 그림은 정지시켜 놓고 카메라 시점을 옮기는 식으로 하면—."

"방법은 나도 알아. 그래서 나를 추천했어?" 내가 물었다.

"그럴 필요도 없었어. 일전에 그쪽에서 나를 찾아왔어. 웹사이트를 기획한 사람은 캐슬린 포드라는 여자인데 상상도 못할 만큼 엄청난 재정 지원을 등에 업고 있더군. 대체로 매스컴에서 나온 돈이야. 그 여자가 너랑 얘기하고 싶대. 최대한 빨리."

"알았어. 하지만 당장은—."

그때 현관에서 노크하는 소리가 들렸다. 단단하고 목적이 뚜렷한, "진지하게 할 얘기가 있습니다"라고 알리는 노크였다. 나는 누가 집 앞에 차를 대는 낌새를 전혀 못 느꼈는데, 제레미가 통화할 때 보잉 747 비행기라도 몰아낼 기세로 시끄럽게 떠드는 나는 점을 고려해보면 당연했다.

"누가 찾아왔어." 내가 말했다.

"레이, 이거 엄청나게 큰 건수야. 너 이 여자 꼭 만나야 돼. 돈이 어마어마 하다고."

"내가 다시 전화할게."

나는 휴대폰을 주방 테이블에 올려놓고 현관으로 갔다.

포치에는 두 사람이 서 있었다. 검은색 세단이 나의 아우디 너머에 주차되어 있었는데 마치 내가 집을 빠져나가는 것을 막으려는 조치인 듯했다. 사십 대로 보이는 남자와 여자. 둘 다 회색빛 정장 차림이었다. 남자는 폭이 좁고 사무적인 넥타이를 매고 있었다.

"킬브라이드 씨?" 여자가 물었다.

"그런데요?"

"저는 파커 요원입니다. 이쪽은 드리스콜 요원이고요."

"네?"

"FBI입니다." 여자가 엄중하게 말했다.

13

브리짓 쏘첵은 남편의 절친한 친구이자 수석 보좌관인 하워드 탤리먼과 현재 상황을 의논하려면 사람들이 많은 공공장소에서 하는 편이 낫다고 생각했다. 주위에 보는 눈이 있으면 하워드는 브리짓을 목 조르고 싶은 욕구를 꾹 참아줄 것이다. 하지만 브리짓은 그렇게 하더라도 자신이 100퍼센트 무사하리라고는 확신하지 않았다. 그녀는 하워드와 점심 식사 약속을 잡은 뒤, 1시에 유니언 스퀘어 카페에 자리를 예약했다.

탤리먼은 아득한 먼 옛날부터 모리스 쏘첵의 절친한 친구였다. 하버드 대학 동기인 둘은 함께 술을 마시고, 변호사 일을 하고, 여행을 다녔다. 제럴딘이 죽은 2년 뒤 일본 여행을 갔을 때도 어쩌면 함께 여자 맛을 봤을 것이다. 하워드는 아주 오래전부터 정치 캠페인의 배후에서 일을 해왔다. 공화당이냐 민주당이냐는 상관없었다. 오직 승패만이 중요했다. 뉴욕 레인저스 소속이었다가 보스턴 브루인스로 이적한 아이스하키 선수가 한때 팀 동료였던 선수들을 하키장 펜스에 가차 없이 몰아붙이는 것처럼, 하워드 탤리먼은 대가를 얻을 수 있는 한, 정당을 불문하고 전략가로 활동했다. 그 스스로가 후보로 나서고 싶었던 적은 없었다. 키가 작고 배가 불룩 튀어나온 하워드 탤리먼은 본인의 성적 매력이 정원의 난쟁이 인형 수준이라는 농담을 하고는 했다. 하지만 그는 배후에서 정치 게임을 조정하여 자신의 후보에게 승리를 가져다주는 방법을 아주 잘 알고 있었다.

"원하기만 하면 자네는 얼마든지 높이 오를 수 있어." 10년 전에 하워드는 모리스에게 그렇게 말했었다. "자네의 유일한 제약은 자신의 야망이야. 야망만 충분하다면 정상까지도 올라갈 수 있어. 하지만 차근차근 수순을 밟아야겠지. 처음에는 인정사정없는 검사, 다음에는 검찰총장. 그렇게 선을 그려보면 어디에 도착할까? 그야 물론 최정상이지. 그것이 바로 자네의 목적지야."

즉, 하워드 탤리먼이 죽을 쒀 주면 모리스 쏘척이 받아먹는 꼴이었다.

그들의 노력은 헛수고가 아니었다. 흥행 성공. 모리스는 이제 주지사 자리를 노리고 있었고, 주지사 너머로도 갈 길은 멀었다.

그렇게 하워드는 절친한 친구를 정치 스타로 만드는 데 성공했지만, 그 화룡점정은 당선 연설 중에 모리스의 곁에 서 있을 젊고 아름다운 아내를 찾아낸 것이었다. 하워드가 브리짓을 만난 것은 그의 고객인 순회법원 판사(아들이 뉴햄프셔 여름 별장에서 마약제조 시설을 운영하다가 체포되는 바람에 총체적 난국을 맞이했다)를 위해 고용한 홍보 회사에서였다. 브리짓을 본 순간, 하워드는 그녀야말로 뉴욕 전역에서 이루어질 선거 유세에서 모리스의 옆에 있으면 완벽할 여자임을 직감했다. 그녀는 미셸 오바마와 재클린 케네디처럼 섹시했다. 조각상 같은 외형, 긴 목, 가슴이 지나치게 크지 않은 예쁜 몸매. 게다가 품위까지.

브리짓은 나중에야 깨달았지만, 하워드는 그녀와 모리스가 서로 마주치도록 몰래 계략을 짰다. 하워드는 브리짓을 어린이 야구장 건설을 위한 기금 모금 행사에 참여시켰고, 덕분에 브리짓과 모리스는 같은 시간 같은 공간에 있게 되었다. 하워드는 두 사람을 상대방에게 소개했고, 그들 각자에게 귓속말로 "저 사람이 당신에게 호감이 있다."라는 말을 슬쩍 흘렸다.

꼬마 큐피드의 화살로 무장한 마키아벨리. 그것이 하워드의 역할이었다.

하지만 하워드가 모르는 것이 하나 있었다.

만난 지 일주일째 되는 날, 브리짓은 쏘척의 리무진 뒷좌석에서 벨트와 단추들이 풀린 채 퍼질러져 있었고 주지사 후보자께서는 그녀의 두 다리 사이로 머리를 집어넣고 있었다. 나름 즐거운 시간이었지만 엄밀히 말해 브리짓은 "100퍼센트 이성애자"가 아니었다. 하지만 그게 무슨 상관인가? 브리짓은 자신이 꿈꾸는 인생, 다시 말해, 모리스 쏘척 같은 사람과 함께 하는 인생을 얻기만 한다면 한쪽 성별만으로도 영원히 만족할 수 있다고 자신했다.

결론은, 브리짓이 틀렸다. 그리고 그 깨달음은 브리짓이 모리스와 결혼한 뒤에야 비로소 찾아왔다.

앨리슨을 만나기 전에도 브리짓의 이성애자 가면을 벗겨 낸 여자들이 있었지만, 며칠 동안 몰래 함께 지낸 여자는 앨리슨이 처음이었다. 브리짓은 앨리슨과의 밀회를 가볍게 생각했고, 앨리슨 역시 마찬가지인 듯 보였다. 앨리슨과 만날 때 브리짓은 가명을 사용했고 앨리슨이 그녀의 여권을 보지 못하도록 주의를 기울였다. 함께 밖에서 돌아다닐 때는 커다란 선글라스와 챙이 넓은 모자를 착용했다. 사실, 브리짓의 남편은 공공장소에서 알아보는 사람들이 있었고 사인을 요청받기도 했지만, 그녀의 경우 남편 없이 혼자 있을 때 알아보는 사람이 거의 없었다. 물론 남자들은, 그리고 여자들도, 여러 가지 동기에서 브리짓에게 눈길을 주고는 했다. 그러나 그들이 브리짓을 위아래로 훑어보는 이유는 그녀의 정체가 아니라 그녀의 모습, 매혹적인 모습 때문이었다.

그리고 지금, 브리짓은 곤경에 빠져 있었다.

카페 메뉴를 읽다가 위를 올려다보니 하워드가 서 있었다.

"브리짓." 하워드는 허리를 굽혀 브리짓의 뺨에 키스하는 시늉을 했다.

"당신 오늘도 여전히 맛있어 보여. 스푼으로 떠먹으면 딱이겠는데?"

"당신도 멋있네요."

"아이고, 됐어. 카운터를 지나는데 누가 '저기 봐, 대니 드비토야'라고 속삭이더군."

브리짓은 어색하게 웃었고 하워드는 그녀의 맞은편 의자에 앉았다. 브리짓은 하워드의 표정을 보고 알 수 있었다. 그는 문제가 발생했다는 것을 이미 눈치챘다. 남의 속내를 잘 읽었기 때문에 하워드는 지금의 위치까지 올라올 수 있었던 것이다.

하지만 하워드는, 적어도 처음 만났을 때는, 브리짓의 속을 읽지 못했다. 만약 그랬다면 두 사람은 지금 이렇게 마주보고 있지도 않을 것이다.

"술이라도 마시면서 얘기하는 것이 좋을 것 같군. 당신은 뭐로 하겠어?" 하워드가 물었다.

"음…… 화이트 와인 스프리처요."

하워드가 눈썹을 치켜세우며 말했다. "상황이 그렇게 안 좋은 거야? 스프리처라니, 그건 현관문에 〈타임스〉가 15분 늦게 도착했을 때나 먹는 술 아닌가?" 하워드는 앉은 자리에서 몸을 돌려 지나가는 웨이터를 불러 세웠다. "여기 아가씨한테는 화이트 와인 스프리처, 나는 스카치 스트레이트. 자, 브리짓, 무슨 일이야? 나랑 몰래 연애라도 하려는 건 아니겠지? 솔직히 요새는 일정이 빡빡해서 연애할 여유가 없거든." 하워드는 결혼한 적이 없었을뿐더러, 정치 공작이 아닌 인간을 사랑한 적이 있는지조차 확인되지 않았다.

하지만 누구든 비밀스러운 생활은 있는 법이니까.

브리짓은 침을 꿀꺽 삼켰다. "잘 알겠지만, 난 모리스에게 해가 될 짓을 할 의도는 없어요."

"아이고, 이런……." 하워드가 말했다.

"모리스를 난감하게 만들 생각은 없었어요. 절대로."

하워드는 브리짓을 찬찬히 살폈다. "자, 과연 뭘까……." 그는 모리스가 브리짓에게 준 다이아몬드 귀걸이의 가격을 감정하듯 브리짓을 바라봤다. 귀걸이의 가격은 2만 달러였지만 물론 하워드가 궁금한 것은 따로 있었다. 그는 브리짓이 무슨 골치 아픈 일을 저질렀는지 추측하는 중이었다.

"돈 아니면 섹스. 아니면 둘 다. 그것 말고는 없잖아? 무슨 짓을 했든 돈이나 섹스, 아니면 둘 다로 귀결되게 돼 있어." 하워드가 말했다.

"둘 다예요."

"그렇군. 상황이 많이 안 좋은가?"

브리짓은 무릎을 내려다보다가 고개를 들어 다시 하워드를 바라봤다. "심각해요." 브리짓은 마음을 가라앉히고 말했다. "나 협박당하고 있어요, 하워드."

"그래서 돈 문제인 거로군. 협박하는 놈의 무기는 아마 섹스일 거고. 아, 혹시 당신이 사람을 죽인 게 아니라면 말이야."

"그럴 리가 없잖아요." 브리짓이 말했다.

"아하." 하워드는 주문한 술이 테이블 위에 놓이는 것을 보며 말했다. "그것참 경사 났네. 뭐, 살인죄로 유죄 판결 받은 사람들도 재기하는 경우가 더러 있어." 하워드는 스카치를 홀짝이며 웨이터가 물러나기를 기다렸다. 브리짓은 하워드가 한편으로는 이 상황을 즐기고 있는 것이 아닌가 생각했다. 그는 골치 아픈 문제들의 해결을 즐기는 사람이었다. 하지만 그렇다 하더라도 이번 경우에는 그 즐거움이 오래가지 못할 것이라고 그녀는 생각했다.

하워드가 브리짓에게 물었다. "설마 염소랑 섹스하는 사진 같은 게 나돌아다니는 거야?"

"아니에요."

"좋아. 그게 아니라면 훨씬 다루기 수월한 문제겠군. 자, 털어놔 봐."

"바람을 피웠어요." 브리짓이 말했다.

하워드는 예상한 바라는 듯이 짐짓 진중하게 고개를 끄덕였다. "최근 일이겠지? 그러니까, 당신과 모리스가 성스러운 결혼 서약을 마친 다음에 일어난 일인가?"

"맞아요."

"상대와의 관계는 끝냈나?"

"네."

"내가 아는 남자야?"

브리짓은 잠깐 주춤하더니 대답했다. "아니요."

하워드는 고개를 갸우뚱했다. "머뭇거리는 품이 꺼림칙한데, 브리짓? 즉,

내가 그 남자를 아는데 거짓말을 하고 있거나, 아니면 거짓말은 아니지만 일부러 애매하게 대답을 한 거야. 둘 중 어느 쪽인지 한번 맞춰 볼까?" 하워드의 시선이 브리짓을 파고들었다. "후자로군."

브리짓은 아무 말도 하지 않았다. 한 걸음 물러난 관점에서 보면 하워드가 대단한 사람이라고 감탄할 수 있겠지만, 지금의 브리짓은 그런 객관적인 관점을 취할 상태가 아니었다.

하워드는 브리짓을 물끄러미 바라보다가 물었다. "내가 아는 여자야?"

역시 대단한 사람이다. "앨리슨 피치라는 여자예요."

하워드의 눈꺼풀이 파르르 떨렸다. 머릿속의 데이터베이스를 검색할 때 나타나는 버릇이었다. "당신 말대로 내가 모르는 사람이로군." 하워드는 스카치를 들이켰다. "브리짓, 당신과 모리스를 엮어주기 전에 혹시 책잡힐 만한 이력이 없냐고 내가 조용히 물어봤지? 그때 여색을 밝힌다고 털어놓지 그랬어?"

브리짓은 경직된 자세로 의자에 앉아 침묵을 지켰다.

"그 앨리슨 피치라는 여자한테 당신이 주지사 후보자 겸 현 검찰총장의 부인이라는 걸 말했나?"

"아니요. 가명을 썼어요. 그런데 앨리슨이 TV 뉴스에서 내가 모리스와 행사에 참여하는 걸 봤어요. 그래서…… 다 알아 버렸어요." 브리짓은 그간의 일을 〈리더스 다이제스트〉 버전으로 짧게 요약했다. 어디서 만났고, 얼마나 만났고, 함께 어디로 여행 갔는지를 하워드에게 털어났다.

하워드는 씁쓸한 웃음을 지었다. "아까 염소랑 하는 사진이 있냐고 물어봤었는데, 이 여자의 경우는 어때? 사진이 있나? 몰래 카메라에 찍혔다든가? 생각해보니 차라리 염소가 정치적으로는 덜 치명적이겠어."

브리짓이 눈살을 찌푸렸다. "사진을 가지고 협박할까 봐 걱정돼서 그러는 거예요, 아니면 한 장 갖고 싶어서 그러는 거예요?"

"사진이 있어?"

"없을 거예요. 앨리슨은 사진 얘긴 하지 않았어요. 찍을 이유도 없었어요. 만날 당시에는 내 남편이 누군지 몰랐으니까."

"즉, 그 여자한테는 증거가 없는 셈이로군. 그럼 정면 승부가 가능하겠어. 좀 꼴사납겠지만 그 여자의 말을 강경하게 부인하면 돼. 전부 다 모리스의 상대 진영에서 꾸며낸 얘기라고 잡아떼는 거지. 그리고 여자의 과거를 뒤져서 신빙성을 떨어뜨릴 꼬투리를 캐내는 거야. 없으면 만들면 되니까 걱정할 것 없어. 언론에서 신나게 떠들어대겠지만, 시간이 지나 사람들이 흥미를 잃으면 우리는 아무 일 없었다는 듯 갈 길을 가면 돼. 사실, 증거가 없으니 내가 손만 쓰면 경찰을 통해 그 여자를 금품강요 혐의로 기소할 수 있어. 왜, 그, 토크쇼 사회자 있지? 웃을 때 이빨이 시원하게 드러나는 남자? 그 사람은 이띤 놈이 돈을 안 주면 방송국 스태프 절반 하고 잤다는 걸 폭로하겠다고 협박하니까 그냥 경찰에 신고해 버렸잖아. 결국, 함정 수사 끝에 멍청한 협박범은 붙잡혀서 감옥에 들어갔지. 우리도 똑같이 하면 돼. 차이점은, 당신이 그 여자를 모르는 사람이라고 딱 잡아떼야 한다는 점이야. 여행 중에, 아니면 행사 같은 데서 마주친 적이 있을 수 있겠지만 누군지 전혀 모르겠다고 말이야. 그렇게 하면 그 여자가 허리케인 카트리나 속에서 비가 온다고 떠들어도 아무도 안 믿을걸."

"문자가 있어요." 브리짓이 말했다.

"뭐가 있다고?"

"사진은 없지만 주고받은 문자 메시지들이 있어요. 통화 내역과 문자 메시지."

"문자 메시지에 뭐가 쓰여 있는데, 브리짓? 무슨 내용이야?"

"내용이…… 꽤 야해요."

"당신이 작성한 메시지도 있나? 아니면 전부 앨리슨 피치라는 여자가 작성한 건가?"

"반반일 거예요."

하워드는 혀로 이빨을 핥았다. "그 여자가 얼마를 달래? 돈을 안 주면 어떻게 하겠대?"

"10만 달러. 돈을 안 주면 값을 후하게 쳐줄 사람한테 제보하겠다더군요."

"알겠어. 그 여자 포부가 좀 작군."

"무슨 말이에요?"

"나 같으면 적어도 100만 달러는 요구했을 거야. 여하튼, 그 여자가 돈을 받고도 제보할 가능성은 없나?"

"안 그러겠다고 말하더군요." 브리짓이 말했다.

하워드는 의자에 등을 기대고 양팔을 펼치며 말했다. "아, 좋아. 그럼 걱정할 거 없어."

"당신이 무슨 생각하는지 알아요. 앨리슨이 앞으로 계속 돈을 요구할 거라고 생각하죠?"

"그럴 가능성이 아주 크지, 브리짓. 하지만 목돈을 안겨주고 설득만 잘하면 그걸로 끝날지도 몰라. 우리 곁을 떠나서 다시는 돌아오지 않는 거지."

브리짓은 한숨을 쉬었다. "당신이라면 해결할 줄 알았어요. 당신은 정말…… 정말 이런 일들을 침착하게 잘 처리해요."

"이 아가씨야, 이런 건 불 끄는 거랑 똑같아. 숲이 홀랑 타버리기 전에 얼른 불씨를 꺼버리는 거야."

"저기, 하워드. 모리스는 이 일을 몰랐으면 좋겠어요. 모리스랑 저는 서로의…… 서로의 비밀들을 아주 솔직히 터놓고 얘기하는 편이에요. 하지만 남편은 결혼 후 제가 다른 사람을 만났다는 걸 전혀 몰라요. 남편한테 얘기 안 할 거죠? 네?"

하워드는 고개를 저으며 팔을 뻗어 브리짓의 손을 쓰다듬었다. "그럴 필요가 뭐가 있겠어? 모리스와 당신 둘 다 너무도 소중한 사람들인데 내가 어떻게 그러겠어? 당신 앞에는 아름다운 미래가 기다리고 있어. 당신이 그 충동만 잘 통제한다면 말이야."

"어리석은 실수였어요. 다시는 안 그럴 거예요." 브리짓이 말했다.

"물론이지." 하워드는 계속 브리짓의 손을 토닥이며 말했다. "왜냐하면, 모리스의 앞길을 방해하는 자는 당신을 포함해서 누구든 내가 가만두지 않을 거니까. 다시 한 번 이런 짓 하면 내가 직접 당신 브래지어로 당신을 목 졸라 죽인 다음 토막을 내서 센트럴 파크의 다람쥐들한테 먹이로 주고 전부 모리스의 상대 진영에 덮어씌울 거야. 알아들었어?"

브리짓은 고개를 끄덕였다. "네, 알아들었어요."

14

"들어가서 할 얘기가 있습니다." FBI의 파커 요원이 말했다. 질문이 아니라 일방적인 의사 표현이었다.

"무슨 일인데요?"

"들어가서 얘기하겠습니다."

내가 ID를 보여달라고 요청하자 두 요원은 내 눈앞에 ID를 들어 보였고, 나는 손짓으로 그들에게 들어오라고 했다. 거실의 소파와 의자를 가리켰으나 두 사람은 앉지 않았다. 나 역시 서 있었다.

"신분증을 보여주십시오." 드리스콜이 말했다.

"제가 변호사를 불러야 하나요?"

"선생님이 누군지 확인하고 싶은 것뿐입니다." 파커가 말했다.

나는 협조를 해도 좋을지 확신이 들지 않았지만 순순히 말을 듣지 않으면 무슨 일이 일어날지 몰라서 지갑을 뒤져 운전면허증을 꺼냈다. 파커가 내 면허증을 받아들었다.

"킬브라이드 씨로군요." 파커가 말했다.

"맞아요."

"레이 킬브라이드."

"네."

"사용하시는 다른 이름이 있습니까?" 파커가 물었다. 그녀가 취조하는 어조는 마치 내가 가명을 수십 개쯤 가지고 있을 거라고 의심하는 듯했다.

"아니요. 그럴 리가요."

"무슨 일을 하시죠, 킬브라이드 씨?"

"그림을 그려요. 일러스트레이터입니다."

"어떤 일러스트를 그리십니까?" 파커가 물었다. 내가 포르노 만화라도 그린다고 생각하는 말투였다.

"신문, 잡지, 웹사이트에 실릴 그림들이요. 지난주 〈뉴욕 타임스〉의 신간 소개에도 나왔어요."

"웹사이트의 그림도 그리신다면 컴퓨터로 작업을 많이 하시겠군요."

"그렇죠." 내가 말했다.

"이 집에 사시면서 일을 하십니까?"

"여기 안 살아요. 벌링턴에 삽니다."

드리스콜 요원이 끼어들었다. "그럼 이 집 주인은 누굽니까?"

"아버지 집이에요." 나는 헛기침을 했다. "아버지 집이었어요."

"무슨 말입니까?" 매서운 말투로 파커 요원이 물었다.

"아버지가 돌아가셨다는 말이죠." 나 역시 파커의 눈을 쏘아보며 매섭게 몰아붙였다. 그렇게 하면 그녀가 잠깐이라도 거만한 태도를 거두리라고 생각했지만 그녀는 전혀 개의치 않았다.

"어떻게 돌아가셨습니까?"

"며칠 전에 뒷마당에서 사고로 돌아가셨어요. 잔디 깎는 트랙터가 아버지 위로 굴러떨어졌습니다. 아버지 성함은 애덤 킬브라이드예요."

드리스콜 요원이 말했다. "아버지가 컴퓨터를 가지고 있었습니까?"

지금쯤이면 알아차릴 만도 했지만 나는 여전히 무슨 영문인지 모른 채 고개를 저었다. "네? 아, 네, 있었어요. 노트북 컴퓨터."

파커 요원은 메모장을 꺼냈다. "아버지가 돌아가신 게 언제였습니까?"

"5월 4일 금요일."

파커 요원은 팔꿈치로 드리스콜 요원을 쿡 찌르며 메모장을 보여줬다. "그 날짜부터의 메시지들이야."

비로소 나는 상황을 눈치챘다.

"선생님 이름은 레이, 아비지는 애덤이라고 하셨는데, 여기 토마스 킬브라이드라는 사람은 살지 않습니까?"

"삽니다."

"선생님과의 관계는 어떻게 됩니까?"

"제 동생입니다."

"지금 있습니까?" 드리스콜이 물었다.

"네. 2층에 있어요." 처음부터 불안하긴 했지만 이제 나의 불안함은 기하급수적으로 증가했다. FBI가 집까지 찾아오다니, 토마스 녀석 도대체 무슨 짓을 한 거야? FBI가 자기를 찾아왔다는 걸 알면 토마스는 어떻게 반응할까?

"동생은 하루의 대부분을 자기 방에서 보내요. 동생한테 무슨 용건인지 모르겠지만 동생은 절대 남에게 해를 끼칠 사람이 아닙니다."

"방에서 뭘 하고 있습니까?" 파커가 물었다.

"컴퓨터요."

"동생이 컴퓨터를 자주 하는 편이죠?"

"저기, 사실 동생은 정신적으로 곤란을 겪고 있어요. 대개 혼자서 시간을 보내고 싶어 합니다."

"어떤 정신적인 곤란입니까?" 드리스콜이 물었다.

"댁들이 상관할 바가 아닌데요? 동생은 문제가 좀 있지만 남을 괴롭히지는 않아요. 동생은 아주…… 온순합니다. 기본적으로는요."

"이메일 보내는 걸 상당히 좋아하더군요." 파커가 말했다.

상황은 좀처럼 나아질 기미를 보이지 않았다. 내가 물었다. "어떤 이메일 말인가요?"

"동생의 통신 내용을 열람하십니까?" 드리스콜이 물었다.

"뭐라고요? 아니요, 안 해요. 통신 같은 걸 하는 줄도 몰랐어요. 말씀드렸다시피 걔는 혼자 있기를 좋아해요."

"토마스 킬브라이드가 미국 중앙정보부에 정기적으로 이메일을 보냈다는 사실을 아십니까?"

"아, 맙소사……." 내가 말했다.

"그중 많은 이메일은 수신인이 빌 클린턴 전 대통령으로 되어 있습니다."

나는 내장이 녹아내리는 것 같았다. "아, 제발…… 협박하는 이메일은 아니었겠죠? 동생을 체포하러 온 건 아니죠?"

두 요원은 눈길을 주고받으며 침묵 속에서 뭔가를 결정했다. 파커가 입을 열었다. "아니, 협박하는 내용은 아니었습니다만…… 걱정스러운 구석이 있어요. 동생을 내려오라고 해주시겠습니까? 아니면 우리가 올라갈까요?"

나는 고개를 떨군 채 저었다. "잠깐만 기다리세요."

나는 2층으로 올라가 노크 없이 토마스의 방문을 열었다.

"저녁 식사 시간 아직 멀었잖아. 나 좀 내버려둬." 토마스가 말했다.

"지금 내려가야겠다, 토마스." 내가 말했다.

"왜 그러는데?"

"손님이 찾아왔어."

나는 토마스가 누가 왔는지 물어볼 줄 알았지만, 그는 "아하." 라고 내뱉을 뿐이었다. 나는 의자에서 일어나 방을 나서려는 토마스의 팔을 가볍게 붙들었다.

"정부 기관에서 온 사람들이야." 나는 토마스에게 주의를 줬다.

그 말에 토마스는 걸음을 멈췄다. 그는 잠깐 멈칫하더니 조만간 이런 일이 일어날 것임을 예상했다는 듯 두세 차례 재빨리 고개를 끄덕였다. "응, 잘됐네."

"잘된 게 아니야, 토마스. 너, 도대체 CIA에 무슨 이메일을 보낸 거야? 응?"

"진행 상황을 보고했어." 토마스는 나를 휙 지나쳐 계단으로 향했다. 거실로 내려간 토마스는 곧장 FBI 요원들에게 다가가더니 우선 여성인 파커 요원에게 악수를, 이어서 드리스콜 요원에게 악수를 청했다.

"토마스 킬브라이드입니다. 만나서 반갑습니다. 대통령 각하께서는 요원들이 방문할 거라는 얘기는 안 하셨는데."

"대통령 각하라……." 파커 요원이 말했다.

"어, 전 대통령이죠. 하지만 클린턴 각하께서는 대통령 호칭을 써도 된다고 말씀하셨어요. 두 분은 대통령 각하가 보낸 요원들일 테니 잘 알고 계시겠지만요."

"왜 그 사람이 우리를 보냈다는 겁니까?" 굳은 얼굴로 드리스콜이 물었다.

비로소 토마스의 얼굴에 걱정하는 빛이 감돌았다. "CIA에서 오신 거 아니에요?"

"아닙니다. 드리스콜 요원과 저는 FBI에서 왔습니다." 파커가 말했다.

토마스는 실망하는 기색을 감추지 못했다. "FBI라고요? CIA에서 온 줄 알았어요." 그는 비디오 게임을 기대하며 크리스마스 선물 상자를 열었는데 양말이 나오자 실망한 어린아이 같은 표정을 지었다. "저와 연락하는 건 CIA인데."

"실은 CIA 쪽에서 저희에게 연락을 했습니다. 오늘 찾아온 것은 CIA의 요청 때문입니다." 파커가 말했다.

"제 작업 공간 때문인가요? 저는 그냥 집에서 일하고 싶어요. 워싱턴에 가기 싫어요. 형, 이 사람들한테 얘기 좀 해줘. 난 여기가 좋아."

"킬브라이드 씨, 우리 앉아서 얘기할까요?" 드리스콜이 말했다. 두 요원은 의자에 앉았고, 토마스와 나는 그들과 커피 테이블을 사이에 두고 맞은편 소파에 앉았다.

"오해하지 마세요. 무시하는 거 아니에요. FBI도 훌륭한 기관이에요. 하지만 저는 CIA를 기다리고 있었거든요." 토마스가 말했다.

"네, FBI와 CIA는 협력 관계입니다. 같은 편이에요. 알고 계시죠?" 드리스콜이 말했다.

드리스콜의 말투에는 약간의 변화가 있었다. 그는 아까보다 날카롭지 않았다. 나는 요원들이 이제 토마스를 직접 봤으니 그가 위협적인 존재가 아님을 깨달았기를 바랐다.

"곧 닥칠 컴퓨터 바이러스에 관해 CIA에 이메일을 보내셨더군요." 파커가 말했다. 태도가 누그러진 드리스콜과는 달리 파커 요원은 여전히 날카로웠다.

"네. CIA에 이메일을 보내서 이미 설명했어요. 클린턴 각하와도 이 건에 관해 얘기를 나눴고요."

그래, 얼마 전에 얘기를 나눴었지, 라고 나는 생각했다.

토마스는 말을 이었다. "하지만 다시 설명해 드릴게요. 저도 바이러스에 관한 내부 정보는 없어요. 그냥 제가 머릿속으로 추론한 거예요. 사실 컴퓨터 바이러스가 아닐 수도 있어요. 태양 플레어일지도 모르고, 핵폭발일지도 몰라요. 운석이 지구에 떨어져 발생할 수도 있고요. 여하튼 무시무시한 거예요."

"네, 그럼 그게 뭔지는 차치하고, 그것 때문에 무슨 일이 발생할 거라고 생각하십니까?" 파커가 물었다.

"GPS 시스템들과 컴퓨터에 저장된 지도들이 전부 사라질 거예요. 이렇게 휙, 하고 싹쓸이되는 거죠." 토마스는 손가락을 튕겼지만 원체 서툴렀던 탓에 소리는 나지 않았다. 그는 이어서 재난 발생 시 자신이 미국을 위해 할 역할을 설명했다. 즉, 전 세계 주요 도시들의 거리를 암기하는 임무. "게다가 아시다시피, 미국 정부 소속 요원들이 세계의 어느 도심지에선가 도주 중일 때 제가 길잡이 역할을 할 수 있어요. 거리의 위치와 골목길 같은 걸 알려주는 거죠."

"흠……." 파커가 말했다. "토마스 씨, 혹시 미국 정부의 컴퓨터 시스템을 망가뜨릴 바이러스를 본인이 직접 개발할 생각은 없겠죠?"

"없어요." 토마스가 대답했다. 기분이 상한 기색은 조금도 없었다. "저는 컴퓨터를 잘 몰라요. 많이 사용하긴 하지만." 토마스는 고개를 돌려 나를 바라봤다. 내가 그의 지나친 컴퓨터 사용에 관해 한마디 할 것이라고 생각한 듯했다. "컴퓨터를 켜고 이메일을 주고받고 〈휠360〉을 사용하는 법은 알지만, 그게 전부예요. 분해 조립 같은 건 할 줄 몰라요. 컴퓨터가 고장 나면 늘 아버지가 시내에 있는 수리점에 맡겨주곤 했어요." 동생은 말을 멈췄다. "하지만 이젠 아니에요. 아버지는 돌아가셨거든요."

"그 얘긴 들었습니다. 유감이에요." 드리스콜이 말했다.

"제가 아버지를 발견했어요. 잔디 깎는 트랙터에 깔려서 사망했어요." 토마스는 손님들에게 사건에 관한 정확한 정보를 전달하려는 듯 다소 객관적인 말투로 말했다.

"네, 그건 레이 씨에게 들었습니다." 파커가 말했다. "CIA로부터 원하는 것이 뭐죠, 토마스 씨?"

토마스는 앉은 자리에서 몸을 조금 폈다. "그런 거 없어요. 저는 그냥 CIA에 제 재능을 기부하는 거예요. 이메일을 읽으셨으면 아실 거 아니에요? 컴퓨터의 지도들이 손상될 경우 제가 미국 정부를 도울 거예요."

"어떻게 돕는다는 겁니까?" 파커가 물었다.

토마스는 이 사람들 왜 이렇게 멍청해? 라고 묻는 표정으로 나를 바라봤다.

그는 한숨을 내쉬며 대답했다. "제 머릿속에 지도들이 있잖아요. 모든 지도, 모든 거리, 거리의 모든 사물들이 말이에요." 그는 짜증이 난다는 듯 쯧하고 혀를 찼다. "컴퓨터들이 전부 고장 나면 제가 지도를 재생할 거예요. 필요하다면 길 안내도 할 수 있고요. 그리고 덧붙여 말하지만 저는 집에서 일하고 싶어요. 여기가 좋아요. 전화가 있으니까 상대가 전 세계 어디에 있든 길 안내를 해 줄 수 있어요."

"그럼 토마스 씨는 그 많은 도시들의 거리 풍경을 인터넷에서 한 번 보고 전부 기억할 수 있다는 말인가요?" 파커가 물었다.

토마스는 고개를 끄덕였다.

파커는 입속에서 혀를 볼 쪽으로 쑥 내밀었다. "좋아요. 조지타운에 가본 적 있나요, 토마스 씨?"

"텍사스 주 조지타운? 켄터키 주 조지타운? 온타리오 주 조지타운? 델라웨어 주 조지타운? 아니면—."

"수도 워싱턴에 있는 조지타운이요."

토마스는 FBI 요원들이니 당연히 워싱턴이겠지, 라고 생각하는 듯 고개를 끄덕였다. "안 가봤어요. 사실 다른 조지타운들도 안 가봤지만."

"지금 우리가 조지타운에 있다고 가정해 봅시다. 자, 이제 책을 사러 가야 되는데—."

토마스는 눈을 잠시 동안 꼭 감았다 뜨더니 말했다. "M 스트리트 노스웨스트에서 토마스 제퍼슨 가 쪽으로 가면 반즈 앤드 노블 서점이 있어요. 만약 배가 고프면 길 건너 베트남 식당에 가면 돼요. 맛이 어떨지는 모르겠지만. 베트남 음식은 먹어본 적이 없거든요. 중국 음식이랑 비슷해요? 중국 음식은 맛있던데."

비로소 파커 요원은 게임에서 패배한 표정을 지었다. 드리스콜 요원을 쳐다보는 그녀의 눈빛은 저 새끼 도대체 뭐야? 라고 속삭이는 듯했다.

토마스가 말했다. "요즘 정부의 경제 상황이 안 좋은 걸 아니까 드리는 말씀이지만, 저는 많은 월급을 바라지 않아요. 생활하는 데 필요한 정도만 주시면 돼요. 어차피 지출이 많지 않거든요. 이 일을 자청한 이유는 시민으로서의 의무감 때문이에요."

"토마스 씨, 드리스콜 요원과 저에게 일하는 장소를 좀 보여줄래요?"

"그럼요."

토마스와 요원들을 뒤따라 계단을 올라가면서 나는 또다시 내장이 녹아내리는 기분이 들었다. 2층으로 올라간 요원들은 걸음을 멈추고 "지도의 벽"을 뚫어지게 쳐다봤다. 토마스는 복도 벽에 붙은 지도들에 관해 설명하지 않고 자신의 방문을 열었다.

"여기가 제 작업실 겸 침실이에요."

"이거 장난이 아닌데……." 드리스콜은 토마스의 방을 찬찬히 바라보며 숨죽인 채 중얼거렸다.

"이게 뭐죠?" 파커는 세 개의 컴퓨터 모니터를 가리키며 물었다. 그중 한 모니터에는 창문에 "CIBC"라고 쓰인 사무실 건물이 보였다. 금융 기관인 것 같았다. 다른 두 모니터는 동일한 거리의 모습을 하나는 올라가는 방향으로, 하나는 내려가는 방향으로 비추고 있었다.

"토론토의 영 가예요. 온타리오 호숫가의 퀸즈 키 대로에서 시작해서 북쪽으로 뻗어 있어요. 남쪽 끝에서 출발했는데 지금 블로어 가까지 도착했어요. 영 가는 굉장히 길어요. 북쪽 끝까지 올라가는 대신 동쪽과 서쪽의 거리들을 돌아볼 생각이에요."

"이걸 하는 데 얼마나 많은 시간을 할애합니까?" 파커가 물었다.

"새벽 1시부터 아침 9시까지 잠자는 시간, 밥을 먹을 때 잠깐씩 쉬는 시간, 아침마다 샤워하는 시간을 제외하면 계속 일을 해요. 어제는 정신과 진료를 받아야 해서 시간을 좀 빼앗겼지만 못한 만큼 벌충할 테니 걱정하지 말라고 CIA 쪽에 전해주세요. 사실 지금 이 순간도 시간을 빼앗기고 있는 셈이지만 일하고 관련된 거니까 괜찮아요."

두 요원은 "정신과 진료"라는 토마스의 말에 서로 눈길을 주고받았다. 파커가 말했다. "어떻게 일을 하는지 보여주세요."

"네." 토마스는 의자에 앉아 오른손으로 마우스를 집어들고 가운데 모니터에 떠 있는 커서를 움직였다. "마우스를 클릭하면서 거리를 올라가다가 버튼을 누른 상태에서 돌리면 이렇게 360도 회전할 수 있어요. 이렇게 하면 주변의 가게와 건물들을 볼 수 있어요. 사람들의 얼굴이나 자동차 번호판은 흐리게 지워져 있어서 잘 안 보이지만 나머지는 깨끗하게 잘 보여요."

"이메일을 좀 보여줄 수 있습니까, 토마스 씨?" 파커가 물었다.

"네."

토마스가 화면 아래의 우표 모양 아이콘을 클릭하자 이메일의 목록이 나타났다. 받은 편지함은 텅 비어 있었다. 나는 이렇게까지 텅 빈 받은 편지함을 보는 것은 처음이었다.

"이메일을 받으면 바로 삭제합니까?" 드리스콜이 물었다.

"이메일은 안 와요. 저한테 이메일을 보내는 친구가 없거든요. 가끔 스팸 메일이 오기는 해요. 그—." 토마스는 고개를 돌려 파커 요원을 바라보더니 얼굴을 붉혔다. "그…… 저기…… 그런 거요. 읽다 보면 아래가 커지는……. 그런 건 받으면 바로 삭제해 버려요."

나는 동생의 이메일을 엿보고 싶다면 영장을 들고 오라고 요원들을 제지하고 싶었지만, 그렇게 하면 오히려 의심을 부추길까 봐 그만두었다. 그저 그들이 토마스가 하는 일을 몸소 확인하고 동생의 취미가 얼마나 무해한지 깨닫기를, 그래서 그들의 걱정이 증발하기만을 바랐다.

"이메일 휴지통을 좀 보여주세요." 드리스콜이 말했다. 철저히 확인하려는 것이었다.

"휴지통을 비워야 되는데 늘 까먹어요." 토마스가 말했다.

"여기, 보세요."

토마스의 말대로 휴지통은 성기의 확대를 유발하는 스팸 메일들로 가득 차 있었다.

"이번에는 보낸 편지함을 봅시다." 파커가 말했다.

토마스는 마우스를 클릭하여 보낸 편지함을 열었다. 발신된 메시지들이 화면 위아래를 가득 채웠다. 수백 건의 메시지들. 발신인은 토마스 킬브라이드.

이메일들은 하나도 남김없이 동일한 주소로 발송되어 있었다.

미국 중앙정보부의 이메일 계정으로.

"아, 맙소사." 내가 말했다.

"저는 이렇게 꼬박꼬박 보고를 하고 있어요." 토마스가 말했다.

15

나는 경악했지만 파커 요원과 드리스콜 요원은 그다지 놀란 눈치가 아니었다. 다 알고 찾아온 것일 테니 당연했다. 이메일들이 CIA로 발송된 실상을 본 나는 요원들이 이미 이것들을 읽었으리라고 짐작했다.

하지만 드리스콜은 토마스에게 말했다. "이메일 몇 개를 무작위로 골라서 읽어봅시다."

"네. 이거 한번 열어볼까요?" 토마스가 화면을 가리키며 묻자 드리스콜이 고개를 끄덕였다. 나머지 이메일들도 마찬가지였지만, 토마스는 CIA의 일반 문의사항 접수 계정으로 발신된 이메일 하나를 열었다. 인터넷만 연결되면 누구나 접근 가능한 계정이었다. 이메일의 제목란에는 "휠360 업데이트"라고 쓰여 있었다.

이메일의 내용은 다음과 같았다.

클린턴 대통령 각하께: 오늘은 리스본의 거리들을 완료했습니다. 내일부터는 샌디에이고를 돌아볼 계획입니다. 토마스 킬브라이드 드림.

"다른 것을 열어봅시다." 드리스콜이 말했다.

클린턴 대통령 각하께: 로스앤젤레스는 예상보다 시간이 오래 걸릴 것 같습니다. 거리들이 마구잡이로 뻗어 있어서 어쩔 수가 없습니다. 샌프란시스코는 산으로 막혀 있어 작업이 보다 수월했습니다. 하시는 일에 건승을 기원합니다. 토마스 킬브라이드 드림.

"하나만 더 봅시다." 드리스콜 요원이 말했다.

토마스는 마우스를 클릭하여 다른 이메일을 열었다.

클린턴 대통령 각하께: 각하께서는 CIA 이외의 다양한 정부 기관들과도 연락을 취하실 거라고 생각합니다. 그 기관들을 통해, 닥쳐올 재난이 어떤 것인지 신속하게 파악하시는 편이 좋을 것 같습니다. 미리 파악해 두지 않으면 재난이 발생했을 때 대처하기가 훨씬 어려울 것입니다. 컴퓨터들이 손상될 것에 대비하여 각하께 저의 전화번호와 주소를 보내드립니다. 지도가 필요하실 때 연락 주시면 곧바로 작업에 착수하겠습니다. 토마스 킬브라이드 드림.

그리고 토마스의 연락처가 이어졌다. 나는 FBI 요원들이 이메일의 IP 주소를 추적해서 집주소를 알아냈을 것이라고 생각했었는데, 이것을 보고서야 비로소 그런 첨단기술에 기반을 둔 탐문 수사 따위는 필요가 없었음을 깨달았다.

"토마스 씨, 과거에 사건을 일으킨 적이 있습니까?" 파커 요원이 물었다.

토마스는 볼 안쪽에서 혀를 쑥 내밀다가 대답했다. "무슨 사건이요?"

이제 나는 심지어 자동차를 운전하다가 물에 빠진 기분마저 들었다.

"글쎄요…… 경찰이 개입한 사건이랄까요?"

"아니요. 경찰이 관련된 사건은 없었어요."

"1997년의 일은 어떻습니까?" 드리스콜이 물었다.

아, 이런…….

"1997년에 뭐가요?" 토마스가 물었다.

"그때 사건이 있지 않았습니까? 경찰에 신고된 사건 말입니다."

토마스가 나를 바라보자 나는 입을 열고 끼어들었다. "그건 별일 아니었어요. 그걸 들춰내다니 기가 막히는군요. 경찰도 무혐의로 종결한 사건이라고요."

"그 일에 관해 말씀해주시겠습니까, 토마스 씨?" 파커가 말했다.

"형," 토마스가 조용히 말했다. "형이 좀 얘기해주지 않을래? 난 기억이 안 나는 부분들이 있어서."

"우리가, 아니, 당시 저는 집을 나왔으니까, 토마스와 부모님이 프로미스 폴즈 시내에 살 때 이웃집과 약간의 오해가 있었어요."

파커와 드리스콜 요원은 묵묵히 내 말에 귀를 기울였다.

"어느 날 토마스는 그 집의 초기 측량도를 발견했어요. 택지를 사고팔 때 주고받는 측량도 말이에요. 측량도에는 집이 정확히 택지의 어디에 위치하는지가 나와 있었어요. 그뿐만 아니라 양옆의 집들과 길 건너의 집들도 나와 있었죠."

"측량도가 틀렸어." 토마스가 말했다.

나는 토마스를 보며 웃음을 지었다. "네, 측량도가 부정확하다고 생각한 토마스는 확인을 하기로 했어요. 손수 우리 집과 이웃집의 지도를 그릴 생각이었죠. 토마스는 15미터짜리 줄자를 꺼내서—."

"그 줄자 아직도 가지고 있어요. 보여 드릴까요?" 토마스가 물었다.

파커 요원이 말했다. "아니, 괜찮습니다."

"토마스는 줄자를 꺼내 길이들을 샅샅이 재기 시작했어요. 집들이 보도에서 얼마나 떨어졌는지, 집들 간의 간격이 얼마인지, 각각의 면적은 얼마인지. 남들한테는 알리지 않았어요. 그냥 혼자 측량을 시작한 거죠. 그런데 결과는 토마스가 옳았어요. 측량도의 일부 수치들이 아주 약간이긴 하지만 틀려 있었던 거예요. 거기서 끝났으면 참 좋았겠지만 토마스가 우리 집 남쪽 이웃집의 1층 침실 창문까지 갔을 때—."

"히친스 씨네 집이었어." 토마스가 지적했다.

"그래, 맞아. 그때 히친스 부인이 옷을 갈아입고 있었어요."

"흠……." 파커가 말했다.

"벌거벗고 있었어요." 토마스가 사무적인 투로 말했다. "창문은 보도에서 정확히 876.3센티미터 떨어져 있었어요. 측량도에는 881.38센티미터라고 나와 있었고요."

내가 말을 이어받았다. "히친스 부인은 노발대발하면서 경찰을 불렀어요. 부모님은 토마스가 불순한 의도에서 그런 게 아니라는 점을 히친스 부인과 경찰에게 납득시켰어요. 하지만 그 사건 이후 이웃들이 동생을 보는 눈이 달라졌죠. 부모님도 그 동네에서 지내기가 껄끄러워졌어요. 그래서 결국 여기로 이사 오게 된 겁니다."

"이 집의 측량도는 아주 정확했어." 토마스가 말했다.

파커와 드리스콜은 시선을 주고받았다. 나는 두 사람이 몇 번이나 시선을 주고받는지를 세다가 숫자를 놓쳐버렸다. 파커가 토마스에게 말했다. "하던 일 계속하세요. 저희는 레이 씨와 함께 내려가 보겠습니다."

"네." 토마스는 다시 마우스와 키보드를 향해 돌아앉았다.

요원들과 1층으로 내려온 나는 파커에게 물었다.

"이제 어떻게 하실 작정입니까?"

파커가 말했다. "보고서를 작성할 겁니다. 오늘 방문의 목적은 위협성을 평가하는 것이었어요, 킬브라이드 씨. 드리스콜 요원은 별다른 위협을 느끼지 못한 것 같고 저도 마찬가지예요. 미국 정부는 매일매일 어마어마한 양의 이메일들을⋯⋯." 파커는 말을 멈추고 조심스럽게 단어들을 골랐다. "⋯⋯세계를 자기만의 방식으로 해석하는 사람들로부터 받고 있어요. 그중 99퍼센트는 별다른 위협의 징후가 없고 무해하죠. 하지만 위험한 1퍼센트가 있기 때문에 이렇게 추적을 하는 겁니다."

나는 한 시간 동안 참았던 숨을 드디어 내뱉은 기분이 들었다. 파커 요원의 말은 희소식으로 간주할 수 있었지만 나의 스트레스 수준은 이미 한도를 넘어섰다. 게다가 토마스를 향한 분노가 치밀어 올랐다. 어느 정도는 봐준다손 쳐도 FBI까지 찾아오게 만들다니! 내 혈관을 흐르는 피에 전기가 가득 차는 것 같았다.

파커가 말을 이었다. "댁의 동생은 다른 취미를 찾아보는 게 좋겠군요. 계속 이런 식으로 컴퓨터 시스템의 붕괴에 관한 소설을 써서 정부 기관에 이메일을 보낸다면 저희가 다시 찾아오게 될 겁니다. FBI가 아니라도 다른 기관에서 올 거예요."

"네, 무슨 말인지 압니다."

"20년 전과는 세상이 달라졌어요. 이제 이런 일을 가볍게 받아들일 사람은 없습니다. 투손에서 벌어진 일을 생각해보면 이해하실 거예요. 아까 토마스 씨가 정신과 진료를 언급했습니다만, 정기적인 진료입니까?" 파커가 물었다.

"네."

파커는 메모장을 다시 꺼내 들었다. "병원 이름이 어떻게 됩니까?"

나는 알려주고 싶지 않았지만 파커 요원은 마음만 먹으면 그런 것쯤은 순식간에 알아낼 것이다. 5분? 기껏해야 10분? 나는 로라 그리고린 선생이 FBI 요원들에게 토마스에 관해 긍정적으로 말해주거나, 아예 말없이 그들을 내쫓기를 바랄 수밖에 없었다.

나는 파커에게 병원의 이름을 가르쳐줬다.

"안녕히 계세요, 킬브라이드 씨." 파커가 말했다.

드리스콜 요원은 인사 대신 고개만 끄덕였다. 나는 두 요원이 포치 계단을 내려가 관용 차량에 올라타는 것을 바라봤다.

그리고 이어서, 나는 그다지 자랑스럽지 못한 짓을 하고야 말았다.

16

하워드 탤리먼은 브리짓 쏘척이 공공장소에서 본인의 곤경을 털어놓은 이유를 알고 있었다. 그것은 하워드의 격한 반응을 막기 위해서이기도 했지만, 두 사람이 함께 있는 광경을 누가 목격한다 해도 의심받을 여지가 없었기 때문이었다. 그가 절친한 친구의 부인과 점심을 먹는 상황은 완벽히 자연스러웠다. 하워드는 모리스뿐만 아니라 브리짓에게 있어서도 보좌관 같은 역할을 하고 있었다.

하지만 하워드는 앨리슨 피치를 남들 눈에 노출된 장소에서 볼 생각은 없었다. 그녀와의 만남은 철저한 비밀이었다.

그래서 하워드는 매디슨 애비뉴와 45번 가의 모퉁이에 자리 잡은 루스벨트 호텔에 하루 동안 스위트룸을 예약했다. 그는 일부러 거실이 분리된 방을 골랐다. 잘 모르는 사내와 킹사이즈 침대가 떡하니 들어선 좁은 공간에 있게 되면 앨리슨은 불안해할지도 모른다. 침대가 마치 두 사람에게 이리 오라고 유혹하는 것처럼 보일 테니까. 브리짓은 하워드의 지시대로 앨리슨에게 연락을 취해 오후 2시에 루스벨트 호텔에서 일전의 건을 의논하자고 말했다. 의논 상대가 브리짓이 아니라 하워드라는 사실은 알리지 않았다.

하워드는 두 명 분의 커피를 1시 50분에 맞춰 가지고 오도록 룸서비스에 주문했다. 앨리슨이 평소에 시간 약속을 정확히 지키는 편인지 모르겠지만, 10만 달러가 걸린 만남이라면 정시에 나타날 동기가 되기에 충분하다고 그는 생각했다.

도자기로 된 커피잔과 잔 받침들이 커피 테이블 위에 세팅되고 은스푼과 하얀 리넨 냅킨이 그 옆에 놓였다. 그리고 1시 59분에 살며시 문을 두드리는 소리가 들렸다. 한쪽 다리를 다른 쪽에 걸친 채 소파에 퍼져 있던 하워드가 자리에서 일어났다. 그는 문을 살짝 열었다.

앨리슨이 입을 벌리며 말했다. "미안해요. 방을 잘못 찾ㅡ."

"피치 씨, 만나서 반갑습니다." 하워드는 문을 활짝 열고 팔로 방 안을 가리켰다. "정각에 오셨군요."

앨리슨은 머뭇거리다가 방으로 들어갔다.

"브리짓은 어디 있어요?"

"오늘은 제가 브리짓의 대리인입니다." 하워드가 말했다.

"누구세요?"

"하워드 탤리먼이라고 합니다." 그는 가명을 쓸 필요가 없었다. 이 여자는 브리짓과 모리스에 관해 인터넷으로 조사하고 있었으니 어차피 언젠가는 하워드의 이름과 사진을 발견할 것이다. "모리스 부부의 친구죠."

"아, 맞다, 누군지 알겠어요. 당신은…… 그…… 캠페인 담당자 같은 거죠?" 앨리슨이 말했다.

"좀 앉으세요. 커피를 주문했습니다."

앨리슨은 소파로 향하면서 방을 찬찬히 둘러봤다. "침대는 없네요? 아니, 저기, 그런 뜻이 아니라, 침대가 없는 호텔 방은 본 적이 없어서……."

하워드는 닫혀 있는 방문을 가리켰다. "저쪽이 침실입니다."

앨리슨은 신기한 표정으로 말했다. "침실이 분리된 호텔 방이라고요?"

"네."

"좀 봐도 돼요?" 앨리슨은 문이 닫힌 침실 쪽으로 고갯짓을 했다.

"얼마든지 보세요."

앨리슨은 침실문을 열더니 휘파람을 불었다. "와……." 그녀는 소파로 돌아와 앉았다. "이런 방은 하루 빌리는 데 얼마예요?"

"그런 얘기 하려고 만난 건 아닐 텐데요?" 하워드가 말했다.

"내 말은, 만약 브리짓이 잠깐 얘기할 목적으로 이런 방을 빌릴 정도라면 내가 너무 적은 액수를 요구한 게 아닌가 싶어서요."

하워드 역시 10만 달러는 퍽이나 소박한 액수라고 생각했지만, 앨리슨에게 그런 말은 하지 않기로 했다. 그는 은색 커피포트의 손잡이를 잡고 말했다. "한 잔 따라 드릴까요?"

"네, 주세요."

잔으로 흘러들어 가는 커피에서 김이 모락모락 피어올랐다. 앨리슨은 커피에 크림과 설탕을 넣었지만 하워드는 블랙으로 마셨다. 그는 한 손에는 커피잔을, 한 손에는 잔 받침을 든 채 의자에 편안히 기댔다.

"자, 그럼, 피치 씨, 제가 듣기로 일을 좀 크게 벌이셨던데요?"

"네, 뭐…… 브리짓이 댁한테 뭘 어떻게 말했는지 모르겠지만."

"얘기는 충분히 들었습니다. 두 사람이 친구, 매우 각별한 친구라는 것, 함께 바베이도스로 여행을 갔다는 것, 그리고 당신이 브리짓이 모리스 쏘척의 부인임을 알게 됐다는 것."

"잘 알고 있네요." 앨리슨은 커피를 홀짝이다 얼굴을 찡그리더니 스푼으로 커피에 설탕을 더 넣고 저었다.

"그걸 알게 된 당신은 한몫 챙기기로 작정했죠."

앨리슨 피치가 얼굴을 붉혔다. "그런 식으로 말하지 말아요."

"그럼 어떤 식으로 말할까요?"

"나는…… 나는 브리짓에게 호의를 베푸는 거예요."

하워드는 덥수룩한 눈썹을 살짝 치켜세우며 물었다. "설명 좀 해주시겠습니까?"

"우리 둘이, 뭐랄까, 그렇고 그런 사이였다는 게 알려지면 브리짓이 곤란하잖아요? 그래서 그게 알려지지 않도록 내가 조치를 취해주겠다는 거죠."

하워드는 고개를 끄덕였다. "알겠습니다. 참 마음씨가 고우시네요. 자, 그 정보가 사람들에게 새어나가지 않도록 어떤 조치를 취할 생각이신지?"

앨리슨이 눈살을 찌푸렸다. "댁은 참 성격이 개 같으시네요."

"제겐 다양한 성격들이 있답니다, 피치 씨."

"이봐요, 댁은 이미 답을 알고 있잖아? 나는 요즘 돈 문제로 고생하고 있다고 브리짓한테 말했어요. 조금 도와주면 그 대가로 입을 다물겠다고 말이에요. 주지사인지, 대통령인지, 남성합창단 단장인지, 하여간 남편의 장래희망을 망쳐버릴 그 사실이 퍼지지 않도록 막아주겠다고 말이죠. 생각해봐요. 남편 말고 다른 사람이랑 잤다는 것만 해도 큰 사건인데 심지어 상대가 여자라니? 당신네를 지지하느라 한 끼에 500달러짜리 저녁을 먹으면서 기금 모금에 참가하는 사람들은 동성 간 결혼 반대를 위해 아마 수백만 달러를 쓰고 있을 걸요? 그 사람들이 이 소문을 들으면 참 좋아하겠네요? 자, 툭 까놓고 얘기해서 10만 달러쯤 브리짓과 남편한테는 푼돈이잖아요. 점심 한 끼 값? 아니면 구찌나 루이비통 가방 하나 값? 아무것도 아니라고. 더 많이 요구하지 않은 걸 다행으로 알아요."

하워드 탤리먼은 웃으며 말했다. "지금 옆방에서 경찰이 대화를 엿듣고 있다면 어떻습니까? 당장이라도 쳐들어와 금품강요 및 협박 혐의로 당신을 체포한다면?"

앨리슨은 바짝 긴장했다. 하워드는 잠깐이지만 앨리슨의 눈빛에서 그녀가 그의 말에 넘어갔음을 느낄 수 있었다. 하지만 곧, 그녀의 몸에서 긴장감이 빠져나갔다.

"그럴 순 없겠지. 그러면 다 들통 날 텐데? 주지사의 아내가 어쩌면 레즈비언이라는 사실이?"

"그게 들통 나면 당신인들 괜찮을 것 같습니까?"

"난 괜찮아요."

"데이턴에 있는 당신 어머니가 뭐라고 할까요?"

앨리슨은 당혹스러웠다. 만화책이었다면 말풍선에 "아뿔싸."라고 써넣을 법했다. 저 새끼, 조사를 좀 했군. 하지만 앨리슨은 침착하게 자세를 가다듬었다. "엄마는 이미 짐작하고 있어요."

"어머니한테 커밍아웃 안 했겠죠?"

"안 했어요. 하지만 이런 식으로 들통 나면 껄끄럽게 고백할 필요가 없어지니 나야 오히려 편하지. 중요한 건 브리짓과 그 남편이 과연 버틸 수 있을까 아닌가요?"

"두 사람은 부인할 겁니다. 당신의 주장을 부인할 거예요. 브리짓은 검찰총장의 아내입니다만 당신은? 그냥 술집 아가씨죠."

"증거를 가진 술집 아가씨지." 앨리슨이 받아쳤다.

하워드의 예상대로 드디어 비장의 카드가 나왔다. 문자 메시지와 통화 내역.

"증거라, 어떤 증거 말입니까?" 하워드가 물었다.

"나는 브리짓과 많은 대화를 나눴어요. 기록이 남는 대화."

"전화 말이로군."

앨리슨은 고개를 끄덕였다.

"한번 봅시다. 증거를 보여줘요."

앨리슨은 고개를 저으며 말했다. "누굴 바보로 아나?"

하워드는 대꾸하지 않았다.

"자, 여기 있으니 가져가세요, 하고 순순히 내놓을 줄 알았어요?"

"좋아요. 10만 달러를 받고 싶다면 돈을 받을 때 당신 휴대폰을 보여주도록 해요. 메시지들이 제대로 삭제됐는지 확인할 테니까." 하워드가 말했다.

앨리슨은 유일한 무기를 잃지 않겠다는 듯 하워드의 말을 유심히 생각하더니 대답했다. "그렇게 하죠."

하워드는 커피잔과 잔 받침을 테이블 위에 올려놓고 헛기침을 했다. "당신이 또다시 브리짓을 찾아와 돈을 요구하지 않겠다는 건 어떻게 보장할 겁니까?"

"그건 나를 믿는 수밖에 없겠죠." 앨리슨의 얼굴에 짓궂은 웃음기가 살짝 번졌다.

"그래요. 그럴 수밖에 없겠군." 하워드는 손바닥으로 양 무릎을 탁 치며 말했다. "자, 들려주셔서 대단히 고맙습니다. 그럼 다시 연락을 드리도록 하죠."

마치 오디션이라도 끝난 듯한 말투였다.

"돈은 안 가져왔어요?"

"지금 당장은 없습니다." 하워드가 자리에서 일어서며 말했다. "오늘 브리짓이 돈을 가져오리라고 기대한 모양인데, 그 전에 제가 상황 파악을 먼저 하기로 한 겁니다. 그 정도 액수를 마련하려면 시간이 걸려요. 설마 제가 수표라도 써 주길 바라는 겁니까?"

자리에서 일어나는 앨리슨의 얼굴에 당황스러움이 역력했다. "아니, 물론 아니에요. 그런데 전부 현금으로 줄 거예요?"

"피차 거래 기록을 남기지 않는 편이 좋을 텐데요. 안 그렇습니까?" 하워드가 말했다.

"휴, 그 많은 현금을 다 어떻게 보관하지?"

"대여금고를 빌리지 그래요? 금고에 보관했다가 필요할 때 꺼내쓰면 되잖아요?"

앨리슨의 눈이 반짝였다. 하워드에게는 10만 달러어치의 돈다발이 얼마나 클까를 벌써부터 상상하는 앨리슨의 머릿속이 훤히 들여다보였다.

"그래요, 좋아요. 그렇게 할게요. 그런데 그 금고인지 뭔지는 어디서 빌려요?"

하워드가 한숨을 내쉬었다. "은행에 가면 있을 겁니다."

"돈이 준비되면 연락할 거죠?"

"물론이죠."

하워드는 문제가 노출될 경우 얼마나 심각한 피해가 초래될지를 가늠해보고 있었다. 만약 앨리슨이 언론사에 제보한다면? 하워드는 앞서 브리짓에게 말했듯, 앨리슨의 과거를 캐내면 그녀의 신용을 떨어뜨릴 꼬투리쯤은 얼마든지 찾아낼 수 있다고 확신했다. 그것으로 대중들 앞에서 이 여자를 망가뜨린다. 물론 실패할 가능성도 있다. 하지만 그렇다 하더라도, 어차피 브리짓은 주지사 후보가 아니다. 이 스캔들로 브리짓이 파멸한다 한들 문제 될 것은 없다. 브리짓을 잘라내기만 하면 모리스는 무사할 것이다. 심지어 일단 난리법석이 잠잠해지고 나면 모리스는 사람들의 동정표를 얻을지도 모른다. 혼외정사, 하급자와의 염문, 호텔 여종업원과의 장난질 등 수많은 스캔들이 터져도 정치인들은 어떻게든 재기해 왔다.

그렇다면 10만 달러를 앨리슨에게 주는 문제는 어떤가? 이 사실이 들통 난다면? 하워드는 재빨리 머리를 굴렸다. 이야기쯤은 얼마든지 꾸며낼 수 있다. 내가 책임을 지면 된다. 친구와 그의 아내를 괴로움과 당혹스러움에서 구하고자 내가 자발적으로 저지른 짓이라고 말하면 된다. 필요하다면 쏘척의 보좌관 자리에서 공식적으로 물러나 배후에서 일을 조종하면 된다.

어쨌건, 일이 터지면 어느 정도의 소동은 각오해야 한다. 견뎌내기야 하겠지만 일정은 조금 뒤로 늦추게 될 것이다. 사실 그들은 다른 문제 때문에 이미 일정을 늦춘 상태였다. 그 문제로 인해 아수라장이 될 것인가를 전전긍긍하며 지켜보고 있었지만, 다행히 하루하루 지나면서 상황은 호전될 기미를 보였다. 게다가 이 여자의 경우는 아마도, 어쩌면, 돈만 쥐여주면 정말 눈앞에서 사라져 줄지 모른다.

일단은 돈을 줘야겠군.

그때 앨리슨 피치가 말했다. "수작 부릴 생각은 접어요. 그거, 다 알고 있으니까."

하워드는 눈을 깜빡였다. "뭐라고요?"

앨리슨은 일어나서 문을 향해 걸어갔다. "브리짓이 누군지, 누구의 부인인지 알고 나니까 바베이도스에서 우연히 보고 들은 것들의 의미를 이제 이해하게 됐거든."

하워드는 온몸에 전율이 흘렀다. "지금…… 지금 구체적으로 무슨 말이 하고 싶은 겁니까?"

앨리슨은 복도로 나가면서 마지막 대사를 던졌다. "10만 달러를 가져오기나 해요. 그럼 걱정할 거 없어요."

하워드는 닫히는 문을 멍하니 바라봤다.

브리짓과 한 번 더 얘기를 나눠야겠다. 아니, 그 전에 먼저 루이스에게 전화를 걸어야 한다. 하워드는 문제가 심각해질 때면 늘 루이스에게 연락을 했다.

17

내가 방에 들어가자 토마스는 컴퓨터 화면을 바라보며 나를 등진 채 말했다. "FBI 요원들은 좋은 사람들 같아. 하지만 CIA가 와야 하는데."

나는 지도와 컴퓨터가 널린 토마스의 책상 옆쪽으로 돌아가 웅크려 앉은 뒤, 팔을 뻗어 벽의 콘센트에 꽂힌 멀티탭의 선을 홱 잡아당겨 뽑아냈다. 들릴락 말락 한 팍! 하는 소리와 함께 컴퓨터의 부드러운 웅얼거림이 갑자기 멈췄다.

토마스가 소리를 질렀다. "뭐야!"

나는 손을 더 안쪽으로 뻗어 벽에 꽂힌 전화선을 붙잡고 뽑아냈다. 아연실색한 토마스는 빛을 잃은 모니터들을 쳐다보다가 소리를 질렀다.

"켜! 켜란 말이야!"

나는 토마스보다 큰 목소리로 고함을 질렀다. "야, 이 새끼야, 너 뭐 하는 놈이야? 얘기 좀 해봐! 뭐하는 거냐고! CIA에 연락을 해? 뭐, 이메일? 미쳤어?"

나는 잘못된 행동인 줄 알면서도 소리를 질렀다. 도저히 멈출 수가 없었다.

"세상에, 믿을 수가 없어. FBI라니! 씨발, FBI가 집에 오다니! 그 사람들이 널, 아니, 우리를 체포하지 않은 걸 다행으로 알아! 하다못해 컴퓨터라도 들고 나갈 줄 알았는데 그냥 갔다는 게 놀랍다. 네가 그나마 협박을 하지 않아서 천만다행이야. 요즘 세상이 어떤지 알기나 해? 정부 기관에 이메일을 보내서 재난이 닥칠 거라고 말해? 그게 얼마나 어마어마한 경각심을 불러일으킬지 생각이나 해 봤어?"

"플러그 꽂아, 형!" 토마스는 의자에서 내려와 무릎을 꿇고 허둥대며 멀티탭의 코드를 찾았다.

나는 토마스의 어깨를 붙잡고 끌어냈다. "안 돼! 끝이야, 토마스! 더는 못 참겠어! 그만해!"

토마스는 앞을 향해 게처럼 기어가더니 책상 밑으로 들어갔다. 나는 그의 다리를 잡고 끌어당겼다.

"나쁜 놈아!" 토마스가 소리를 질렀다. 분노로 붉어진 토마스의 뺨 위로 눈물이 흘러내렸다.

"이제 더는 못해! 끝이야! 방에서 나와. 밖으로 나가자! 이제 너도 정상인처럼 사는 거야!" 내가 말했다.

"저리 가! 저리 가! 저리 가!" 토마스가 훌쩍이며 말했다. 나는 토마스를 방 한가운데로 끌고 갔고 우리는 둘 다 바닥에 대자로 쓰러져 버렸다. 나무 바닥이 반들반들해서 토마스를 쉽게 끌어당겨 오긴 했지만 그 과정에서 지도와 인쇄물들의 뭉치가 함께 끌려 왔다. 토마스는 허벅지 아래의 구겨진 지도 한 장을 집어들더니 다리 위에 놓고 판판하게 펴기 시작했다.

"형 때문에 이렇게 됐잖아!" 토마스가 말했다.

나는 토마스의 손에서 지도를 낚아채서 구겨 뭉친 뒤 방 저편으로 던져 버렸다. "안 돼!" 토마스가 말했다.

나는 내 행동이 잘못됐음을 알고 있었다. 토마스에게 고함을 지르고, 컴퓨터의 전원선을 뽑아버리고, 게다가 최악인 것은 동생의 소중한 지도를 다 쓴 휴짓조각처럼 구겨버린 것이었다. 나는 상황을 통제할 수도, 나 자신을 통제할 수도 없었다. 아버지를 잃고 집에 돌아와 집과 동생의 문제 때문에 골머리를 앓는 것도 모자라 FBI 요원들의 방문까지 받으니 그만 이성의 끈이 툭 끊어진 것이다. 하지만 그렇다 해도 동생을 이렇게 심하게 대하는 것을 변명할 수는 없었다.

따라서, 곧이어 토마스도 이성의 끈이 끊어진 것은 당연한 일이었다.

토마스가 대포알처럼 달려들었다. 그는 내게 돌진하여 팔을 뻗더니 내 목을 붙잡았다. 나는 뒤로 고꾸라졌고 토마스가 위에서 나를 내리눌렀다. 동생과 나의 다리들이 얽혔고, 그의 손은 여전히 나의 목을 움켜잡고 있었다.

"아버지하고 똑같아!" 그는 울면서 말했다. 커다래진 두 눈에 광기가 서려 있었다. 숨이 막힌 나는 그의 손목을 붙잡았지만 손아귀의 힘을 풀 수 없었다.

"토…… 토마스……." 나는 꺽꺽대면서 말했다. "이거…… 놔……."

나는 오른팔을 뻗어 그의 왼쪽 귀를 붙잡고 잡아당겼다.

토마스는 악, 하는 소리를 지르며 내 목을 놓았다. 나는 버둥버둥 몸을 굴려 그에게서 벗어났다. 귀를 잡아당긴 것 때문에 토마스는 확 정신이 든 것 같았다. 그는 난장판이 된 방을, 이어서 나를 보고는 고개를 저었다.

"안 돼, 안 돼, 안 돼." 토마스는 그렇게 말하고는 나에게 분을 푸는 대신 자신을 때리기 시작했다. 그는 오른손과 왼손을 번갈아가며 손바닥의 불룩한 부분으로 이마를 강하게 가격했다.

"토마스! 그만해!" 내가 말했다.

나는 양팔로 토마스를 감싸려고 했지만 그의 팔은 기관차의 피스톤처럼 완고했다. 워낙 강하게 머리를 때리는 바람에 마치 각목들끼리 부딪히는 듯한 소리가 났다. 나는 온몸으로 동생을 억눌러 그의 동작을 멈췄다.

토마스는 불만과 좌절이 섞인 알아듣지 못할 신음소리를 내뱉었다.

"됐어! 토마스, 그만해!" 나는 동생을 진정시키기 위해 계속 그를 억누르면서 움직임을 억제했다.

"그만해, 토마스! 형이 잘못했어!"

그 말을 듣자 스위치가 꺼진 기계처럼 토마스가 움직임을 멈췄다. 그의 이마는 새빨갛게 부어올라 멍이 들기 직전이었다. 자해한 흔적과 붉게 부은 두 눈 때문에 토마스는 마치 술집에서 싸움을 벌이다가 패한 사람처럼 보였다.

그리고 동생은 울고 있었다.

내 안에서 감정이 북받쳐 올라왔다. 목구멍이 갑갑하고 숨이 가빴다.

나 역시 울고 있었다.

"미안해, 토마스. 미안해⋯⋯." 내가 말했다. "이제 놓아줄게."

"응." 토마스가 말했다.

"형 이제 일어선다. 자해하지 않겠다고 약속해, 알았니?"

"안 할게."

"그래, 좋아. 이제 다 괜찮아." 나는 토마스를 일으켜 앉힌 뒤, 손으로 동생의 등을 쓸었다.

그는 건너편의 멀티탭을 바라보며 말했다. "플러그 꽂을래."

"그래, 알았어. 형이 할게." 나는 멀티탭이 있는 데로 기어가 전원선을 콘센트에 꽂았다. 컴퓨터의 본체가 웅얼거리기 시작했다. 나는 토마스가 일어나기 전에 말했다. "하지만 우리 규칙을 좀 만들자, 알겠니? 네가 다시 세계여행을 떠나기 전에."

동생은 천천히 고개를 끄덕였다.

"일단 네 이마에 얼음주머니를 좀 갖다 대야겠다. 괜찮지?"

토마스는 나의 제안을 곰곰이 생각하며 대답했다. "응."

나는 동생을 향해 팔을 뻗었다. 동생이 내 손을 잡아주자 나는 마음이 놓였다. 토마스는 양손에도 멍이 들어 있었다. "맙소사, 이렇게 지독하게 때리다니⋯⋯."

토마스는 나를 보며 말했다. "목은 괜찮아?"

내 목은 욱신거렸다. "괜찮아."

"죽이려고 해서 미안해." 동생이 말했다.

"죽이려고 한 게 아니야. 넌 그냥 화가 난 거였어. 형이 나쁜 놈이야."

토마스는 고개를 끄덕였다. "맞아. 꼴통이야."

토마스가 주방 테이블에 앉아 있는 동안 나는 냉장고에서 부드러운 얼음주머니를 꺼냈다. 아버지는 늘 염좌나 근육통을 달고 살았기 때문에 냉장고에는 데어리 퀸의 아이스크림들을 냉동시킬 만큼 많은 얼음주머니들이 들어 있었다. "이거 이마에 대고 있어." 나는 토마스에게 얼음주머니를 건넸다.

나는 토마스의 곁으로 의자를 끌어다 앉아서 그의 어깨에 팔을 둘렀다.

"내가 그런 짓을 하면 안 되는 거였는데……."

"그래."

"내가 정신이 나갔었나 보다."

"약은 먹고 있어?" 토마스가 물었다.

그리고린 선생에게서 받은 M&M 초콜릿은 아직 하나도 먹지 않았다. "아니. 먹는 걸 깜빡했어."

"약을 안 먹으니까 문제가 생기는 거야." 토마스가 말했다.

나는 토마스의 어깨에 팔을 두른 채 말했다. "변명의 여지가 없다. 그래, 나도…… 나도 네 상태를 알아. 내가 윽박질러 봤자 바꿀 수 없겠지."

"그런데, 규칙은 뭐야?" 토마스가 물었다.

"그냥…… 그냥 이메일을 보내거나 전화 통화를 하기 전에 형한테 미리 얘기해줘. 하지만 얼마든지 예전처럼 하루 종일 도시들을 돌아다녀도 돼. 어때?"

토마스는 얼음주머니를 이마에 댄 채 곰곰이 생각에 잠겼다. "잘 모르겠어."

"토마스, 돕고 싶어 하는 네 마음을 이해 못 하는 정부 사람들도 있어. 네가 착한 편이라는 걸 모르는 거야. 형은 오해가 발생하지 않도록 막고 싶어. 잘못하면 너뿐 아니라 나까지 곤란해질 수 있어."

"그렇구나." 토마스가 말했다. 그는 얼음주머니를 이마에서 떼어내며 말했다. "이거 진짜 차갑다."

"계속 대고 있어. 부기가 가라앉게."

"응."

"네가 그렇게 화를 내는 건 처음 봤어. 물론 내가 자초한 일이지만, 네가 화도 낼 줄 알다니……."

토마스가 이마에 얼음주머니를 갖다 대자 주머니에 그의 눈이 가려서 보이지 않았다.

"나 다시 일하러 가야 돼." 토마스가 내 팔을 빠져나가며 말했다. 토마스는 얼음주머니를 테이블 위에 올려놓고 계단을 향해 걸어가다가 등을 돌린 채 내게 물었다.

"내가 저녁밥 당번해야 돼?"

나는 까맣게 잊고 있었다. "아니야. 신경 쓰지 마."

18

브리짓은 35번 가에 위치한 홍보 회사 본부에서 걸어나오고 있었다.

그는 브리짓의 팔꿈치를 꽉 붙들고 보도로 끌어당겼다.

"하워드!" 브리짓은 하워드의 손을 내려다보며 말했다. "팔 좀 놔요. 아프단 말이에요." 하워드 탤리먼은 대꾸하지 않았다. 그는 재빨리 브리짓을 끌어당겼고 하이힐을 신은 브리짓은 균형을 잃지 않으려고 허둥댔다. 하워드는 주위에 엿들을 만한 사람이 없는 건물을 발견하고 브리짓을 그곳 로비로 끌고 갔다.

"그 여자가 뭘 알고 있는 거야?" 건물로 들어가자마자 하워드가 물었다. 그는 브리짓을 붙잡은 손을 놓지 않고 그녀를 대리석 벽에 밀어붙였다.

"하워드, 그게 무슨—."

"그년이 무슨 얘기를 들었다잖아." 하워드가 뱀처럼 쉭쉭거리며 말을 내뱉었다.

"네? 그게 무슨 소리예요?"

"그 여자를 만났어. 호텔 방을 나가면서, 무슨 얘기를 들었다고 말하던데?"

"듣다니요? 뭘 들었다는 거예요?"

"그건 얘기 안 했어. 하지만 사람들한테 알려지면 곤란할 거라고 은근슬쩍 협박하더군. 당신이 말한 거라고 했어. 당신 정체를 알고 나서야 비로소 그 얘기의 의미를 알게 됐다면서."

"하워드, 난 아무것도—."

"바베이도스에 있을 때 모리스와 통화를 했나?"

"물론이죠. 남편이랑은 매일 통화해요."

"앨리슨 피치 앞에서도 했어?"

"네, 네, 했겠죠. 하워드, 나 손이 얼얼해요. 피가 안 통한단 말이에요."

하워드는 브리짓을 붙잡은 손을 놓았지만, 여전히 자신의 얼굴을 그녀의 얼굴에 바짝 갖다 댄 채로 말했다. "그 얘기할 때 그 여자가 옆에 있었어?"

"없었어요. 아니, 제 말은, 다른 방에 있었을 거예요. 내가 모리스와 통화한 것은 욕실에 있을 때였어요. 아니면 앨리슨이 욕실에 들어갔을 때였거나. 풀장에서 통화한 적도 있었지만 그때는 앨리슨이 마실 걸 가지러 갔었어요."

"그렇다면 얘기를 엿들었을 가능성이 있는 거군. 당신 등 뒤나 방문 뒤에 몰래 숨어서 말이야." 하워드가 말했다.

"네, 가능했겠죠. 하지만 그렇다 해도 우리는—아니, 나는 절대 그런 얘기—."

"당신은 모리스의 상황에 대해 알고 있잖아!" 하워드가 험악하게 다그쳤다.

"남편은 저한테 아무 말도 안 해줬단 말이에요."

"하지만 알고 있잖아!"

"네, 그래요, 언론에서 시끄러웠던 그 문제, 알고 있어요. 모를 수가 없잖아요? 모리스는 조만간 골드스미스가 자기 이름을 불어버릴 거라며, 그 일이 들통 날 거라며, 제정신이 아니었단 말이에요."

역시, 브리짓은 알고 있었다.

정치적 약점을 브리짓에게 얘기하지 말라고 모리스에게 신신당부했건만 소용이 없었다. 모리스는 바턴 골드스미스 CIA 국장이 테러리스트 용의자들과의 거래에 자신을 연루시켰다는 사실을 브리짓에게 말해버린 것이었다. 골드스미스 국장은 그것이 미국 국민들을 보호하기 위한 거래라고 주장했지만,

그가 전국의 검사들과 경찰 기관들의 협조를 받아 테러리스트 용의자들을 풀어주고 그 대가로 용의자들로부터 필요한 정보를 얻었다는 〈뉴욕 타임스〉의 폭로 기사가 나갔을 때, 미국 국민들은 그의 주장에 그다지 동의하지 않았다.

한번은, 플로리다의 놀이공원에 폭탄을 설치하려던 두 또라이들이 경찰에 잡힌 적이 있었다. 체포 소식을 듣자마자 골드스미스는 플로리다의 고위급 공직자들에게 연락을 취했고, 곧 CIA 요원들이 그들의 신병을 확보했다. 마침 엄청난 사건이 닥칠 것이라고 예측하고 있던 골드스미스의 요원들은 플로리다에서 붙잡힌 또라이들에게 예멘으로 돌아갈 비행기 표를 줄 테니 아는 걸 다 털어놓으라고 회유했다. (〈뉴욕 타임스〉의 기사에 따르면 놈들의 비행기 삯은 미국 정부의 예산으로 지불됐다. 그 또라이들이 저지르려다가 실패한 참사만큼이나 씁쓸한 사실이었다.)

골드스미스는 테러리스트들로부터 얻은 정보 덕분에 속옷, 신발에 폭탄을 숨긴 채 파리발 워싱턴행 비행기에 탑승하려던 폭파미수범을 잡을 수 있었다고 주장했다. 하지만 〈뉴욕 타임스〉는 그 정보와 폭파미수범 검거 사이의 연결고리를 찾지 못했다. 신문은 골드스미스 국장이 놀이공원의 테러리스트들을 풀어준 것을 정당화하기 위해 그들에게서 얻은 정보의 가치를 부풀렸다는 의혹을 제기했다.

골드스미스는 조롱거리가 되었고 결국 국장직에서 사퇴했다. 플로리다 주 검찰총장도 그 뒤를 따랐다.

그러나 〈뉴욕 타임스〉는 플로리다의 사건이 최초가 아니라는 사실은 몰랐다.

이전에, 알 카에다를 지지하는 사우디아라비아 출신 불법체류자가 폭발물이 가득 찬 포드 F-150 트럭을 구겐하임 미술관 근처에서 터뜨리려고 한 적이 있었다. 그는 한밤중에 트럭을 목표 지점에 주차하고 아침 9시에 폭발하도록 타이머를 맞췄다. 하지만 근처 갈색 벽돌집에 사는 여자가 트럭의 짐칸을 자꾸 확인하는 이 남자를 수상쩍게 여기고는 경찰에 신고했다. 폭발물 제

거반이 현장에 도착했고, 베이글 카트들이 장사를 시작하기 전에 폭발물은 제거되었다. 트럭의 소유주도 추적 끝에 파악되이 체포되었다. 사건 초반부터 검거에 참여했던 골드스미스는 폭파미수범의 신병을 확보했고 미수범은 본국으로 돌아가는 티켓을 얻는 대신, 자신과 비슷한 사상을 지닌 동료들의 이름을 불었다.

이어서 골드스미스는 모리스에게 전화를 걸었다.

모리스는 연락을 받고 처음에는 주저했다. 그는 그 테러리스트 자식을 기소할 생각이었다. 모리스가 자신은 테러리스트와의 거래에 관심이 없다고 딱 잘라 말하자, 골드스미스 국장은 이렇게 대꾸했다. "아시다시피, 우리가 입수한 신상 정보가 테러리스트 용의자들 것만 있는 게 아닙니다. 무슨 뜻인지 알겠습니까?"

야심 있는 정치인이라면 누구든 땅에 영원히 묻어 버리고 싶은 비밀이 있는 법이다. 골드스미스 국장이 도대체 뭘 알고 있는지 모리스 쏘척은 그저 추측할 따름이었다. 하워드가 모리스를 위해 저지른 지저분한 수작들이나 부당한 경로로 확보된 선거자금? 섹스가 얽힌 브리짓의 과거? 아니면 모리스 자신의 과거일까?

모리스 쏘척은 굴복할 수밖에 없었다.

폭파미수범은 본국으로 돌아갔다.

〈뉴욕 타임스〉의 플로리다 사건 폭로 기사가 발표되자 하워드와 모리스는 이제 다 끝장이라고 생각했다. 〈뉴욕 타임스〉는 사건을 더욱 깊게 파고들 것이고 모리스가 골드스미스에게 협조했다는 사실을 알아낼 것이다. 두 사람의 눈앞에 기사의 헤드라인이 선했다. "뉴욕 검찰총장, 구겐하임 미술관 폭파미수범을 고향으로 돌려보내다."

그렇게 되면 모리스는 그야말로 끝장이다.

테러리스트를 풀어준 검찰총장이 과연 주지사 자리에 오를 수 있겠는가? 백악관은 꿈도 꿀 수 없다. 이 사건이 들통 나면 모리스는 지역 전문대 이사 자리만으로도 감지덕지해야 할 것이다.

앨리슨 피치가 들었다고 한 것이 바로 이 사건에 관한 브리짓과 모리스의 통화 내용일까 봐 하워드는 겁에 질려 있었다.

"맙소사, 브리짓, 당신 바보야?" 하워드는 고개를 절레절레 저었다. "모리스, 이 멍청한 자식."

"남편은 자세한 얘기는 안 했어요. 애매하게 뭉뚱그려 말했을 뿐이에요. 그냥 걱정돼서 죽겠다고, 제발 얼른 잠잠해지기를 바란다고……."

"바로 그거야, 브리짓. 우리는 사태가 곧 잠잠해질 거라고 판단했어. 그럴 가능성이 아주 컸지." 하워드는 매우 낮은 목소리로 말했다. "하지만 당신이 전화로 지껄이는 걸 그 망할 애인 년이 엿듣는 바람에 이제 어떻게 될지 모르겠군."

"아니에요, 하워드. 걔, 그냥 허세 떠는 거예요. 아무것도 못 들었을 거예요. 확실해요."

하워드는 몸을 돌려 브리짓으로부터 두 발자국 떨어진 다음, 다시 몸을 돌려 그녀를 바라봤다. 그리고 브리짓에게 다가가 말했다. "그년이 당신과의 관계를 가지고 협박하는 것쯤은 어떻게든 빠져나올 수 있어. 하지만 진짜로 통화 내용을 들었다면 여자들끼리 잤다는 건 애들 장난에 지나지 않아. 이건 그년 손에 다이너마이트가 들려 있는 셈이라고. 내 말 알아듣겠어, 브리짓? 다이너마이트, 아니, 핵폭탄이야, 핵폭탄."

"하워드, 나 정말, 확실해요. 설령 걔가 내 말을 한마디도 빠짐없이 들었다 해도 절대―."

"됐어." 하워드가 말했다. "됐다고." 그는 천천히 고개를 저으며 생각에 잠겼다. 그는 손가락을 브리짓에게 겨누며 말했다. "모리스한테 말하지 마. 절대로."

그리고 갑자기, 하워드는 브리짓을 남겨두고 성큼성큼 로비를 나섰다. 그는 보도로 나가 동쪽을 향해 사라졌다.

브리짓은 몸을 벽에 기댄 채 정신을 가다듬었다. 사실 모리스가 이 사실을 아는 것은 그다지 두렵지 않았다. 브리짓에게는 남편보다 하위드가 훨씬 두려운 존재였다.

19

"FBI 사람들이 저를 찾아왔습니다, 대통령 각하."

"음, 그래. 그랬겠지."

"각하께서 보내셨습니까?"

"통상적인 절차라네."

"그런데 그 사람들 친절하지 않았어요. 제가 사건을 일으킨 적이 있었냐고 물어봤습니다."

"뭐라고 대답했나?"

"그 사람들은 제가 벌거벗은 히친스 부인을 봤던 사건을 알고 있었어요. 하지만 '그 사건'은 몰랐어요."

"자네, 설마 얘기하지 않았겠지?"

"아니요. 그 사람들은 제가 나쁜 짓을 저지른 사건을 물어본 거였어요. 그런데 '그 사건'은 제가 잘못한 게 아니었어요. 그 사건은 얘기하기 싫어요. 아버지는 죽기 얼마 전에 그 사건을 얘기하려고 했어요. 저한테 말해보라고 했어요. 처음에는 아무한테도 말하지 말라고 해놓고 수년이 지난 이제 와서 말하라고 하니까 너무 헷갈렸어요. 전 진짜 아무한테도 말하지 않았거든요. 그리고린 선생님한테도 말 안 했어요."

"알고 있네."

"각하께는 말씀드려도 괜찮아요."

"형은 어떤가? 형에게 말할 생각인가?"

"아니요, 아니요. 말 안 할 거예요."

20

집을 향해 운전하던 마이클 램튼은 그것이 하고 싶었다.

물론, 집에 도착해서 할 수도 있었다. 잠자는 베라를 흔들어 깨워 똑바로 눕히기만 하면 충분히 가능했다. 하지만 마이클이 원하는 건 그런 게 아니었다. 이것은 축하 행사다. 축하를 해야 하는데 아무 날이든 따먹을 수 있는 여자를 굳이 고르다니, 말도 안 된다.

그렇다. 이것은 그야말로 축하할 일이었다. 마이클은 잘해냈다. 아니, 잘해낸 것처럼 보이는 데 성공했다. 돌아오는 일요일에 투표가 진행될 것이고, 짐작건대 그 멍청이들은 찬성표를 던질 것이다. 마지못해서이긴 하겠지만, 그들은 임금동결과 수당삭감이 포함되고 고용보장 구문이 빠진 단체협약을 승인할 것이다. 하지만 대신 그들은 일자리를 잃지 않는다. 그들의 일자리가 멕시코, 중국, 대만 등 빌어먹을 외국으로 이동하지 않게 된다.

그들은 자동차의 문짝, 대시보드, 운전대 따위의 부품들을 제조하여 아름다운 미합중국과 외국에 소재한 GM, 도요타, 혼다, 포드의 공장들에 보내는 일자리를 잃고 싶지 않았다. 그들은 최근 몇 년간 일자리들이 미국 전역에서 외국으로 떠나는 광경을 목격했다. 한번 떠난 일자리들은 절대로, 절대로 되돌아오지 않았다.

마이클 램튼은 사측이 노조에 제시한 단체협약을 "형편없다", "저 씨발새끼들이 우릴 모욕하고 있다", "공장의 근면 성실한 남녀 노동자들에게 침을 뱉었다" 등의 표현을 써가며 욕했다.

하지만 연설의 막바지에 이르자 마이클은 이 단체협약이 "우리의 일자리를 지키기 위한 최선의 희망"이라는 결론을 내렸다.

"여러분, 까놓고 말해봅시다. 여러분이 오늘 밤 근무를 마치고 집에 돌아가 맥주 캔을 따며 〈투나잇 쇼〉를 틀기도 전에, 저 개새끼들은 공장 문을 닫고 미국의 똘마니인 한국에 새 공장을 지어버릴지도 모릅니다. 자, 이 단체협약이 과연 제 마음에 들까요? 아닙니다. 하지만 여러분의 노조위원장인 저는 돌아오는 일요일에 이 개 같은 단체협약에 찬성표를 던질 것입니다. 왜냐고요? 왜냐하면 저는 현실주의자이기 때문입니다. 여러분처럼, 먹여 살릴 식솔이 있기 때문입니다. 여러분처럼, 주택융자를 갚아야 하기 때문입니다. 여러분처럼, 아이들을 학교에 보내야 하기 때문입니다. 여러분처럼, 제게 일상적으로 의존하는 누군가가 있기 때문입니다."

노조회관 곳곳에서 투덜거림이 들려왔지만 마이클의 걱정만큼 심하지는 않았다. 전에는 심지어 의자들이 날아온 적도 있었다. 하지만 그때는 폰티액과 올즈모빌이 생산되던 시절이었다. 허머와 새턴이 매각되기 전이었고, 크라이슬러가 파산보호 신청을 하기 전이었다. 지금은 다르다. 전혀 다르다. 상황이 호전될 것이라는, 자동차 대기업들이 머지않아 우리들의 공장에서 만든 부품을 사들일 것이라는 전망이 있었다. 그러나 노조원들은 여전히 긴장상태였다. 회복의 기회를 망치고 싶지 않았다. 지금의 생활을 유지하고 싶었다.

노조원들은 속으로는 마이클 램튼이 옳다고 생각했다. 마이클이 내뱉는 말이 탐탁지 않았지만 그가 허튼사람은 아니라고 생각했다. 마이클이 자신들을 보호하고 있다고, 그가 정직한 사람이라고 생각했다.

한마디로 바보들이었다.

오늘로부터 몇 주 전, 사측의 임원들은 마이클 램튼을 이사회실로 불러 얘기를 나눴었다. 기다란 마호가니 테이블을 사이에 두고 세 명의 임원들과 마이클 램튼은 서로를 마주보고 앉았다.

임원들은 테이블 건너편의 마이클 램튼에게 서류를 하나 들이밀었다. 사장이 먼저 말했다. "이 단체협약을 노조원들에게 설득시키도록 해. 사측 욕은 얼마든지 해도 상관없어. 이따위 협약은 절대 안 된다고 말해도 돼. 사측이 노조원들한테 똥을 먹여놓고 '더 먹을까요, 사장님?' 이라고 웃으며 말하게 시키는 거나 마찬가지라고 말해. 하지만 결론은 이 단체협약을 받아들이게 만들어. 지금 경제 상황에서는 이게 최선이라고 말해. 후안이나 펠리페나 동훙로 따위의 외국놈들에게 자동차 부품 만드는 일을 빼앗기기 싫다면 단체협약을 받아들이라고 말이야."

마이클 램튼은 조용히 의자를 뒤로 밀고 일어나 청바지의 지퍼를 내리고 마호가니 테이블 위에 오줌 줄기를 갈겼다. 처리 중인 단체협약서가 오줌으로 흠뻑 젖어갔다.

반대편에 앉은 임원들은 테이블 위로 퍼지는 오줌의 웅덩이를 피해 의자를 뒤로 밀었다.

램튼은 성기를 바지 속으로 다시 집어넣고 지퍼를 잠근 뒤 말했다. "이것이 당신들의 제안에 대한 내 의견이다. 경제 상황은 나아지고 있어. GM은 호시절을 맞이했고 크라이슬러도 마찬가지다. 긴급 구제가 성공했어. 당신들은 우리 노조원들에게 월급을 제대로 줄 만큼 돈을 벌고 있다. 우리가 순순히 양보할 거라고 생각하지 마." 그는 웃으며 말했다. "알아듣겠나?"

사장은 옆에 앉은 임원에게 몸을 돌려 말했다. "휴지 가져와서 저거 좀 닦아."

임원은 자신의 귀를 의심하면서 사장의 지시에 따랐다. 테이블이 깨끗해지자 사장은 가죽 가방 하나를 테이블 위에 올려놓았다.

"50만 달러야." 사장이 말했다. "세고 싶으면 세어봐. 이거 받고, 노조원들이 단체협약에 찬성하게만 만들어."

마이클 램튼은 사장의 새로운 전략에 대해 잠시 고민하다가 대답했다. "이러면 얘기가 좀 다르지."

마이클이 돈 때문에 못된 짓을 한 것은 이번이 처음이 아니었다. 그는 현실적인 사람이었다.

"일단 절반을 가져가도록 해. 나머지 절반은 약속대로 단체협약이 통과되면 주도록 하지." 사장이 말했다.

그리고 지금, 노조 회의가 끝나 집에 돌아가는 마이클 램튼은 나머지 25만 달러가 자기 수중에 들어올 것임을 확신했다. 며칠 뒤 공장의 노조원들은 투표에 참여할 것이다. 예전부터 이런 일로 수많은 군중을 상대해 온 마이클 램튼은 그 분위기를 읽을 수 있었다. 그가 손을 댄 투표들은 모두 그의 예상대로 귀결됐다.

그들은 찬성할 것이다. 악취 때문에 코를 움켜잡듯 마지못해 하면서도 찬성할 것이다.

회의를 마치고 집을 향해 SUV를 몰던 마이클 램튼은 온도 조절이 가능한 전기 작동식 가죽 운전석에 앉아 손에 들어올 돈을 생각하며 몸이 달아오르는 것을 느꼈다.

술집이라도 가볼까 하는 생각이 마이클의 머리를 스쳤다. 잘만 하면 여자 한 명쯤 낚을 수 있다. 하지만 운이 따라야겠지. 돈을 내고 할까? 뭐, 돈이야 얼마든지 낼 수 있지만 나 정도면 굳이 돈까지 내면서 할 필요는 없지. 마이클은 스스로를 잘생긴 편이라고 생각했다. 뱃살이 좀 있긴 했지만, 배가 나온 토니 소프라노 같은 사람도 얼마든지 여자를 꾀곤 했으니까.

마이클은 10초마다 와이퍼를 작동시켜 부슬비를 닦아내면서 2차선 고속도로를 내려갔다. 그런데 그때, 100미터 전방 갓길에 차 한 대가 멈춰있는 것이 보였다.

일본제 수입 자동차. 뒷문이 열려 있었다. 마이클 램튼은 자신이 도덕성을 저버리면서까지 돈을 받은 것은 어떤 의미에서는 일본놈들의 책임이라고 생각했다. 미국 자동차 산업이 사양길로 접어든 것은 일본놈들과 독일놈들 탓이었다. 과거에 미국에 패배한 적들에게 복수를 당한 꼴이었다. 마이클 램튼은 일본놈들과 독일놈들만 없었다면 자기가 돈을 받고 노조원들을 팔아먹을 일도 없었을 거라고 생각했다. 정말로 잘 생각해보면 그놈들이—.

가만 가만, 저게 뭐야?

웬 아가씨가 낑낑대며 자동차 뒤에서 스페어타이어를 꺼내고 있었다. 뒷모습밖에 보이지 않았지만 마이클 램튼은 그 뒷모습이 마음에 들었다. 어깨까지 내려온 금발, 검은 재킷, 청바지, 무릎 위로 올라가는 가죽 부츠. 호리호리한 몸매. 마이클은 살이 좀 더 붙은 스타일을 선호했지만 저 정도면 나쁘지 않았다.

여자는 차 트렁크의 바닥 패널을 열고 스페어타이어를 반쯤 꺼낸 상태였다.

마이클은 속력을 줄이면서 여자의 옆을 지났다. 그리고 뿌연 조수석 창문 너머로 여자를 주시했다. 여자도 마이클을 향해 얼굴을 들었다. 30대 후반. 반반한 얼굴.

차를 세우고 도와줄 것인가?

고민은 오래가지 않았다. 그는 여자의 자동차 앞으로 천천히 자신의 차를 몰아, 엔진을 끈 뒤 열쇠를 빼냈다. 차 문을 여는데 휴대폰이 울렸다.

"젠장."

마이클은 재킷 안에 손을 집어넣어 휴대폰을 꺼냈다. 모르는 번호였다. 하지만 그에게 전화를 거는 수많은 사람 중에는 매번 전화번호를 바꾸는 자들도 있었고, 그런 경우 부재중 전화 목록에 남은 번호로 연락해도 연락이 되지 않았다. 매우 중요한 연락인 경우도 있다.

하지만 마이클은 통화할 생각이 없었다. 지금은 곤경에 빠진 여인을 구출해야 할 때. 그는 휴대폰을 다시 재킷 안에 집어넣었다.

길게 뻗은 고속도로에 다른 차는 보이지 않았다. 오가는 교통량이 적은 지점이었다. 지금 여기서 무슨 일이 일어난다 한들 아무도 모를 것이다.

'잠깐, 그건 좀 아니지.' 마이클은 스스로를 다잡았다. '하지만 뭐 어때, 1, 2분 정도라면…….'

마이클은 기다란 재킷의 단추를 채워 몸을 가렸다. 부슬비를 막기 위해서만은 아니었다. 불룩해진 아랫도리를 들이밀면서 초장부터 아가씨를 겁먹게 하고 싶지는 않았다.

"뭐, 문제 있어요?" 그는 여자에게 외쳤다.

타이어 가는 것을 도와준 다음 여자에게 어디 가서 커피라도 한잔하자고 해보자. 그때쯤이면 나는 비에 흠뻑 젖어 있을 테니 여자는 미안해하면서 폐를 끼쳤다고 생각하겠지. 거절하기 힘들 거야. 자기 집에 가서 몸을 말리라고 할지도 몰라.

여자가 차 뒤에서 고개를 내밀고 그를 바라봤다.

"아, 맙소사. 멈춰줘서 고마워요! 못에라도 찔렸나, 타이어가 터진 것 같아요!" 여자가 말했다.

"트리플 A에는 연락했어요?" 마이클은 여자가 아니라고 대답하길 바라며 물었다. 이 시점에서 견인차 운전사의 방해를 받고 싶지는 않았다.

"그렇지 않아도 미치겠어요. 트리플 A에 가입하라고 권하는 우편물을 받았는데 그냥 휴지통에 던져버렸지 뭐예요. 아, 바보 천치 같으니라고!"

마이클은 차 뒤로 돌아가 여자를 찬찬히 살펴봤다. 신장 175센티미터에 체중은 63킬로그램 정도. 두드러진 광대뼈. 가슴은 좀 작았다. 하지만 모든 것이 완벽할 수는 없는 법이니까. 그녀는 유럽인처럼 보였다. 다리가 길었고 레깅스같이 착 달라붙은 청바지가 부츠 속으로 이어졌다. 손에는 가죽 장갑. 서 있는 품은, 뭐랄까, 운동선수의 분위기를 풍겼다.

"가입하셔야 돼요." 하지만 마이클은 문득, 여자가 자기 대신 트리플 A 서비스를 요청해주면 안 되겠냐고 부탁할까 봐 걱정되었다. 마이클과 여자 사이의 거리는 이제 60센티미터 남짓이었다. 그는 여자를 압박하거나 겁주고 싶지 않았다. 경계하는 표정. 마치, 멈춰주셔서 참 감사합니다만 제 앞에서 댁의 물건을 꺼내 흔들지는 말아주세요, 라고 말하는 듯한 표정이었다.

"때마침 지나가셔서 다행이에요." 여자가 말했다.

"이름이 뭐예요?"

"니콜이요."

"전 프랭크입니다." 마이클이 말했다. 관계가 오래갈 리 없는데 굳이 실명을 쓸 이유는 없었다. "제가 타이어를 가는 동안 차에 들어가서 기다리지 그래요?"

"네, 그럴게요." 니콜이 말했다.

휴대폰이 다시 울렸지만 마이클은 받지 않았다.

"제가 도와드릴 것은 없나요? 손전등이라도 들고 있을까요?" 니콜이 물었다.

"손전등 있어요? 내 트럭에는 하나 있긴 한데."

니콜은 재킷 안에서 휴대폰을 꺼냈다. 여자들은 보통 휴대폰을 핸드백에 넣고 다니는데 의외라고 마이클은 생각했다. "휴대폰을 손전등으로 바꿀 수 있는 앱이 있어요." 니콜이 말했다.

"휴대폰이 젖으면 안 되잖아요." 마이클이 말했다. 그는 타이어를 붙잡고는 뒤쪽 범퍼에 대고 눌러서 땅에 떨어뜨릴 참이었다.

"그런데 어느 쪽 타이어가 터진 거예요?" 문득 생각해보니 자동차는 측면이나 모퉁이로 기울어 있지 않았다.

"조수석 쪽이요." 니콜이 말했다.

마이클은 차의 정면을 힐끗 쳐다봤고, 니콜은 무릎까지 올라오는 부츠를 잡아당기려는 듯 허리를 굽혔다.

"니콜, 저 타이어는 터지지 않―"

아이스픽은 소리 없이 재빠르게 마이클의 허리 바로 위 오른쪽 옆구리를 뜨겁게 파고들었다. 마이클이 고통을 지각한 순간, 니콜은 붉고 번들번들해진 아이스픽을 그의 몸에서 빼냈고, 이번에는 좀 더 높이 그의 갈비뼈 사이에 쑤셔 넣었다.

니콜은 또다시 아이스픽을 뽑아 세 번째로 찔러 넣었다.

매우 강하게.

마이클 램튼은 숨을 헐떡이며 젖은 자갈길 위에 쓰러졌다. 말을 하고 싶었지만 입술에서는 피밖에 흘러나오지 않았다.

니콜은 무릎을 꿇고 앉아 마이클에게 말했다. "당신 노조원들이 이렇게 전해 달랬어. '네가 우릴 팔아먹은 걸 다 안다, 이 배신자야. 우리를 엿먹이다니 무사할 줄 알았냐?' 라고."

확실히 하기 위해 니콜은 네 번째로 아이스픽을 마이클에게 박아 넣었다. 이번에는 심장이었다.

그녀는 제자리에 선 채 내리는 비를 향해 고개를 쳐들었다. 빗물에 얼굴이 씻기는 느낌이 좋았다.

니콜은 마이클 램튼을 도랑으로 굴린 뒤 스페어타이어를 트렁크 바닥의 홈에 다시 밀어 넣었다. 그녀가 운전대를 잡고 2차선 아스팔트 도로로 나가려는 순간 휴대폰이 울렸다.

"여보세요."

"나야." 인사말도 자기소개도 없었지만 니콜은 이 남자의 목소리를 알았다. 루이스.

"네."

"일 좀 부탁할 게 있는데 가능한지 물어보려고 연락했어. 당신은 이제 빅터 밑에서만 일하는 건 아니잖아?"

"지금은 좀 바빠요." 니콜이 말했다.

"들어봐. 마음에 들 거야."

"지금 멕시코 국경 쪽에 있어요. 좀 쉴 생각이에요."

"괜찮은 일이 생길 텐데 하지 않겠어? 할 만한 일이야."

"'생길 텐데'는 또 뭐죠?"

"윗사람하고 얘기를 해봐야 돼. 하지만 허가가 떨어질 거야. 금방 결정돼."

니콜은 생각에 잠겼다. 정말 쉬고 싶었지만 한편으로는 일거리를 거절하고 싶지는 않았다.

"어떤 일이에요?"

"바에서 일하는 여자. 식은 죽 먹기야."

"그럼 굳이 내가 할 필요 없잖아요?" 니콜이 말했다.

"되도록 이쪽과 관계가 먼 사람에게 부탁해야 돼서 그래."

"네. 윗사람하고 얘기되거든 알려줘요."

니콜은 전화를 끊었다.

루이스의 목소리에는 특별한 뭔가가 있었다. 니콜이 벌써 몇 년째 대화를 나누지 않은 그녀의 아버지와도 조금 닮아 있었다. 그 형편없는 개새끼의 목소리와.

하지만 친애하는 아버지는 한시도 니콜의 머리를 떠난 적이 없었다.

그녀의 귀에는 아직도 아버지의 목소리가 들렸다. "아니, 맙소사, 은메달? 호주까지 와서 땄다는 게 겨우 은메달이야? 너 그거 알아? 올림픽에서 동메달을 따면 기분 좋게 귀국할 수 있어. 하지만 은메달을 따면? 금메달이 코앞에 있었는데 놓쳐버렸다는 아쉬움이 평생 너를 갉아먹을 거야. 달 표면에 발을 내디딘 두 번째 인간이 되는 거라고. 도대체 누가 두 번째 인간 따위를 기억하겠어? 응?"

"버즈 올드린이잖아요." 니콜이 대꾸하자 아버지는 그녀의 뺨을 후려갈겼다. 니콜은 그 느낌을 결코 잊을 수 없었다.

21

어제는 아무 일도 없었다는 듯이 오늘의 아침이 밝았다.

토마스는 여느 날처럼 아침밥을 먹으러 주방으로 내려왔다. 나는 FBI의 방문 때문에 화가 나서 저지른 행동에 대한 죄책감을 지울 수 없었지만, 토마스는 언제나처럼 하던 일을 하며 시간을 보냈다. 즉, 그는 여전히 방에 틀어박혀 세계를 돌아다닐 뿐이었다.

나는 사실 동생의 여러 가지가 궁금하고 놀라웠다. 가능하다면 그의 머릿속을 들여다보고 싶었다. 어릴 때부터 동생은 내게 미스터리였다. 그는 마치 풍선으로 둘러싸인 듯했기에 내가 그에게 다가갈 수도, 그가 내게 다가올 수도 없었다. 나는 늘 자문했다. 왜 내가 아니고 동생일까? 왜 내가 아니라 동생이 정신적인 문제로 고생(이라고 말할 수 있다면)을 해야 할까? 이건 공평한 것일까? 어쩌면 하느님은 우리 부모님을 내려다보면서 "우선 머리가 제대로 된 첫째 아들을 주도록 하자. 하지만 둘째는 내가 좀 가지고 놀 수 있는 재미있는 녀석으로 만들어야겠다." 라고 생각했는지도 모르겠다.

토마스의 정신분열 원인에 관해서는 수많은 가설들이 등장했다. 종종 어릴 적의 잘못된 (특히 어머니 쪽의) 육아가 원인으로서 지적되었지만, 우리 어머니는 인내심이 많았고 아이들을 사랑했기 때문에 그 가설은 옳지 않았다. 다정한 우리 어머니는 자녀의 정신 문제를 악화시키기는커녕 완화시킬 사람이었다. 시간이 흐르면서 또 다른 이론들이 등장했다. 유전적 원인, 환경적 원인, 두뇌 화학 물질의 불균형, 스트레스, 어릴 적의 트라우마, 가공식품, 또는 이 모든 것들의 혼합.

아니면 전혀 다른 원인.

결국, 결론은 아무도 모른다는 것이었다. 내가 왜 나인지를 설명하는 것이 불가능한 것처럼 토마스가 왜 토마스인지도 설명할 길이 없었다. 게다가 토마스에게는 정신적인 문제와 더불어 어마어마한 재능도 있었다. 〈휠360〉에서 본 것들을 죄다 기억하는 그의 능력은 나 같은 범인은 이해할 수 없는 것이었다. 예전에, 그런 재능이 없었다면 오히려 행복할 것 같냐는 나의 질문에 토마스가 똑같은 질문을 되돌려준 적이 있었다. 형은 그림 그리는 재능이 없었다면 오히려 행복할 것 같아? 내가 저주라고 여긴 동생의 재능은 동생에게 있어서는 선물이었다. 그 재능이야말로 토마스를 토마스로 만드는 핵심이었다. 그는 자신의 재능을 자랑스러워했다. 그의 강박은 그의 기쁨이었다. 생각해보면 어떤 재능을 가지고 있는 그 누구라도 마찬가지였을 것이다.

내가 놓쳤던 부분은 바로 그것이었다.

내가 아는 것은 그저, 부모님이 토마스를 치료하기 위해 할 수 있는 모든 것을 했고 그를 무조건적으로 사랑했다는 사실이었다. 부모님은 어린 동생을 데리고 의사들을 찾아다녔다. 전문가들도 찾아갔다. 동생의 담임선생들도 모두 만났다. 부모님은 동생 걱정에 하루하루를 보냈고, 나도 토마스의 형으로서 종종 부모님의 불안에 동참하고는 했다. 내가 열다섯 살이던 해에 토마스가 몇 시간 동안 행방불명이 된 날이 있었다. 당시 동생은 자전거로 프로미스 폴즈 구석구석을 돌아다니며 관찰한 것을 토대로 지도를 만드는 데 빠져 있었다. 집에 돌아온 동생의 공책에는 일시정지 표지판과 소화전의 위치까지 표시된 상세한 거리지도가 그려져 있고는 했다.

그런데 어느 날, 저녁 먹을 시간이 돼도 토마스가 집에 돌아오지 않았다. 토마스답지 않은 행동이었다. "가서 동생 좀 찾아보렴." 어머니가 말했다.

나는 자전거를 타고 시내로 향했다. 시내는 길들이 서로 복잡하게 얽혀 있어 토마스에게 흥미로운 놀거리를 제공했기 때문에 그곳에 가면 동생을 찾을 수 있을 것이라고 생각했다. 하지만 나는 시내에서 토마스를 찾지 못했다.

대신 그의 자전거를 발견했다.

자전거는 사라토가 가의 어느 골목에 처박혀 있었다. 우주의 탄생 이래 가장 맛있는 레몬 타르트를 만드는 프로미스 폴즈 빵집과 이발소 사이의 골목. 나는 토마스가 레몬 타르트를 먹으러 빵집에 들어갔나 싶었지만 카운터의 아주머니에게 물어보니 토마스는 오지 않았다.

나는 사라토가 가를 올라갔다가 다시 내려오면서 보이는 가게마다 들러 혹시 동생을 보지 못했느냐고 물었다. 사람들이 쳐다볼까 봐 창피한 것을 무릅쓰고 신발 가게 앞 보도에서 "토마스!" 하고 소리쳐 보기도 했다.

다시 나는 동생의 자전거가 있는 골목으로 돌아갔다. 자전거는 사라져 있었다.

나는 화가 나서 미친 듯이 내 자전거의 페달을 밟았다. 집에 도착해보니 토마스는 나보다 10분 먼저 와 있었다. 그는 유난히 시무룩했고 저녁 식사 내내 한마디도 하지 않았다. 그날 밤 지하실에서 동생과 아버지가 다투는 소리가 들렸다. 아니, 정확히 얘기하면 아버지가 언성을 높이며 동생을 나무라는 소리였다. 나는 토마스가 장시간 무단외출한 것 때문에 혼나는 줄 알았지만, 나중에 물어봤을 때 동생은 아무 일도 아니라고 대꾸할 뿐이었다.

그리고 그날 동생에게 무슨 일이 있었는지는 두 번 다시 거론되지 않았다.

나는 주방 테이블에 앉아 그런 옛날의 기억과 현재의 중요한 문제들에 대해 곰곰이 생각하고 있었다. 문득, 시리얼을 먹는 토마스를 바라보다가 나는 입을 열었다. "저녁밥 만드는 거 말고 너한테 시킬 게 있다."

토마스는 그릇에서 고개를 들고 나를 바라봤다. "뭐?" 놀란 목소리였다.

"집 말이야, 청소를 해야겠어."

토마스는 주방과 거실을 쓱 훑었다. "괜찮아 보이는데?"

"진공청소기로 먼지를 빨아들여야 돼. 밖에서 안으로 들락날락하는 물건들이 많잖아. 나는 화장실을 청소할 테니까 네가 청소기를 좀 돌려라."

"청소는 아버지가 했단 말이야." 내가 아무 대꾸를 하지 않자 토마스는 덧붙였다. "항상 아버지가 했어. 난 진공청소기 씨본 적도 없어."

"집 청소를 해야 한다는 점은 동의해?" 내가 물었다.

토마스는 잠시 말이 없었지만 이윽고 "그런 거 같아."라고 대답했다.

"그럼, 자, 아버지가 안 계시는데 집 청소를 어떻게 해결해야 할까? 앞으로 어떻게 될지 모르겠다만 지금 이 집에 사는 건 우리 둘이지? 그러니 집 청소를 해결하는 과정에 너도 좀 동참해야겠다."

"내 생각에는……." 토마스는 고심 끝에 대답했다. "형이 하면 될 것 같은데."

"난 식료품점에 가서 쇼핑을 하고 음식을 만들잖아. 변호사를 만나는 것도 내 몫이야. 게다가, 토마스, 난 할 일도 있어. 벌링턴으로 돌아―"

토마스가 또 정확한 위치에 관해 지적하려고 했지만 나는 손가락을 들어 말을 막았다.

"벌링턴으로 돌아가거나 여기서 일을 해야 돼. 어쨌든, 내겐 할 일이 있어."

"나도 일이 있는데." 토마스가 말했다.

"그래, 알고 있어. 자, 생각해봐. 형은 일할 시간을 할애하면서 요리나 청소를 하고 있잖아? 그럼 너도 똑같이 해야 공평한 거 아니야?"

토마스는 이리저리 불안한 시선을 던지며 말했다. "진공청소기가 어디 있는지 몰라."

나는 뒷문 옆의 벽장을 가리켰다. "저기 있어."

"몇 시에 내가 형 대신 청소를 하면 되는 거야?" 토마스가 물었다.

"그게 아니야, 토마스. 네가 나 대신 청소를 하는 게 아니야. 이 집에 사는 사람이라면 당연히 해야 하는 거야. 집안일이라는 건 서로 도와서 함께 하는 거라고. 너, 나, 우리를 위해. 알아듣겠어?"

"응. 알았어. 그래서, 그거 언제 할까?"

나는 양손을 들어 올렸다. "지금 하지그래? 얼른 해치우고 남은 하루를 네 마음대로 쓰도록 해. 오늘 시킬 일은 그게 다야."

"어느 방을 청소해야 돼?"

"전부."

"지하실도?"

"지하실은 생략."

"계단은?"

"계단은 해." 벌써부터 과업의 무게에 짓눌린 듯 토마스의 어깨가 축 늘어졌다. 내가 말했다. "가서 청소기 꺼내와. 기초적인 사용법을 가르쳐 줄 테니까."

토마스는 의자를 뒤로 밀더니 벽장으로 가서 진공청소기를 꺼내어 끌고 왔다. 차라리 야크가 골프 가방을 끄는 모습이 훨씬 우아하고 노련할 것 같았다.

"플러그는 어떻게 꽂아? 너무 짧아서 콘센트에 안 닿아." 토마스가 물었다.

"거기, 발판을 밟아. 아니, 그거 말고 옆에 거. 그 상태에서 코드를 뽑아. 다 나올 때까지 뽑아." 나는 의자에서 일어났다. "어떻게 사용하는 건지 보여줄게."

나는 토마스에게 간략히 진공청소기 사용법을 가르쳤다. 청소기를 어떻게 켜고 끄는지, 파워 헤드는 언제 사용하는지, 다양한 부속품들은 어디에 쓰는지. "이건 카펫을 청소할 때, 이건 나무 바닥을 청소할 때 쓰는 거야."

"타일 바닥은 어떻게 해?" 토마스가 물었다.

"나무 바닥 할 때랑 똑같아. 청소기를 바닥 위로 그냥 쭉 밀고 가면 돼. 식은 죽 먹기야."

토마스는 마치 우주 비행선의 조종석에 떨어져 허둥대는 일반인 같았다. 내가 재촉하자 토마스는 스위치를 켰고, 진공청소기가 으르렁거리며 잠에서 깨어났다. 나는 큰 소리로 말했다. "나는 이메일도 살펴보고 다른 일도 좀 해야 되니까 이제 너 혼자 해."

나는 급하게 프로미스 폴즈로 온 탓에 내 노트북 컴퓨터를 벌링턴에 두고 와서 휴대폰으로 이메일을 주고받고 있었는데, 휴대폰 키패드로는 장문의 답신을 보내는 게 여간 성가신 게 아니었다. 덧붙여 인터넷으로 납부해야 할 공과금도 있었다.

주방에는 아버지의 두 번째 노트북 컴퓨터가 있었다. "이게 처음 것보다 가볍고 빠르구나." 몇 달 전 아버지는 내게 문자로 그렇게 말했다. 아버지는 인터넷 신문을 읽었지만 종이 신문도 매일 구입하곤 했다. 지역 광고 때문에 구입하는 거라고 했지만, 실은 자동차를 타고 시내로 나가서 신문을 구입하는 과정이 좋아서였다. 그것은 아버지가 매일 아침 즐기는 모험이었다. 아버지는 시내에서 커피를 마신 뒤, 토마스에게 아침밥을 만들어 줄 시간 전까지 집에 돌아오고는 했다.

아버지의 노트북은 쭉 주방 조리대 위에 올려져 있었다. 나는 그 노트북을 들고 포치로 향했다. 포치에서도 무선 인터넷이 연결되므로 진공청소기의 소음을 피해 밖에 나가기로 했다. 나는 거실을 걸어가면서 토마스가 청소기를 다루는 모습을 살펴봤다. 토마스는 마치 빨아들여야 할 먼지를 사냥하듯 바닥으로 허리를 굽힌 채 거실을 돌아다녔다. 먼지를 빨아들이려면 파워 헤드를 해당 지점에 몇 초 정도 가만히 놔둬야 한다고 생각한 듯했다. 이 속도라면 정오 전에 자기 방으로 돌아가기는 글렀다.

나는 포치의 고리버들 의자에 앉아 노트북을 펼치고 전원 버튼을 눌렀다. 스웨터를 입고 나왔어야 했나 싶었지만 굳이 다시 들어가서 가지고 나올 정도로 춥지는 않았다.

나는 이메일 프로그램을 열고 내 이메일 계정에 로그인을 했다. 스팸 메일, 제레미 챈들러가 보낸 메시지, 그리고 〈워싱턴 포스트〉의 편집자가 보낸 이메일 한 통이 있었다. 국회를 어린아이들이 가득 찬 모래상자로 묘사한 나의 최근 일러스트를 칭찬하는 내용이었다.

집 안에서 진공청소기가 다람쥐를 삼키는 듯한 소리가 들렸다. 토마스가 카펫 가장자리를 빨아들인 것이 틀림없었다. 뭐, 잘 알아서 꺼내겠지.

나는 〈프로미스 폴즈 스탠다드〉의 웹사이트로 들어갔다. 줄리의 이메일이 명시되어 있지 않았지만 "연락처" 밑에는 기자 이름의 이니셜 뒤에 그 성을 적은 뒤 "@pfstandard.com"이라고 이어붙인 것이 해당 기자의 이메일 주소라는 안내가 적혀 있었다.

나는 줄리에게 다음과 같이 이메일을 보냈다.

맥주 잘 마셨고 시간 내줘서 고마워. 다시 보니 반가웠어.

그때 말했다시피 혹시 근처에 오게 되면 집에 한번 들러. 토마스한테 인사라
도 하면 좋겠어.

나는 "보내기" 버튼을 눌렀다.

그런디스에서 함께 술을 마신 날 이후, 줄리는 줄곧 내 머릿속을 떠나지 않았다. 나는 줄리가 초대에 응해주기를 바랐다. 그날 길게 얘기하지는 않았지만, 짧은 시간만으로도 나는 그녀가 편한 대화 상대임을 알 수 있었다. 줄리와 대화할 때는 말을 돌리지 않는 솔직한 화법이면 충분했다. 게다가 내겐 요새 말할 상대가 별로 없었다. 토마스하고는 제대로 된 대화가 힘들었다. 그렇지 않겠는가? 내가 얘기를 좀 할라치면 녀석은 그저 〈횔360〉의 세계로 돌아가고 싶어 안달이었으니까. 녀석에게는 존재하지도 않는 전 지구적 재난의 해결을 위해 CIA를 돕는 일이 나를 도와 이 집과 본인의 문제를 해결하는 것보다 시급한 임무였다.

나는 한숨을 쉬며 사파리 웹브라우저를 열었다. 로라 그리고린이 토마스에게 알맞을 거라고 추천했던 시설을 검색할 생각이었다. 나는 구글 검색창에 검색어를 집어넣기 위해 커서를 옮겼다.

검색어를 입력하는데 기존의 검색 내역이 화면에 등장했다. 아버지가 세상을 떠나기 전에 이 컴퓨터를 마지막으로 사용한 날 검색한 것들이었다.

나는 검색어 목록을 살폈다. 짧은 목록에는 세 개의 검색어가 남아 있었다.

스마트폰

우울증

아동 성매매

내 시선은 화면에 고정된 채 움직이지 않았다. 마치 세상이 당장이라도 입을 벌려서 나를 집어삼키려 드는 것 같았다.

그 순간, 현관문이 열리고 토마스가 나타났다. "청소기가 고장 난 것 같아."

22

하워드 탤리먼은 센트럴 파크에서 65번 가의 남쪽, 공원관리사무소의 북쪽 벤치에 앉아 루이스 블로커를 기다리고 있었다.

하워드가 한때 뉴욕 형사였던 루이스 블로커를 고용한 지도 이제 몇 년이 흘렀다. 처음 하워드를 만났을 때 루이스는 프리랜서였기 때문에, 다른 일을 하느라 하워드의 일을 맡지 못하는 경우들이 있었다. 그럴 때면 하워드는 난감했다. 그래서 그는 루이스가 형사 시절 받던 것의 두 배 되는 연봉을 주고 그를 상시 고용하기로 했다. 언제든 루이스의 능력이 필요할 때 믿고 의지하기 위해서였다.

그리고 바로 지금, 하워드는 그 어느 때보다도 루이스의 능력이 필요했다. 이렇게 심각한 위기는 처음이었다.

하워드가 남쪽으로 고개를 돌리자 루이스가 걸어오는 것이 보였다. 182센티미터 정도의 키. 만약 머리카락이 있었다면 좀 더 커 보였을 것이다. 굵은 목과 넓은 어깨. 패딩 재킷 때문에 배가 조금 불룩했지만 그 속에는 단단한 복근이 숨어 있었다. 하워드는 자신이 아무리 힘껏 주먹으로 배를 가격해도 루이스는 꿈쩍도 하지 않을 것이며, 자기 손목만 부러질 것이라는 걸 알고 있었다. 루이스는 눈이 작고 날카로웠는데, 두 눈 사이의 코는 살짝 왼쪽으로 휘어 있었다. 부러진 지 몇 년이 됐건만 루이스는 일부러 코를 고치지 않았다. 나는 이렇게 다쳤지만 살아남았고 또다시 다치는 것쯤 두렵지 않다, 라는 걸 남들에게 똑똑히 알리기 위해서였다.

루이스 블로커는 하워드를 향해 고개를 끄덕이며 옆에 앉았다.

"어떻게 하지?" 하워드가 물었다.

"그 여자한테 10만 달러를 줘도 되겠죠. 하지만 그런다고 문제가 해결되지는 않을 겁니다." 루이스가 말했다.

"그래. 계속 얘기해봐."

"조사를 좀 해 봤습니다." 루이스가 말했다. 하워드는 조사할 때 조심했느냐고 굳이 물어보지 않았다. 하워드가 돈을 주고 루이스를 고용한 이유는 바로 그 조심성 때문이었다. 루이스는 사람들의 이목을 끌지 않고 일을 처리하는 방법을 알았다.

"앨리슨 피치에게는 빚이 있습니다. 발행한 수표들은 부도가 났고 빌린 돈도 안 갚았더군요. 집세도 안 내서 룸메이트한테 잡아먹히기 직전입니다. 어쩌다 돈이 생기면 빚을 갚기는커녕 다른 데 탕진하고요."

"그래, 그렇군."

"그 여자는 10만 달러를 받으면 정신을 못 차릴 겁니다. 번갯불에 콩 볶듯이 다 써 버리겠죠. 그 10만 달러 때문에 오히려 더 큰 빚을 지게 될 겁니다. 혼자 살 집을 구하고, 값비싼 자동차를 구입하고, 블루밍데일 백화점에 외상 거래 계정을 만들 겁니다. 수중의 10만 달러는 금세 사라지고 오히려 10만 달러의 빚이 생기겠죠."

하워드는 생각에 잠겨 고개를 끄덕였다. "다시 우리에게 연락을 하겠군."

"당연합니다. 게다가 그런 식으로 돈을 쓰면 주변 사람들의 호기심을 자극할 겁니다. 아주 많이요. 저 여자가 어디서 저런 큰돈을 구했나, 다들 의아해하겠죠. 물론, 남에게 갈취한 돈을 제대로 쓰는 놈들도 있긴 합니다. 만약의 경우를 위해 잘 저축해 둔다거나. 하지만 그런 놈이 과연 얼마나 되겠습니까? 애초에 돈을 현명하게 쓰는 사람이 남의 돈을 뜯어내는 경우는 드뭅니다, 안 그렇습니까?"

"무슨 말인지 알겠어." 하워드가 말했다. "하지만 혹시…… 아, 이런 걸 물어보다니 정말 말도 안 되지만, 혹시 그 여자한테 처음부터 거금을 주는 건 어떻겠나? 대신 앞으로는 꿈도·꾸지 말라고 분명히 못을 박는다면?"

루이스는 못마땅한 표정으로 하워드를 바라봤다.

"그래, 나도 알아. 멍청한 생각이야." 하워드가 말했다. "그럼 결국 그 여자한테 10만 달러를 주되 자네가 얘기를 좀 하는 수밖에 없겠군. 자네가 잘 설득하는 수밖에. 일단 혼쭐이 빠지게 겁을 주도록 해. 그리고 10만 달러를 자랑하고 다니면서 주변의 호기심을 자극하거나 또다시 돈을 달라고 연락을 하면 재미없을 거라고 잘 타일러."

"몸에 손을 좀 대야 할 겁니다." 루이스가 말했다.

하워드는 이 전직 뉴욕 경찰의 눈을 똑바로 바라볼 수 없었다. 건너편에서는 필리핀인 유모가 바바리코트 차림의 어퍼 이스트사이드 출신 꼬마 셋을 데리고 동물원을 향해 걸어가고 있었다.

"알아서 해, 루이스. 자네가 전문가잖아." 하워드가 말했다.

"맞습니다. 그러니까 앞으로 취하실 행동에 관해 전문가인 제 의견에 귀 기울이시길 바랍니다. 그건 그렇고 또 다른 문제가 있다고 하셨는데 뭡니까?" 루이스가 말했다.

하워드는 루이스를 바라봤다. "그 여자가 우리의 문제를 알고 있는 것 같아."

루이스는 고개를 끄덕였다.

"브리짓에게 확인했어. 브리짓이 모리스와 전화 통화하는 걸 앨리슨 피치가 엿들었을 가능성이 있더군. 모리스의 약점에 관해 전화로 떠든 것을 말이야."

"확실하지는 않습니까?"

하워드는 고개를 저었다. "확실하진 않아."

"하지만 작은 불씨도 남겨서는 안 되는 문제겠죠?"

하워드는 양 손바닥을 비볐다. "그래. 그러니까 자네가 앨리슨 피치와 대화를 좀 해봐. 정말로 알고 있는 건지 어떤지 확인해보라고."

루이스는 자신의 발을 내려다봤다. 비둘기 두 마리가 그의 왼쪽 발가락께에 떨어진 팝콘 부스러기를 쪼아 먹고 있었다. 갑자기 루이스는 왼발을 차올려 비둘기 한 마리의 머리를 가격했다. 비둘기는 마치 물을 과하게 들이켜기라도 한 듯 비틀거리며 사라졌다.

"좋은 생각이 아닙니다, 하워드. 만약 그 여자가 아무것도 모른다면, 브리짓이 남녀를 안 가린다는 사실보다 치명적인 비밀이 있다는 걸 알려주는 셈이 돼버리잖습니까? 훨씬 심각한 약점을 잡히게 된다는 말씀이죠."

"제기랄." 하워드는 숨죽여 말했다. "이런 망할, 엉망진창이로군. 그러게 자네가 브리짓의 뒷조사를 잘했어야지, 루이스."

루이스가 눈살을 찌푸렸다. "애초에 나한테 부탁한 게 피상적인 것뿐이었잖습니까? 브리짓의 재정상태, 전과기록, 주차위반 범칙금 미납. 그런 항목들에서 브리짓은 꽃향기가 날 정도로 깨끗했습니다. 당신은 그 조사 결과만으로 브리짓이 모리스의 완벽한 배우자감이라고 판단했고, 괜히 더 뒤를 캐다가 일을 망칠까 봐 두려웠던 것이잖습니까?"

루이스의 말 그대로였기에 하워드는 한숨밖에 쉴 수 없었지만 끝까지 토를 달았다. "그래도 자네가 알아서 조사했어야지. 자네 소신대로 철저하게."

"그거, 말씀 한번 잘하셨습니다." 루이스가 말했다.

"뭐?"

"자, 앨리슨 피치의 문제를 어떻게 처리하면 좋을지 소신껏 말씀드릴 테니 잘 들으세요."

하워드는 경계하는 표정으로 물었다. "뭔데?"

"문제를 일으킬 가능성을 뿌리 뽑아야 합니다. 완전히."

"그게 어떻게 가능하다는 말인가?"

루이스는 하워드가 스스로 해답을 추리해낼 때까지 말없이 기다렸다.

곧 하워드는 해답을 알아냈고 얼굴에서 핏기가 가셨다. "설마, 그거…… 자네…… 진담이야?"

루이스는 여전히 침묵을 지켰다.

"아, 맙소사." 하워드는 숨죽여 속삭였다. "안 돼. 이봐, 루이스, 나도 이것저것 많이 해 본 사람이야. 할 때는 하는 사람이라고. 하지만 사람을 죽이지는 않아."

루이스는 간결하게 고개를 끄덕였다. "우리가 아닙니다, 하워드."

"뭐라고?"

"우리가 아닙니다. 당신이나 내가 아니에요. 우리와 관계없는 사람이 대신할 겁니다."

하워드의 입이 바싹 말랐다. "그게 무슨……."

"아는 사람과 이 문제에 관해 간단하게 얘기를 나눴습니다." 루이스는 침착하게 말을 이었다. "믿을 만한 여자입니다. 일을 맡겠다고 하더군요."

"아, 루이스, 맙소사……." 하워드는 숨을 깊이 들이쉰 뒤 천천히 내뱉었다. 그리고 불현듯 그는 루이스를 돌아보며 말했다. "여자라고?"

루이스는 고개를 끄덕였다.

하워드는 고개를 절레절레 저었다. "난 모르겠군. 진짜 모르겠어."

"이 문제를 얼마나 오래 방치해도 괜찮은지 한번 자문해보시죠. 앨리슨 피치가 또다시 돈을 뜯으러 올 가능성, 친구들한테 어떻게 돈이 생겼는지 떠벌리고 다닐 가능성, 모리스의 치명적인 비밀을 알고 있을 가능성을 영원히, 영원히 방치해두어도 좋다면, 자, 어서 가서 10만 달러를 넘겨줘요."

하워드는 몇 초 동안 양손으로 머리를 감싼 채 말이 없었다. 이윽고 그는 똑바로 앉아 정면을 응시했다. "자네 판단에 맡기겠네."

23

"청소기가 카펫 가장자리를 빨아들였어." 토마스의 말을 듣고서 나는 아버지의 노트북을 포치의 의자에 둔 채 집으로 들어갔다. 토마스가 손가락으로 청소기를 가리켰다. 현관에서 주방까지 이어진 카펫의 절반 가까이가 청소기의 파워헤드에 잡아먹힌 듯 보였다. 청소기는 입구가 막히는 바람에 자동으로 전원이 꺼져 있었다.

"청소기에서 카펫을 끄집어내면 되잖아."

"내가? 손으로?"

"그래."

"청소기가 켜져서 손가락을 빨아들이면 어떡해?"

"그럴 일 없—"

그때 전화벨이 울렸다.

"제기랄……." 나는 수화기를 들었다. "여보세요?"

"레이 킬브라이드 씨?" 여자의 목소리였다.

"맞습니다."

"레이, 저 해리 페이튼 변호사 사무실의 앨리스예요. 아버지 유산 상속 건으로 서명해야 할 서류가 좀 있는데 잠깐 사무실에 들를 수 있어요?"

"아, 네, 그래요." 나는 생각을 가다듬으려고 애쓰며 말했다. "갈게요. 언제 가면 될까요?"

"사실 지금 사무실이 한가해요. 시간이 어떨지 모르겠지만 혹시 괜찮다면—."

"알겠어요. 바로 갈게요."

나는 전화를 끊고 몸을 돌리다가 토마스와 부딪힐 뻔했다. 그는 멈춰버린 진공청소기를 뒤로 한 채 내 지시를 기다리며 한 치 앞에 우두커니 서 있었다.

"무슨 일이야?" 토마스가 물었다.

"서명할 서류가 있어서 변호사 사무실에 가야겠다."

"나도 일하러 돌아가야 되는데." 토마스는 위층을 향해 눈길을 던졌다.

"일이 많이 밀렸어."

"알았어. 청소기는 내가 나중에 해결할게. 금방 갔다 올 거야."

나는 시내로 차를 모는 내내 아버지가 인터넷으로 아동 성매매에 관한 정보를 검색한 이유를 생각했다. "스마트폰"과 "우울증"은 납득할 수 있었다. 우선, 아버지는 인터넷 연결이나 사진 촬영 등 다양한 기능을 갖춘 전화기를 살 계획이었다. 그리고 해리와 렌으로부터 들은 단편적인 정보에 따르면, 아버지는 우울증을 겪었을 가능성이 있었다. 인터넷으로 자가진단을 한 것인지도 모른다.

하지만 아동 성매매는……

내 생각은 너무나도 꺼림칙한 방향으로 뻗어 나갔다.

나는 아버지가 아동 성매매를 검색한 합당한 이유를 찾고자 발버둥쳤다. 분명 납득할 만한 이유가 있을 것이다.

'생각을 해보자.'

그래. 아마도 아버지는 TV에서 아동의 성적 착취에 관한 뉴스를 보고 경악한 나머지 자세한 내용을 조사했던 거야. 하지만 왜 굳이 그런 조사를……? 세계 성매매 아동들을 해방시키는 일을 하는 자선 단체에 기부라도 하기 위해서?

그건 과연 아버지다운 행동인가? 아버지가 자선 단체 같은 데 돈을 기부한 적이 있었나?

아니, 없었다.

아버지는 선한 사람이었다. 그 점에는 의심의 여지가 없었다. 아버지는 도움이 필요한 곳이면 어디든 달려갔다. 한번은 내가 어릴 때 이웃집(히친스 씨네는 아니었다)에 불이 난 적이 있었다. 소방차가 일찍 도착해서 집은 전반적으로 무사했지만 주방이 크게 파손되었다. 이웃집 사람들은 보험에 가입되어 있지 않았고 따로 돈을 주고 사람을 쓸 여유도 없어서 손수 주방을 고치기로 했다. 하지만 그들에게는 수리할 능력이 없었다. 반면, 아버지는 정식으로 배관이나 목공 일을 한 적은 없어도 할아버지에게 그런 기술들을 배웠기 때문에 곧잘 스스로 하고는 했다. 한 달간 아버지는 틈날 때마다 이웃집에 들러 주방 수리를 도왔다.

즉, 아버지가 베푸는 도움이란 이렇게 직접적인 성격의 것이었다. 그는 자신의 시간과 에너지를 남들과 기꺼이 나누었지만, 특정 인권 단체에 전화를 걸어 신용카드 번호를 알려주는 자선은 베푼 적이 없었다.

따라서 아버지의 아동 성매매 검색에 대한 기부금 가설은 설득력이 부족했다.

혹시 아버지는 뉴욕 북부의 아동 성매매 문제에 관한 소문을 듣고 프로미스 폴즈에 그런 일이 일어나지 않게끔 조치를 취하려고 했던 것일까? 아니, 이건 아까의 가설보다 더욱 말이 안 된다.

그럼 도대체 무슨 이유가……?

생각조차 하고 싶지 않았지만, 어쩌면, 어쩌면 아버지는 아동 성매매에 관심이 있었는지도 모른다.

나는 집에 돌아가면 아버지가 검색해서 들어갔을 웹사이트들의 방문 기록을 살펴보기로 했다. 어떤 웹사이트가 등장하든 아버지의 검색 동기를 짐작할 수 있을 것이다.

최근 나는 부모가 돌아가신 뒤 몰랐던 사실을 알게 된 자녀들의 일화들을 심심치 않게 들었었다. 결혼하기 전에 낳은 아이를 입양시킨 어머니라든가, 비서와 바람을 피운 아버지, 오랫동안 약 중독이었던 어머니, 다른 지역에서 몰래 딴살림을 차리고 이중생활을 한 아버지.

당연히 충격적인 일화들이었지만, 그런 것들은 아버지가 성도착자라는 사실에 비하면 아무것도 아니었다.

물론 정말 그런지는 아직 모른다. 아니, 그렇다는 걸 믿을 수 없었다.

게다가 또 다른 가능성이 하나 남아 있었다.

애당초 아버지가 아동 성매매를 검색하지 않았을 가능성.

누군가 다른 사람이 아버지의 노트북을 사용했을 가능성.

"괜찮나, 레이?"

서류들에 서명하기 위해 의자를 책상 가까이 끌어당기는 나를 향해 해리 페이튼이 물었다.

"네, 괜찮습니다."

"지쳐 보이는데?"

나는 해리가 가리키는 부분들에 내 서명을 휘갈겼다. "괜찮아요."

"유산 상속 건은 걱정할 거 없어. 서류 작업은 순조롭게 진행되고 있으니까."

"다행이네요."

"집은 좀 어떤가? 토마스는 어때?"

나는 펜을 내려놓고 의자에 등을 기대며 해리의 말을 되뇌었다. "토마스는 어때……." 나는 시선을 아래로 떨구며 말했다. "여쭤보고 싶은 게 있어요."

"무슨 일이야, 레이?"

"해리 씨는 제 변호사이기도 한가요?" 내가 물었다.

"그럼, 물론이지."

"아니요, 제 말씀은, 해리 씨가 아버지의 변호사인 건 알아요. 유산 상속 문제도 그래서 맡아 주시는 거잖아요. 하지만 그 밖의 문제들에 관해서도 해리 씨를 변호사로서 생각하고 상의할 수 있나 해서요."

"그래. 나는 자네 변호사야. 자, 얘기해봐." 해리가 말했다.

나는 입을 열었지만 어디서부터 말을 해야 할지 몰랐다. 아버지의 노트북에서 발견한 검색어 얘기부터 시작하고 싶지는 않았다. 그것 말고도 지난 24시간 동안 나를 뒤흔들어 놓은 사건이 하나 있었다.

"FBI가 찾아왔습니다."

"F…… 뭐? 아니, 레이, 그럼 나한테 연락을 했어야지. 영장은 가져왔던 가?"

"ID를 보여주더군요."

"저런……."

나는 해리에게 지난 사건을 쭉 설명했다. FBI가 찾아온 이유, 그들이 나와 토마스에게 던진 질문들, 토마스가 빌 클린턴을 수신인으로 한 이메일들을 CIA에 보내왔다는 사실, 그리고 토마스가 상상 속의 클린턴 전 대통령과 대화했다는 사실.

해리는 책상에 손바닥을 올려놓으며 말했다. "기가 막히는군. 상황이 굉장히 버겁구먼, 레이."

"한 가지 더 여쭤보고 싶은 게 있어요." 내가 말했다.

"어떤 건가?"

"아버지에 관한 거예요."

"얘기해봐."

"혹시…… 혹시 아버지의 사생활이 어땠는지 좀 아세요?"

"사생활? 무슨 뜻이지? 성생활에 대해 물어보는 건가?"

"그런 셈이죠." 내가 말했다.

해리는 어깨를 으쓱하며 대답했다. "모르겠는데. 모친이 세상을 떠난 후의 일을 묻는 건가?"

꼭 그렇지는 않았지만 나는 "맞아요."라고 대답했다.

"솔직히 잘 모르겠군. 애덤은 집에 누굴 데려간 적도 없었고 토마스 때문에 장시간 외출하지도 못했어. 외박도 힘들었겠지. 하지만 몇 시간 정도라면 토마스를 혼자 둬도 괜찮을 테니 낮에 누군가를 만났을지도 몰라."

"아버지가 만나는 사람을 보셨어요? 아버지가 그런 얘기를 한 적이 있어요?"

해리는 고개를 저었다.

"아니. 하지만 알다시피 자네 아버지 나이라면, 흠, 아직 성적으로 활발한 나이잖나? 그런데 왜 그런 게 궁금하지, 레이? 웬 여자가 난데없이 나타나 상속권이라도 주장할까 봐 걱정되는 건가?"

"아니, 아니요, 그런 건 아니에요. 저기, 그냥 잊어버리세요. 별일 아니었어요." 내가 말했다.

사실 그건 나 자신에게 하고 싶은 말이었다. 잊어버려라. 아버지의 노트북에서 그 두 단어를 본 적이 없는 걸로 해라.

하지만 결국 나는 그러기 전에 아버지가 검색한 웹사이트들에 들어가 보기로 했다. 알고 싶지 않았지만 알아야 했다.

집에 도착해보니 토마스는 예상대로 자기 방에 들어가 있었다. 아버지의 노트북은 접힌 채 주방 테이블에 올려져 있었다. 포치에 놓아둔 노트북을 토마스가 가지고 들어와 전원을 끈 모양이었다.

노트북을 열고 버튼을 누르자 30초 후 전원이 들어왔다. 나는 웹브라우저를 열었다.

이어서 검색창에 커서를 위치시키고 문자 하나를 쳐넣었지만, 검색어들은 나타나지 않았다.

아무것도 없었다.

스마트폰, 우울증, 아동 성매매 모두 사라져 있었다.

"뭐야……." 나는 숨죽여 말했다.

나는 커서를 방문 기록 메뉴로 옮기고 마우스를 클릭했다. 항목은 텅 비어 있었다. 방문한 웹사이트들의 목록은 모두 삭제되어 있었다.

24

10년이 넘었지만 아직도 그녀는 평행봉에 매달리는 꿈을 자주 꿨다.

2000년 시드니 올림픽. 당시 니콜은 열다섯 살. 그녀는 수천 명의 관중, 수백 대의 카메라, 팀 동료인 체조 선수들과 코치가 보는 앞에서 평소처럼 이단 평행봉 연기를 펼치고 있었다. 니콜은 손에 묻은 초크 가루를 느끼며 하단 평행봉을 향해 도약했다. 봉을 단단히 붙잡은 양팔이 팽팽해지자, 그녀는 상단 평행봉으로 날아갈 추진력을 얻기 위해 두 바퀴의 회전을 펼쳤다. 그리고 다음 순간, 봉에서 손을 놓자 니콜의 몸은 빙글빙글 회전하며 위로 날아갔다. 경기장과 사람들이 그녀의 시야를 지나쳤지만 그녀에게는 아무것도 보이지 않았다. 이 순간 그들은 존재하지 않았다. 관중도, 카메라도, 동료 선수도, 코치도 없었다. 오직 니콜과 두 개의 평행봉뿐. 너무나도 길게 느껴지는 1분 동안, 이 우주에는 오직 그녀와 평행봉뿐이었다. 꿈에서 그 1분은 몇 시간 동안이나 지속되었고, 니콜은 하늘 높이 솟아올랐다. 새처럼, 중력에서 자유롭게. 이것은 도저히 말로 표현할 수 없는 느낌이었다. 달 표면에 발을 내디딘 사람은 자신의 경험을 절대 말로 표현할 수 없을 것이다. 니콜이 경험한 것은 달 표면이 아니라 평행봉이었지만 그녀가 느낀 황홀경도 그와 다름없었다. 올가와 나디아라면 아마 이해하겠지, 이 언어화할 수 없는 느낌을. 세상이 평행봉과 평행봉이 아닌 것으로 구분되어 버리는 순간을.

꿈에 평행봉이 나오지 않는 밤이면 살인에 대한 꿈을 꿨다.

살인은 평행봉 연기와 달랐지만 그만큼 우아했다. 소리 없이 먹잇감을 급습하는 일. 상단 평행봉에서 하단 평행봉으로 이동할 때만큼 재빠른 동작으로. 쓸데없이 힘을 써서는 안 된다. 불필요한 움직임도 없어야 한다. 살인에는 살인만의 아름다움이 있었다.

완벽한 처리.

평행봉 연기든 살인이든, 꿈에서 니콜은 항상 금메달감이었다. 은메달도, 동메달도 아니었다. 이따금 꿈들은 서로 뒤섞여서, 상단 평행봉에서 마지막 연기를 마치고 착지하는 그녀의 빈손에는 단검이 들려 있기도 했다. 체조의 도구였던 그녀의 몸과 함께 단검도 바닥으로 착지했다.

누구든 아래에서 기다리는 자는 끝장이었다.

그리고 지금, 니콜은 오처드 가에 서 있다.

그녀는 주소를 알고 있었다. 간략한 설명을 들었고 사진도 받았다. 길고 짙은 머리카락의 장신. 목표물은 바로 저 건물에 있다. 앨리슨 피치. 친구와 함께 저 공동주택에 거주하지만, 친구는 낮에 일을 한다. 앨리슨은 밤에 술집에서 일하고 낮에는 집에서 잠을 잔다.

니콜은 앨리슨 피치가 누구인지, 무슨 짓을 저질렀는지 알지 못했다. 앨리슨 피치의 암살을 의뢰한 사람이 누구인지도 몰랐지만, 루이스가 부탁하는 걸로 봐서 앨리슨 피치는 매우 중요한 인물에게 위협적인 존재임이 틀림없었다. 아마도 앨리슨 피치의 휴대폰에 그 인물의 비밀이 저장되어 있는 듯했다. 니콜이 받은 지시에는 휴대폰의 확보가 포함되어 있었다.

하지만 그런 건 아무래도 좋았다. 이건 그냥 일일 뿐.

니콜은 검은 야구모자를 깊숙이 내려 챙으로 얼굴을 가리고 오처드 가를 건넜다. 주머니에는 비닐봉지가 들어 있었다. 매우 질긴 비닐봉지. 목표물이 손톱으로 찢으려고 해도 찢기지 않을 만큼 질긴 비닐봉지. 니콜은 총을 사용하지 않았다. 그녀는 총을 좋아하지 않았다. 총을 쏠 때 들리는 소리가 싫었다. 복잡한 자기 분석 따위를 할 필요도 없이 그 이유는 명백했다. 처음 육상 종목에 발을 들여놓았을 때부터 니콜은 출발을 알리는 총성을 싫어했다. 총소리를 기다리고 있노라면 근육이 긴장되고 숨이 막혔다. 총이 발사되기 직전 1000분의 1초 단위로 흘러가는 순간은 언제나 너무나 끔찍했다.

소음기를 달았다고 해도 싫기는 마찬가지였다. 총은 무겁고 숨기기 어려웠다. 게다가 특별히 몸의 사용을 요하지도 않았다. 아무나 사용 가능한 무기였다. 니콜은 신체의 움직임을 원했다. 질식시키는 일은 힘을 필요로 한다. 아이스픽을 찔러 넣는 것도 마찬가지. 하지만 오늘은 비닐봉지 하나만 사용할 계획이었다.

비닐봉지를 들고 다닌다는 이유로 체포당하지는 않겠지만, 니콜은 혹시라도 경찰에게 붙들려 검문당할 경우 발각되면 꽤나 곤란해질 다른 물건들을 소지하고 있었다. 그녀는 건물로 들어가기 전에 입구에 서서 가만히 거리를 훑어봤다.

다행히 경찰차는 보이지 않았다. 한 블록 건너편에서 지붕에 묘한 장치를 단 자동차 한 대가 사람들 틈에 끼어 있는 것이 보였지만 니콜은 신경 쓰지 않았다.

니콜은 건물의 로비로 걸어 들어가 이름과 초인종이 적힌 목록을 찬찬히 살폈다. 그녀는 앨리슨 피치라고 적힌 초인종을 건드리지 않도록 조심하면서 여러 개의 초인종을 한꺼번에 눌렀다. 몇 초 후 스피커에서 잡음 섞인 목소리가 들렸다. "누구세요?"

곧이어 다른 부주의한 세입자가 확인도 하지 않고 문의 잠금장치를 풀었다. 니콜은 문을 열고 건물 안으로 들어가 잠시 기다렸다. 누군가가 초인종을 누른 사람을 확인하려고 복도로 나올지 모른다. 아무도 발견하지 못하고 다시 들어갈 때까지 기다려야 한다.

건물에는 엘리베이터가 없었다. 두 개의 층계참을 거쳐 긴 계단을 올라갈 동안 아무도 마주치지 않아서 니콜은 안심했다. 하지만 설령 마주쳤다 해도 그녀를 본 사람은 니콜이 20대 백인 여성이라는 사실 빼고는 잘못된 정보만을 기억하게 됐을 것이다. 니콜의 얼굴의 많은 부분은 모자의 챙과 선글라스에 가려져 있었다. 그녀의 머리카락은 오후인 지금은 검었지만 밤에 다시 금발이 될 것이다.

복도로 들어선 니콜은 오처드 가를 내려다보던 그 집이 복도의 맨 끝에 있음을 알 수 있었다. 그녀는 305호 앞으로 걸어갔다. 문의 잠금장치를 해제하는 수고를 하기 전에 장갑을 낀 채 문손잡이를 돌려 문이 잠겨 있는지 확인했다.

아쉽게도 문은 잠겨 있었다. 니콜은 윈드브레이커의 안쪽 주머니에서 잠금장치를 풀기 위한 연장을 꺼냈다. 막상 작업을 시작해보니 잠금장치는 단순했다. 하지만 만약 체인이 걸려 있다면 30초 정도 더 시간이 소요될 것이다. 그녀의 주머니에는 고무줄이 있었다. 고무줄의 한쪽 끝을 체인에 걸고 다른 쪽 끝을 안쪽 문손잡이에 건 다음 문을 닫으면 체인을 간단하게 빼낼 수 있다.

수백 번은 연습해 봤기 때문에 이제는 눈 감고도 할 수 있는 작업이었다.

이윽고 문이 열렸다.

체인은 걸려 있지 않았다.

니콜은 문을 살짝 열고 귀를 기울였다. 좁은 틈새로 주방이 보였고 그 너머에는 작은 거실이 있었다. 펼쳐진 접이식 소파 침대 위에 이불이 흐트러져 있었다. 이 집에는 두 명이 거주한다. 만약 목표물이 소파 침대를 사용하지 않는다면 분명 침실에 있을 것이다. 침실은 거실 왼쪽에 위치한 것 같았다.

한 번의 부드러운 동작으로 니콜은 문을 열고 안으로 들어가 문을 닫았다. 소리는 나지 않았다.

집에 들어간 니콜은 돌처럼 멈춰 선 채 귀를 기울였다. 길거리의 소리가 들리는 것을 보니 창문이 열려 있는 듯했다. 그것은 그녀에게 유리했다. 소리 없이 움직이는 것쯤 얼마든지 가능했지만 배경 소음이 있는 편이 나았다.

니콜은 인기척을 확인했다. 코 고는 소리나 조용한 숨소리. 샤워기의 물소리.

심장이 뛰는 소리.

아무것도 들리지 않았지만 사람의 기척은 느껴졌다. 니콜은 침실문이 보일 때까지 거실로 몇 발자국 들어갔다.

그녀는 "이케아"스러운 의자 두 개가 딸린 주방 테이블을 비켜 앞으로 나아갔다. 냉장고에는 앨리슨 피치의 술집 근무일이 연필로 표시된 달력이 고양이 모양의 자석으로 붙어 있었다.

니콜은 안 돼, 고양이는 안 돼, 라고 속으로 외쳤다. 다행히 집에 고양이는 없는 듯했다. 고양이 냄새도 나지 않았고 밥그릇이 바닥에 놓여 있지도 않다. 주방은 다소 어지러웠다. 싱크대는 설거지 그릇으로 가득했고 테이블 위에는 마시다 남긴 커피잔이 놓여 있었다.

침실문이 니콜의 시야에 나타났다. 니콜은 안을 들여다봤다. 전형적인 뉴욕 공동주택의 작은 침실. 2평을 조금 웃도는 면적. 방을 꽉 채운 어지러운 더블 침대. 문 맞은편 벽의 창문은 들어 올려져 있었다.

그리고 그곳에, 여자가 있었다.

여자는 니콜을 등진 채 침대가 아닌 창문 앞에 서 있었다. 어깨까지 드리워진 짙은 머리카락. 양손을 공기조화기 위에 올려놓은 채 거리를 내려다보고 있는 여자. 정장 차림이었다. 짙은 푸른색 스커트와 하얀 블라우스. 서 있는 자세를 보니 하이힐을 신고 있는 듯했지만 침대가 가리고 있어서 무릎 아래가 보이시 않았다.

거리는 3, 4미터 정도.

니콜은 머릿속으로 계산을 했다. 침대를 돌아가 접근할 시간은 없다. 침대를 뛰어넘어가야 한다. 전속력으로 달려가 도약을 해서 왼발로 침대를 박차고 오른발로 착지한다. 0.5초면 목표물에 닿을 수 있다. 그녀는 나이키 운동화를 신고 있었다.

침대 발치에 핸드백이 놓여 있는 것이 보였다. 분명 저 안에 휴대폰이 들어 있을 것이다. 니콜은 주머니에 손을 넣어 조용히 하얀 비닐봉지를 꺼내 들고 가볍게 흔들어 펼쳤다.

순식간에 그녀는 침대를 향해 달려들었고 침대를 도약판 삼아 뛰어올랐다. 먹잇감은 곧 타인의 존재를 감시했지만 때는 이미 늦었다. 니콜은 비닐봉지를 여자의 머리에 뒤집어씌웠다.

여자는 숨이 막힌 비명을 질렀고 니콜의 예상대로 얼굴을 막은 비닐봉지를 손톱으로 뜯어내려 발버둥쳤다. 하지만 니콜이 손목을 몇 차례 돌려 비닐봉지를 조이자 봉지는 여자의 얼굴에 피부처럼 딱 들러붙었다.

잠시 후 여자는 마지막 숨을 내뱉고 공기 조화기 위로 쓰러졌다. 창밖으로 묘한 장치를 단 아까의 자동차가 지나가고 있었다. 여자는 그 상태로 잠시 머물다가 바닥으로 쓰러졌다.

확실히 끝내기 위해 니콜은 무릎을 꿇고 여자의 머리에 비닐봉지를 씌운 채 1분 동안 기다렸다. 여자가 죽었다는 것이 확실해지자 니콜은 봉지를 벗겨 둥글게 말아 재킷의 주머니에 집어넣었다.

다음은 휴대폰이다.

니콜은 침대에 놓인 핸드백을 들고 지퍼를 열었다. 핸드백 안쪽 주머니에 휴대폰이 쑤셔 넣어져 있는 것이 보였다. 그녀는 휴대폰을 비닐봉지와 함께 주머니에 집어넣었다.

이어서 니콜은 자신의 휴대폰을 꺼내어 잠금을 풀고 버튼을 두 번 눌렀다.

"끝났어요. 처리반은 준비됐나요?" 의뢰인은 시체를 은닉하기를 요청했었다. 니콜은 목표물 제거에 능숙했지만 남은 흔적을 처리하는 것은 그녀의 전문 분야가 아니었다.

"준비됐어." 루이스가 말했다.

니콜은 말없이 전화를 끊고 휴대폰을 집어넣었다. 금메달감. 완전무결한 연기. 불안한 자세나 쓸데없는 회전 따위는 없었다. 착지도 완벽했다. 니콜 스스로가 겸허하게 판정해봐도 감점 요인은 없었다.

물론 관중의 환호성도 없었지만 모든 것이 만족스러울 수는 없는 법이었다.

니콜은 그 자리에 서서 죽은 여자를 향해 마지막 눈길을 던졌다. 그리고 막 자리를 떠나려는 찰나, 현관문이 열리는 소리가 들렸다.

아직 처리반이 도착할 시간은 아니었다.

25

나는 토마스의 방문을 노크하고 저녁 식사 준비가 다 됐다고 말했다.

"뭐 먹을 건데?" 토마스가 물었다.

"햄버거. 바비큐 식당에서 사 온 거야."

저녁 식사가 끝나자 나는 설거지 그릇들을 싱크대에 집어넣고 토마스의 팔을 붙들었다. 녀석이 주방 테이블을 박차고 일어나 위층으로 도망가지 못하게 하기 위해서였다.

"나 진짜 가야 돼." 토마스가 말했다.

"할 얘기가 있어." 나는 일단 토마스의 팔을 놓았지만 여차하면 다시 붙들 생각이었다.

"무슨 얘긴데?"

"포치에 있는 아버지 노트북, 네가 가지고 들어왔지?"

토마스는 고개를 끄덕였다. "누가 가져갈지도 모르잖아."

"노트북을 어떻게 했어?"

"주방에 뒀는데."

"그게 아니라, 노트북을 만졌냐고."

토마스는 고개를 끄덕였다. "전원을 껐어. 그냥 뒀으면 형이 돌아왔을 때 배터리가 다 나가 있었을 거야."

"그것 말고는?"

"말고 뭐?"

"인터넷 방문 기록을 건드렸어?"

"삭제했어." 토마스가 말했다.

"삭제했다고?"

토마스가 다시 끄덕였다.

"왜 삭제했어?"

"항상 하는 거야. 난 컴퓨터를 끄기 전에 꼭 방문 기록을 삭제해. 내 컴퓨터의 방문 기록도 잠을 자기 전에 지워. 이빨 닦는 거랑 비슷해. 그러면 다음 날 아침에 깨끗한 상태의 컴퓨터를 쓸 수 있거든."

갑자기 피로감이 몰려왔다.

"좋아. 네 컴퓨터는 그렇다 치고, 아버지 컴퓨터까지 그렇게 한 이유는 뭐야?"

"형이 그냥 두고 나갔잖아? 그럼 내가 책임지고 관리해야지."

"전에도 항상 아버지 노트북의 방문 기록을 삭제했었어?"

"아니야. 아버지가 컴퓨터 전원을 껐으니까. 이제 가도 돼? 내 컴퓨터 화면에 아주 중요한 게 잡혔어."

"좀 있다가 해. 방문 기록 삭제하기 전에 내용 확인했어?"

토마스는 고개를 저었다. "왜 그래야 돼?"

"토마스." 나는 강한 어조로 말했다. "묻는 말에 정직하게 대답해줘. 굉장히 중요한 문제야."

"알았어."

"너 아버지 노트북 사용한 적이 있어?"

토마스는 단호하게 고개를 저었다. "아니, 전혀. 나도 컴퓨터가 있잖아."

"아버지가 노트북을 다른 사람한테 빌려준 적은? 아니면 누가 집에 와서 아버지 노트북을 사용한 적은?"

"없을 거야. 나 이제 가도 돼?"

"잠깐 있어봐."

"아침에 청소하느라고 시간을 빼앗겼단 말이야."

"토마스, 기다려 봐. 만약 아버지가 돌아가신 뒤 노트북을 사용한 사람이 없었다면, 어떻게 오늘 아침 내가 컴퓨터를 켰을 때 방문 기록이 남아있었던 걸까? 넌 왜 미리 삭제하지 않았지?"

"아버지가 노트북을 사용했으니까. 아버지가 전원을 껐으니까. 아버지한테 방문 기록 삭제하라고 말했지만 아버지는 내 말을 듣지 않았어."

나는 의자에 등을 기댔다. "그래, 알았어. 고마워."

"이제 가도 돼?"

"그래. 가도 돼."

하지만 토마스는 일어나서 방으로 돌아가지 않고 의자에 앉아 있었다. 이제는 본인이 질문할 차례라는 눈치였다.

"왜 그래?" 내가 물었다.

"FBI가 찾아온 것 때문에 형이 아직 화 안 풀린 거 알아. 그래서 CIA나 클린턴 대통령 각하께 이메일 안 보냈어."

"다행이네."

"그런데 만약, 진짜, 꼭 그쪽에 알려줘야 할 것을 봤다면 어떡해야 돼?"

"어떤 건데?"

"CIA가 꼭 알아야 할, 예를 들어, 범죄 같은 것을 봤다면 짧은 이메일 하나 정도는 보내도 괜찮아?"

"누가 학교 버스에 핵폭탄이라도 설치한 거야? 어쨌건 CIA에는 연락하지 마."

토마스의 얼굴에 짜증 섞인 좌절감이 드리워졌다. "뭔데 그래, 토마스? 이번에도 추돌 사고야?"

"아니. 훨씬 큰일이야."

"지난번에도 호들갑 떨었지만 막상 보니까 별거 아니었잖아."

"이번엔 달라."

"알았어. 뭔데?"

"창문이야."

"창문?"

"그래."

"누가 창문을 깼어? 그래서 CIA에 보고하려고?"

토마스는 고개를 저었다. "그게 아니야. 창문에서 일이 벌어졌어. 예전에도 창문에서 일이 벌어졌었는데."

"토마스, 뭔지 모르겠는데, 그냥 신경 꺼."

갑자기 토마스는 의자를 뒤로 밀치고 일어났다. "알았어." 그리고 계단을 향해 쿵쾅거리며 걸어갔다.

"토마스, CIA에 이메일 보내지 마. 절대 안 돼."

토마스는 아무런 대꾸가 없었다. 그가 계단 아래에 이르렀을 때 나는 소리를 질렀다. "토마스! 제기랄, 내 말 좀 들어!"

토마스는 걸음을 멈추고 난간을 붙잡았다. "말을 안 듣는 건 형이야. 난 형한테 얘기하려고 했어. 형이 CIA에 이메일 보내지 말라고 해서 안 보냈잖아. 그래서 창문에서 벌어진 일을 형한테 얘기하려고 한 건데 형이 내 말을 듣지 않았어."

"그래, 알았어, 알았다고. 그게 뭔지 내가 보면 되는 거지?"

"그래."

"좋아. 보러 가자."

나는 토마스를 따라 2층으로 올라갔다. 방으로 들어가려는데, 토마스가 계속 서 있으려면 힘들 테니 의자를 하나 가져오라고 말했다. 금방 끝나지 않을 것이라는 뜻이었다.

아버지 방의 벽장에 접이식 플라스틱 의자 하나가 쑤셔 박혀 있었다. 나는 의자를 꺼내 들고 토마스의 방으로 돌아가 그가 앉은 컴퓨터 의자 곁에 접이식 의자를 펼쳤다. 토마스가 마우스를 흔들자 컴퓨터 화면이 밝아졌다.

"자, 오늘은 어디지?" 내가 물었다.

"오처드 가."

"어디에 있는 오처드 가?"

"뉴욕. 맨해튼 남부."

"그래, 그래. 자, 뭘 봤는지 보여줘 봐." 내가 말했다.

토마스는 컴퓨터 화면에서 1, 2센티미터 떨어진 지점까지 손가락을 옮겨 뭔가를 가리켰다. 그것은 5층으로 보이는 건물의 벽면에 보기 좋게 배열된 창문들 중 하나였다.

나는 뉴욕의 초기 건축물에 대해 잘 알지 못했지만, 아마도 1800년대 후반쯤 지어진 오래된 공동주택 건물인 듯했다.

"저기, 창문에 있는 거 보여? 3층에 있는 거?" 토마스가 말했다.

나는 화면을 바라봤다. 3층 창문의 하단부에 하얀 얼룩 같은 것이 보였다.

"그래, 보인다."

"저게 뭔 거 같아?"

"모르겠는데."

"확대해 볼게." 토마스는 이미지에 커서를 대고 마우스를 더블 클릭했다. 이미지가 커지는 대신 선명도가 떨어졌지만 물체의 정체가 좀 더 뚜렷해졌다.

"자, 이제 뭔지 알겠어?" 토마스가 물었다.

"저건…… 글쎄……, 머리 같은데." 내가 대답했다. "그런데 뭐가 씌워져 있네."

"맞아. 여기를 보면 코와 입의 형태가 보이지? 저건 턱이고 위쪽은 이마야. 사람 얼굴이야."

"그래. 네 말이 맞아, 토마스. 사람 얼굴이야."

"저게 무슨 상황일까?"

"흠, 글쎄. 잘 모르겠지만 누가 머리에 비닐봉지를 뒤집어쓰고 있는 상황이겠지?"

토마스가 고개를 끄덕였다. "그래. 그런데 눈, 코, 입이 저렇게 또렷이 드러난 걸 보면 봉지가 굉장히 빡빡이 조여졌다는 걸 알 수 있어."

"그렇군. 그럼 봉지가 아니라 가면인가?" 내가 말했다.

"가면이라면 눈이나 코나 입에 구멍이 있어야 하잖아? 안 그러면 숨을 쉴 수 없어."

"더 확대할 수 있어? 가까이 갈 수 있겠어?"

"확대는 할 수 있지만 너무 흐려질 거야. 지금 이미지가 최적이야."

나는 이미지를 뚫어지게 바라봤지만 도무지 상황을 짐작할 수가 없었다.

"모르겠다, 토마스. 그냥 보이는 대로 이해하는 수밖에. 누가 머리에 비닐봉지를 뒤집어쓰고 장난치는 거겠지. 저렇게 멍청한 짓거리를 하는 놈들이 가끔 있잖아. 〈휠360〉 차량이 지나가는 걸 보고는 카메라에 대고 장난을 친 거야."

"3층 창문에서? 저런 장난을 치려면 밖에 나가서 하지 않을까?"

"그런가? 모르겠다."

"내 생각에는 장난치는 장면이 아니야." 토마스가 말했다.

"그럼 네 생각에는 저게 뭔데?"

"저 사람은 살해당하고 있어. 저건 살인 장면이야."

"아하? 계속해봐, 토마스."

"질식당하고 있는 거야."

나는 화면에서 고개를 돌려 동생을 바라봤다.

"그렇게 생각한단 말이지?"

"그래."

"좋아. 그래서 나더러 어쩌라는 거야?" 내가 물었다.

"형이 확인해봐."

"확인해봐?" 나는 토마스의 말을 반복했다.

"응. 형이 저곳에 가봐."

"나더러 뉴욕에 가서 저기 저 창문을 확인해보라는 거야? 싫은데."

"그래? 그럼 다른 데 연락을 하는 수밖에. 형한테는 미안하지만 CIA에 이메일을 보내서 확인해보라고 해야겠어."

"야, 토마스, 내 말 똑똑히 들어. 일단 CIA든, 국토안보부든, 프로미스 폴즈 소방서든 절대 연락해서는 안 돼. 그리고 내가 저기까지 가서 저 빌어먹을 창문을 확인하는 일도 없을 테니 그리 알아."

나는 1층으로 내려갔다.

몇 분 후, 소파에 편한 자세로 앉아 아버지의 커다란 평면 스크린 TV로 뭘 볼까 궁리하고 있는데 토마스가 계단을 내려왔다.

토마스는 나에게 말을 걸지도, 나를 쳐다보지도 않았다. 그는 곧장 현관으로 걸어가 벽장문을 열고 재킷을 꺼냈다. 동생이 재킷에 팔을 집어넣고 지퍼를 올리는 것을 바라보며 내가 물었다. "어디 가?"

"뉴욕." 토마스가 말했다.

"진담이야?"

"응."

"뉴욕 어디?"

"창문을 확인하러 갈 거야."

"어떻게 가려고?"

"걸어서." 토마스는 잠시 말을 멈췄다. "가는 길 알아."

"시간이 꽤 많이 걸릴 텐데?"

"309.47킬로미터야. 하루에 30킬로미터씩 걸으면 거기까지―."

"아, 돌아버리겠네."

26

차가 막히지만 않으면 프로미스 폴즈에서 뉴욕까지는 차로 세 시간 반이 걸렸다. 하지만 뉴욕에 가까워지면 문제가 발생할 확률이 높았다. 차창 밖으로 손을 뻗으면 맨해튼의 스카이라인이 닿을 듯한 거리까지 쾌적하게 질주한다 해도 어느 순간, 배달용 밴을 모는 웬 얼간이가 택시를 추월하다가 다중 추돌 사고라도 일으키면 앞차와 뒤차 사이에 끼어 꼼짝없이 두 시간을 보내야 한다.

그래서 나는 열차를 타기로 했다. 아침 일찍 열차를 타고 뉴욕으로 가서 토마스의 지시를 이행한 뒤 저녁 열차를 타고 돌아오면 토마스를 혼자 둔 채 외박을 하지 않아도 된다. 평소였다면 하룻밤쯤 상관없었겠지만 FBI 사건 때문에 나는 토마스로부터 가급적 눈을 떼지 않기로 했다.

토마스는 자신의 지시대로만 해준다면 내가 없는 동안 허튼짓을 하지 않겠다고 약속했다.

토마스는 내가 뉴욕에 가는 이유가 단지 본인을 위해서라고 생각하겠지만, 그것은 오산이었다. 그가 뉴욕에 가라고 조르는 순간 나는 문득 제레미가 만나보라고 했던 여자가 생각났다. 절대로 놓쳐서는 안 될 일거리. 제레미의 말로 미루어 보건대 퍽이나 많은 돈이 들어올 전망이 있었다. 토마스의 방을 나가자마자 나는 제레미에게 연락하여 이튿날 약속을 잡아줄 수 있는지 물었고, 제레미는 곧 전화를 주겠다고 대답했다. 한 시간 뒤, 제레미로부터 연락이 왔다. 캐슬린 포드는 이튿날 점심 일정이 있었고 그것이 끝난 뒤 트리베카 그랜드 호텔에서 우리와 차라도 마시며 함께 얘기를 나누고 싶어 했다.

나는 제레미에게 좋다고 대답했다.

제레미가 캐슬린 포드를 만나기 전에 같이 점심을 먹자고 해서, 우리는 웨이벌리 플레이스 가와 8번 가 사이의 6번 애비뉴에 위치한 웨이벌리 레스토랑에서 만나기로 했다. 그곳이라면 트리베카 그랜드 호텔과도 가까웠고 토마스가 시킨 심부름을 하기에도 좋았다.

웨이벌리 레스토랑에서 점심을 먹을 거라고 토마스에게 얘기하자 그는 눈을 감으며 말했다. "그 식당은 보통 '6번 애비뉴'라고 부르는 아메리카 애비뉴와 웨이벌리 플레이스 가의 모퉁이에 있어. 문 위에는 초록색으로 '웨이벌리', 빨간색으로 '레스토랑'이라고 쓰인 네온사인이 걸려 있어. 식당에서 6번 애비뉴를 건너면 듀안 리드 약국이 있고, 남쪽 웨이벌리 플레이스 가를 건너면 비타민제를 파는 가게가 있어. 서쪽에서 웨이벌리 플레이스 가를 걸어 식당에 접근하면 '레스토랑'의 첫 번째 't' 자 조명이 고장 난 네온사인이 보일 거야."

나는 해 뜨기 전에 일어나 올버니까지 차를 몰았다. 렌셀러 역에서 열차를 타고 두 시간 반 정도 잠을 잤다. 깨어있는 동안 창밖으로 지나가는 경치를 바라보며 나는 질식사당하는 머리가 보이는 창문을 확인하라는 토마스의 응석을 받아준 것이 과연 잘한 일인지, 오히려 그의 증세를 부추기는 짓은 아닌지 걱정했다.

하지만 이로써 토마스가 정부 기관에 이메일을 보내 불필요한 주목을 받는 사태를 막을 수만 있다면, 잘한 일이었다. 구속복을 입히는 것 말고는 토마스를 외부 세계로부터 차단할 방법은 실질적으로 없었다. 컴퓨터의 전원선을 뽑아서 또다시 토마스와 사이가 틀어진다고 해도 상관은 없었지만 그렇게 할 생각은 없었다. 그래 봤자 토마스는 언제든 전화를 걸어서 누군가에게 연락을 취할 수 있을 터였다. 하다못해 편지라도 써서 우편으로 보낼 수도 있었다. 게다가 토마스가 집에서 지내는 동안만큼은 죄수처럼 사람들과의 접근을 엄격히 통제당하는 수모를 겪게 하고 싶지 않았다.

다만, 토마스에게 굴복함으로써 곤란한 것은 그가 내일 또 다른 도시의, 또 다른 창문에서, 또다시 뭔가를 발견할 수 있다는 가능성이었다. 만약 그 도시가 이스탄불인데 나더러 가서 확인해보라고 고집을 부린다면?

결국, 각각의 경우에 알맞게 대처하는 수밖에 없었다. 토마스가 또다시 내게 인터넷 가상 여행 중 발견한 사건의 수사를 요청한다면, 나는 이번 일 때문에 열차 운임과 더불어 소중한 내 하루가 통째로 날아갔다는 점을 상기시켜 줄 것이다. 물론, 토마스가 그 말을 듣고 순순히 수사를 포기할지는 모를 일이지만.

그래도 전에 토마스가 보스턴의 경미한 추돌 사고를 목격하고 난리를 쳤을 때는 허튼짓을 못하도록 설득하는 데 성공했었다. 즉, 사소한 사건의 경우에는 동생을 만류하는 것이 가능했다. 하지만 왠지 몰라도 창문에서 봉지를 뒤집어쓴 저 머리통은 유난히 토마스를 크게 뒤흔들었다.

"사람들은 위쪽을 잘 안 쳐다봐." 토마스는 내게 그렇게 말했었다.

열차를 타니 반갑게도 혼자 생각할 시간이 생겼다. 그리고 생각은 또다시 아버지를 향해 흘러갔다. 나는 아버지가 검색한 두 단어를 쓸데없이 지나치게 깊이 생각하고 있었다.

아버지는 그냥 아동 성매매 관련 뉴스를 본 것이다.

그리고 경악했다.

그래서 검색을 해봤다.

얘기 끝.

나는 해서는 안 될 생각까지 해버린 스스로를 꾸짖었다.

열차가 허드슨 강을 내려갈 무렵 나는 집에서 들고온, 문제의 그 창문이 인쇄된 종이를 주머니에서 꺼냈다. 분명 이 이미지에는 묘한 구석이 있었다. 물론 〈횔360〉의 카메라를 단 자동차가 맨해튼의 거리를 찍다가 살인 현장을 포착했다는 토마스의 가설을 납득할 생각은 없었다. 설마 그럴 리가 없지 않은가! 그러나 이미지를 보면 볼수록 나는 토마스의 해석이 전혀 터무니없는 것은 아니라는 생각이 들었다. 그것은 정말로 누군가가 뒤에서 앞사람의 머리에 비닐봉지를 뒤집어씌우고 강하게 조여 질식시키는 장면처럼 보였다.

하지만 다른 수많은 해석도 가능했다. 예를 들어, 그 머리는 가발을 진열할 때 사용하는 하얀 스티로폼 두상처럼도 보였다. 공기조화기 위에 올려진 스티로폼 두상. 아니면, 〈휠360〉의 카메라가 촬영을 하는 순간 공교롭게도 누군가 두상을 들고 창가를 지나치고 있었을지도 모른다.

이 이미지는 해상도가 너무 낮았다.

뉴욕으로 출발하기 전, 나는 토마스에게 인터넷으로 검색을 해보자고 제안했다. 그는 컴퓨터 여행에는 매우 능숙했지만 정보 검색의 경우는 나보다 못했다. 나는 방문 기록이 삭제된 아버지의 노트북을 들고와 검색창에 "뉴욕 오처드 가"를 입력했고, 검색 버튼을 누르기 전에 "살인"을 추가했다.

솔직히 내 목표는 토마스를 주눅 들이는 것이었다. 검색 결과 창가에서 사람이 질식당한 사건 따위가 없다는 게 확인되면 그의 고집도 한층 누그러질 것이라고 생각했다.

검색 결과, 역시 창가에서 사람이 질식당했다는 기사는 없었다. 대신 다른 흥미로운 기사들이 검색됐다. 나는 〈뉴욕 타임스〉의 웹사이트에 접속해서 오처드 가가 조금이라도 언급된 기사들의 목록을 뽑았다. 그리고 오처드 가에서 자연사가 아닌 원인으로 사망한 사람들에 관한 기사들을 훑었다. 2003년 5월에는 한 남자가 메르세데스 벤츠의 컨버터블에 치여 사망한 사건이 있었다. 자동차 운전사는 뺑소니를 쳤다. 90년대 중반에는 핸드백 가게의 두 사장 간에 불화가 있었는데, 그중 한 명의 아들이 살인 청부업자를 고용하여 상대편을 살해하려고 시도했지만, 범행이 일어나기 전에 경찰에게 체포됐다. 7년 전에는 그랜드 가와 브룸 가 사이의 오처드 가에서 은행의 젊은 중역 하나가 가슴에 총을 맞은 사건이 있었다. 경찰은 은행가에게 총을 쏜 것이 그의 지인인지, 아니면 전혀 모르는 사람인지 등 다양한 관점에서 수사를 진행 중이었다.

이 사건들은 모두 〈휠360〉이 존재하기 전에 일어난 것이었다. 창문의 머리가 찍힌 시점이 정확히 언제인지 모르겠지만 최소한 2, 3년 전이라는 것은 짐작할 수 있었는데, 그때부터 지금까지 오처드 가에서 수상쩍은 죽음이 발생한 적은 없었다. 적어도 머리에 봉지를 뒤집어쓰고 죽은 사람은 없었다. 그나마 나의 눈길을 끈 기사는 오처드 가(자세한 주소는 나와 있지 않았다)에 거주하던 앨리슨 피차라는 서른한 살의 웨이트리스에 관한 단신이었다. 그녀는 지난 8월 마지막 주부터 지금까지 실종 상태였다. 기사가 게재된 것은 9월 첫째 주였는데, 후속 기사가 없는 걸 보니 아마 해결이 된 모양이었다. 미국에서는 하루에도 수천 명이 실종되지만, 많은 경우 몇 시간도 안 되어 되돌아온다. 통계 자료에도 나와 있는 내용이었다.

열차가 펜 역에 도착했다. 나는 열차에서 내리자마자 커낼 가에 있는 대형 미술용품점 〈펄 페인트〉로 향했다. 두 시간가량 가게의 여러 층을 오르락내리락 한 끝에 나는 파쉐 에어브러시용 바늘 한 다스와 에어캡 두 개, 끝이 가늘고 넓은 검은색 샤피펜을 각각 한 상자씩 구입했다. 샤피펜은 벌링턴의 작업실에 많이 구비되어 있었지만 많으면 많을수록 좋았다.

나는 〈펄 페인트〉를 나와 택시를 잡아타고 웨이벌리 레스토랑으로 갔다. 식당 안에 들어가기 전에 한 번도 여기에 와본 적이 없는 토마스가 과연 이 식당을 얼마나 제대로 묘사했는지를 확인해 봤다.

식당의 건너편에는 정말로 비타민 가게와 듀안 리드 약국이 있었다. 심지어 토마스는 네온사인의 고장 난 글자까지 정확히 맞췄다.

역시 굉장한 녀석이야. 의심의 여지가 없다.

식당 문을 열고 들어가 보니 제레미는 이미 창가에 자리를 잡고 커피를 마시며 메뉴를 살피고 있었다. 나는 그의 맞은편에 말없이 앉았다.

"아까 내가 누구랑 오줌 쌌게?" 제레미가 말했다. 그는 어쩌다 유명 인사와 스치게 된 일화들을 호들갑스럽게 자랑하는 습관이 있었다.

"통 모르겠는데."

"필립 세이무어 호프만. 링컨 센터 근처 극장의 남자 화장실에서." 제레미가 말했다.

"설마 그 상황에서 말을 걸지는 않았겠지?"

다행히 그는 말을 걸지 않았다. 나는 식당 벽을 수놓은 낡은 흑백 액자사진들 속의 유명인들을 가리키며 물었다.

"저 중에는 같이 오줌 싼 사람 없어?"

"전부 죽은 사람들이야."

나는 커피와 함께 베이컨이 들어간 구운 치즈 샌드위치를, 제레미는 스튜냄비에 담겨 나오는 스크램블드에그와 감자튀김을 시켰다. 우리는 신문사와 잡지사가 쇠퇴하는 반면 허핑턴 포스트 같은 웹사이트들이 성장하는 요즘의 추세에 관해 얘기를 나눴고, 때마침 좋은 기회가 내게 찾아왔다는 점에 동의했다.

제레미의 말에 따르면 캐슬린 포드는 내가 일주일마다 애니메이션 한 편씩 그려주기를 원했고, 편당 1,500달러를 지불할 생각이었다. 꽤 많은 액수이긴 했지만 애니메이션 한 편을 위해서는 그림을 수십 장 그려야 했다. "소프트웨어를 쓰면 수월하지 않을까?" 제레미가 말했다.

그의 말대로 나는 일손을 크게 덜어줄 소프트웨어를 몇 개 알고 있었다. 일단 구상만 하고 나면 애니메이션 한 편을 만드는 데 이틀이면 충분했다. 다른 그림 작업들을 할 시간을 벌 수 있을 것이다.

제레미는 종업원이 건네준 영수증을 집어들었고, 곧 우리는 택시를 타고 트리베카 그랜드 호텔로 향했다. 캐슬린 포드는 약속시간보다 15분 늦게 도착했지만 지각한 것을 사과할 사람으로 보이지는 않았다. 오히려 늦게라도 나타나줘서 고맙다고 말하는 게 어울릴 분위기였다. 그녀는 키 178센티미터 정도에 날씬하고 금발이 눈부신 50대 중반의 여성이었다. 의류와 액세서리에 붙은 상표들에는 아마도 샤넬, 구찌, 에르메스, 다이앤 본 어쩌고저쩌고 따위가 적혀 있을 것이다. 캐슬린 포드는 나를 보자마자 적극적으로 호의를 표현했다. 그녀는 내 일러스트들의 굉장한 팬이라고 자신을 소개한 뒤 호텔 바로 이동해서 "간담회"(이 단어가 이런 상황에 사용될 줄은 몰랐다)를 갖자고 말했다. 자리를 옮기자마자, 그녀는 자신의 새로운 웹사이트 개발을 지원하기로 약속한 뉴욕의 중요한 지인들을 쉴 새 없이 나열했다. "저기, 그중에는 도널드 트럼프도 있는데, 나랑 좀 친해요. 근데 그 사람, 글쎄, 헤어스타일은 왜 그 모양으로 한 건지 진짜 이해가 안 가." 등등. 캐슬린 포드는 내게 아버지가 몸이 안 좋다던데 좀 어떠시냐는 물음 말고는 별다른 질문을 하지 않았다. 곧 그녀는 다음 약속 장소로 가기 위해 잽싸게 자리에서 일어나면서 내게 일을 맡기겠다고 말했다. 웹사이트는 3개월 뒤 완성되어 공개될 계획이었다.

나는 제안을 수락했다.

캐슬린 포드가 사라지자 제레미는 토네이도라도 휩쓸고 지나간 것 같다며 혀를 내둘렀다. 우리는 나중에 다시 연락하기로 했고, 나는 호텔 밖으로 나가 택시를 잡아탔다.

"휴스턴 가와 오처드 가 모퉁이로 가주세요." 내가 말했다. 택시 운전사가 차를 몰기 시작하자 나는 검은 비닐 좌석에 몸을 기댔다. 아까 같은 면접은 정말이지 난생처음이었다.

나는 혼자 조용히 웃음을 짓다가, 그럼 이제 도대체 뭘 어떻게 해야 할지 생각하기 시작했다. 나는 지난밤에 토마스와 나눈 대화를 떠올렸다.

"그래서 오처드 가의 이 주소로 가서 내가 정확히 뭘 어떻게 하면 되는 거야? 그 머리통이 지금까지 쭉 창문에 있을 리가 없잖아?" 나는 토마스에게 물었다.

"나도 모르겠어. 형이 잘 생각해봐." 토마스가 말했다.

27

하워드 탤리먼은 편히 잠을 잘 수 없었다.

마지막으로 편한 잠을 잔 것이 벌써 9개월 전이었다. 8월 말 이후 그는 한 번도 숙면의 휴식을 취하지 못했다.

체중도 7킬로그램이나 줄어서 허리띠를 두 칸 더 조일 수 있게 됐다. 덕분에 처진 눈 밑과 창백한 안색만 빼면 그는 정원의 난쟁이 인형치고는 꽤나 보기 좋은 모습을 갖추게 되었다.

수면 부족으로 인한 꼬락서니와 날카로운 신경 때문에 하워드는 난처했다. 남들이 보면 분명 문제가 있다고 짐작할 것이 뻔했는데 그는 남들에게 자신이 걱정하고 있다는 사실을 들키고 싶지 않았다.

하워드는 천성적으로 걱정하는 성격이 아니었다. 오히려 남을 걱정시키는 장본인이었다. 불안도 그의 성격과 어울리지 않았다. 주변 사람들이 하워드로 인해 불안해하는 게 정상이었다.

그러나 최근 그는 평정을 잃어버렸다.

"자네 안색이 말이 아니야. 병원은 가 봤나?" 모리스 쏘척이 하워드에게 물었다.

"난 문제없어. 난 자네가 걱정인데, 모리스. 자네는 항상 내 걱정거리 1순위야."

평상시에 하워드는 압박적인 상황을 즐겼다. 압박은 그가 호흡하는 산소였다. 일단 선거 캠페인에 투입되면 상황이 얼마나 형편없든 후보가 얼마나 뒤처져 있든 상관없었다. 하워드는 절대 포기하지 않았다. 모두가 이제 가망이 없다고 말할 때에도 그는 진땀 한 방울 흘리지 않았다. 그는 문제를 분석했고, 해결했다. 한번은 뉴욕시의원 재선거에서 상대편 여성 후보가 풍부한 지역 봉사활동 경력을 무기로 유력하게 떠오른 적이 있었다. 그 여자는 당시 탤리먼이 보좌했던 성질 더럽고 이기적인 후보 놈보다 수백 시간은 더 경제적 빈곤층을 돕는 데 할애해 왔다.

"방법을 찾아봅시다. 저 여자의 봉사활동 이력을 약점으로 만들 방법." 탤리먼이 말했다.

"네? 진담이에요?" 선거 진영의 사람들은 모두 어떻게 그런 게 가능하냐고 반응했다.

탤리먼은 존 케리의 경우에도 베트남전 참전이 오히려 약점이 되었음을 지적하면서 불가능할 것이 없다고 대답했다. 상대 후보의 강점을 파악하고 무력화시키는 수법. 탤리먼은 루이스 블로커에게 그 임무를 맡겼고, 루이스는 상대 후보의 이타적 활동이 자녀와 남편을 내팽개쳐가며 이루어진 것일지도 모른다는 증거를 발견했다. 그녀의 십대 아들은 법정까지 가지는 않았지만 코카인 소지 혐의로 잡힌 적이 있었고, 남편은 동네 술집에서 죽치고 앉아 웨이트리스의 엉덩이를 음흉하게 쳐다보기 일쑤였다는 정보가 있었다. 탤리먼은 이 정보를 직접 제보하지 않았지만 언론이 알아내게끔 일을 꾸몄다. 이거라면 상대 후보가 자기 가정은 안중에도 없는 여자임을 까발리는 빌미로서 충분했다. 캠페인이 2주 정도 남은 시점에서 탤리먼은 그의 후보가 매우 가정적인 남자임을 강조하는, 더불어 상대 후보가 자기 가족은 내버려두고 남 걱정이나 하는 여자임을 넌지시 비추는 전단들을 뿌렸다.

대중은 가족보다 일을 우선시하는 남자에게는 관대하지만, 여자에게는 그렇지 않았다.

하워드의 수작은 한마디로 비열하고 부당한 진실 왜곡이었다. 하지만 그것은 먹혀들었다. 결국, 상대 여성 후보는 3천 표 이상의 차이로 낙선했고, 하워드를 존경하는 사람과 경멸하는 사람 모두 그의 전략이 "거짓은 진실을 이긴다"라는 정치 논리의 전형임을 인정했다.

하워드가 루이스 블로커를 상시 고용한 것도 이 무렵이었다.

루이스도 때마침 돈이 필요했던 참이었기 때문에 좋은 기회였다. 그는 연금 수령 자격을 얻기 전에 형사 일을 그만둬야 했다. 당시 루이스는 다른 형사들과 함께 인질극 현장에 출동했었다. 인질범은 공동주택 건물의 자기 집에서 자기 가족들을 붙들고는 죽이겠다고 위협하고 있었다. 어느 순간, 집 안에서 총성이 울려 퍼졌고 갑자기 문이 열리더니 누군가 뛰쳐나왔다. 복도에 자리 잡고 있던 루이스는 총을 발포했다.

불행히도 그것은 인질범 아버지로부터 도망치려고 뛰쳐나온 열여섯 살 난 아들이었다.

루이스 블로커는 기소되지 않았지만 형사로서의 삶은 막을 내렸다.

하워드 탤리먼은 모든 일에는 나름대로의 뜻이 있다고 생각하는 버릇이 있었다. 만약 그 소년이 목숨을 잃는 대신 루이스 블로커가 위대한 한 남자의 정치적 성공을 돕게 된 것이 신의 뜻이라고 한다면, 어찌 감히 하워드가 그 뜻을 거스르겠는가?

하지만 하워드는 지난 8월의 사태만큼은 절대로 신의 뜻이 아닐 거라고 믿었다.

하워드가 루이스에게 실행하도록 허락한 그 임무. 모리스 쏘척을 보호할 목적으로 허락한 그 임무는 그들 모두를 파멸시킬 괴물이 되어 버렸다.

모리스 쏘척은 하워드에게 절친한 친구 이상이었다. 그는 하워드 탤리먼의 성공을 이끄는 보증 수표였다. 뉴욕 주지사가 되기만 하면 쏘척이 승승장구하는 것은 시간문제였다. 백악관까지 가는 데 충분한 인품과 외모(완벽하게 고른 치열까지)를 모리스 쏘척은 겸비하고 있었다.

하지만 브리짓과 앨리슨 피치의 레즈비언 스캔들이, 그리고 더 치명적으로는 앨리슨 피치가 모리스의 정치적 약점을 알고 있을 가능성이 그 전망을 산산조각낼지 모른다는 사실 때문에 하워드는 걱정이 태산 같았다. 그래서 그는 루이스의 판단을 믿고 조치를 취했다. 또한 루이스의 판단을 믿고 그 일을 맡을 적임자를 선택했다.

물론 조치가 취해지고 나서 상황이 시끄러울 것이라는 정도는 예상했다. 젊은 여자가 살해당하거나 실종됐는데 당연히 세간의 이목이 집중될 것이다.

예상대로 〈타임스〉에 관련 기사가 실렸다. 앨리슨 피치가 출근을 하지 않자 경찰은 그녀의 행방을 추적하기 시작했다. 기사에는 앨리슨 피치가 데이튼 출신이라는 사실과 함께 딸의 소식을 기다리는 어머니의 한마디가 실려있었다.

〈뉴욕 포스트〉의 스포츠면 직전의 뒤쪽 페이지들에 관련 기사가 하나 실렸다. NY1 채널에도 방송이 되어서, 앨리슨 피치의 웃는 얼굴이 5초 정도 TV 화면에 등장했다.

하지만 그게 전부였다. 맨해튼에서 실종 사건은 장기적인 기삿거리가 아니었다. 오하이오 주 출신의 아가씨가 결근을 했다고? 아이고, 큰일이네. 그런데 그냥 대도시에 적응을 못 해서 집에 돌아간 거 아니야? 유기된 시신 따위가 발견되지 않고서야 실종 사건이 뉴스에서 하루를 넘겨 보도되는 경우는 드물었다.

하지만 유기된 시신 같은 것은 발견되지 않았다.

원래대로라면 앨리슨 피치의 시신이 발견됐다는 뉴스를 듣고 탤리먼은 마음을 놓았을 것이다. 앨리슨 피치에게 무슨 일이 있었는지 하워드만 알고 다른 사람들은 모를 테니까.

하지만 애석하게도, 모르기는 하워드도 마찬가지였다.

루이스 역시 몰랐다.

꽤 오랜 시간 동안, 아무도 알지 못했다.

니콜에게 보고를 받은 루이스는 하워드에게 전화를 걸었다.

"연락을 받았습니다. 문제가 생겼어요."

"무슨 문제?"

루이스는 평소대로였다면 밤 근무를 하는 앨리슨 피치가 낮에 집에서 자고 있을 것이었고, 낮에 일하는 룸메이트인 코트니 윌머스는 없었을 것이라고 운을 뗐다.

하워드 탤리먼은 그 말을 듣자마자 불길한 예감이 들었다.

이어서 루이스는 전혀 예기치 못한 사태가 벌어졌다고 설명했다.

"집에 있었던 건 앨리슨 피치가 아니었습니다. 표적이 아닌 사람이 처리됐습니다."

하워드는 사무실 의자에 앉아 마음을 가라앉히려고 애썼다. 맙소사, 그럼 룸메이트가? 죽은 건가? 우리와 무관한 사람이? 누군지도 모르는 사람이? 물론 전에도 하워드의 행위 때문에 아군이 희생된 적이 있기는 했다. 그의 정치 협잡은 적군의 명성에만 타격을 준 게 아니었다. 그가 함께한 후보들 중에는 선거에서 낙선한 뒤 선거 유세 때문에 빌린 돈을 갚으려고 집을 판 사람들도 있었다. 그들은 부인과 헤어지거나 부인들에게 버림을 받았다. 심지어, 알코올 중독자가 되어 자동차를 몰고 다리의 측벽에 돌진하는 사고를 내는 바람에 걷지 못하게 된 사람도 있었다.

하지만 이런 경우는 처음이었다. 사람이 죽는 일은 처음이었다.

예상치 못한 나쁜 소식을 들은 하워드는 루이스가 고용한 그 여자가 자신의 실수를 인지한 뒤에라도 처음의 임무를 제대로 마쳤는지가 궁금했다. 즉, 원래의 목표물은 제거되었는가?

"앨리슨 피치는?" 하워드는 루이스에게 물었다.

"사라졌습니다. 현장에 나타났다가 무슨 일이 벌어졌는지 눈치채고 쏜살같이 튀었어요." 루이스가 말했다.

그로부터 지금까지 수개월 동안 앨리슨 피치는 실종 상태였다. 필경 겁에 질려서 자취를 감춘 것이다.

앨리슨 피치는 살아있는 한 시한폭탄 같은 존재였다. 언제 터질지 모를 시한폭탄.

루이스의 보고가 끝나갈 무렵 하워드의 소리 없는 분노와 소름 끼치는 공포가 폭발하고야 말았다.

"이런, 씨발! 어쩌다 그런 개 같은 난리가 벌어진 거야!"

루이스가 말했다.

"더 안 좋은 소식이 있습니다."

28

　토마스는 내 능력을 과대평가하고 있었다. 내가 맨해튼으로 가서 "창가 머리통의 수수께끼"를 풀고 돌아오리라고 굳게 믿고 있었다. 하지만 사실 나는 오처드 가로 가는 것 자체가 내키지 않았다.

　내가 직접 두 눈으로 그 창문을 본다고 해봤자 뭘 어떻게 하겠는가? 나는 그 머리통이 아직 창가에 있기를 바랐고 그것이 가발을 진열할 때 쓰는 스티로폼 두상이기를 바랐다. 직접 보면 의혹은 사라질 것이다.

　나는 이스트 휴스턴 가에서 카츠 델리 서쪽으로 몇 건물 옆에 위치한 레이스 피자 앞에서 택시를 내려 오처드 가의 남쪽을 향해 걸었다. 창문에 머리통이 보이지 않을 경우 어떻게 해야 할지가 걱정이었다.

　뭐, 그땐 그냥 뒤돌아서 집으로 가는 수밖에.

　맨해튼의 이 지역은 그리니치 빌리지나 소호와는 달랐지만 나름의 매력이 있었다. 이곳의 낡은 공동주택 건물들은 세밀한 건축 양식과 고풍스러움이 깃들어 있었다. 나는 200번 블록에서부터 시작하여 선물 가게와 식당, 대규모 수리 중인 건물들을 지나쳐 걸어갔다. 스탠튼 가와 오처드 가가 만나는 지점에 있는 로자리오스 피자 가게에서 피자 냄새가 살며시 풍겨왔다.

　나는 서쪽 보도를 걸어 계속 남쪽을 향했다. 여행가방들이 진열된 가게가 보도의 절반을 차지하고 있었고 그 뒤로는 옷가게들과 기타 가게가 이어졌다. 내 재킷 주머니에 접혀 넣어진 인쇄물의 거리 풍경과는 영 딴판이었다. 나는 인쇄물을 꺼내 훑어봤다. 토마스가 확대해서 보여준 건물은 60번 블록에 있었다. 너무 북쪽에서 택시를 내린 셈이었다. 델란시 가를 건너자 비로소 목표한 지역이 보이기 시작했다.

나는 계속 걸었다.

몇 분 후 드디어 목표한 곳에 도착했다. 내가 찾는 3층 창문은 1층에 스카프 가게가 자리 잡은 건물에 있을 것이고, 그 옆에는 신문을 파는 담배 가게가 있을 터였다. 공동주택의 입구는 그 두 가게 사이에 있다. 건물은 거리의 서쪽 보도에 위치해 있다.

나는 서쪽 보도를 더 잘 보기 위해 동쪽의 보도로 걸으면서 문제의 건물을 찾아 두리번거렸다.

그리고 어느새 문득, 그 건물이 나타났다.

자, 그럼 창문은 어디에?

나는 확인을 위해 토마스가 출력해 준 인쇄물의 이미지를 다시 살폈다. 그리고 1층 가게까지 비상계단이 내려오는 건물 벽면에 배열된 창문들을 찬찬히 살폈다.

저기, 창문이 보인다.

하지만 공기조화기 위의 하얀 머리통은 없었다.

이런, 망할.

공기조화기 근처에는 화분밖에 볼 것이 없었다. 창문은 닫혀 있었다. 창문 너머로 커튼이 쳐져 있지는 않았지만 어두운 유리창에는 맞은편 건물이 반사되고 있었다.

나는 휴대폰을 꺼내 들고 카메라를 작동시켜 창문을 중심으로 건물의 사진을 찍었다.

즉, 나는 뉴욕까지 열차를 타고 와서 이 현장(이게 대체 무슨 현장이란 말인가?)을 찾았고 내가 약속을 지켰음을 토마스에게 증명하기 위해 이렇게 사진을 찍었다.

참 훌륭한 일을 해냈군.

토마스는 과연 이 사진을 보고 만족할까? 아니, 내가 토마스였다고 해도 충분히 노력하지 않았다고 불평할 것 같다.

건물에 들어가서 계단을 올라가 저 집의 문을 노크하고 거주자에게 인사를 좀 한다고 해서 안 될 것 없다는 생각이 들었다. 집 안을 슬쩍 들여다보면 주방 테이블에 내가 바라마지 않는 스티로폼 두상이 놓여 있는 걸 볼 수 있을지도 모른다.

자, 이로써 사건은 해결됐다. 레이 킬브라이드. 낮에는 일러스트레이터 밤에는 범죄와 싸우는 전사. 참, 지금은 낮이로구나.

나는 건물 안에서의 집의 위치를 파악하기 위해 창문을 찬찬히 바라본 뒤 길을 건너 건물 안으로 들어갔다. 건물의 로비는 로비라기보다 우편함과 주소 안내판이 딸린 벽감 같았다. 들어가는 안쪽 문을 열어봤지만 당연하게도 잠겨 있었다.

안내판을 보니 3층에는 다섯 집이 있었고, 입주자들의 성이 매끄러운 검은색 테이프에 다이모 라벨기 같은 것으로 찍혀 있었다. 어렸을 때 나는 아버지의 라벨기를 가지고 내 방에 있는 물건들에 모조리 라벨을 붙이곤 했었다.

"책장", "침대", "문", "창문".

안내판의 테이프들은 긴 세월을 겪어 닳아 있었다. 일부는 벗겨지기 시작했고 305호의 것은 아예 앞의 절반이 뜯어져 "치/월머스"라는 뒷부분만 남아 있었다. 304호는 카진스키, 303호는 골드버그, 302호는 레이놀즈, 301호는 마이클즈. 나는 나중에 기억을 떠올려야 할 때를 대비하여 휴대폰을 꺼내 안내판의 사진을 찍었다. 또 안내판 옆에 붙은 입주 시 유의사항들이 적힌 메모도 찍었다.

이런저런 해야 할 것들…….

그것들을 보며 생각에 잠겨 있는데, 20대쯤 되어 보이는 남자가 안쪽 문을 열고 나오더니 거리로 나갔다. 문이 닫히기 전에 나는 반사적으로 팔을 뻗어 손잡이를 붙들었다.

그리고 두 층을 올라갔다. 3층에 올라가서 방향을 파악한 뒤, 스카프 가게 위에서 거리를 바라보던 그 창문의 호수를 가늠했다.

305호. 305호다. 나는 305호 앞으로 다가갔다.

자, 이제 취할 수 있는 행동이 몇 가지가 있다. 우선 현관문을 두드린다. 누군가 대답을 하면 "아, 저기요, 안녕하세요. 저는 레이 킬브라이드라고 합니다. 제 동생 토마스가, 음, 뭐냐, 그, 인터넷을 하다가요, 댁의 창문에서 사람이 질식당하는 걸 봤대요. 혹시 무슨 일이었는지 기억하세요? 어쨌건 사람이 질식당하는 사건 정도면 기억할 만하잖아요?"라고 말한다.

아니, 아니야, 이거 말고 더 좋은 방법이 있을 거야.

문을 열어준 사람에게 재킷 안의 인쇄물을 꺼내 보여주고는 "〈휠360〉에서 댁의 집 창문을 봤는데 혹시 여쭤봐도 실례가 아니라면, 창문의 이건 도대체 뭐죠?"라고 묻는다.

이것도 별로다. 하지만 양자택일을 하자면 아까 것보다는 마음에 든다.

얘기를 좀 그럴싸하게 꾸며보는 건 어떨까? 일단, 저는 일러스트레이터예요, 라고 운을 뗀다. 마침 손에 〈펄 페인트〉의 물건들이 든 봉지도 들고 있으니까. 맨해튼 남부 건축물에 관한 〈타임스〉 기사에 일러스트를 그려야 해서 인터넷으로 이 동네를 살펴보다가 댁의 창문에서 이런 이미지를 발견했습니다, 그래서 이게 뭔지 좀 알아야겠는데…….

아, 처절하다.

결국, 나는 이렇게 하기로 결정했다. 우선 문을 노크한다. 나오는 사람에게 인쇄물을 보여주고 그냥 이게 뭐냐고 물어본다.

어쩌면 순순히 대답해 줄지도 모른다. 그쪽에서 뭔가 물어본다면 성심성의껏 대답해주면 된다. 나는 정직하게 답할 것이다. 동생이 〈휠360〉에 푹 빠져 있는데, 가끔 인터넷에서 이상한 걸 발견할 때마다 자세히 알고 싶어 한다고.

아이고, 맙소사.

나는 왼손으로 인쇄물을 쥔 채, 〈펄 페인트〉의 봉지를 든 오른손으로 현관문을 두드렸다. 노크를 하자 손에 들린 봉지가 흔들려 문에 부딪혔다.

3초 정도가 지나도 아무런 대답이 없자 나는 또다시 노크했다.

기다려도 반응이 없었다.

나는 세 번째 노크를 할지 말지 고민했다. 안에 있는 사람은 지금 잠을 자고 있는지도 모른다. 과연 이런 일로 깨워도 괜찮을까?

세 번째로 노크를 하려는 찰나, 옆집(아마도 303호)의 문이 열렸다. 고개를 돌려보니 헤어 롤러로 머리카락을 말고 있는 몸집이 큰 여자가 두꺼운 검은 테 안경 너머로 나를 바라보고 있었다. 그녀는 몸을 반쯤 복도로 내밀고 나머지 반은 집에 들여놓은 채 나를 향해 얼굴을 쭉 내밀고 있었다.

"거기 아무도 안 살아요." 여자가 말했다.

"네?"

"아무도 안 산다고요. 그 집 여자들 다 나갔어요."

"아, 그렇군요. 몰랐습니다."

"벌써 몇 개월 됐는데. 집주인이 집을 안 내놨어요." 여자가 말했다.

"아, 네. 감사합니다."

여자는 다시 집으로 들어가 문을 닫았다.

자, 이걸로 끝.

나는 건물을 나와 왼쪽으로 몸을 돌려 오처드 가 북쪽을 향해 걸어갔다. 집에 가면 토마스에게 뭐라고 말해야 하나? 사실 할 얘기가 별로 없었다. 찾아가 보기까지 했지만 집은 비어 있었다.

이것 말고 내가 뭘 어떻게 할 수 있겠어?

돌아오는 열차에 앉아 허드슨 강을 내려다보고 있는데, 한동안 무의식 속에서 나를 괴롭히던 의문이 거품을 일으키며 불현듯 의식의 표면으로 솟아올랐다. 아버지의 잔디 깎는 트랙터는 어째서 칼날이 들어 올려진 채 시동이 꺼져 있었을까?

29

토마스는 스스로 아침과 점심을 만들어 먹어야 했다. 레이는 토마스에게 본인 식사를 책임지라고 일렀다. 자신은 새벽부터 일어나 열차를 타고 맨해튼으로 가서 토마스가 시킨 "황당한"(토마스는 레이가 사용한 이 단어를 기억했다) 모험을 떠나야 하기 때문에 토마스가 알아서 챙겨 먹어야 한다는 것이었다.

"알았어. 먹을 게 뭐가 있어?" 토마스가 물었다.

"식빵, 잼, 땅콩버터, 참치 캔. 살펴봐. 찬장에 있는 거 꺼내 먹어."

"참치를 먹으려면 캔 따개가 필요한데. 따개는 어디 있어?"

"야, 토마스."

"응?"

"머리를 써. 안 보이면 찾아봐."

"응."

레이는 오처드 가의 창문을 확인하는 걸 탐탁해하지 않았지만 어쨌건 가겠다고 해서 토마스는 안심했다. 사실 토마스는 비닐봉지를 뒤집어쓴 얼굴에 관한 이메일을 CIA에 보내도 될지 자신이 없었다. 그는 CIA에 아마추어처럼 보이고 싶지 않았다. 만약 〈휠360〉에서 수상한 것을 볼 때마다 난리를 친다면, 정작 "큰일"(그것이 뭔지는 모르겠지만)이 터졌을 때 CIA는 토마스에게 의지하는 것을 꺼릴지도 모른다.

시간이 지날수록 토마스는 점점 "큰일"에 대처할 준비가 되어가고 있었다. 하루가 저물 때마다 그는 〈휠360〉을 종료하고, 컴퓨터의 방문 기록을 삭제하고, 불을 끄고 베개에 머리를 뉘여 잠을 청하면서 머릿속으로 최근에 방문했던 도시를 거닐었다. 어젯밤에는 눈을 감은 채 샌프란시스코를 돌아다녔다. 토마스는 하이드 가를 내려가다가 오른쪽으로 방향을 틀어 롬바드 가로 접어들었다. 롬바드 가는 끝에서 나선형 내리막길로 변했고 저편에는 코이트 타워가 보였다. 만약 하이드 가를 따라 쭉 걸어가면 내리막이 시작될 즘 바다 저편의 알카트라즈 섬을 볼 수 있었다. 체스트넛 가를 건너면 왼쪽에 건물들이 거의 없는 러시안 힐 공터가 나타난다. 이대로 계속 하이드 가를 따라 걸으면 이제 곧······.

토마스는 잠이 들었다.

아침 다섯 시 경, 레이가 토마스의 방문을 열고 고개를 들이밀었다. "나간다. 말썽부리지 말고 있어."

"알았어." 토마스는 베개에 고개를 파묻은 채 대답했다.

창문으로 햇살이 쏟아질 때쯤 토마스는 자리에서 일어났다. 그는 컴퓨터를 켜고 〈훨360〉에 접속한 뒤 화장실에 가서 얼른 샤워를 하고 옷을 갈아입었다.

토마스는 주방으로 내려가 찬장을 바라보며 이제 어떻게 할지 생각했다. 시리얼은 분명 냉장고 옆 찬장에 있을 것이다. 그는 쥐라도 튀어나올라 머뭇머뭇 찬장을 열었지만 안에는 그가 찾던 치리오스 상자뿐이었다.

우유는 냉장고 안에 있었다. 토마스도 물론 알고 있었다. 그는 그릇을 꺼내 시리얼을 안에 붓고 우유를 탔다. 시리얼을 다 먹은 토마스는 지저분한 그릇은 테이블 위에, 시리얼과 우유는 조리대 위에 올려놓은 채 방으로 돌아갔다. 설거지하기가 귀찮아서 그런 것은 아니었다. 레이는 밥을 차려 먹으라고 말했지만 설거지를 하라고는 말하지 않았다. 토마스는 레이가 집에 돌아와서 본인의 방식대로 설거지를 할 거라고 짐작했다. 아버지는 늘 그랬었다. 애덤 킬브라이드는 항상 본인이 설거지를 맡았다. 토마스에게 시키는 법이 없었다. 토마스가 설거지물을 받거나, 진공청소기를 돌리거나, 세탁을 하거나, 바닥을 문질러 닦거나, 먼지를 쓸어담는 데 서툴렀던 것은 다 그 때문이었다. 토마스가 흥미를 가진 유일한 집안일은 잔디 깎기였지만 아버지는 그에게 트랙터를 몰도록 허락하지 않았다. 하지만 지금은, 설령 형이 허락한다고 해도 토마스는 절대 그 트랙터를 몰고 싶은 생각이 없었다.

아침을 먹은 뒤 토마스는 어제의 샌프란시스코 여행을 이어갔다. 미션, 선셋, 리치몬드, 하이트-애쉬버리 지구를 거쳐 골든게이트 다리를 건넜다. 다리를 건너기 위해 마우스를 꽤 많이 클릭해야 했다. 토마스는 여행에 몰두한 나머지 본인이 직접 점심을 만들어 먹어야 한다는 사실도 잊어버렸다.

한 시가 거의 다 돼서 토마스는 주방으로 내려갔다. 참치 샌드위치를 만들어 먹을까 했지만 번거로울 것 같았다. 예전에 아버지는 참치 캔을 딸 때 한참을 낑낑대고는 했었고, 어렵사리 캔을 따면 기름이 사방에 튀고는 했었다. 그래서 토마스는 땅콩버터와 식빵을 꺼내 간단한 샌드위치를 만들어 먹기로 했다. 샌드위치를 조립하고 있는데 현관문을 두드리는 소리가 들렸다.

토마스는 누가 왔는지 보러 갈 생각조차 하지 못했지만 잠시 후 현재 이 집에 있는 사람이 본인 말고 아무도 없다는 사실을 깨달았다. 그는 땅콩버터로 뒤범벅이 된 칼을 내려놓고 현관으로 걸어갔다.

"안녕, 토마스."

아버지가 전에 다니던 회사의 사장인 렌 프렌티스였다. 아버지는 그를 "레니"라고 불렀었다.

"안녕하세요, 프렌티스 씨."

토마스는 포치에서 몇 발자국 떨어진 곳에 주차된 렌 프렌티스의 차를 바라봤다. 차 안에 누가 없는 걸 보니 혼자 온 것 같았다. 렌은 토마스가 들어오라고 말하기를 기다리는 듯 보였지만 토마스는 그럴 생각이 없었다. 전부터 토마스는 렌 프렌티스를 그다지 좋아하지 않았다.

"형은 없나 보구나?" 렌이 물었다.

"오늘 뉴욕에 갔어요."

"뉴욕에? 뭐 하려고?"

"머리에 비닐봉지를 뒤집어쓰고 질식당해 죽은 사람이 있는지 확인하러 갔어요."

렌은 그 말을 듣고 잠시 멈칫했다. "아하." 렌은 곧 말을 이었다. "이거, 너 진짜 제정신이 아니구나, 토마스. 아무튼, 나 좀 들어가도 될까?"

토마스는 머뭇거리다가 대답했다. "들어와도 될 것 같아요."

"마침 근처를 지나가다가 잘들 지내고 있나 보러 들렀다."

토마스는 아무 대꾸도 하지 않았다. 렌 프렌티스가 딱히 대답을 요하는 질문을 한 것도 아니었으니까.

"뭐 마실 거 없어? 맥주라든가." 렌이 물었다.

토마스는 정직하게 대답했다. "모르겠어요."

"됐어. 내가 찾아볼게." 렌은 거실을 지나 주방으로 들어가 냉장고를 열고 맥주를 찾아냈다.

"그래, 토마스. 요즘은 주로 뭘 하면서 지내지?" 렌은 캔을 따고 맥주를 쭉 들이켰다.

"컴퓨터 해요."

렌은 알겠다는 듯 고개를 끄덕였다. "그래, 그렇지. 하루 종일 컴퓨터를 하고 있겠지."

"할 일이 있어요."

"야, 아까 레이가 뭘 한다고 그랬지?"

"뉴욕에 갔어요."

"그래, 그건 알아. 뉴욕에 가서 뭘 한다고 그랬어?"

"일 때문에 친구를 만나고 나서 창가에 있는 사람에게 무슨 일이 벌어졌는지를 알아보러 갈 거예요."

렌은 다시 맥주를 들이켰다. "비닐봉지를 뒤집어썼다는 사람 말이야?"

토마스는 고개를 끄덕였다.

"난 너희 아버지한테 많은 얘기를 들었다. 알다시피 나와 애덤은 단순히 사장과 직원이 아니라 친구 사이였으니까. 애덤은 네가 인터넷에서 이런저런 사진을 보고 난리를 친다고 하더구나. 그래서 인터넷 연결을 끊을까도 했었지만 널 하루 종일 컴퓨터 앞에 앉히지 않으면 편할 날이 없으니 그러지 못하겠다고."

토마스는 렌 프렌티스가 어서 나가주기를 바랐다. 그래야 땅콩버터 샌드위치를 만들어 들고 방으로 올라갈 수 있었다.

"마리가 나더러 너희 집에 들러보라고 했어. 너희가 우리 집에 와서 저녁을 같이 먹으면 좋겠다더구나."

"형한테 물어봐야 돼요." 토마스가 대답했다. 그는 가고 싶지 않았지만 곧이곧대로 말하기는 껄끄러웠다. 나중에 레이더러 못 간다고 말하라고 하면 된다.

"네 아버지는 네가 왜 이 모양이 됐는지 모르겠다고 말하곤 했어. 넌 하루 종일 방에 틀어박혀 컴퓨터 앞에만 앉아 있잖아. 병원에 가는 것 말고는 집 밖으로 나가지도 않지. 그…… 의사 이름이 뭐였더라? 가르강튀아?"

"그리고린이요."

"아무튼, 내가 도저히 이해 못 하겠는 건, 네가 아버지 장례식에도 참석하지 않았다는 거야. 아니, 그놈의 컴퓨터 일이 얼마나 중요하길래 자기 아버지한테 그 정도도 못 해준단 말이냐?"

토마스는 눈을 깜빡이며 말했다. "왜 저한테 그런 말씀을 하시는 거예요, 프렌티스 씨?"

"모르겠다. 그냥 너랑 대화를 좀 하려는 것뿐이야. 난 단순한 사람이다, 토마스. 복잡한 정신의학 용어 따위는 잘 몰라. 난 정신분열증이라는 게 인격이 쪼개지는 증상인 줄 알았는데 애덤은 그게 아니라고, 그건 잘못된 상식이라고 말하더군. 아무튼, 너도 스스로에게 문제가 있다는 걸 알 텐데 왜 해결하려 들지 않는 거냐?"

"나는 문제없어요." 토마스가 말했다.

렌은 킥킥거리며 말했다. "아들이 아버지 장례식에 안 갔는데 문제가 없다고? 내 상식으로는 말이다, 그건 분명 문제야."

"난 할 일이 있었어요. 그리고……." 토마스가 말했다.

"그리고 뭐?"

"만나고 싶지 않은 사람들이 있었어요."

"누군데? 설마 나야, 토마스? 난 너한테 항상 잘해 줬잖아?"

토마스는 고개를 저으며 말했다. "점심을 만들어야 돼요. 땅콩버터 샌드위치를 만드는 중이에요."

"나한테 좋은 생각이 있어. 나랑 같이 나가서 먹자." 렌 프렌티스가 말했다.

"네?"

"이 집에서 나가는 거야. 내 차를 타고 밖에 나가서 먹자."

"이미 샌드위치를 만들고 있어요." 토마스는 주방 조리대를 가리켰다.

"그래서 뭐? 있다가 오후에 간식으로 먹으면 되잖아? 드라이브를 좀 하자고. 집 밖에서 바람을 쐬면 너한테 좋을 거야."

"싫어요."

렌은 맥주를 내려놓고 말했다. "가자."

"가기 싫어요."

렌은 토마스에게 가까이 다가갔다. "네 아버지가 잘못한 게 바로 이거야. 항상 네 고집대로 하게 그냥 놔뒀잖아. 억지로라도 네게 새로운 경험들을 시켜줬어야 했어. 자, 같이 프로미스 폴즈 시내로 나가자. 맥도날드든 어디든 나가서 먹자고. 아니면 우리 집에 가자. 마리가 먹을 걸 만들어 줄 거야."

토마스는 한 걸음 뒤로 물러섰다.

"내가 들은 얘기가 맞다면, 넌 집 밖에 나가는 데 조만간 익숙해져야 할 걸? 곧 너희 형이 이 집을 팔 테니까."

"형이 집을 팔지는 확실하지 않아요."

"레이가 너를 여기 혼자 두고 갈 것 같아? 그건 썩 현명한 행동이 아니잖아?"

토마스가 대꾸했다. "어쩌면 형도 이 집에 살지 몰라요. 나랑 같이 살 거예요." 하지만 토마스는 딱히 그렇게 되기를 원하지는 않았다. 그는 형을 좋아했지만 형의 까다로움이 싫었다. 형은 아버지처럼 불평투성이었고, 토마스가 어떻게도 할 수 없는 일들을 가지고 잔소리를 해댔다.

"뭐, 어떻게 되든 최선의 방향으로 흘러가겠지. 자, 얼른 옷이나 입어. 나가자. 네가 뭘 좋아하는지 모르겠구나. KFC 어때? KFC 좋아하니?" 렌이 말했다.

토마스는 KFC를 좋아했지만 레이가 사주지를 않았다. 예전에 아버지는 가끔 사오고는 했었는데. 하지만 렌 프렌티스와는 KFC든 어디든 가고 싶지 않았다. 토마스는 마치 벌레들이 몸속을 스멀대는 것처럼 점점 불안감에 휩싸이기 시작했다. 숨이 가빠지고 짧아졌다. 좋아하고 믿음이 가는 사람과 잠깐 밖에 나갔다 오는 것쯤은 상관없었지만, 토마스는 렌 프렌티스를 좋아하지도 믿지도 않았다.

실은 아버지도 렌 프렌티스를 좋아하거나 믿지 않았다. 두 사람이 친구 사이인 것은 사실이었다. 그들은 가끔 만나서 함께 운동경기를 보거나 맥주를 마셨다. 하지만 애덤 킬브라이드는 렌과 있다가 집에 돌아올 때면 늘 "아, 그 자식 때문에 내가 못살겠어."라고 투덜거리고는 했었다.

렌은 손을 뻗어 토마스의 팔을 붙들었다. 거칠지 않았지만 손아귀의 힘이 강했다. "어이, 가자. 재미있게 놀다 오는 거야."

토마스는 렌으로부터 팔을 비틀어 빼내다가 힘을 지나치게 준 탓에, 그만 손이 렌을 향해 날아가 그의 뺨을 때리고 말았다.

렌은 멈칫하더니 맞은 뺨을 손으로 문질렀다. "토마스…… 너…… 이러면 곤란해."

30

사실, 루이스 블로커도 잠을 잘 못 자기는 마찬가지였다.

앨리슨 피치가 분명 살아있을 텐데, 그녀가 어디서 무엇을 하는지 알 수 없어서 루이스도 하워드 탤리먼만큼이나 안절부절못했다. 앨리슨 피치가 경찰서에 가서 지금까지 벌어진 일을 불기라도 하는 날이면 그들 모두 끝장이었다. 하워드, 모리스, 루이스 블로커, 모두 끝장이었다.

하워드 말마따나 이 개 같은 난리를 수습하기 위해 그와 루이스가 들인 노력은 앨리슨 피치가 나타나 입을 여는 순간 모두 수포로 돌아갈 것이다. 그녀가 자신의 협박 혐의가 드러날 것을 감수하고까지 그날의 살인과 하워드와의 만남을 경찰에 불어버리는 순간 그야말로 아수라장이 될 것이다.

무슨 수를 써서라도 막아야 한다.

그들은 몇 가지 조치를 취했다. 우선, 루이스는 니콜을 시켜 오하이오에 사는 앨리슨 피치의 모친을 감시하도록 했다. 그는 앨리슨 피치가 조만간 어머니를 만나러 나타날 것이라고 생각했다. 곤경에 처한 딸들은 반드시 어머니를 만나러 나타나는 법. 어머니가 딸의 행방을 몰라 괴로워할 텐데 당연히 죄책감을 느끼지 않겠는가? 언젠가는 반드시 어머니의 심려를 덜어주기 위해 모습을 드러낼 것이다.

일을 이 지경으로 만든 니콜에 대한 루이스의 심경은 꽤나 복합적이었다. 물론 그가 일찍이 니콜에게 가졌던 신뢰는 산산조각이 났다. 루이스가 충동적으로 맨 처음 한 생각은 니콜로 하여금 실수의 대가를 톡톡히 치르도록 하는 것이었다. 하지만 지금 당장 루이스는 가용한 모든 도움을 끌어모아야 했고, 목숨이 아까운 니콜은 상황을 바로잡기 위해 무조건 돕겠다고 말했다. 따라서 문제가 해결될 때까지 루이스는 그녀를 이용할 생각이었다.

루이스는 앨리슨 피치의 집도 감시하기로 했다. 앨리슨 피치가 집에 돌아올 가능성은 매우 낮았지만 그녀를 아는 누군가가 나타날 여지는 있었다. 예를 들어, 지나가던 친구가 들를지도 모른다. 아니면, 루이스의 바람대로, 앨리슨 피치에게 부탁을 받은 누군가가 집에 무슨 일이 있는지 확인하러 올지도 모른다.

어쨌건 누구든 들르기만 한다면 앨리슨 피치의 행방을 알아낼 단서를 얻을 수 있었다.

하지만 앨리슨 피치의 집 앞 복도에 하루 24시간 사람을 잠복시킬 수는 없는 노릇이었다. 들킬 게 뻔했다. 루이스는 집주인을 만나 자신을 세입자의 친척이라고 소개한 뒤 앞으로 내야 할 월세까지 지불했지만, 방문객을 확인할 사람을 하루 종일 그 집에 배치시킬 여력은 없었다. 그래서 처음 한 달간은 루이스 자신이 그 집에 머물렀는데, 그동안 문을 두드린 사람이라곤 길 아래 이탈리아 식당의 배달 음식 전단을 돌리는 사내뿐이었다.

그러나 루이스는 언젠가 누군가 나타날 것이라는 미련을 떨칠 수 없었다. 누가 나타나든, 그게 누군지 반드시 알아야 한다.

그래서 그는 카메라를 설치했다.

움직임을 포착할 수 있는 핀홀 카메라. 현관문 뒤에 설치하니 문 앞의 복도가 훤히 보였다. 누군가 현관의 몇 미터 이내로 접근하면 곧바로 카메라가 작동했다. 카메라에 찍힌 영상들은 루이스의 컴퓨터로 자동 전송됐고, 그는 매일 밤 그 영상들을 점검했다.

카메라에는 거의 매일 누군가가 찍혀 있었다. 보통은 진공청소기로 복도를 청소하는 관리인이었다. 하루는 피자 배달부가 호수를 잘못 알고 찾아온 적도 있었다. 배달부는 휴대폰을 꺼내 가게에 전화를 걸더니, 제대로 된 주소를 향해 자리를 떴다.

피자 배달부를 보자 루이스는 약간의 허기를 느꼈다.

할로윈 날에는 꼬마들이 건물로 들어와 사탕을 얻으러 집집을 돌아다녔다. 레이디 가가와 다른 행성 외계인(하지만 루이스는 레이디 가가와 외계인을 구분하지 못했다) 분장을 한 여자아이 두 명이 305호의 문을 두드렸다.

그렇게 날마다 누군가 찾아왔지만 쓸 만한 정보는 없었다.

루이스는 슬슬 집어치울까 고민하던 참이었다. 카메라를 치우고 월세도 이제 그만 낼 생각이었다.

〈펄 페인트〉비닐봉지를 든 남자가 나타난 것은 바로 그즈음이었다.

루이스는 남부 이스트사이드에 위치한 공동주택에 있는 자기 집 서재의 책상 앞에 앉아 거대한 컴퓨터 화면을 바라봤다. 그는 화면의 남자를 주의 깊게 지켜보았다. 남자는 미술용품점 봉지를 든 손으로 현관문을 세 번 노크했다. 루이스는 앨리슨 피치의 실종 전후로 그녀의 신변을 캐봤지만 이 남자를 본 기억은 없었다. 남자가 누구인지, 과연 그의 방문이 중요한 의미를 지니는지 알 수 없었다.

물건을 팔러 온 잡상인? 집을 잘못 찾아왔나? 두 세입자 중 한 명의 지인일까? 인사를 하러 들른 건가? 하지만 그렇다면 노크에 아무 반응이 없는데 소리라도 질러야 하는 거 아닌가? "집에 아무도 없어?"라든가. 건물에는 어떻게 들어왔지? 열쇠가 있나? 누가 문을 열고 나가는 틈을 타서 들어왔나? 아니면 멍청한 입주자가 문을 열어줄 때까지 초인종들을 마구잡이로 누른 건가?

그런데 과연 고민할 가치가 있을까? 저 남자한테 그럴 가치가 있기는 한가?

문득, 남자가 들고 있는 종잇조각이 루이스의 눈길을 끌었다.

저게 뭐지? 종이는 카메라 앞을 두 차례 재빨리 스쳐 갔다. 루이스는 종이가 찍힌 구간을 몇 차례 반복해서 돌려보았지만 종이의 정체를 알 수가 없었다.

루이스는 영상을 멈추고 커서를 이용하여 매우 느리게 조금씩 재생하다가 종이의 내용이 희미하게 보이는 지점에서 화면을 멈췄다.

종이는 표준적인 A4 용지로 보였다. 프린터기에 집어넣는 A4 용지. 종이의 왼쪽 상단에 정사각형의 컬러 이미지가 얼핏 보였다. 여러 개의 창문들이 찍힌 이미지 같았지만 확실치는 않았다.

종이 위쪽에는 뭔가 적혀 있었다. 모니터 화면에 나타난 것만으로 내용을 판별하기는 어려웠지만, 왼쪽 상단에 다양한 색깔의 로고 같은 것이 보이는 걸 알 수 있었다. 왠지 모르지만 익숙한 로고였다. 첫머리에는 독특한 글자체의 'W'가 있었고 뒷부분에는 숫자 같은 것이 세 개 적혀 있었다.

루이스는 그게 무슨 로고인지 알 것 같았다. 〈휠360〉. 전 세계 도시들의 실제 거리 풍경을 제공하는 웹사이트. 루이스 자신도 가끔 이용하는 사이트였다. 다들 한 번쯤 해봤겠지만, 그도 자신이 어릴 때 살던 집이 이 사이트에 있는지 찾아본 적이 있었다. 덴버의 집 주소를 입력하자 당연하게도 그의 옛집이 〈휠360〉의 화면에 나타났다.

만약 저게 〈휠360〉의 로고라면 종이에 찍힌 이미지는 〈휠360〉 웹사이트의 화면을 출력한 것임이 분명했다.

루이스는 흐릿한 이미지를 가능한 한 크게 확대했다. 분명, 저것은 건물 벽에 배열된 창문들처럼 보였다. 앨리슨 피치가 살던 낡은 공동 주택의 창문들처럼 보였지만 어느 것도 선명하지는 않았다.

그래, 만약 저게 〈휠360〉으로 검색한 이미지라면 나도 직접 찾아볼 수 있겠지, 라고 루이스는 생각했다.

루이스는 웹브라우저를 열어 〈휠360〉에 접속하여 "뉴욕 오처드 가"를 입력했다. 곧바로 오처드 가가 화면에 등장했고 루이스는 마우스를 클릭하면서 화면 속의 거리를 따라 내려갔다. 앨리슨 피치의 집이 위치한 구역이 나오자 그는 마우스를 드래그하여 시점을 동서남북으로 빙 둘러가면서 오처드 가를 살펴보았다.

현관문을 두드린 저 남자는 건축을 전공하는 학생일까? 뉴욕시 건축과 직원인가? 제길, 내가 그걸 어떻게 알겠어?

루이스는 시점을 움직여 앨리슨 피치의 공동주택 건물이 정면으로 비치도록 만들었다. 그는 커서를 건물 꼭대기에 위치시키고 마우스를 클릭한 뒤 버튼을 누른 상태에서 아래로 잡아당겼다. 그러자 아래쪽에서 고개를 들고 건물 위층을 바라보는 시점이 만들어졌다.

"뭐야?" 루이스는 숨이 멎는 것 같았다.

"저게…… 뭐야……?"

그는 창문 하나에 초점을 맞추고 이미지를 확대했다.

"미치겠군……." 루이스가 속삭였다.

두 사람은 또다시 센트럴 파크의 벤치에서 만났다. 루이스 블로커는 하워드 탤리먼에게 한 번 접힌 종이 한 장을 건넸다.

"이게 뭐지?" 탤리먼이 물었다.

"인터넷에서 출력한 겁니다. 한번 보세요."

탤리먼은 의아해하면서 종이를 폈다. "이게 도대체 뭔데? 전혀 모르겠군." 하워드에게 오처드 가는 생소했다.

"저 창문을 보세요. 바로 저게 그 집입니다. 지금 들고 계신 종이는 인터넷에서 뽑은 거예요."

하워드는 집게손가락으로 창가의 머리통을 건드렸다.

"루이스, 이건…… 이게 설마 그건가?"

"네."

하워드가 종이를 넘겨주자, 루이스는 종이를 재킷 안에 집어넣었다. 하워드가 말했다. "아직도 이해가 안 가."

"〈훨360〉을 아십니까?" 루이스가 물었다.

"내가 원시인인 줄 아나, 루이스?"

"그 웹사이트에서 출력한 겁니다. 그 사진은 우리가 대화하는 지금 이 순간에도 인터넷에 떠돌고 있어요. 세계 어느 곳의 누구라도 컴퓨터로 오처드 가를 배회하다가 저 지점을 클릭해서 확대하면 저 장면을 볼 수 있습니다. 즉, 니콜이 창가에서 일을 처리하던 바로 그 순간, 〈휠360〉의 촬영 차량이 오처드 가의 저 건물 앞을 지나고 있었던 겁니다."

사태의 심각성을 점점 이해하기 시작한 하워드가 불쑥 내뱉었다.

"아, 빌어먹을. 이걸 어떻게 찾은 거야? 자네가 찾았나?"

"아니요. 우연히 발견됐습니다." 루이스가 말했다.

"뭐? 어떻게?"

"앨리슨 피치의 집에 찾아온 사람이 있었습니다. 남자, 30대 후반에서 40대 초반 정도. 현관문을 노크하는 걸 카메라가 촬영했습니다."

"그래, 그런데?"

루이스는 인쇄물이 들어 있는 재킷을 두드리며 말했다.

"그 남자가 바로 이런 인쇄물을 손에 들고 있었습니다."

하워드의 입이 쫙 벌어졌다. 그는 이마에 손을 갖다 대며 물었다.

"그 자식이 누구야?"

"저도 모릅니다."

"그놈이 이걸 들고 뭘 하고 있었어? 어떻게 손에 넣은 거야?"

"모릅니다."

"네가 아는 게 뭐야, 루이스?"

루이스는 평정을 잃지 않았다.

"우리에게 두 가지 문제가 생겼다는 걸 알지요, 하워드. 첫 번째 문제는 바로 이 남자입니다. 과연 이 남자는 누구인가? 왜 저 인쇄물을 들고 있는가? 어떻게 인터넷에서 저걸 찾았는가? 우연히 발견한 것인가, 일부러 찾아낸 것인가? 혼자서 행동하는가, 다른 누군가를 위해 일하는가? 저 이미지가 의미하는 바를 알고 있는가? 경찰에 협력하는 놈인가? 왜 저 종이를 손에 들고 앨리슨 피치의 현관문을 두드렸는가? 뭘 원하는가? 누구를 찾고 있는가?"

"맙소사."

하워드는 잠시 말을 멈췄다가 루이스를 바라보며 물었다.

"두 번째 문제는 뭐지?"

"저 이미지가 문제입니다. 아직 웹사이트에 남아 있어요. 즉, 누군가 다른 사람이 볼 수 있다는 거지요."

31

밤 10시가 다가올 무렵 나는 우리 집 진입로로 차를 몰고 들어갔다. 문득 바라보니 집은 온통 어두웠다.

현관 포치의 전등, 집의 측면에 붙은 전등, 헛간 문에 붙은 전등에는 타이머가 작동하여 불이 들어와 있었지만 창문들 뒤로는 불빛이 보이지 않았다. 거실은 깜깜했다. 2층도 마찬가지였다. 토마스의 방에서도 얇고 푸르스름한 컴퓨터 화면의 불빛조차 새어나오지 않았다. 이상한 일이었지만, 나는 아마도 토마스가 일찍 잠이 들었나 보다고 생각했다.

현관문은 잠겨 있었다. 나는 문을 열고 들어가 불을 켜고 잠시 멈춰서 귀를 기울였다. 아무 소리도 들리지 않았다. 〈휠360〉에서는 소리가 나지 않으니 평소에도 토마스는 시끄럽게 구는 편이 아니긴 했다.

"토마스?" 나는 동생이 잠들어 있을지도 몰라서 그를 깨우지 않기 위해 조용히 그의 이름을 불렀다. 나는 토마스가 수사 결과를 조바심내며 기다리고 있을 거라고 생각했다. 딱히 결과랄 것이 없었지만 아직 그걸 모를 테니까.

나는 주방을 둘러보고는 "제기랄." 하고 숨을 죽여 내뱉었다.

먹고 남은 그릇들이 테이블에 어지럽게 널려 있었다. 아침뿐만 아니라 점심때 쓴 것까지. 저녁도 포함됐는지는 모르겠다. 나는 조리대 위의 반쯤 남은 우유 상자를 집어들었다. 그리고 실내 온도에서 방치된 우유의 냄새를 맡았다.

"으윽." 나는 우유를 싱크대에 쏟아 부었다. 조리대 위에는 뚜껑이 열린 땅콩버터 병과 함께 땅콩버터투성이의 칼이 놓여 있었다.

나는 계단을 올라 2층으로 가서 토마스의 방문을 조용히 두드렸다. 대답이 없자 나는 방문을 살며시 열었다.

토마스가 침대에 있는지 보기 위해 불을 켤 필요는 없었다. 창문을 통해 쏟아지는 달빛이 침대의 이불을 비추고 있었다. 하지만 침대가 비어 있는 듯 보여서 나는 전등의 스위치를 올렸다.

컴퓨터 본체는 여전히 웅웅거리고 있었지만 화면은 잠자기 상태로 어두워져 있었다. 토마스는 하루 일을 마치면 반드시 모든 장치들을 종료시킬 텐데 이상한 일이었다.

나는 복도로 나가 몇 걸음 앞의 화장실로 향했다. 화장실 문은 열려 있었다. 나는 전등 스위치를 올렸다.

그곳에도 토마스의 흔적은 없었다.

"토마스!" 이제 나는 시끄러울 것을 신경 쓰지 않고 소리를 질렀다. "토마스! 형 집에 왔어!"

불안이 나를 엄습했다. 하루 종일 토마스를 혼자 집에 두고 맨해튼에 다녀오는 것이 아니었다. 무슨 문제가 생긴 게 분명한데 도대체 무슨 일이지? 나는 FBI가 쳐들어와 토마스를 끌고 간 것이 아니기를 빌었다.

나는 1층으로 내려가서 주방 옆의 지하실 입구로 향했다.

"토마스?"

아무 대답이 들리지 않았지만 나는 지하실로 내려갔다. 주방의 불빛에 의지하여 지하실 바닥까지 내려간 나는 전등갓 없이 달려 있는 백열전구의 줄을 잡아당겨 불을 켰다. 지하실은 주로 창고로 사용됐기 때문에 부모님이 몇 년간 쌓아놓은 수많은 상자들이 가득했다. 그 안에서 이동하기 위해선 어지러운 물건들 사이를 비집고 가야 했다. 나는 지하실을 빙 둘러 보일러 근처로 걸어가 뒤쪽을 확인했다. 역시 토마스는 없었다.

나는 주방으로 올라가 뒷문을 열고 뒷마당으로 나갔다. 공기는 시원했고 부드러운 달빛이 주변을 밝히고 있었다. 밤하늘은 구름 한 점 없이 맑아서

천문학 전공자라면 북두칠성 말고 다른 별자리들도 알아볼 수 있을 것 같았
다.

"토마스!" 나는 다시 토마스의 이름을 외쳤지만 아무런 대답이 없었다.

"빌어먹을."

경찰에 신고를 해야 할지 확신이 들지 않은 나는 일단 좀 더 찾아보기로
했다. 우선 헛간이다. 나는 뒷마당을 달려 헛간으로 가서 넓고 높은 미닫이
문을 열었다. 안에 들어가 수직 들보에 나사로 고정된 커다란 전기함을 더듬
어 전등을 켰다.

헛간 안에는 아버지를 죽음으로 몰고 간 잔디 깎는 트랙터 외에는 딱히 아
무것도 없었다.

"토마스! 제기랄, 너 지금 숨바꼭질하는 거면—."

하지만 토마스가 숨바꼭질 같은 걸 할 녀석이 아님을 알기에 나는 입을 다
물었다. 녀석에게 그런 장난스러운 행동은 어울리지 않았다. 나는 소리 지르
기를 멈추고 귀를 기울였다. 평소에 인식하지 못했던 밤 귀뚜라미의 울음소
리가 어렴풋이 들려왔다. 멀지 않은 지점에서는 농부가 이 헛간을 사용했던
수십 년 전부터 지금까지 남아 있는 지푸라기 몇 줌이 부스럭거리는 소리가
들렸다.

쥐가 안전한 장소를 찾아 쪼르르 도망가는 소리도 들렸다.

나는 헛간 안으로 좀 더 걸어 들어갔다. 잔디 깎는 트랙터를 지나치면서
갈라진 보닛을 손으로 어루만졌다. 나는 토마스에게 휴대폰이 있었다면 좋았
겠다고 생각했다. 그럼 전화라도 걸어볼 수 있을 텐데.

토마스가 어디 있을까 고민하다가 나는 문득 그가 아버지를 발견했던 개울
가로 간 게 아닐까 하는 생각이 들었다. 나는 헛간의 전등을 끄고 뒷마당의
내리막길이 시작되는 지점으로 달려가 아래쪽 개울을 향해 소리 질렀다. "토
마스, 거기 있니?"

아무 대답이 없었다.

경찰에 연락하기 전에 알아볼 만한 곳이 있을까? 토마스에게는 친구가 없으니 친구네 집에서 밤새워 놀고 있을 리도 없었다.

토마스가 그럴 리는 없었다.

나는 더 이상 기다릴 수 없다고 판단하였고 집으로 들어가 프로미스 폴즈 경찰서에 전화를 걸어 동생이 실종됐다고 신고했다.

"가급적 신속하게 댁으로 사람을 보내드리겠습니다." 신고를 접수하는 여자가 말했다. "그 전에 동생의 인상착의를 좀 알려주세요. 우선 나이가 어떻게 됩니까?"

나는 잠시 머릿속으로 생각했다.

"서른다섯이에요. 저보다 두 살 어립니다."

"언제 실종됐습니까?"

"모르겠어요. 하루 종일 밖에 나갔다가 들어와 보니 집에 없었어요."

"저기, 잠깐만요, 선생님. 서른다섯이면 어른이잖아요? 그런데 귀가해보니 집에 없다고 실종 신고를 하시는 건 좀⋯⋯. 혹시 물건을 사러 나갔다던가 드라이브를 하는 중일지도 모르잖습니까?"

"아니, 그게 아니에요. 동생은 집 밖에 나가는 걸 싫어해요."

"집에만 있다 보니 심심해서 나간 게 아닐까요?"

자세히 설명하려면 시간이 오래 걸릴 것이라고 판단한 나는 빠른 방법을 택했다. "토마스는 정신병 환자입니다. 아니, 정확히 말해 환자는 아니지만 정기적으로 정신과 의사에게 진찰을 받고 있어요. 동생이 집 밖으로 나가는 건 드문 일입니다."

"그럼 선생님은 정신병 환자를 혼자 두고 나가셨단 말인가요?"

"아니, 이봐요, 지금—저기, 그냥 아무나 좀 보내줘요. 오면 내가 직접 설명할 테니까."

"순찰차를 보내겠습니다, 선생님. 하지만—."

"이만 끊습니다." 내가 말했다.

나는 경찰이 도착할 때까지 담당자와 실랑이를 벌이며 시간을 보내고 싶지 않았다.

경찰을 부르긴 했지만 나의 불안은 시간이 지날수록 공포로 변해 갔다. 나는 포치로 나가 집 앞의 도로를 쳐다보다가 왼쪽으로 고개를 돌려 100미터 정도 떨어진 가장 가까운 이웃집을 바라봤다. 이웃집에는 몇 년 전 남편이 죽은 뒤 과부가 된 여자가 살고 있었다. 그녀를 깨워서 물어보는 것 말고는 지금으로선 할 수 있는 것이 없었다.

그때, 프로미스 폴즈 시내 방면에서 자동차 한 대가 속력을 점점 줄이며 다가오는 것이 보였다. 자동차는 우리 집 진입로 입구에서 차량 두 대 길이 정도 떨어진 지점에서 포장도로를 벗어나더니 우리 집 진입로의 자갈을 으드득 짓밟으며 들어왔다.

자동차는 방향을 돌려 점점 내 쪽으로 다가왔다. 나는 자동차의 운전자가 토마스를 데려온 것이 아니라 나쁜 소식을 가지고 온 것이면 어떡하나 불안해하며 포치의 계단을 내려갔다.

전조등의 불빛이 나를 정면으로 비추고 있어서 자동차의 모습을 제대로 분간할 수 없었다. 운전자 외에 사람이 타고 있는지도 확인할 수 없었다. 자동차는 나의 아우디 뒤쪽에 멈춰 섰다. 이윽고, 차의 조수석 문이 열리더니 토마스가 걸어나왔다. 운전석에 앉아 있는 사람은 여전히 보이지 않았다.

"토마스! 이런, 제기랄. 너 어디 갔다 온 거야?"

토마스의 손에는 클립보드 반쯤 되는 크기의 물건이 들려 있었다. 인터넷 검색을 포함한 수백 가지 기능을 갖춘 최첨단 기술이 집약된 태블릿PC였다. 토마스는 내가 녀석 때문에 얼마나 걱정했을지는 조금도 신경 쓰지 않는 듯했다.

"밥 먹으러 갔다 왔어. 페투치네 파스타 먹었어. 형, 이거, 형 차에 있는 내비게이션보다 훨씬 좋아. 참, 뉴욕에서는 뭘 좀 찾았어? 다 얘기해줘. 추우니까 집에 들어가서."

토마스는 나를 휙 지나쳐 포치의 계단을 올라가더니 집으로 들어가버렸다.

곧, 운전석의 문이 열리고 닫히는 소리가 들렸다. 몇 초 후 차에서 누군가 나타나 나를 바라보며 웃었다.

"야, 네 동생, 겉보기랑 다르던데? 아주 재미있게 놀다 왔어. 참, 비닐봉지를 뒤집어쓴 머리통 말인데, 그거 굉장한 얘기던 걸?" 줄리가 말했다.

32

토마스나 줄리에게 말을 걸기 전에 나는 우선 휴대폰을 꺼내 경찰에 전화를 걸어 동생이 무사히 집에 돌아왔다고 알렸다. 그리고 줄리를 향해 말했다.

"이게 어떻게 된 거야?"

"나더러 집에 들르라고 했잖아? 그래서 들렀지. 왔더니 너는 없고 토마스만 있었어. 토마스가 저녁으로 뭘 먹을지 고민하고 있길래 밖에 나가서 먹자고 했더니 좋다고 해서 나갔다 온 거야. 근데, 나 너희 집에 들어가서 술이라도 한잔하는 거야, 아니면 멀쩡한 상태로 집에 돌아가는 거야?"

"뭘 발견했어?" 토마스가 소리를 질렀다. 그는 손에 태블릿PC를 쥔 채 다시 집 밖으로 나와 포치에 서 있었다.

"잠깐 기다려. 금방 들어갈 테니까." 나는 토마스에게 대답한 뒤 줄리에게 물었다. "저 아이패드는 어디서 난 거야?"

"내가 빌려줬어. 저게 있으면 어디에서든 지도를 볼 수 있다고 알려 줬지. 하루 종일 책상 앞에 붙어 있지 않아도 된다고 말이야." 줄리가 말했다.

"나도 이거 하나 갖고 싶어, 형. 사줄 수 있어?" 토마스가 물었다.

"토마스." 나는 치밀어 오르는 화를 억누르며 대답했다. "곧 들어갈 테니까 안에 들어가서 기다려."

토마스는 집으로 들어갔다.

"토마스 말이 맞네." 줄리가 말했다.

"무슨 말?"

"네 말투 말이야. 형이 자기한테 못되게 군다고 하던데?"

"뭐? 내가 언제 그런—토마스가 그런 말을 했어?"

줄리가 고개를 끄덕이며 퉁명스럽게 대답했다. "토마스가 그런 말을 했지."

"난 못되게 군 적 없어. 나름 최선을 다하고 있단 말이야."

줄리는 웃으며 말했다. "아무렴 그러시겠죠."

"빈정거리는 거야?"

줄리는 더욱 활짝 웃음을 지었다. "응, 빈정거리는 거 맞아. 있잖아, 나는 이만 집으로 돌아—."

"아니야, 들어와. 들어와서 내가 얼마나 못된 형인지 계속 훈계해달라고." 내가 말했다.

"시간이 꽤 걸릴 텐데?"

나는 줄리와 함께 포치 계단을 올라가며 말했다. "그나저나 네가 토마스를 밖으로 끌어내다니, 놀랐어. 집 밖으로 나가는 걸 끔찍이도 싫어하는 녀석인데."

"아이패드를 쥐여줬더니 순순히 나오던걸. 아, KFC도 한몫했어."

"그래, KFC는 효과가 있었을 거야." 우리는 집 안으로 들어갔다.

토마스가 삐걱거리며 계단을 올라가는 소리가 들렸다. 그는 계단 위에서 우리를 향해 외쳤다. "2층으로 올라와!"

"저 일부터 처리해야겠군. 같이 올라갈래?" 내가 묻자 줄리가 고개를 끄덕였다. 나는 줄리에게 말했다. "2층이 난장판이니까 보기 전에 마음의 준비를 해."

"벌써 토마스가 보여줬어. 별거 아니던데? 우리 오빠 방은 온통 벌거벗은 여자 사진이었어. 지도쯤은 감사하지." 줄리가 말했다.

나는 잠깐 줄리를 쳐다보다가 고개를 절레절레 저었다. "아이고, 그래."

"어떻게 됐어?" 방으로 들어오는 나와 줄리를 보며 토마스가 물었다. 그는 가운데 모니터를 바라보며 어딘가의 대도시를 돌아다니고 있었다.

"얘기 듣고 싶으면 그거 멈추고 이쪽을 쳐다봐." 내가 말했다.

"토마스가 말한 게 바로 그런 말투야." 줄리가 내게 속삭였다. "마치 어린 애 대하듯 말하고 있잖아."

내가 줄리를 쳐다보는 사이 토마스는 마우스에서 손을 떼더니 컴퓨터 의자를 90도 돌려 나를 향해 앉았다. "어떻게 됐는데?"

나는 헛기침을 했다. "좋아, 말해주지. 일단 오처드 가로 가서 그 건물을 찾았어. 자, 이거 봐." 나는 휴대폰을 꺼내 사진 앱을 연 상태에서 토마스에게 건네줬다. "그 건물을 찍은 거야."

토마스는 휴대폰의 조그만 이미지를 찬찬히 살펴보더니 내가 맨해튼에 들고 간 것과 비슷한 인쇄물을 꺼내어 그 속의 이미지와 비교했다.

토마스는 고개를 끄덕였다. "그 창문이 맞아. 벽돌의 무늬가 일치해."

"보시다시피 창문에 머리통 같은 건 없어." 내가 말했다.

"그건 당연한 거잖아." 토마스가 대꾸했다.

"확인시켜주는 것뿐이야."

"예를 들어, 6개월 전에 우리 집 진입로 끄트머리에서 자동차 사고가 났는데 오늘 진입로 사진을 찍어봤더니 아무것도 안 찍혔다고 해서 사고가 안 일어난 건 아니잖아." 토마스가 말했다.

"토마스가 옳소." 줄리가 말했다.

나는 줄리의 말을 무시하고 토마스에게 말했다. "나도 알아, 토마스. 내가 본 것을 알려준 것뿐이야."

"그래서 어떻게 했어?"

"건물에 들어가서 3층으로 올라갔어. 저 집 현관문을 두드렸지." 내가 말했다.

토마스는 나를 찬찬히 바라보며 물었다. "그랬더니?"

"아무도 없었어. 집은 비어 있었어."

"비어 있었다고?"

"그래, 비어 있었어. 옆집 사는 여자가 그렇게 말했어. 사람이 안 산 지 벌써 몇 개월 됐대."

"그 여자한테 그 집에서 살인사건이 있었냐고 물어봤어?"

"아니, 물어보지 않았어. 살인사건이 있었다면 물어보지 않아도 먼저 얘기해 줬겠지."

"그 여자 자신이 살인범이라면 얘기 안 할 거야." 토마스가 말했다.

"살인범으로 보이지는 않았어. 여하튼 그 집에 살던, 그, 여자들이던가? 아무튼, 살던 사람들은 오래전에 나갔다더라."

"집은 그때부터 쭉 비어 있었던 거야?" 토마스가 물었다.

나는 어깨를 으쓱했다. "그랬겠지."

"이상하지 않아?"

"뭐가 이상해?"

"뉴욕 시에는 공동주택 임대 수요에 비해 공급이 매우 부족한 걸로 알고 있어. 그런데 집주인이 세를 안 놓고 그렇게 오랫동안 비워놓다니 이상하잖아?" 토마스가 말했다.

"글쎄, 잘 모르겠는데."

"집주인은 뭐라고 말했어?"

"뭐?"

토마스는 여전히 내 휴대폰을 손에 쥐고 있었다. 그가 엄지손가락으로 화면을 쓱 넘기자 다음 사진이 나타났다. 토마스가 물었다. "이건 뭐야?"

"그거? 로비에 있는 호수 안내판이야."

"저건 집주인 전화번호야?"

"그래, 맞아."

"집주인이랑 얘기해봤지?"

"아니, 안 해봤는데."

"왜 안 했어? 살인사건이 일어났다면 집주인이 알고 있을 텐데?"

"이봐, 토마스. 이렇게 사진도 찍어왔고, 집까지 찾아가서 아무도 없다는 것도 확인했어. 나보고 뭘 어떻게 더 하라는 거야?"

줄리가 조그맣게 코웃음을 쳤다.

"뭐야?" 나는 줄리에게 쏘아붙였다.

줄리가 말했다. "관리인한테 물어볼 수도 있었잖아? 아니면 다른 이웃 사람이라든가?"

"이건 또 웬 참견이지."

줄리는 웃으며 대답했다. "넌 어쨌건 그곳에 갔잖아? 그 도시, 그 건물 안에까지 말이야. 기왕 간 거 이웃집 몇 군데 더 들러본다고 손해 볼 거 없었을 텐데."

나는 줄리를 쏘아봤다.

"맞아." 토마스는 줄리의 말에 맞장구를 치며 불만스러운 눈으로 나를 바라봤다. "그럴 거면 왜 갔어? 어젯밤에 내가 간다고 할 때 그냥 내버려두지."

"아이고, 잘도 가겠다. 네가 도보 여행을 떠났으면 아직 일주일은 더 걸려야 도착할 거야." 내가 말했다.

"하지만 내가 갔더라면 소득이 있었을 거야. 이건 옛날에 누군가 창가에서 곤경에 처했던 때랑 똑같은 상황이야."

"뭐? 그건 또 무슨 소리야?" 내가 물었다.

"형이 한 건 조사도 뭐도 아니야. CIA의 기준에는 절대 못 미쳐. CIA가 이걸 알면 매우 실망할 거야."

"그러게." 줄리가 말했다.

"알았어." 나는 그만 질려서 양팔을 들어 올리며 말했다. "다음에는 네가 열차를 타고 뉴욕으로 가. 가서 아치 굿윈 탐정처럼 증거를 수집하든지 말든지 마음대로 해. 나는 양아치처럼 집에서 빈들거리고 있을 테니까."

"양아치 굿윈? 그게 뭐야?"

"토마스, 난 할 수 있는 걸 다 했어. 정말이야. 인터넷에서 찾아봤을 때도 그 건물에서 살인사건이 났다는 기사는 없었어. 아무 기사가 없었잖아? 네가 본 건, 그게 뭔지 모르겠지만, 별거 아니야. 이제 신경 끄는 일만 남았다고." 나는 주머니에서 인쇄물을 꺼내 구긴 뒤 휴지통에 던져 넣었다. 토마스는 종이 뭉치가 휴지통 안으로 통통 튀며 들어가는 것을 보다가 다시 나를 바라봤다.

"너 좀 재수 없다." 줄리가 내게 말했다.

나는 한 번 더 줄리를 쏘아본 뒤 한숨을 쉬었다. 그녀의 말이 맞는지도 모르겠지만 너무도 긴 하루를 보낸 나는 지금 녹초가 되어 있었다.

나는 이어서 토마스가 줄리의 말에 맞장구를 치리라고 예상했지만 그의 입에서는 의외의 대사가 튀어나왔다. "나는 프렌티스가 싫어."

나는 눈을 깜빡이며 물었다. "어? 뭐라고?" 두뇌에서 화제가 전환되는 데 2초 정도의 시간이 걸렸다. "렌 아저씨가 왜 싫어?"

"내가 하기 싫은 걸 하라고 하잖아."

"토마스, 그게 무슨 소리야?"

"날 데리고 나가서 점심을 먹으려고 했어. 난 가기 싫다고 했는데."

"오늘 말이야? 렌 아저씨가 오늘 집에 왔었어?"

동생은 고개를 끄덕였다. "나를 붙잡고 끌고 나가려고 했는데 내가 때렸어."

나는 토마스에게 한 걸음 다가가 그의 어깨에 손을 올렸다. "이럴 수가, 토마스, 렌 프렌티스 아저씨를 쳤다고?"

토마스가 고개를 끄덕였다. "살짝 쳤어." 그는 당시의 행동을 재연하기 위해 컴퓨터 의자에서 일어나 내 손을 그의 팔에 올려놨다. "이렇게 붙잡길래, 내가 팔을 빼내려고 이렇게 하다가 얼굴을 쳐버렸어." 그는 영화의 슬로 모션처럼 손등으로 내 뺨을 건드렸다.

"아저씨 얼굴을 쳤단 말이야?"

"난 그 사람 싫어. 옛날부터 싫었어."

"토마스, 그런 식으로 누굴 치면 안 되는 거야."

"먼저 내 팔을 잡았단 말이야. 나는 세게 치지도 않았어. 피가 나지도 않았고 울지도 않았어."

"그래서 아저씨가 어떻게 했어?"

"나갔어."

나는 한숨을 쉬었다. 두 번 다시 토마스를 혼자 남겨두고 집을 나가지 않을 것이다. 적어도 하루 종일은 안 된다. 이 집을 팔고 벌링턴으로 돌아가기 전에 토마스를 돌봐줄 사람이 있는 시설에 정착시켜야 한다. 나를 놀라게 한 또 다른 사실은 매우 짧은 기간 동안 토마스가 물리력을 행사하게 됐다는 점이었다. 그것도 두 번씩이나. 그제는 나를 때려눕히더니 오늘은 렌 프렌티스를 때렸다. 두 경우 모두 상대방이 먼저 토마스를 자극했다는 것이 그나마 다행이었다.

"토마스, 네가 이성을 잃다니. 너답지 않아." 내가 말했다.

"나도 알아." 토마스는 컴퓨터 의자에 몸을 파묻으며 모니터들을 쳐다봤다. "나는 평소에는 착한 사람이야."

토마스는 입을 다물고 마우스를 클릭하기 시작했다.

줄리가 나의 등을 건드리며 조용히 말했다. "내려가자. 이럴 때는 술이라도 한잔해야 돼."

33

"렌 프렌티스는 누구야?" 내가 냉장고에서 꺼내 건네준 맥주 캔을 받아들며 줄리가 물었다.

나는 렌 프렌티스가 누군지 설명한 뒤, 아마 장례식에서 본 적이 있을 거라고 덧붙였다. 렌의 생김새를 묘사하자 줄리는 기억이 난다고 말했다. "토마스는 전부터 렌 아저씨를 싫어했지." 내가 말했다.

"그 양반은 어쩌자고 토마스를 억지로 끌고 나가서 점심을 먹으려고 한 거야?"

"그러게 말이야. 렌 아저씨는 남들이 겪는 특이한 문제들을 잘 이해하지 못해. 토마스가 환청을 듣는다고 하면 귀마개를 하라 그러질 않나, 아픈 부인한테는 여행가야 되니까 억지로라도 기운 내라고 하질 않나. 안 되면 되게 하라, 이거지."

"그래, 어떤 사람인지 알만하다."

"렌 아저씨한테 전화해서 화가 났는지 알아봐야겠어. 지금은 시간이 너무 늦었으니까 내일 아침에 해야겠군. 아, 맙소사."

우리는 몇 초간 아무 말 없이 주방 조리대에 기대어 선 채 맥주를 홀짝였다.

이윽고 내가 먼저 입을 열었다. "토마스한테 잘해줘서 고마워. 나가서 저녁도 사준데다가 아이패드까지 빌려주다니."

"저기, 너 말이야, 토마스가 지적한 게 바로 그거야." 줄리가 말했다.

"지적이라니? 뭘?"

"넌 내가 토마스와 함께 있어줬다고 고마워하고 있잖아? 내가 애라도 돌본 줄 알아? 아니면 고양이라도 맡아줬나?"

"아니, 난 그런 뜻이 아—."

"토마스는 좋은 남자야. 예절 바르고 선량한 남자라고. 그래, 문제가 없는 건 아니지. 평범하진 않아. 비닐봉지를 머리에 뒤집어쓴 사람을 찾아보라고 너를 뉴욕에 보냈다는 얘기는 들었어. 그건, 그래, 좀 유별나긴 해. 참, 아까 재수 없다고 해서 미안해." 하지만 그렇게 말하면서 웃는 걸 보니 줄리는 그리 미안한 것 같진 않았다. "그런데 너 정말 토마스가 시킨 것만 하느라고 뉴욕에 간 거였어?"

"아니. 일거리 때문에 면담이 있었어."

"그건 잘됐어?"

"그럭저럭."

"뉴욕으로 이사 가는 거야?"

"아니야. 벌링턴 작업실에서 할 수 있는 일이야."

줄리는 고개를 끄덕였다. "어쨌건 네 동생은 단순한 지도광이 아니야. 훨씬 속이 깊은 사람이라고. 그게 내가 하고 싶은 말이야."

나는 아무런 토를 달지 않았다.

"토마스가 매일 밤 아버지 꿈을 꾼다는 거 알아?"

나는 줄리를 향해 고개를 돌렸다. "토마스가 그렇게 말했어?"

"그래."

나한테는 말한 적이 없었다. "나도 녀석이 아버지를 보고 싶어 할 거라고 생각하긴 했지."

"꿈에서 도시들을 돌아다닐 때마다 아버지가 카페나 식당에 앉아 있는 모습을 본대."

그 말을 듣자 나는 슬퍼졌다.

"마거릿 터스키 기억해?" 줄리가 물었다.

나는 기억하는 데 시간이 조금 걸렸다. "그래, 알 것 같아. 치아교정기를 했던 빨간 머리 여자애?"

"토마스가 걔를 진지하게 좋아했었어."

나는 미심쩍은 눈초리로 줄리를 바라봤다. "설마?"

"정말이야. 토마스가 말했어. 그것 때문에 맘고생이 심했대."

"음…… 토마스와 나는 그런 얘기는 안 했어. 보다 급박한 문제들이 있으니까. 아버지가 돌아가신 후로 처리해야 할 문제들이 산재해 있어."

줄리는 몸을 돌려 엉덩이를 조리대에 기대며 말했다. "저기, 내가 하는 말이 두서없이 들릴지도 모르겠어. 사실 내가 참견할 바도 아니지. 하지만 토마스는 겉보기와 달라. 멀쩡한 사람이야. 우리 고모도 그랬어. 지금은 돌아가셨는데, 부디 천국에 가셨기를. 아무튼, 고모는 한동안 휠체어를 타는 바람에 내가 식당 같은 데 모시고 다녔었지. 그럴 때마다 사람들은 고모가 뭘 원하는지를 나한테 물어보곤 했어. 고모님께 마실 것부터 가져다 드릴까요? 고모님께 전채 요리를 가져다 드릴까요? 미친놈들. 고모한테 직접 물어봐요, 라고 나는 대답했지. 걷지 못한다고 듣지도 못하는 게 아니잖아? 토마스도 딱 그런 경우야. 나사가 좀 빠져 보인다 한들 마음속에서는 수많은 일들이 벌어지고 있단 말이야." 줄리는 팔을 뻗어 손가락으로 내 가슴을 꾹 찔렀다.

"아무튼, 넌 못되지 않았어."

"토마스 녀석이 내가 못됐다고 했다면서?"

줄리는 고개를 끄덕였다. "그랬지. 하지만 토마스는 그 말을 하고 나서 네가 올바른 일을 하려고 애쓴 것뿐이라고 덧붙였어. 레이, 토마스는 널 사랑해. 정말로 그래. 미안해. 널 약 올릴 작정은 아니었는데."

"아니, 네 말이 맞아. 내가…… 내가 토마스에게서 본 건 녀석의 장애뿐이었어. 토마스 본인은 그걸 장애라고 생각하지 않지만. 가끔 난 사람의 전체적인 모습을 놓치고는 해."

줄리는 나에게 한 걸음 다가와 주먹으로 친근하게 내 어깨를 툭 쳤다. "나는 직업이 직업이다 보니 그런 걸 잘하지. 다각적인 관점을 보는 거. 전체적인 그림을 보는 거 말이야. 내가 너보다 잘났다는 뜻은 아니니까 오해는 하지 마. 토마스의 문제는 너와 너무 가까운 문제니까 너는 숲이 아닌 나무만 보이는 게 당연하겠지. 게다가, 네 말마따나 지금 처리해야 할 문제가 한두 가지가 아니잖아? 자책하지 마."

"어쨌건 토마스가 너를 신뢰하나 보다. 연애 문제까지 얘기한 걸 보니." 내가 말했다.

"지금껏 물어본 사람이 없었던 것뿐이야. 아까 KFC에서 치킨을 먹으면서 고등학교 시절 얘기를 하다 보니 그런 거였어. 참, 치킨 얘기가 나왔으니 말인데⋯⋯." 줄리는 아랫배를 쓰다듬며 말했다. "오늘 치킨이 길이 안 받네." 그녀는 남은 맥주를 전부 들이켰다. "이제 좀 괜찮겠지."

"다시 한번 고마워. 토마스를 무시해서 하는 말이 아니라, 정말 고마워."

줄리는 웃으며 고개를 끄덕였다. "천만에." 그녀는 내게 한 걸음 더 다가와 거리를 좁힌 뒤 까치발을 하여 내 뺨에 가볍게 키스를 했다. "그대의 죄를 사하노라."

나는 맥주 캔을 조리대 위에 올려놓고 줄리의 팔을 잡았다. 줄리에게 몸을 기울여 뺨이 아닌 입술에 키스를 하려고 했고 그녀도 나를 거부하는 눈치는 아니었는데 그 순간 2층에서 토마스가 소리를 질렀다.

"형!"

토마스가 계단을 내려오는 소리가 들리자 나는 얼른 줄리의 팔을 놓고 뒤로 물러났다. 토마스가 말했다. "집주인한테 전화했어." 나는 건물 세입자들의 호수 안내판 사진이 들어 있는 내 휴대폰이 잠시나마 토마스의 수중에 들려있었다는 사실을 퍼뜩 상기했다. 녀석은 그새 전화번호를 외운 것이었다.

토마스가 말을 이었다. "집주인이 흥미로운 사실을 알고 있었어. 형도 조금만 시간을 들여 물어봤더라면 알아낼 수 있었을 텐데."

줄리는 현관문으로 걸어가며 말했다. "여러분, 잘 자요."

34

가끔씩 니콜은 자신이 여기까지 오게 된 것이 신기할 때가 있었다.

물론, "여기"라는 것이 오하이오 주 데이턴의 앨리슨 피치의 어머니가 사는 아파트 단지 건너편 공동주택을 얘기하는 것은 아니었다. 데이턴까지는 차를 타고—

잠깐만, 생각해보니 틀린 말은 아니다. 온갖 어려움을 헤치고 올림픽까지 나갔던 내가, 시드니에서 은메달을 따서 목에 걸고 귀국한 내가, 어째서 지금 이곳 오하이오 주 데이턴의 공동주택까지 오게 된 걸까? 어째서 도청 장비에 촉각을 곤두세운 채 앨리슨 피치가 나타나기만을 손꼽아 기다리게 된 걸까?

재능이 충만했던 젊은 체조선수가, 경기장의 수천 명 관중들과 전 세계 수백만 TV 시청자들 앞에서 이단 평행봉 연기를 펼쳐 보였던 그녀가, 지금은 어째서 생계를 위해 사람 죽이는 일을 하고 있는 걸까?

할 수 없잖아. 먹고 살려면 뭐든 해야지. 안 그래?

그때, 다른 사람들이었다면 목에 힘을 주고 귀국했을 것이다. 금메달은 아니었지만 은메달 정도면 금메달하고 굉장히 가까운 거니까.

"가깝다고? 이게 무슨 편자 던지기 놀이인 줄 알아?" 니콜의 아버지는 그렇게 말하곤 했다.

사실 은메달을 따느니 차라리 3위를 해서 동메달을 따는 편이 낫다는 말은 일리가 있었다. 동메달을 딴 사람은 '휴, 그래도 메달을 따서 귀국했네. 그래, 이 정도면 잘했어. 1위를 할 뻔했는데 아깝다고 자책할 필요도 없으니 오히려 잘된 거야.'라고 자위할 수 있을 테니까. 하지만 2위를 한 사람은 자신의 점수와 1위의 점수 차라는 것이 결국 심판들의 주관적 판정 때문이라는 사실에 괴로워하게 된다. "만약"이라는 가정이 그를 미치게 만드는 것이다. "만약" 착지가 조금만 더 안정적이었더라면, "만약" 고개를 더 꼿꼿이 쳐들었더라면, "만약" 미소를 지었더라면, "만약" 내 외모가 심판들의 취향에 맞았더라면…….

도대체 뭘 더 했으면 금메달을 딸 수 있었을까?

그는 밤에 잠도 못 이루며 고민하게 된다.

"가깝다고? 이게 무슨 편자 던지기 놀이인 줄 알아?"

개자식.

코치도 아버지와 크게 다르지 않았다. 아버지와 코치. 니콜이 절대 만족시킬 수 없었던 두 남자는 자신들의 꿈과 희망을 모조리 그녀에게 쏟아부은 것이었다. 자신을 위해 체조를 한다고 생각하다니, 니콜은 어리석었다. 그것은 그 두 사람을 위한 것이었다. 니콜 자신은 은메달이 자랑스러웠지만 그 둘은 아니었다.

"들어올 뻔한 후원금이 얼마인지나 알아? 수백만 달러야. 수백만 달러가 날아갔어! 네 인생이 날아갔다고!" 그들은 니콜에게 말했다.

올림픽에서 귀국하는 길에 아버지는 한마디도 하지 않았다. 시드니에서 로스앤젤레스까지의 무척이나 긴 비행에서도, 뉴욕까지의 연결편에서도, 몽클레어로 돌아가는 리무진 버스에서도 말을 하지 않았다.

니콜의 학교 성적은 엉망이 되어갔다. 점수는 A에서 C에서 바닥으로 곤두박질쳤다. 아버지는 니콜이 왜 그러는지 이해할 수 없었다. 호주에서 이상한 약이라도 먹은 건가? 식수에 이상이 있었나?

하지만 니콜(당시에는 다른 이름이었지만)은 당연히 이유를 알고 있었다.

'나는 어차피 아버지를 만족시킬 수 없어. 그러니까 그냥 내 마음대로 살 거야.'

니콜이 열두 살 되던 해 어머니가 암으로 사망하지 않았더라면 상황은 달라졌을지도 모른다. 성공한 부동산 중개인으로서의 삶을 살고 있던 어머니는 딸에게 자신의 꿈을 투사할 필요가 없었다. 페이리스 슈즈 대리점의 부점장 자리가 인생 최대의 성공이었던 아버지와는 달랐다.

점수만 떨어진 것이 아니었다. 니콜은 흥청망청 놀았고 여기저기서 잤고 약에도 손을 댔다. 한때 완벽히 균형 잡혔던 니콜의 몸은 점점 망가지기 시작했다. 그리고 열여덟이 되던 해 그녀는 서른 살 연상의 남자를 만났다. 그는 직접 마약제조 시설을 운영한 것은 아니었지만 그 운영자 밑에서 일하고 있었다.

그 남자는 서부영화 캐릭터에나 어울릴 법한 "체스터"라는 이름으로 불렸다. 그는 자신의 위네바고 캠핑카를 "제품"을 실어 나르는 용도로 사용했다. 현대의 캠핑카가 서부 시대의 짐마차와 비슷하다는 점에서 "체스터"라는 그의 이름은 무척 어울렸다. 냉장고, 침대 밑, 심지어 차 벽면 안쪽까지, 캠핑카 구석구석은 마약을 싣기에 무척 안성맞춤이었다. 페덱스나 퓨롤레이터 같은 운송회사를 통하거나 항공편으로 마약을 옮길 수는 없는 노릇이라 체스터는 차를 몰고 직접 목적지까지 운반했다. 체스터의 우두머리가 라스베이거스에 근거지를 둔 대규모 마약유통 집단과 거래를 했기 때문에 그는 종종 네바다 주까지 장거리 여행을 해야 했다.

하지만 남자 혼자서 미국의 한쪽 끝에서 반대쪽까지 캠핑카를 몰고 다니면 의심을 받을지도 모른다는 생각에 체스터는 니콜을 여행 동반인으로 고용했다. 경찰에게 검문을 받을 경우 이 아이가 내 딸인데 서부에 있는 애 엄마한테 데려다 주는 중이라고 대답할 작정이었다. 게다가 니콜은 다른 면에서도 체스터에게 도움이 됐다. 그가 고속도로를 질주하는 동안 니콜은 주방에서 요리를 했다. 기름을 넣을 때 말고는 차를 세우지 않았으므로 그는 낮잠을 자고 싶을 때면 니콜에게 운전을 맡기기도 했다.

때때로 니콜은 체스터에게 술을 따라주거나 샌드위치를 만들어주거나 사과를 깎아주는 것 외에도 다른 서비스를 베풀었다. "고속도로에서의 신경 안정"을 도와줄 때마다 그가 백 달러를 추가로 던져줬기 때문에 니콜은 내키지 않지만 그 서비스를 해주었다.

체스터를 기분 좋게 해주는 이 서비스는 끊임없이 계속됐다.

두 사람은 열 번이 넘게 뉴저지에서 라스베이거스까지 차를 몰았다. 항상 라스베이거스의 변두리에 있는 똑같은 창고에 캠핑카를 주차해 놓고 똑같은 사내들을 만나 물건을 건넸다. 마치 〈스카페이스〉 속편에 엑스트라로 나올 것처럼 생긴 사내들이었지만 성격은 그럭저럭 괜찮았다. 물건을 건네고 나면 그들과 함께 술을 마셨다. 사내들은 니콜을 마음에 들어 했고 수천 킬로미터나 되는 긴 거리를 저런 섹시한 젊은 아가씨와 왔다갔다하다니 부럽다며 체스터를 놀려대고는 했다. 그럴 때면 체스터는 고개를 끄덕이며 윙크를 할 뿐 그들의 추측을 부정하지 않았다.

니콜은 그런 체스터가 몹시도 미웠다.

그러던 중 열세 번째 거래에서 사건이 벌어지고야 말았다.

여느 때처럼 창고 문이 열리는 순간, 니콜은 이상한 낌새를 눈치챘다. 창고 안에는 보통은 에스컬레이드가 트렁크가 열린 채 주차되어 있었고 "스카페이스"들이 차 전면의 라디에이터에 기대어 서 있었다. 하지만 오늘 주차되어 있는 것은 에스컬레이드가 아니라 포드 익스플로러였다. 차 안에는 두 명의 남자가 타고 있었고 차 밖에는 아무도 보이지 않았다.

니콜은 운전석에 앉은 체스터의 등 뒤로 다가가 영화관 스크린처럼 거대한 앞유리 너머를 바라보며 말했다. "뭔가 이상해."

"걱정할 거 없어. 네가 자는 동안 한두 시간 전에 전화 연락이 왔는데 오늘은 다른 사람이 물건을 받으러 올 거라고 하더군." 체스터가 말했다.

"왜 다른 사람이 오는데?"

"자기들 골칫거리가 뭔지 나한테 알려줄 리가 없잖아. 아무튼, 걱정하지 마."

니콜은 캠핑카의 주방으로 걸어가 서랍장을 열고 뭔가를 꺼내 들었다. 체스터는 캠핑카를 포드 익스플로러 옆에 주차시킨 뒤 엔진을 끄고 커다란 운전석에서 나와 캠핑카의 문을 열었다.

익스플로러를 탄 두 남자는 차에서 내려 캠핑카의 문가로 다가가 체스터가 나오기를 기다렸다.

이전의 스카페이스들은 사납게 보이려고 용을 쓰긴 했지만 늘 잘 차려입고 다녔었다. 깔끔한 정장, 반짝반짝 빛나는 구두. 머리카락은 뒤로 잘 빗어넘겼고, 지나치게 많은 금반지들과 지나치게 식상한 최고급 선글라스를 끼고 있었다. 그들의 우두머리는 분명 부하들의 용모에 신경을 쓰는 사람이었다. 부하들이 아마추어처럼 보이는 것을 원치 않는 사람이었다.

하지만 니콜의 눈에 지금 익스플로러에서 내린 저 사내들은 방금까지 소젖을 짜다가 나온 것처럼 보였다. 청바지와 체크무늬 셔츠와 부츠. 대시보드에 카우보이모자라도 벗어두고 왔을 법했다. 둘 중 한 명은 지저분한 금발이었고 다른 한 명은 머리카락이 아예 없었다. 대머리가 되기에는 젊어 보였으니 아마도 삭발을 한 모양이었다. 어딘가 헛간에서 나치 모임을 주최하는 스킨헤드족처럼 보였다.

"어이, 이봐 들." 체스터는 사내들로부터 몇 걸음 떨어진 곳까지 다가가며 인사를 건넸다. "처음 보는 친구들이로구먼."

금발의 사내가 오른손을 등 뒤로 돌리더니 청바지에 쑤셔 넣은 총을 꺼내 체스터의 머리를 향해 쏘았다.

텅 빈 커다란 창고에 요란한 총성이 울려 퍼졌다.

남자가 손을 등 뒤로 돌린 순간, 니콜은 일이 벌어질 것임을 직감했다. 그리고 먼저 저 남자를 덮쳐야 한다는 사실도 직감했다. 대머리는 총을 꺼낼 낌새가 없었다. 소지하고 있는지 모르겠지만 손에는 들고 있지 않았으니, 니콜은 일단 총을 쥔 놈부터 공격하기로 했다.

총이 발사됐을 때, 니콜은 체스터의 등 뒤에서 살짝 옆쪽으로 비켜 서 있었다. 바로 뒤에 서 있지 않은 덕택에 체스터의 머리를 뚫고 나온 총알은 니콜을 비껴갔다.

체스터가 땅에 쓰러지기도 전에 니콜은 청바지 뒷주머니에서 칼을 꺼내 들었다. 체스터에게 사과를 깎아 줄 때 쓰던 칼이었다. 10센티미터 길이의 칼날과 단단한 칼자루. 매우 날카로웠다. 칼날 부분만 주머니에 넣어져 있었고 칼자루는 밖으로 나와 있었기 때문에 쉽게 붙잡아 꺼낼 수 있었다.

그리고 그 순간 니콜의 몸에 변화가 일어났다. 그것은 마치 시드니에서의 그날로 돌아간 것 같았다. 동작과 도약과 거리 측정. 니콜의 몸은 즉각적이고 직관적으로 그 모든 것을 상기해냈다.

거리는 그리 길지 않았다.

니콜의 예상대로 금발의 사내는 니콜이 공격하리라고는 조금도 생각하지 못했다. 아마도 니콜이 영화에 나오는 멍청한 여자들처럼 비명을 지르든지, 달아나든지, 아니면 아무것도 못 한 채 그 자리에 멍하니 서서 순순히 총을 맞아주리라고 기대했을 것이다.

즉, 그는 니콜이 자신에게 달려들리라고는 생각하지 못했다. 그녀가 칼을 지니고 있을 가능성도, 그가 총을 겨누기도 전에 먼저 그의 목에 칼을 찔러 넣으리라고도 생각하지 못했다.

니콜의 칼은 재빠르고 강하게 금발의 목을 파고들었다. 그의 입에서 비둘기가 목에 걸린 듯한 소리가 새어나왔다. 니콜에게 총을 겨냥조차 하지 못한 채, 그는 곧바로 총을 떨어뜨리더니 시멘트 바닥에 널브러져 버렸다.

대머리는 뿜어져 나오는 피를 보고는 흠칫 뒤로 물러섰다. 니콜은 대머리가 곧 총을 꺼낼 거라고 생각했지만 그는 몸을 돌려 포드 익스플로러를 향해 달아났다. 총을 갖고 있지 않은 모양이었다.

하지만 차 안에는 총이 있을지도 모른다.

니콜은 땅에 떨어진 금발의 총을 집어들 수도 있었지만 총이라는 무기가 자신에게 맞지 않음을 직관적으로 깨달았다.

니콜은 대머리를 향해 질주했다. 그가 차 문을 열고 몸을 반쯤 집어넣었을 때 니콜은 그를 따라잡아 차 문을 향해 체중을 한껏 실어 몸을 날렸다. 차 문이 남자를 압박했고 그의 머리가 차체에 강하게 부딪혔다.

남자의 눈앞이 캄캄해진 순간, 니콜은 그의 옆구리에 칼을 찔러넣었다. 니콜이 차 문을 열자 남자는 시멘트 바닥을 향해 스르륵 미끄러져 내렸다.

니콜은 대머리를 내리누르며 그녀가 지금 장난을 하는 게 아님을 확실히 알려주기 위해 다시 칼을 쑤셔 넣었다.

"누구 밑에서 일하지?" 니콜이 물었다.

"제…… 제발, 나 지금 죽을 것 같아……."

"누구 밑에서 일하는지 말해. 구급차를 불러줄 테니까."

"히…… 히긴스……." 남자가 헐떡이며 대답했다.

니콜은 남자의 목을 베었다.

스카페이스들은 사막 한복판에서 머리에 총을 맞은 채 발견되었다. 에스컬레이드는 새까맣게 불타 있었다.

스카페이스들의 우두머리인 빅터 트렌트는 니콜에게 자기 밑에서 일할 것을 제안했다. 그는 니콜의 수완에 혀를 내두르며 감복했다. 자신의 부하들을 해친 놈들을 죽인 것은 물론이거니와, 놈들을 처리하기 전에 "히긴스"의 이름을 불게 할 생각을 했다는 점도 훌륭했다.

빅터는 부하들에게 히긴스의 처리를 지시했지만, 만약 니콜에게 경험이 조금만 더 있었더라면 그녀에게 부탁했을 것이다. 결국, 히긴스는 스카페이스들이 죽은 사막 한복판에서 세상을 떠났다. 그의 시신은 발견되지 않았다. 창고에서 죽은 금발과 대머리의 시신 역시 발견되지 않았다.

빅터는 니콜을 조직의 내부 세력으로 받아들였다. 니콜의 능력이 또래 여자들은 물론 대부분의 남자들을 능가한다는 것은 자명했다. 자기통제, 자기훈련, 학습의지 등 모든 면에서 그녀는 탁월했다.

빅터 트렌트는 즐거운 마음으로 그녀를 가르쳤다.

그리고 머지않아 빅터는 골칫거리가 생길 때마다 지체 없이 니콜에게 맡기게 되었고, 빅터의 네트워크 안에서 니콜은 날로 유명해졌다. 실력 있는 여자가 드물었기 때문에 니콜에게는 일거리가 떨어지는 법이 없었다.

니콜은 전에 자신이 어디서 뭘 했었는지를 빅터에게 말하지 않았고 빅터 역시 굳이 묻지 않았다. 그러던 2004년 어느 날, 빅터가 일을 맡기기 위해 그녀를 사무실로 불렀을 때 마침 아테네 올림픽이 TV에서 중계되고 있었다. 빅터는 자신이 올림픽 경기를 굉장히 좋아하고 틈이 날 때마다 시청한다고 말했다. 니콜은 사무실에 선 채 칼리 패터슨의 이단 평행봉 연기를 그저 바라보기만 했다. 빅터가 아무것도 모르는 편이 나았다.

5년간 니콜은 괜찮은 급료를 받으며 빅터 밑에서 일했다. 그러던 어느 날 빅터는 전에 뉴욕 경찰이었지만 현재 그의 밑에서 감시 임무를 맡고 있는 루이스 블로커라는 사내를 니콜에게 소개했다. 빅터는 루이스가 니콜에게 감시 임무를 가르치도록 시켰고, 그녀는 루이스로부터 많은 것을 배웠다.

그리고 시간이 흘러 마침내 니콜은 빅터 트렌트의 곁을 떠나기로 결심했다. 여러모로 신세를 졌다는 건 알지만 이제는 갚을 만큼 갚았다고 생각했다. 빅터를 위해 수많은 일들을 처리해줬으니 이제는 자유롭게 다른 고객들의 일을 맡아 처리해도 되겠다 싶었다.

그래서 어느 날 니콜은 빅터에게 벨라지오의 피카소라는 레스토랑에서 저녁 식사를 하자고 청했다. 그녀는 빅터가 매우 훌륭한 스승이라는 말부터 시작하여 지난 몇 년 동안 그와 맺은 우정과 그로부터 받은 지도가 너무도 소중하다는 말을 최대한 상냥하게 늘어놓은 뒤, 이제는 혼자서 일하고 싶다는 말로 얘기를 마무리했다. 빅터의 일도 계속해서 맡을 수 있지만 기본적으로는 프리랜서로서 활동하고 싶다고 선언했다.

"결심했어요. 나 자신을 위해 꼭 그렇게 하고 싶어요. 하지만 그러려면 당신의 지원과 지도가 필요해요." 니콜이 말했다.

"이 배은망덕한 년." 빅터는 애플 샴페인 비네그레트 소스를 곁들인 메인 랍스터 샐러드를 남겨둔 채 자리에서 일어났다.

결국, 남자들은 다 이런 식이다.

그 이후 니콜은 무척 잘해왔다. 하지만 결국 일이 터지고 말았다.

여태껏 이 업계에서 이렇게까지 일을 망친 사람은 아무도 없었다. 살인 청부업자들이 함께 모여 실적을 발표하거나 하는 건 아니지만 소문으로 이것저것 들리는 법이다. 니콜은 몇몇 동종업자들의 실적을 알고 있었다. 어떤 분야든 마찬가지겠지만 실적이 좋은 사람도 있었고 그저 그런 사람도 있었다. 당연히 여러 가지 실수들도 발생했다.

하지만 니콜의 이번 실수는 차원이 달랐다. 그녀 자신도 인정하지 않을 수 없었다.

잘못된 표적을 죽인 것만으로도 골치가 아팠고 의뢰인의 화를 돋우기에 충분할 텐데, 진짜 표적이 현장에 나타나 사건을 목격하고서 튀게 놔뒀다니.

결코 이력서에 적어넣을 만한 것이 아니었다.

물론 바보 같은 실수를 저지르는 살인범들이 더러 있다. 나중에 보고 즐기기 위해 살인 장면을 비디오로 녹화했다가 범행 증거를 남긴 사디스트, 전화번호부에서 부인의 처리를 부탁할 살인 청부업자를 물색한 남자, 남편을 죽이려고 접촉한 살인 청부업자가 실은 위장한 형사라는 걸 알지 못한 여자, 절망적인 마음에 인명 피해마저 불사하며 망해가는 회사에 불을 지른 뒤 가솔린에 젖은 운동화를 자기 방 벽장에 집어넣은 사업가.

이들은 모두 붙잡혀 감옥에 갔다. 왜? 아마추어들이었기 때문이다. 회계사, 증권 중개인, 자동차 판매원, 치과의사들에게 살인은 평상시의 업무가 아니었다.

그들은 각자의 분야에서는 전문가들이었지만 살인은 아니었다.

하지만 니콜은 살인 전문가였다. 살인은 그녀의 평소 업무였고 그녀는 진지하게 업무에 임했다. 사적인 감정으로 표적을 처리하지 않았다. 표적이 누군지조차 알지 못했다. 질투, 욕망, 성적 강박은 그녀의 살인과 아무런 관계가 없었다. 그런 감정들이야말로 실수와 맹점을 유발시키는 요소였다. 니콜은 사람을 죽이는 게 즐거워서 이 일을 한 게 아니었지만 일을 잘 처리할 때면 만족감을 느끼고는 했다. 사실, 표적이 남자인 경우에는 그것이 코치, 아버지, 또는 빅터라고 상상하면서 나름 즐기기도 했었다.

일을 망친 니콜은 원상복구의 의무가 있었다. 이 바닥에서는 평판이 전부였기 때문에 니콜은 어떻게든 자신의 평판을 만회해야 했다. 의뢰인 역시 그것을 요구하고 있었다.

하지만 생각보다 너무도 많은 시간이 흘러 버렸다.

니콜이 앨리슨 피치의 어머니를 감시한 지 벌써 수개월이 흘렀다. 앨리슨 피치가 사라지고 며칠 뒤, 그녀의 어머니 도리스 피치가 뉴욕의 수사 진행 상황을 알아보기 위해 데이턴 경찰서로 가던 날 감시는 시작되었다. 그날 니콜은 도리스 피치의 집에 숨어 들어가 전화기와 집 구석에 도청기를 심었고, 도리슨 피치의 컴퓨터를 자신의 노트북으로 엿보기 위한 감시용 소프트웨어를 설치하였다. 도중에 약간의 기술적인 문제가 발생하여 루이스에게 연락을 해서 해결 방법을 배우기도 했다. 니콜은 도리스 피치의 이메일 및 워드 프로세서의 작성 내용을 샅샅이 살폈고, 심지어 거액의 돈이 송금되는 경우를 포착하기 위해 은행 거래 내역까지 살펴봤다. 앨리슨 피치가 어머니에게 연락하는 건 시간문제라고 니콜은 생각했다.

이 방법이 완전무결한 것은 아니었다. 앨리슨이 제삼자를 통해 어머니에게 메시지를 전달할 가능성도 충분히 있었다. 하지만 그렇다면 도리스 피치는 비행기표 예약 같은 눈에 띄는 행동을 할 것이 분명했다.

앨리슨은 언젠가 반드시 어머니에게 연락할 것이다. 이 전직 술집 웨이트리스에게는 몸을 사릴 타당한 이유가 있었다. 그녀는 자기 어머니가 감시를 받고 있음을 짐작했을 것이다. 하지만 반면 앨리슨은 시간이 지나 그들이 감시의 고삐를 늦추기를, 아니, 자신이 죽었다고 생각하기를 기원할 것이다.

그래서 니콜은 끝까지 기다리기로 했다. 기다림이 지나치게 길어지지 않기를 바랄 뿐이었다. 그녀는 벌써 몇 개월째 한 푼도 벌지 못한 채 통장의 돈을 까먹고만 있었다.

슬슬 직업을 바꿔야 할 때가 온 것일까? 운이 (아직 남아 있다면) 다 떨어지기 전에 그만두는 게 나을까? 니콜은 루이스로부터 심상찮은 느낌을 받았다. 앨리슨 피치가 처리되고 나면 루이스는 니콜에게 "별도의" 대가를 치르도록 할지 모른다.

그럴 경우에 대비해야 한다.

앨리슨 피치가 나타나기를 기다리는 긴 시간 동안 니콜은 자신의 처지에 대해 고민했다.

도리스 피치는 데이턴의 노스리지에서 75번 고속도로에 가까운 저층 아파트 단지에 살고 있었다. 니콜이 묵는 공동주택은 아파트 단지의 건너편에 있어서 도리스 피치의 집과 그녀의 검은 닛산 버사가 주차된 주차장을 훤히 볼 수 있었다.

하지만 하루 24시간 창가에 앉아 감시할 수는 없는 노릇이었다. 허기도 채워야 하고 잠도 자야 했다. 따라서 니콜은 필요한 조치를 해 놓았다. 도리스의 집에 설치한 장비들은 목소리를 감지하는 순간 녹음을 시작하게끔 되어 있다. 그리고 도리스의 자동차가 움직이면, 작은 신호가 니콜에게 그것을 알려줄 것이다.

하지만 가급적 창가에 가까이 머무는 편이 좋다. 어쩌다 눈을 뗀 순간 앨리슨 피치를 태운 택시가 저 집 앞에 멈출지도 모를 일이다.

니콜의 휴대폰이 울렸다.

"여보세요?"

"나야." 루이스의 목소리였다.

"네."

"할 일이 생겼어."

"저 여기서 일하는 중이잖아요?"

"시카고로 가."

니콜은 최근 이 개자식의 싸가지 없는 말투가 영 마음에 들지 않았다.

"못 가요." 니콜이 말했다.

"토 달지 마. 앨리슨 피치를 잡는 것만큼이나 중요한 일이야."

"시카고에서 무슨 일인데요?"

"지금 앞에 노트북 있나?"

"잠깐만요……. 네, 계속 얘기해봐요."

"〈휠360〉 알지? 그 웹사이트로 가 봐."

"네."

"뉴욕 오처드 가를 검색해. 그때 그 건물 주소 기억하지?"

니콜은 '뭐하자는 거야?' 라고 생각하며 웹브라우저를 열고는 〈휠360〉에 접속한 뒤 그 집의 주소를 입력했다. 몇 초 후 오처드 가의 이미지가 화면에 나타났다.

"네. 지금 오처드 가가 나왔어요. 여기 뭐가 문제죠?" 니콜이 물었다.

"위를 봐."

니콜은 노트북의 트랙패드를 클릭한 뒤 손가락을 아래로 끌어당겼다. 화면의 초점을 길거리에서 건물의 3층으로 옮기자 시점이 그에 따라 이동했다. 그녀가 잠시 들렀던 바로 그 공동주택의 3층이 나타났다.

니콜은 창문을 바라봤다.

그리고 트랙패드를 클릭하여 이미지를 확대했다.

"이건…… 말도 안 돼……."

니콜은 비행기를 탈 생각도 하지 않았다. 시카고까지는 차로 네 시간이면 갈 수 있었다. 70번 고속도로를 타고 서쪽으로 가다 인디애나폴리스의 북쪽을 통과하여 65번 고속도로를 타서 게리까지 간 뒤, 마지막으로 90번 고속도로로 갈아타면 된다.

니콜은 혹시라도 그 사이 앨리슨 피치가 어머니를 찾아온다면 제발 오래 머물다 가기만을 바랐다.

루이스가 니콜에게 알려준 이름은 "카일 빌링스"였다. 32세, 남성, 3년간 시카고의 〈훨360〉 본부에서 근무. 루이스가 알려준 정보에 따르면, 카일 빌링스의 담당 업무 중에는 인터넷에 올라간 길거리 풍경에서 삭제해야 할 부분, 즉 자동차 번호판과 사람의 얼굴들을 골라 지워주는 프로그램의 관리가 포함되어 있었다. 이것은 자동화된 공정이었으므로 카일 빌링스의 일은 프로그램이 제대로 작동하는지를 지켜보는 것이었다. 프로그램을 제작한 것도 카일 빌링스 본인이었다.

니콜의 임무는 누군가가 오처드 가의 창문을 보기 전에 카일로 하여금 그 프로그램으로 이미지를 삭제하도록 만드는 것이었다. 니콜이 도대체 어떻게 저 화면을 찾았느냐고 묻자, 루이스는 손에 〈훨360〉의 화면을 출력한 것을 들고 앨리슨 피치의 집 앞에 나타난 웬 남자 덕분에 알게 되었다고 대답했다. 루이스는 지금 그놈의 정체를 파악하려고 애쓰는 중이었다.

그야말로 개판이로군.

처음에는 애꿎은 사람이 죽더니,

곧이어 앨리슨 피치가 도망가고,

이제는 빌어먹을 지도까지 등장했어.

집중하자.

집중이라면 시드니 올림픽에서도 많이 하지 않았는가? 눈앞의 과업에 집중하고 나머지는 전부 머릿속에서 몰아내는 일. 관중도, TV 카메라도, 해설가도 없다.

오직 니콜과 평행봉이 있을 뿐.

그것이야말로 지금의 니콜에게 필요한 것이었다. 오늘 일만 생각하라. 내일 일도, 모레 일도, 그다음 날의 일도 모두 잊어버려라.

오직 오늘 일만.

오늘 니콜이 할 일은 일단 카일 빌링스를 찾고 그에게 거리 풍경이 저장된 〈휠360〉의 데이터베이스로 접속하여 3층 창문의 이미지를 삭제하도록, 데이터베이스에서 영원히 말소시키도록 모든 능력을 총동원하여 "설득" 하는 것이었다.

니콜은 카일 빌링스를 "설득" 할 수 있다.

카일 빌링스에게는 아내가 있었다.

35

"토마스?"

"네?"

"나야, 빌 클린턴."

"대통령 각하?"

"그래."

"안녕하세요. 연락 주셔서 감사합니다."

"작업은 어떻게 진행되고 있나?"

"잘 진행되고 있습니다. 매일매일 더욱 많은 길거리들을 암기하고 있어요. 최근에 보내드린 현황 보고는 잘 받으셨습니까?"

"그럼, 물론이지. 자네는 아주 잘하고 있어. 훌륭해. 다들 자네 능력에 혀를 내두르고 있어."

"정말 감사합니다."

"그런데 토마스, 걱정되는 게 있는데 말이지……."

"네?"

"얼마 전에 FBI가 찾아왔다면서?"

"맞습니다. 그런데 그 얘기는 이미 말씀드렸습니다만? FBI는 제가 일을 잘하고 있는지 확인하러 온 것 아니었습니까?"

"그럼, 그럼. 하지만 요즘 세상엔 정말 조심해야 해, 토마스. 입조심 말일세. FBI든 CIA든 프로미스 폴즈 경찰이든 가볍게 떠벌려서는 안 돼. 자네와 가까운 사람들에게도 마찬가지일세."

"무슨 말씀이십니까?"

"누구에게든 무슨 얘기든 신중하게 하라는 말이야. 사적인 얘기를 함부로 해서는 안 된다네. 지금 아버지가 돌아가셔서 괴로운 심정은 이해하겠지만 힘든 내색을 해서는 안 돼. 약한 모습을 보여서는 안 되는 거야. 다른 트라우마들도 마찬가지일세. 그런 것들은 모두 마음속에 꼭꼭 묻어두고 자네는 계속 앞을 향해 나가야 해. 이해하겠는가?"

"네, 알 것 같습니다."

"다행이군. 작업의 흔적을 지우는 것도 잊지 말게. 인터넷 방문 기록을 반드시 삭제—."

"벌써 삭제했습니다."

"통화 내역도 삭제하게."

"그럼요. 다 삭제하고 있습니다, 빌."

"자네가 정말 자랑스럽구먼, 토마스. CIA 사람들이 전부 자네에게 감명을 받고 있어."

"각하를 실망시키지 않겠습니다. 아, 마침 통화가 연결된 김에 드릴 말씀이 있습니다. 요전번에 뉴욕의 길거리를 암기하다가 창문에서—."

"토마스, 이만 끊어야겠네. 그 얘기는 다음에 듣도록 하지, 알겠나?"

"알겠습니다, 빌. 알겠습니다. 그럼 이만 끊겠습니다."

36

 줄리가 돌아간 뒤, 나는 토마스에게 맨해튼 공동주택의 집주인과 무슨 얘기를 나눴는지 물어봤지만 토마스는 짜증이 난다면서 방으로 돌아가 문을 닫았다. 문 너머에서 그가 미국 전 대통령과 대화하는 말소리가 들렸다.

 그래서 이튿날 아침 토마스가 주방으로 내려왔을 때, 나는 굳이 얘기해 달라고 조르지 않았다. 그저 어떤 시리얼이 먹고 싶냐고 물었을 뿐이었다.

 내가 시리얼을 반쯤 먹고 나서 두 잔째 커피를 따르는데 토마스가 물었다.

 "어제 내가 무슨 얘기 했는지 궁금하지 않아?"

 "누구하고 말이야?" 나는 그가 빌 클린턴과의 대화를 가리키는 거라고 생각했다.

 "집주인 말이야. 파파다폴루스 씨."

 "말하고 싶으면 말해. 어젯밤에는 말 안 했잖아. 너 좋을 대로 해."

 "파파다폴루스 씨는 자고 있었는데 내가 깨우는 바람에 크게 화를 냈어. 게다가 그 사람 말은 알아듣기가 힘들었어. 외국어 억양이 섞여 있어서." 토마스가 말했다.

 "그리스 억양이겠군."

 "왜 그리스야?"

 "아냐, 신경 쓰지 마. 얘기나 계속해봐."

 "그 사람한테 내 소개를 했어. CIA의 고문이라고 말했어."

 나는 커피를 내려놓았다. "안 돼, 토마스, 안 돼."

 "거짓말은 하고 싶지 않았어. 그리고 내 신분을 밝혀야 묻는 말에 고분고분 대답해 줄 테니까."

머지않아 FBI가 다시 찾아오겠군. CIA에 이메일 폭탄을 퍼부은 것은 봐준 다손 치더라도 정부 기관 직원을 사칭하는 것은 얘기가 다르다. 상황은 계속 꼬여가고 있었다.

"그 집에 누가 살았냐고 물어봤어." 토마스가 말했다.

"그랬더니?"

"여자 두 명이 살았대."

"그 얘긴 내가 이웃집 여자한테 들은 거잖아?" 내가 지적했다.

"그 둘이 자매였는지, 모녀였는지, 아니면 친구였는지 물어봤어. 집주인 말로는 두 사람은 룸메이트이긴 했지만 사이가 좋지 않았대. 한 명이 집세를 제때 안 내서 다른 한 명이 그 친구 몫까지 내줘야 했거든."

나는 고개를 끄덕였다. "잘 물어봤네."

"두 여자의 이름은 코트니, 그리고…… 다른 한 명은 올슨이라고 한 것 같은데…… 집주인 억양이 심해서 잘 모르겠어."

"성이야, 이름이야?"

"'올슨'은 이름이야. 성도 어딘가에 적어 놨어. 집주인이 그러는데 올슨이 아직 발견되지 않았대."

나는 뜻밖의 흥미를 느끼며 물었다. "발견되지 않았다고? 무슨 말이야, 발견되지 않았다니?"

"집주인이 그렇게 말했어. 그래서 내가 무슨 뜻이냐고 물으니까, CIA 같은 데서 그런 것도 모르냐고 그러길래 나는 CIA가 여러 지역에 지국을 거느린 매우 거대한 조직이라고 설명—"

"그래서 집주인이 뭐래?"

"올슨이 실종됐대. 그리고 지금 그 집에 누가 사냐고 물었더니 아무도 안 산다고 그랬어."

"그것도 어제 내가 말했잖아?"

"하지만," 토마스는 셜록 홈즈라도 된 듯 손가락을 쳐들며 말했다. "그 집을 빌린 사람이 있어."

"누군데?"

"블로커." 토마스가 말했다.

"그게 누구야?"

"그 집을 빌린 사람."

"그건 알아. 그래서 그게 누구냐고?"

"나도 모르겠어. 근데 그 사람은 왜 집을 빌려놓고 사용하지 않는 걸까?" 토마스가 물었다.

"많은 이유가 있을 수 있겠지. 예를 들어, 뉴욕에 살지 않지만 일 때문에 자주 오는 사람이라거나."

토마스는 미심쩍게 말했다. "그건 돈을 낭비하는 거잖아?"

"돈 많은 사람들은 낭비 같은 거 신경 안 써. 그런 사람들이라면 뉴욕에 올 때마다 호텔에 묵는 것보다 아예 집을 빌리는 게 편할 거야."

토마스는 납득할 수가 없었다. "모르겠어. 어쨌건 내 생각에 창문에 있던 머리는 그 올슨이라는 여자였을 거야. 그 여자는 살해당했어. 그래서 실종된 거야."

"좋아, 알겠어. 그럼 그 여자가 살해당한 이유는?" 내가 물었다.

토마스는 잠시 생각에 잠겼다. "블로커 씨가 맨해튼에 왔을 때 묵을 집을 마련하기 위해."

나는 웃었다.

"정말 그렇게 생각해? 집을 빌리기 위해 사람을 죽였다고?"

"뉴욕에는 공동주택 임대물이 부족하니까." 토마스는 진중하게 대답했다.

"내가 그 공동주택에 가봐서 아는데, 사람을 죽이면서까지 빌릴 만큼 좋은 집은 아니었어." 나는 양 손바닥을 테이블 위에 올려놓았다. "자, 토마스. 지금까지 한 얘기를 한번 정리해보자. 일단 여자 두 명이 그 집에 살았었지만 지금은 살지 않아. 그리고 너의 친애하는 집주인 말로는 블로커라는 사람이 집세를 내고 있는데 실제로 집에 들어가서 살지는 않아."

"난 집주인을 친애하지 않아. 그 사람이 누군지 알지도 못해."

"알았어, 알았어. 아무튼, 그 정도의 정보로 살인이 일어났다고 결론 내릴 수는 없어."

"하지만 여자가 실종됐잖아?"

"뉴욕 경찰청 형사가 아닌 집주인의 말에 따르면 그렇지. 경찰이 여자를 찾았지만 집주인이 모르는 것일 수도 있잖아?"

"그거 좋은 생각이다." 토마스가 말했다.

"뭐가 좋은 생각이야?"

"뉴욕 경찰청에 연락하는 거."

"내가 언제 그런 말을 했어? 나는 집주인이 알려준 정보가 틀릴지 모른다고 지적한 것뿐이야."

"그러니 제대로 된 정보를 얻어야지."

"좋은 생각이 아닌 것 같다."

"그럼 CIA에 이메일을 보내서 뉴욕 경찰청에 연락해보라고 할 거야."

이거야말로 아주 안 좋은 생각이었다.

"그래, 알았어, 알았다고. 내가 할게. 내가 뉴욕 경찰청에 연락하면 되잖아? 실종된 여자가 나타났는지 알아보면 될 거 아니야?" 내가 말했다.

"그리고 인터넷에서 〈휠360〉으로 오처드 가를 살펴보라고 말해줘. 창문에 얼굴이 있다고 말이야."

"알겠어."

토마스는 다시 시리얼을 먹기 시작했다. 머릿속으로 나는 커다란 안도의 한숨을 내쉬었다. 자, 이제 사건은 해결됐다. 물론 토마스가 기대하는 것과는 다른 방식의 해결이었다. 뉴욕 경찰청에 전화를 걸어봤자 내 말에 귀 기울여 줄 사람도 없겠지만 나는 애초에 전화를 걸 생각이 없었다.

제 동생이(길거리 암기 프로젝트 진행 상황을 미국 전 대통령에게 이메일로 보고한 탓에 FBI의 요주의 인물이 된 동생이) 인터넷으로 살인 현장을 목격했어요, 라는 말을 듣고 뉴욕 경찰이 어떻게 반응할지는 안 봐도 뻔했다.

그런 얘기를 하려고 뉴욕 경찰청에 전화할 수는 없었다.

나는 토마스에게 말했다. "뭣 좀 물어보자."

"물어봐." 우유 방울이 토마스의 턱을 타고 흘러내렸다.

"대재난인지 뭔지가 일어나서 인터넷의 지도들이 전부 맛이 간다고 네가 그랬잖아? 그래서 재난의 구체적인 내용이 뭐야?"

토마스는 스푼을 내려놓고 냅킨으로 턱을 두드려 닦았다.

"가장 유력한 원인은 외계인의 침공이야." 토마스는 짐짓 사무적인 말투로 답했다. "금성이나 화성일 가능성도 있지만 아마 태양계 밖의 외계인들이 공격해 올 거야. 외계인들은 지구에 착륙하기 전에 지구의 지도 시스템을 무력화시킬 거야. 발각되지 않고 지구에 착륙하기 위해서."

절망적이고 슬픈 공기가 나를 감쌌다.

"형, 많이 놀랐어?" 토마스가 웃음기 없이 말했다.

"표정이 말이 아니네."

나는 토마스에게 잠깐 시내에 갔다가 한 시간 안에 돌아오겠다고 말했다.

토마스는 마우스 클릭질을 멈추지 않고 대답했다. "어, 그래."

"오늘 점심은 네가 만들어라. 내 것까지. 저녁은 내가 만들게." 내가 말했다.

토마스는 클릭을 멈추며 의자에서 몸을 빙글 돌렸다. "청소도 내가 해야 돼?"

"그래. 참, 줄리가 그러던데 너 고등학교 때 마거릿 터스키 좋아했다면서? 정말이야?"

"형이 참견할 바가 아닌 것 같아."

예상한 대답이었다.

"그래. 있다가 보자." 내가 말하자 토마스는 고개를 끄덕이더니 작업을 재개했다. 나는 금방 돌아올 생각이었으므로 토마스가 말썽을 부릴 시간적인 여유는 없겠지만 마음이 놓이지는 않았다.

나는 차를 타고 리지웨이 드라이브에 있는 1층짜리 농장으로 가서 진입로에 차를 댔다. 초인종을 누르자 마리 프렌티스가 현관으로 나와 나를 맞이했다.

"어머, 레이! 웬일이니!" 마리는 망으로 된 덧문을 연 뒤 집 안을 돌아보며 외쳤다. "렌! 레이가 왔어요! 토마스는 안 데려왔니, 레이? 차 안에 있어?"

"저 혼자 왔어요." 나는 집 안으로 발걸음을 옮기며 말했다.

"아유, 그것참 유감이구나!" 마리는 숨가빠하면서도 한 음절 한 음절 열성적으로 내뱉었다. "토마스도 왔으면 참 좋았을 텐데."

집 안은 마리가 수집한 숲 속 동물들의 조그만 도자기 인형들로 가득했다. 현관의 좁은 테이블에는 사슴, 너구리, 다람쥐 따위가 널려 있었는데 그 인형들은 상대적 비율이 실제와는 달랐다. 그건 다행스러운 일이었다. 만약 현실 세계에서도 저렇다면 다람쥐가 수사슴을 점심으로 먹어치울 수 있을 테니까.

거실을 들여다보니 그곳에서도 역시 동물쇼가 펼쳐지고 있었다. 커피 테이블에는 렌이 리모컨들을 올려놓기 위해 확보해 놓은 조그만 면적을 제외하고는 온통 동물 천지였다. 마리는 화가를 자처하며 그림을 그리곤 했는데, 벽들에는 그녀가 직접 그린 부엉이, 무스, 토끼 따위의 초상화가 걸려 있었다.

"렌!" 마리는 다시 소리쳤다.

거실 바로 옆의 복도에서 문이 열리더니 렌이 지하실에서 올라오는 것이 보였다. 그는 지하실에서 많은 시간을 보낸다고 했다. 들은 바로 지하실에는 렌이 가구를 제작하는 작업실이 있었다.

"레이가 왔어요! 참 잘됐죠?" 마리가 말했다.

렌은 껄끄럽게 웃음을 지으며 말했다. "그래, 레이. 혼자 왔나?"

"네."

"커피 줄까? 새로 끓일 참이었단다." 마리가 물었다.

"괜찮아요. 렌 아저씨하고 잠깐 할 얘기가 있어서 들렀어요."

"지하실로 내려갈까? 지금 만들고 있는 걸 보여주마." 렌은 내가 찾아온 이유를 알겠다는 듯한, 그리고 아내 앞에서는 그 얘기를 하고 싶지 않다는 듯한 눈초리로 나를 바라봤다.

"네, 그러죠."

"정말 아무것도 안 마셔도 괜찮겠니?" 마리가 지하실 입구까지 우리를 따라오며 물었다.

"됐어, 여보." 렌은 먼저 내려가라는 뜻으로 나에게 손짓을 했다.

곧이어 렌은 지하실 문을 닫고 나를 따라 내려왔다.

"작업실이 참 좋군요." 조명이 밝은 렌의 작업실은 장인이 반드시 사용할 법한 연장들로 가득했다. 실톱, 드릴 프레스, 선반旋盤, 커다란 작업대, 샵백 진공청소기, 벽에 진열된 다채로운 수공구들까지. 작업실 맨 안쪽의 넓은 계단 위에는 네모난 스윙도어 두 짝이 달려 있었다. 렌은 이 도구들을 가지고 가구를 만들었다. 바닥에는 톱밥 한 줌 떨어져 있지 않았는데 지금 작업 중인 물건이 보이지 않는 걸로 봐서는 당연한 일이었다. 완성되기를 기다리는 의자 다리, 화장대 서랍, 장식장의 문짝 같은 것은 보이지 않았다.

"난 늘 작업실을 깨끗이 치워놓거든." 렌이 말했다.

"뭘 만들고 계셨는데요? 뭘 만들고 있다고 하기엔 딱히 뭐가 없어 보이지만……." 내가 물었다.

"사실 작업 중인 건 없어. 자네가 나한테 얘기할 것이 있을 것 같아 내려온 거야." 렌이 말했다.

"토마스가 말하기로 어제 일이 좀 있었다더군요. 그래서 자세한 걸 여쭤보러 왔습니다. 토마스가 아저씨를 쳤다면서요?"

렌은 손을 올려 그의 뺨을 쓰다듬었다. "음, 맞아."

"죄송해요. 토마스가 실수했군요."

"뭐, 녀석 탓은 아니지. 미친놈인데 어쩌겠어?" 렌이 말했다.

"토마스는 미치지 않았습니다. 약간의 정신 질환이 있을 뿐이에요. 아시잖아요." 내가 말했다.

"이봐, 레이. 아무리 좋게 말해봤자 결국 머리가 돌았다는 뜻이잖아?"

나의 목덜미가 뻣뻣해졌다. "아저씨가 저희 집에 찾아왔을 때 구체적으로 무슨 일이 있었어요?"

"너희들이 잘 지내나 보려고 잠깐 들른 거였다. 너희 아버지라면 내가 그렇게 해주길 바랐겠지. 아무튼, 가보니까 너는 없고 토마스만 있더군. 넌 뉴욕에 갔었다면서?"

"그래서 무슨 일이 벌어졌어요?"

"나는 토마스에게 잘해주려고 한 것뿐이다. 그게 다야."

"만약 아저씨가 잘해주려고 한 거라면 어째서 토마스가 화를 낸 건지 이해가 안 가는군요."

"나는 그냥 토마스를 데리고—."

"거기 무슨 일 있어요?" 마리가 지하실을 향해 큰 소리로 외치며 문을 열었다.

"아무 일 없어! 문 닫아!" 렌이 고함을 질렀다.

지하실 문이 닫혔다.

렌은 헛기침을 한 뒤 말을 이었다. "데리고 나가서 점심을 사주려고 했다."

"토마스가 집 밖으로 잘 안 나간다는 거 아시잖아요?" 더더군다나 렌과 함께라면 더욱 나가기 싫었을 것이라는 말은 굳이 덧붙이지 않았다.

"그래. 나도 알지만 밖에 나가면 토마스에게 좋을 거 같아서 그런 거었어. 만날 방에만 처박혀 있으면 안 돼. 건강에 좋지 않다고. 네 아버지도 걔 때문에 돌아버릴 지경이었잖아."

"그래서 왜 토마스가 아저씨를 쳤어요?"

렌은 피곤한 듯 어깨를 으쓱했다. "내가 좀 강요하긴 했지. 밖으로 나가자고 계속 설득했어. 끌고 나가려고 팔을 붙잡았더니 녀석이 팔을 빼내려다가 내 얼굴을 쳤지 뭐냐. 혹시라도 토마스가 내가 지금 말한 것보다 부풀려서 말했다면, 뭐, 내가 자기를 때렸다고 말했다거나 그랬다면 순 거짓말이야. 걔가 늘 그렇듯이 상상의 나래를 펼친 거라고. 그렇고말고."

"토마스는 그런 얘기 안 했는데요."

렌은 만족스러운 듯 고개를 끄덕였다. "다행이군. 너도 알다시피 미친놈들은 말도 안 되는 거짓말을 지껄이잖아. 토마스 녀석은 자기가 전 대통령의 친구라고 생각하더구나. 쯧쯧."

나는 목소리의 평정을 잃지 않으려고 애쓰면서 대답했다. "렌 아저씨가 좋은 의도로 그랬다는 것도 알고, 오랫동안 아버지와 친구로 지내셨다는 것도 잘 알고, 무례하게 굴 생각도 전혀 없지만, 토마스를 미친놈이라고 부르는 건 참지 않겠어요. 토마스는 착하고 순하고 예절 바른 사람이에요. 동생이 보통 사람들과 조금 다르다는 건 사실입니다. 그건 저도 알아요. 하지만 아저씨가 동생을 욕할 자격은 없어요. 밖에서 점심을 먹자고 청했는데 토마스가 거절했다면, 아저씨는 그 의견을 존중해 줘야 했어요. 토마스가 아닌 다른 사람이었다면 당연히 그랬을 거 아니에요?" 나는 숨을 들이쉬었다.

내가 계단을 향해 몸을 돌리자 렌이 말했다. "그렇게 착하고 순하지도 않아."

"네?"

"너희 아버지한테 들은 얘기가 있다. 토마스는 아주 난폭해질 때가 있어. 한번은 애덤을 계단에서 떠밀었다더구나. 쯧쯧. 애덤은 녀석이 한 짓을 감싸주려고 무던히 애쓰더라만 솔직한 내 의견을 말하자면 그놈은 정신병원에 집어넣어야 해."

37

"당신 어젯밤 파티에 왜 그 빨간 드레스를 입고 간 거야?" 카일 빌링스가 아내 로셀에게 말했다. "출발하기 전에 내가 말했잖아. 다른 옷 입고 가라고."

"내가 그 드레스 좋아한다는 거 알잖아? 그 옷 입으면 기분이 좋단 말이야." 로셀이 대답했다.

"뭐? 창녀처럼 보이는 저 옷이? 창녀처럼 보이는 게 그렇게도 좋아?"

"나쁜 새끼." 로셀은 그렇게 말하고 침실에 붙은 욕실(거품 욕조, 2인용 샤워실, 두 개의 세면대, 비데 등 온갖 시설을 갖춘)에서 사납게 뛰쳐나왔다. 밖을 향해 둥그스름하게 돌출된 침실 유리창 아래로는 나무가 늘어선 거리가 내려다보였다. 로셀은 곧바로 옷을 보관하는 대형 벽장 안으로 걸어 들어갔다.

대형 벽장은 로셀의 것과 카일의 것 두 개가 있었고, 각 벽장은 카일이 10년 전 살았던 시카고 사우스 사이드의 공동주택의 지하실보다 면적이 약간 더 넓었다. 그 지하실 집에는 쥐와 곰팡이가 들끓었고, 위층에 세들어 사는 부부는 밤이면 밤마다 토스트에 버터가 덜 발린 사태부터 남편이 전날 밤 친구들과 술을 먹고 늦게 들어온 사건까지 다양한 주제를 가지고 서로에게 소리를 질러댔다.

하지만 이제 카일은 이웃집에서 싸우는 소리를 들을 필요도 없었고 그와 로셀이 싸우는 소리를 이웃들에게 들려줄 일도 없었다. 지금 그들 부부는 오크 파크 포레스트 애비뉴의 개축된 수백만 달러짜리 주택에 살고 있었다. 바로 옆에는 그 거리에 몇 채 존재하는, 프랭크 로이드 라이트가 직접 설계한 주택 중 하나가 들어서 있었다. 카일 빌링스는 조만간 프랭크 로이드 라이트의 주택이 매물로 나올 것이라고 예상했고, 신속하게 구매할 만반의 태세를 갖추고 있었다. 그 집을 사기만 하면 아들이 〈훨360〉으로 재주를 부려 서른도 되기 전에 수백만장자가 됐음에도 시큰둥하던 아버지도 마침내 카일을 인정할 것이다. 그의 아버지는 생존한 건축가와 사망한 건축가를 통틀어서 미국에서 가장 위대한 건축가인 프랭크 로이드 라이트를 신처럼 숭배하다시피 했다. "아니, 왜 저 집을 안 사고 이 집을 산 거냐?" 아버지는 카일의 집 옆에 있는 라이트의 저택을 가리키며 말했었다. "난 네가 꽤 잘 사는 줄 알았는데 말이다."

못된 영감탱이.

카일 빌링스는 아내를 따라 벽장으로 들어갔다. "그런 옷 입으면 남자들이 쳐다본다는 거 당신도 알잖아? 남자들을 달아오르게 한단 말이야. 파티에 있던 놈들 입이 얼마나 상스러운지 알아? 눈빛으로 당신을 강간하더라!"

로셀은 몸을 돌려 카일을 바라봤다. 맨발에 청반바지, 붉은 티셔츠 차림의 그녀는 도전적인 자세로 양손을 허리춤에 올리며 말했다. "그럼 부르카라도 입고 다닐까? 당신이 원하는 게 그거야?"

"빌어먹을." 카일은 그렇게 말했지만, 속으로는 사실 이렇게 트집을 잡는 게 얼마나 못난 짓인지 잘 알고 있었다. 까놓고 말해, 5년 전 샌프란시스코에서 열린 소프트웨어 박람회에서 "반드시 구매해야 하는" 스마트폰 앱의 세부 사항들보다 스틸레토 힐을 신고 무대를 활보하던 로셀 케스터맨(지금은 로셀 빌링스지만)이 사람들의 시선을 끌었을 당시, 카일 자신은 어땠었는가?

엉덩이까지 내려오는 검은 머리, 기다란 다리, 상대방의 눈을 직시하는 듯한 작지만 생기 있는 가슴을 지닌 로셀은 그때도 지금처럼 눈부시게 아름다웠다. 크림이 섞인 커피의 빛을 띤 피부색은 그녀에게 이국적인 인상을 주었다. 카일은 한시라도 빨리 로셀을 만나지 않을 수 없었다. 그는 무대 뒤로 들어간 로셸에게 다가가 함께 술을 마시자고 청했고, 대화 중에 그의 성공담과 포르쉐 911 터보와 미시간 호수를 내려다보는 시카고 맨션 얘기를 슬쩍슬쩍 흘려 넣었다. 그리고 현재 작업 중인 새로운 프로젝트, 즉 사람들이 편하게 컴퓨터 앞에 앉아 전 세계 도시들을 여행하도록 만들어줄 프로젝트를 통해 하느님보다 더 큰 부자가 될 수 있다는 얘기도 빼놓지 않았다.

로셸은 그 새로운 프로젝트 얘기가 마음에 들었다.

그리고 다섯 달 뒤 두 사람은 결혼했다.

카일은 로셸이 그를 달아오르게 한 것만큼 다른 사내들도 흥분시킬 수 있다는 점을 잘 알았지만 얼마 동안은 그럭저럭 견뎌냈다. 웬 놈팡이가 로셸을 슬쩍 쳐다본 뒤 카일과 눈을 마주칠 때면 카일은 그를 향해 '그래, 이 새끼야. 보고 싶으면 얼마든지 봐라. 하지만 밤에 저 여자 위에 올라타는 건 이 몸이시다.' 라는 뜻으로 미소를 지어 보였다.

그리고 그 "승차감"은 그야말로 굉장했다.

로셸과의 섹스는 차원이 달랐다. 그녀는 침대 위에서 다채로운 방식으로 즐겼고 조금도 이기적이지 않았다. 그뿐만이 아니라 그녀의 몸은 놀라우리만치 유연했다. 고등학생 시절과 대학생 초반에 로셸은 유능한 체조 선수였다. 지금은 더 이상 체조를 하지 않았지만 일주일에 나흘은 운동을 하면서 예전의 유연성을 유지하고 있었다.

카일은 자신이 운이 좋다는 걸 잘 알고 있었다. 남자라면 로셸을 갖기 위해 살인이라도 저지를 것이다.

하지만 아내의 아름다운 외모에 대한 그의 태도는 시간이 흐르면서 변했다. 자부심이 있던 자리에는 질투와 불안이 스며들었다. 어떤 남자라도 사로잡을 수 있는 로셸이 과연 카일의 곁에 머무를까? 카일에게는 돈이 있었다. 훌륭한 집도 있었다. 그는 로셸과 1년에 두세 번 유럽으로 여행을 갔고 최고급 호텔에 묵었다. 그녀에게 걸윙도어가 달린 이십만 달러짜리 메르세데스 벤츠를 사주기도 했다.

문제는 카일 말고도 부자들이 많다는 점이었다. 만약 로셸이 원하는 것이 돈뿐이라면 카일이 일하는 업계에서만도 하룻밤 사이에 백만장자가 된 사람들은 얼마든지 있었다. 로셸은 카일을 사랑한 것일까? 아니면 카일이 제공해 주는 삶을 사랑한 것일까?

로셸은 항상 당연히 전자가 그 답임을 분명히 해왔다. 하지만 카일은 스스로를 고문하는 것을 멈출 수가 없었다. 로셸이 지나치게 아름다움을 과시한다는 걱정을 떨칠 수가 없었다. 그래서 그는 로셸에게 섹시한 차림새를 완화하라고 요구하기 시작했다. 짧은 스커트를 입는 것은 괜찮지만 크리스찬 루부탱 하이힐을 신고 걷다가 넘어질 때 브라질리언 제모를 한 게 슬쩍 보일 만큼 바짝 끌어올린 스커트는 곤란하다.

"당신 때문에 돌아버리겠어." 로셸은 옷가지를 옷장의 막대에 걸치면서 말했다. 옷들은 90퍼센트가 검은색이었다. "내가 딴 사람이 아닌 당신을 달아오르게 하려고 그렇게 입고 다닌다는 생각은 안 해봤어? 그런데 그 바지가 도대체 어디 간 거지?"

"내 말은 당신에게서 신호가 나가고 있다는 거야. 당신 의도야 어찌 됐건 놈들은 그 신호를 기꺼이 받아들이잖아!" 카일이 말했다.

로셸은 막대에서 옷걸이를 꺼내 들고 바지를 살펴보다가 다시 집어넣었다. "젠장, 어디 간 거야?"

"내 말 듣고 있어?"

로셸은 동작을 멈추고 남편을 쏘아봤다. "아니, 안 듣고 있어. 정신 나간 사람 말을 왜 들어야 해?" 로셸은 카일을 휙 지나쳐 벽장을 나갔다. 그녀는 침대 옆 테이블 위에 올려진 휴대폰을 집어들며 말했다. "당신 옆에 못 있겠어. 자기가 아주 못된 놈이었다는 걸 인정하고 사과할 준비가 되거든 테라스로 나와."

카일은 침실을 걸어나가는 로셸을 보며 침대 모서리에 털썩 주저앉았다. 그는 아내의 엉덩이에서 눈을 뗄 수가 없었다. 로셸이 화를 낼 때면 걸어나가는 섹시한 뒷모습을 지켜볼 수 있다는 것이 그나마 위안이었다.

"멍청하긴." 카일이 말했다. 하지만 로셸을 두고 하는 말은 아니었다. "이 멍청한 자식아……." 카일은 그의 소유욕이 자기 바람과는 정반대의 결과를 낳으리라는 것을 이미 알고 있었다. 그의 친구들 중에도 비슷한 경우가 있었다. 여자를 묶어두려고 할수록 여자들은 달아났다.

카일이 침대에 주저앉은 지 10분이 지나고 20분이 지났다. 그는 테라스로 나가서 로셸에게 사과할지, 아니면 집 밖으로 나가 페라리를 타고 한두 시간 혼자 드라이브를 할지 고민했다. 그래, 차를 타고 나가서 꽃, 아니, 그보다 훨씬 더 좋은 걸 사서 들어오자. 매그니피센트 마일에 가서 비싸고 화려한 물건을 사오는 거야. 만 달러쯤 되는 걸로. 영수증을 로셸의 눈에 띄는 곳에 슬쩍 올려두자.

하지만 45분이 흐르자, 마침내 카일은 자존심을 꾹 누르고 로셸에게 사과할 준비가 되었다. 그래, 당신이 정 그렇게 입고 다니고 싶거든, 알았어, 하지만 조심―.

그때 휴대폰이 울렸다. 전화가 아닌 문자메시지의 착신음이었다. 카일은 침대에서 일어나 휴대폰을 집어들었다. 휴대폰의 화면에는 로셸의 이름과 함께 사진 하나가 떠 있었다.

로셸이 문자메시지로 사진을 보낸 것이었다.

하지만 매우 이상한 사진이었다.

사진 속에는 여자가 있었다. 붉은 티셔츠와 청반바지를 보고 카일은 그 여자가 분명 자기 아내임을 알 수 있었지만 비닐봉지 같은 것이 얼굴에 팽팽하게 씌워져 있는 탓에 얼굴이 보이지 않았다. 턱, 입술, 코, 눈썹 등 얼굴의 기복이 비닐봉지 위로 솟아올라 있을 뿐이었다.

사진에는 전신이 나와 있지 않았지만 팔이 보였고 팔에는 은빛의 뭔가가 붙어 있었다. 접착테이프? 의자에 테이프로 묶여 있는 건가? 바깥이 아닌 걸 보니 테라스의 의자는 아닌데? 이거 지하실에 있는 의자 아니야?

"도대체 뭐하자는 거야?" 카일이 소리를 내어 말을 내뱉었다.

이게 무슨 미친 장난질인가?

"로셸!" 카일은 소리쳤다.

그가 계단을 내려가려는 찰나 손에 들린 휴대폰에서 다시 착신음이 들렸다. 이번에는 문자메시지가 아니라 전화였다.

역시 로셸의 번호였다.

"아니, 당신 지금 무슨 짓거리야? 그 사진—."

"카일 빌링스."

여자의 목소리였지만 로셸이 아니었다.

"카일 빌링스. 동작 멈추고 내 말을 들어."

"로셸?"

"로셸이 아니야. 지금부터 내가 하는 말 잘 들어."

카일은 계단을 반쯤 내려간 상태에서 걸음을 멈췄다.

"부인은 아직 숨을 쉴 수 있다. 하지만 내가 봉지를 조이면 산소가 차단될 거야." 여자가 말했다.

"당신 누구야? 아니, 씨발, 이게 무슨 짓이야? 내가 내려가서—."

"내려오면 부인은 죽는다. 알겠나, 카일? 부인이 죽는다."

카일은 현관문에서 멀리 떨어지지 않은 계단의 맨 아래까지 내려왔다. "당신 누구야? 뭘 원하는 거야?"

"내 말 잘 들어, 카일." 여자가 침착하게 말했다. "안 그러면 로셸은 죽는다."

"맙소사, 안 돼……." 카일의 다리에서 힘이 점점 풀리고 있었다. 그는 휴대폰을 들지 않은 손으로 계단 난간을 붙잡았다.

"내 말을 잘 듣고 시키는 대로만 하면 아무 문제 없어."

"돈이라면 있어." 카일은 재빨리 대답했다. "돈이라면 얼마든지 줄 수 있어." 그러나 곧 '젠장, 오늘 일요일이잖아.'라는 생각이 들었다. 하지만 어떻게든 할 수 있을 것이다. 방법이 있을 것이다. 카일 정도의 재력가라면 원할 때 언제든 은행 문을 열어젖힐 수 있었다.

"돈은 필요 없다." 여자가 말했다.

"그럼 뭐야? 자동차야? 자동차를 줄까? 얼마든지 가져가. 하지만 제발, 제발 로셸을 해치지 마. 뭘 원하는지 말만 해."

"재산 따위를 원하는 게 아니야. 당신이 해줬으면 하는 게 있어. 그 전에 명심해야 할 점은 이거야. 경찰에 절대 연락하지 말 것. 지금 일을 아무에게도 얘기해서는 안 돼. 만약 남에게 떠벌린다면 당신 아내는 숨이 끊어져 죽을 거야."

"알았어, 알았다고. 뭘 하면 돼? 내가 뭘 하면 되겠어?"

"우선 아까 문자로 보낸 사진과 비슷한 사진을 찾아야 할 거야. 그러고 나서 그걸 삭제해야 돼."

이어서 니콜은 구체적으로 설명하기 시작했다.

"일요일인데 나오셨네요, 빌링스 씨?" 〈휠360〉 본부의 안내 데스크에 앉은 경비원이 로비를 걸어 들어오는 카일에게 말했다.

"안녕하세요, 밥. 잠깐 들렀어요." 카일이 말했다.

밥이 버튼을 누르자 겹쳐져 있던 플렉시글라스 판들이 카일에게 길을 내주었다. 그는 몇 미터 앞의 엘리베이터로 걸어가 버튼을 눌러 문을 열었다. 그리고 텅 빈 엘리베이터 안으로 들어가 귀에 걸린 블루투스 장비를 손가락으로 눌렀다.

"로셸을 바꿔줘." 카일이 말했다.

귓가에서 니콜의 목소리가 들렸다. "잠깐 기다려. ……자, 말해."

"카일?" 로셸의 목소리였다. 음성의 느낌으로 보아 로셸은 납치범으로부터 몇 미터쯤 떨어져 있었고, 휴대폰은 로셸의 입 근처 허공에 들려져 있는 듯했다.

"자, 목소리 들었지? 당신 부인은 무사해. 숨을 쉴 수 있게 비닐봉지를 벗겼다. 그리고 밥에게는 잘 말했어. 아주 자연스러웠어. 지금처럼만 해."

"알았어. 곧 문이 열릴 거야." 카일이 말했다.

"좋아. 궁금한 게 생기면 물어봐." 니콜이 말했다.

카일은 〈휠360〉 본부의 주요 작업 공간으로 들어갔다. 이곳은 다른 일반 회사들과 달랐다. 물론, 칸막이가 없이 널려 있는 수십 곳의 작업대들은 다른 회사들과 크게 다를 바가 없었지만, 그 주위를 당구대, 축구게임 테이블, 비디오 게임기들이 에워싸고 있었다. 〈휠360〉의 직원들은 쉬고 싶을 때면 언제든 모니터에서 떨어져나와 골프 게임을 하거나 외계인과 전투를 벌이거나 3D TV를 시청했고, 기분 전환이 끝나면 다시 작업으로 돌아갔다.

오늘 사무실은 한산했다. 몇 명의 직원들이 컴퓨터 앞에 앉아 매 순간 세계 여러 도시들에서 〈휠360〉 차량들이 찍어 보내는 이미지들을 새로 입력할 뿐이었다.

"어라, 카일?"

"웬일이에요, 카일?"

"안녕하세요, 카일?"

사무실의 모두가 마치 임무를 수행하듯 카일에게 인사를 건넸다.

카일은 그들 각각에게 고개를 끄덕이고 나서 그가 늘상 사용하는 컴퓨터 앞에 앉았다. 〈휠360〉에는 개인 사무실이 없었다. 조직의 먹이 사슬의 어느 지점에 위치하든 모든 직원은 이 커다란 작업 공간에서 함께 일했다.

카일은 납치범의 요구 사항을 집에서 당장 처리하고 싶었지만 〈휠360〉은 세계에서 가장 강력한 해킹 대처 시스템을 갖추고 있었다. 건물 밖에서 〈휠360〉의 시스템에 접근하는 것은 불가능했다.

"책상 앞이야." 카일은 사무실의 사람들이 듣지 못하도록 조용한 목소리로 말했다.

"좋아. 지금까지 잘했어." 니콜이 대답했다.

"당신이 시킨 일만 끝내면 우리를 가만 내버려 두는 거지?" 카일이 속삭였다.

"그래. 그 이미지를 지우기만 하면, 시스템에서 완전히 삭제해서 애초에 존재하지 않았던 걸로 만들기만 하면, 우린 다시는 만날 일이 없을 거야."

"그 말 믿어도 되겠지?" 카일이 말했다.

"물론."

"좋아. 지금 접속했어." 그는 허둥지둥 키보드를 눌렀다. "뉴욕…… 오처드 가…… 금방 끝날 거야."

니콜은 휴대폰을 든 손을 귀에서 뗀 뒤 허벅지 위에 올려놓았다. 카일이 말을 하면 들릴 정도의 거리였다. 일은 순조롭게 풀릴 것이다. 분명, 카일은 니콜의 심기를 거스르지 않기 위해 가급적 빨리 일을 처리하려고 할 것이다. 절대 일을 망치지 않을 것이다.

"그이가 시킨 대로 하고 있어요?" 로셀이 물었다. 니콜의 말대로 로셀의 머리에는 비닐봉지가 씌워져 있지 않았지만, 그녀는 여전히 자신의 광활한 저택 지하실에서 강력 접착테이프로 가죽 임스 의자에 묶인 채였다. 지하실에는 온갖 물건들이 들어차 있었다. 당구대, 바 카운터, 60인치 3D TV부터 산, 건물, 다리를 완벽히 갖춘 3×6m 면적의 라이오넬 기차 세트까지.

"당신 남편은 아주 잘하고 있어." 니콜은 로셀 맞은편의 똑같은 가죽 의자에 앉아 있었다. 그녀는 얼굴을 가리기 위해 챙이 달린 야구모자와 선글라스를 쓰고 있었고, 빌링스 부부의 집에 들어온 순간부터는 손에 라텍스 장갑을 끼고 있었다. 경보장치는 니콜이 처리법을 알고 있었기 때문에 별 문제가 되지 않았다.

"카일은 당신이 시킨 대로 할 거예요." 로셀이 말했다. "절대로 그럴 거예요."

"나도 그러리라고 믿어."

"나와 남편은 아무한테도 얘기하지 않을 거예요. 그러니까 남편을 해치지 않겠다고 약속해요." 로셸이 말했다.

"그럴 필요도 없어." 니콜이 말했다. 휴대폰에서 소리가 들리자 니콜은 휴대폰을 귀에 가져다 댔다.

"카일, 저 커피 마실 건데 좀 마실래요?" 동료 직원의 목소리였다.

"아니, 아니야. 괜찮아." 카일이 말했다.

"참, 지난번에 재규어 자동차 얘기했었잖아요? 그거 테스트 드라이브를 해봤는데 괜찮더라고요. 갖출 것도 다 갖추고 있었고. 그런데 빨간색이지 뭐예요. 60년대라면 XKE 같은 빨간색 모델도 괜찮겠지만 요새 빨간색은 좀 튀잖아요? 아, 어젯밤에 하얏트 호텔에서 있던 파티 갔었어요?"

휴대폰에서 니콜의 목소리가 들렸다. "쫓아내."

빌링스가 동료에게 말했다. "그래, 갔었지. 좀 늦게까지 있었어."

"노숙인하고 관련된 행사였죠?"

"그래. 아주 많은 돈이 모였어."

"그런데 거기 화면에 있는 건 뭐예요?"

"아무것도 아니야. 그냥…… 이미지 흐리기 동작을 테스트하고 있었어. 자동차 번호판이나 얼굴이 완전히 지워지지 않을 때가 있어서 말이지. 내 생각엔 아마 각도가 문제인 것 같아. 프로그램이 번호판이나 얼굴을 제대로 인식하지 못하면 자동으로 처리하지 못하잖아."

"이봐, 내 말 못 들었어?" 다시 니콜이 말했다.

"저기, 얘기 더 하고 싶지만 내가 오늘 일이 좀 많아. 아무튼, 신경 써줘서 고마워."

"무리하지 말아요."

"응, 그래."

"갔나?" 니콜이 물었다.

"그래. 이제 갔어." 카일이 속삭였다.

니콜은 조그맣게 안도의 한숨을 쉬었다. 그녀는 자신을 뚫어지게 쳐다보는 로셸의 시선을 느꼈다. 아까부터 로셸은 그런 눈길로 몇 번인가 니콜을 쳐다 봤었다.

"뭐야?" 니콜은 휴대폰의 화면을 아래로 향하게 하여 다시 허벅지 위에 올려놓으며 말했다.

"당신이 왜 이런 일을 하게 됐는지 내가 참견할 바는 아니에요. 상관없는 문제예요. 나하고는 전혀 상관없어요." 로셸이 말했다.

"안다니 다행이군."

"그러니까, 내가 지금 하려는 말 때문에 걱정하지 말아요. 그냥, 그냥 당신 한테 알려주고 싶어서 말하는 거니까."

로셸은 묘한 표정으로 니콜을 바라봤다. 니콜은 예전에, 아주 아주 오래전에 저런 표정을 본 적이 있었다. 상황이 잘 돌아가고 있다는 안도감이 조금씩 옅어지기 시작했다.

"내가 하고 싶은 말은……." 로셸이 말을 이었다. "당신은 정말 아주 굉장했어요."

"뭐라고?" 니콜이 말했다.

"시드니에서 말이에요. 올림픽 경기는 빠짐없이 시청했거든요. 특히 체조 경기는."

"아, 그래……?" 니콜이 말했다.

"선글라스를 끼고 있지만 나는 당신을 본 순간 바로 알아봤어요. 아마도 당신의 턱, 턱의 자세 때문일 거예요. 하단 평행봉으로 첫 도약을 하기 직전 당신의 턱은 늘 특이한 자세를 취했었어요. 뭐랄까, 굉장히 단호한 자세 말이에요."

"아무도 그런 걸 지적해 준 적이 없었는데. 하지만 그 말을 듣고 보니 알 것도 같군." 니콜이 말했다.

"나도 고등학교 다닐 때와 대학교 초반에 체조를 했어요. 당신처럼 잘하지는, 아니, 당신 발바닥에도 못 미치는 실력이었지만요. 나 사실 당신의 광팬이었어요." 로셀은 자신이 처한 곤경도 잊은 채 감탄의 미소를 지어 보였다. "아까도 말했지만 당신이 어째서 체조를 하다가 이렇게 됐는지, 왜 이런 일을 하는지는 모르겠어요. 하지만 거기에는 이유가 있겠죠. 인생에는 원래 여러 가지 길이 있는 거니까요. 안 그래요?"

"그렇지." 니콜이 말했다.

"아무튼, 내가 진짜 하고 싶었던 말은, 당신은 그때 빼앗긴 거예요." 로셀이 말했다.

갑자기 니콜은 매우, 매우 슬펐다. 그녀는 무척 슬펐다. 시드니에서 일어난 일과 그 후에 일어난 일들을 떠올리며, 금메달만 땄더라면 누릴 수 있었을 인생을 떠올리며, 지금 이곳이 아닌 다른 곳, 시카고의 저택 지하실이 아닌 다른 곳에 있었을 것을 떠올리며 그녀는 슬픔을 느꼈다.

그리고 슬픔이 아닌 다른 기분도 느꼈다.

바로 감동이었다.

"고맙군." 니콜은 진심으로 감사했다. "그렇게 말해줘서 고마워. 사실 나도 빼앗긴 기분이었지만 차마 말할 수는 없었어. 그랬다면 다들 나를 비굴한 패배자라고 생각했을 테지."

"아, 당신은 정말 기품이 넘쳤어요. 단상에서 은메달을 수상할 때 고개를 꼿꼿이 쳐들고 있었죠. 하지만……." 로셀이 말했다.

"뭐지?" 니콜이 물었다.

"난 알고 있었어요. 당신의 모습을 보고 알 수 있었어요. 당신의 마음이 무너지고 있다는 것을요."

니콜은 선글라스의 코걸이를 살짝 들어 올렸다. 로셀에게 자신의 눈을 보이고 싶지 않았기 때문이었다.

"그래, 그때는 좀 감정에 빠져 있었지." 하지만 니콜은 지금 이 순간에도 자신이 감정에 빠졌음을 알고 있었다.

"조사만 했더라도 틀림없이 심판들이 뇌물을 받았다는 사실이 밝혀졌을 텐데. 아마 러시아 심판이나 프랑스 심판일 거예요."

"그건 잘 모르겠군. 그런 의혹은 없었으니까." 니콜이 말했다.

"내 생각엔 틀림없어요." 로셸의 말투는 단호했다. "많은 세월이 흘렀으니 이제 와 그걸 밝혀내긴 쉽지 않겠지만요."

"당신 말이 맞아. 이미 엎질러진 물이야. 나한테 이런 말을 해준 건 당신이 처음이군."

"불편했다면 미안해요."

"아니, 괜찮아."

"인터넷에서 당신을 검색한 적도 있어요. 어떻게 지내고 있나 궁금해서. 하지만 몇 년 동안 아무런 소식이 없더군요."

"그래. 난 선수 생활을 접었으니까. 모두…… 모두 때려치웠으니까." 니콜이 말했다.

"주변 사람들이 당신에게 많은 기대를 했다는 기사를 읽은 적이 있어요. 그래서 당신이 무척 부담스러웠다는 기사를."

니콜은 그 사실을 기억하는 사람이 있다는 것에 웃음을 지었다. "코치는 노발대발했지. 아버지는 나한테 말도 걸지 않았어. 시드니에서 은메달을 딴 뒤로 나와 인연을 끊었지." 니콜은 잠시 말을 멈췄다. "아버지는 내가 자기의 꿈을 대신 이뤄주리라 기대했는데, 내가 그걸 날려버린 거였어."

"그럴 수가…… 너무 슬픈 얘기예요." 로셸이 말했다.

"그래, 그렇지."

"당신한테 이런 말을 하는 이유는, 좀 바보같이 들릴지 모르겠는데, 당신이 그 당시 나의 우상이었기 때문이에요. 심지어 침실 벽에 당신 사진을 테이프로 붙여놓았었는걸요."

"내 사진을?"

"네, 아직도 가지고 있어요. 벽에 붙이지는 않았지만 가지고는 있어요. 어던가 보관해 뒀어요. 당신이 나온 신문 기사를 스크랩한 것들도 많아요. 그러니까, 내가 위대한 애너벨 크리스토프에게 폐가 될 말은 절대로 떠벌리지 않을 거라는 걸 알아줬으면 해요."

애너벨 크리스토프. 니콜의 옛 이름이었다.

니콜은 웃음을 지었지만 기분이 썩 유쾌하지는 않았다. "그 이름…… 아주 오랜만에 듣는군." 그녀는 목구멍에 걸린 덩어리를 없애기 위해 침을 삼킨 뒤 휴대폰을 화면이 보이게끔 뒤집어 놓았다.

카일이 조금 크게 속삭이고 있었다. "—여보세요? 이봐? 듣고 있어?"

"그래." 니콜은 귓가에 휴대폰을 갖다 대며 말했다.

"다 끝났어."

"이미지는 삭제됐나?"

"그래. 그 얼굴은 이제 지워졌어. 깜깜한 창문밖에 안 남았어."

"접근 가능한 예전 이미지들이 남아 있지는 않겠지?"

"없어. 다 지웠어. 데이터베이스는 깨끗해."

"아주 잘했어." 니콜이 로셸을 바라보며 미소를 짓자, 로셸도 미소로 화답했다. 로셸의 눈에 약간의 눈물이 고여 있었다. 니콜이 말했다. "좋아, 카일. 이제 다 됐군. 잘해줘서 고마워. 집으로 돌아와서 지하실로 내려오면 로셸이 있을 거야."

"로셸은 무사하지?"

"무사해. 로셸, 말을 해봐." 니콜은 휴대폰을 든 팔을 로셸을 향해 뻗었다.

"여보! 사랑해! 아침에는 내가 미안했어." 로셸이 말했다.

"아니야, 내가 잘못했어. 나도 사랑해. 이제 다 괜찮을 거야." 카일이 말했다. 니콜은 휴대폰을 거두었다. "자, 카일. 이만 끊겠다."

니콜은 전화를 끊고 로셸의 휴대폰을 카펫 위로 집어던졌다. 그리고 팔꿈치를 무릎에 대고 자리에 앉은 채 바닥을 응시했다.

니콜은 생각을 하고 있었다.

"왜 그래요?" 로셸이 물었다. "여기서 안 나갈 거예요? 남편이 당신이 시킨 대로 하지 않았어요?"

"시킨 대로 했어." 니콜이 대답했다. "시킨 대로 했지."

그래도 해야만 해, 라고 니콜은 생각했다. 저 여자가 내 팬이라고 해도 해야만 해.

니콜은 여자의 머리에 뒤집어씌웠던 비닐봉지를 다시 집어들었다.

"그걸로 뭘 하려고요?" 로셸이 물었다.

작업은 예상보다 오랜 시간이 걸렸다. 여자의 저항은 니콜이 지금껏 본 저항들 중 가장 강했다. 여자는 숨이 멎을 때까지 끊임없이 맹렬하게 고개를 앞뒤로 흔들어댔다. 비닐봉지 밖으로 눈물이 한 방울 흘러내릴 만큼 오랜 시간이 이어졌다.

마침내 일이 끝나자 니콜은 의자에 등을 기대고 앉아 카일 빌링스가 돌아오기를 기다렸다.

38

렌 프렌티스의 태도와 말 때문에 내 마음은 심란했다.

나는 렌이 토마스를 미친놈이라고 욕하며 "정신병원"에 집어넣어야 한다고 말한 것에 분노한 한편, 토마스가 아버지를 계단에서 떠밀었다는 말로 인해 무척 심란했다. 들리는 것처럼 심각한 상황이었을까? 아니, 정말로 있었던 일이긴 한 걸까? 아버지는 내게 한 번도 그런 얘기를 한 적이 없었는데. 하지만 그렇다고 해서 그런 일이 없었으리라는 법도 없었다. 아버지는 원체 본인 문제로 가족들에게 부담 주는 것을 싫어하는 성격이었다. 10년 전쯤, 아버지는 고환에 혹이 있는 것을 발견했지만 어머니에게 한마디도 하지 않았다. 그는 혼자 병원에 가서 검진을 받았다. 검진 결과는 양호했고 혹은 저절로 줄어들었다. 시간이 한참 지난 뒤 몸이 아픈 어머니가 똑같은 의사에게 진료를 받으러 갔을 때 의사는 아버지의 안부를 물으며 당시의 검진 결과를 언급했다.

그리고 그날 아버지는 어머니에게 호되게 혼쭐이 났다. 그녀는 나 역시 아버지에게 따끔하게 말해주기를 바라며 그 상황을 알려주었지만, 나는 아버지에게 아무 말도 하지 않았다. 아버지는 원래 그런 사람이었고 그 성격을 바꿀 방법은 없다고 생각했기 때문이다. 아버지는 토마스와 함께 살며 생긴 문제들에 관해서도 내게 한마디도 하지 않았다. 내가 그런 얘기를 들으면 아버지를 도와주려고 했을 텐데(정말로 그랬으리라고 생각하고, 그랬기를 바란다) 아버지는 나의 도움을 원치 않았다. 그는 혼자서 토마스를 책임지려고 했다. 나는 그저 내 인생을 살아가야 한다고 생각했을 것이다.

하지만 아버지는 누구든 타인에게 속마음을 털어놓지 않을 수 없었다. 아버지의 상황을 도와주겠노라고 참견하지 않을 누군가에게. 렌이라면 그런 아버지의 말에 귀 기울이며 공감했을 것이다. 물론 내 생각에 렌은 공감 능력이라곤 전혀 없는, 생각이 단순하고 남을 함부로 판단하기 좋아하는 인간이었지만.

나는 아버지를 계단에서 떠민 게 사실이냐고 토마스에게 묻고 싶었지만, 정말 그랬을지도 모를 토마스 본인의 대답이 별로 미더울 것 같지는 않았다.

렌 프렌티스의 집을 나와 차를 운전해 집으로 돌아가면서 나는 소용돌이 속으로 빨려드는 기분이 들었다. 내가 벌링턴에서 프로미스 폴즈까지 온 이유는 유산 문제를 처리하고 동생을 어딘가에 정착시키고 집을 처분하기 위해서였지만 지금까지 실질적인 성과는 거의 없었다. 끊임없이 선로를 이탈하는 기분이 들었다. 아버지의 노트북에서 봤던 이상하고 심란한 검색어들, 창가의 빌어먹을 얼굴에 대한 토마스의 집착, 토마스와 렌 프렌티스의 불미스러운 사건. 게다가 새로이 알게 된 토마스와 아버지 사이의 일.

또 한 가지 내 머릿속을 떠나지 않는 꺼림칙한 사실이 있었다. 잔디 깎는 트랙터의 꺼진 시동과 들어 올려진 칼날. 이것은 아버지가 잔디 깎는 작업을 멈췄었다는 것을 뜻한다. 하지만 잔디밭이 덜 깎였다는 것은 아버지가 작업을 끝내지 않았다는 뜻이었다. 그렇다면 아버지는 도대체 왜 트랙터를 멈추고 날을 들어 올렸던 것일까?

나는 아버지가 잔디를 깎는 도중에 누군가의 방해를 받은 게 아닌가 하는 생각이 들었다. 예를 들어, 누군가 언덕을 내려와 아버지에게 말을 걸지 않았을까? 트랙터를 운전하면서 대화하기 힘들 테니 아버지는 시동을 껐을 것이다. 대화가 길어졌다면 아버지는 잔디 깎는 날도 들어 올렸을 것이다.

정말로 그랬던 것일까? 누군가 아버지에게 말을 걸었을까? 가파르고 위태로운 언덕은 분명 대화하기에 좋은 장소가 아니었다. 아버지는 늘 트랙터가 굴러떨어지지 않도록 하기 위해 언덕 쪽으로 몸을 기울였다. 좌석에 곧은 자세로 앉게 되면 그 빌어먹을 트랙터는 무게 중심 때문에 언덕을 굴러떨어지게 된다.

결국에는 굴러떨어져 버렸지만.

하지만 시동이 꺼진 트랙터가 굴러떨어진 바람에 아버지가 죽은 것이라면, 그리고 아버지가 트랙터의 시동을 끈 이유가 누군가 아버지에게 다가와 말을 걸었기 때문이라면, 그 사람은 대체 누구이며 어째서 사고가 일어난 걸 보고도 도움을 요청하지 않은 것일까?

911에 연락한 것은 토마스였다. 연락한 시점은 아버지가 트랙터에 깔려 죽은 뒤였다.

만일…….

만일 아버지의 작업을 멈춘 장본인이 토마스였다면? 아버지에게 말을 건 사람이 다름 아닌 토마스라면? 만약 두 사람이 얘기를 하다가 다퉜고 그러다가 토마스가 아버지를 밀쳐냈다면 아버지가 트랙터와 함께 언덕을 데굴데굴 굴러떨어졌을 가능성은 충분하다.

아니야.

말도 안 되는 생각이다. 아버지의 노트북에서 "아동 성매매"라는 검색어를 발견했을 때처럼 내 머리는 잘못된 방향으로 질주하고 있었다. 가서는 안 될 방향으로 생각이 뻗어 나가고 있었다.

스트레스 때문이야, 라며 나는 스스로를 다잡았다. 아버지를 잃은 스트레스, 토마스를 책임져야 한다는 고민으로 인한 스트레스. 그 스트레스가 지금 나를 덮쳐온 것이다.

지금까지 나는 슬퍼할 시간조차 없었다. 그럴 여유가 조금도 없었다. 아버지의 집에 도착한 순간부터 처리할 문제들은 산더미였다. 장례식을 준비하고 해리 페이튼을 만나고 토마스를 돌보고 로라 그리고린 선생에게 데려가고…….

비로소 나는 아버지가 없다는 것이, 아버지의 조언과 그의 굳건한 손길이 없다는 것이 이토록 불안한 것임을 깨닫고 있었다.

"아버지, 보고 싶어요." 나는 운전대를 붙잡은 채 소리 내 말했다. "아버지가 필요해요."

나는 자동차를 갓길에 댄 뒤 시동을 끈 채 잠시 동안 운전대 위에 이마를 대고 앉았다.

프로미스 폴즈 경찰서에서 아버지가 죽었다는 연락을 받은 순간부터 지금까지 나는 한 번도 울지 않았다. 하지만 지금 이 순간, 눈물을 가두기 위해 쏟아부었던 나의 모든 노력은 송두리째 증발해 버렸다. 나는 생각보다 훨씬 아버지를 닮은 모양이었다. 나도 아버지처럼 내 문제를 꼭꼭 가둬놓은 채 남들에게 얘기하지 않은 것이었다.

사랑하는 아버지가 곁에 없는 지금 나는 혼란에 빠져 있었다.

나는 휴대폰을 꺼내어 전화를 걸었다. 몇 초 후 상대방이 전화를 받았다.

"프로미스 폴즈 스탠다드 줄리 맥길입니다."

"오늘 밤 우리 집에 와서 저녁 먹지 않을래?"

"누구시죠? 혹시 조지 클루니?"

"맞아."

"그럼 갈게요."

집에 도착해서 주방에 들어가 보니 테이블에서 내가 앉는 쪽 접시에 올려진 참치 샌드위치가 보였다. 그 옆으로는 냅킨이 접혀 있었고 미적지근해진 맥주병이 뚜껑이 따인 채 놓여 있었다.

"이 녀석이……." 나는 중얼거렸다. "내 점심까지 만들었네." 물론 토마스에게 만들라고 시키긴 했지만 사실 기대하지는 않았었다. 나는 미안한 기분이 들었다.

나는 토마스의 방문을 노크하고 안으로 들어갔다.

"샌드위치 고맙다." 내가 말했다.

"천만에." 토마스는 내게 등을 돌린 채 대답했다.

"거긴 어디야?" 내가 물었다.

"런던."

"런던은 어때?"

"낡은 도시야."

"밥 먹었어? 혹시 나를 기다리느라 안 먹은 건 아니겠지?"

"먹었어. 내가 사용한 접시랑 컵은 설거지물에 담가뒀어. 참치랑 마요네즈를 섞을 때 쓴 그릇도."

"고마워. 저녁때는 손님이 올 거야."

"누구?"

"줄리."

"응."

나는 침대 모서리에 앉았다. 나와 직각을 이루며 책상에 앉아 있는 토마스는 컴퓨터 화면을 바라보고 있었다.

토마스가 말했다. "형이 지금 코번트 가든의 보우 가에 있는 오페라 하우스를 나와서 트라팔가 광장으로 간다고 치자. 오른쪽으로 돌아서 스트랜드로 걸어 내려가는 게 좋을까, 아니면 왼쪽으로 돌아서—."

"토마스, 잠깐만 멈춰봐. 할 얘기가 있어."

"어느 쪽으로 가야 하는지 말해봐."

"왼쪽."

"틀렸어. 오른쪽으로 돌아서 스트랜드로 가는 게 빨라. 거기서 다시 오른쪽으로 돌아서 쭉 걸어가면 돼." 토마스는 몸을 돌려 나를 바라봤다. "트라팔가 광장이 바로 눈앞에 보일 거야."

"잠깐만 멈추지 않을래?"

토마스가 고개를 끄덕였다.

"몇 가지 물어볼 게 있어. 아버지에 관해서."

"뭔데?"

"우선 아버지가 돌아가셨을 때, 그러니까 아버지가 언덕에서 잔디를 깎고 있을 때, 네가 아버지한테 말을 걸었었니?"

토마스는 고개를 옆으로 갸우뚱했다. "그러고 싶었어. 난 아버지를 찾고 있었잖아."

"집 밖으로 나가진 않았어? 전화가 온 걸 아버지한테 알려주러 나갔다거나, 아버지가 너와 얘기하느라 트랙터의 시동을 끄고 날을 들어 올린 적이 없었어?"

"아니. 배가 고파서 아버지를 찾으러 나간 게 전부였어." 토마스가 말했다.

"아버지는 트랙터에 깔려 있는 상태였고?"

토마스는 고개를 끄덕였다.

"아버지와 너는 별 탈 없이 지냈겠지?"

"아버지가 가끔 화를 냈었어. 전에도 물어본 거 아니야?"

"너 혹시—추궁하려는 건 아니지만 묻고 싶은 것이 하나 있는데……."

토마스는 무심하게 되물었다. "뭔데?"

"계단에서 아버지를 떠민 적이 있니?"

"아버지가 그렇게 말했어?"

아버지가 말했다고 하는 것이 좋을까, 아니면 렌 프렌티스에게 들었다고 솔직히 말하는 것이 좋을까?

나는 토마스의 질문을 회피하기 위해 되물었다. "정말 떠밀었어?"

토마스는 고개를 끄덕였다. "그래. 그런 셈이야."

"무슨 일이 있었던 거야? 언제였어?"

"한 달 전쯤."

"자세히 얘기해봐."

"아버지는 오래전의 어떤 일에 관해 얘기하고 싶어 했어." 토마스는 컴퓨터 화면에 떠있는 런던 가의 광경을 힐끗 쳐다보며 말했다.

"오래전의 일? 아버지한테 무슨 일이 있었어?"

"아니야. 나한테 있었던 일이야."

"너한테? 무슨 일이 있었는데?"

"그 얘기는 하면 안 돼. 아버지가 하지 말라고 그랬어." 토마스는 말을 잠시 멈췄다. "그때는 그랬어. 남들한테 절대로 얘기해서는 안 된다고, 입 밖에 내면 혼쭐을 내겠다고 그랬어."

"토마스, 그게 무슨 소리야? 언제?"

"내가 열세 살 때."

"네가 열세 살 때 아버지가 널 심하게 혼내기라도 한 거야? 그걸 남들한테 얘기하지 말라고 한 거야?"

동생은 머뭇거렸다. "어…… 아니, 그렇지는 않아."

"토마스, 무슨 일인지 모르겠지만 이미 오래전 일이고 아버지는 돌아가셨어. 나한테 하고 싶은 말이 있으면 해도 괜찮아."

"형한테 하고 싶은 얘기 없어. 클린턴 각하도 그 얘기는 하지 말라고 그랬어. 그 얘기를 하면 내가 나약해 보일 거라고 그랬어. 나 이제 트라팔가 광장에 가야 돼."

"알겠어. 그럼 한 달 전에 있었던 일을 다시 얘기해보자. 무슨 일이 있었던 거야?"

"아버지는 내가 열세 살 때 벌어졌던 그 일에 관해 얘기하고 싶어 했어."

"그전에도 얘기한 적이 있었니?"

토마스는 고개를 저었다. "없었어."

"그럼 느닷없이 아버지가 그 얘기를 꺼냈단 말이구나?" 나는 토마스가 말하는 그 일이, 22년 전에 일어난 그 일이 도대체 무엇인지 짐작해보려고 애썼다.

"맞아."

"왜?"

"몰라. 자기가 잘못했다고 생각한 모양이지. 나한테 못되게 굴어서 미안하다고 생각했을 거야. 아버지는 계단까지 나를 따라왔어. 그 일에 대해 얘기하고 싶다면서. 하지만 나는 싫었어. 그 일을 떠올리지 않으려고 오랜 시간 정말 정말 애썼어. 나는 계단에서 몸을 돌려 아버지에게 말했어. 얘기하고 싶지 않다고. 정작 그때는 내 입을 막더니 왜 이제 와서 그러냐고. 나는 아버지를 못 따라오게 하려고 팔을 뻗었어. 세게 밀지 않았는데 아버지는 발을 헛디뎌서 아래로 조금 떨어졌어."

"조금 떨어졌다고?"

토마스는 고개를 끄덕였다.

"그게 무슨 말이야?"

"우리는 바닥에서 높지 않은 계단의 네 번째 단에 서 있었어. 아버지는 등으로 바닥에 떨어졌어."

"세상에, 토마스. 너 무슨 짓을 한 거야?"

"아버지한테 미안하다고 말했어. 난 아버지를 일으켜서 의자에 앉힌 다음 얼음주머니를 가져다줬어. 아버지가 넘어져서 슬펐어."

"병원에는 갔어? 진료는 받았어?"

"아니. 아버지는 약효가 강한 애드빌 진통제를 복용했어."

"아버지가 굉장히 화를 냈겠구나."

토마스는 고개를 저으며 말했다. "아니. 아버지는 괜찮다고 그랬어. 나를 이해한다고, 내게 화를 낼 권리가 있고, 만약 용서하지 않겠다면 그건 어쩔 수 없는 일이라고 말했어. 진통제 덕분에 아버지는 상태가 조금씩 나아졌지만 통증은 일주일 동안 지속됐어."

아마도 렌은 아버지의 통증을 눈치채고는 어쩌다 그렇게 됐냐고 물어봤을 것이고 아버지는 토마스와의 일을 렌에게 얘기했겠지만 별일 아니라고 덧붙였을 것이다. 아버지가 토마스를 감싸주려 했다는 렌의 말은 지금 토마스에게 들은 내용과 일치했다.

하지만 아버지가 무엇 때문에 토마스에게 사과를 한 것일까? 왜 토마스는 그 얘기를 하고 싶지 않았던 것일까? 아버지가 말한 "용서하지 않겠다면"이라는 건 도대체 무슨 뜻일까?

"그리고린 선생님 말로는 네가 어릴 때 있었던 사건에 관해 얘기하지 않으려고 한다던데, 혹시 이게 그거야? 아버지가 너한테 미안하다고 한 것도 그 사건 때문이야?"

토마스는 망설임 없이 고개를 끄덕였다.

"나한테 말해봐. 아무래도 알아야겠어." 내가 부탁했다.

"아니, 형은 알 필요 없어. 이제 걱정할 것 없어. 다시는 나한테 나쁜 짓 못할 테니까."

"아버지를 말하는 거니? 아버지가 너한테 나쁜 짓을 했다는 거야?"

토마스는 고개를 저었지만 나는 그것이 부정을 나타내는 것인지 아니면 대답하지 않겠다는 뜻인지 알 수 없었다. "형이 창문을 올려다봤더라면 아버지는 내 말을 믿었을 거야." 나는 다시 무슨 말인지 설명해 달라고 할 참이었지만 그는 방을 나가버렸다.

줄리는 유리 잼 병에 담긴 피노 그리지오 와인은 맛있게 들이켰지만 저녁 식사 메뉴인 피시스틱은 썩 달갑지 않은 듯했다.

"이거, 미안해. 요전번에 식료품점에 갔을 때 조리하기 쉬운 것들만 잔뜩 사들고 와서 말이야." 내가 말했다.

"아니야, 아니야. 무척 맛있어. 레시피를 좀 알려주지그래?" 줄리가 말했다.

토마스가 대답했다. "냉장고에서 피시스틱 상자를 꺼내서 금속으로 된 접시에 올려놓고 오븐에서 데운 다음 저 병에 담긴 타르타르소스를 끼얹어 먹으면 돼. 그렇지, 형?"

"그래, 토마스. 잘 알고 있네." 내가 말했다.

"나도 이거 만들 수 있어." 토마스는 자랑스럽게 고개를 끄덕였다. 줄리와 달리 토마스는 피시스틱과 감자튀김을 게걸스럽게 먹어치웠다. 감자튀김 역시 냉장고에서 꺼낸 냉동식품이었다.

"정말이야. 맛있어." 줄리는 테이블 너머로 나를 바라보며 말했다. "너 오늘 별로 말이 없네?"

"응. 생각할 것들이 좀 있어서 그래."

"경찰에 연락하는 거?" 토마스가 물었다.

"뭐?"

"뉴욕 경찰청에 전화한다고 했잖아." 토마스가 말했다.

"아직 안 했어. 내일 할게."

내 대답에 진심이 담겨 있지 않다는 것을 토마스가 눈치챘는지 모르겠지만 적어도 겉보기에는 모르는 것 같았다. 토마스는 자리에서 일어나더니 자기 접시를 싱크대에서 헹군 뒤 계단을 올라가 방으로 돌아갔다.

"설거지는 내가 할게." 줄리가 말했다.

"그냥 놔둬. 거실로 가자." 우리는 와인이 담긴 각자의 유리병을 들고 거실로 나가 소파에 앉았다.

"너 경찰에 전화 안 할 거지?" 줄리가 물었다. 나는 지금까지의 상황을 줄리에게 간략히 들려주었었다. 내가 뉴욕에 다녀온 일, 토마스가 집주인에게 전화를 건 일, 그리고 내가 뉴욕 경찰청에 전화하겠다고 약속한 일까지.

나는 고개를 저으며 대답했다. "안 할 거야."

줄리는 발을 차서 신발을 벗은 뒤 다리를 구부려서 소파 위에 올렸다. "알 것 같아."

"알 것 같다고?"

"그래. 설명하기 까다로운 일이니까. 경찰이 네 말에 귀를 기울일 가능성도 희박하잖아. 창가의 흐릿한 흰 머리통이라니, 그게 뭐야? 나는 토마스를 굉장히 좋아해. 정말이야. 하지만 FBI까지 찾아온 상황에서는 되도록 조용히 지내는 것이 현명하겠지." 줄리는 남은 와인을 쭉 들이켰다. "더 마실까?"

나는 고개를 끄덕였다.

줄리는 소파에서 내려가 주방으로 들어가서 다른 와인 병을 들고 돌아왔다. 그리고 자신의 유리병과 내 유리병에 와인을 채웠다.

"있잖아, 오늘 낮에 통화했을 때 네 목소리가 좀 이상했어. 뭐랄까, 불안해 보였어." 줄리가 말했다.

나는 와인이 혀에 젖어드는 것을 몇 초간 음미한 다음 줄리에게 대답했다.

"내 신세가 좀 처량해서 그랬어. 아버지의 일과 토마스의 일을 생각하다 보니 정말 울적해지더군. 이런 쓸데없는 문제로 네게 부담 주고 싶지는 않았는데."

"괜찮아." 우리는 잠시 아무 말도 없었다. 이윽고 줄리가 말을 꺼냈다.

"학교 다닐 때 넌 항상 그림을 그리고 있었어. 가끔씩 복도의 로커에 기대 앉아 있고는 했었지. 수많은 아이들이 네 앞을 터덜거리며 지나가거나 고함을 지르거나 빈둥빈둥 돌아다니거나 로커를 탕탕 열고 닫았지만 너는 그저 책에다 뭔가를 끼적일 뿐이었어. 주변에서 벌어지는 일들은 전혀 보이지 않는다는 듯이. 내가 언제나 주위의 일들에서 눈길을 떼지 않았던 것과 달리 너는 너만의 세계에서 너만의 일을 했어."

"그래. 아마 그랬을 거야." 내가 말했다.

"너는 스스로가 생각하는 것보다 토마스와 닮았어. 토마스가 자기만의 세계에 둘러싸여 있듯, 너도 벌링턴의 작업실에 있을 때면 혼자서 에어브러시와 연필과 CAD 프로그램을 가지고 머릿속에 갇혀 있는 이미지들을 밖으로 해방시키는 데 몰두하겠지." 줄리는 와인을 조금 들이켰다. "취기가 살짝 올라오는데."

나 역시 취기가 올라왔지만 머리가 어지러울 정도는 아니었다. "아버지가 돌아가셨을 때의 상황이 자꾸 생각나. 트랙터의 시동은 꺼져 있었고 칼날은 —."

줄리는 내 입술에 손가락을 갖다 대며 말했다. "쉿. 너 그때 토마스한테 뭐라고 말했지? 신경 끄라고 말했잖아. 너도 마찬가지야. 잠시라도 다 잊어버려."

줄리는 유리병을 커피 테이블 위에 올려놓고 내 품에 파고들었다. 나는 두 팔로 줄리를 감싸고 키스를 했다. 그 상태로 얼마간의 시간이 흐른 뒤 줄리가 말했다. "우리 이제 고등학생도 아닌데 소파에만 앉아 있을 거야?"

"2층으로 올라가자." 내가 말했다.

"우리 집으로 가는 게 어때?" 줄리가 말했다. 2층에서 마우스를 클릭하고 있을 토마스를 염두에 둔 것이었다.

"토마스는 자기 방에서 나오지 않을 거야. 보통 자정이 넘어야 일을 끝내고 이빨을 닦으러 화장실에 가니까 그 전에는 마주칠 일이 없어."

우리는 살며시 위층으로 올라갔다. 나는 복도 끄트머리의 방으로 줄리를 안내했다. 방에는 어머니가 돌아가신 뒤 (내가 알기로는) 아버지 혼자서 사용하던 퀸사이즈의 침대가 있었다.

"너희 아버지 방 아니야?" 줄리가 물었다.

"나는 요즘 이 방에서 자. 여기가 싫으면 예전처럼 차에서 해도 돼."

줄리는 나를 힐끗 쳐다봤다. "아니, 여기가 좋겠어."

내가 문을 채 닫지도 않았는데 줄리는 내 셔츠의 단추를 풀기 시작했다. 나는 줄리의 스웨터 안에 손을 집어넣고 손바닥으로 그녀의 따뜻한 피부를 더듬었다. 우리는 입술을 맞붙인 채 침대로 걸어갔다. 줄리는 나를 침대 위에 쓰러뜨리고는 내 위에 다리를 걸치고 올라탔고, 손을 아래로 내려 내 허리띠를 풀었다.

"스트레스를 없애주는 기가 막힌 기술을 알고 있지." 줄리는 내 몸에 걸친 다리를 거두고 내 청바지와 사각팬티를 끌어 내렸다. 그녀는 벗긴 바지와 팬티를 바닥에 집어던지고 다시 내 위로 올라와, 양팔을 교차하여 자신의 스웨터를 붙잡고는 재빠르게 벗어젖혔다. 레이스가 달린 자주색 브래지어가 드러났다. 그녀는 고개를 흔들어 흐트러진 머리카락을 바로 했다.

"자주색? 이거 그때 입고 있던—."

"그럴 리가. 그때 나는 50킬로그램도 안 나가는 깡마른 꼬맹이였단 말이야."

"혹시나 해서 물어본 거야."

줄리는 등 뒤로 팔을 돌려 브래지어의 후크를 풀고는(여자들이 저런 동작을 하고도 팔이 부러지지 않는 게 참 신기하다) 브래지어를 청바지가 널브러진 바닥을 향해 집어던졌다.

"이리 와." 내가 말했다. 줄리가 몸을 굽히자 그녀의 유두가 내 가슴을 가볍게 스쳤다.

"형!"

줄리와 나는 화들짝 놀라서 몸을 일으켰다. "맙소사!" 줄리가 숨을 죽여 말했다.

내 심장은 스프링 해머처럼 쿵쾅거렸다. "제기랄……." 나는 속삭였다.

토마스의 방문이 열리는 소리가 들렸다. "형! 이리 와봐! 형!" 토마스가 이토록 애타게 나를 부르는 것은 처음이었다.

나는 큰 소리로 대답하려다가 멈췄다. 지금 토마스가 방에 들어오면 안 된다. 줄리는 반쯤 벗은 상태였고 나는 완전히 벌거벗고 있었다.

"형, 어디 있어?" 토마스가 외쳤다. 손님용 방의 문이 열리는 소리가 들렸다. "형? 아버지 방에 있어?"

줄리는 휘둥그레진 눈으로 나를 바라보며 속삭였다. "어떻게 좀 해봐."

"토마스! 잠깐만 기다—."

문이 활짝 열렸다. 토마스는 성큼성큼 방으로 걸어 들어왔다. 토마스는 줄리 쪽은 쳐다보지도 않았지만, 줄리는 내게서 훌쩍 떨어지더니 침대보를 잡아당겨 몸을 가렸다. 덕분에 실오라기 하나 걸치지 않은 내 몸이 무방비 상태로 노출되었다.

"형! 없어졌어!" 토마스가 소리를 질렀다.

"야, 토마스, 너 지금—."

"없어졌다고! 그 머리가 없어졌어."

"뭐?" 나는 침대에서 다리를 내리고 팔을 뻗어 바닥의 사각팬티를 집어들었다. "무슨 소리야, 그게?"

"와서 좀 봐!" 토마스가 말했다. 그는 방을 나가더니 복도를 달려 자기 방으로 돌아갔다.

나는 팬티 바람으로 토마스를 따라갔다. 줄리는 브래지어를 포기하고 허둥지둥 윗옷만 걸친 채 나를 따라왔다.

토마스의 방으로 들어가 보니 컴퓨터 화면들에는 오처드 가의 창문이 떠올라 있었다. 전에 봤던 것과 같은 창문이었지만 창틀 안에는 아무것도 없었다. 창문은 그저 검을 뿐이었다. 비닐봉지를 뒤집어쓴 머리통 따위는 보이지 않았다.

"이게 어떻게 된 거야?" 내가 말했다.

토마스는 자리에 선 채 화면을 가리키며 말했다. "어디로 간 걸까? 무슨 일이 일어난 걸까?"

나는 더듬거렸다. "이건 아마…… 그러니까, 그…… 업데이트를 한 게 아닐까? 사진을 다시 찍어서 올렸겠지."

"아니야! 나머지는 전혀 달라지지 않았단 말이야! 길거리에 있는 사람들과 자동차들은 전과 똑같아! 창가의 머리만 사라졌어!"

나는 토마스의 컴퓨터 의자에 털썩 주저앉아 화면을 바라봤다. "이거 환장하겠군……."

토마스는 테이블의 종이를 집어들더니 내게 건넸다. 내가 뉴욕에 들고 갔던 것과 비슷한, 오처드 가의 거리 풍경이 인쇄된 종이였다. "어때, 예전하고 똑같지?"

나는 인쇄물을 찬찬히 살폈다. "그래, 토마스, 똑같아."

줄리는 토마스의 곁으로 조용히 다가와 내게서 인쇄물을 받아들고는 아무 말 없이 찬찬히 살폈다.

"형, 이유가 뭘까? 왜 없어진 걸까? 왜 형이 저걸 확인하러 뉴욕에 다녀오자마자 사라진 걸까?"

나는 고개를 절레절레 흔들었다. 어찌 된 영문인지 도무지 이해할 수가 없었다. 지난 24시간 동안 누군가 이 웹사이트에 접속하여 그 이미지를 지운 것이었다. 내가 저곳에 갔던 직후에. 내가 저 집의 현관문을 두드리고 이웃집 사람과 몇 마디를 나눈 직후에.

나는 온몸이 오싹했다. 옷을 입지 않았기 때문만은 아니었다.

줄리는 토마스의 팔을 부드럽게 건드리며 말했다. "좋아, 토마스. 처음부터 얘기해 볼까? 네가 관찰한 것과 그에 대한 의견을 얘기해봐."

39

월요일 아침 루이스 블로커는 하워드 탤리먼에게 전화를 걸었다.

"끝났습니다."

"잠깐 기다려봐." 하워드가 말했다. 그는 맨해튼 북부 이스트사이드에 위치한 브라운스톤 저택 주방의 화강암 바 카운터에 휴대폰을 올려놓았다. 그는 몸을 지탱하기 위해 양손으로 카운터를 붙들었다. 며칠 동안이나 잠을 제대로 못 잔 탓에 그의 몸은 저강도의 지진이 끊이지 않는 땅을 걷는 것처럼 덜덜 떨렸다.

하워드는 줄곧 루이스의 연락을 기다렸었고, 마침내 기다리던 연락이 오자 그는 몇 차례 숨을 들이쉬며 마음을 가라앉혔다. 그는 다시 휴대폰을 집어들고 말했다. "이제 됐어. 얘기해."

"컴퓨터를 켜 보십시오."

하워드는 높은 의자에 걸터앉아서 기다란 바 카운터 위에 놓인 노트북을 펼쳤다. 그는 웹브라우저에 〈휠360〉의 주소를 입력하고 오처드 가를 검색했다.

창문의 머리통은 사라져 있었다.

"루이스." 하워드가 말했다.

"네, 말씀하세요."

"확인했어. 사라졌군."

"그 여자가 처리했습니다."

하워드는 이 희소식에 기뻐하면서도 애초에 일을 망친 장본인인 그 여자에게 찬사를 보내고 싶은 마음은 없었다. "처리하는 데 문제는 없었나?"

"약간 있었습니다."

"우리에게 영향을 끼칠 만한 문제야?"

"아닙니다."

"그럼 됐어. 다른 일들은 어떻게 진행되고 있나?"

"여자는 앨리슨 피치의 어머니를 지켜보러 데이턴으로 돌아갔습니다. 계속 감시 중입니다. 저는 인쇄물을 들고 있던 남자를 찾고 있습니다."

"좋은 소식을 들어서 다행이긴 하지만 미궁을 탈출하려면 아직도 멀었군."

"네." 루이스는 잠시 말을 멈췄다. "그럼 다시 보고 드리겠습니다."

하워드는 통화를 끊고 휴대폰을 카운터 위로 밀어 놓은 뒤 양손으로 머리를 감쌌다. 오전 여덟 시밖에 안 됐지만 그는 술을 한잔하기로 했다. 아침에 모리스 쏘첵을 만나야 했기 때문에 어떻게든 기운을 차려야 했다.

모리스 쏘첵은 날이 갈수록 불안했다. 그는 하루빨리 선거 유세를 재개하고 싶었다. 뉴욕 주지사 자리에 도전한다는 공식 발표는 이미 9개월이나 연기된 상태였다.

8월에만 해도 모리스가 야망을 유보해야 할 납득할 만한 이유들이 있었다. 첫째는 그의 아주 사적인 사건 하나가 아주 공론화되어 버렸기 때문이었고, 둘째는 절대 공론화되어서는 안 될 사건(CIA 국장이 테러리스트와 협력하는 것을 거들어준 사실)이 하나 있었기 때문이었다.

하지만 모리스가 모르는 세 번째 이유가 있었다.

그것을 알 리 없는 모리스는 이제 충분한 시간이 흘렀으니 더 이상 정치적 행보를 멈출 필요가 없다고 생각했다. 하지만 자신을 파멸로 몰아넣을 잠재력을 지닌 앨리슨 피치라는 여자가 살아 있다는 걸 알았더라면 그도 달리 생각했을 것이다.

하워드 탤리먼은 앨리슨 피치가 갑자기 나타날까 봐 매일을 공포에 떨며 지내고 있었다. 그는 침대에서 나오기도 전에 휴대폰으로 웹사이트부터 검색했다. TV 리모컨을 붙들어 CNN 뉴스를 틀고는, 그것과 〈투데이 쇼〉 사이를 분주히 오고 갔다. 그의 머릿속에는 울프 블리처가 다음과 같이 보도하는 장면이 떠오르곤 했다. "자, 다음 뉴스는 CNN의 단독 취재입니다. 도피 생활을 하던 여성이 나타나 현 뉴욕 검찰총장인 모리스 쏘척과 그의 측근들이 자신을 살해하려 했다고 주장하는데요, 뿐만 아니라 그 여성의 말에 따르면 모리스 쏘척 검찰총장이 해임된 전 CIA 국장에게 협력하여 테러리스트들을 풀어—."

그 순간 하워드는 TV를 끄고 총을 집어들어 자신의 머리통을 날려버리고 싶은 충동을 느꼈다.

자살로 생을 마무리한 바턴 골드스미스처럼.

당시 테러리스트와의 거래에 연루되었다는 사실이 밝혀질까 봐 모리스와 하워드가 안달복달했던 것처럼, 골드스미스 역시 커다란 압박을 느끼고 있었다. 그는 조만간 의회 위원회 앞에 불려 가 진술을 하게 될 예정이었고 사건의 전말은 머지않아 드러날 것이었다.

그래서 어느 날 바턴 골드스미스는 아침 일찍 일어나 조지타운의 자택 뒷마당으로 나갔다. 그리고 아름다운 꽃들이 만발한 정원에 서서 권총의 총열을 입에 집어넣고 방아쇠를 당겼다.

바턴에게 신의 축복이 있기를, 이라고 당시 하워드는 생각했다. 모리스는 천성대로 신중하게 반응했다. "끔찍한 일입니다. 국가적인 손실이에요." 한 인터뷰에서 모리스는 그렇게 말했지만 하워드는 모리스가 속으로 신나게 춤을 추고 있다는 것을 알았다.

골드스미스가 영원히 사라진 지금, 모리스는 잠재적인 위협이 모두 제거됐다고 생각했다. 하지만 하워드는 보다 무서운 위협이 남아 있음을 알고 있었다. 만약 앨리슨 피치가 나타나서 입을 연다면 모든 사건들이 터져 나올 것이다. 앨리슨 피치가 구체적으로 무슨 얘기를 들었는지, 아니, 바베이도스에서 브리짓이 모리스와 통화하는 것을 정말 들었는지조차 확실치 않았지만, 뭔가를 알고 있다며 하워드를 위협한 것은 사실이었다.

조만간 앨리슨 피치는 권력자에 대한 공포를 극복할 것이다. 검찰총장이나 그 측근으로부터 살해의 위협을 당한다면 누구라도 선뜻 경찰에 연락하지는 못한다. 하지만 언젠가 앨리슨 피치가 용기를 내어 일을 저지를 것이라고 하워드는 생각했다.

그럴 가능성이 남아 있는 상태에서 하워드는 함부로 모리스가 선거 유세를 재개하도록 허락할 수 없었다. 재주껏 진짜 이유를 숨기면서 모리스를 말려야만 했다.

진실을 말할 수는 없었다.

절대로, 절대로 말할 수 없었다.

하워드의 사무실 책상에 놓인 전화기가 울렸다. 비서인 애거사였다. "오셨어요." 그녀가 이 짧은 한마디를 마치기도 전에 문이 열리더니 방문객이 성큼성큼 들어왔다.

하워드는 자리에서 일어나 책상 앞으로 걸어가 모리스에게 손을 내밀며 말했다. "잘 왔어." 모리스는 하워드가 건넨 손을 꽉 붙잡고 악수를 한 뒤 사무실 한쪽 구석에 있는 바 카운터로 걸어가 스카치를 두 잔 따랐다.

"오늘 아침에 아주 흥미로운 대화를 나눴다네." 모리스는 스카치 한 잔을 하워드에게 건네며 말했다.

"누구하고?" 하워드가 물었다.

"브리짓."

"그게 정말인가?" 하워드는 의자에 앉는 모리스를 바라보면서 그 맞은편 자리에 앉았다. "무슨 얘기를 했는데?"

모리스는 빙긋 웃었다. "많은 얘기를 했지. 브리짓과 나는 평소에도 대화를 많이 했잖아."

"그래, 그렇지."

"하지만 오늘은 대화 주제가 좀 특별했어. 브리짓은 때가 왔다고 말하더군."

하워드는 술을 들이켰다. "때가 왔다고?"

모리스는 고개를 끄덕였다. "내게 꿈을 좇아가라고 말했다네. 꿈을 향해 나갈 때라고 말이야. 브리짓은 내가 이미 오랫동안 충분히 기다렸고, 자기 때문에 더 이상 기다려서는 안 된다고."

"흠……."

"하워드, 내가 여태껏 기다린 이유는 오로지 브리짓 때문이었잖아? 골드스미스는 끝났어. 〈타임스〉에도 이제 골드스미스의 기사는 등장하지 않아. 우리의 비밀은 그의 죽음과 함께 묻힌 거야."

"다른 사람들이 알잖아? CIA에 있는 다른 사람들 말일세."

"그들은 입을 다물 거야. 서로 함구하기로 작당했을 걸세. 이제 그 일은 끝났어."

"아직 확신할 수 없어."

"그럼 어쩌자는 거야? 영원히 기다리자는 말인가? 선거 유세를 포기하자는 말이냐고?"

"그게 아니야, 모리스. 조심해서 일을 진행시켜야 한다는 뜻이야. 우리의 장기적인 목표를 잊어서는 안 돼. 자네는 최종 목적지까지 갈 수 있어. 자네도 알잖아, 안 그래? 자네는 펜실베이니아 애비뉴의 백악관까지 갈 수 있어. 나는 알아. 나는 자네를 믿어. 그러기 위해서는 눈앞의 목표에 집착해서는 안 돼. 먼 미래를 고려해서 행동 방침을 결정해야 한단 말일세."

모리스는 술을 쭉 들이켠 뒤 잔을 테이블 위에 올려놓고 자신의 무릎을 내려다봤다. 그는 입을 다물었다.

"모리스? 자네 괜찮나?"

"브리짓이 내게 한 말이 또 있어." 모리스가 말했다.

"모리스, 브리짓이 정말로—."

"나를 용서한다고 했어." 모리스는 고개를 들고 하워드를 바라봤다. "그래, 그렇게 말했어. 나를 용서한다고 말일세."

"그래, 그거 다행이군. 하지만 그게 선거 유세와 무슨 관계가—."

"그게 나한테 무슨 의미를 지니는지 알겠나? 나를 짓누르는 죄책감에 관해 자네가 알겠냐고?"

"그걸 내가 왜 모르겠나? 하지만 우리는 함께 극복했잖아? 내가 말했지? 자네는 죄책감 같은 거 가질 필요 없어. 브리짓의 상태를 눈치채지 못한 건 자네뿐이 아니야. 아무도 몰랐어. 어떤 사람들은 문제를 혼자 끌어안고 마음속 깊이 묻어버리고는 하잖아? 브리짓도 그랬던 거야."

"난 아직도 떨쳐낼 수가 없어. 그래서…… 브리짓에게 물어봤어."

하워드는 침을 삼켰다. "브리짓에게 물어봤다고?"

"그래. 브리짓이 나타났을 때 물어봤어. 어째서, 왜 나한테 말하지 않았냐고, 함께 해결할 수 있는 문제였는데 왜 말하지 않았냐고 말이야. 브리짓이 뭐라고 대답했는지 알겠나?"

하워드는 눈을 감았다. 이 상황을 얼마나 더 버틸 수 있을지 자신이 없었다. "브리짓이 뭐라고 말했나, 모리스?"

"자책하지 말라고 하더군."

"와, 그거 다행이군. 정말 다행이야."

모리스는 하워드를 날카롭게 바라봤다. "가볍게 말하지 마, 하워드. 이게 농담할 일인가?"

"알았어, 미안해. 진심으로 미안하네. 하지만 모리스, 브리짓의 말 때문에 선거 유세를 진행시킬 수는 없어. 나의 고민은 현실 세계야. 언론, FBI, 우리 모가지를 물어뜯을지 모를 스캔들이 존재하는 현실 세계 말일세."

모리스는 하워드의 말을 듣는 둥 마는 둥 하며 말했다. "그런데 브리짓이 내게 들려준 말은 그녀가 자네와 통화하면서 했다는 말과 너무 달랐어. 브리짓이 나 때문에 숨 막혀 죽을 것 같다고 말했다면서? 그렇게 말했다고 했지?"

"그래. 브리짓은 그때 불안한 상태였잖아?"

"하지만 만약 브리짓이 멀쩡한 상태로 그렇게 말한 거라면—."

"맙소사, 모리스! 그만해!" 하워드는 폭발하고야 말았다.

모리스는 보이지 않는 힘에 떠밀린 듯 몸을 의자에 파묻었다.

"자기 학대는 집어치워. 이제 그만 하라고. 앞으로 나아가야 할 거 아닌가?" 하워드가 말했다.

"하워드, 지금까지 내 말 못 들었나? 내가 말한 게 바로 그거잖아? 브리짓이 원한 게 바로 그거야. 내가 앞으로 나가지 못하게 말리는 건 바로 자네 아닌가?"

"내가 말려준 걸 고마워해야 할걸?" 하워드는 모리스를 쏘아붙였다. "자네가 유령하고 떠드는 동안 나는 현실의 정치 문제를 처리하고 있어." 하워드는 자리에서 일어나 손가락으로 모리스를 가리키며 말했다. "기다려야 해. 지금 유세를 시작하면 그 빌어먹을 정치 전문가들이 뭐라고 떠들 것 같나? 자네가 브리짓의 죽음을 아주 쉽게 잊어버렸다고 떠들 걸세. 자네가 냉혈한이라고 욕할 거란 말이야."

모리스는 시선을 딴 곳으로 돌리며 말했다. "두 명이야."

"뭐라고?"

"한 남자가 아내를 자살로 몰고 갈 확률은 그리 높지 않아. 그런데 심지어 두 명의 아내가 자살했다면, 그렇다면 그 남자는 뭐지? 나는 뭐냐 말이야? 제럴딘은 차고에서 자살했었지. 그리고 이번엔 브리짓이……." 그는 애원하듯 하워드를 바라봤다. "나는…… 괴물인가?"

"이봐, 내 말이 맞잖아? 자네 이런 상태로는 유세를 시작할 수 없어. 상처가 아물 시간이 필요해. 모리스, 나를 믿게. 난 자네 친구잖아? 자, 친구로서 당부하겠는데, 지금은 때가 아니야."

그렇고말고. 난 진짜 대단한 친구야, 라고 하워드는 생각했다. 자네를 협박하는 사람을 처리하려고 살인 청부업자를 고용했다가 자네 아내를 죽여버린 대단한 친구지.

사실 브리짓은 가끔씩 하워드의 앞에도 나타나곤 했다. 그녀의 남편을 대할 때처럼 너그러운 모습은 아니었지만.

40

8월.

지금은 앨리슨 피치가 야근을 마치고 집에서 잠들어 있을 시간이었지만, 그녀는 오늘 평소보다 일찍 일어났다. 아까 휴대폰으로 전화가 한 통 걸려오는 바람에 할 일이 생겼기 때문이었다. 그녀는 옷을 챙겨 입고 나갈 준비를 했다. 1층의 스카프 가게로 내려가야 한다. 지난주 앨리슨은 그곳에서 실크 스카프 두 장을 사면서, 가게 직원이 현금 대신 123달러 76센트짜리 개인수표를 받도록 어렵사리 설득했었다. "제가 여기 산다는 거 아시잖아요? 이 가게 바로 위층에 살아요. 바로 이 건물 안에 있다고요." 앨리슨은 직원에게 말했다. 앨리슨은 신분증과 자동차 면허증을 제시했고 휴대폰 번호를 알려줬다. 근무한 지 얼마 안 된 카운터의 여직원은 결국 승낙하고야 말았다.

개인수표는 부도가 났다.

스카프 가게의 지배인은 총 세 차례 앨리슨에게 전화를 걸었다. 15분 전에 온 것이 세 번째 연락이었다. 지배인은 앞으로 한 시간 안에 현금 123달러 76센트를 들고 오지 않으면 사기죄로 신고하겠다고 못을 박았다.

다행히 지금 앨리슨의 핸드백에는 500달러가 넘는 현금이 있었다. 어젯밤 월스트리트의 어느 유명한 회사에서 일하는 증권거래사 놈들이 술집에서 파티를 열었었다. 증권시장에서 대박을 낸 걸 축하하는 자리였다. 그들은 돈을 흥청망청 뿌렸고 팁도 후했다. 앨리슨은 그날 오후 현금인출기에서 인출한 200달러를 포함하여 지금 소지하고 있는 현금이면 이튿날 깨어났을 때 실컷 쇼핑을 할 수 있을 거라고 생각했다. 진짜 돈이 들어오기 전의 준비 운동이다. 앨리슨은 조만간 하워드 탤리먼이 그녀와 만날 약속을 잡을 것이고 조용히 현금을 넘겨주리라고 믿었다.

그 자식 표정 참 가관이었어, 라고 앨리슨은 생각했다. 하워드는 앨리슨이 브리짓 부부의 전화 통화를, 즉 그들의 일급비밀을 엿들었다고 착각하고는 생쥐가 든 샌드위치라도 씹은 표정을 지었었다. 하지만 모리스 쏘척 같은 정치인이라면 숨겨야 할 비밀을 한두 개쯤 가지고 있을 것이고, 아내하고라면 그런 비밀을 의논할 것이라는 것쯤은 누구든 충분히 짐작할 수 있는 사실이었다.

그렇다면 과연 앨리슨은 정말로 뭔가 들은 게 있었을까?

아쉽게도 앨리슨은 단 한 마디도 들은 게 없었다. 그러나 그녀는 이제 10만 달러가 수중에 들어오리라고 확신했다. 통화 내용을 들은 척한 것은 하워드와의 거래를 굳히느라 브리짓과의 섹스 스캔들 위에 살짝 올려놓은 장식물에 불과했다.

그래, 곧 돈이 넘쳐날 테니 스카프값 까짓 거 그년한테 줘버리자. 얼른 주고 돌아와서 잠이나 더 자야지, 라고 앨리슨은 생각했다.

재킷을 입고 핸드백을 어깨에 걸쳤을 때 로비의 초인종이 울렸다.

앨리슨은 버튼을 누르며 대답했다.

"누구세요?"

"나야. 우리 얘기 좀 해."

제기랄, 브리짓이다.

앨리슨은 로비의 문을 열었고 30초 뒤 브리짓은 앨리슨의 현관문 앞에 도착했다.

"어서 와." 앨리슨이 현관문을 닫을 동안 브리짓은 주방으로 걸어 들어갔다.

"뭐라고 한 거야?" 브리짓이 말했다.

"뭐가?"

"하워드에게 뭐라고 말했어? 무슨 얘기를 들었다고 했다면서?"

앨리슨은 한 손을 쳐들었다. "그 사람하고는 거래를 끝냈어. 이제 다 괜찮아. 걱정할 것 없어."

"뭘 들은 건데?"

"그 얘기는 그만하자. 분명히 말하겠는데 화를 낼 사람은 나야. 네가 나를 속인 거잖아? 네가 누군지 진작에 말해줬어야지?"

"앨리슨, 내 말 들어. 너 지금 실수하는 거야. 그런 식으로 하워드를 몰아붙이면 안 돼."

"얘기는 잘 끝났어. 둘 다 만족하는 결론으로."

"하워드가 얼마를 주겠다고 말했는지 모르겠지만, 두 번 다시 돈을 요구하지 않겠다고 약속하는 게 좋을 거야. 하워드는 모리스를 지키기 위해서라면 뭐든 할 테니까. 그보다 더 현명한 건 이 거래를 없었던 걸로 하는 거야. 돈은 필요 없다고, 돈을 안 줘도 입을 다물겠다고, 우리 일을 떠들고 다니지 않겠다고 하워드한테 약속하ㅡ."

"저기, 참 재미있는 이야기이긴 한데 나 지금 나갔다 와야 돼. 아래층에 돈을 내놓으라고 보채는 년이 있어서 만나봐야 되거든. 5분이면 돼. 잠깐 안에서 기다려. 어디든 편하게 앉아 있어. 나머지 얘기는 돌아와서 하자."

"내 말 들어. 넌 지금 감당할 수 없는 짓을 한 거야." 브리짓이 말했다.

"그래, 알았어. 다녀와서 얘기하자." 앨리슨은 핸드백의 끈을 어깨 위로 끌어당기고 복도로 나가서 현관문을 닫았다.

브리짓은 주방에 잠시 서 있다가 불안한 마음으로 집 안쪽으로 걸어 들어갔다. 거실에 가보니 앨리슨이 사용하는 접이식 소파 침대가 펼쳐져 있었고 이불이 어지럽게 널려 있었다. 브리짓은 커피 테이블 위의 〈코스모폴리탄〉을 집어들었다. 표지에는 애슐리 그린이 모델로 나와 있었고 "섹스를 위한 60가지 조언"이라는 헤드라인이 붙어 있었다. 살펴보니 몇 개월 전에 발행된 것이었다. 브리짓은 잡지를 다시 커피 테이블 위로 던져 놓았다.

브리짓은 거실의 창문으로 다가가 길거리를 내려다봤다. 자동차와 사람들이 오가는 것이 보였다. 그리고 지붕에 기묘한 장치를 단 자동차 한 대가 지나가고 있었다. 혼다 시빅인 듯한 조그만 자동차 위에는 받침대가 붙은 짧은 막대가 달려 있었고 막대의 끄트머리에는 이상한 기계가 달려 있었다.

브리짓은 창문에서 물러났다. 불안감은 여전히 가시지 않았다. 침실로 들어가자 정리되지 않은 침대가 보였다. 브리짓은 침실 창가로 다가가 유리창 너머로 들리는 먹먹한 도시의 소음을 들으며 초조함을 느꼈다. 평판에 해를 끼칠 만한 인간관계를 맺은 것에 대해 브리짓은 이미 백 번은 자책했다. 그녀 자신과 남편의 미래를 위험하게 만든 자신을 꾸짖었다.

바보 같은 년, 브리짓은 생각했다. 멍청한 년. 모든 게 손안에 있었는데 네가 다 날려버렸어. 순간적인 충동을 참지 못…… 어? 저기 또 그 이상한 차가 보이네? 지붕에 있는 저건—.

그때 등 뒤에서 소리가 들렸다. 브리짓은 몸을 돌렸다.

주위가 새하얘지고,

숨이 막혔다.

니콜은 작업을 끝냈다. 표적의 핸드백 안에 있는 휴대폰도 확보했다. 집을 나서려고 하는데 현관문이 열리는 소리가 들렸다. 루이스에게 연락한 지 몇 초 지나지 않으니 처리반이 도착하기에는 아직 일렀다.

룸메이트. 룸메이트일 것이다. 지금은 회사에 있을 시간인데 낮에 집에 돌아올 줄이야…….

제기랄, 제기랄, 제기랄.

주방에서 여자의 외침이 들렸다. "브리짓?"

브리짓?

니콜이 오처드 가 공동주택에서의 작업을 시작하기 전에 들었던 이름은 두 개였다. 표적인 "앨리슨 피치"와 룸메이트 "코트니 윌머스".

만약 니콜이 죽인 여자가 "브리짓"이라면 지금 집에 들어온 여자가 "앨리슨 피치"일지도 모른다. 물론 룸메이트인 "윌머스"일 가능성도 없지는 않았다.

아니, 상관없다. 저게 브리트니 스피어스든 누구든 상관없다. 저건 니콜이 처리해야 할 표적일 뿐이었다.

니콜은 여자가 침실로 들어오기 전에 벽에 달라붙어 몸을 숨길 작정이었다. 하지만 그녀가 침대를 돌아나가기도 전에 여자가 문가에 나타났다.

여자의 시선은 니콜과 창가의 죽은 여자를 번갈아 오고 갔다. 매우 짧은 순간이었다.

하지만 짧은 순간 동안 니콜은 여자를 알아볼 수 있었다. 저건 니콜이 받은 사진 속의 그 여자였다. 바로 앨리슨 피치였다. 니콜이 방금 죽인 여자와 신장, 체중, 머리카락 색깔이 비슷했다.

앨리슨 피치는 비명을 지르며 몸을 돌려 달아났다.

니콜은 서둘러 몸을 움직여서 저 여자를 붙잡아 영원히 입을 막아야 한다는 것을 알았다.

처리반의 일이 두 배가 되겠군. 어쩔 수 없지.

니콜은 방에 들어올 때와 똑같은 경로를 통해, 즉 침대를 뛰어넘어서 방을 나가기로 했다. 취해야 할 동작들이 저절로 그녀의 머릿속에 그려졌다. 왼발로 바닥을 박차고, 오른발로 침대를 박찬다. 왼발로 건너편 바닥에 착지한다.

이로써 1초는 족히 절약될 것이다.

앨리슨 피치는 이미 니콜의 시야에서 사라져 주방을 지나 현관으로 달려가고 있었다. 니콜은 침대를 향해 도약했지만 한쪽 발이 구겨진 침대보에 걸려 버렸다. 그녀는 침대 건너편으로 고꾸라졌고 벽에 쿵 하고 부딪혔다. 발에 침대보가 뒤엉켜서 끌려왔다.

니콜은 발에서 침대보를 풀어낸 뒤 스타팅 블록을 박차고 돌진하는 단거리 선수처럼 침실을 달려나갔다. 현관문은 열려 있었다. 한 층 아래에서 정신없이 내려가는 발소리가 들렸다.

안 돼.

니콜은 1층까지 세 단씩 계단을 달려 내려갔다. 길거리로 뛰쳐나가 몸을 멈추고 좌우를 두리번거렸다.

북쪽으로는 앨리슨 피치가 보이지 않았다.

남쪽으로도 앨리슨 피치가 보이지 않았다.

니콜은 휴대폰을 꺼내 루이스에게 전화를 걸었다.

"안 좋은 소식이 있어요."

루이스는 하워드에게 전화를 걸어 엉뚱한 여자가 죽었다고 보고했다. 앨리슨 피치는 달아났다. 하지만 그보다 훨씬 심각한 소식이 있었다.

엉뚱하게 죽은 여자가 다름 아닌 브리짓이라는 소식.

"뭐? 뭐라고?" 하워드가 말했다. "아니, 지금 그게 무슨 소리야? 브리짓? 그 여자가 브리짓을 죽였다고?" 하워드는 사무실 문 너머에 앉아 있는 애거사가 듣지 못하도록 속삭였지만 목소리는 분노로 가득했다.

"빌어먹을, 루이스, 이게 네가 말한 방법이야!? 난 너를 믿었는데! 그 여자가 일을 잘 처리해줄 거라고 그랬잖아! 씨발, 맙소사, 뭐? 브리짓!?"

"하워드, 화는 나중에 내십시오. 지금은 생각할 때입니다. 아주 신속하게 말이죠."

하워드는 좀 더 분통을 터뜨리고 싶었지만 그럴 때가 아님을 잘 알고 있었다. 루이스의 말이 맞다. 지금은 신속하게 움직여야 한다.

"거기 그냥 두어선 안 돼. 브리짓이 앨리슨 피치의 집에서 발견돼서는 안 돼."

"저도 그렇게 생각합니다."

"하지만 어디선가는 발견되도록 해야 돼. 실종되어서는 곤란해. 그렇게 되면 몇 개월은 낭비될 거야."

"동감입니다."

하워드는 생각했다. 브리짓의 시신이 어떤 상태인지 세세하게 알고 싶지 않았지만 한 가지 알아야 할 점이 있었다. "사고사로 꾸미는 것이 가능한가? 자살로 만들 수 있으면 더욱 좋겠군."

루이스는 3초 정도 말없이 생각했다. "네. 가능할 겁니다." 그때, 루이스는 문득 생각이 났다. "뉴욕에 모리스와 브리짓 이름으로 된 집들이 있지 않습니까?"

"그래."

"들어가기 쉬운 집을 이용하죠. 카메라나 경비원이 없는 집을. 이 일을 맡길 사람들이 있습니다. 화물 운송업체 직원으로 가장해서 들어가면 됩니다."

하워드는 애써 생각을 집중했다.

"모리스를 만나기 전에 브리짓이 살던 집이 있어. 콜럼버스 부근의 공동주택. 경비원은 없고 감시 카메라가 있긴 하지만 브리짓이 말하기로 작동하지 않는다더군. 회선이 연결되어 있지 않아. 뉴욕에 친구들이 놀러 왔을 때 사용하기 위해 브리짓은 그 집을 유지하고 있었어. 열쇠는 브리짓이 가지고 있는 열쇠고리에 달려 있을 거야."

"주소는?"

하워드는 루이스에게 주소를 알려줬다.

"알겠습니다. 자, 앞으로 이렇게 할 겁니다. 제가 브리짓의 휴대폰을 입수하겠습니다. 한 시간 후 당신 휴대폰으로 전화를 걸기로 하죠. 발신인은 브리짓이 되는 겁니다. 애거사 앞에서 전화를 받아요. 전화를 받을 때 브리짓하고 통화하는 척해야 합니다." 루이스가 말했다.

"내가 그 정도도 모르는 바보인 줄 아나, 루이스."

"하워드, 잠자코 들어봐요. 전화를 받거든 브리짓에게 왜 그러냐고, 무슨 일이 있냐고 물어보는 겁니다. 그러다 브리짓이 갑자기 전화를 끊는 거죠.

애거사가 무슨 일이냐고 물어보면 브리짓이 '하워드, 미안해요. 남편 때문에 숨 막혀 죽을 것 같아요. 더 이상 견딜 수 없어요.' 라고 말했다고 대답하는 겁니다. 할 수 있겠습니까?"

"그래."

"이어서 모리스에게 전화를 걸어요. 브리짓이 전화를 해서 이상한 소리를 한다고, 그래서 걱정이 된다고 말하는 겁니다."

"알겠어." 하워드는 계획에 빈틈이 없는지 검토하다 말했다. "유서는?"

"벌써 생각해 냈습니다. 브리짓의 핸드백에서 필체의 견본으로 쓸 걸 찾았어요. 간단합니다. 전에도 해 봤습니다." 루이스가 말했다.

루이스에게는 하워드가 알지 못하는 능력이 있었다. 하워드는 분노가 치밀어 오른 상태였지만 지금으로선 루이스에게 그런 능력이 있다는 사실을 감사할 수밖에 없었다.

"그럼, 시작해." 하워드가 말했다.

루이스는 전화를 끊었다.

하워드는 잠시 동안 긴장을 풀기 위해 애를 썼다. 그는 양 손바닥을 책상 위에 올려놓고 의자에 기대어 눈을 감았다. 숨을 돌릴 수 있는 어딘가로 떠나고 싶었지만 그 어딘가는 여기서 수만 킬로미터는 떨어져 있는 기분이었다.

아, 하느님……

하워드가 알기로, 오늘 애거사는 밖에서 친구들과 점심을 먹기로 약속했다. 하지만 하워드에게는 지금 그녀가 필요했다. 애거사가 증인이 되어 주어야만 했다.

"애거사." 하워드는 손에 휴대폰을 꼭 쥔 채 애거사의 책상 앞으로 걸어가서 말했다. "지난 6개월 동안 모리스를 대상으로 실시했던 여론 조사 결과들을 전부 수합해줘."

"컴퓨터에 저장돼 있어요. 보여 드릴까요?" 애거사가 말했다.

"그래, 알아. 하지만 그 결과들을 한 페이지짜리 문서로 요약해서 인쇄해 줬으면 좋겠군."

"점심 먹고 와서 바로 해드릴게요." 애거사가 말했다.

"지금 당장 필요해. 가능한 빨리해줘."

애거사는 컴퓨터 화면의 구석에 나타나 있는 시계를 힐끗 바라봤다. "알겠어요, 하워드. 바로 해드리죠. 그런데 그—제가 약속이 좀 있는데 전화를 걸어서 시간을 조정할게요."

"다행이군. 고마워."

그때 하워드의 아르마니 정장 재킷 안에서 수류탄이 터지듯 휴대폰이 울렸다. 그는 놀란 마음을 감추며 휴대폰을 꺼내어 발신인을 확인하지 않은 채 귓가에 갖다 댔다.

"하워드입니다."

그는 수화기 너머에서 아무 대답이 없을 것이라고 생각하고, 곧바로 "브리짓? 괜찮아? 무슨 일이야?"라고 말할 참이었다.

"하워드, 오늘 밤에 만나기로 한 거 맞지?" 모리스였다.

"아, 모리스."

"잊어버렸나?"

"아니, 그럴 리가. 만나서 얘기를 좀 해야지."

"그래. 취재를 진행하다 막히긴 했어도 〈타임스〉는 아직 포기하지 않았을 거야." 모리스가 말했다.

"맞아." 하워드는 잠시 말을 멈춘 뒤 물었다. "브리짓도 함께 만나나?"

"아니. 브리짓은 그 사건 때문에 불안해하고 있어. 저녁 먹으면서까지 그 얘기를 듣고 싶지는 않을 걸세."

"그건 나도 마찬가지야."

"하지만 난 내 결정을 후회하지 않아." 모리스가 말했다. "또다시 같은 상황에 처해도 난 똑같은 결정을 할 걸세. 만약 일이 들통 난다면 그렇게 대답할 거야. 자, 그럼 저녁때 보세."

하워드는 휴대폰을 재킷 안에 집어넣고 애거사를 바라봤다. 그녀는 컴퓨터 화면에 뜬 내용을 인쇄하고 있었다. "이거, 미안하군. 오늘 점심 약속이 있다고 했었지?"

"괜찮아요." 애거사가 말했다.

하워드는 자기 방으로 돌아갔지만 문을 닫지 않았다. 애거사가 들어올 경우에 대비하여 분주한 척 손을 놀렸다. 하지만 그는 아무것에도 집중할 수 없었다. 걸려올 전화를 기다리며 어떻게 그런 참사가 벌어졌는지 괴로워할 뿐이었다.

브리짓에게 피치인지 뭔지 하는 년을 멀리하라고 말했어야 했는데 군이 그런 말을 할 필요가 없다고 생각한 게 오판이었다. 설마 브리짓이 앨리슨 피치를 다시 만나리라고는 생각하지 못했다.

브리짓이 앨리슨 피치의 집에 갈 줄은, 게다가 하필이면 바로 그 시간에—.

휴대폰이 울렸다.

하워드는 휴대폰을 붙잡고 화면을 바라봤다. "브리짓"이었다.

"여보세요?" 그는 자리에서 벌떡 일어나 애거사의 자리를 향해 재빨리 걸어갔다. 애거사는 몇 장의 종이들을 스테이플러로 찍고 있었다.

"브리짓, 브리짓, 무슨 일이야?" 하워드는 애거사의 책상 옆에 서서 말했다. 애거사는 무슨 일이 벌어졌음을 느끼고 하던 일을 멈췄다.

"브리짓, 괜찮아?" 하워드는 잠시 말을 멈췄다. "어디야? 지금 어디 있어?"

애거사의 얼굴이 점점 걱정하는 빛을 띠기 시작했다. 하워드도 애거사를 향해 걱정스러운 눈빛을 보냈다.

"브리짓?" 하워드는 휴대폰을 거두며 말했다. "끊었어."

"무슨 일이에요?" 애거사가 물었다.

"통 무슨 소린지 모르겠어. 미안하다면서, 모리스 때문에 숨 막혀 죽을 것 같다고, 더는 못 견디겠다고 말하는데?"

"그게 무슨 소리예요?"

"그건—나도 모르겠군. 꼭 정신이 나간 사람 같았어." 하워드는 휴대폰을 만지작거렸다. "다시 전화를 걸어봐야겠군."

하워드는 번호를 눌렀다. "전화를 안 받아…… 아…… 전화 좀 받아. 빌어먹을. 브리짓, 전화받아."

"어디래요?" 애거사가 물었다.

"안 받아. 전화를 안 받아." 하워드는 다시 번호를 눌렀다. "모리스에게 연락해야겠어. 모리스는 브리짓이 어디 있는지 알 거야."

당연히 모리스는 알지 못했다. 모리스는 소식을 듣자마자 브리짓에게 전화를 걸었다. 그리고 하워드, 애거사와 함께 브리짓의 친구들에게 연락을 취했다. 브리짓의 단골 가게들에 전화를 걸어 혹시 그녀가 들렀는지 물어봤다. 브리짓이 친구나 고객들을 만나는 레스토랑들에도 연락을 했다.

모리스는 브리짓이 어디 있는지도, 브리짓이 하워드에게 했다는 말이 도대체 무슨 뜻인지도 알 수 없었다.

몇 시간 뒤 하워드는 모리스에게 콜럼버스에 있는 브리짓의 집을 확인해보자고 말했다. 두 사람은 경찰보다 먼저 그 집에 도착했다.

죽음은 자살인 것으로 판정되었다.

보통 사람들은 목숨을 끊을 때 수면제를 과다복용한다거나, 관자놀이에 총을 쏜다거나, 건물 옥상에서 뛰어내리는 전통적인 방식을 택한다.

경찰 조사에 따르면 브리짓 쏘척은 전무하지는 않지만 꽤나 이례적인 기법을 택했다. 조사에 관여한 누군가는 그것이 영화 〈모래와 안개의 집〉에서 벤 킹슬리가 연기한 인물이 목숨을 끊던 방식과 비슷하다고 평했다. 브리짓이 그 영화로부터 배웠으리라는 추측이 제기되었으나 모리스 쏘척과 브리짓의 친구들은 그녀가 실제로 그 영화를 봤는지 어땠는지 알지 못했다.

브리짓은 남편 앞으로 네 어절의 유서를 남겼다. "모리스, 날 용서해요. 브리짓." 수사관들은 그것이 브리짓의 필체라고 결론 내렸다. 맞지 않는 부분이 몇 군데 있었지만 목숨을 끊기 직전의 여자가 쓴 것이니 당연했다. 죽는 마당에 글씨 따위에 신경 쓸 리 없을 것이다.

브리짓은 작성을 마친 유서를 현관문 바로 안쪽 카펫 위에 올려놓았고, 옷장에서 의류보관용 비닐 커버를 꺼내 머리 위에 뒤집어썼다. 그리고 목 둘레에 강력 접착테이프를 빙 둘러 입구를 봉했다. 감식반은 브리짓의 손톱에서 접착 성분을 발견했다.

공기가 남은 상태에서 브리짓은 침대에 드러누웠고 침대 기둥에 고정된 수갑에 손목을 묶었다. 숨을 쉬지 못해 공포에 질리는 순간 무심결에 자살을 수포로 만들어 버릴까 봐 취한 조치로 보였다. 모리스는 브리짓이 어떻게 수갑을 구했는지 알지 못했다. 경찰은 그녀가 자살에 사용하기 위해 성용품점에서 현금을 내고 수갑을 구매한 것이라고 결론을 내렸다.

분명 이 죽음에는 미심쩍은 점이 많았다. 여자가 비닐 봉투를 머리에 뒤집어쓴 채 손을 침대의 수갑에 묶고 죽은 것이었다. 하지만 폭행이나 저항의 흔적은 보이지 않았다. 다른 사람이 그곳에 있었다는 흔적도 없었다. 짧은 유서 하나가 있을 뿐이었다.

자살이라는 가설에 설득력을 부여한 것은 하워드와 브리짓의 통화였다. 통신사의 자료에 따르면 하워드에게 걸려온 전화는 브리짓의 시체가 발견된 지역에서 발신된 것이었다. 애거사는 경찰에게 통화 장면을 목격했다고 증언했다. 그녀가 들었던 하워드의 통화 내용에 따르면 브리짓은 분명 불안한 상태였다.

하워드는 전화를 건 사람이 틀림없이 브리짓이었다고 경찰에게 말했다. 그가 듣기에 그것은 틀림없는 브리짓의 목소리였고 타인에게 협박을 당하는 기미도 없었다. 통화 감도에 수상쩍은 점은 없었다.

관여하는 이들 모두 이 사건이 민감한 케이스라는 것을 잘 알고 있었다. 뉴욕 검찰총장의 아내가 자살한 매우 민감한 케이스였다. 모리스 쏘척은 하워드를 통해 실력을 행사했고, 증거가 타살이 아닌 자살 쪽으로 기울었으므로 사건은 노출되지 않은 채 완전히 종결되었다. 그리고 며칠 후 브리짓 쏘척이 "갑자기 사망했다."라는 성명이 언론에 전달되었다.

"자살"이라는 표현은 없었다. 상세한 내용은 공개되지 않았다.

피폐해질 대로 피폐해진 모리스 쏘척은 정치적 야욕을 멈추고 삶의 의욕을 되찾기 위해 발버둥쳤다.

한편, 경찰은 이 사건과 관계없는 앨리슨 피치의 실종도 형식적으로 수사하고 있었다. 실종 사건은 원체 흔했고, 게다가 앨리슨 피치의 어머니에 따르면 그녀는 과거에도 장기간 사라졌다가 돈이 필요할 때 나타난 적이 있었다.

룸메이트의 실종 소식을 들은 코트니 월머스는 놀랐다기보다는 격분했다. 그녀는 앨리슨 피치가 빚을 갚지 않기 위해 도망쳤다고 생각했다. 그리고 그때, 잠복 경찰 하나가 그녀를 찾아왔다. 잠복 경찰은 앨리슨 피치가 낮에 이 집에서 크랙 코카인을 팔았다고 말했다. 애초에 앨리슨을 못마땅하게 생각했던 코트니마저도 그 얘기를 듣자 경악했고, 만약 앨리슨이 마약을 팔았다면 어째서 돈이 없었던 건지 의아해했다. 잠복 경찰은 수사가 끝나지 않아서 아직 마약 거래가 이루어지는 것처럼 꾸며야 하기 때문에 자신이 그 집을 빌리고 싶다고 말했다. 코트니가 새집에 들어가는 데 필요한 두 달 치 월세를 자기 쪽에서 부담해 줄 것이며, 앨리슨 피치가 빌린 돈도 대신 갚아 주겠다고 제안했다.

겁에 질린 코트니는 어서 빨리 집을 나가고 싶은 마음에 잠복 경찰의 제안을 수락했다.

루이스 블로커는 동작 감지 카메라를 현관문 앞에 설치했다.

니콜은 앨리슨 피치를 찾아 데이턴으로 떠났다.

모리스는 비탄에 빠졌다.

하워드는 심장 발작이 일어날 것 같은 하루하루를 보냈다.

그리고 9개월 뒤, 전 세계 누구라도 마음만 먹으면 볼 수 있는 당시의 살인 현장이 인쇄된 종이를 들고 한 남자가 현관문을 노크했다.

41

줄리가 말했다. "좋아, 다시 한 번 정리해보자."

나는 옷을 입은 뒤 토마스의 침대 위에 걸터앉아 있었고, 토마스는 컴퓨터 모니터 세 대가 자리 잡고 있는 책상 앞에 앉아 있었다. 줄리와 내가, 마치 선생님에게서 기말고사에 나올 내용의 설명을 듣는 학생들처럼 토마스의 말을 경청하고 난 뒤였다.

줄리가 다시 말했다. "토마스는 인터넷에서 이 사진을 보고 레이한테 맨해튼의 이 주소로 가서 확인하도록 지시했어. 그래서 레이는 지시대로 했지. 물론 내키지 않아서 건성으로 했을 뿐이었지만 그래도 옆집에 사는 여자하고 얘기를 나눴어."

"맞아." 내가 말했다.

"그리고 레이의 조사 능력에 매우 실망한 토마스는 직접 집주인에게 전화를 걸어서 이 집에 여자 둘이 살았었고 그들이 나간 뒤로 집은 쭉 비어 있는 상태였다는 걸 알아냈어. 하지만 집세는 블로커라는 남자가 계속 내고 있었지. 자, 여기까지 제대로 이해한 거 맞아?"

토마스가 고개를 끄덕였다. "아주 훌륭해." 토마스는 나를 바라봤다. "줄리가 이해를 잘한다."

"계속 말해봐." 내가 말했다.

"그런데 레이가 임무를 마치고 돌아온 이틀 뒤, 〈횔360〉의 그 이미지가 사라졌어." 줄리가 말했다. "내 생각엔 이게 제일 충격적인 사실인 것 같아."

"그래, 나도 그렇게 생각해. 하지만 이해가 안 가. 나는 이웃집 여자한테 인터넷에서 그런 이미지를 봤다는 얘기는 한마디도 하지 않았어. 토마스, 네가 집주인한테 말했니? 인터넷을 통해 창문에서 머리통을 봤다고 말했어?"

토마스는 고개를 저었다. "아니."

"그럼 내가 거기 다녀온 것과 이미지가 사라진 것은 관련이 없는 셈 아니야?" 나는 줄리에게 물었다.

줄리는 잠시 생각을 하다가 대답했다. "그 건물에 찾아간 이유를 누군가에게 말한 적 없어? 점심을 같이 먹은 사람한테는 어때? 네 에이전트."

"아니. 이 일은 전혀 언급하지 않았어."

"미행한 사람은 없었어?"

나는 눈알을 굴리며 대답했다. "그럴 리가 있나."

줄리는 얼굴을 찌푸렸다. "좀 지나친 추측인 거 알지만 그래도 한번 생각해봐. 오처드 가의 그 건물에 도착할 때까지 어땠어?"

나는 한숨을 쉬었다. "인터뷰를 마친 뒤 나는 택시를 잡아타고 오처드 가로 갔어. 목적지보다 몇 블록 북쪽에서 택시를 내렸지. 인쇄물을 손에 들고 남쪽으로 천천히 걸어 내려갔어. 이 건물을 찾을 때까지 주변의 창문이라든가 벽돌 같은 것들을 자세히 살피면서 걸었지. 그러다가 이 사진과 공기 조화기까지 똑같은 창문을 마침내 발견한 거야."

"안에는 어떻게 들어갔어?"

"누가 밖으로 나오는 틈에 들어갔어. 위층으로 올라가서 그 집 현관문을 두드렸지만 아무도 없었어. 그게 다야."

줄리는 생각에 잠겼다가 다시 물었다. "만약 누가 문을 열어줬다면 뭐라고 말할 작정이었어?"

"이리저리 궁리해 봤었는데 결국 그냥 솔직히 대답하기로 했어. 〈훨360〉에서 이 이미지를 우연히 발견했고 궁금해서 물어보러 왔다고."

토마스는 불만스러운 듯 고개를 절레절레 흔들었다.

"그러니까 그 종이를 줄곧 손에 들고 있었단 말이로구나?" 줄리가 말했다.

"그래, 그랬을 거야."

"그렇다면 건물을 나가던 사람도 그것을 봤을 것이고 이웃집 여자도 봤겠네? 누구든 네 옆을 지나치는 사람은 그 종이를 봤을 거야."

"아니…… 그건…… 젠장. 그래, 종이를 꺼내 들고 있긴 했어. 하지만 다시 주머니에 집어넣었어. 정확히 언제까지 들고 있었는지는 모르겠어."

"그래. 그래서 이웃집 여자가 봤을지도 모른다는 거야. 그리고 네가 눈치채지 못한 다른 누군가가 봤을지도 모른다는 거지." 줄리가 말했다.

"로비에 카메라가 있었을 거야. 형은 그것도 생각 못했어?" 토마스가 말했다.

나는 화가 난 얼굴로 토마스를 바라봤다. "그래, 생각 못했다. 내가 왜 그런 걸 생각해야 되는데?" 하지만 나는 토마스의 말을 전적으로 부정할 수가 없었다. 나는 마음을 가라앉힌 뒤 말했다. "좋아. 누군가 어떻게든 내가 들고 있던 종이를 봤다고 치자. 그게 인터넷의 사라진 이미지와 어떻게 연결된다는 거지?"

줄리가 말했다. "얘기를 이어나가기 위해 일단 토마스가 창문에서 본 것이 진짜 살인사건이었다고 가정해보자. 누군가 그 장면이―."

"누군가라니?" 내가 물었다.

"우선 내 말을 끝까지 들어봐, 알겠지? 자, 그 창문이 인터넷을 떠돌아다니면 곤란할 누군가가 있다고 가정해보자. 그 사람이 그 사실을 알게 되면 그 이미지를 없애려고 하지 않겠어? 생각해봐. 〈휠360〉의 자동차에 난감한 사진들이 종종 찍히잖아? 외도 중인 남편이나 부인의 사진 같은 거 말이야."

"하지만 얼굴을 지우잖아?" 내가 말했다.

"그래, 나도 알아. 하지만 흥미로운 경우를 한번 예로 들어보자. 하트퍼드에 사는 어떤 남자가 〈휠360〉으로 자기 집을 찾아봤는데 진입로에 골프 친구의 링컨이 주차되어 있는 것을 발견했어. 그런데 문제는 그 친구를 한 번도 집에 초청한 적이 없다는 거야. 그리고 사진이 찍힌 낮시간에는 아내가 집에 있지. 자, 링컨을 몰고 온 골프 친구가 이 남자보다 먼저 사진을 발견했다면 어떨까? 네가 그 친구라면 어떻게 할 거 같아?"

"그래, 무슨 말인지 알겠어."

토마스가 끼어들었다. "보스턴에서 일어났던 자동차 접촉 사고랑 같잖아?" 그는 줄리를 돌아보며 말했다. "형은 그걸 보고도 아무런 조치도 취하지 않았어."

"인터넷에는 찾아내기만 하면 눈이 뒤집어질 만한 사건들이 많아. 네가 그 종이를 휘젓고 다니는 걸 보고 누군가 창문 얼굴의 존재에 대해 알게 됐는지도 몰라." 줄리가 말했다.

"그래, 그럴지도 모르지." 나는 줄리의 말을 수긍했다. "좋아, 네 말이 맞다고 치자. 내가 그 건물을 찾아간 것과 이미지가 사라진 것이 관련이 있다고 치자고. 그렇다면 그 사람은 도대체 어떻게 인터넷의 그 이미지를 없앤 거지?"

"해킹." 토마스가 말했다.

줄리가 고개를 끄덕였다. "맞는 말이야. 그것 말고는 방법이 없겠지."

"일리 있군." 내가 말했다.

"〈훨360〉에 연락해서 최근 시스템이 침입당한 적이 없었는지 물어보는 것이 어떨까? 방화벽인지 뭔지를 뚫고 들어온 사람이 없었는지 말이야." 줄리가 말했다.

"그러려면 어떻게 해야 되는 거지? 누구한테 전화를 걸어야 돼?" 내가 물었다.

줄리가 웃으며 말했다. "넌 그림은 참 잘 그리는데 원하는 대답을 얻는 방법은 통 모르는구나. 그 연락은 내가 맡을게."

물론 줄리라면 원하는 대답을 얻을 방법을 잘 알고 있을 것이다. 하지만 그 전에, 나는 그 누군가를 추적하는 것이 옳은지 걱정되었다. 이런 일에 발을 들여놓아도 과연 괜찮을까? 이렇게 나섰다가 괜히 토마스의 문제만 불거지는 건 아닐까? FBI가 다녀간 판국에 〈휠360〉 보안팀의 방문까지 받아야 하나?

하지만 나는 일단 걱정하는 바를 말하지 않기로 했다. 그보다 먼저 확인할 문제가 있었다. "토마스, 통화할 때 집주인이 했던 얘기를 다시 말해줘. 거기 살던 여자들이 어떻게 됐다고?"

"지난여름에 집이 비었다고 했어. 두 여자는 자매가 아닌 것 같아. 성이 달랐어."

"이름이 뭐였지?"

"코트니와 올슨."

"성이 아니라 이름이지?"

"그럴 거야. 집주인의 억양 때문에 알아듣기 힘들었어. 얘기했잖아."

"올슨은 여자 이름은 아닐 텐데. 토마스, 성도 들었어?" 줄리가 물었다.

토마스는 책상을 향해 돌아앉으며 말했다. "적어놨어. 코트니 윌머스와 올슨 피치."

"잠깐." 이름을 듣자 나는 갑자기 떠오르는 게 있었다. "올슨 피치?" 최근 어디선가 들어본 듯한 이름이었다. "토마스, 잠깐 비켜봐." 토마스가 일어나자 나는 의자에 앉아 웹브라우저를 열고 아버지의 노트북으로 검색했을 때와 똑같이 뉴욕 오처드 가와 관련된 신문 기사들을 검색했다.

"이것도 아니고…… 이것도 아니고…… 찾았다! 그래, 그 이름 들어본 기억이 있었어. 토마스, 집주인이 말한 게 '올슨 피치'가 아니라 '앨리슨 피치' 아니야?"

토마스는 잠시 생각하더니 대답했다. "그럴지도 몰라."

"좋아. 여기 이 기사에 따르면 경찰은 실종된 앨리슨 피치라는 여자를 찾고 있었어. 오처드 가에 사는 여자야. 술집에서 일을 하는데 어느 날 갑자기 출근을 하지 않았다는군. 기사는 이걸로 끝이야. 후속 기사는 없어."

"창문에 있던 게 그 여자일 거야." 토마스는 조금이라도 빨리 내게서 의자를 되찾고 싶은 듯 내게 가까이 다가오며 말했다. "누가 그 여자를 질식시킨 다음 시체를 치운 거야."

토마스는 TV의 범죄 드라마를 보지 않는 사람치고는 꽤나 신속하게 그럴 듯한 스토리를 제시했다.

"토마스, 앞으로 어떻게 해야 할지 줄리와 의논하고 올 테니까 잠깐 여기 앉아서 기다려."

"섹스하던 거 끝내러 가는 거야?" 토마스가 물었다.

나는 얼굴이 온통 붉어졌지만 줄리는 매우 차분하게 대답했다. "아니, 그건 다음에 할 거야. 일단 이 사건부터 해결해야지. 섹스는 그다음에 언제든 할 수 있어."

토마스는 어느새 하던 작업으로 되돌아가서 유럽인 듯한 거리를 활보하고 있었다. 내가 궁금한 눈길로 쳐다보자 토마스는 "프라하."라고 대답했다.

줄리와 나는 지도로 뒤덮인 2층 복도로 나갔다.

"어떻게 생각해?" 내가 물었다.

줄리는 도저히 모르겠다는 듯 두 손을 들어 올렸다. "모르겠어. 도저히."

"나도 마찬가지야."

우리는 주방으로 내려갔다. 줄리는 커피를 찾다가 인스턴트커피 통을 발견했다. "설마 커피가 이거밖에 없는 건 아니겠지?"

아쉽게도 그것밖에 없었다. 줄리는 주전자에 물을 채우면서 말했다. "정신 나간 소리라고 할지도 모르겠지만 정말로 무슨 사건이 일어난 게 분명해."

"그런 것 같네." 나는 마지못해 동의했다.

"그렇잖아? 아무 일도 없었다면 왜 창가의 머리통 사진을 굳이 삭제했겠어?"

"동의해."

"이제 어떻게 할 거야?"

"어떻게 하다니?"

"뉴욕 경찰청에 연락하라는 토마스의 말을 무시할 작정이었겠지만 상황이 달라졌잖아? 연락할 거야?"

"연락하지 않겠다는 입장을 바꿔야 할 이유가 생긴 건 아니야." 내가 대답하자 줄리는 놀란 표정을 지으며 말했다. "그게 무슨 소리야? 그 이미지가 삭제됐는데 입장을 바꿀 만한 이유가 생기지 않았다고?"

나는 줄리에게 FBI의 방문을 상기시켰다. "토마스는 CIA와 빌 클린턴에게 이메일을 퍼붓는 바람에 이미 감시망에 포착돼 있어. 이 마당에 뉴욕 경찰청이든 프로미스 폴즈 경찰서든 연락한다고 생각해봐. 경보기를 울리는 셈이라고. FBI가 그 소식을 듣게 될 거야. 게다가 FBI가 일을 빨리 해치우려고 모두에게 토마스의 전력을 알려준다면, 즉 녀석이 길거리 암기 현황을 CIA에 업데이트해주고 있었다는 사실을 알려준다면, 과연 토마스의 말을 진지하게 받아들일 사람이 있을까? 이제 토마스가 봤다고 주장하는 머리통은 더 이상 〈휠360〉에 존재하지도 않잖아?"

줄리의 어깨가 축 늘어졌다. "제길. 하지만 토마스만 본 건 아니야. 그리고 인쇄물도 아직 남아 있어. 실제로 실종된 여자까지 있잖아?"

"아직까지 실종 상태인지는 모르지." 내가 말했다.

"그건 확인할 수 있어. 레이, 네가 망설이는 건 이해해. 경찰이 우리 말을 믿지 않을 거라는 점도 일리가 있어. 하지만 말이야, 난 토마스의 얘기를 들으면서 소름이 쫙 끼쳤어. 난 어떻게 할지 결정했어. 내일 〈휠360〉에 연락해서 얼굴의 이미지를 지우는 작업을 담당하는 사람에게 물어볼 거야. 혹시 누군가 해킹을 한 적이 있거나, 아니면 〈휠360〉 내에서 어떤 이유로든 그 이미지를 삭제했는지."

"나는 경찰에 연락하는 건가?" 내가 물었다.

"너는 경찰에 연락하는 거지."

나는 항복의 뜻으로 양손을 들어 올렸다. "좋아. 경찰에 연락하지. 어디로 할까?"

"뉴욕 경찰청." 줄리가 말했다.

"오처드 가가 어디 관할이지?" 우리는 아버지의 노트북을 이용하여 오처드 가가 제7경찰서 관할임을 알아냈다. 나는 웹사이트에 나온 전화번호를 휴대폰에 입력했다. "자, 전화 걸었다." 나는 통화가 연결되기를 기다리며 줄리에게 말했다.

"여보세요?" 누군가 전화를 받자 내가 말했다. "저기 그…… 누구든 형사님과 좀 통화를 하고 싶습니다만……."

"긴급 상황입니까, 선생님?" 상대방이 말했다.

"그건 아니에요. 어, 중요한 일이긴 하지만 긴급 상황은 아니에요."

"잠깐만 기다리세요."

몇 초 후 누군가가 전화를 받았다. 남자의 거친 목소리가 들렸다. "심프킨스입니다."

"안녕하세요. 저는 레이 킬브라이드라고 합니다. 프로미스 폴즈에 있어요."

"어떻게 도와드릴까요, 킬브라이드 씨?" 형사가 말했다.

"네, 저…… 이거 좀 이상하게 들릴지도 모르겠는데, 일단 끝까지 들어봐주세요. 제 동생이 살인 현장을 목격한 것 같습니다."

"동생의 이름은요?"

"토마스 킬브라이드예요."

"동생이 직접 전화하지 않고 선생님이 하시는 이유가 있습니까?"

"동생이 경찰에 전화하는 것을 불편해할 것 같아서 대신하는 거예요."

"왜 불편하다는 말씀이시죠?"

"저기요, 그건 중요한 게 아니고요, 실은 동생만 목격한 게 아니에요."

"목격자가 또 있습니까? 킬브라이드 씨도 목격하셨습니까?"

"그런 셈이에요. 사실 목격자가 아주 많을지도 모릅니다. 인터넷에 범죄 장면이 떠 있었거든요. 지금은 사라졌지만."

형사가 말을 멈췄다. "알겠습니다. 누가 살해당했습니까?"

"저기, 솔직히 말해 정말로 살해당한 건지 확실치 않아요. 하지만 누군가 창가에서 살해당하는 듯한 장면이었어요. 아마 앨리슨 피치라는 여자일 겁니다."

"유튜브에서 보셨습니까?" 형사는 의구심이 가득한 목소리로 물었다.

"아니요. 〈훨360〉에서 본 거예요. 어떤 웹사이트냐면—."

"저도 그 사이트는 압니다. 선생님 말씀은 동생이 그 웹사이트에서 살인 현장을 목격했다는 겁니까?"

"맞아요. 저기요, 처음엔 저도 동생이 공상을 하는 거겠거니—."

"왜 그게 공상이라고 생각하셨습니까?"

"네, 그게, 동생이 정신병 비슷한 걸 앓고 있어서—."

딸깍.

나는 줄리를 바라봤다.

"그래, 알만하네. 나라도 전화 끊겠다. 너 말재주가 진짜 형편없구나."

"이렇게 될 거라고 말했잖아."

줄리는 양손을 들어 올렸다. "그래, 네 말이 맞았어. 내가 잘못 생각한 거야. 너는 이 일에 발을 들여놓고 싶지도, 토마스가 엮이게 하고 싶지도 않지? 그렇게 생각하는 것이 당연해. 넌 이 사건과 아무런 관계가 없으니까. 설령 네가 그 인쇄물을 들고 돌아다니는 걸 누군가 봤다고 해도 네가 누군지 알아낼 길이 없을 거야."

"그래, 맞아. 난 아무한테도 내 이름을 말해준 적이 없어."

"좋아. 넌 걱정할 거 하나도 없겠네." 줄리가 말했다.

42

"그 사진 다시 보여주실래요?" 카운터의 여자가 말했다.

맨해튼 남부, 어느 미술용품점 카운터의 점원에게 루이스 블로커는 인쇄된 사진 한 장을 건넸다. 그것은 앨리슨 피치의 현관문에 설치된 감시 카메라에 포착된 화면으로 〈휠360〉의 인쇄물을 손에 들고 현관문을 노크한 남자의 모습이 제일 잘 나온 캡처 이미지였다. 현관문의 눈구멍 너머에 있는 남자의 얼굴은 다소 굴곡져 있었지만 누군지 식별하지 못할 정도는 아니었다.

이미 점원은 그 사진을 봤고 남자가 누군지 모르겠다고 대답했지만, 다시 보여달라고 루이스 블로커에게 청했다.

"그런데 이 사람이 무슨 짓을 했어요?" 점원이 물었다.

"신용카드 사기입니다. 명의를 도용했어요." 루이스가 말했다.

"아, 정말요? 그거 큰일이네."

루이스가 보기에 여점원은 서른 살 정도인 듯했다. 새까만 머리카락, 모티샤 애덤스(애덤스 패밀리의 캐릭터)처럼 창백한 피부, 루비같이 붉은 립스틱. 양쪽 귀에는 스터드가 몇 개 박혀 있었고, 오른쪽 콧방울과 입술 아래에도 스터드가 하나씩 박혀 있었다. 루이스는 그녀의 보이지 않는 어딘가에 박혀 있을 피어싱들이 과연 몇 개나 될까 문득 궁금해졌다.

여점원은 손에 사진을 든 채 고개를 한쪽으로 기울였다. "얼굴이 좀 불룩하네요?"

"카메라 렌즈 때문에 그렇게 보이는 겁니다." 루이스가 설명했다.

"잘 모르겠어요. 본 것 같은 기분이 들었는데 다시 보니 잘 모르겠네요."

"이 자식이 무슨 짓을 하고 다니는지 말씀드리죠." 루이스는 그 남자가 매우 흉악한 놈임을 강조하여 점원의 협력을 북돋울 요량으로 말을 이었다. 그는 점원에게 자신을 형사라고 소개하지 않았지만, 지갑을 펼쳐 아주 잠깐 들이댐으로써 바라던 오해를 불러일으켰다. "이놈의 수법은 우선 남들의 신용카드 번호를 몰래 알아낸 뒤 거기서 얻은 개인정보로 새로운 신용카드를 만드는 겁니다. 그걸로 하루 이틀 여기저기 흥청망청 써대다가 카드를 버리는 거죠. 보통 그때쯤 되면 카드 회사에서 신용카드 사용 내역이 이상하다는 걸 눈치채고 소유주에게 알려준 뒤 카드를 정지시킵니다만."

점원은 놀랍다는 듯 고개를 저었다. "와, 거참 대단하네요." 그녀의 말투에는 마치 방법만 알면 자기도 한번 해보고 싶다는 듯이 동경하는 낌새가 배어 있었다. "요즘엔 신용카드에 칩 같은 게 들어가 있잖아요? 도용 같은 건 불가능한 줄 알았어요."

"새로운 기술이란 범죄자들의 발목을 잠시 붙잡을 뿐입니다. 범죄가 기술을 뛰어넘는 건 시간문제죠."

루이스는 여점원에게 그 남자가 이틀 전 오전에 이 미술용품점에 들렀을 것이라고 말했다.

"그 시간이면 제가 일하고 있긴 했지만 이 사람을 본 기억은 없어요." 여점원이 말했다. 그녀는 가게 안을 둘러보다가 붓들을 진열하고 있는 키 크고 피부색이 짙은 남자를 불렀다. "타렉, 잠깐 와 볼래요?"

타렉은 여자 맞은편의 카운터 앞으로 다가와 루이스의 옆에 섰다.

"여기 계신 형사님이 이 남자를 찾고 있대요. 난 잘 기억이 안 나지만, 형사님 말씀으론 이틀 전 오전에 들러서 뭘 막 사갔다던데?" 여자가 말했다.

"이 사람이 무슨 짓을 했는데요?" 타렉은 인쇄된 사진을 찬찬히 살피면서 물었다.

루이스는 아까의 설명을 되풀이했다.

"어쨌건 가게 매상에는 손해가 없겠네요. 신용카드 사기인 경우 카드 회사에서 소지자에게 돈을 환불해주거든요." 타렉이 말했다.

"그건 저도 압니다. 그렇더라도 놈을 체포하는 데 협력해주셔야겠습니다." 루이스가 말했다.

"네, 그건 그렇죠. 하지만 이 사람이라면 협력할 방법이 없겠군요." 타렉이 말했다.

"무슨 말씀이신지?"

"이 사람 기억나요. 현금으로 지불했어요."

"현금?" 루이스가 말했다. 요즘 세상에도 현금으로 지불하는 사람이 있단 말인가?

"제 기억으로는 에어브러시 부속품들과 펜을 사갔어요." 타렉이 말했다.

"아는 사람이었습니까? 전에도 여기서 물건을 산 적이 있습니까?"

"네. 누군지 모르겠지만 전에도 온 적이 있을 거예요. 본인이 그렇게 말했거든요. 맨해튼에 올 때마다 우리 가게에 들른다더군요."

"맨해튼 밖에 사는 사람입니까?"

"네."

"어디 사는지 말했습니까?"

타렉은 고개를 저었다. "아니요. 참, 우리 가게 이메일 명단에 이메일이 등록되어 있냐고 물어봤더니 그렇다고 했어요."

"그 명단을 좀 보여주시겠습니까?"

"매니저가 쉽게 허락할지 모르겠네요. 게다가 명단에는 수백 명이 넘는 사람들이 등록되어 있어요."

"그 남자는 왜 에어브러시 부속품을 구입했습니까? 구체적으로 어떤 작업을 하는지 아십니까?"

타렉은 잠시 생각에 잠겼고, 스터드투성이의 여점원은 해답을 기대하는 눈초리로 타렉을 바라봤다. "일러스트레이터라고 했어요. 하지만 아시다시피 일러스트레이터는 수백만 명쯤 되잖아요. 아, 맞다. 새로 생길 웹사이트를 위해 작업을 할 거라던데."

"무슨 웹사이트입니까?"

"새로 생기는 웹사이트랬는데 잘 모르겠네요. 허핑턴 포스트 같은 정치 웹사이트라고 했던가?"

"무슨 포스트라고요?" 루이스가 물었다. 루이스는 인터넷을 곧잘 사용했지만 신문만큼은 종이 신문을 선호했다.

타렉은 어깨를 으쓱했다. "왜, 그 웹사이트 있잖아요, 억양이 심한 여자가 나오는 웹사이트. 그 여자 〈빌 마 쇼〉(Bill Maher's Show)에도 가끔 나오던데."

루이스는 〈빌 마 쇼〉를 끔찍하게 싫어했다. '골 빈 좌파 새끼.'

"하지만 그게 아니라 다른 웹사이트였단 말이죠?" 루이스가 물었다.

타렉은 어깨를 으쓱했다. "네. 저는 그것밖에 몰라요. 그럼 행운을 빕니다."

루이스는 모퉁이의 카페에 자리를 잡고 딜 피클을 곁들인 콘비프 호밀빵 샌드위치와 커피를 주문한 뒤 하워드 탤리먼에게 전화를 걸었다.

"허핑턴 포스트라는 웹사이트를 아십니까?" 루이스가 물었다.

"물론이지. 왜?" 하워드가 말했다.

"비슷한 웹사이트가 곧 생길 예정이라던데 뭔지 아십니까?"

"알아볼 수 있어. 왜 그러지?" 하워드가 물었다.

"가급적 빨리 알아보시고 연락 주십시오."

루이스가 커피를 다 마실 무렵 휴대폰이 울렸다. 하워드였다. "캐슬린 포드가 그런 웹사이트를 만드는 중이라더군."

"그게 누구죠? 제가 아는 여자입니까?"

"아마도."

"제 생각엔 그 여자가 그 남자를 고용한 것 같습니다."

"그 자식 이름은 알아냈나?"

"아니요. 하지만 곧 알아낼 겁니다. 포드인지 뭔지 그 여자 연락처나 좀 알려주십시오." 루이스는 펜과 메모장을 꺼내어 하워드가 알려주는 번호 몇 개를 받아적었다. "서로 아는 사이입니까?"

"서로 잘 아는 사이지. 하지만 내 이름은 언급하지 않는 게 좋을 거야. 날 무슨 파충류처럼 취급하니까." 루이스는 전화를 끊었다. 캐슬린 포드라는 여자, 사람 보는 눈이 있군. 물론, 루이스는 캐슬린 포드가 자신을 만날 경우 내릴 평가도 하워드에 대한 평가와 그다지 다르지 않으리란 걸 알고 있었다.

43

그녀는 어머니에게 전화를 걸고 싶었다. 이것은 마치 통증 같았다.

어느새 9개월이 지났다. 앨리슨 피치는 스스로가 이렇게까지 오래 버텼다는 것이 신기할 따름이었다. 수십 번 어머니에게 전화를 걸려고 생각하기는 했었다. 전화기를 붙잡고(물론 자신의 휴대폰은 아니었다. 그 휴대폰은 집에서 도망친 뒤 곧 던져버렸다.) 버튼을 누른 적도 몇 번 있었다. 한번은 러벅의 어느 식당에서 잠시 일하는 도중에 여자 화장실 칸막이 안쪽 바닥에 떨어진 휴대폰을 발견하고는 어머니의 전화번호를 눌렀지만 애써 자제하고 다시 휴대폰을 바닥에 떨구기도 했다. 어머니의 집 전화는 필경 도청당하고 있을 것이며 집도 감시당하고 있을 것이다. 어머니에게는 휴대폰이 없었지만 있다 한들 그것도 도청에서 자유롭지는 못할 것이었다. 그녀는 볼티모어의 마약 밀매에 관한 TV 프로그램에서 휴대폰을 도청하는 장면을 본 적이 있었다.

물론, 누군가 어머니의 통화 내용을 엿듣고 있다고 100퍼센트 확신할 수는 없었다. 하지만 만약 그렇다면 과연 수개월이 지난 지금도 여전히 도청을 하고 있을까? 진즉에 포기하지 않았을까?

앨리슨은 지금 어머니의 심정이 어떨지 그저 상상할 따름이었다. 사실 전에도 어머니를 비슷한 고통에 빠트린 적이 있었다. 열아홉 살 때 앨리슨은 남자친구와 한 달 동안 우루과이에 다녀오겠다고 비행기가 출발하기 불과 몇 시간 전 어머니에게 통보한 적이 있었다. 그녀는 밴드에서 일렉트릭 피아노를 치는 남자친구와 함께 여행을 떠난 뒤 열흘 동안 집에 돌아오지 않았고 자신도 모르는 사이 파라과이까지 가게 되었다. 스물한 살 때는 버트 삼촌에게 자동차(낡고 녹슨 네온이었지만 불만은 없었다.)를 선물 받고 3천5백 킬로미터쯤 떨어진 말리부까지 충동적으로 몰고 간 적도 있었다. 가방에 옷가지를 쑤셔 넣고 혼자 훌쩍 떠나버린 것이었다. 여행을 떠난 지 닷새째 되는 날 앨리슨은 앨버커키를 지나던 중 아무 연락 없이 사촌 포샤의 집에 들렀는데 포샤는 현관문에 서 있는 앨리슨을 보자마자 비명을 질렀다. "맙소사! 야, 너 빨리 어머니한테 연락해! 지금 너희 어머니가 친척들한테 전화를 걸고 난리야! 네가 죽었을까 봐 얼마나 걱정하시는데!"

그러나 9개월간의 연락 두절은 앨리슨의 기준으로도 도가 지나치게 무책임한 짓이었다.

하지만 이번에는 사정이 다르다는 걸 어머니에게 알려줄 방법이 없었다. 앨리슨이 생각 없고 자기밖에 모르는 얼간이라서 그런 게 아니라 자칫하면 목숨을 잃을지 모르기 때문에 연락을 못 하는 것이라는 사실을 안전하게 전달할 방법이 없었다.

앨리슨은 지금 당장 전화를 걸어 어머니를 안심시켜주고 시체가 되어 돌아가느니, 비록 어머니가 지옥 같은 나날을 보내게 되더라도 꾹 참았다가 언젠가 살아 돌아가는 편이 나으리라고 판단했다. 남을 생각하지 않고 무분별하게 행동했던 전력이 한편으로는 다행스러운 일이라고 그녀는 생각했다. 그 덕분에 어머니는 조금이나마 덜 걱정할 것이다. 만약 앨리슨이 어디 갈 때마다 꼬박꼬박 부모에게 보고하는 딸이었다면 그녀가 실종된 지금 어머니의 걱정은 이만저만이 아니었을 테니까.

하지만 앨리슨은 제발 그러길 바라면서도 사실은 그러지 않으리라는 것을 잘 알고 있었다. 어머니는 지금쯤 미쳐가고 있을 것이다.

떠돌아다니는 동안, 앨리슨은 가끔 남의 컴퓨터를 빌려서 자신의 이름을 검색했고 자신의 실종에 관한 기사가 있는지를 알아봤다. 실종 직후 기사 하나가 나오긴 했지만 그 뒤로는 거의 아무것도 없었다. 씁쓸한 일이었다. 자신의 존재가 그렇게 하찮다는 것은, 지구 상에서 휙 사라진다고 해도 우유갑에 사진 한 장 붙지 않으리라는 것은 서글픈 일이었다. 물론 우유갑의 미아 사진에 등장하기에 앨리슨은 나이가 많았지만.

하지만 브리짓 쏘척의 죽음에 관한 기사들은 많았다.

아니, 잠깐만.

대부분 기사들에는 세부적인 내용들이 없었지만 그나마 있는 내용들조차 앨리슨이 아는 한 온통 상상으로 점철된 터무니없는 헛소리들뿐이었다.

"갑자기 사망했다." 그래, 뭐, 거짓말은 아니군. 하지만 그게 다야?

앨리슨은 이렇게 도망치며 숨어다니는 것이 과연 현명한 짓인지 확신하지 못했었지만, 브리짓의 기사를 읽은 뒤로는 아주 잘한 것임을 깨달았다. 브리짓 정도 되는 사람이 살해당했다는 사실을 덮어버릴 수 있는 권력자라면 무슨 짓이든 할 수 있을 것이다.

절대로 경찰을 찾아가서는 안 된다. 경찰에게 간다면 앨리슨이 브리짓을 협박한 사실도 발각될 테지만 지금은 그게 문제가 아니었다. 지금까지의 사건을 경찰에 밝힐 경우 목숨이 위험하다는 사실을 그녀는 잘 알고 있었다.

그래서 앨리슨은 집에서 도망친 순간부터 이동을 멈추지 않았다.

침실에서의 사건을 목격한 순간, 즉 앨리슨 피치를 죽이려고 고용된 자가 실수로 브리짓 쏘척을 죽여 버린 현장을 목격한 순간, 앨리슨은 곧바로 도망쳐 나왔다. 그녀가 미친 듯이 오처드 가의 길거리로 뛰쳐나오는 걸 본 행인들은 아마 가스 폭발 사고라도 일어난 줄 알았을 것이다. 앨리슨은 남쪽을 향해 달렸다. 특별한 이유가 있었던 것은 아니고 북쪽에는 다섯 명의 중년 여성들이 함께 모여 포더스 여행 책자를 보면서 길을 막고 서 있었기 때문이었다. 그녀는 첫 번째 모퉁이에서 서쪽으로 돌았고, 다음 모퉁이에서 북쪽으로, 그다음에는 다시 서쪽으로 돌았다. 브리짓을 죽인 그 여자가 누군지 모르겠지만 그 여자를 따돌리기 위해 앨리슨은 방향을 바꿔가며 전속력으로 달렸다.

그러던 중 그녀는 느닷없이, 어느 거리인지도 알지 못한 채 근처의 커피집으로 들어갔다. 카운터를 지나치며 앨리슨은 큰 소리로 "라떼 중간 사이즈 주세요."라고 외쳤다. 그렇게 하면 그녀가 화장실을 이용하는 것을 점원들이 가로막지 않을 것이다. 그녀는 애타게 화장실 표시를 찾다가 직감적으로 좁은 벽돌 계단을 따라 지하층으로 내려갔다. 그곳에서 화장실을 찾은 그녀는 문을 잡아당겼지만 문은 잠겨 있었다.

"사람 있어요." 안에서 누가 외쳤다.

계단 아래에 선 채, 앨리슨은 그 여자가 쫓아 내려오지 않을까 안절부절못하며 위를 살폈다.

화장실 문이 열리며 남자 하나가 나왔다. 앨리슨은 변기와 세면대가 붙은 좁은 화장실로 들어가 변기 뚜껑을 닫고 앉은 뒤 숨을 돌리며 휴대폰을 꺼냈다.

누구에게 전화를 걸지?

검찰총장의 아내를 협박하려던 훌륭한 계획이 완전히 실패한 지금, 엄청난 권력을 가진 사람이 나를 죽이려고 암살자를 보낸 지금, 난 도대체 누구에게 전화를 걸어야 하는 거지?

좋은 질문이다.

휴대폰을 바라보던 앨리슨은 문득 전화기가 추적의 빌미가 될 수 있음을 깨달았다. 그녀는 휴대폰의 전원을 끈 뒤 변기의 물탱크 뚜껑을 열고 안에 던져넣었다.

생각을 해야 돼, 생각을.

경찰서에 가는 것은 너무 무모했다. 어머니의 집이 감시당할 것이라는 점도 뻔했다. 친구들에게 전화를 걸 수도 없었다. 코트니도 그랬듯, 앨리슨의 친구들은 대부분 그녀로부터 등을 돌려버렸다. 그녀는 친구의 돈을 빌리고 갚지 않거나, 동료의 팁을 슬쩍하거나, 친구의 애인과 잠을 잤다.

돌아갈 다리들을 완전히 폭파시켜 버린 셈이었다.

'멍청한 년아…….' 앨리슨은 자책했다.

핸드백에는 돈이 몇백 달러 들어 있었다. 뉴욕을 떠나는 버스 티켓을 살 정도는 되었다. 그녀는 일단 뉴욕을 벗어나 안전한 곳에 도착한 뒤 다음의 행로를 결정하기로 했다.

누군가 화장실 문을 세차게 두드리자 앨리슨은 심장이 철렁 내려앉았다.

"이봐요! 안에서 피자라도 먹어요?"

"정착"이라는 단어를 한 장소에서 이틀 밤 이상 지내는 것이라고 정의한다면, 앨리슨이 처음 정착한 곳은 피츠버그였다. 그녀가 구입한 버스 티켓은 필라델피아까지 가는 것이었고, 거기서부터 앨리슨은 히치하이크를 했다. 서쪽으로 방향을 잡았지만 데이턴에 가까이 가지 않도록 명심했다. 해리스버그의 공원에서 첫 밤을 보낸 앨리슨은 아침에 맥도날드의 화장실로 들어가 문명인처럼 보이기 위해 최대한 단장을 했다. 핸드백에는 빗, 립스틱, 아이라이너, 마스카라 정도가 들어 있었다. 이제 앨리슨은 그 어느 때보다도 일이 필요했고, 그 전에 우선 샤워를 해야 했다.

노숙자 쉼터를 이용하는 것 말고는 선택의 여지가 없었다. 쉼터에서 앨리슨은 먹을 것을 얻었고 샤워를 했다. 샤워를 할 때는 핸드백을 도난당하지 않도록 물이 닿지 않는 가까운 곳에 걸어두었다.

그녀가 소지한 신용카드들은 쓸모가 없었다. 대부분이 한도 초과이기도 했지만, 그게 아니더라도 신용카드를 사용하는 순간 위치가 포착될 것이기 때문이었다. 앨리슨은 신용카드들을 전부 절반으로 부러뜨린 뒤 쓰레기통에 던져 넣었다.

노숙자 쉼터에 머물기 위해서는 그곳의 일을 도와야 했고, 앨리슨은 주방 일을 지원했다. 주방 일은 그녀가 평소에 하던 일과 그나마 가까운 일이었다. 앨리슨이 쉼터에서의 생활을 견딘 지 일주일이 되어갈 무렵, 형사 두 명이 수사를 위해 방문했다. 그들이 온 이유는 사흘 전 밤에 노숙자가 맞아 죽은 사건의 목격자를 찾기 위해서였으므로 앨리슨과는 관련이 없었지만, 앨리슨은 그들과 얼굴을 마주보게 되었다. 그녀는 만약 형사들이 어딘가 실종자 명단에 올라가 있을지 모를 자신의 얼굴을 보게 된다면 오늘의 만남을 떠올릴지도 모른다는 생각에 걱정이 되었다.

뉴욕과 조금 더 멀어질 시간이 다가온 것이었다.

앨리슨은 계속 서쪽으로 이동하고 싶었지만 그렇게 되면 데이턴과 가까운 신시내티를 거쳐 가게 된다. 자신이나 어머니의 지인과 우연히 마주칠지도 몰랐다. 위험을 무릅쓰고 싶지 않은 앨리슨은 남쪽으로 방향을 전환하였고 몇 번의 히치하이크 끝에 대학 캠퍼스가 가득한 아름다운 도시 샬롯츠빌에 도착하였다. 하지만 앨리슨은 학문의 전당에서 일자리를 구하지 않았다. 그녀는 이번에도 창문에 "사람 구함"이 붙은 작은 식당에서 주방일을 하게 되었다.

이제 앨리슨은 현금도 다 떨어졌고 식당 일만으로는 머물 곳을 구할 돈을 벌 수가 없었다. 다행히 식당 주인인 레스터는 앨리슨이 긴 의자가 달린 그의 포드 픽업트럭에서 잠을 자고 식당 화장실에서 씻도록 허락했다.

앨리슨은 5주간 그런 생활을 하다가 다시 이동하게 되었는데, 그것은 레스터가 훌륭한 숙소를 제공해주는 대신 앨리슨이 "뭔가" 해주기를 점점 바랐기 때문이었다. 앨리슨은 그의 부탁을 들어주고 싶은 생각이 조금도 없었고, 결국 레스터는 바지 앞섶에 날계란 세례를 받고 나서야 그녀가 진심이라는 것을 알게 되었다.

다시 길을 떠날 때가 왔다.

앨리슨은 롤리까지 히치하이크를 했다. 그다음은 애신즈, 그다음은 찰스턴에서의 배고픈 2주. 이어서 그녀는 훨씬 남쪽의 잭슨빌까지 이동했다. 겨울이 다가오는 시점에 플로리다로 간 것은 훌륭한 판단이었다. 그녀에게는 겨울용 외투나 옷가지가 없었고 새로 살 돈도 없었다.

더욱 절망적인 상황에 처한 앨리슨은 결국 때때로 성질을 죽이고 그녀를 차에 태워준 남자들의 "간청"을 감사한 마음으로 들어줘야 했다. 그들은 대가로 몇 달러를 던져줬다. 살기 위해선 어쩔 수 없었다.

탬파에 도착한 앨리슨은, 손님들이 시간 단위로 잠깐 머물렀다 나가곤 하는 "코코넛 셰이드" 모텔에서 방을 청소하는 일을 하게 됐다. 일을 하는 데 신원 보증, 신분증, 경력 따위는 필요하지 않았다. 그녀는 자신을 아델 파머라고 소개했다. 사십 대 중반쯤 된 쿠바 출신 지배인 옥타비오 파모사는 트럭 뒤칸 대신 창고의 접이식 침대를 그녀에게 숙소로 제공했다.

앨리슨은 옥타비오도 이제껏 만난 다른 사내들처럼 보답으로 뭔가를 원하리라고 생각했지만 그녀의 판단은 틀렸다. 옥타비오는 친절하고 예의 바른 남자였다. 아내 사미라가 작년에 간질환으로 세상을 떠난 뒤 그는 혼자서 일곱 살 난 딸을 키우고 있었다. 그는 자신의 일터, 즉 대부분의 사람들이 섹스를 위해 찾아오는 이 모텔이 아이의 교육에 적절하지 않다고 생각하여 절대 데려오지 않았고, 그래서 그가 일하는 시간 동안에는 그의 여동생이 딸아이를 돌봐주고는 했다.

"누구든 필요한 게 있잖아?" 옥타비오는 어깨를 으쓱하며 말했다. "지금 당신에게 필요한 것은 머물 공간이지. 나도 예전에 당신 같은 처지여서 잘 알아."

가끔씩 옥타비오는 앨리슨에게 점심을 나눠주었다. 밤 근무를 할 때면 때때로 금전 등록기의 돈을 꺼내 앨리슨에게 쥐여주고는 근처의 버거킹에 가서 함께 먹을 음식을 사오도록 했다. 그럴 때면 두 사람은 대화를 나누었다. 옥타비오의 부모는 아직 쿠바에 있었고 그는 언젠가 그들을 플로리다로 모셔 오고 싶어 했다. "부모님들이 너무 나이가 드시기 전에 손녀를 보여 드리고 싶거든. 당신은 어때?"

"저는 어머니밖에 없어요. 아버지는 몇 년 전에 돌아가셨고 형제는 없어요." 앨리슨이 말했다.

"어머니는 어디 사시는데?" 옥타비오가 물었다.

"시애틀이요." 앨리슨은 거짓말을 했다. "연락한 지 오래됐어요."

"어머니가 당신을 보고 싶어 하겠군."

"그럴 거예요. 하지만 어쩔 수 없죠." 앨리슨이 말했다.

"당신은 우리 딸이랑 비슷해."

"네? 어디가요? 당신 딸은 아직 꼬마잖아요?"

"알아. 하지만 우리 딸도 그렇고 당신도 그렇고 엄마가 없잖아. 둘 다 불쌍해."

맨해튼에서 도망쳐 나와 탬파에 정착하기까지의 모든 경험은 앨리슨 피치에게 자아성찰을 할 계기를 만들어 주었다.

그리고 그녀는 자신이 썩 좋은 사람이 아님을 깨닫게 되었다.

그녀는 이제껏 부모님을 비롯한 남들에게 기생하여 생존하면서 아무런 보답도 하지 않았다. 항상 자신만을 생각했다. 자신의 바람과 자신의 욕구만을. 그녀는 스스로에게 물었다. 어머니에게 거짓말을 해서 돈을 받아내는 사람, 그 돈으로 룸메이트에게 진 빚을 갚지 않고 여행을 떠난 사람, 성관계를 악용해 일확천금을 얻으려고 한 사람, 그것을 위해 타인을 협박한 사람을 과연 뭐라고 불러야 할까?

나쁜 사람.

아주 나쁜 사람이다.

지독한 쓰레기이다.

그것이 바로 앨리슨이었다. 그녀는 이런 일이 생길 것이라는 예감을 일찍부터 느꼈을 것이다. 자업자득. 그야말로 자업자득이었다. 만약 앨리슨이 자기밖에 모르는 인간이 아니었다면 몇 개월 동안 도주한 끝에 탬파의 후진 동네에 도착하여 별 하나짜리 모텔에서 얼룩진 침대보를 갈면서 옥타비오와 와퍼를 나눠 먹는 지경은 되지 않았을 것이다.

쓰라린 인과응보였다.

어느 날 밤, 옥타비오와 대화를 하던 중 앨리슨이 물었다. "나쁜 짓을 하면 언젠가 벌을 받는다고 생각하세요?"

"이 세상에서?"

"네, 이 세상에서."

옥타비오는 애석한 듯 고개를 저었다. "가끔은 그렇기도 하지만 안 그럴 때도 있지. 내가 아는 어떤 사람들은 천벌을 받아 마땅한 짓만 하면서 평생을 살아왔지만 벌을 받지 않았거든. 그저 다음 세상에서 응분의 대가를 받기를 바랄 수밖에."

"그럼…… 제가 살아 있는 동안 벌을 받으면 죽은 다음에는 괜찮을까요?"

"나는 당신이 나쁜 사람이라고 생각하지 않아. 당신은 좋은 사람이야." 옥타비오가 말했다.

앨리슨은 울음을 터뜨렸다. 매우 긴 시간 동안 그녀는 울었다. 기진맥진할 정도로 긴 시간 동안. 옥타비오는 창고의 접이식 침대에 그녀를 뉘었고 침대 모서리에 걸터앉아 앨리슨이 잠들 때까지 그녀의 어깨를 다독였다.

옥타비오는 그녀를 돕고 싶었다. 아델 파머가 무슨 짓을 했건 그녀의 어머니는 용서할 것이라고 생각했다.

아델이 깊이 잠든 것을 확인한 옥타비오는 침대 밑에서 그녀의 핸드백을 꺼냈다. 그 안에서 찾은 신분증에 "아델 파머"라는 이름은 없었다. 신분증의 이름은 앨리슨 피치였다.

어머니가 시애틀에 살고 있다는 것도 사실이 아니었다. 핸드백 안에 들어 있는 발송된 지 1년 된 너덜너덜한 편지에서 어머니는 너무도 사랑하는 자신의 딸이 뉴욕에서 행복하길 바라지만 돌아오고 싶으면 언제든 데이턴으로 돌아오라고 적혀 있었다.

데이턴?

옥타비오는 편지 봉투 뒤에 붙은 발신인 주소를 확인했다. 필요한 정보를 받아적은 뒤 편지와 신분증을 핸드백에 집어넣고 핸드백을 침대 밑에 넣었다. 그는 인터넷에서 도리스 피치의 전화번호를 찾아냈다. 자정이 넘은 지금은 전화하기에 너무 늦은 시간이었지만 옥타비오는 앨리슨의 어머니가 딸의 소식을 들을 수 있냐면 늦은 시간 따위는 신경 쓰지 않을 것이라고 확신했다.

도리스 피치가 전화를 받자 옥타비오는 속삭이며 얘기를 전했고, 도리스 피치는 소식을 듣자마자 병적인 흥분에 휩싸였다.

"아, 세상에! 맙소사! 우리 딸 살아있어요? 정말이에요? 상태가 어때요? 다쳤나요? 괜찮은 거예요? 좀 바꿔줘요! 전화 바꿔줘요! 목소리를 듣고 싶어요!" 도리스 피치가 말했다.

옥타비오는 이렇게 통화하는 것을 알면 앨리슨이 다시 도망칠지도 모르므로, 도리스가 오하이오에서 이곳으로 몰래 방문하는 것이 나을 것이라고 말했다.

도리스 피치는 딸의 소식을 듣고 정신이 없기는 했지만 현명한 경계심을 잃지는 않았다. 그녀는 옥타비오에게 만약 딸과 통화할 수 없다면 딸이 정말로 그 모텔에서 일하고 있다는 증거를 제시하라고 요구했다.

옥타비오가 말했다. "따님이 여덟 살인가 아홉 살 때 손가락 인형으로 연극을 해주신 적이 있죠? 손가락으로 〈오즈의 마법사〉의 장면들을 연기해 보여주셨고 따님이 그것을 아주 좋아했다더군요."

도리스 피치는 당장이라도 쓰러질 것 같았다.

"내일 비행기 표를 끊을게요. 위치가 정확히 어떻게 돼요?"

옥타비오는 그녀에게 모텔의 이름과 주소를 알려줬다. "비행기에서 내리면 택시를 타세요. 기사에게 주소를 알려주면 바로 찾아올 겁니다."

전화를 끊은 옥타비오는 매우 흡족한 기분이었다. 그는 선행을 한 것이었다.

내일 아델, 아니, 앨리슨이 무척 놀라겠지?

44

나는 정신병 환자들을 위한 시설인 글레이스 하우스의 관리자 달라 커츠와 월요일 오후 2시에 만나기로 약속을 잡았고 그동안 줄리는 우리 집에 머물기로 했다. 오전 내내 줄리는 전화기를 붙들고 〈횔360〉의 직원과 통화하느라 애썼지만 별 성과는 없었다.

글레이스 하우스는 프로미스 폴즈의 구시가지에 위치해 있었다. 셀러리 같은 녹색을 띤 빅토리아풍의 3층 건물은 실로 아름다웠고, 요란한 장식과 함께 양 측면이 포치로 빙 둘러싸여 있었다. 아마도 1920년대에 지어진 건물인 듯했다. 길모퉁이에 위치한 이 시설에는 넓은 앞마당이 있었고 모퉁이를 기점으로 하여 양쪽 보도로 울타리가 뻗어 있었다. 나는 길가에 차를 주차하고 마당으로 들어갔다. 진입로를 걸어가는데 머리카락이 듬성듬성하고 젓가락처럼 깡마른 청바지와 티셔츠 차림의 남자가 포치 난간을 하얀색 페인트로 덧칠하는 것이 보였다.

"안녕하세요." 남자가 나에게 말을 걸었다.

"안녕하세요." 나도 그에게 인사를 했다.

"진짜 조심해야 돼요."

"네?"

"진짜 조심해야 돼요." 남자가 말을 되풀이했다.

"뭘요?"

남자는 미소를 지었다. "다들 그렇게 말하죠." 남자는 나에게 눈을 찡긋해 보이더니 하던 일을 계속했다.

나는 현관의 초인종을 눌렀다. 오십 대쯤 되어 보이는 키 작은 여자가 나를 위해 문을 열어주며 인사를 건넸다. "안녕하세요?"

"커츠 씨 되시나요?" 내가 물었다.

여자가 고개를 끄덕였다.

"저는 레이 킬브라이드입니다. 아까 동생 토마스의 일로 연락드린 사람이에요. 로라 그리고린 선생님께 얘기 들으셨죠?"

커츠는 다시 고개를 끄덕였다. "그럼요." 그녀는 독서용 안경 너머로 나를 바라보았다.

그녀의 머리카락은 남자들의 "브러시 컷"처럼 짧았지만 아마 여자의 머리카락의 경우 다른 용어가 있을 것이다. 커츠는 나를 현관 홀 바로 옆에 있는 사무실로 안내했다. 얼핏 보아하니 이 건물은 매우 웅장한 저택이었다가 몇 년 전쯤 여럿이 쓰는 시설로 개조되었음을 알 수 있었다. 2층으로 이어지는 계단에는 두꺼운 겨울용 외투를 입은 통통한 여자가 앉아 있었는데, 건물의 안팎이 따뜻한 지금 어째서 외투를 입고 있는지는 알 수 없었다. 여자는 내가 사무실로 들어가는 것을 멍한 눈으로 바라보았다.

"우선, 만나주셔서 감사합니다." 나는 커츠에게 말했다. 사무실의 벽에는 심리학 학위와 사회복지학 학위가 붙어 있었다. "글레이스 하우스가 좋은 시설이라는 평을 들었어요."

커츠는 웃음을 지었다. "네, 저희는 열심히 하고 있거든요."

나는 간단히 토마스의 상태를 설명했다. "제가 알기로 동생은 여러 면에서 고기능 자폐라고 불리는 증상에 해당되는 것 같습니다. 하지만 그래도 혼자서 살기는 힘들어요. 적어도 제 생각엔 그래요. 최근에 아버지가 돌아가셨는데, 돌아가시기 전까지 토마스의 모든 것을 돌봐주셨거든요. 요리, 빨래, 청소를 도맡아 하셨어요. 동생한테는 아무것도 시키지 않은 탓에 동생은 남에게 의존하지 않고서는 살 수 없게 돼버렸죠. 하지만 저는 기회만 있었다면 토마스가 얼마든지 가사를 돌볼 수 있었을 거라고 생각합니다. 아버지야 자기 혼자 하는 게 편하니까 그러셨겠지만. 하지만 토마스가 자기 신변이나 먹을 것 정도는 알아서 한다고 해도, 집을 관리하는 것까진 힘들 거예요. 재산세나 공과금을 내는 일 같은 거 말이에요. 그런 것까진 못할 겁니다. 게다가 좀 특이한 강박까지 있어서요."

커츠는 미소를 지었다. "그렇다면 동생은 이 시설에 잘 적응할 거예요. 오시는 길에 지기 씨를 만나셨나요?"

"지기 씨요?"

"현관에서 페인트칠을 하고 있었을 텐데."

"아, 만났습니다. 진짜 조심해야 한다던가, 뭐, 그런 말을 하던데요?"

"우리들 중 누군가가 지구인으로 변장한 외계인일지 몰라서 그러는 거랍니다."

"아…… 그거 중요한 충고로군요. 저기, 그리고린 선생님께 들으셨는지 모르겠지만 동생은 컴퓨터에 무척 집착합니다."

"네, 그런 얘기 들은 것 같아요."

"동생은 길거리들을 보여주는 웹사이트에 하루 종일 들러붙어 있어요. 혹시 이 시설에 살게 되면 그게 문제가 되지는 않을까요?"

커츠는 고개를 저었다. "아니요. 여기 사는 많은 환자들은 인터넷을 쓰고 있어요. 인터넷은 환자들을 세상과 연결시켜주고 놀거리를 제공해주죠." 그녀는 눈알을 굴리며 말했다. "그리 바람직한 놀거리는 아닙니다만."

"토마스가 최근에 엉뚱한 이메일들을 보내는 바람에 약간의 소동이 있었습니다." 나는 커츠에게 그동안의 일을 들려줬다.

"네, 그런 일들이 일어나고는 하죠. 만약 이곳의 누군가가 그런 짓을 하면 우리는 일정 기간 인터넷 사용 권한을 박탈합니다. 그래도 멈추지 않으면 아예 연결을 끊어버리죠. 하지만 대부분의 환자들은 한번 말하면 고분고분 잘 따라요." 커츠가 말했다.

이어서 커츠는 나에게 시설 내부 이곳저곳을 소개시켜줬다. 시설은 잘 정돈되어 있었고 관리도 잘되고 있었다. 주방에서는 환자 한 명이 설거지를 위해 물을 받고 있었고 다른 환자 하니기 테이블에 앉아 젤리 샌드위치를 먹고 있었다. 2층에 비어 있는 방이 두 개 있었는데 하나는 길거리에 인접해 있었고 다른 하나는 뒷마당을 바라보고 있었다.

"토마스는 전망 같은 건 신경 쓰지 않아요. 전망이 좋은 방은 다른 사람을 위해 아껴두는 게 좋을 것 같군요." 내가 말했다.

각 방은 대략 가로세로 3.5미터 정도의 면적이었다. 안에는 침대 하나와 의자 두 개, 책상 하나가 구비되어 있었다. 화장실은 각 층에 두 개씩 있었다.

"동생을 데려와서 직접 둘러보게 하세요." 커츠가 말했다.

"알겠습니다." 나는 걱정스럽게 고개를 끄덕였다.

그때 여자 하나가 우리 쪽으로 다가오는 게 보였다. 그녀는 한두 치수쯤 커 보이는 카디건과 페전트스커트를 입고 있었고, 크록스 제품인 네온 빛 자주색 플라스틱 샌들을 신고 있었다. 긴 머리카락은 가늘고 곱슬곱슬했다. 표정을 보아하니 무척 화가 나 있었다.

그녀는 우리 앞에 멈춰 서서 내게 말했다. "레이 킬브라이드 씨?"

"네." 나는 머뭇거리며 대답했다.

그녀는 내게 손을 내밀었다. "달라 커츠예요."

나는 천천히 손을 내밀어 그녀와 악수를 하면서 나의 안내원을 바라보았다. 안내원은 나를 향해 쭈뼛쭈뼛 미소를 지었다.

새로 등장한 달라 커츠가 내게 말했다. "죄송해요. 시청에서 회의가 있어서 늦었습니다." 이어서 그녀는 나의 안내원을 돌아보며 말했다. "바바라, 이런 못된 장난치지 말라고 했죠?"

"미안해요, 커츠 선생님."

"있다가 좀 봅시다."

"네." 바바라는 나를 향해 몸을 돌리며 말했다. "토마스가 이곳에 와서 살면 좋겠어요. 아주 재미있는 사람일 것 같아요."

나는 한 시간 후에 시설을 나왔다. 진짜 달라 커츠도 가짜 달라 커츠처럼 친절했지만 훨씬 더 구체적인 질문들을 내게 던졌다. 이야기를 마치며 그녀는 토마스를 데리고 시설에 들르라고 말했다.

시설을 나와 차에 들어가는데 휴대폰이 울렸다.

"있잖아, 좀 들어봐." 줄리였다.

"뭔데?"

"〈휠360〉의 어디에 연락해봐도 제대로 얘기를 나눌 수가 없었어. 거기, 지금 어마어마하게 난리가 났더라고."

나는 차 문을 닫고 전화를 들지 않은 손으로 안전벨트를 맸다. "진짜로 해킹당했대?"

"아니, 그게 아니야. 고위급 직원 하나가 살해당했어."

"뭐? 언제?"

"어제. 그의 부인도 함께."

"그 직원이 누군데?"

"잠깐만, 어디 적어놨는데…… 아, 찾았다. 이름은 카일 빌링스, 부인은 로셀. 거주지는 시카고의 오크 파크야. 〈휠360〉의 본부도 오크 파크에 있지. 부인의 언니가 어젯밤 연락을 했지만 부부가 둘 다 전화를 받지 않았어. 집에 찾아가 초인종을 눌러봐도 아무도 나오지 않았대. 자동차는 둘 다 그대로 있는데 말이야. 그래서 경찰을 불렀고 지하실에서 부부를 찾은 거야. 시체가 된 두 사람을."

"맙소사……."

"그래, 이거 굉장하지 않아? 그런데 빌링스가 〈휠360〉에서 무슨 일을 담당했을 것 같아?"

"그냥 얘기해줘."

"사람 얼굴과 자동차 번호판을 자동으로 지워주는 프로그램을 개발한 사람이 바로 빌링스였어."

나는 자동차의 열쇠를 꽂으려다가 동작을 멈췄다. "그럴 수가……."

"두 사람이 어떻게 죽었는지는 〈시카고 트리뷴〉 웹사이트를 통해 알아냈어. 익명의 경찰 관계자가 제보한 거라더군."

"얘기해봐."

"빌링스는 흉기에 찔려 죽었어. 길고 뾰족한 아이스픽 같은 걸로. 하지만 부인—저기, 너 들을 준비 됐어?"

"줄리, 그냥 빨리 말해줘."

"부인은 질식당했어. 머리에 비닐봉지를 뒤집어쓴 채."

45

　루이스 블로커는 인터넷에 접속하여 캐슬린 포드와 그녀의 새로운 웹사이트에 관해 찾을 수 있는 정보는 모두 찾아 읽었다. 캐슬린 포드는 그 웹사이트에 많은 돈을 투자했고 거기에 기고할 유명 인사들을 끌어모으는 중이었다. 그중에는 〈뉴욕 타임스〉의 저명한 칼럼니스트가 포함되어 있었고, 폭스 방송사와 MSNBC의 잘 알려진 방송인들도 정기적으로 기고하기로 약속했다. 그 웹사이트는 유명인들에 대한 가십으로 넘쳐날 전망이었고, 그런 점에서 그것이 도전하는 허핑턴 포스트와 비슷한 성격을 띨 것이었다. 하지만 캐슬린 포드는 새로운 특성들도 가미할 생각이었다. 그녀는 두세 명의 소설가(스티븐 킹과 존 그리샴을 섭외했다는 소문이 있었다.)에게 웹사이트 연재 참여를 제안했다. 과거 빅토리아 시대의 신문처럼 매주 새로운 연재분을 게재할 계획이었다. 정치 애니메이션에 대한 언급도 있었지만 누가 제작하는지는 나와 있지 않았다.

　루이스는 정치 애니메이션에 특히 주목했다.

　그는 물어볼 것들을 미리 적어놓고 어떻게 말할지 생각한 뒤, 캐슬린 포드가 운영하는 회사의 홍보부에 연락했다.

　루이스와 통화를 한 것은 플로렌스 하이골드라는 여자였다. 조금도 본명처럼 느껴지지 않는 이름이었지만 어찌 됐건 그녀는 실제로 홍보부에서 일하고 있었다. 루이스는 자신이 〈월스트리트 저널〉의 자유 기고가이며 캐슬린 포드의 새로운 웹사이트에 관해 취재하고자 연락했다고 말했다. 그는 포드가 섭외 중인 재능 있는 사람들에 관해 특히 관심이 있다고 밝혔다.

"연재소설 말입니다만, 〈다빈치 코드〉를 쓴 작가도 웹사이트에 기고하기로 했다던데 사실입니까?" 루이스가 물었다.

플로렌스는 웃으며 대답했다. "포드 씨가 아는 사람이 많긴 하지만 그 정도 거물을 섭외하지는 못할 걸요?"

"하지만 스티븐 킹과 존 그리샴도 섭외했―."

"그 두 분도 아직 기고하기로 확정된 게 아니에요." 플로렌스가 말했다.

이어서 루이스는 웹사이트의 개설일과 예상 방문객 수에 대해 물었고, 구독료를 받을 것인지 아니면 광고 수익에 의존할 계획인지도 물었다.

마지막으로 그는 어쩌다 생각난 듯 마지막 질문을 던졌다. "이미지 제작은 누가 맡습니까? 그런 웹사이트라면 일러스트레이터가 많이 필요하겠죠?"

"맞아요. 일단 웹사이트의 컨셉트를 잡을 웹 아티스트들이 필요해요. 차별성 있는 그래픽 디자인도 필요하죠. 하지만 그건 한번 작업을 마치고 웹사이트의 운영이 시작되면 그걸로 끝이에요." 플로렌스가 말했다.

"그렇다면 글의 경우와는 달리 일러스트는 기고자가 없는 셈이군요?"

"그렇지는 않아요. 왜, 아까 정치 애니메이션을 게재할 거라고 말씀드렸잖아요?"

"네. 맡을 사람이 있습니까?"

"혹시 레이 킬브라이드라는 일러스트레이터를 아세요?" 플로렌스가 말했다.

그녀가 말을 꺼내는 순간 루이스는 검색창에 그 이름을 쳐 넣었다. 검색 결과들이 출력되었고 그는 이미지 메뉴를 눌렀다.

컴퓨터 화면에 우표 크기 그림 수십 개가 떠올랐다.

"네, 알고 있습니다." 루이스가 대답했다. 그는 레이 킬브라이드가 시카고의 어느 잡지에 기고한 뉴트 깅그리치의 일러스트를 클릭했다. "깅그리치를 그린 사람이죠?"

"그럴 거예요. 작업을 아주 많이 하는 작가예요." 플로렌스가 말했다.

루이스가 다른 그림을 클릭하자 악명 높은 뉴욕 범죄집단의 보스 카를로 배콘이 자유의 여신상을 위협하는 캐리커처가 등장했다. "그…… 조직 폭력단 두목도 그렸던 것 같습니다만?"

"아마도요. 말씀드렸다시피 포트폴리오가 무척 다채로운 사람이에요."

"네……." 루이스는 검색 결과의 두 번째 페이지를 클릭했다.

그중에는 일러스트가 아닌 사진이 하나 포함되어 있었다. 그는 사진을 클릭했다. 사진에는 소매를 걷어올린 채 한 손에 에어브러시를 들고 제도용 테이블 위로 몸을 기울이며 미소를 짓는 남자가 있었다.

사진은 어느 미술 잡지의 웹사이트에서 나온 것이었고 버몬트 주 벌링턴에 거주 중인 레이 킬브라이드에 관한 짧은 기사 안에 포함되어 있는 것이었다.

"여보세요? 듣고 계세요?" 플로렌스가 말했다.

"네, 네. 듣고 있습니다." 루이스는 미술용품점 직원들에게 보여줬던 인쇄물을 컴퓨터 모니터 옆에 나란히 들고서 컴퓨터 화면 속의 얼굴과 비교했다.

"다른 궁금한 것은 없으세요?" 플로렌스가 물었다.

"아니요, 필요한 대답은 모두 들었습니다."

"기사는 언제쯤 실릴까요? 포드 씨가 알고 싶어 하실─."

루이스는 전화를 끊고 인터넷 전화번호부에 접속하여 벌링턴에 사는 R 킬브라이드를 찾았다.

그는 다시 전화를 집어들고 하워드의 번호를 눌렀다.

"그래, 루이스." 하워드가 말했다.

"찾았습니다."

46

옥타비오 파모사는 어떻게 해야 할지 아직 마음을 정하지 못했다.

앨리슨 피치(그는 더 이상 그녀를 "아델 파머"라고 생각하지 않았다)에게 오하이오의 어머니께 연락했다는 사실을 알려야 할까? 오늘 도리스 피치가 비행기를 타고 그녀를 만나러 온다는 사실을 말해줘야 할까? 아니면 그녀가 깜짝 놀라게 아무 말도 하지 않는 편이 나을까?

옥타비오는 앨리슨이 화를 낼 거라고 생각했지만 결국에는 자신에게 감사할 것이라고 믿었다. 그렇다. 어젯밤 그는 앨리슨의 핸드백을 뒤져서 그녀의 어머니에게 몰래 연락을 했다. 서로 무척 보고 싶어도 고집과 자존심 때문에 얼굴도 안 보고 지내는 가족들. 자존심이란 참 골치 아픈 것이라고 옥타비오는 생각했다. 많은 행복이 자존심 때문에 방해를 받곤 한다.

옥타비오는 어머니가 모텔에 도착했을 때 깜짝 놀라는 앨리슨의 표정이 보고 싶기도 했다. 그는 〈오프라 윈프리 쇼〉 같은 TV 프로그램들에서 몇 년 동안이나 만나지 못한 사람들이 재회하는 장면을 즐겨 봤다. 오랫동안 헤어져 있던 아들이나 딸이 무대로 걸어 들어와 부모를 껴안을 때 그들이 짓는 표정을 보는 것을 옥타비오는 무척 좋아했다.

옥타비오는 자신이 감상적인 사람이라는 것을 인정했다.

하지만 앨리슨에게 어머니의 방문을 비밀로 하고 싶다는 그의 욕구는 친구에게 거짓말을 해서는 안 된다는 도덕심과 상충했다. 비록 함께 일한 시간은 짧았지만 어느새 두 사람은 서로 신뢰하는 관계가 되어 있었다. 그들은 함께 많은 얘기를 나눴다. 옥타비오는 앨리슨에게 마음을 열었고 앨리슨 역시, 물론 정체를 숨기기 위해 몇 가지 소소한 사실들을 속이기는 했지만 그에게 마음을 열었다.

앨리슨은 곤경에 처한 젊은이였다. 그녀를 처음 본 순간 옥타비오는 그것을 직감했다. 곤경에 처한 젊은이에게는 어머니가 필요한 법이다.

이튿날 아침잠에서 깬 앨리슨이 졸린 눈을 비비며 창고를 통해 사무실로 들어왔을 때 옥타비오는 사실을 털어놓기로 결심했지만 용기가 나지 않았다. 앨리슨은 여느 아침처럼 사무실에 딸린 화장실로 들어가 샤워를 하고 옷을 갈아입었다. 8시 30분에 그녀는 일할 준비를 마쳤다.

어젯밤 손님들은 그리 많지 않았다. 대실 된 방은 여덟 개뿐이었고 현재 세 곳만이 체크아웃된 상태였다. 하룻밤을 꼬박 모텔에 머무는 사람들은 대개 아침 일찍 방을 비우지 않았다. 그들은 한밤중까지 술을 마시고 약을 하고 섹스를 했고, 오전 10시, 11시, 심지어 체크아웃 시간인 정오까지 잠을 잤다. 체크아웃 시간이 넘어서도 나가지 않을 경우에는 옥타비오가 방문을 두드려 그들을 깨웠다. 대부분의 손님들, 특히 단골손님들은, 모텔비를 하루치 더 지불하고 싶은 생각이 없었다.

"어디부터 정리할까요?" 앨리슨이 물었다.

"3, 9, 11호실이 비어 있어." 옥타비오가 말했다.

"알겠어요."

"밤에 잠은 잘 잤어?"

"잘 잔 것 같아요."

"다행이군. 오늘 날이 아주 좋을 것 같아. 일기예보를 보니 비도 안 온다고 하네." 옥타비오가 말했다.

앨리슨은 아무 대꾸도 하지 않았다. 비가 오든 눈이 오든 그녀는 별 관심이 없었다. 옥타비오는 이 친구에게는 매일매일이 비 내리는 날이겠지, 라고 생각했다. 하늘에 구름 한 점 없는 날조차도.

"네, 그럼 일 시작할게요." 앨리슨이 말했다.

"아침밥은? 아침밥 안 먹어?"

"배 안 고파요."

아, 얼마나 딱한 친구인가! 옥타비오는 앨리슨에게 제발 좀 밝은 모습으로 살아달라고 부탁하고 싶은 지경이었다. 한 시간 뒤 그는 마침내 사실을 실토할 용기를 냈다.

옥타비오는 9호실의 화장실을 청소하는 앨리슨에게 다가갔다. 옥타비오가 방에 들어갔을 때 그녀는 무릎을 꿇고 변기를 청소하는 중이었다.

"아델?" 옥타비오는 하마터면 앨리슨이라고 부를 뻔했다.

"왜요?" 앨리슨은 눈을 가린 몇 가닥의 머리카락을 걷어내며 화장실 문틈으로 옥타비오를 바라봤다.

"잠깐 얘기 좀 할 수 있을까?"

"말씀하세요." 앨리슨은 바닥에 세정제를 뿌리며 말했다.

"저기, 그거 잠깐 멈춰봐."

앨리슨은 세정제를 내려놓고 한 손에 스펀지를 쥔 채 일어났다. 그녀는 화장실에서 나와 TV 옆에 섰다.

"저 해고당한 거예요?" 앨리슨의 목소리에 슬픈 기색은 없었다. 그저 체념뿐이었다.

"아니, 해고당한 거 아니야. 당신은 훌륭한 직원이야. 해고할 마음 없어. 하지만……." 옥타비오는 말꼬리를 흐렸다. "당신이 여기를 떠나고 싶어 할지도 모르겠어."

"무슨 일이죠?"

"말하기 전에 일단, 나는 이게 당신을 위한 최선이었다고 믿어. 그걸 알아줬으면 해."

"그게 무슨 말이에요?"

"나는…… 나는 당신이 너무 가여웠고 걱정스러워서 그랬어."

"옥타비오, 무슨 짓을 한 거예요?"

옥타비오는 얼룩지고 헤진 카펫을 향해 시선을 떨궜다. "어젯밤 당신이 잠들었을 때 창고로 들어갔어."

"뭐? 뭘 했다고요?" 앨리슨은 눈을 커다랗게 뜨며 날카롭게 옥타비오를 바라봤다.

"아니야, 그런 게 아니야!" 옥타비오는 변호하기 위해 양손을 쳐들며 말했다. "나는 그런 짓을 할 사람이 아니야. 아무튼, 그게 아니고, 사실…… 당신 핸드백을 열어봤어. 그 안에—."

"핸드백을 열어봤다고?"

"얘기 끝까지 들어봐. 다 말할게. 편지를 발견했어. 당신 어머니가 보낸 편지."

"그럴 수가……."

"당신이 아델 파머가 아니라는 것도 알아. 하지만 상관없어. 그런 걸로 당신을 나쁘게 판단하—."

"어떻게 그럴 수 있어? 어떻게 허락도 없이 내 물건에 손을 대!?" 앨리슨의 뺨이 붉게 달아올랐고 호흡은 점점 가빠졌다.

"잠깐만, 잠깐만!" 비로소 옥타비오는 괜히 털어놨나 싶은 생각이 들었지만 이렇게 된 바에 전부 말할 수밖에 없었다. 앨리슨에게 사실을 말해야 했다. "당신 어머니에게 연락했어."

앨리슨은 눈을 깜빡이며 옥타비오를 응시했다. "뭐?"

"어젯밤에 당신 어머니에게 전화를 걸었어. 당신이 여기서 무사히 지낸다고 말씀드렸어. 앨리슨, 앨리슨, 내 말 들어봐. 어머니는…… 어머니는 무척 기뻐하셨어. 당신이 아무 탈 없다는 걸 아시고 정말 기뻐하셨어."

"안 돼……." 앨리슨은 믿을 수 없다는 듯 속삭였다.

"어머니가 오실 거야. 비행기를 타고 당신을 보러 오실 거라고. 어머니는 당신을 정말로 사랑해! 어머니가 도와줄 거야! 지금 당신이 어떤 곤경에 처했는지는 모르겠—."

앨리슨은 옥타비오를 밀치고 문을 향해 달렸다.

옥타비오는 앨리슨을 향해 소리쳤다. "미안해! 미안해!"

시간 여유가 얼마나 있는지 알 수 없었다. 어쩌면, 정말 어쩌면, 어머니의 전화는 애초에 도청당하지 않았는지도 모른다. 하지만 일단 도청당했다고 가정해보자. 그렇다면, 어젯밤 내가 잠든 뒤 옥타비오가 어머니에게 전화를 걸었다고 했으니……

누군가가 플로리다에 도착하기에 충분한 시간이었다.

"안 돼, 안 돼, 안 돼, 안 돼." 앨리슨은 낮은 목소리로 중얼거리며 사무실로 달려갔다. 옷가지들을 모두 배낭에 쑤셔 넣고 한시라도 빨리 이곳을 빠져나가야 한다. 어디로 가야 할지 모르겠지만 아무래도 상관없었다. 확실한 것은 이곳을 떠나야 한다는 것이었다.

지금 당장.

그녀는 사무실로 들어가 창고로 연결되는 문을 열어젖혔다. 그녀는 무릎을 꿇고 앉아 접이식 침대 밑에서 핸드백과 배낭을 꺼냈다.

갑자기 옆구리에서 무시무시한 통증이 느껴졌다.

그날 오후 도리스 피치가 도착할 무렵, 모텔의 주차장에는 경찰의 노란색 줄테이프가 둘러쳐져 있었다.

47

줄리는 아직 집에 있었다. 진입로에 차를 몰고 들어가는데 자신의 차 옆에 서 있는 그녀가 보였다.

"다시 얘기해봐." 차에서 내리며 내가 말했다.

줄리는 아까 전화 통화로 해준 이야기를 되풀이했다. 카일 빌링스라는 〈휠360〉의 직원과 그의 부인이 자택에서 살해당했다는 소식. 나는 부인이 비닐 봉지로 질식사당했다는 점이 토마스가 인터넷에서 발견한 이미지와 상당히 비슷하다는 것을 인정하지 않을 수 없었다.

게다가 빌링스가 〈휠360〉의 사람 얼굴 지우는 프로그램을 개발한 장본인 이라는 사실도 머릿속에서 떠나질 않았다.

"그 사람이라면 그 이미지를 바꿀 수 있었겠군." 내가 말했다.

"맞아. 나도 그렇게 생각해." 줄리가 말했다.

"도대체 뭘 어떡해야 할지 모르겠네. 토마스한테는 말하지 않았지?"

줄리는 고개를 저었다. "말 안 했어. 토마스는 내가 아직 집에 있는 것도 모를걸? 이 소식을 들으면 아주 흥분할 거야."

"흥분하긴 나도 마찬가지야. 다른 건 알아낸 거 없어?" 내가 물었다.

"앨리슨 피치의 사건도 조사해보려고 해. 아직도 실종 상태인지 알아봐야 겠어."

"알았어." 나는 줄리의 어깨 위에 손을 올렸다. "하지만 넌 이 일에 관여 할 필요 없어. 이게 무슨 일인지 도무지 알 수 없지만, 여하간 엮일 필요 없 어."

"좋아, 알았어." 줄리는 무표정하게 말했다. "그럼 손 뗄게. 어떻게 돼가고 있는지 연락이나 해줘."

나는 미소를 지으며 물었다. "왜 이렇게 발 벗고 나서는 거야?"

"몰라. 그냥 재미있으니까?"

나는 웃음을 터뜨렸다. "그래, 넌 재미있겠구나. 나는 싫은데. 그게 전부야?"

줄리는 어깨를 으쓱했다. "내가 널 좀 좋아하잖아. 거들어주는 도중에 일이 계속 커지면 우리 사이에 성적 긴장감이 고조되지 않겠어?"

"아하."

"진짜 그렇잖아. 이렇게 함께 하다가 어느 순간 확 달아올라 절정에 이르는 거지."

"절정이라…… 부디 정절이 아니기를 빌어."

줄리는 미소를 지었다. "난 네가 좋아, 레이. 네 동생도 좋아. 너희들을 돕고 싶어. 그리고 덧붙여 말하자면, 만약 토마스의 추측이 맞다면 이건 굉장한 기삿거리야."

"오호, 나를 이용해 먹겠다?"

"그래, 맞아. 널 이용해 먹으려고 해. 성적으로 업무적으로 널 착취할 거야." 줄리가 말했다.

"뭐, 나야 고맙지. 하지만 당장 뭘 어떻게 해야 할지 모르겠어. 경찰에 연락했지만 잘 안 됐잖아."

줄리가 말했다. "알아. 그땐 잘 안 됐지. 하지만 이제 얘기가 달라졌어. 시카고에서 살인사건이 일어났잖아? 누군가 우리 말에 귀를 기울여줄 거야."

"그 누군가가 전화를 끊어버리기 전에 얘기를 끝까지 듣게 만들 수 있느냐가 관건이로군."

나는 팔로 줄리의 어깨를 감쌌다. 함께 집 쪽으로 걸어가는데 나의 휴대폰이 울렸다. 해리 페이튼의 사무실이었다.

"안녕하세요, 레이." 앨리스였다. "아버님의 생명보험 서류를 도저히 찾을 수가 없네요. 혹시 가지고 계세요?"

지금은 이런 얘기를 할 여유가 없었다. "나중에 찾아보면 안 될까요? 내일은 어때요?"

"보통 때라면 상관없겠지만 내일 저는 휴가이고 해리 씨는 법정에 나가야 돼요."

그때 나는 문득 좋은 생각이 떠올랐다. "지금 해리 씨 거기 있어요?"

"네."

"좋아요. 알겠어요. 바로 갈게요." 나는 전화를 끊고 줄리에게 말했다.

"좋은 생각이 떠올랐어. 내가 돌아올 때까지 여기 있을래?"

"그러지 뭐. 달리 할 것도 없어. 어차피 직업도 하나밖에 없는데." 줄리가 말했다.

10분 후 나는 아버지의 생명보험 서류를 들고 해리의 사무실에 도착했다. 서류는 주방의 서랍 안에 보관되어 있었다. 나는 신경이 곤두선 나머지 의도치 않게 서류를 해리의 책상에 집어던지다시피 했다.

"이봐, 레이, 무슨 일 있나?"

"그거 필요하신 거 맞죠?"

"그래, 이 서류가 필요했어. 레이, 도대체 무슨 일이야? 토마스에게 문제라도 있는 건가?"

나는 마음을 진정시키고 자리에 앉았다. 마치 혈관에 커피가 주사 바늘로 주입된 기분이었다.

"비슷하지만 토마스 문제는 아니에요. 토마스로 인해 발생한 문제이긴 하지만 그 이상의 엄청난 사건이 돼버렸어요. 그래서 해리 씨와 의논을 좀 하고 싶습니다."

해리는 큰 결심이라도 하듯 잠시 눈을 감았다. "얘기해봐."

나도 심호흡을 했다. "토마스가 인터넷에서 뭘 발견했어요. 뉴욕의 길거리들을 이리저리 돌아다니던 중에 어느 건물 3층 창문에서 이상한 걸 봤습니다."

해리는 묵묵히 내 얘기를 끝까지 들어주었다. 살인 현장이라고 간주되는 이미지를 토마스가 발견한 것에서부터 내가 뉴욕에 다녀온 것, 토마스와 집주인의 통화, 〈휠360〉의 달라진 이미지, 시카고에서의 살인사건, 그리고 실종된 여자의 이야기까지.

"이런, 내 평생 이런 얘기는 처음이군." 해리가 말했다.

"경찰에 얘기해야 할 것 같아서 연락해 봤지만 얘기를 들어주지 않더군요."

"당연히 그랬겠지. 꼭 지어낸 이야기 같잖아."

오늘따라 사람들이 다들 왜 이렇게 우쭐대는지 모르겠다.

"그래요. 그래서 잘 안 됐다고 말했잖아요. 하지만 뭐든 조치를 취해야 할 순간이 와 버렸습니다. 해리 씨라면 현명한 조언을 해주시리라 믿어요. 지금이야말로 제게 조언이 필요합니다."

"그래, 나도 자네의 그 직관적인 판단이 옳다고 생각해. 경찰에 연락해야 될 것 같군. 하지만 그 전에 몇 가지 좀 물어보겠네." 해리는 의자에 앉은 채 앞으로 몸을 기울였다. "우선 〈휠360〉 프로그램이 거리 풍경들을 정기적으로 점검하다가 이전에 간과한 이미지를 발견하여 수정할 가능성은 없나?"

나는 그 생각은 미처 하지 못했다. "모르겠습니다. 하지만 해리 씨의 말이 맞다고 해도, 토마스가 그 이미지를 발견하고 제가 그 집을 방문한 직후에 수정됐다는 건 심상치 않잖아요?"

"자네 말이 맞을지도 모르지. 그렇다면 레이, 애초에 이미지가 존재하지 않았을 가능성은 어떤가?"

"이건 토마스의 상상이 아니에요. 저도 제 두 눈으로 똑똑히 봤습니다. 토마스가 이미지를 발견한 바로 그날 함께 봤어요."

"내 말은, 토마스가 만들어낸 이미지일 가능성은 없냐는 거야."

그 말에 나는 멈칫했다. "네?"

"자네가 토마스의 컴퓨터에서 봤던 이미지는 어쩌면 창문에서 질식당하는 것처럼 보이도록 토마스가 꾸며낸 이미지일지도 모른다는 걸세."

깊이 생각해 볼 것도 없는 질문이었다. "토마스에겐 〈횔360〉을 해킹해서 이미지들을 조작할 만한 기술과 지식이 없어요."

"그래." 해리는 고개를 끄덕였다. "하지만 자기 컴퓨터 안의 이미지 정도는 바꿀 수 있지 않을까? 방법은 잘 모르겠지만 이미지를 적당히 만들어서 삽입하는 정도라면? 나중에 자네가 다시 본 이미지는 사실 수정된 게 아니라 조작하기 전의 원래 상태로 돌아간 것일지도 몰라."

나는 천천히 고개를 저었다. "그건…… 그건 아닐 겁니다."

"그 이미지를 토마스의 컴퓨터 말고 다른 컴퓨터에서 본 적이 있나?"

나는 다시 멈칫했다. "아니요." 나는 고개를 저었다. "하지만 집주인이 그 집에 여자 두 명이 살고 있었는데 그중 한 명이 실종됐다고 말한 건 사실이에요."

"집주인이 그 밖에 뭐라고 말하던가?"

"저한테 말한 건 없어요. 집주인과 통화한 건 토마스니까요."

해리 페이튼은 아무 말도 하지 않았다.

"설마 토마스가 집주인의 얘기를 전부 꾸며냈다고 생각하는 건 아니시겠죠?"

"꼭 그렇다는 건 아니야, 레이. 하지만……."

"토마스가 집주인한테서 들은 이름도 확인해 봤어요. 〈타임스〉 기사에 나온 실종자의 이름과 같았습니다."

"〈타임스〉 웹사이트에 접속하는 것쯤은 토마스도 할 수 있겠지. 자네와 이야기하기 전에 미리 기사를 읽어둔 것일지도 몰라. 레이, 나는 지금 경찰이 물어보리라 예상되는 질문들을 하고 있는 것뿐일세." 해리가 말했다.

나는 의자에 털썩 주저앉았다. "아니, 아니에요. 그럴 리가 없어요. 저는 토마스를 믿어요. 바보처럼 속고 있다고 해도 상관없습니다. 토마스가 이미지를 조작할 리 없잖아요? 집주인과의 얘기도 사실이라고 믿어요. 게다가 줄리가 〈훨360〉에 전화해서 알아낸 사실은 절대 조작된 게 아니에요. 두 사람이나 살해당했습니다. 그 웹사이트의 이미지와 관련된 두 사람이."

"그래, 그렇군."

"네, 그래요. 하지만 해리 씨 말씀은 알아듣겠습니다. 이런 얘기, 경찰에 늘어놔 봤자 지난번처럼 무시만 당하겠죠."

해리는 어깨를 으쓱하더니 측은한 눈길로 나를 바라봤다. "이봐, 그런 얘기가 아니야. 내 말은, 자네가 토마스에 대해 잘 모를 수도 있다는 거야. 자꾸 이런 식으로 얘기해서 미안하지만, 만약 토마스가 봤다는 그게 클린턴 대통령과의 대화 도중 암시된 것일 수도 있잖은가?"

나는 손바닥으로 이마를 쓸었다. 폭풍 전야처럼 두통의 기미가 점점 다가오는 게 느껴졌다. 편두통이 장맛비처럼 쏟아져 내리기 직전이었다. "신중한 조언 감사합니다, 해리 씨. 하지만 사건이 벌어진 건 분명해요. 어떻게든 경찰에게 알려야 합니다. 제 얘기를 끝까지 듣게 할 방법을 찾아야 해요."

해리는 곰곰이 생각하다 말했다. "내 친구 중에 배리 덕워스라는 프로미스 폴즈 경찰서의 형사가 있어. 내가 그 친구에게 연락해서 자네 얘기를 해주면 어떨까? 배리와 나는 서로 믿고 지내는 사이니까, 우선은 내가 상황을 설명해주도록 하지. 확인해 볼 필요가 있다고 판단되면 배리가 자네에게 연락을 할 거야. 아니, 곧바로 뉴욕 경찰청에 연락할지도 모르겠군. 배리의 말이라면 그쪽에서도 들어줄 테니까."

괜찮은 의견이었다. 해리는 이 지역에서 신망이 두터운 믿음직한 인물이었다. 나는 덕워스 형사에게 얘기를 전달할 기회조차 얻지 못하겠지만, 해리라면 덕워스가 전화를 끊거나 문전박대하기 전에 설명을 마칠 수 있었다. 그리고 덕워스 형사의 말이라면 다른 형사들도 믿어줄 것이다.

"네, 그거 좋군요." 나는 뜻밖의 희소식을 반기며 고개를 끄덕였다. 어깨에서 무거운 짐이 내려간 기분이었다.

"고맙습니다, 해리 씨. 정말 고마워요."

"천만에."

나는 자리에서 일어났지만 한 가지 더 마음에 걸리는 것이 있었다.

"아직 할 얘기가 더 있나?"

"이런 말씀 드려도 될지 모르겠지만, 혹시 아버지에게 들으신 게 있을까 해서 그러는데……."

"얘기해보게."

"토마스가 저한테―정확한 단어는 기억나지 않지만―창가에서 일이 벌어진다던가, 뭐, 그런 말을 했습니다. 제가 뉴욕에 가서 조사를 제대로 하지 않았다고 화를 내면서, 예전에 창문에서 누군가가 곤경에 처했을 때와 똑같이 행동한다고 그러더군요."

해리는 입술을 꼭 다물었다가 말을 꺼냈다. "뭔가 본인의 얘기를 한 게 아닐까?"

"네, 그럴지도…… 아, 그리고 다른 것도 있습니다. 렌 프렌티스 씨에게 들은 건데요."

"무슨 얘기지?"

"제가 뉴욕에 간 사이 렌 아저씨가 저희 집에 들렀었어요. 보아하니 토마스의 성질을 돋웠더군요. 함께 점심을 먹자면서 토마스를 밖으로 끌어내려고 했거든요. 토마스는 싫다고 저항하다가 그만 렌 씨를 살짝 쳐버렸습니다."

해리의 눈이 휘둥그레졌다. "저런……."

"별일은 아니었습니다. 렌 아저씨도 그다지 신경 쓰는 것 같진 않았고. 그런데 아저씨 말이, 예전에 토마스가 아버지를 계단에서 떠밀었다고 하더군요. 토마스에게 물어봤더니 사실이었습니다."

"자네 아버지가 그런 얘기를 한 적은 없어." 해리가 말했다.

"토마스 말로는, 아버지는 토마스가 열세 살 때 일어난 어떤 일에 대해 사과하면서 그 얘기를 꺼냈지만 토마스는 얘기하고 싶지 않았고, 그래서 실랑이를 하다 아버지를 밀었다고 하더군요. 아버지는 바닥에 드러누운 자세로 넘어졌어요."

"아, 저런……."

"하지만 아버지는 화를 내지 않았다는군요. 토마스가 자기를 용서하지 않아도 할 수 없다고 말했답니다."

"무슨 일이었는지 토마스에게 물어봤나?"

"물어봤지만 얘기해주지 않았어요. 적당한 때 다시 물어볼 생각입니다. 이렇게 오랜 세월이 흘렀는데 아버지가 토마스에게 사과할 일이라는 게 도대체 뭘까요?"

그때, 나는 해리가 시계를 쳐다보는 것을 눈치챘다.

"죄송합니다. 소설 쓰는 것도 아닌데 얘기가 길었네요. 여러모로 정말 감사드립니다."

자동차를 향해 걸어가는데 휴대폰이 울렸다.

"나야." 줄리가 말했다.

"아직 집에 있어?"

"그래."

"토마스는 별일 없고?"

"응. 아까 토마스 방에 가서 내 여동생 캔디스의 집을 〈휠360〉으로 보여달라고 했어. 뉴욕에 있는 가게 이름을 알려줬더니 곧바로 찾아주던걸."

"무슨 가게인데?"

"컵케이크 전문점. 그리니치 빌리지에 있어. 집은 가게 2층에 있고."

"설마 매일 사람들이 줄 서서 기다리는 그 유명한 컵케이크 전문점? 〈섹스 앤 더 시티〉에 나오는 그거 말이야?"

"너, 〈섹스 앤 더 시티〉 봐?"

"뭐, 한두 번 봤어."

"거기 나오는 건 다른 가게야. 아무튼, 서쪽 8번 가에 있는 여동생의 가게를 토마스가 단번에 찾아 줬어. 가게 이름은 〈캔디스 컵케이크〉니까 궁금하거든 한번 들러봐. 저기, 그보다 변호사 사무실에서의 일은 어떻게 됐어?"

나는 해리 페이튼이 덕워스 형사를 소개시켜주기로 했다고 말했다.

"잘됐네. 덕워스 형사는 나도 아는 사람이야. 몇 번 취재를 한 적이 있지. 아무튼, 레이, 이거 들어봐." 줄리의 말투는 무척 진지했다. "또 알아낸 게 있어. 오전에 앨리슨 피치에 관해 검색해 봤을 때는 아무 성과가 없었는데, 오후에 너희 아버지 노트북으로 다시 검색하다가 대단한 걸 발견했어."

"그래?"

"그래. 탬파에서 나온 짧은 기사였어. 앨리슨 피치라는 여자가 모텔에서 시체로 발견됐대."

이런, 또…… 줄리가 이 말도 안 되는 사건을 조사할 때마다 사람들이 하나씩 죽어나고 있었다.

"듣고 있어, 레이?"

"어, 그래. 듣고 있어."

"사적인 의견을 좀 말해도 될까?"

"해봐."

"이 사건 말인데, 좀 소름끼쳐."

48

"여보세요?"

"토마스, 날세. 빌 클린턴."

"안녕하세요."

"어떻게 지내나?"

"아주 잘 지냅니다, 각하."

"토마스, 자네가 우리에게 아주 귀중한 인재라는 것을 상기시켜 주고 싶군. 자네, '첩보'가 뭔지 아는가?"

"비밀 임무를 수행하는 것 말입니까?"

"그래, 맞아. CIA 같은 정부 기관들이 수행하는 비밀 작전을 뜻하지. 혹시라도 대중에게 알려질 경우 백악관에서 모른다고 잡아뗄 작전들 말이야."

"네."

"현장에서 첩보 임무를 수행하는 요원들은 신속하게 곤경에서 빠져나가야할 때가 있어. 그렇기 때문에 자네가 우리에게 귀중한 인재라는 걸세. 인터넷의 지도가 하루아침에 사라지는 재앙이라든가 지진, 토네이도만 문제가 아니라는 거지. 탈주 경로를 물어보기 위해 갑자기 자네에게 연락이 갈 수도 있다는 뜻이야."

"알겠습니다."

"오늘 전화를 건 이유는, 자네 과거에 대해 함부로 말해서는 안 된다는 점을 강조하기 위해서일세. 안 그러면 CIA 요원들의 신뢰를 잃게 될 거야. 나약하게 보여선 안 되네. 수다쟁이처럼 보여도 안 돼. 알겠나?"

"네, 알겠습니다."

"그래. 대답을 들으니 안심되는군."

"저기…… 빌, 뭣 좀 여쭤봐도 되겠습니까?"

"어서 물어보게."

"얼마 전에 형과 제가, 주로 제가 말을 하긴 했지만, 외계인 얘기를 했었거든요. 각하께서는 대통령직에 계실 때 로스웰 사건의 진상을 알고 계셨습니까? 로스웰에 진짜로 외계인 우주선이 있었습니까?"

"토마스, 자네가 임무를 성공적으로 마치면 전부 얘기해주도록 하지."

49

그날 아침 니콜은 플로리다에서 루이스에게 전화를 걸어 일을 끝냈다고 보고했다. 루이스는 니콜에게 가급적 서둘러 비행기를 타고 북쪽으로 오라고 말했다. 니콜은 앨리슨 피치를 처리했고 루이스는 앨리슨 피치의 아파트를 찾아온 남자를 발견했다. 이제 남은 것은 함께 그 남자를 확보하는 것이었다. 레이 킬브라이드라는 남자를.

"확보라고요?" 니콜이 말했다.

"그놈이 뭘 알고 있는지를 캐낼 거야. 왜 그 집에 찾아갔는지 이유를 알아내야 해. 우리 고객께서 놈과 얘기를 좀 하고 싶어 하시더군."

"네, 그럼 그러시죠."

"참, 뉴욕으로 오지 마." 루이스는 니콜에게 킬브라이드가 있는 곳과 가까운 공항을 알려줬다. "나도 바로 그쪽으로 출발하지."

"그러죠." 니콜은 전화를 끊었다.

이어서 루이스는 하워드 탤리먼에게 연락을 취했다.

"앨리슨 피치를 찾았습니다. 처리됐습니다." 루이스는 도청을 당할 염려 없이 하워드와 통화할 수 있었다. 매일 아침 보안 전문가가 하워드의 사무실을 샅샅이 확인했기 때문이었다.

"좀 안심이 되는군." 하워드가 말했다.

"이제 북쪽으로 갈 계획입니다. 남은 문제도 처리할 겁니다."

"그래, 마음을 완전히 놓기에는 아직 일러."

"동감입니다." 루이스가 말했다.

"킬브라이드라는 자식이 왜 그 인쇄물을 가지고 있었는지 알아내야 해. 앨리슨 피치의 집에 찾아간 이유도. 그놈이 일러스트 말고 몰래 다른 일을 하고 있을 가능성은 없나?"

"일러스트레이터입니다. 다른 건 없습니다."

"정체를 숨기는 놈들도 있어, 루이스."

"알고 있습니다. 하지만 레이 킬브라이드에 대해서는 철저히 조사해 봤습니다. 놈의 사회보장번호를 알아냈죠. 신용카드로 54달러밖에 안 썼더군요. 꽤 검소하지 않습니까? 주택 담보 대출도 다 갚았고, 작년 국세청에 신고한 수입은 73,675달러였습니다. 자동차는 아우디 Q5. 10년 동안 속도위반을 네 번 한 것 말고는 전과도 없습니다. 결혼한 이력도 없어요. 프로미스 폴즈에 토마스라는 동생과 아버지가 살고 있습니다. 도저히 CIA 첩보 요원 같진 않더군요."

"그래. 하지만 멍청한 그림이나 그리는 놈이 그 인쇄물을 들고 살인 현장에 나타났다는 건 말이 안 돼. 인터넷에서 우연히 발견하고 조사하러 온 걸까? 아니면 사건의 진상을 알고 찾아온 걸까? 둘 다 골치 아픈 일이지만 후자의 경우는 더욱 그렇지. 단순한 일러스트레이터라면 그런 걸 할 수 없어. 사설탐정이라면 모를까. 아니면 FBI 요원이거나." 하워드는 잠시 말을 멈추고 마음을 진정시켰다. "그것도 아니면 CIA에서 왔거나."

"하워드, 제가 아는 건 다 말했습니다. 곧 그 개자식을 대령할 테니 궁금한 건 직접 물어보시죠. 지금 비행기를 타러 갈 겁니다. 도착하면 밴을 빌려서 이동할 겁니다."

"그래. 계속 연락하도록 해." 하워드는 그렇게 말하고 통화를 마쳤다.

하워드는 골드스미스가 죽었지만 그 사건이 아직 불씨로 남아 있음을 알고 있었다. 하지만 정말로 CIA 요원이 오처드 가에서 냄새를 맡고 다녔을까? 사건의 발단은 CIA였으므로 랭글리의 CIA 본부에는 아직 사건의 전말을 아는 자들이 남아 있었다. 애초에 테러리스트로부터 정보를 빼내는 것은 모리스가 아닌 그쪽의 소행이었다.

골드스미스가 죽은 뒤 CIA에 남은 자들이 자신들의 문제를 모리스에게마저 덮어씌움으로써 면피하려고 할 가능성은? 하지만 그렇다 해도 어떻게 오처드 가의 살인사건을 모리스와 연결시킬 수 있었을까? 브리짓을 도청한 것일까? 그녀가 앨리슨 피치와 만난다는 걸 알아낸 것일까? 그래서 인터넷에서 그 이미지를 찾아서—.

아니, 지나친 비약이다.

하지만 의심의 여지가 없는 사실이 하나 있었다. 레이 킬브라이드라는 남자는 인터넷에서 브리짓 쏘척이 살해당한 장면을 발견하고 앨리슨 피치의 집을 찾은 것이 분명했다.

하워드는 모리스 쏘척에게 알아보기로 했다. 앨리슨 피치, 레이 킬브라이드, 오처드 가의 사건 따위는 언급하지 않고, 아내 죽음의 진상을 모르는 모리스를 슬쩍 떠보기로 했다.

그의 아내가 자살하지 않았다는 게 발각돼서는 안 된다. 절친한 친구의 판단으로 인해 살해당했다는 사실을 알게 해서는 안 된다.

통화연결음이 세 번 울리고 모리스가 전화를 받았다. "시장과 점심 약속이 있어서 나가는 길이야. 무슨 일인가?"

"모리스, 자네 말에 관해 생각해 봤네. 이제 전진할 때라는 말. 내가 자네 얘기를 듣고 있지 않다고 생각했겠지만, 그렇지 않아. 난 자네 심정을 이해하네."

"그렇게 말하다니, 재미있군. 요즘 자네는 자네답지 않았어. 내가 알던 하워드가 도대체 어디로 사라졌나 싶었지. 위험을 무릅쓰고 난장판을 벌이기를 좋아하는 그 하워드 말일세."

"난장판을 벌이는 거야 좋지만 자네를 말려들게 해서는 안 되지. 그래서 최근에 몸을 사렸던 거야. 자네는 내 친구잖아, 모리스. 내가 자네에게 하는 조언은 전부 친구로서 하는 말이라는 걸 알아주게." 하워드가 말했다.

모리스는 잠깐 침묵한 뒤 대꾸했다. "알겠네."

"일을 진행시키자는 자네 말을 생각해 봤는데, 현재로선 그걸 가로막는 건 골드스미스의 문제가 아직 마음에 걸린다는 사실뿐이야."

"그렇지."

"난 아직 안심이 안 돼, 모리스. 완전히 해결됐다는 확신이 필요하네."

"맞는 말이야. 하지만 골드스미스가 목숨을 끊은 덕에 위험은 최소화됐어 ─아, 불쌍한 친구, 부디 평안하기를─그는 그 사건 때문에 미국의 배신자라는 낙인이 찍힌 걸 견딜 수가 없었지. 부당한 처사야. 골드스미스는 자나 깨나 미국 국민들의 안전을 최우선시했으니까 말일세."

하워드는 잠시 기다렸다가 물었다. "모리스, CIA 요원들이 그 사건 이후 자네를 감시하고 있었을 가능성은 없나?"

"질문의 요지를 잘 모르겠군."

"한번 가정해보는 것뿐이야. CIA가 사람을 시켜 자네를 감시했다고 말일세. 일단 그렇게 가정한다면, 그 동기가 뭘까?"

"글쎄. 골드스미스의 뒷거래를 도운 측근들이 혹시라도 내가 그걸 밝힐까 봐 감시했을 수는 있겠지. 하지만 내가 나서서 그걸 밝힌다는 게 정치적 자살 행위라는 걸 그들도 잘 알 거야."

하워드는 그의 말에 동의했다. "그렇다면 골드스미스가 목숨을 끊기 전에 일찍부터 사람을 시켜서 자네를, 아니, 브리짓까지 감시했을 가능성은?"

"뭣 때문에 나와 브리짓을 감시하겠어? 이봐, 내가 모르는 뭔가가 있는 거야?"

"그럴 리가 있나. 나는 자네한테 뭐든 빠짐없이 다 얘기해주잖아?"

"그렇지 않아, 하워드. 자네는 내가 알아야 할 것만 말하고 있어. 내가 모르는 편이 낫다고 생각하면 입을 다물어 버리지."

하워드는 내심 그 말에 동의할 수밖에 없었다.

"내 말의 요지는, 자네가 다시 싸움에 뛰어들기 전에 가능한 시나리오들을 전부 점검해봐야 한다는 거야. 아무리 터무니없는 시나리오일지라도 대처할 방안을 미리 마련해야 돼."

"틀린 말은 아니지만 이건 좀 너무하는군. 이봐, 골드스미스의 사건은 잊어버려. 아무 일 없을 거야. 그 문제가 완전무결하게 해결되기를 넋 놓고 기다리는 동안 귀중한 시간이 낭비되고 있어. 우리는 당장이라도 앉아서 앞으로의 행보를 계획해야 해. 유세를 도와줄 일꾼들을 섭외하고 상대편의 약점을 파악해야 한다고. 아니, 하워드, 내가 자네한테 그런 것까지 말해야 하나? 각본을 쓴 건 바로 자네잖아?"

"그건 나도 알아."

"밤에 만나서 얘기하세." 모리스가 말했다.

하워드는 그 말이 무슨 뜻인지 잘 알고 있었다. 자정 후에 만나서 동이 틀 때까지 전략을 짜는 것은 수년간 이어진 두 사람의 관례였다. 자정 이후는 아무에게도 방해받지 않고 일할 수 있는 최적의 시간이었다.

"그래. 그렇게 하지." 하워드가 말했다.

"좋아. 나중에 보자고, 친구. 링 위에 올라갈 준비 단단히 하고 오게."

모리스는 전화를 끊었다.

하워드는 오늘 밤 모리스를 만나기 전에 부디 레이 킬브라이드의 건이 진척되기를 빌었다.

루이스가 북쪽으로 향하는 근거리 비행기 편에 오르려는 찰나 휴대폰이 울렸다.

"네."

"나한테 연락했었나?" 남자의 목소리였다.

"빅터, 연락 주셔서 고맙습니다." 루이스가 말했다.

"그래, 무슨 일인가?"

"예전에 당신 밑에서 일하던 부하와 관련된 일입니다."

"산 놈, 죽은 놈?"

"살아 있는 사람입니다."

그것으로 후보의 범위는 축소되었다. 빅터 밑에서 일하다가 살아서 떠난 사람은 얼마 되지 않았다. "누군지 알겠군." 빅터가 말했다.

"그 여자한테 일을 맡겼는데 엄청난 실수를 저질렀습니다."

"그랬구먼."

"덕분에 골치 아프게 됐습니다. 그 여자가 지금 실수를 만회하고는 있지만 문제가 해결되면 처리할 계획이에요. 안 그러면 제 평판에 흠집이 날 테니까 말입니다."

"그래, 그래야겠지."

"하지만 행동을 취하기 전에 우선 당신 허락을 받아야겠다는 생각이 들었어요. 만약 반대하시면 그만두겠습니다."

"사실 말일세, 그년은 내가 진즉에 처리하려고 했지만 내가 마음이 물러서 그러지 못했어. 거두어서 딸처럼 아껴줬건만 배은망덕하게 나를 떠났지. 자네 하고 싶은 대로 하게. 난 간섭하지 않을 테니까."

"감사합니다. 라스베이거스 쪽은 요새 어떻습니까?"

"꼬맹이들을 데리고 오는 사람이 너무 많아."

루이스는 작별 인사를 건넨 뒤 전화를 끊고 비행기에 올라탔다.

50

나는 집에 돌아와 줄리에게 말했다. "산책 좀 할까?"

우리는 뒷문으로 나가서 언덕을 내려 개울로 향했다.

"탬파의 형사들에게 연락을 해 봤어." 줄리는 휴대폰이 들어가 불룩한 청바지 앞주머니를 톡톡 치며 말했다. "앨리슨 피치에 대해 알아보려고 말이야."

나는 고개를 끄덕였다.

"왜 그렇게 말이 없어?" 줄리가 말했다.

"해리 씨에게 들은 걸 생각하고 있었어. 토마스에 관한 얘기." 나는 줄리에게 토마스가 이 모든 걸 꾸몄을지도 모른다는 해리의 추측을 들려줬다. 토마스가 인터넷의 이미지를 조작하고 집주인과의 대화를 지어냈을지도 모른다는 추측.

"너도 토마스가 그랬다고 생각해?" 줄리가 물었다.

나는 대답을 망설였다. "잘 모르겠지만, 아닐 거야. 토마스는 터무니없는 것들을 철석같이 믿기는 하지만 그건 진심으로 믿는 거니까. 인터넷 지도가 사라지는 재앙이라든가 빌 클린턴과의 대화 같은 거 말이야. 게다가 의심의 여지가 없는 사실들이 있잖아? 시카고의 살인사건을 확인한 건 토마스가 아니라 너였어. 플로리다의 사건도 그렇고."

"토마스가 너한테 거짓말을 한 적은 전혀 없는 거야?"

나는 그 점을 깊이 생각해 본 적이 없었다. "아마 없을 거야. 아버지를 계단에서 떠밀었냐고 물어봤을 때도 토마스는 솔직히 그렇다고 대답했어. 물론 먼저 자청해서 얘기해준 건 아니었지만."

"토마스가 아버지를 계단에서 밀었다고?"

나는 지금 그 얘기를 할 기운이 없다는 뜻으로 머리를 저었다. "토마스는 말하고 싶지 않거나 말할 의무가 없다고 느끼면 그냥 입을 다물어 버려. 묵비권을 행사하는 거지." 나는 걸음을 멈추고 졸졸 흘러가는 개울을 바라보다 문득 떠올랐다. "그래, 맞아. 토마스는 그리고린 선생님께 거짓말을 한 적이 있어. 참견 당하는 게 귀찮아서 나와 영화를 봤다고 선생님께 거짓말을 했었지. 아, 이런, 나는 정말 제대로 아는 게 하나도 없군."

"토마스한테 물어볼 거야?"

"물어는 봐야지. 하지만 아까 말했듯이, 해리 씨가 프로미스 폴즈 경찰서의 형사 한 명을 소개시켜 주기로 했어. 그 형사가 토마스에게 직접 상황을 물어볼 거야. 이제 내가 경찰에 연락해서 바보가 될 일은 없겠군."

"다행이네. 덕워스 형사는 좋은 사람이야. 무턱대고 기자들을 싫어하지도 않고." 줄리가 말했다.

"마음에 걸리는 게 한 가지 더 있어." 내가 말했다.

"뭔데?"

나는 우리가 서 있는 곳을 뜻하기 위해 양팔을 펼쳤다. "여기가 바로 그곳이야. 아버지가 돌아가신 곳." 나는 언덕을 가리키며 말했다. "저기서 트랙터가 굴러떨어졌어. 그리고 이쯤에서 멈췄지. 토마스가 아버지를 발견한 지점도 여기야."

줄리는 자신의 팔로 내 팔을 감싸며 말했다.

"아버지 일은 정말 안됐어."

"아버지 일이 자꾸 마음에 걸려. 아버지와 토마스 말이야. 토마스한테 들었는데, 그날 아버지는 토마스가 열세 살 때 있었던 어떤 일에 관해 얘기하려고 했었대. 토마스는 대화를 거부했지만. 게다가 아버지는 토마스에게 미안하다고 말했어. 토마스가 용서하지 않아도 어쩔 수 없다는 말을 하면서."

"토마스한테 무슨 일이었냐고 물어봤어?"

"물어봤어. 하지만 얘기해주지 않더군. 그런데…….." 나는 말을 머뭇거렸다. "이상한 일이 또 있어."

줄리는 나를 바라보며 대답을 기다렸다.

"아직 남한테 얘기한 적이 없는 건데, 아버지의 노트북에 이상한 게 있었어." 나는 노트북의 검색어에 관해 줄리에게 말했다.

"아동 성매매?"

"그래."

"그건 좀 이상하네."

"맞아."

줄리는 세차게 고개를 저었다. "나는 너희 아버지를 잘 몰라, 레이. 그 검색어가 네 마음에 걸리는 구체적인 이유가 있어? 예를 들어, 아버지가 뭔가 이상한 취미가 있다고 생각하는 거야?" 이어서 무시무시한 상상이 줄리의 머릿속에 떠올랐다. "맙소사, 너, 설마 아버지가 토마스를 어릴 때 성폭행했다고 생각하는 거야? 용서하지 않아도 어쩔 수 없다는 것이 설마 그걸 뜻하는 거라고 생각하는 거야?"

"그런 식으로 짜맞추는 게 엄청난 비약이라는 건 나도 알아. 하지만 사람의 생각이라는 게, 확실한 사실이 하나도 없을 때는 터무니없는 지점까지 뻗어 가는 법이잖아."

"혹시 아버지가 너를, 설마 너도—."

"아니야! 절대 아니야!"

"그럼 됐어. 그건 아닐 거야." 줄리는 확실하다는 듯 못 박았다. 나는 줄리가 잘 알지 못하는 우리 아버지를 변호해주는 것이 고마웠다. "레이, 뭐가 또 있는 거야? 표정을 보니 할 얘기가 남은 것 같은데?"

"아니…… 아무것도 아니야."

"얘기해봐. 넌 지금 혼자서 너무 많은 걸 짊어지고 있어. 남한테 얘기도 못

하고. 자, 어서 얘기해봐."

나는 천천히 고개를 저으며 시선을 떨궜다. "아버지 사고 말인데, 이해가 안 가는 점이 있어."

"이해가 안 가는 점?"

"그건…… 그러니까, 표면상 일어난 사고는 아버지가 언덕에서 트랙터를 몰다가 아래로 떨어지는 바람에 돌아가셨다는 거야. 아마 그게 사실이겠지."

"그런데 뭐가 문제가 되는 거지?" 줄리가 물었다.

"사고 이후 아무도 끌고 올라가지 않은 탓에 트랙터는 저기 개울가 옆에 방치되어 있었어. 뒤집어진 상태는 아니었고 똑바로 선 채로. 구급차가 도착하기 전에 토마스가 트랙터를 아버지 위에서 밀쳐 냈거든."

"아직 요점을 잘 모르겠는데."

"얼마 전에 난 트랙터에 시동이 걸리는지 확인하러 여기 내려왔었어. 시동은 잘 걸렸고 트랙터를 헛간까지 끌고 가서 보관했지. 그런데 이상한 건 시동이 '꺼짐' 상태였다는 거야. 풀을 깎는 칼날도 들어 올려져 있었고. 즉, 아버지가 잔디를 깎다가 트랙터를 멈췄다는 뜻이야."

줄리는 잠시 생각에 잠겼다. "그러니까 네 말은, 트랙터가 굴러떨어지기 전에 아버지가 트랙터의 시동을 껐다는 거로구나?"

나는 고개를 끄덕였다. "맞아."

"불가능한 상황은 아니잖아? 트랙터에 이상이 생겨서 점검하느라 멈춘 걸 수도 있지. 난 잔디 깎는 트랙터에 관해 잘 모르지만 만약 날에 뭔가 걸리면 작동을 멈추고 살펴봐야 하지 않겠어? 밑에 뭐가 끼었는지 봐야 하니까 칼날도 들어 올려야 할 테고."

나는 각목으로 머리를 얻어맞은 기분이 들었다. 나는 줄리의 어깨에 손을 얹으며 웃음을 터뜨렸다. "넌 천재야."

"그래?"

"이 빌어먹을 트랙터 때문에 밀실 사건 추리라도 하듯 골머리를 썩였는데 그렇게 간단한 해답이 있을 줄이야."

"아하." 줄리는 짐짓 불쾌한 척 대꾸했다. "내가 머리가 단순해서 답을 맞혔다 이거구나?"

"아니, 그건 아니야. 아무튼, 네 말이 맞아. 잔디를 깎는 중에 트랙터가 돌이나 나뭇가지 같은 것에 걸렸겠지. 아버지는 칼날에 뭔가 끼어들어 갔는지 확인하려고 트랙터를 멈췄던 거야. 확인하기 위해 칼날 덮개를 들어 올린 뒤 트랙터에서 내렸을 테고. 아마도 트랙터에서 내리다가, 아니면 다시 타던 중에 언덕 아래로 무게 중심이 쏠려서 트랙터와 함께 굴러떨어진 걸 거야."

비극적인 사건이 아니었다면 나는 마침내 수수께끼를 해결한 기쁨을 한껏 누렸을 것이다. 비록 해결한 사람은 내가 아니었지만.

"그래, 딱 들어맞는 시나리오야." 나는 그렇게 말하면서 줄리를 살짝 껴안았다.

"그렇다면 너는 트랙터의 시동이 꺼져 있는 이유가 뭐라고 생각했던 거야?"

"누군가 말을 걸었기 때문에 아버지가 시동을 껐을 거라고 생각했어. 누군가 언덕을 내려와서 인사를 건네거나 하는 바람에 트랙터의 시동을 끄고 덮개를 들어 올린 거라고. 아버지는 작업을 중단하고 집에 돌아가려고 했는지도 몰라. 아무튼, 다시 말해 누군가 현장에 있었고 사고가 일어나는 걸 봤다고 생각했어. 그 사람은 사고를 빤히 보고서도 사람들에게 알리지도, 구급차를 부르지도 않은 셈이지."

줄리는 조용히 말했다. "누군가라면…… 토마스 말이로구나."

나는 부끄러움을 느꼈고 한숨을 쉬며 고개를 살짝 떨궜다.

"그래, 그런 생각이 들었어. 토마스가 무슨 이유에서인지 집 밖으로 나가서 아버지와 얘기를 하려고 했고 그러다가 사고가 일어났다고 말이야. 맙소사, 난 정말 얼간이로군. 다른 걱정거리도 많은데 이런 쓸데없는 생각이나 하고 앉았다니."

"네가 아버지의 노트북에서 발견한 검색어도 마찬가지야. 많은 것들은 간단하게 설명이 돼. 실체를 몰라서 복잡하게 느껴질 뿐이지."

나는 다시 양팔을 둘러 줄리를 껴안았다. "너한테는 고맙다는 말밖에 할 게 없구나."

"요금 청구할 테니까 기다려." 줄리는 내 가슴에 머리를 기댔다. "저기, 나 이제 신문사로 들어가 봐야 돼. 너와 토마스가 엮인 거대한 국제적 음모와 관계없는 기사를 좀 써야 되거든. 그러고 나서 플로리다로 다시 연락해 볼 생각이야."

"난 어떻게 해야 하지?"

"어떻게 하냐고? 당장을 말하는 거라면 아무것도 안 해도 돼. 네 변호사께서 덕워스 형사에게 연락하고 내가 플로리다 쪽을 조사할 때까지 잠자코 기다려. 그동안 토마스가 에펠 탑에서 사람을 밀어 떨어뜨리지 않도록 잘 지켜보기나 해."

"그런 농담은 제발 하지 마. 나중에 집으로 다시 올 거야?"

"저녁 식사는 안 할래. 진짜 맛없더라. 그보다 늦은 시간에 올게. 11시쯤? 프로미스 폴즈 시의회의 저녁 회의를 보러 가야 되거든. 일 끝내면 와인 한 병 들고 올게. 그리고 그때 하던 거 마저 하자."

"진심이야? 우리 집에서 다시 해도 괜찮겠어?"

줄리는 웃음을 지었다. "난 스릴 있는 게 좋더라고."

나는 줄리가 차에 타는 것을 배웅했다. 열린 차창 너머로 그녀에게 키스를 한 뒤 자동차가 도로를 달려 사라질 때까지 지켜봤다. 2층에 올라가 보니 토마스는 슈투트가르트의 거리를 탐험하고 있었다.

"저녁 식사로 뭘 만들까? 베이컨, 양상추, 토마토를 넣은 샌드위치는 어때?" 내가 물었다.

"응, 알아서 해." 토마스는 화면에 시선을 집중한 채 대답했다.

나는 베이컨, 양상추, 토마토, 마요네즈를 냉장고에서 꺼내고 베이컨을 구울 준비를 하다가 식빵이 한 조각과 껍질밖에 남지 않았다는 사실을 깨달았다.

"미치겠군." 나는 프로미스 폴즈 시내에서 이곳까지 배달을 해줄 피자 가게가 있는지 생각해 봤다.

그때, 누군가 현관문을 세차게 두드리는 소리가 들렸다.

"제발……." 나는 숨죽여 중얼거렸다.

"제발 FBI가 아니기를."

51

루이스가 니콜보다 앞서 공항에 도착하여 흰색 소형 밴을 렌트했다. 앞좌석 두 개와 화물칸이 딸린 밴이었다. 뒤이어 도착한 니콜은 비행기에 아이스픽을 들고 탈 수 없어서 새로 사야 하므로 목적지로 가기 전에 〈홈 디포〉에 들르자고 말했다. 루이스도 〈홈 디포〉에서 강력 접착테이프와 휴대용 담요를 구입했다.

두 사람은 킬브라이드의 집 앞에 차를 멈췄다. 아직 낮시간이었다.

"붙잡아서 끌고 간다는 거죠?" 니콜이 말했다.

운전석의 루이스는 텅 빈 뒤쪽 화물칸을 바라보며 고개를 끄덕였다. "그래. 우리 보스께서 놈에게 물어볼 게 있으시다는군."

니콜도 고개를 끄덕였다. 두 사람은 몇 초 동안 아무 말도 없었다. 이윽고 니콜이 다시 입을 열었다. "일이 이렇게 되는 바람에 당신이 화났다는 거 알아요."

"그래, 망할……." 루이스가 말했다.

"하지만 그 남자를 생포해서 데려가면 해결되겠죠."

"그래야지. 하지만 그건 그 자식이 어떤 대답을 하느냐에 따라 달렸어." 루이스가 말했다.

니콜은 길 건너편의 집을 바라봤다. "어쨌건 내 빚은 이걸로 끝이에요."

"놈을 심문한 다음 처리까지 해야지. 애써 생선을 낚아 놓고 그냥 풀어줄 셈이야?"

니콜은 루이스를 쳐다봤다. "알겠어요. 그다음엔 정말로 끝이에요."

"그래." 루이스가 대답했다.

니콜은 다시 그 집을 바라봤다. "이제 어떻게 할 거죠? 당신이 현관문을 노크하는 틈에 내가 뒷문으로 들어갈까요?"

"둘 다 현관으로 가자고. 우리가 수상하게 보이지는 않잖아?" 루이스는 니콜을 향해 빙긋이 미소를 지었다. "사이좋은 부부처럼 보일걸? 길을 잃었고 전화도 고장 나서 그러는데 집 전화 한 통 써도 되냐고 물어보자고. 놈이 현관문을 열면 곧장 안으로 들어가는 거야."

니콜은 아래로 팔을 뻗어 부츠 안에 들어간 아이스픽의 끝 부분을 톡톡 두드려 확인했다. 루이스는 좌석 사이에 놓인 배낭을 뒤져 준비해 온 물건들 중에서 강력 접착테이프를 꺼냈다.

"가자."

두 사람은 밴에서 나와 거리를 가로질러 집의 진입로로 들어갔다. 루이스가 먼저 포치 계단으로 올라갔고 이어서 니콜이 다가와 그의 옆에 섰다. 루이스는 현관문을 두드렸다.

52

FBI가 아니었다.

찾아온 것은 마리 프렌티스였다. 그녀는 겉면이 폭신폭신한 소풍 바구니 크기의 짙은 파란색 가방을 들고 현관에 서 있었다. 보온 기능이 있는 가방인 것 같았다. 나는 마리 혼자 온 것인지 아니면 렌이 바깥의 차 안에서 기다리고 있는지 궁금해서 슬쩍 내다봤지만 내 아우디 옆에 주차된 그녀의 차 안에는 아무도 없었다.

"너희가 저녁 먹으러 오지 않아서," 마리의 몸은 가방의 넓은 띠를 붙잡은 쪽으로 약간 기울어져 있었다. "그래서 대신 먹을 걸 좀 가져왔단다. 세상에, 생각보다 시간이 너무 걸렸지 뭐니. 가끔씩 기력이 달릴 때가 있는데 그럴 땐 나도 어쩔 수가 없단다." 가방에서 따뜻한 향기가 풍겨 나왔다. 양념과 치즈의 냄새였다.

"마리 아줌마, 수고스럽게 이러지 않으셔도 되는데요." 내가 말했다.

"아니야, 얘. 수고는 무슨."

"가방이 무거워 보이네요. 제가 들게요." 나는 마리의 손에서 가방의 끈을 빼앗아 들었다. "냄새가 아주 좋은데요. 들어오세요."

나는 렌을 그다지 좋아하지 않았지만 그의 부인에게는 딱히 적대감이 없었다. 나는 마리의 기분을 상하게 하고 싶지 않았고 솔직히 배도 무척 고팠다.

"피자를 주문할까 하던 참이었어요." 내가 말했다.

"아이고, 그거 먹어서 되겠니."

나는 가방을 주방 테이블 위에 올려놓고 지퍼를 열었다. "무슨 음식이에요, 마리 아줌마?"

"내가 개발한 거란다." 마리는 살짝 숨을 헐떡이며 대답했다. "아니, 다 내가 개발한 건 아니고 〈맨발의 콘테사〉 요리 쇼에서 본 레시피를 참고했어. 하지만 참치 스테이크 대신 참치캔을 썼단다. 렌은 캔에 든 참치밖에 안 먹거든. 그리고 쇼에서는 렌즈콩이나 와사비 가루처럼 온갖 재료를 썼지만 나는 완두콩이랑 국수를 넣었어. 꼼꼼히 따져보면 두 레시피는 별로 공통점이 없단다. 요리 이름에 참치가 들어간 거 빼고는 말이야."

"굉장히 맛있어 보여요. 냄비가 아직 뜨겁네요. 오븐에서 빼낸 지 얼마 안 됐나 봐요?"

"맞아. 저기, 토마스는 어디 있니? 2층에 있어?"

"네, 자기 방에 있어요." 하지만 나는 토마스를 데리고 내려오겠다는 말은 하지 않았다. 요전번에 있었던 렌과의 다툼을 생각할 때 렌의 부인이 찾아온 것을 알면 토마스는 별로 달가워하지 않을 것이다.

"토마스한테도 내려와서 캐서롤 먹으라고 하지 그러니?" 마리가 말했다.

"괜찮으시다면 토마스는 잠시 그냥 내버려두는 게 좋을 것 같아요. 하지만 아줌마가 맛있는 저녁 식사를 가져다주셨다고 꼭 전할게요."

"가방에 둥근 빵도 들어 있어." 마리의 목소리가 한풀 꺾였다.

"있잖니, 사실 오늘 토마스한테 사과하고 싶어서 들른 거란다. 너한테도 그렇고. 지난번에 렌이 잘못한 것 때문에 말이야."

"렌 아저씨하고 이미 얘기했어요. 이제 괜찮아요."

"렌하고 네가 지하실에서 말하는 것을 들었단다. 그이가 토마스를 그런 식으로 말하면 안 되는 거였는데. 토마스가 좀 특이하긴 하지만 렌이 그런 식으로 말하는 건 잘못한 거야."

"토마스도 렌 아저씨를 쳤으니 피차 잘못한 거죠, 뭐."

마리가 대답했다. "렌은 좋은 의도로 그런 거였단다. 실은 말을 꺼낸 건 나였어. 남편한테 토마스를 데리고 밖에서 점심을 먹든지 집으로 데려오라고 했거든. 너와 토마스 둘 다 초대할 생각이었지만 너는 그날 집에 없었다더구나."

"맞아요."

"어디 갔었니? 뉴욕?"

"네."

"렌은 토마스가 왜 그러는지 통 이해를 못 한단다. 네가 좀 봐주렴. 렌은 모두가 다 밝고 씩씩하게 살아야 한다고 생각하거든. 사람마다 사정이 다르다는 걸 도무지 납득하지 못한단다. 본인도 어쩔 수 없는 사정일 텐데 말이야. 렌은 자기가 할 수 있는 거면 남들도 당연히 할 수 있다고 생각해. 나한테도 가끔 강요한단다. '비실대지 마. 다 정신력이 부족해서 그런 거야. 당신도 나랑 같이 여행 가자고.' 이런 식으로 말하지 뭐니. 하지만 내가 정신력 때문에 이러겠니? 난 진짜로 병이 있잖니. 메이요 클리닉 웹사이트에도 나와 있는 병인데 말이다. 얘, 나 좀 앉아도 되겠니? 너무 오래 서 있었더니 힘들구나."

"참, 어서 앉으세요." 나는 마리를 위해 주방 테이블의 의자 하나를 빼내며 말했다. 마리는 양팔을 옆으로 축 늘어뜨리며 의자에 앉았다.

"1, 2분이면 괜찮아질 거야. 우리 집 주방에는 레인지 바로 옆에 의자를 갖다 뒀단다. 아무 때든 앉을 수 있게 말이야. 냄비를 저을 때도 앉아서 할 수 있어."

"이거 식지 않게 오븐 안에 넣어둘게요." 나는 캐서롤을 들고 오븐의 가운데 칸에 집어넣었다.

"렌은 날 자기 마음대로 할 수 없다는 걸 통 받아들이지 않아." 마리는 그렇게 말한 뒤 그 말이 다양한 의미로 해석될 수 있음을 깨닫고 곧 얼굴을 붉혔다. "아니, 내 말은, 여행 같은 거 말이야. 렌은 여행을 좋아하지만 난 아니거든. 렌에게 가고 싶으면 혼자서라도 다녀오라고, 가서 즐기다 오라고 말했단다. 실은 진짜로 갈 줄은 몰랐는데 함께 갈 친구가 생기니까 훌쩍 가버리더구나. 가서 아주 신나게 놀다 왔지 뭐니. 다시 간다고 해도 말릴 수가 없겠더라."

"네⋯⋯." 나는 딱히 대꾸할 말이 없었다.

"있잖니, 렌이 토마스에 대해 말한 거, 나는 하나도 안 믿어." 마리가 말했다.

"무슨 말인데요?"

"저기, 토마스한테는 우리 대화가 안 들리겠지?" 마리는 걱정스럽게 물었다.

"네, 안 들려요."

"렌이 그러는데, 경찰이 너희 아버지 사고를 자세히 수사할 작정이었다면, 아마도 토마스를 주시했을 거라더구나."

"어째서요?"

"렌은 너희 아버지가 위험을 무릅쓰고 언덕에서 잔디를 깎기는 했지만 조심성은 투철했다고 말했어. 경찰이 너희 아버지가 남에게 떠밀린 거라고 생각했다면, 그러니까, 누군가 현장에 있었고 그 트랙터를 밀어서 아버지를 떨어뜨린 거라고 추측했다면, 멀리 갈 것도 없이 토마스를 의심할 거라지 뭐니. 이건 내 생각이 아니라 렌의 생각이야. 그날 내가 지하실 문을 열기 전에 렌이 너한테 얘기했을지 모르겠는데, 만약 그랬다면 내가 대신 사과할게. 난 토마스가 절대 그럴 리 없다고 생각하거든. 토마스는 착한 아이잖니, 기본적으로는. 그런데 얘, 오븐 온도는 몇 도로 맞췄니? 너무 뜨겁게 하면 안 돼. 100도쯤으로 맞춰 놓으면 된단다. 10분 정도만 데우면 될 거야."

나는 오븐의 온도를 내렸다.

아까 줄리의 명석한 해석 덕분에 나는 트랙터의 시동이 꺼지고 칼날이 올라간 수수께끼에 대한 집착을 극복했다고 생각했다. 하지만 마리의 애기를 듣고 나자 나는 또다시 최초의 추측, 즉 누군가 아버지의 잔디 깎기를 멈췄고 아버지가 죽어가는 현장을 지켜봤으리라는 추측이 맞을지도 모른다는 의혹이 들었다.

하지만 나는, 특히 최근 들어, 렌을 탐탁지 않게 여겼으므로 그의 생각과 내 생각에 접점이 있다는 것이 썩 달갑지 않았다. 어째서 렌은 굳이 그런 추측을 한 것일까? 그가 그렇게 생각한 계기는 무엇일까? 트랙터를 살펴본 뒤부터 나의 사고는 예민해졌다. 렌은 내가 트랙터를 헛간으로 옮기기 전에 사고 현장을 살펴본 적도 없었다.

렌은 아버지에게서 들은 일화를 근거로 그렇게 추측한 것일까? 그렇다면 토마스가 계단에서 떠민 것을 트랙터로 깔아뭉개는 사고로 확대 해석하는 셈이었는데, 그것은 좀 지나치다고 나는 생각했다. 특히, 그 대상이 아버지라는 점에서 더욱 그랬다.

혹시 렌에게 무슨 꿍꿍이가 있을 가능성은 없을까? 그는 토마스를 모함하려는 것이 아닐까? 토마스를 곤경에 빠트리기 위해? 그렇다면 그 이유는? 마리에게는 일부러 거짓말을 한 건가? 그렇다면 역시 그 이유는 무엇일까?

"렌은 원래 사람들을 가혹하게 평가한단다. 항상 그런 식이야. 너도 렌이 태국 사람들을 욕하는 걸 들어봤어야 하는데. 태국이 사람들이 아무리 친절해봤자 운전 방식이나 건축 표준이 미국하고 다르고 정치적으로 불안한 사건도 있다면서 투덜대지 뭐니. 사소한 싸움들은 집어치우고 나라를 잘 운영해야 된다고 말이야. 렌은 군주제를 못 견디게 싫어한단다. 국왕인 부모 밑에서 태어났다는 이유로 나라를 다스린다는 걸 이해하지 못해. 그래도 렌은 또 다시 태국에 놀러 가겠지. 나 없이 말이다."

태국.

예전부터 나는 친구들에게서 태국이 굉장히 좋다는 얘기를 자주 들어 왔다. 날씨가 따뜻하고 녹음이 우거진 국제적으로 아름다운 나라. 눈부신 밤거리와 풍성한 문화와 환상적인 음식. 하지만 모든 여행지에는 문제가 있기 마련이다. 파리는 소매치기와 예기치 못하는 파업 때문에 골치가 아픈 한편, 런던은 높은 물가와 간헐적인 테러의 위험이 있었다. 몇 년 전 런던에서는 버스와 지하철에서 폭탄 테러가 발생한 적이 있었다. 모스크바도 마찬가지였다. 멕시코의 경우는 마약과의 전쟁을 치르고 있었고, 미국에는 범죄 집단과 처절한 싸움을 벌이는 대도시들이 있었다.

태국의 문제는 뭐였지? 마리가 말했듯이 정치적인 불안도 그중 하나였지만 또 다른 문제가 있었다.

성매매. 아동 성매매.

어쩌면 렌은 마리가 함께 태국으로 가지 않으리라는 것을 알고서 여행을 계획한 것인지도 모르겠다.

53

"당신이 이런 것쯤은 미리 파악해 뒀을 거라고 생각했는데." 니콜은 조수석에 앉아 양발을 대시보드에 걸치고 양손의 집게손가락으로 아이스픽을 집어 든 채 말했다.

루이스는 대꾸하지 않았다.

"나였다면 여기까지 비행기를 타고 오기 전에 일러스트레이터께서 정말로 버몬트 주 벌링턴에 계신지 확인했을 거예요. 당신은 그럴 생각을 못했나 봐요?"

"집은 맞았잖아." 루이스는 이빨을 갈며 대답했다. 지금 그들의 밴은 한밤의 고속도로를 박차 오를 듯 시속 130킬로미터에 가까운 속도로 서쪽을 향해 질주하고 있었다. 루이스의 계산으로 새로운 목적지까지는 두 시간이 조금 넘는 시간이 소요될 예정이었다.

아까 두 사람은 레이 킬브라이드의 집 포치에서 현관문을 두드렸지만 아무런 대답이 없었다. 그때 나이가 지긋한 이웃집 여자가 그들에게 다가왔다. 그녀의 이름은 그웬이었고 레이가 프로미스 폴즈로 가 있는 동안 도착한 우편물이나 전단 같은 것을 자기가 대신 보관해 준다고 말했다. 그웬의 말에 따르면, 레이는 아버지가 얼마 전에 돌아가셔서 이런저런 것들을 처리하고 동생을 돌보느라 프로미스 폴즈에 머무는 중이었다.

"제가 도와드릴 게 있나요?" 그웬이 물었다.

"저기, 잠깐만요. 여기 사는 사람 이름이 레이라고요?" 니콜이 되물었다.

"네, 맞아요." 그웬이 대답했다.

니콜은 루이스를 돌아보며 말했다. "여기가 아니라고 했잖아. 이 동네가 아니라니까."

루이스는 어깨를 으쓱하며 맞장구를 쳤다. "그래, 다 내 탓이야."

"레이를 찾아온 게 아니에요?" 이웃집 여자가 물었다.

두 사람은 아니라고 대답한 뒤 밴으로 돌아가 프로미스 폴즈를 향해 질주하기 시작했다.

가는 길에 니콜은 일을 망친 루이스를 빈정거렸다. 사실 그녀는 루이스를 떠볼 심산이었다. 화를 낼 때까지 계속 몰아붙여 볼 생각이었다.

루이스의 속마음을 짐작하기 위해서였다.

니콜이 말했다. "그리고 나였다면 현관문으로 가서 노크하는 짓은 안 할 거예요. 몰래 들어가서 기습하는 게 나아요."

루이스는 운전대를 붙잡은 손에 힘을 주었다. "그래, 당신 말이 맞아. 다음엔 그렇게 하자고."

성질을 죽이고 있다.

이제 니콜은 이 일이 해결되면 루이스가 그녀를 처리할 작정임을 확신했다. 그는 니콜이 방심하도록 일부러 성질을 죽이고 있는 것이다.

선수를 쳐서 루이스를 처리하는 것은 어렵지 않았다. 운전 중인 루이스의 목에 아이스픽을 찔러 넣은 뒤 운전대를 가로채고 브레이크를 밟으면 된다. 밴의 공간은 넉넉했기 때문에 운전석으로 비집고 들어가는 것은 간단했다.

니콜은 얼마든지 그렇게 할 수 있었다.

하지만 일단은 이 일부터 해결해야 한다. 루이스와 그의 보스만큼이나 니콜 자신도 그 남자의 실체를 알아야 했다. 레이 킬브라이드라는 작자가 그들뿐만 아니라 니콜 자신에게도 위협적인 존재인지를 알아내야 했다. 또한, 루이스와 그의 보스가 니콜에게 얼마나 위협적인지도 판단해야 했다. 그녀는 그 판단에 따라 그들을 처리할지 말지를 결정할 것이었다. 니콜은 자기가 진 빚이 이것으로 청산됐다고 생각했다. 이제 다 끝낼 것이다. 지긋지긋했다.

그때 시카고의 지하실에서 니콜의 마음은 변했다. 카일 빌링스의 부인을 죽인 바로 그 순간, 그녀는 더 이상 고객들의 청탁을 받고 싶지 않게 돼버렸다.

니콜은 루이스에게 주의를 기울이면서 이 일을 끝까지 마치기로 결심했다. 루이스가 그녀를 급습할 가능성만 조심하면 큰 위험은 피하는 셈이었다.

루이스가 말했다. "시간이 남으면 어디 들러서 커피라도 마시지. 내가 살 테니까."

그렇다. 루이스는 분명 니콜을 처리할 작정이다.

54

"이거 맛있다." 토마스는 마리가 가져온 참치 및 다양한 재료의 혼합물을 포크로 가득 집어 입속에 쑤셔 넣었다.

"응, 맛이 괜찮네." 그렇게 말했지만 마리가 가고 난 뒤 나는 식욕이 싹 가셔버렸다. 그녀에게서 들은 렌의 이야기가 내 머릿속을 떠나지 않았고, 렌에게 속셈이 있을 거라는 의혹이 가시지를 않았다. 무고한 토마스를 모함하려는 속셈이.

"나 이거 더 먹을래." 토마스가 말했다.

"그렇게 해. 밥 먹고 설거지해라."

"그거 불공평한 거 아니야?" 토마스가 물었다.

"무슨 소리야, 불공평하다니? 뭐가 불공평해?"

"오늘 저녁은 형이 만들지 않았잖아. 형이 밥을 하면 내가 설거지하고 내가 밥을 하면 형이 설거지하는 거 아니야? 이건 마리 아줌마가 가져온 거잖아." 토마스는 캐서롤을 입에 집어넣으며 말했다.

"그럼 네 논리대로라면 우리 말고 다른 사람이 밥이나 설거지를 하면 남은 일은 다 내 몫이라는 거네?"

토마스는 어떻게 반박할지를 고민하며 천천히 음식물을 씹다가 되물었다.

"그게 아니었어?"

"같이 설거지를 하기로 하자. 어때? 네가 테이블을 치우고 설거지물을 받아. 나는 캐서롤 먹은 접시를 닦을 테니까. 네가 먹는 품을 보니 별로 닦을 건 없겠다만."

"응."

10분 후, 우리는 주방 조리대 옆에 나란히 서 있었다. 나는 싱크대의 물에 세제를 풀었고 토마스는 컵과 포크와 스푼을 식기 세척기에 집어넣었다. 우리의 어깨는 일종의 리듬감 같은 것을 형성하며 서로 부딪혔다. 서로 말이 없었지만 나는 이 집에 온 뒤 처음으로 토마스에게 친밀감을 느꼈다.

잠시 후 토마스는 주방 테이블을 닦다가 내게 물었다. "형은 친구였던 사람이 더 이상 친구처럼 느껴지지 않은 적이 있어?"

토마스는 나를 쳐다보지 않은 채 테이블을 최대한 깨끗하게 만드는 작업에 온통 집중하고 있었다.

"그래, 그런 적이 몇 번인가 있었지. 왜? 그런 사람이 있어?"

"말해도 될지 모르겠어."

"말해도 괜찮아. 형한테 말 안 하면 누구한테 말하겠어?"

토마스는 내 눈을 보며 대답했다. "대통령 각하."

"빌 클린턴?"

토마스는 고개를 끄덕이며 싱크대로 가서 행주를 헹군 뒤 수도꼭지 위에 걸쳤다. "원래 나한테 상냥했는데 최근에 달라졌어."

"달라졌다니, 무슨 뜻인데?"

"잘은 모르겠지만, 나한테 부담을 주고 있어."

"이제 대통령 각하와 대화하는 건 그만두지그래?"

"대통령의 전화 연락을 어떻게 무시해?" 토마스가 말했다.

"그렇지. 아무렴 그렇겠네."

"각하는 내가 남에게 어떤 얘기를 하는 걸 금지시켰어. 내 임무하고는 상관도 없는 것인데도."

나는 토마스의 어깨 위에 손을 올렸다. "내일 그리고린 선생님 뵈러 갈래? 내가 진료 예약을 잡아줄 테니까."

"그게 좋을지도 모르겠어. 내가 나약해 보일 거라고 각하가 말하는 게 마음에 안 들어."

"나약하다고?"

"그 얘기를 하면 내가 곤란해질 거래. 형한테도 말하지 말래."

"무슨 얘기를 하지 말라는 건데?"

"내가 창가에 있었을 때의 얘기. 내가 형한테 손을 흔들었는데 형은 나를 보지 않았어. 형은 위를 쳐다보지 않았어."

나와 토마스는 주방 조리대에 기대어 함께 서 있었다. "그게 언제야, 토마스?"

"형이 나를 찾아다녔던 날. 골목에서 내 자전거를 찾은 날. 기억해?"

"그래, 기억해. 너를 찾으려고 자전거를 타고 프로미스 폴즈 시내를 샅샅이 돌아다녔지. 길거리에서 네 이름을 크게 외치기도 했어." 내가 말했다.

"난 형 목소리를 들었어." 토마스는 조용히 말했다. "그래서 창문으로 도망쳤어. 형을 부르고 싶었지만 그 사람이 화를 낼까 봐 무서웠어. 그날 형이 날 봤다면 아버지는 내 말을 믿어줬을 거야."

"도망쳤다고? 토마스, 무슨 일이 있었던 거야?"

"그 사람이 나를 아프게 했어." 토마스가 말했다. 그는 한 손을 자기 엉덩이 밑에 살짝 집어넣었다. "여기, 뒤쪽을 아프게 했어."

나는 양손으로 토마스의 어깨를 꽉 쥐었다. "무슨 일인지 말해봐. 누가 너한테 무슨 짓을 한 거야? 누구야? 누가 그런 짓을 했어?"

"아버지는 무척 화를 냈어. 내가 얘기를 했더니 화를 냈어. 아버지는 말도 안 되는 소리 집어치우라고 말했어. 다시 한 번 그런 소리 하면 가만두지 않을 거라고 혼냈어. 너무 무서웠어. 아버지와 어머니가 나를 멀리 보내버릴 것 같았어. 어딘가 멀리로. 그래서 아무한테도 말하지 않았어." 토마스가 말했다.

나는 토마스를 끌어안았다. "토마스, 형이…… 형이 미안하다."

"지금은…… 지금은 얘기해도 될 것 같았는데, 그런데 대통령 각하가 그러지 말라고 했어. 남한테 얘기하면 안 좋은 일이 생길 거라고 했어.”

“토마스, 누구야? 누가 그랬어?”

토마스는 무릎을 내려다봤다. “말해도 좋을지 생각해 볼게. 대통령 각하의 명령을 거역하고 싶지 않아.”

“그리고린 선생님한테라면 얘기할 수 있겠어?”

“의사 선생님에게 얘기하고 싶었지만 안 했어. 하지만 그 사람이라면 얘기해도 될 것 같아.”

“누구 말이니?”

“줄리.”

“줄리한테는 말할 수 있겠어?”

토마스는 고개를 끄덕이며 말했다. “줄리는 상냥해. 나를 보통 사람처럼 대해줘.”

“그래, 좋아. 줄리는 오늘 밤 늦게 올 거야. 네가 꼭 줄리와 얘기하도록 해줄게.”

“형이랑 섹스하러 오는 거야?” 토마스가 물었다.

“오늘은 못 할 것 같구나.” 나는 웃으며 말했다. “네가 꼭 줄리한테 얘기했으면 좋겠다. 진심으로. 나도 함께 있어도 되니? 아니면 단둘이서 얘기할래?”

토마스는 잠시 생각하더니 대답했다. “줄리가 나중에 형한테 얘기하겠지?”

“그게 싫으면 싫다고 줄리한테 말해. 그러면 줄리는 나한테 말하지 않을 거야.”

토마스는 시선을 아래로 떨군 채 곰곰이 생각에 잠기더니 말했다. “형이 같이 있어도 될 것 같아.”

“좋아. 하지만 줄리가 오려면 아직 시간이 좀 남았어. TV라도 볼래?”

“아니. 일하러 가야 돼. 요즘 대통령 각하의 태도가 마음에 안 들지만 그래도 일은 해야 돼."

"그래, 알겠어." 내가 말했다.

"하지만 우선 줄리가 오기 전에 사진을 찾아볼 거야." 토마스가 말했다.

"무슨 사진?"

"가족 앨범. 줄리한테 나랑 형의 어렸을 때 모습을 보여주고 싶어. 지하실에 앨범이 있을 거야."

"그래, 그렇게 해. 혼자 찾을 수 있겠어?"

토마스는 고개를 끄덕이더니 자기 방으로 돌아갔다. 나는 포치로 나가서 30분 가까이 혼자 앉아 있었다. 곧 날이 저물고 별이 보이기 시작했다. 나는 집으로 들어가 TV 앞에 털썩 주저앉아 채널을 이리저리 돌렸다. 딱히 흥미로운 것이 없었다. 지금 내겐 아무것도 흥미로울 수 없었다. 머릿속이 복잡했다. 줄리와 아버지와 렌 프렌티스.

창가의 얼굴과 시카고에서 죽은 두 사람, 그리고 고인이 된 앨리슨 피치.

토마스의 취미가 지도가 아닌 다른 것이었다면 이런 것들을 고민할 일이 없었을 텐데. 그의 취미가 우표 수집이었다면 살인 현장 따위를 목격할 일은 없었을 것이다. 보석 세공이나 정원 손질도 마찬가지이다.

나는 해리 페이튼이 그 덕워스라는 사람에게 연락을 했는지 문득 궁금해졌다. 배리 덕워스 형사. 혹시 덕워스 형사는 굳이 나한테 연락할 필요가 없다고 생각한 걸까? 해리의 말을 듣고 이미 진상 조사를 하고 있는 것일까? 아니면 그따위 귀신 씻나락 까먹는 소리는 평생 처음 들어본다며 해리의 부탁을 일축했을까?

나는 기다릴 것 없이 먼저 연락해보기로 했다.

나는 TV를 끄고 노트북을 가져와 프로미스 폴즈 경찰서의 웹사이트에 접속했다. 그리고 경찰서의 일반용 전화번호를 찾아 전화를 걸었다.

"프로미스 폴즈 경찰서입니다." 여자의 목소리가 들렸다.

"덕워스 형사님 부탁합니다." 내가 말했다.

"퇴근하신 것 같습니다만. 누구신가요?"

"레이 킬브라이드라고 합니다."

"확인해보겠습니다." 여자는 전화를 대기 상태로 올려놓았다. 대답을 기다리고 있는데 토마스가 2층에서 내려왔다.

"뭐 하려고?" 나는 수화기를 손으로 막고 토마스에게 물었다.

"지하실에 내려가서 앨범을 찾을 거야." 토마스는 그렇게 말하며 지하실의 문을 열고 사라졌다.

"여보세요?" 교환원이 말했다. "킬브라이드 씨?"

"네?"

"덕워스 형사님 댁에 연락했습니다. 잠시만요, 연결해 드리겠습니다." 잠깐의 정적 뒤에 남자의 목소리가 들렸다. "말씀하세요."

"여보세요? 덕워스 형사님이신가요?"

"누구시라고요? 킬브라이드 씨라고 하셨나요?"

"맞습니다."

"지금 장난 전화하시는 겁니까? 설마 애덤 킬브라이드 씨는 아니겠죠?"

"아닙니다, 형사님. 저는 그분 아들이에요."

"둘 중 어느 쪽입니까?"

"레이 킬브라이드입니다."

"아, 그렇구먼. 그 어디더라, 버몬트인가 어딘가 사는 아드님?" 덕워스 형사가 말했다.

"네, 벌링턴이요."

"동생 이름은 토마스던가요?"

"네." 나는 해리가 덕워스 형사에게 참 자세하게도 알려줬다고 생각하며 대답했다.

"좀 전에는 실례했습니다. 교환원이 킬브라이드 씨의 전화라고 했을 때 놀라자빠질 뻔했어요. 아버님 일은 정말 유감입니다." 덕워스 형사가 말했다.

"감사합니다. 전화받아주셔서 감사해요. 누구에게 얘기를 해야 할지 몰라서…… 지금 상황이 말이 아니거든요. 아마 들으셔서 아시겠지만."

"네, 예전에 레이 씨 아버님과 얘기해서 알고 있습니다." 덕워스 형사가 말했다.

나는 별안간 페인트 믹서기에 머리를 쑤셔박힌 기분이 들었다. "저, 죄송하지만, 언제 아버지와……?"

"2주 전쯤입니다." 덕워스 형사가 말했다.

지하실에서 토마스가 외치는 소리가 들렸다.

"형!"

"2주 전에 아버지가 형사님과 얘기를 나눴다고요?"

"맞습니다. 그래서 저한테 연락하신 거 아닌가요?"

"아니요, 그게—아니, 맞아요. 그 일이 어떻게 돼가는지 궁금해서요."

"아버님께는 말씀드렸습니다. 일을 진행시킬 작정이시라면 사건을 증명하는 게 어렵다는 걸 각오하셔야 한다고요."

"형!" 토마스가 다시 소리를 질렀다.

"잠깐만!" 나는 토마스에게 큰 소리로 대답했다. "죄송합니다, 형사님. 동생이 지하실에서 뭘 좀 찾고 있어서요. 저기, 아까 증명하는 게 쉽지 않다고 말씀하셨나요?"

"오랜 시간이 흘렀으니 쉽지 않겠죠. 게다가 레이 씨도 아시다시피 동생이 증언을 한다 해도 효력을 갖기가 어려울 겁니다. 아버님도 수긍하더군요. 아들에게 그런 힘든 과정을 겪게 해도 괜찮을지도 걱정하셨어요. 좋은 분이었습니다. 한 번밖에 만난 적이 없었지만 도리를 아는 훌륭한 아버지 같았습니다. 혼자서 고민이 많으셨을 거예요."

"덕워스 형사님, 믿기지 않겠지만 지금 하시는 얘기, 저는 방금 전에야 어렴풋이 알게 됐습니다. 제 동생은…… 성폭행을 당한 거죠?"

"아버님이 말씀 안 하셨습니까?"

"안 하셨습니다. 저는 아버지가 돌아가셔서 프로미스 폴즈로 돌아오게 된 후에야 심상치 않은 일이 있었다는 걸 눈치채게 됐어요. 아버지는 동생이 자기를 용서하지 않을 거라고 말했다더군요. 그리고⋯⋯." 나는 잠시 망설이다가 이왕 이렇게 된 거 전부 털어놓기로 했다. "아버지의 노트북을 보니 '아동 성매매'를 검색하셨더군요. 아버지가 정확히 어떤 웹사이트들에 접속했는지는 모르겠어요. 제가 살피기 전에 동생이 방문 기록을 삭제해 버렸거든요."

"그렇군요. 제가 들은 바와 잘 들어맞습니다. 레이 씨에게 어디까지 말씀드려도 될지 모르겠습니다. 사실 애덤 씨는 아주 중요한 몇 가지 정보를 알려주지 않은 채 돌아가셨어요. 예를 들어 구체적으로 누가━."

"형!"

"젠장." 나는 조그맣게 중얼거렸다.

"형사님 댁의 전화번호를 알려주시겠어요? 금방 다시 연락드리겠습니다. 얘기를 마저 들어야겠어요."

"네, 그러시죠."

나는 주방의 서랍 속에서 연필을 꺼내 메모장에 재빨리 전화번호를 받아 적었다.

"바로 연락드리겠습니다."

"기다리겠습니다."

나는 전화를 끊고 조리대 위에 올려놓은 뒤 지하실 문으로 향하며 외쳤다.

"토마스, 형 지금 전화하고 있잖아!" 지하실 계단을 내려가 봤지만 토마스는 보이지 않았다. 지하실은 L자형으로 되어 있었고 아버지의 여행 가방들은 모퉁이를 돌면 나오는 부분에 보관되어 있었기 때문에 나는 토마스가 그쪽에 있을 거라고 생각했다.

"야, 너 어디 있어?"

"여기야." 토마스가 말했다.

모퉁이를 돌자 토마스가 보였다. 그의 두 눈은 공포에 질려 휘둥그레져 있었다. 양팔은 등 뒤로 깍지를 낀 듯 돌려져 있었다.

토마스는 혼자가 아니었다. 그의 뒤쪽 옆으로 여자가 한 명 서 있었다. 그녀는 왼손으로 토마스의 머리채를 움켜잡고 있었고 오른손에 아이스픽 같은 것을 들고 있었다. 아이스픽의 끄트머리는 토마스의 턱 바로 아래로 목의 연한 부분에 닿아 있었다.

55

여자가 입을 열었다. "당신이 레이?"

"맞아요." 나는 아이스픽에 시선을 고정시킨 채 대답했다.

여자는 토마스의 머리채를 잡아당겼다. "그렇다면 이 남자는? 당신 동생 토마스?"

"맞아요."

"레이, 당신이 허튼짓만 안 하면 아무도 다치지 않아."

"알겠습니다. 제발 동생을 해치지 말아요." 내가 말했다.

한겨울에 벌거벗고 밖에 서 있기라도 한듯 토마스는 온몸을 덜덜 떨고 있었다. 보이지는 않았지만 그의 손도 분명히 떨리고 있을 것이다. 여태껏 동생이 저렇게 겁에 질린 모습을 본 적이 없었다.

"형, 나 좀 놔달라고 해!"

"괜찮아, 토마스. 저 사람이 시키는 대로 하면 괜찮을 거야."

"그래야지, 레이. 당신이 협력하기만 하면 아무 탈 없을 거야." 여자가 말했다. 어깨까지 내려오는 금발에 가려서 잘 보이지는 않았지만 그녀의 한쪽 귀에는 블루투스 장치 같은 게 걸려 있었다. "이제 들어와도 돼요." 여자는 어깨를 향해 고개를 숙이며 말했다. "지금 지하실에 있어요."

"뭘 원합니까? 다 줄게요." 내가 말했다.

"일단 입 좀 다물면 좋겠어." 여자는 토마스의 머리채를 붙잡고 그의 목에 아이스픽을 갖다 댄 채 말했다. "뭘 원하는지는 곧 알려줄 테니까."

밖에서 자동차가 집을 향해 다가오는 소리가 지하실까지 들려왔다. 멀리서 자갈이 으드득거리는 소리가 들리더니 차 문이 열리고 닫히는 소리가 들렸다. 30초 뒤에 현관문이 열렸고 곧이어 누군가 내 등 뒤의 지하실 계단을 내려오는 소리가 들렸다. 몸을 돌리자 갓이 없는 전구의 불빛이 계단을 내려오는 한 남자의 모습을 비췄다. 키가 크고 머리가 벗겨진 몸집이 큰 남자였다. 코에는 부러진 흔적이 있었다.

그는 나를 보며 말했다. "네놈이 레이 킬브라이드인가?"

"그래요." 내가 대답했다.

"저놈은 누구야?"

"이 남자의 동생이에요. 이름은 토마스." 여자가 말했다.

"안녕, 토마스." 남자는 억양이 없는 목소리로 말했다. "난 루이스다. 보아하니 니콜에게 붙잡힌 모양이로군." 남자가 내 옆에 다가와 서자 그가 입고 있는 가죽 항공 점퍼에서 아이스픽보다 커다란 물체가 툭 불거져 나온 것이 보였다. 그의 어깨에는 작은 배낭이 메여 있었다.

"훔쳐갈 만한 건 없지만 원하는 게 있다면 뭐든 다 가져가요." 내가 말했다.

"내 컴퓨터는 안 돼!" 토마스가 불쑥 내뱉었다.

루이스는 고개를 살며시 기울여 내 눈을 바라봤다. "우리가 강도라고 생각하나?"

"내 컴퓨터는 가져가면 안 돼. 아버지 걸 가져가." 토마스가 반복했다.

"그럼 원하는 게 뭐예요?" 내가 물었다.

"양손이나 뒤로 돌리시지." 루이스가 말했다. 그는 배낭의 지퍼를 열고 플라스틱 수갑을 꺼냈다. 경찰들이 폭동을 진압할 때 사용하는 수갑이었다.

"잠깐만, 뭔가 착오가 있는 거 아닙니까?" 내가 말했다.

루이스가 말했다. "양손을 뒤로 돌리라는 말 안 들리나? 한 번만 더 같은 말 하게 하면 저기 있는 저 친구가 동생 목에 구멍을 낼 거야."

남자의 목소리에는 차분한 권위가 서려 있었다. 마치 형사 같은 말투였다.

예전에 형사였는지도 모르겠지만 어쨌건 지금은 아닌 것이 분명했다.

나는 양손을 등 뒤로 돌렸다. 남자는 가느다란 플라스틱 수갑을 내 손목에 끼우고 단단히 조였다. 수갑의 압박 때문에 손목이 쓰라려 왔다. 나는 금세라도 감각이 사라질 것만 같은 손가락들을 꼼지락거렸다.

"다 됐어요, 루이스?" 여자가 물었다.

두 사람은 우리에게 자신들의 이름을 숨기지 않았다. 나는 그들이 부디 가명을 쓰고 있는 것이기를 바랐지만 아무래도 그런 것 같지는 않았다.

"다 됐어." 남자가 대답하자 여자는 아이스픽을 토마스의 목에서 거두고 붙잡은 머리채를 놓았다. 그녀는 나를 향해 토마스를 살짝 떠밀었다.

"무서워, 형." 토마스는 몸을 뒤로 조금 돌리고 있었기에 그의 손목이 나처럼 수갑에 묶인 것을 볼 수 있었다.

"알아, 토마스. 나도 무서워." 내가 말했다.

"둘 다 데려갈 건가요?" 니콜이 루이스에게 물었다.

"좋은 질문이야. 생각 좀 해보자고. 우선은 집 안을 좀 살펴봐야겠군. 누가 있는지 확인해야겠어." 루이스가 말했다.

그는 토마스와 나를 니콜에게 맡긴 채 다시 위로 올라갔다.

"이봐요." 나는 니콜을 향해 말했다. "우리는—."

"입 다물어."

2분 뒤 루이스가 돌아왔다. 계단을 내려오는 그의 표정은 곤혹스러워 보였다.

"2층이 왜 저 모양이야?" 루이스가 물었다.

"지도 말이군요." 내가 말했다.

"그래. 그리고 컴퓨터."

"내 컴퓨터야. 건들지 말아요." 토마스가 말했다.

"같이 위층으로 좀 올라가 주셔야겠어." 루이스가 말했다.

나는 고개를 끄덕였다. 나는 내 어깨를 토마스의 어깨에 살짝 부딪히며 말했다. "진정해, 토마스. 저 사람들 시키는 대로 하면 아무 일 없을 거야." 나는 거짓말인 줄 알면서도 그렇게밖에 말할 수 없었다.

루이스가 앞장을 섰고 그 뒤를 이어 토마스와 내가 계단을 올라갔다. 니콜은 맨 뒤에서 우리를 따라왔다. 토마스와 나는 손으로 난간을 붙잡을 수 없어 조심조심 계단을 올라갔다. 나는 몸을 돌려 여자의 얼굴을 걷어찰까도 생각해 봤지만 그녀가 혼자가 아니라는 것이 문제였다. 만약 주방에 다다른 루이스의 재킷 안에 든 것이 내 짐작대로 총이 맞다면 그는 단숨에 토마스와 나를 해치워 버릴 것이다.

1층으로 올라간 우리는 계단을 올라가 다시 2층 복도로 올라갔다.

니콜은 아까 루이스가 목격한 광경을 바라보았다. 지도들로 범벅이 된 복도의 벽. 그녀는 고개를 두리번거리며 남아메리카, 호주, 인도의 지도들과 샌프란시스코, 케이프타운, 덴버의 상세한 거리 안내도들을 바라보았다. 이 모두가 폭 60센티미터 남짓의 복도를 장식하고 있었다.

"들어가 보면 더 가관이야." 루이스는 토마스의 방문을 열며 말했다.

먼저 방으로 들어간 니콜은 복도와 상태가 비슷한 방의 벽들을 보며 넋을 잃었다. 그녀는 아무 말 없이 지도들을 향해 이리저리 시선을 옮겼다. 그리고 문득, 호주의 지도를 향해 마치 꿈이라도 꾸듯 손을 뻗더니 집게손가락으로 시드니를 건드렸다.

"이거 좀 봐." 루이스는 컴퓨터 모니터들을 가리키며 니콜에게 말했다. 세 개의 화면은 동일한 거리를 각각 다른 시점에서 보여주고 있었다. "저게 어디지?" 루이스가 니콜에게 물었다.

"전혀 모르겠군요."

토마스가 대답했다. "리스본."

"리스본." 루이스는 토마스의 말을 되풀이했다. "〈훨360〉인가?"

토마스는 고개를 끄덕였다.

"이 컴퓨터는 누구 거지?" 루이스가 물었다.

"내 거예요." 동생이 대답했다.

"왜 리스본을 보고 있나?"

"다 보는데요." 토마스가 말했다.

"무슨 말이야, 다 본다니?"

"말 그대로 다 봅니다. 동생은 전 세계의 모든 도시들을 둘러보는 중이에요." 내가 말했다.

"왜?"

"취미거든요." 내가 대답했다.

토마스는 왜 거짓말을 하는지 모르겠다는 듯 나를 바라보다가 루이스에게 물었다. "이미 알고 있죠, 그렇죠?"

"뭘 알아?"

"지도가 사라지는 재난. 그때 내가 첩보 요원들을 도와줄 거라는 사실."

니콜이 말했다. "그게 무슨 헛소리야?"

"당신들은 악당들이야." 토마스는 "형사와 도둑" 놀이를 하는 꼬마처럼 말했다.

루이스가 씩 웃으며 말했다. "그래, 악당인 셈이지. 너희들에게 물어볼 것이 있다. 오처드 가를 조사한 건 둘 중 누구지?" 그는 나를 쳐다보았다. "네놈일 것 같긴 한데 말이지. 네놈이 현관문을 노크했으니까."

나는 소름이 끼쳤다. 이제야 비로소 토마스와 내가 무시무시한 곤경에 처했다는 사실이 명백해졌다.

"이웃집 여자가 말했군요." 내가 말했다.

루이스는 고개를 저었다. "현관문 앞에 동작 감지 카메라가 설치돼 있었거든."

비로소 나는 어찌 된 영문인지 알 수 있었다. "그런 거였군……."

"네놈이 손에 들고 있는 게 카메라에 찍혔지."

"그런 거였어……."

"자, 둘 중 누구지?"

"내가 찾았어요." 토마스는 자랑스러운 듯 대답했다. "내가 머리에 비닐 봉지를 뒤집어쓴 여자를 발견했어요. 형은 나 대신 확인하러 간 거예요."

루이스는 니콜을 바라보며 말했다. "아까의 질문에 대한 답이 나왔군." 니콜이 무슨 뜻이냐고 묻는 듯 눈썹을 치켜세우자 루이스가 덧붙였다. "한 놈만 데려갈 것인지 둘 다 데려갈 것인지 말이야."

56

"저것도 들고가요." 니콜은 모니터들에 연결된 토마스의 컴퓨터 본체를 가리키며 말했다.

"좋은 생각이야." 루이스가 말했다.

"안 돼." 토마스가 항의했다. "안 돼, 안 돼!"

"토마스." 나는 다시 어깨로 동생을 툭 쳤다. "지금 컴퓨터가 문제가 아니잖아."

"저건 내 거야!" 토마스는 루이스가 컴퓨터 뒤에 연결된 선들을 뽑는 것을 공포에 질린 눈으로 바라보았다. "하지 마!"

니콜은 차분히 내게 말했다. "저놈을 좀 진정시킬 수 있겠어?"

"알겠어요. 잠깐 동생하고만 얘기하게 해줘요."

니콜은 우리가 몇 발자국 떨어지는 것을 허락했다. 나는 토마스를 마주보며 내 머리를 토마스의 이마에 닿을 정도로 가까이 기울였다.

"토마스. 지금 아주 위험한 상황이야. 컴퓨터는 얼마든지 새로 사줄게. 훨씬 더 좋은 걸로. 하지만 그러려면 일단 저들에게 협조해야 돼. 알아듣겠어?"

"저건 내 거야." 토마스가 말했다.

"참아야 돼, 토마스. 형을 위해 그래 줄 수 있겠니?"

토마스는 고개를 들어 내 눈을 바라봤다. "저 컴퓨터만큼 빠른 걸로 사줘야 돼. 길거리들을 빨리빨리 살펴봐야 된단 말이야."

"훨씬 빠른 걸로 사줄게." 나는 지키지 못할 약속이라고 생각하면서 그렇게 말했다.

루이스는 선들이 뽑힌 컴퓨터 본체를 책상 모서리로 끌어내며 내게 물었다. "거기 갔던 이유는?"

"이유라고요?"

"묻는 말에 대답해."

"동생이 확인해보라고 시켰어요. 동생은 저 웹사이트를 통해서 창문의 이상한 광경을 보고는 내게 뉴욕에 가서 확인해보라고 했어요."

"아하, 우연의 일치다 이거로군." 루이스가 말했다.

나는 불안하게 웃음을 지었다. "그런 셈이죠."

"다시 말해, 네 동생이 인터넷을 어슬렁거리다가 그 광경을 목격했고 네가 그걸 확인하러 일부러 뉴욕까지 행차하셨다?"

"맞아요."

루이스는 니콜을 바라봤다. "그렇다는구먼. 순수한 웹서핑."

"잘됐군요. 그럼 이제 돌아갈까요?" 니콜이 말했다.

"그래." 루이스는 내게 다가와 내 얼굴과 2센티미터쯤 떨어진 곳까지 얼굴을 들이댔다. 그의 뜨거운 숨이 내 뺨에 와 닿았다. "곧 도착할 곳에서도 똑같은 질문을 받을 테니 그럴싸한 얘기를 지어내도록 해. 갈 때까지 생각할 시간은 많을 테니까."

"어딜 가는 겁니까?" 내가 물었다.

니콜이 말했다. "테이프 줘요."

루이스는 배낭에 손을 집어넣어 회색 강력 접착테이프를 꺼낸 뒤 니콜에게 던졌다. "얼마든지 쓰라고."

"아까 말한 건 사실이에요. 말한 그대로입니다. 우리는 아무것도 몰라요." 내가 말했다.

니콜은 테이프를 15센티미터 정도 뜯어내어 내 입에 붙였다.

"나한테 하지 마." 토마스가 말했다. 니콜은 또다시 테이프를 뜯었다. "하지 마!"

니콜이 입에 테이프를 붙이자 토마스는 먹먹한 비명을 질렀다. 그의 입이 반쯤 벌려진 탓에 테이프의 아래쪽이 그의 아래 이빨에 붙어버렸다. 토마스는 아직 턱을 움직일 수 있었다.

"빌어먹을." 니콜은 또다시 테이프를 뜯어내어 토마스의 입 아랫부분을 봉했다. "이제 됐어."

루이스는 배낭의 지퍼를 잠그고 끈을 어깨에 둘러멘 뒤 양손으로 컴퓨터 본체를 집어들었다.

그 순간, 매우 희미한 전화벨 소리가 들렸다.

"뭐야? 당신 전화예요?" 니콜이 말했다.

"아니야." 루이스는 방을 둘러보다가 토마스의 책상 위에 올려진 낡은 유선 전화기를 발견했다. 전화 회선으로 인터넷을 연결하던 시절 토마스가 사용하던 것으로 번호도 따로 배정되어 있었다.

전화기에는 붉은 수신 신호가 깜빡이고 있었다. 어차피 전화가 걸려오는 일은 거의 없었지만 토마스는 항상 전화벨 음량을 최저로 맞춰놨다. 나는 도대체 누가 토마스에게 전화를 걸었는지 짐작할 수 없었다. 잘못 걸린 전화이거나 텔레마케터, 둘 중 하나임이 분명했다.

물론 니콜과 루이스가 그런 사정을 알 리 없었다.

"받아볼까 그냥 둘까?" 루이스가 니콜에게 물었다.

니콜은 반짝이는 불빛을 보며 잠시 생각하더니 대답했다. "만약 누군가 저 녀석이 집에 있을 거라고 생각하고 연락했는데 전화를 받지 않으면……."

토마스는 당장이라도 눈이 튀어나올 듯이 전화기의 붉은빛을 뚫어지게 바라보았다.

루이스는 수화기를 휙 잡아들었다. 그는 전화를 받자마자 기침을 하고 코를 훌쩍이고는 감기에 걸린 듯한 목소리로 말했다. "여보세요?"

잠시 수화기에 귀를 기울이다 루이스는 입을 열었다. "토마스예요." 그는 또다시 코를 훌쩍였다. "몸이 좀 안 좋아서요. 누구세요?"

이어서 루이스는 약간 멈칫하더니 수화기에다 대고 말했다. "빌 누구라고요?"

그는 순간적으로 눈썹을 치켜세우며 웃음을 지었다. "네, 그렇군요. 빌, 같이 대화를 나누고 싶지만 지금 부시 아저씨와 볼링 치러 가야 돼서 이만."

루이스는 전화를 끊었다. 니콜은 설명을 기다리며 루이스를 바라봤다.

"장난 전화야. 웬 미친놈이 자기가 빌 클린턴이라는군." 루이스가 말했다.

나는 토마스를 쳐다봤다. 아마 나는 놀란 표정을 짓고 있었을 테지만 토마스는 조금도 놀라지 않았다. 그는 놀란 것이 아니라 대통령 각하와 통화할 수 없게 된 것에 화가 난 듯했다.

57

입에 테이프가 붙어 있지 않았다면 나는 아마도 감탄사 따위를 내뱉었을 것이다.

그러나 니콜과 루이스는 더 이상 아까의 전화에 신경 쓰지 않았다. 그들의 관심사는 다른 것이었다. 바로 나와 토마스를 차에 싣고 이곳을 빠져나가는 일.

루이스가 컴퓨터 본체를 팔로 끌어안고 먼저 방을 나섰다. 니콜은 아이스 픽으로 우리에게 따라오라는 신호를 보냈다. 2층의 계단에 다다랐을 때 아래쪽을 쳐다보니 열렸던 현관문이 점점 닫히고 있는 것이 보였다. 루이스는 이미 바깥에 나간 상태였다. 양손이 뒤로 묶인 채, 나는 잠깐이지만 니콜이 혼자 남은 지금 어떻게든 해치울 방법이 없을까 궁리했다.

하지만 과연 성공할 수 있을까? 그녀에게는 무기가 있었지만 나는 맨손마저 자유롭지 못했다. 가장 간단한 방법은 달아나는 것이었다. 토마스를 지나쳐 뒷문으로 뛰쳐나간 뒤 어둠 속으로 도망치는 것이었다. 언덕을 내려가 개울을 건너 저편의 벌판으로 들어가 낮은 자세로 몸을 숨긴 채 제일 가까운 인가까지 달아난다. 그리고 경찰에 연락한다.

그러기 위해서는 토마스를 잠시나마 혼자 남겨둬야 했지만 그편이 오히려 토마스를 구할 가능성이 높았다.

내가 그런 생각들을 하고 있는데, 갑자기 토마스가 달리기 시작했다.

그는 남은 계단을 훌쩍 뛰어내려갔다. 나는 내가 계획했던 것처럼 토마스가 뒷문으로 달아나기를 바랐지만 그는 닫히고 있는 현관문의 문틈에 한쪽 발을 들여놓더니 발로 차서 활짝 연 후 포치로 뛰쳐나갔다.

　달아나려는 게 아니었다. 토마스는 자신의 컴퓨터를 쫓아간 것이었다.

　"루이스!" 나보다 두 계단 위쪽에 서 있는 니콜이 소리쳤다. 내가 행동을 취하기 전에 니콜은 손을 아래로 뻗어 내 셔츠 깃을 움켜잡았다. "허튼 생각 하지 마." 아이스픽의 끄트머리가 내 오른쪽 귀 바로 아래의 연한 피부에 와 닿았다.

　바깥에서 뭔가 부딪히더니 자갈 위에서 몸싸움을 하는 소리가 들렸다.

　나와 니콜은 서서히 계단을 내려갔다. 바깥으로 나가보니 토마스가 길바닥 에 쓰러진 채 루이스를 올려다보고 있었다. 등 뒤로 양손이 묶인 탓에 토마 스의 몸은 아치형으로 불편하게 구부러져 있었다. 반 미터쯤 떨어진 곳에는 창문이 거의 없는 하얀색 밴이 한 대 있었고 그 바로 뒤에 토마스의 컴퓨터가 옆으로 뉘어 있었다.

　루이스는 토마스를 끌어당겨 세웠고 니콜과 함께 토마스와 나를 닫혀 있는 밴의 뒷문으로 몰고 갔다.

　니콜이 루이스의 배낭을 향해 손짓하자 그는 배낭을 니콜에게 던졌다. 니 콜은 배낭에서 테이프를 꺼내어 내 무릎과 발목에 두른 뒤, 토마스의 무릎과 발목에도 둘렀다. "차 안으로는 알아서들 뛰어 들어가야 될 거야." 니콜은 두 짝으로 이루어진 밴의 뒷문을 열며 말했다. 밴의 뒤쪽은 짐을 실을 수 있 도록 널찍했고 좌석은 운전석과 조수석뿐이었다. 안에는 휴대용 담요들이 포 개어져 있었다.

　루이스는 배낭에서 눈, 입, 코 쪽에 구멍이 나 있는 스키 마스크를 꺼냈다.

　그는 스키 마스크를 구멍들이 머리 뒤쪽으로 가도록 하여 내 머리에 씌웠 다. 토마스에게도 씌우는 모양인지, 토마스가 불만스럽게 끙끙거리는 소리가 들렸다. 누군가가 내 어깨를 붙잡았다. 손이 작은 것을 보니 아마도 니콜인 것 같았다. 그녀는 나를 90도 정도 돌려세우며 말했다. "두 번쯤 앞으로 뛰 면 범퍼야. 차에 앉은 다음 몸을 꿈틀거려서 안으로 들어가."

두 번이 아니라 세 번이었다. 세 번째에서 나는 하마터면 넘어질 뻔했다. 범퍼가 무릎에 닿자 나는 몸을 거꾸로 돌려 차의 모서리에 걸터앉았고 팔 위쪽이 바닥에 닿을 때까지 조심스럽게 뒤로 드러누웠다. 그리고 천천히 몸을 차 안으로 집어넣었다.

"거기, 미친놈." 루이스가 말했다. "발을 끌어서 이쪽으로 와." 곧 토마스가 차 안으로 쓰러지면서 밴이 흔들리는 것이 느껴졌다. "안으로 들어가."

이어서 니콜의 목소리가 들렸다. "앞으로 몇 시간 동안 차를 타고 가게 될 텐데 절대 소리를 내지 않도록 해. 중간에 톨게이트와 주유소에서 멈출 거야. 누가 차창으로 다가와 말을 걸어도 절대 아무런 잡음도 내서는 안 돼. 안 그러면 네놈들뿐만 아니라 그 소리를 들은 사람까지 무사하지 못할 거야."

"주유소부터 들러야겠군. 벌링턴에서 여기까지 오는 바람에 기름이 다 떨어졌어." 루이스가 말했다.

곁에서 부스럭거리는 소리가 들렸다. 휴대용 담요가 움직이는 소리였다. 누군가 담요들을 펼쳐 탁탁 털고 있었다. 곧 담요들이 나와 토마스 위에 덮였다. 누군가가 차 안을 들여다볼 경우에 대비한 조치인 듯했다. 나는 한밤중에 스키 마스크를 쓴 상태에서 더욱 짙은 어둠을 느끼리라고는 생각하지 못했는데 담요가 덮이니 그야말로 온 세상이 새까매졌다. 주변의 소리도 더욱 먹먹해졌다.

밴의 뒷문이 탁 하고 닫혔다. 이어서 운전석 쪽의 문이, 그리고 조수석의 문이 열리고 닫혔다. 둘 중 누가 운전대를 잡는지 알 수 없었지만 아무래도 상관없었다. 차의 시동이 걸리고 밴이 부르릉대며 움직이기 시작했다. 타이어들이 자갈을 짓밟는 소리가 들렸고 이윽고 밴은 진입로를 지나 도로로 접어들었다.

나는 두 번 다시 집으로 돌아오지 못할 것만 같았다.

어둡고 숨 막히는 고립은 나에게 많은 생각할 시간을 주었다.

밴이 출발하자 나는 이동 경로를 파악하기 위해 차가 방향을 트는 것에 주의를 기울였다. 배트맨 만화였던가 아니면 셜록 홈즈 이야기에서 그런 장면을 본 것 같았다. 주인공이 차의 움직임에 주의를 기울이고 타이어 소리를 통해 속도를 알아내고 지나가는 지점들을 추측함으로써 차가 멈춘 순간 그곳이 정확히 어디인지를 맞추는 장면.

그러나 차가 세 번 방향을 틀자 나는 여기가 어디인지 전혀 알 수 없게 되어 버렸다.

집을 나간 지 얼마 안 되어 밴은 주유소에 멈췄다. 내가 프로미스 폴즈로 온 뒤 한두 번 기름을 넣었던 엑손 주유소인 듯했다. 밴이 다시 주유소를 나서자 나는 방향 감각을 잃어버렸지만 아마도 고속도로로 진입한 것 같았다. 차는 시속 95에서 110킬로미터 정도로 이동하는 듯했고, 도중에 멈추거나 속력을 낮추지 않았다. 가끔씩 초대형 트레일러가 지나가는 커다란 소리가 들려서 이곳이 고속도로임을 알 수 있었다. 5, 6초에 한 번씩 밴이 포장도로의 이음매를 지나갈 때마다 조그맣게 탁탁거리는 소리가 들렸다. 타이어는 웅웅거리다 탁탁거렸고, 다시 웅웅거리다 탁탁거렸다. 운전석이었다면 신경 쓰지 않았겠지만 차가운 금속 바닥에 누워 있는 지금 내게는 달리 신경 쓸 거리가 없었다. 조그만 잡음과 덜컹거림 하나하나가 크게 증폭되어 다가왔다.

이런 수많은 상념들의 틈에서 한 가지 생각이 자꾸만 고개를 내밀었다.

아까 토마스에게 전화를 건 것은 도대체 누구지?

빌 클린턴을 자처한 그 사람은 과연 누굴까?

당연히 진짜 빌 클린턴은 아닐 것이다.

일전에 토마스가 상상 속의 대통령과 대화하는 광경을 목격했을 때 수화기는 분명 전화기에 올려진 채였다. 토마스는 분명 통화하는 중이 아니었다.

하지만 아까의 전화벨은 상상이 아니었다. 빌 클린턴을 사칭한 남자와 루이스가 대화한 광경은 절대로 상상 속의 장면이 아니었다. 만약 토마스의 망상에 대해 몰랐더라면 나도 루이스처럼 그 전화를 장난 전화라고 무시했을 것이다.

하지만 지금 나는 어디까지가 망상이고 어디까지가 현실인지 구분할 수가 없었다. 아까의 전화 통화를 설명할 길도, 납득할 길도 없었다.

진짜 빌 클린턴은 아니다.

절대로 아니다.

하지만 분명 누군가가 전화를 걸었다.

그런 생각을 하고 있는데 또 다른 전화벨 소리가 들렸다. 차가 출발한 지 30분 정도 지난 시간이었다. 처음에 나는 루이스가 내 재킷에서 꺼내 배낭에 넣어버린 내 휴대폰일까 생각했다. 집에 도착한 줄리가 우리가 없는 것을 보고는 무슨 일인가 싶어 연락한 것일지도 모른다. 하지만 나는 루이스가 내 휴대폰의 전원을 끄는 걸 똑똑히 봤고, 게다가 전화벨 소리도 내 것이 아니었다. 내 전화벨 소리는 피아노였지만 지금 울리는 것은 구식 전화기의 벨소리였다. 벨소리가 두 번 울린 뒤 루이스가 전화를 받았다. "말씀하십시오."

나는 주변의 소음들 너머로 루이스의 통화 내용을 분간하기 위해 안간힘을 썼다.

"네, 지금 돌아가고 있습니다……문제없습니다……네, 인터넷에서 그걸 찾은 건 동생 놈이었습니다……좀 괴상한 놈이에요. 맛이 좀 간 것 같습니다……그건 모르겠군요. 직접 한번 물어보시죠……집이 무시무시하더군요. 온통 지도투성이였습니다……아니, 그 정도가 아니라 사방이 온통 지도 천지였어요……네, 그렇죠. 컴퓨터 본체도 확보했습니다. 놈들이 인터넷 검색에 사용한 컴퓨터……네, 그리고 별일 아니지만 한 가지 이상한 일이 있었습니다. 전화가 와서 감기에 걸린 척하고 받았는데 전화를 건 놈이 자기가 빌 클린턴이라고 하더군요. 꾸며낸 얘기가 아닙니다……아니, 아니요. 몇 마디밖에 나누진 않았지만 말투가 빌 클린턴은 아니었습니다……그렇죠, 네, 저도 그렇게 생각합니다. 장난 전화겠죠……네, 그럼 곧 그 장난감 가게로 가겠습니다."

이후 몇 킬로미터 정도 아무 말도 들리지 않다가 이윽고 루이스가 입을 열었다. "말이 별로 없군."

"끝말잇기라도 할까요?" 니콜이 말했다.

"아니, 됐어." 다시 침묵이 이어졌다. 1, 2킬로미터 정도 지나자 니콜이 말했다. "제기랄."

"왜 그래?"

"백미러에 경찰차예요." 이로써 나는 니콜이 운전하고 있다는 것을 알 수 있었다. "추월 차선에서 이쪽으로 다가오고 있어요."

"경고등이 켜져 있나?" 루이스가 물었다. 소형 밴의 사각지대에 앉은 그에게는 경찰차가 보이지 않는 듯했다.

"아니요, 켜져 있지 않─빌어먹을."

"뭐야?"

"방금 켜졌어요."

곧이어 사이렌 소리가 들렸다. 내 곁에서 토마스가 뒤척이는 게 느껴졌다. 토마스도 나처럼 주변의 소리에 귀를 기울이고 있었던 듯했고 방금 일어난 일에서 일말의 희망을 느낀 것 같았다.

밴의 속도가 느려졌다.

"침착하게 대처해." 루이스가 니콜에게 말했다.

"혹시 경찰 배지 가지고 있어요? 뉴욕 경찰이라고 하면 봐줄지도 모르잖아요?"

"없어." 이어서 루이스는 뒤쪽의 우리를 향해 말했다. "둘 중 하나라도 소리를 내면 경찰에게 총을 쏠 테다."

밴은 갓길로 향했다. 밴이 부드러운 포장도로에서 쇄석이 깔린 길로 들어가는 것이 느껴졌다. 이윽고 니콜은 차를 세운 뒤 엔진을 끄지 않은 채 주차 상태로 놓았다.

"경찰차가 바로 뒤에 멈췄어요. 지금 문이 열렸어요. 경찰관이─여경이군요.” 니콜이 말했다.

“제기랄. 여경들은 까탈스럽단 말이지.” 루이스가 말했다.

밴의 차창이 슥 하고 내려가는 소리가 들렸다. 니콜이 말했다. “안녕하세요.”

“면허증과 자동차 등록증을 보여주십시오.” 여경이 말했다.

“네. 자기야, 앞에 서랍 좀 열어볼래요?” 니콜이 루이스에게 말하자 곧 그가 종이들을 부스럭거리며 뒤지는 소리가 들렸다.

“본인 차량입니까?” 여경이 물었다.

“아니요, 렌터카예요. 이 사람 여동생을 만나러 화이트 플레인스로 가는 길이에요. 여동생이 올버니로 이사 가는 걸 도와주기로 했거든요. 제가 속도를 위반했나요?” 니콜이 말했다.

“후미등이 꺼져 있습니다.”

“어머, 정말요? 그거 제 책임인가요? 렌터카 회사 쪽 잘못이 아니고요?”

“선생님이 차를 몰고 있는 한 차에 생긴 문제는 전부 선생님 책임입니다.”

“네, 뭐, 그렇다면 어쩔 수 없죠. 일단 제가 벌금을 물고 나중에 렌터카 회사에 청구할 수 있겠죠?”

니콜은 훌륭했다. 서둘러 경찰을 떨쳐내려고 조바심을 냈더라면 수상하다고 의심받았을 것이다.

“그건 알아서 하시면 되겠지만 벌금은 부과하지 않겠습니다. 그러나 이 차를 계속 사용하실 계획이면 후미등을 고치도록 하십시오. 수리비는 나중에 렌터카 회사로 청구하시면 됩니다.”

“고맙습니다. 참, 여기 자동차 등록증하고 제 면허증이요.”

“잠깐 경찰차에 갔다가 돌아오겠습니다. 잠시 기다려주세요.” 여경은 면허증과 등록증을 받아들며 말했다.

“알겠어요.”

여경이 경찰차를 향해 돌아가는 발걸음 소리가 들렸다. 니콜이 작은 목소리로 중얼거렸다. "요즘 마주치는 사람들은 다들 친절하네."

잠시 후 여경이 차창으로 돌아와 말했다. "여기, 면허증과 등록증을 돌려드리겠습니다. 말씀드렸다시피 최대한 빨리 후미등을 고치도록 하세요."

"네, 그럴게요." 니콜이 말했다.

"이거, 고맙습니다." 루이스가 끼어들었다.

그때 여경이 말했다. "뒤에 뭐가 들었습니까?"

토마스는 어떨지 모르겠지만 나는 순간 심장이 철렁했다. 모든 세계가 비디오의 일시 정지 상태처럼 딱 멈춰버리는 듯했다.

나는 여경이 총을 꺼내기를 간절히 빌었다. '제발, 총을 꺼내요. 총을 꺼내라고!'

하지만 니콜은 당황하는 기색 없이 그 질문을 예상했다는 듯 대답했다.

"가구를 옮길 때 긁히지 않게 하려고 휴대용 담요들을 가져왔어요."

"뒷문 좀 열어주시겠습니까?" 여경이 말했다.

"네?"

"잠깐 확인한 뒤 보내드리겠습니다."

"네, 알겠어요." 니콜이 말했다. 안전벨트가 풀리며 수축하는 소리가 들렸다. 나는 니콜이 아이스픽을 향해 손을 뻗거나 루이스가 총을 꺼내는 것은 아닐까 불안했다.

문이 열리며 니콜이 차에서 내리는 소리가 들렸다. 두 사람이 밴의 측면을 따라 걷다가 뒤쪽에서 멈추는 발걸음 소리가 이어졌다.

니콜은 죽일 것이다. 저 여경을 죽일 것이다.

"뒷문을 열어주시겠습니까?" 여경이 말했다.

"네, 그럼요."

하지만 내 예상과 달리, 뒷문이 열리는 소리 대신 삐삐 하는 전자음이 들렸다. 무전기의 잡음이었다. 이어서 여경이 내가 알아듣지 못할 뭔가를 말하는 것이 들렸다.

곧 여경은 니콜에게 말했다. "됐습니다. 이제 가보셔도 됩니다." 멀리 사라지는 발걸음 소리가 들리더니 경찰차가 떠나갔다. 타이어가 끼익 하고 아스팔트 도로를 마찰하는 소리가 이어졌다.

차 문이 열리고 니콜이 들어와 앉자 밴이 살짝 옆으로 기울었다.

"뭐야? 어떻게 됐어?" 루이스가 물었다.

"긴급한 연락이 온 것 같아요."

밴은 다시 도로로 들어섰다.

한 시간 후, 지나가는 자동차들의 소리가 늘어났고 밴의 속도는 들쑥날쑥해졌다. 다리를 지나는 모양인지 타이어의 소리가 먹먹해졌다.

밀집 지역으로 들어선 것이 분명했다. 주변에서 자동차, 라디오, 경적 소리 따위가 들려왔다. 밴은 왼쪽으로 돈 뒤 오른쪽으로, 다시 왼쪽으로 방향을 틀었다. 횟수를 세지도 기억하지도 못할 만큼 여러 번 방향 전환이 이어졌다.

마침내 밴이 비틀거리며 멈추더니 후진을 했고 급격하게 방향을 틀었다. 엔진 소리의 메아리가 들리는 것을 보니 차고나 좁은 골목인 듯했다.

니콜이 엔진을 껐고 이어서 두 사람은 차에서 내렸다. 몇 초 후 뒷문이 열렸다.

"자, 여러분. 이제 다 왔어." 니콜이 말했다.

58

'아무것도 아닐 거야.' 루이스와 통화를 마친 직후 하워드는 생각했다. 그는 브라운스톤 저택의 거실을 이리저리 거닐며 생각에 잠겼다.

빌 클린턴을 자칭하는 사람이 킬브라이드의 집에 전화를 건 것은 루이스의 짐작대로 장난 전화일 것이다. 아니면 그 빌 클린턴은 아니지만 이름이 "빌 클린턴"일지도 모른다. 하워드의 지인 중에도 프랭클린 클린턴, 로버트 클린턴, 엘레노어 클린턴이 있었다. 프로미스 폴즈에는 아마 빌 클린턴이라는 이름을 가진 사람이 다섯 명쯤은 있지 않을까? 미국의 어느 도시이든 마찬가지일 것이다.

하워드는 CIA가 그와 모리스의 문제에 개입하고 있을까 봐 걱정했지만 설마 미국 전 대통령까지 관여하리라고는 생각하지 않았다. 그것은 버몬트 주의 일개 일러스트레이터가 잠복 수사 임무를 수행한다는 발상보다 훨씬 터무니없었다.

레이 킬브라이드와 그 동생에게 직접 물어볼 수 있을 테니 어찌 된 영문인지는 곧 밝혀질 것이다. 하워드는 루이스와 그 여자, 애초에 일을 망치고 루이스와 함께 행동하고 있는 그 여자가 킬브라이드 형제를 "설득"하여 사실을 털어놓게 할 수 있으리라고 믿었다.

하워드는 루이스가 어째서 그 여자를 이 일에 동참시켰는지 궁금했다. 이 불행한 사태의 느슨한 고리를 (바라건대) 전부 매듭지을 마지막 단계에 왜 그 여자를 끌어들였을까? 하지만 그는 어렴풋이 느낄 수 있었다. 사건이 종결되어 가는 지금, 루이스는 대가를 치르도록 할 작정인 것이었다. 그 여자의 실수 때문에 모두가 엄청난 고초를 겪었다. 하워드가 오랜 시간 알아온 루이스라면 그녀를 절대로 가만둘 리가 없었다.

루이스는 해야 할 일을 할 것이고, 하워드는 그것이 뭔지 굳이 알고 싶지 않았다.

세 시간이 지날 무렵 루이스로부터 연락이 왔다. "도착했습니다."

"곧 그쪽으로 가지." 하워드가 말했다.

그들이 예정보다 늦게 뉴욕에 도착하는 바람에 하워드는 밤에 모리스 쏘척과 만나기로 한 약속을 지킬 수 없게 되었다. 그는 차에서 모리스에게 전화를 걸어 약속을 취소하기로 했다.

하워드는 81번 가의 브라운스톤 저택의 현관 계단을 내려갔다. 그의 검은 메르세데스 벤츠는 바로 길옆에 주차되어 있었다. 하워드는 차가 있는 곳으로 걸어가 운전석 옆에 서서 휴대폰을 꺼낸 뒤 모리스에게 전화를 걸었다.

"하워드, 지금 가는 중이야." 모리스가 말했다.

모리스의 목소리 뒤로 자동차가 달리는 소리가 먹먹히 들려왔다. 그는 지금 운전사 헤더가 몰고 있는 타운 카를 타고 오는 중일 것이다. 헤더는 요일과 시간을 불문하고 언제든 모리스를 위해 대기 중이었다.

"미안해, 모리스. 우리 일정을 다시 잡으면 안 될까?" 하워드가 말했다.

"무슨 일이 있나?"

"몸이 좀 안 좋아. 감기인 것 같아. 아침에 다시 얘기하도록 하지. 내일 밤에는 아마 만날 수 있을 거야. 이거 정말 미안하게 됐네." 하워드가 말했다.

"그거 유감이군. 오늘 만남을 고대하고 있었는데. 하지만 아픈데 어쩌겠나. 몸조리 잘하게."

"고맙네. 이해해줘서 정말 고마워." 하워드는 애써 웃어 보였다. "우리의 세계 정복 계획은 내일까지 연기하는 걸로 하자고." 하워드는 휴대폰을 귀에 댄 채 차 문을 열고 운전석으로 들어갔다.

"물론이지. 그럼 내일 만나서 얘기하세." 모리스가 말했다.

하워드는 전화를 끊고 휴대폰을 조수석의 가죽 좌석 위로 던진 뒤 차 문을 닫았다. 그는 차에 키를 꽂아 시동을 걸고 곧바로 도로를 달려 내려갔다.

헤더가 타운 카를 몰고 81번 가로 들어설 때쯤, 뒷좌석에 앉은 모리스는 그녀에게 하워드가 몸이 안 좋아서 이튿날 만나는 것으로 일정을 변경했다고 알렸다.

헤더가 말했다. "저기 앞에 가는 차, 하워드 탤리먼 씨 아닌가요?"

모리스는 뒷좌석 중간으로 몸을 움직여 차창 너머로 정면을 바라보았다. 하워드의 차가 연석을 가로질러 나오는 것이 보였다.

"그렇군. 운전하는 걸 보니 컨디션이 괜찮은 모양이군." 모리스가 말했다.

"하워드 씨의 차 옆으로 갈까요?"

모리스는 길게 생각하지 않고 대답했다. "아니. 그러지 마."

"그럼 집으로 돌아갈까요?"

"아니야. 저 친구가 어디로 가는지 보자고."

그들은 하워드의 뒤를 따라 시내를 가로질러 동쪽 4번 가에 이르렀다. 하워드는 도로 연석에 벤츠를 주차시킨 뒤 차에서 내려 근처의 어두운 가게 앞으로 걸어갔다. 가게의 왼쪽 골목에는 하얀색 밴이 주차되어 있었다.

"저기가 뭐하는 곳이지?" 모리스가 물었다. 그는 나이 탓에 시력이 그리 좋지 않았지만 헤더는 부엉이처럼 밤눈이 밝았다.

"'퍼버 골동품점'이네요." 헤더가 말했다. 진열창에는 불이 꺼져 있었지만 그녀는 다양한 어린이용 장난감들이 보인다고 모리스에게 알려줬다. 금속 모형 자동차, 낡은 장난감 기차, 메카노 크레인, 로봇 권투 게임 등 요새는 생산되지 않는 장난감들이었다.

"이 야밤에 장난감 가게에서 뭐하려는 거야? 게다가 닫혀 있잖아?" 모리스가 말했다.

"네. 하지만 안에 누가 있는데요? 방금 가게 뒤쪽에서 불이 켜졌어요. 살짝 깜빡이는 정도였지만."

모리스가 지켜보는 가운데 누군가가 가게 현관문의 자물쇠를 풀고 하워드가 들어올 수 있을 만큼 열어주었다. 하워드가 안으로 들어가자 문은 닫혔고 곧이어 커튼이 열렸다 닫힐 때처럼 불이 깜빡거리더니 가게는 또다시 어두워졌다.

"자, 기다려 보자고." 모리스가 말했다.

59

그날 이른 저녁, 프로미스 폴즈 시의회 회의에서는 시유지市有地에 광고 자리를 만들어 파는 것에 관한 열띤 토론이 오갔다. 이 광고 자리를 구입한 회사는 "이 정원은 XXX의 후원을 받고 있습니다" 따위의 작은 간판을 설치할 수 있게 되고, 시가 관리하는 정원이라면 어디든 그러한 간판이 설치될 수 있게 된다. 다시 말해, 시민들은 사라토가 광장의 남쪽 끝과 도로 중앙 분리대를 따라 늘어선 튤립 정원이라든가, 애완견을 마음껏 풀어놓을 수 있는 도시 서쪽 끝의 작은 공원에서 그러한 광고판과 마주치게 되는 것이다. 일부 시의회 의원들은 그러한 간판이 도시 경관에 먹칠을 할 것이라며 반대했지만 다른 의원들은 세금을 올리지 않고 수입을 늘릴 수 있는 훌륭한 전략이라며 찬성했다. 누군가가 의문을 제기했다. "예를 들어, 성용품점이 교회 앞 정원을 후원하겠다고 하면 어쩔 겁니까? 그런 고민은 안 해 봤습니까?"

기자석에 앉은 줄리 맥길은 회의에 관심이 있는 척 열심히 받아적었지만, 사실 이곳에 오기 전에 구입한 와인들이 레이의 집에 들고 가기에 적당한지 고민하는 중이었다.

줄리는 레이가 레드 와인과 화이트 와인 중 어느 쪽을 선호하는지 알지 못했다. 그가 와인 자체를 좋아하는지 어떤지도 몰랐다. 가까워진 지 얼마 되지 않은 탓에 줄리는 아직 레이에 대해 그다지 잘 알지 못했다. 그래서 시의회를 방청하러 오기 전, 그녀는 캘리포니아 산 레드 와인 두 병과 화이트 와인 한 병, 프랑스 산 화이트 와인 한 병, 암스텔 맥주 여섯 개들이 팩을 하나 샀다. 이로써 모든 경우의 수에 대비할 수 있었다.

하지만 문제는 그 술들을 가지고 시청에 들어올 수 없어서 그냥 차에 놔두고 왔다는 것이었다. 시장 집무실에 들어가서 '저기요, 제가 시장님과 의원들께서 지껄이는 멍청한 헛소리를 받아적을 동안 이 술들을 두 시간 정도 냉장고에 보관해주시겠어요?' 라고 말할 수는 없는 노릇이었다. 레드 와인은 (줄리는 차갑게 먹는 편을 좋아했지만) 애초에 차갑게 마시는 와인이 아니므로 큰 상관이 없었다. 그녀는 레이의 집에 도착하면 일단 레드 와인부터 마시고 화이트 와인 두 병은 30분쯤 냉장고에 보관했다가 마시기로 했다.

맙소사, 술 마시는 데 이렇게 부산하게 계획을 짜야 한다니, 꼭 고등학교 때 같잖아? 물론 그때나 지금이나 술에 대한 줄리의 태도는 크게 변하지 않았다. 기분 좋게 취하기만 하면 뭘 마시든 무슨 상관인가? 게다가 운이 따른다면 어젯밤 하다 만 것을 오늘 밤 무사히 마칠 수도 있었다.

줄리는 회의 내용을 작성하기 위해 신문사로 돌아갈 필요가 없었다. 시청에는 〈프로미스 폴즈 스탠다드〉 기자들의 사무실이 있었다. 줄리는 그곳에 구비된 컴퓨터로 이 우스꽝스러운 회의 내용을 정리한 뒤 후딱 제출하고 사라질 작정이었다. 이따위 문제를 이렇게 진지하게 고민하다니, 머저리 같은 것들. 장미와 튤립과 진달래 옆에 나란히 저속한 광고판을 세운다는 발상 자체가 어이가 없었다. 관직에 오르기 위해 필요한 것은 뇌가 아니었다. 그저 대중의 표심만 사로잡으면 그만이었다.

줄리는 기자석에 앉아 회의 내용을 받아적으면서 앨리슨 피치 건을 조사하는 편이 훨씬 재미있겠다고 생각했다. 앨리슨 피치는 누구이며 어떻게 실종됐고 어쩌다가 뉴욕 공동 주택에서 사라진 수개월 뒤 플로리다에서 시체로 발견되었는가? 줄리는 거기에는 분명 대단한 사연이 있을 거라고 생각했지만 그것을 알아낸다 한들 편집진이 게재를 허락할 것 같지는 않았다. "프로미스 폴즈하고는 관계없는 기사잖아?" 라고 말할 것이 뻔했다. 지역적인 색채를 가미해야 한다. 〈휠360〉으로 세계 여행을 하다가 우연히 그 장면을 목격한 토마스의 이야기를 끼워 넣는다든가.

줄리는 그렇게 생각하다가 멈칫했다.

기사에 토마스를 언급해도 괜찮을까? 레이가 알면 뭐라고 할까? 그녀는 지금까지 학교 교장선생 등 관련자들이 당황할 만한 기사를 거리낌 없이 써왔지만 이번에는 사정이 달랐다.

둘러갈 방법을 찾아야 한다.

정원의 광고판에 관한 토론은 오늘 의결하지 않고 의회 위원회가 좀 더 심사숙고하도록 유보하자는 용맹한 결론으로 종결되었다. 나머지 안건은 그보다 사소한 것들이었기에, 줄리는 메모장과 핸드백을 들고 회의장을 나와 청사의 〈스탠다드〉 사무실로 들어가 기사를 작성해 제출했다. 시청을 나와 차에 올라탄 줄리는 조수석 뒤의 바닥에 놓인 주류들을 손으로 더듬어 확인한 후 시를 빠져나가 레이의 집으로 향했다.

레이의 집에 도착하기 200미터 전쯤 하얀색 소형 밴 한 대가 진입로 쪽에서 나와 다가오는 것이 보였다. 밴은 전조등을 반짝이며 줄리의 차를 지나쳤다. 누가 운전하는지 잘 보이지 않았지만 줄리는 굳이 볼 생각을 하지 않았다. 그녀는 그 밴에 관심이 없었을뿐더러 그것이 레이의 집에서 나온다는 점도 딱히 인식하지 못했다.

줄리는 백미러를 통해 점점 사라지는 밴을 바라보았다. 밴의 후미등 하나가 고장이 났는지 꺼져 있었다.

그녀는 깜빡이를 켜고 차를 돌려 레이 집의 진입로로 들어선 뒤 집 바로 앞까지 차를 몰았다. 앞에는 레이의 차와 레이 아버지의 낡은 크라이슬러 밴이 주차되어 있었고 집은 파티라도 벌어지는 듯 대낮처럼 밝았다. 거실에서 온통 불빛이 타올랐고 토마스의 방에도 전등이 켜져 있었다.

줄리는 뒷좌석에서 술을 꺼내 들고 차에서 내려 포치의 계단을 올라가 현관문을 두드렸다. 10초가 지나도 아무도 나오지 않자 그녀는 현관문을 열고 외쳤다. "나 왔어!"

그녀는 잠시 기다렸다. 아무 소리도 들리지 않자 줄리는 다시 소리쳤다.

"레이! 이 와인들 나 혼자 다 못 마셔! 아니지, 확 다 마셔버릴까?"

여전히 대꾸가 없었다.

줄리는 집으로 들어가 와인 병들이 담긴 가방을 가까운 의자에 올려놓고 주방을 들여다봤다. 아무도 없었다. 그녀는 계단 아래로 다가가 소리쳤다.

"집에 아무도 없어?"

줄리는 계단을 두 단씩 올라가 우선 토마스의 방을 슬쩍 들여다본 뒤 이어서 손님방과 한때 레이 아버지의 방이었던 곳을 확인했다. 화장실 문은 열려 있었다.

토마스의 방이 뭔가 이상했다.

다시 토마스의 방으로 들어가자 무의식적으로 줄리의 시선을 포착했던 것이 확실히 눈에 띄었다. 책상에 전선들이 이리저리 뒤범벅이 되어 있었고 세 대의 모니터는 모두 빈 화면이었다.

컴퓨터 본체가 사라져 있었다.

"이게 도대체 어떻게……." 줄리는 숨 막히는 목소리로 속삭였다.

줄리는 1층으로 내려가 주방을 지나다가 열린 지하실 문 너머에서 빛이 새어나오는 것을 보고 외쳤다. "아래 누구 있어?"

아무런 대답이 없었지만 그녀는 지하실 계단을 내려갔다. 지하실 바닥에는 사라진 컴퓨터보다 심각한 물체가 떨어져 있었다.

바로 하얀색 플라스틱 수갑이었다.

"안 돼." 줄리는 속삭였다.

그녀는 지하실 계단을 달려 올라가 뒷문으로 나갔다. 그녀는 언덕에 서서 개울을 내려다보며 레이와 토마스의 이름을 외쳤다. 이어서 헛간으로 달려가 똑같이 그들의 이름을 외쳤다.

"이런 제기랄!" 그녀는 자동차로 달려갔다.

줄리가 집에 도착한 지 4분 남짓 지났다. 긴 시간은 아니었지만 아까의 밴은 이미 10킬로미터쯤은 이동했을 것이다. 지금 따라잡을 수 있을까?

어쨌건 줄리는 자동차의 방향을 획 돌렸고 차의 속도는 진입로를 빠져나가기도 전에 80킬로미터에 달했다. 줄리는 자동차를 급회전시켜 도로로 나가 밴이 사라진 방향으로 전력 질주했다. 자동차는 두 바퀴로만 움직이는 듯 도로 위를 날아갔다.

첫 번째 교차로가 나오자 줄리는 고민에 빠졌다. 어느 방향으로 가야 하나? 왼쪽? 오른쪽? 직진? 밴이 어디로 향하고 있었는지 도무지 알 길이 없었다. 게다가 레이와 토마스가 정말 그 밴에 타고 있는지도 확실치 않았다.

"젠장!" 줄리는 소리 질렀다. 왜 레이의 휴대폰으로 전화 걸 생각을 못 했을까!

그녀는 옆좌석에 놓인 핸드백을 미친 듯이 뒤져 휴대폰을 꺼냈다. 그녀는 휴대폰을 정면에 들어 올린 채 그것과 도로를 동시에 주시하면서 레이의 전화번호를 찾아 통화 버튼을 눌렀다.

줄리는 왼손으로 운전대를 잡은 채 휴대폰을 귓가에 갖다 댔다. 통화연결음이 울렸다. 한 번, 두 번—.

"받아! 빌어먹을 전화 좀 받으라고, 이 자식아!"

일곱 번째 연결음이 들린 뒤 음성사서함이 연결되었다. "안녕하세요, 레이입니다. 지금은 전화를—."

"씨발!" 줄리는 비명을 질렀다. 하지만 그것은 레이가 전화를 받지 않기 때문이 아니었다. 그녀는 급브레이크를 밟으면서 휴대폰을 내팽개친 채 양손으로 운전대를 붙잡고는 차를 갓길로 몰았다.

바로 눈앞의 엑손 주유소에 아까의 밴이 주차해 있었다.

밴 옆에는 남자 하나가 셀프 주유기를 들고 기름을 채우고 있었다. 도로 가장자리에 차를 세웠기 때문에 줄리는 밴의 정면을 볼 수 없었지만, 운전석 창턱에 팔꿈치가 걸쳐져 있는 것은 비스듬히 볼 수 있었다.

어떻게 하지? 줄리는 저 밴이 레이의 집에서 나온 밴인지조차 확신할 수 없었다. 분명 똑같은 밴처럼 보이기는 했다. 운전석과 조수석 외에 창문이 달리지 않은 상업용 밴. 주유소로 들어가서 저 팔꿈치의 주인이 누구인지 확인해 볼까? 밴에 다른 사람이 타고 있는지 살펴봐야 할까?

줄리는 앨리슨 피치와 시카고의 살인사건을 떠올렸다. 만약 그 세 사람을 죽인 자들이 레이가 오처드 가의 그 집에 갔다는 걸 알아냈다면—.

남자는 밴의 주유구 뚜껑을 덮고 주유기를 제자리에 돌려놓은 뒤 돈을 지불하기 위해 주유소 안으로 들어갔다. 주유기에 신용카드 리더기가 달려 있는데 굳이 들어가는 것을 보니 현금을 사용하는 모양이라고 줄리는 생각했다.

현금을 사용하는 사람들이야 많다.

하지만 자신의 소재를 알리고 싶지 않은 사람들은 특히 신용카드 사용을 자제할 것이다.

술리가 어떻게 할지 고민하는 동안 저절로 다음 행동이 결정되었다. 남자가 밴으로 돌아와 조수석에 올라타자 한쪽 후미등에만 불이 들어왔다. 이로써 아까의 밴이 맞다는 것은 알아냈다. 밴은 주유소를 빠져나가 도로로 접어들었다.

줄리는 브레이크에서 발을 뗀 뒤 충분한 거리를 두고 밴의 뒤를 쫓았다. 밤늦은 시간이라 도로에 차가 많지 않았기 때문에 크고 하얗고 네모난 밴을 놓치지 않고 따라가는 것은 어렵지 않았다.

밴의 운전자는 현재 자신이 어디에 있고 앞으로 어느 방향으로 가야 할지 잘 모르는 듯, 교차로에서 몇 차례 속도를 낮추곤 했지만 금세 방향을 잡아 계속 남쪽으로 향했다.

이렇게 가다 보면 두 시간 뒤 뉴욕에 닿을 것이다.

줄리는 연료 탱크를 바라보았다. 기름이 반 정도 차 있었다. 그녀는 저 밴이 어디로 가는지 모르겠지만 제발 연료가 떨어지기 전에 도착해주기를 기도했다.

고속도로로 나온 뒤에도 줄리는 밴의 운전자가 수상하게 여기지 않도록 거리를 두었다. 휴대폰은 조수석 앞의 바닥 어딘가에 떨어져 있었다. 그녀는 안전벨트를 풀고 몸을 불안정하게 뒤틀며 오른손을 휴대폰으로 뻗는 데 성공했다. 그녀는 대시보드 아래로 고개를 떨군 채 아슬아슬하게 차를 직진시켰다.

휴대폰과 눈앞의 도로를 번갈아 보면서 줄리는 프로미스 폴즈 경찰서에 전화를 걸었다. 그녀는 자신이 〈프로미스 폴즈 스탠다드〉의 기자라고 말한 뒤 배리 덕워스 형사를 바꿔달라고 요청했다.

"오늘 비번이십니다." 교환원이 말했다.

"빌어먹을, 그럼 덕워스 형사 집에 전화 걸어서 나한테 연락 달라고 해!" 줄리가 말했다.

"지금 뭐라고 하셨죠?"

줄리는 자신의 휴대폰 번호를 잽싸게 말했다. "그냥 연락 달라고 전해줘요, 알았죠? 킬브라이드 씨 일이라고 하면 알 거예요."

"일단, 알겠습니다." 교환원은 싸늘하게 대꾸한 뒤 전화를 끊었다.

제기랄, 말이 너무 거칠었나, 라고 줄리는 생각했다. 교환원이 덕워스에게 제대로 메시지를 전해줄지 걱정이 되었다.

교환원이 전화를 끊은 몇 초 뒤, 경찰차 한 대가 추월 차선을 타고 끼익 하는 소리를 내며 줄리를 지나쳐갔다. 줄리는 순간 심장이 덜컹했다. 그럴 리는 없지만 아까 프로미스 폴즈 경찰서에 전화한 것 때문에 나타난 것인가 하는 생각이 들었다. 하지만 저것은 고속도로를 정기적으로 순찰하는 뉴욕 주의 경찰차였다.

경찰차는 속도를 내어 점점 줄리로부터 멀어지더니 밴 가까이에서 이쪽 차선으로 이동했다. 그리고 1분 정도 그 상태를 유지하다가 경고등을 켰다.

"좋아!" 밴이 갓길로 이동해서 멈춰 서는 것을 보고 줄리는 외쳤다.

줄리는 무슨 일이 벌어지는지 보기 위해 전조등을 끄고 갓길에 차를 붙인 채 순찰차 뒤쪽으로 다가갔다. 줄리의 짐작대로 레이와 토마스가 정말 저 밴

안에 붙잡혀 있다면 이제 사건은 해결됐다고 생각했다. 그들은 구출될 것이다.

경찰차에서 내린 경찰(줄리가 보기에 아마도 여경)이 밴으로 다가갔다. 여경은 밴의 운전자에게 말을 걸었다. 아마도 면허증과 자동차 등록증을 요구하는 듯했다. 여경이 다시 경찰차로 들어가 앉아 있는 동안 밴은 그 자리에 멈춰 있었다.

"제발, 제발……." 줄리는 소리를 내어 말했다.

꼬박 3분이 흐르자 여경은 경찰차에서 내리더니 밴으로 돌아가 면허증과 등록증을 운전자에게 돌려주었다. 이어서 운전자(예상외로 금발의 여성이었다)가 밴에서 내려 여경과 함께 밴의 뒤쪽으로 걸어가는 것이 보였다.

여경이 운전자에게 뒷문을 열라고 요구하는 것 같았다.

"열어라, 열어라, 열어라……." 줄리는 중얼거렸다.

그러나 금발의 여자가 뒷문 손잡이를 붙잡는 순간, 여경은 몸을 돌려 경찰차로 뛰어들어가더니 쏜살같이 자리를 떠났다.

"안 돼!"

무슨 일인지 알만했다. 먼저 처리해야 할 긴급한 일이 발생한 것이다.

경찰관은 아까 운전자와 대화하는 도중 뒤쪽 짐칸에서 수상쩍은 것을 발견했음이 분명했다. 하지만 사람의 몸을 본 것은 아닐 것이다. 만약 (시체든 산 사람이든) 사람의 몸을 보았다면 긴급 연락이 왔다고 해서 아무 말 없이 떠나지는 않을 테니까. 아마도 커다란 상자라든가, 마약이 들어 있을 만한 용기 같은 게 아니었을까.

어쨌건 뭔가 본 것이 분명하다.

"안 돼!" 멀리 사라지는 경찰차의 경고등을 보면서 줄리는 말했다. 금발의 여자는 다시 밴에 올라탔고 몇 초 후 밴은 가던 길을 계속 가기 시작했다.

줄리도 뒤를 쫓아 출발했다.

20분이 지날 무렵, 줄리의 휴대폰이 울렸다. 그녀는 발신자를 확인하지 않고 전화를 받았다.

"여보세요."

"덕워스 형사입니다. 교환원한테 무례하게 굴 정도로 중요한 일이 도대체 뭡니까, 맥길 기자님?"

"저기요, 확실하지는 않지만, 레이 킬브라이드와 그 동생이 납치당한 것 같아요."

"그게 무슨 말씀이에요?"

줄리는 자신이 킬브라이드의 집에 도착하기 몇 초 전 밴 한 대가 그 집 진입로에서 나왔고, 집에 가보니 아무도 없었고, 컴퓨터는 사라져 있었고, 지하실에는 플라스틱 수갑이 떨어져 있었다는 얘기를 덕워스 형사에게 들려주었다.

"킬브라이드 씨가 다시 전화하기로 했었는데……." 덕워스 형사가 말했다.

"네?"

"레이 킬브라이드 씨가 저에게 연락을 했습니다. 그런데 통화 도중에 일이 생겼는지 금방 연락하겠다면서 전화를 끊었어요. 하지만 아직 연락이 없군요."

"내 짐작이 맞아요. 납치당한 거예요." 줄리가 말했다.

"도대체 누가 그런 짓을……? 일단 킬브라이드 씨의 집에 가서 무슨 일이 일어난 건지 확인해보겠습니다. 지금 그 밴의 번호판이 보입니까?"

"멀어서 잘 안 보여요. 가까웠을 때는 볼 생각을 못했고요."

"알겠습니다. 밴에 이상한 조짐이 보이거든 지금 찍힌 번호로 연락주십시오. 제 휴대폰입니다. 아셨죠?"

"알겠어요."

줄리는 계속 밴을 쫓아갔다.

링컨 터널의 건너편 끝에서 사고가 났다. 차량들은 한 번에 한 대씩 천천히 출구를 빠져나갔다. 하얀색 밴은 줄리로부터 다섯 차 너머 앞에 있었고 사고 지점을 빠져나가자마자 속력을 냈다.

줄리가 추돌 사고 현장을 지나 맨해튼 섬으로 들어갔을 무렵, 밴은 이미 자취를 감췄다.

"씨발 놈들아!" 줄리는 주먹으로 운전대를 쾅쾅 치면서 소리를 질렀다.

60

    니콜 또는 루이스가 휴대용 담요를 걷어 나를 밴에서 끌어내린 뒤 내 다리를 묶은 테이프를 뜯어냈다. 하지만 스키 마스크는 벗기지 않았다. 그들은 나를 문 안으로 들여보낸 뒤 2미터가 채 안 되는 짧은 복도를 걸어가게끔 했다. 도중에 내 어깨는 벽을 스쳤고 발아래의 나무 널이 삐걱거렸다. 뒤쪽에서 누군가의 양손이 내 어깨를 붙잡고 출입구 같은 것을 지나도록 방향을 틀었다.

    이어서 그 양손이 나를 멈춰 세우더니 내 몸을 180도 회전시켰다.

    "앉아." 루이스는 수갑으로 묶인 나의 양팔을 평범한 나무 의자 같은 것의 뒤쪽으로 걸친 뒤 나를 내리눌러 앉혔다. 이어서 그는 강력 접착테이프를 내 허리에 두 번 정도 둘러 내 몸을 의자에 고정시켰다. 발목은 묶지 않았다. 나는 양 발목을 조그맣게 빙글빙글 돌려 막혔던 피를 통하게끔 했다. 갑자기 누군가 내 머리에 씌워진 스키 마스크와 내 머리카락 몇 가닥을 움켜잡더니 잡아당겼다.

    조명이 그리 강하지는 않았지만, 나는 불빛에 적응하기 위해 눈을 몇 차례 깜빡거렸다. 바로 앞에 서 있던 루이스는 니콜이 토마스를 방으로 끌고 들어오자 자리를 비켜주었다. 토마스는 내게서 몇 발자국 떨어진 의자에 앉혀졌고 역시 테이프로 몸이 묶였다. 니콜이 토마스의 스키 마스크를 벗기자 토마스는 나처럼 눈을 깜빡였고 겁에 질린 눈으로 나와 시선을 교환했다.

    "컴퓨터를 가지고 오도록 하지. 하워드에게 도착했다고 연락도 해야겠어." 루이스가 말했다.

우리가 있는 곳은 가로세로가 각각 3.5미터 정도인 창문이 없는 방이었다. 가게 따위의 뒷방인 듯했다. 한쪽 구석에는 무거워 보이는 골동품 롤탑 책상이 놓여 있었다. 뚜껑이 열린 책상 위에는 컴퓨터가 한 대 올려져 있었고, 책상에 달린 다양한 보관함들에는 계산서, 영수증, 신문 스크랩 같은 종이들이 쑤셔 넣어져 있었다. 벽에는 바닥의 재질과 동일한 헌 나무판자로 만들어진 선반들이 온통 늘어서 있었다. 선반들에는 곰팡이가 슨 낡은 책들, 골동품 시계, 로얄 덜튼 사의 도자기 인형들, 아코디언처럼 팽창되고 수축되는 주름 상자가 달린 구식 카메라가 놓여 있었다. 하지만 가장 많은 것은 장난감들이었다. 만들어진 지 수십 년쯤 됐을 법한 양철 모형 승용차와 트럭들은 페인트칠이 벗겨져 있었다. 그것들을 가지고 놀았던 아이들은 아마 지금쯤 세상을 떠났을 것이다. 백랍으로 만들어진 장난감 병정들, 나도 어릴 적 가지고 놀았던 딩키 토이즈 사의 자동차 모형들(내가 세 살 때 아버지에게서 받은 것 같은 엑손 유조차의 모형도 있었다), 금속이나 플라스틱으로 만들어진 다양한 크기의 배트모빌 모형들, 잔디밭용 다트 및 표적 고리(토마스가 이웃집 개에게 다트를 맞출 뻔한 사건이 일어나기 전까지 우리 가족도 뒷마당에서 가지고 놀았다), 플라스틱으로 된 붉은 아동용 소방관 헬멧("텍사코"라는 단어가 앞면에 인쇄되어 있었다), 그리고 〈형사 콜롬보〉, 〈600만불의 사나이〉, 〈폭소펀치〉, 〈첩보원 0011〉 같은 한참 전에 종영된 TV 드라마를 원작으로 한 낡은 보드게임들이 든 종이 상자들. 인형들도 무수히 많았다. 바비 인형, 래기디 앤 인형, 양배추 인형, 눕히면 눈을 감는 실물 크기의 플라스틱 아기 인형. 이따금 팔, 다리, 심지어 머리가 사라진 인형도 보였다. 한쪽 선반에는 낡은 금속 로봇 인형들이, 다른 선반에는 양철 기차들의 처참한 잔해가 무더기로 쌓여 있었다. 스쿼시 공 크기의 검은 공들도 세 개 보였는데, 그것은 60년대에 웸-오 사에서 제작한 "슈퍼볼"이라는, 온 집 안을 통통 튀어다니던 고무공이었다.

하지만 나는 이 과거의 보물들을 보고 향수를 느낄 여유가 없었다. 나는 무서웠다. 죽을 것처럼 무서웠다.

루이스가 컴퓨터를 들고 돌아와 책상에 올려놓았다. 그는 원래 있던 컴퓨터에서 이런저런 케이블들을 뽑은 뒤 토마스의 컴퓨터에 꽂아 넣었다.

니콜은 무표정하게 토마스와 나에게 말했다. "곧 묻는 말에 대답해야 될 테니 입에 붙은 테이프를 떼어주겠어. 하지만 만약 둘 중 한 놈이 소리를 지르면 다른 놈을 때리겠다. 빠르고 세게 말이야. 알아들었어?"

나와 토마스는 고개를 끄덕였다. 니콜은 백핸드를 하듯 빠르고 무자비하게 내 입에서 테이프를 휙 뜯어냈다. 나는 얼굴을 찡그리며 입술을 핥았다. 피맛이 났다. 니콜이 토마스의 입에 붙은 테이프도 뜯어내자 토마스는 비명을 질렀다. "아파!" 학교 운동장에서 불량배들에게 걷어차인 아이처럼 토마스가 말했다. 하지만 그는 곧 니콜에게 사과했다. "미안해요. 조용히 할게요. 형을 때리지 말아요."

나는 토마스에게 물었다. "괜찮아?"

토마스는 고개를 저었다. "아니. 팔이 아파. 입술도 아파. 손에 느낌이 없어."

나 역시 손에 느낌이 없었다. 플라스틱 수갑 때문에 피가 돌지 않았다. 나는 니콜에게 간청했다. "동생 손이 피가 안 통해서 새파래졌을 거예요. 내 손도 그렇고요. 좀 풀어주면 안 될까요?"

루이스가 배낭에서 오렌지색 손잡이의 니퍼를 꺼냈다. "허튼수작 부리지 마." 그는 내 수갑을 끊고, 대신 접착테이프로 내 손목을 의자에 고정시켰다. 피가 다시 손가락으로 몰려들자 얼얼함을 없애기 위해 나는 주먹을 반복해서 쥐고 폈다. 루이스는 토마스에게도 똑같은 조치를 취한 뒤 컴퓨터로 돌아가 남은 케이블들을 연결하고 전원 버튼을 눌렀다. 컴퓨터는 윙윙 소리를 내며 작동하기 시작했고 연결된 모니터에 불이 들어왔다.

토마스가 말했다. "컴퓨터 안에 있는 건 기밀 사항인데……."

곧 바탕 화면의 담청색 빛이 희미하게 방 안을 가로질렀다. 화면의 몇 안 되는 아이콘들은 인터넷 브라우저, 이메일 프로그램, 아래쪽 구석의 휴지통이 전부였다.

루이스는 인터넷에 접속하여 방문 기록을 확인했다. 토마스는 하루가 저물어야 방문 기록을 삭제하곤 했으므로 아직 기록들이 남아 있기는 했지만 살펴볼 것은 별로 많지 않았다. 방문 기록에는 〈휠360〉에서 파생된 주소들만 가득했다.

루이스가 말했다. "넌 포르노도 안 보냐?"

농담인지 진담인지 분간하지 못한 토마스가 대답했다. "볼 시간이 없어요."

루이스가 사이트들을 하나하나 클릭하자 이미지와 도시들이 차례로 지나갔다. 오늘 (아니, 지금쯤 자정이 넘었을 테니 어제라고 해야겠다) 토마스가 탐험한 다양한 장소들이 화면에 등장했다. "네놈은 왜—아니, 됐어. 하워드가 직접 물어보겠지. 두 번씩 들을 필요는 없어."

루이스는 〈휠360〉을 닫고 이메일 프로그램을 열었다.

토마스가 내게 말했다. "내 이메일인데…… 읽으면 안 되는데……." 그러더니 갑자기 토마스는 질문을 던졌다. "여기가 어느 도시예요? 어느 거리예요? 주소가 뭐예요?"

그렇게 구체적인 질문들까지는 생각하지 못했지만 마침 나도 궁금하던 참이었다. 운전해 온 시간을 고려할 때 이곳은 아마 뉴욕, 보스턴, 버펄로 같은 중심 도시일 것이다. 어쩌면 필라델피아까지 왔을지도 모를 일이다.

니콜과 루이스는 토마스의 질문을 무시했다.

토마스는 내게 말했다. "집에 가고 싶어."

"그래, 알아. 조금만 참아."

루이스는 이메일들을 하나하나 열어 보며 천천히 고개를 저었다. 토마스가 CIA에 발송한 진행 상황 보고들의 정체가 도대체 무엇인지 이해하려고 애쓰는 듯 보였다.

"씨발, 이게 뭐야……."

루이스가 계속해서 이메일들을 읽는 동안 니콜은 방 안을 둘러봤다. 그녀는 책 한 권을 꺼내더니 표지를 보고 다시 올려놓았다. 그리고 선반의 인형을 꺼내 마치 다른 행성에서 온 기념품인 듯 찬찬히 살펴보았다. "어머니는 내가 인형 가지고 노는 걸 허락하지 않았지." 그녀는 누구에게랄 것도 없이 중얼거렸다.

누군가 문을 노크하자 우리는 일제히 고개를 들었다. 우리가 들어온 방향과는 다른 곳에서 들려오는 소리였다. 우리는 짐작건대 옆문을 통해 이 방으로 들어왔지만 지금의 노크는 건물 정면에서 들려오고 있었다. 루이스는 컴퓨터에서 손을 떼고는 가게의 앞쪽과 뒷방을 가로막은 커튼을 열어젖혔다. 앞방으로부터 빛이 쏟아져 들어오자 나는 진열된 골동품 장난감들을 더욱 많이, 더욱 뚜렷하게 볼 수 있었다.

"도착했군." 루이스는 혼잣말처럼 중얼거리며 뒷방을 나갔다.

누가 도착한 거지? 그리고 보니 누군가 우리와 얘기를 하고 싶어 한다는 것이 몇 차례 언급되었었다. 루이스와 니콜에게 상황 보고를 받은 바로 그 누군가.

집을 떠난 이후 나의 공포는 조금도 줄지 않았지만 더불어 호기심이 생겼다. 나는 이제 곧 만날 사람이 누구인가 하는 궁금증 덕분에 종국에 살해당할 것이라는 두려움을 잠시나마 잊을 수 있었다.

루이스가 현관문을 열자 짤랑하는 작은 방울 소리가 났다. 목소리를 낮추어 얘기하는 소리가 들렸고 곧이어 두 명의 발걸음 소리가 뒷방으로 다가왔다. 남자가 루이스에게 묻는 소리가 들렸다. "여기는 뭐하는 곳이야?"

루이스가 말했다. "브리짓의 시체를 옮기는 걸 도와줬던 친구 하나가 이 가게 사장입니다. 장난감이라면 환장하는 친구죠."

브리짓?

곧, 루이스가 뒷방으로 들어오더니 커튼이 닫히지 않도록 붙들었다. 이어서 오십 대쯤 되어 보이는 뚱뚱하고 키가 작고 머리가 벗겨지는 중인 남자가 들어왔다. 그는 낙타털이나 캐시미어로 만들어진 듯한 코트를 입고 있었고 코트 안쪽에는 값비싼 정장이 보였다.

남자는 토마스와 나에게 시선을 던졌다. 그는 위협적이라기보다 그저 어이가 없는 표정을 지어보였다.

"그러니까, 이 친구들이란 말이지?" 남자가 루이스에게 물었다.

"네."

이어서 남자의 시선이 니콜을 향했다. 니콜은 인형을 제자리에 놓더니 가슴께에서 팔짱을 끼고는 책이 가득한 선반에 몸을 기댔다.

"당신," 남자는 경멸하는 투로 말했다. "일을 이 지경으로 만든 장본인이로군."

"이렇게 만나다니, 저도 반가워요, 하워드 씨." 니콜은 하워드의 시선을 받아치며 그를 내려다보았다.

하워드는 나와 토마스를 구실 삼아 니콜의 시선을 피했다. 그는 내게 물었다. "당신이 형인가? 이름이 뭐지?"

"레이 킬브라이드예요. 저쪽은 동생 토마스."

토마스가 말했다. "저 사람, 저기 루이스라는 사람한테 내 컴퓨터 가만두라고 말해 줘요."

하워드는 루이스를 돌아보며 물었다. "컴퓨터는 확인했나?"

"네. 안에 별 괴상한 것밖에 없더군요. 이 이메일들을 좀 보시죠."

하워드는 재킷 안으로 손을 집어넣더니 얇은 상자를 꺼내어 열고는 독서용 안경을 꺼냈다. "열어 봐."

루이스는 마우스를 클릭했다. 하워드는 이메일들을 훑어보고 루이스에게 물었다. "다 이런 내용이야?"

"네."

"전부 CIA를 통해 빌 클린턴 앞으로 가는 이메일이라는 말이지?"

"네."

하워드는 우리를 처다보더니 다시 루이스를 바라봤다. "아까 받았다는 전화 얘기 다시 좀 해봐."

"누가 집으로 전화를 걸었습니다. 자기가 빌 클린턴이라며 저기, 저놈을 찾더군요. 이미 말씀드렸습니다만."

"하지만 말하는 게 빌 클린턴 같지는 않았다고?"

루이스는 어깨를 으쓱했다. "뭐, 저도 빌 클린턴과 직접 얘기해 본 적은 없지만 아닌 것 같더군요."

"전화 목소리는 평상시 목소리와 다르게 들리잖아요." 토마스가 끼어들었다.

하워드는 계속 컴퓨터 화면을 바라보고 있었다. "이 이메일들은 보낸 편지함에 있는 건가?"

"맞습니다." 루이스가 말했다.

"받은 편지함이나 휴지통은 어때? 빌 클린턴이나 CIA에서 답신한 이메일은 없나?"

루이스는 마우스를 클릭했다. "없어요."

"흠……." 하워드는 커튼 밖으로 나가 의자 하나를 들고 돌아왔다. 그는 토마스와 내 앞에 의자를 내려놓고 앉더니 우선 내게 말을 걸었다.

"레이 군, 지금부터 몇 가지 물어볼 테니 바른대로 대답하게. 안 그러면 무슨 일이 일어날지 알고 있겠지?"

"네, 잘 알고 있어요." 내가 말했다.

하워드는 우리의 생각이 일치한 것을 반기듯 천천히 고개를 끄덕였다. "빌 클린턴에 관한 것도 물어보겠지만 일단 처음부터 시작해보자고. 자네, 누구 밑에서 일하나?"

"혼자 일해요. 일러스트레이터입니다. 프리랜서."

"그래, 그렇군. 그럼 일러스트 말고 다른 프리랜서 일도 하나?"

"안 합니다."

"그럼 자네는 어때?" 하워드는 토마스를 바라보며 물었다. "누구 밑에서 일하지?"

"나도 혼자 일하는데. 하지만 CIA를 위해 일하기는 해요." 토마스가 대답했다.

"그렇지 않습니다." 내가 말했다. "토마스는―."

하워드는 한 손을 쳐들어 내 말을 막았다. "토마스, CIA를 위해 무슨 일을 하는지 알려주겠나?"

"그건 알려줄 수 없어요. 첩보 임무라서요." 토마스가 말했다.

하워드의 눈썹이 위로 치켜 올라갔다. "첩보 임무?"

"클린턴 각하가 그렇게 말했어요. 물론 그건 제가 하는 일의 일부일 뿐이지만요."

"이봐, 말하지 않으면 저 친구들 시켜서 자네 형 손가락들을 하나씩 부러뜨려버릴 거야."

"형을 해치지 말아요." 토마스가 말했다. 하지만 나는 토마스가 형을 희생시켜 가면서까지 비밀 엄수 의무를 지켜야 할지 고심하는 것을 알 수 있었다.

"괜찮아. 말해도 돼, 토마스. 다치는 게 싫어서 하는 말이 아니야." 나는 토마스의 관점을 취해서 말하기로 결정했다. "내 생각엔 말이지, 저 사람들 이미 다 알아버린 것 같아."

토마스는 천천히 고개를 끄덕였다. 나는 토마스가 정말로 내 말을 믿는 건지 아니면 죄책감 없이 하워드에게 사실을 털어놓을 구실이 생겨서 안심한 건지 알 수 없었다.

"나는 조만간 인터넷 지도들이 사라질 때를 대비해서 CIA를 돕고 있어요. 그리고 CIA 요원이 위기에 처했을 때는 전화로 돕게 되어 있어요. 예를 들어, 뭄바이에서 도주 중인 요원이 어디로 가야 할지 갈피를 못 잡을 때 저한테 연락하면 제가 길 안내를 해주는 거죠." 토마스는 마치 신문 배달 경로를 설명하는 어린아이처럼 짐짓 사무적으로 대답했다.

"좀 더 설명해주게." 하워드가 말했다.

"어떤 걸요?"

"전부. 아무거나."

"저는 지도를 암기해요. 도시와 길거리들을요. 그래서 인터넷 지도가 사라지면 제가 도움이 될 거에요."

루이스가 말했다. "이 컴퓨터의 방문 기록들은 전부 〈훨360〉입니다."

"〈훨360〉으로 길거리들을 보고 외운다는 건가?" 하워드가 물었다.

토마스가 고개를 끄덕였다. "맞아요."

하워드는 웃음을 지으며 집게손가락으로 자신의 머리를 톡톡 두드렸다.

"전부 여기 집어넣는단 말이지?"

토마스가 대답했다. "네, 맞아요."

"그래? 구체적으로 어떻게 한다는 건가? 아무 주소든 말만 하면 그 장소를 설명할 수 있다, 이거야?"

토마스는 다시 고개를 끄덕였다.

하워드는 미심쩍은 눈초리로 토마스를 바라봤다. "좋아." 그는 토마스의 장단에 맞춰주겠다는 듯 말했다. "우리 어머니는 보스턴의 애틀랜틱 애비뉴에 살고 있거든? 거기 공동 주택에 사시는데……."

토마스는 눈을 감고 말했다. "비치 가 근처예요? 그 거리는 참 멋지던데. 당신 어머니가 살고 있는 곳은 1층에 부동산 중개소가 있는 건물이에요? 거기 보도들이 전부 붉은색 벽돌로 만들어져 있어요. 참 멋있어요." 토마스는 눈을 떴다.

하워드는 조금 당황한 듯했다. 그가 나를 바라보자 내가 말했다. "동생은 보스턴에 간 적이 없습니다."

"좋아. 이번엔 내가 한번 물어보지." 루이스가 토마스에게 말했다. "덴버의 캘리포니아 가 2700번 블록. 27번 가와 28번 가 사이. 거기에 내가 자란

집이 있다."

토마스는 다시 눈을 감았다. "파란색 단층집이요? 아니면 길 건너에 있는 6층짜리 공동 주택 건물이요? 외벽이 하얀색이었다가 옆으로 가면서 벽돌색이 됐다가 다시 하얀색이 되는 건물인데—."

"씨발, 이게 뭐야! 저 새끼 머리에 컴퓨터라도 들었나!" 루이스가 말했다.

"어느 거야, 루이스? 파란색 단층집인가, 6층짜리 공동 주택인가?" 하워드가 물었다.

"공동 주택입니다." 루이스가 조용히 대답했다.

하워드는 매우 길게 숨을 내쉬더니 손가락 깍지를 끼고 양팔을 허벅지 위에 올려놓았다. "도시들을 몇 개나 암기하고 있지, 토마스?"

"전부요." 토마스가 말했다.

하워드의 머리가 놀란 듯 흠칫 뒤로 당겨졌다. "미국의 도시들을 전부?"

"세계의 도시들을 전부요. 아직 다 안 끝났어요. 세계는 아주 커요. 예를 들어, 멕시코의 고메즈 팔라치오 같은 곳은 잘 몰라요. 아직 조사한 곳보다 조사 안 한 곳이 더 많을 거예요. 중소 도시들은 아직이거든요. 우선은 대도시부터 살펴보는 중이에요." 토마스가 말했다.

"알겠네." 하워드는 그렇게 말하면서 니콜을 힐끗 쳐다봤다. 그녀는 아까 하워드와 말을 나눈 이후 미동도 하지 않고 있었다. "좋아, 토마스, 자네에게 특별한 재능이 있는 건 사실인 모양이군. 솔직히 감탄했어."

"감사합니다." 토마스가 말했다. 지금 같은 상황 속에서도 그는 칭찬을 듣자 기분이 좋았다.

"그러니까, 길거리들을 암기하는 일이 자네의 일이라는 거로군." 하워드는 의문문이 아닌 평서문으로 정리했다. "그럼 그 이메일들은 다 뭐지?"

"상황 보고잖아요." 토마스는 무슨 그런 멍청한 질문을 하냐는 듯이 대답했다. 아니, 상황 보고가 아니면 그게 뭐겠어? 라고 따지는 듯한 말투였다.

"상황 보고?"

"프로젝트 진행 상황이요. 새로운 도시들을 전부든 일부든 암기하면 항상 대통령 각하께 보고하거든요."

"그래, 알겠어. 참, 아까 인터넷 지도들이 사라진다고 말했었지? 그 얘기를 자세히 해봐."

토마스는 경계하는 눈초리로 하워드를 바라봤다. "다 알고 있는 거 아니에요?"

"만약 내가 알고 있다면 자네가 다시 얘기한들 손해 볼 것 없잖아?"

"재난이 일어나서 인터넷 지도들이 전부 사라질 거예요. 컴퓨터 바이러스 같은 재난이요. 미국을 적대시하는 자들의 소행일지도 몰라요. 재난이 일어날 무렵이면 사람들은 이미 종이 지도들을 전부 없애고 컴퓨터에 의존하고 있을 거예요. 사진의 경우와 비슷해요. 예전에는 사진을 종이에 현상했지만 요즘에는 파일로 인터넷에 올리잖아요? 인터넷 시스템에 문제가 생기면 사진들이 전부 사라져 버릴 거예요. 지도들도 마찬가지예요."

하워드는 나를 향해 고개를 돌렸다. "자네 동생, 진담인가?"

"진담이에요." 내가 대답했다.

"저 친구의 별난 능력이 자네가 오처드 가의 앨리슨 피치의 집을 찾아간 것과 상관이 있나?"

나는 고개를 끄덕였다. "토마스는 오처드 가를 둘러보던 도중 창문에서 얼굴을 봤어요. 비닐봉지를 뒤집어쓴 얼굴을." 나는 입이 바싹 말라서 혀로 입술을 핥았다. "토마스가 저보고 가서 확인해보라고 했지요."

"어떻게 그 얼굴에 관해 알아낸 거지?"

"알아낸 게 아니에요. 우연히 발견한 것뿐입니다."

"그럴 리가 없어. 믿을 수 없어. 그럴 확률은 십억 분의 1도 안 돼." 하워드가 말했다.

"아니에요. 나는 언젠가는 결국 그 얼굴을 보게 됐을 거예요." 토마스가 말했다.

하워드는 루이스를 돌아보며 물었다. "자네 생각은 어때?"

"글쎄요. 좀 불가능해 보이긴 합니다만. 아무래도 누군가가 저놈에게 찾아보라고 지시한 게 아닐까 싶습니다."

"그런가, 토마스? 누가 자네더러 찾아보라고 지시한 거야?"

"아니에요. 아무도 지시하지 않았어요." 토마스가 말했다.

"빌 클린턴이 시킨 게 아니야?" 하워드는 질문을 던지며 신경질적으로 웃었다.

"아니에요. 대통령 각하께는 제 쪽에서 상황 보고만 해요. 각하가 저와 CIA를 연결해주고 있거든요."

"하지만 그쪽에서는 자네한테 답신한 적이 없던데? 자네의 받은 편지함과 휴지통에는 아무런 이메일도 없었어."

"대통령 각하는 이메일이 아닌 다른 수단으로 제게 연락해요."

"어떻게 말인가?"

"그냥 말을 걸어요. 최근에는 가끔씩 전화도 사용하지만."

"무슨 소리야? 대통령의 목소리가 들린다, 이 말인가?"

토마스가 고개를 끄덕였다.

나는 지난 몇 시간 동안 토마스와 나의 곤경에 정신이 팔리는 바람에 그 전화 연락에 대해서는 까맣게 잊고 있었다. 여전히 그 전화의 정체를 이해할 수 없었지만, 혹시 알아내기만 한다면 어떻게든 이용할 수 있지 않을까 하는 생각이 들었다. 이 작자들도 분명 나처럼 상황을 파악하지 못하고 있었다.

하워드는 고개를 절레절레 젓더니 루이스에게 말했다. "이 정신 나간 놈이 전 대통령하고 얘기를 나눴을 리는 없겠구먼."

"동감입니다. 그럴 리 없습니다." 루이스가 말했다.

"토마스, 자네 병원에는 가나? 정신 병원 말이야." 하워드가 물었다.

"네. 그리고린 선생님을 만나요."

"그 아저씨가 자네한테 약을 주던가?"

"그리고린 선생님은 여자예요." 토마스가 말했다. "약을 먹으면 목소리가 안 들려요. 대부분은요. 그래도 대통령 각하의 목소리는 가끔 들려요."

"전화를 통해서? 아니면 전화 없이 말인가?" 하워드가 물었다.

"전화를 통하는 쪽이 더 뚜렷해요."

"말도 안 돼. 절대 그럴 리가 없어." 하워드가 말했다.

"당신 말이 맞습니다." 내가 머뭇거리며 맞장구를 치자 하워드는 고개를 돌려 나를 바라봤다. 나는 말을 이었다. "미국 전 대통령이 토마스 같은 녀석에게 전화를 걸어서 CIA를 위한 일을 시키다니, 터무니없는 말이죠. 당신 생각이 당연히 맞습니다."

하워드는 내가 곧이어 중요한 말을 할 것이라고 기대하는 듯 잠자코 기다렸다.

"제 말씀은, 아까 보셨겠지만 토마스는 아주 특별한 재능을 가지고 있습니다. 하지만 대신 토마스의 현실 감각은 우리들하고 조금 다릅니다. 어릴 때 정신 분열증 진단을 받은 적이 있어요."

토마스는 내게 경멸적인 시선을 보냈다. 마치 '그렇다고 내 말이 틀린 건 아니잖아!' 라고 항의하는 듯했다.

나는 계속 말을 이었다. "맞아요. 인터넷 지도들이 사라진다거나 첩보 요원을 돕는다거나 하는 얘기는 도가 지나쳤죠. 하지만 가정해보세요. 엄청난 재능이 있는 어떤 사람이 곧 무시무시한 재난이 일어나서 권력자들이 자기의 도움을 요청할 거라고 철석같이 믿는다고 가정해보자고요. 그렇다면 당신은 그 사람한테 전화를 걸어서 '안녕하세요, 저는 뉴욕에 사는 시민인데 부탁드릴 게 좀 있어요.' 라고 말하겠어요, 아니면 '안녕하신가, 나는 전에 미국 대통령이었던 사람인데 자네가 날 좀 도와줘야겠어.' 라고 말하겠어요?"

하워드는 몇 초 동안 나를 뚫어지게 바라봤다. "무슨 말이 하고 싶은 거지?"

"좋아요. 다 말씀드릴게요. 동생은 CIA나 FBI나 빌 클린턴이나 프랭클린

D. 루즈벨트를 위해 일하는 게 아니에요. 동생은 자기도 모른 채……." 나는 토마스에게 미안한 눈길을 보냈다. "카를로 배콘을 위해 일하고 있습니다."

"누구라고?" 토마스가 물었다.

"배콘? 그 조폭 말이야?" 루이스가 말했다.

심지어 이 상황에 무관심한 척 애쓰던 니콜조차도 배콘이라는 말에 조금 흠칫한 듯했다.

"조폭이라고?" 토마스가 말했다.

"그리고," 내가 말을 이었다. "그들은 토마스를 굉장히 아끼기 때문에 토마스를 계속 지켜보고 있었어요. 다시 말해, 배콘의 부하들이 이곳을 보고 있을 가능성이 매우 크다는 뜻이죠. 바로 지금 이 순간에."

61

"헛소리. 말도 안 되는 헛소리야." 하워드가 말했다.

"잠깐, 잠깐, 잠깐." 루이스가 하워드를 향해 손사래를 치며 말했다. "이 자식을 조사하다가," 그는 나를 향해 고갯짓을 했다. "이놈이 그린 그림을, 일러스트들을 봤습니다. 카를로 배콘의 일러스트가 있었어요."

"맞습니다. 잡지에 실렸어요. 카를로 배콘은 그림이 무척 마음에 든다면서 구입을 요청했죠." 내가 말했다.

"배콘이 좋아할 만한 초상화는 아니더군. 자유의 여신상에 총을 들이대고 있던데?" 루이스가 말했다.

"조폭들은 그런 그림을 좋아합니다. 정치인들도 비슷하잖아요? 자기를 비하하는 초상화일지라도 원본을 구입해서 액자에 넣어 벽에 걸어두고 싶어 하죠. 무관심보다는 차라리 그런 관심이라도 있는 편이 나으니까."

"난 아직 못 믿겠어." 하워드가 말했다.

"저는 돈을 받고 그림을 팔 생각은 없었어요. 애초에 그쪽에서 돈을 준다는 말이 없었기 때문에 공짜로 줄 생각이었죠. 그런데 그림을 보내주겠다고 말했더니 배콘이 제게 점심을 사겠다지 뭡니까?"

"카를로 배콘과 점심을 먹었다, 이 말인가?" 하워드가 말했다.

"그렇죠."

"어디서?"

재빨리 생각해야 한다. "트리베카 그랜드 호텔이요." 제레미와 내가 캐슬린 포드를 만났던 곳이었다.

"뭘 먹었지?" 하워드가 물었다.

되도록이면 쓸데없는 거짓말은 하지 말자.

"모르겠어요. 그때 너무 무서워서 무슨 일이 있었는지 기억이 잘 안 나요." 나는 잠시 말을 멈췄다. "술도 많이 마셨거든요. 그러다가 배콘은 제 가족에 관해 물어봤고 저는 동생 얘기를 꺼냈어요. 동생의 지도 외우는 취미에 관해서도요. 배콘은 아주 흥미롭게 귀를 기울이더군요."

하워드는 아무 대꾸 없이 내가 말을 마치기를 기다렸다.

그때 토마스가 끼어들었다. "형, 나한테는 그런 말 안 했잖아? 그게 언제야?"

"좀 가만있어 봐." 나는 다시 하워드에게 말했다. "배콘은 다른 곳은 관심이 없었지만, 뉴욕 시의 길거리를 샅샅이 외워서 눈 감고도 안내할 수 있는 녀석이라면 써먹을 수 있겠다 싶었어요. 토마스도 얘기했지만, 도망치는 사람을 도와주거나 할 때 말이에요. 물론, CIA 요원이 아니라 배콘의 부하들이 겠지만."

"형, 나 화났어. 그런 건 진작 얘기해 줬어야지." 토마스가 말했다.

"배콘 같은 자의 부탁을 어떻게 거절하겠습니까? 배콘 가가 얽힌 살인사건만 해도 몇 건인데요? 그런 사람의 부탁을 제가 어찌 감히 입 닥치라며 무시하겠어요?" 내가 말했다.

하워드와 루이스는 서로 눈길을 주고받으며 나의 헛소리를 믿어도 될지 고민 중이었다. 덕분에 시간은 번 것 같았지만 그 시간 동안 뭘 할 수 있을지는 나도 몰랐다. 어쨌건 아직 죽지 않았다는 사실은 분명 다행이었다. 나는 누군가 지금쯤 우리를 찾으러 다니고 있지 않을까 생각해 봤다. 예정대로라면 줄리가 밤중에 우리 집에 찾아왔을 것이다. 집에 우리의 흔적이 없고 자동차가 진입로에 그대로 주차되어 있는 걸 본 줄리는 과연 어떤 행동을 취했을까?

하워드가 뭔가 말하려고 하는데 그의 휴대폰이 울렸다. 그는 휴대폰을 꺼내 들고 화면을 보더니 인상을 찌푸렸다.

하워드는 휴대폰을 귀에 대고 말했다. "그래, 모리스……아니, 아니야, 걱정 말게, 깨어 있었어……응, 누워 있기는 한데 잠이 안 오는군……그래, 그렇지, 그 친구한테는 내일 연락해 볼게……어, 그래……그 친구 그 선거 유세 때 일을 참 잘했지……아니야, 신경 쓰지 마. 어젯밤 약속 취소해서 정말 미안하네. 도저히 만날 컨디션이 아니었어……응, 그래……알겠네, 그럼……그래, 자네도 몸조심하고."

하워드는 전화를 끊고 휴대폰을 집어넣은 뒤 루이스를 바라봤다. "오늘 밤 만나자는군."

통화를 마친 하워드는 다시 내게로 시선을 돌렸다. "자, 어디까지 얘기했더라? 그렇지, 자네의 그 얘기. 아무리 생각해도 못 믿겠어."

"지금까지 들은 얘기 중 믿을 만한 게 어디 있어요?" 나는 되받아쳤다.

"제 동생이 인터넷에서 당신들이 저지른 살인사건을 발견한 건 믿을 만한가요? 당신들 같은 전문가들이 그런 식으로 어이없이 노출된 건 어떻고요?"

하워드는 내 말에 걸려들었다.

"정 못 믿겠거든 연락해보시지 그래요?" 내가 말했다.

"뭐라고? 연락?" 하워드가 말했다.

"배콘한테 전화해보라고요."

하워드는 웃음을 터뜨렸다. "하, 그래, 그거 좋은 생각이야. 이 밤중에 뉴욕에서 최고로 무자비한 범죄 집단 두목한테 전화를 걸란 말이지? 배콘이 잘도 받아주겠군." 이어서 그는 진지한 표정으로 물었다. "어째서 배콘이 자네 동생을 주시하고 있을 거라는 거지? 배콘의 부하들이 지금 이곳을 지켜본다는 말을 믿어야 할 근거가 뭔가?"

나는 꿀꺽 침을 삼켰다. "토마스 정도 되는 인재라면 안전하게 보호하고 싶지 않겠어요?"

나는 하워드의 눈에서 일말의 조바심을 읽을 수 있었다. 그는 내 말을 믿지 않았지만 그렇다고 해서 완전히 무시할 용기도 없었다.

"좋아. 자네 말이 진짜라고 치자고. 카를로 배콘이 자네 동생의 수호천사라고 하잔 말이야. 그렇다면 창가의 얼굴을 조사하라고 시킨 것은 배콘인가?" 하워드가 말했다.

어떻게 대답해야 좋을까? 그렇다, 배콘이 당신들을 캐내고 있었다? 아니, 배콘은 당신들 일을 전혀 모른다? 만약 그 집에서 죽은 여자가 누구인지 알수만 있다면 좀 더 자신 있게 판단할 수 있을 텐데. 처음에는 창가에서 죽은 것이 앨리슨 피치인 줄 알았지만 앨리슨 피치가 죽은 것은 바로 어제의 일이었다. 아까 하워드가 가게에 도착했을 때 루이스는 "브리짓의 시체"라는 말을 했었는데 누구인지 모르겠지만 바로 그 브리짓이 오처드 가의 희생자가 아닐까 싶었다.

내가 생각에 잠겨 있는데 토마스가 불쑥 말을 꺼냈다. "내가 혼자 찾았어요. 말했잖아요."

하워드는 의자에 몸을 파묻으며 긴 숨을 내쉬었다. "아, 뭐가 뭔지 정말 모르겠군." 그는 몸을 돌려 루이스를 똑바로 바라보았다. "만약 이게 정말 우연이라면, 이 〈레인맨〉 주인공처럼 미친놈이 인터넷에서 우연히 그 이미지를 발견한 것이 사실이라면, 우리의 골칫거리는 이걸로 끝이로군."

"그렇습니다." 루이스가 말했다.

"빌 클린턴이라든가 CIA로 보낸 이메일 따위는 다 헛소리인 것 같으니 더신경 쓰지 않아도 되겠어." 하워드는 생각에 잠긴 듯 턱을 문질렀다. "하지만 배콘에 관한 얘기만큼은……."

"저는 안 믿습니다." 루이스가 말했다.

하워드는 의자에서 엉덩이를 돌려 니콜을 바라보았다. "당신은 통 말이 없구먼."

니콜은 아무 대꾸도 하지 않았다.

"당신 생각은 어떤가?" 하워드가 물었다.

니콜은 잠시 생각하더니 대답했다. "배콘의 부하들이 정말로 저놈을 지켜보고 있었다면 지금쯤 구하러 왔겠죠. 그러니 만약 골칫거리가 모두 해결된 것 같거든 이 둘을 그냥 처리하면 돼요."

"그래." 하워드가 말했다. "당신 말이 맞—"

그 순간 방 안의 모두가 화들짝 놀랄 일이 일어났다. 누군가가 가게의 현관문을 세차게 두드렸던 것이다.

"뭐야!" 루이스가 말했다.

하워드는 나를 바라보며 물었다. "놈들인가?" 내가 아무 말도 못 하는 걸본 그는 토마스에게 같은 질문을 던졌다.

토마스가 대답했다. "아마도요."

문을 두드리는 소리가 이어지더니 누군가 소리를 질렀다. "하워드! 하워드! 그 안에 있는 거 다 알아!"

하워드의 눈이 휘둥그레졌다. 그 순간, 그는 이 방에 들어온 이후 최초로 당황한 듯 보였다.

"하느님, 맙소사. 모리스야." 그가 말했다.

62

전화를 끊은 모리스 쏘척은 운전석의 헤더에게 말했다. "도저히 못 참겠군. 저 자식이 무슨 짓을 꾸미는지 가서 봐야겠어."

"기다리고 있을게요." 헤더가 말했다.

성이 난 모리스는 타운 카에서 내려 거리를 가로질러 장난감 가게의 문을 마구 두드렸다. "하워드! 하워드! 그 안에 있는 거 다 알아!"

그는 가게 유리창에 바짝 다가가 양손으로 얼굴 양옆을 가리고 안을 들여다보았다. 가게 뒤쪽에는 불이 밝혀져 있었다. 곧 그쪽에서 커튼이 열리더니 하워드가 현관문으로 다가와 걸쇠를 풀고 문을 한 뼘 정도 열었다.

"자네 쌩쌩해 보이는군." 모리스 쏘척이 말했다.

"모리스, 도대체 여기 어떻게 온 거야?"

"문 열어."

"자네는 들어오면 안―."

모리스는 어깨로 문을 힘껏 밀어젖혔고 그 바람에 하워드는 뒤로 밀려나다가 50년대에 제작된 아동용 페달 자동차에 걸려 넘어졌다. 모리스는 바닥에 널브러진 하워드를 내려다보며 말했다.

"지금 무슨 일이 벌어지고 있는 거야?"

"안 돼. 자네는 여기 들어오면 안 돼. 어서 집으로 돌아―."

"시끄러워! 자넨 나를 속였어, 하워드. 몸이 아파서 오늘 밤에 만날 수 없다고 거짓말을 했잖아? 아니지, 아마 오래전부터 속였겠지. 똑똑히 들어, 지금 여기서 무슨 일이 있는 건지 당장 털어놓지 않으면―."

모리스는 불빛이 새어나오고 있는 커튼 건너편을 바라보았다. 커튼 너머로 사람의 그림자가 비쳐 보였다.

"저기 있는 게 누구야?"

하워드는 애원했다. "그만 집으로 돌아가. 다 자네를 위해서 하는 일이야. 자네를 위해 일부러 말하지 않은 거야. 이런 일은 내가 처리하면 돼. 더러운 일은 전부 다 내가 한다고. 이게 얼마나 지저분한지 자네는 굳이 알 필요가 없어. 다 자네를 위해 이런다는 것만 알아주게. 이게 다 자네를 지키기 위해—"

"씨발, 닥쳐. 이런 건 나를 위하는 게 아니야." 모리스가 말했다.

모리스가 커튼을 향해 발걸음을 옮기자 하워드는 그의 발에 매달리며 소리쳤다. "안 돼!"

모리스가 휘청거리며 발을 걷어차자 그의 플로샤임 구두 끝이 하워드의 턱 밑을 때렸다.

하워드는 외마디 비명을 지르며 모리스를 잡은 손을 놓았다. 모리스는 순식간에 커튼으로 다가가 커튼을 열어젖혔다. 안에서 벌어지는 광경이 그의 눈앞에 펼쳐졌다.

모리스는 앞에 서 있는 남자가 누군지 알고 있었다. 몇 년 전부터 하워드 밑에서 일하고 있는 루이스. 하지만 안쪽에 서 있는 여자는 초면이었다.

그리고 의자에는 남자 둘이 묶여 있었다.

"안녕하십니까, 모리스 씨." 루이스는 눈앞의 광경에 입을 다물지 못하고 있는 검찰총장에게 인사를 건넸다.

커튼 뒤에서 하워드가 숨을 헐떡이며 들어왔다. 그의 턱에서 피가 흐르고 있었다.

"모리스, 그만 집에 돌—"

"이 사람들은 누구야?" 모리스가 남자들을 가리키며 물었다.

"저는 레이 킬브라이드, 이쪽은 제 동생 토마스예요." 그들 중 한 명이 대답했다.

"당신은 누구지?" 모리스는 여자에게 물었다.

"일을 망친 년이죠." 여자가 대답했다.

"이 사람들 당장 풀어줘." 모리스가 지시했다. 딱히 누군가를 지명한 것은 아니었지만 루이스나 하워드 둘 중 한 명임은 분명했다.

하워드가 말했다. "그렇게 단순한 문제가 아닐세."

"아니, 단순한 문제야." 모리스가 중얼거리듯 내뱉었다. "무슨 영문인지 모르겠지만 이건 납치야. 사람들을 이런 식으로 붙잡아 두다니."

"자네가 모르는 사정이 있어." 하워드가 말했다.

"얘기해봐."

"얘기가…… 복잡해."

모리스는 실눈을 뜨고 하워드를 바라봤다. "그럼 차근차근 말해보시지. 내가 알아들을 수 있게."

"살인사건이에요." 토마스라는 남자가 대신 대답했다. "오처드 가의 살인사건."

"살인사건? 무슨 소리야, 그게?"

"닥쳐!" 하워드가 소리쳤다. "모리스, 우리 그만 나가세."

하워드는 뒤쪽에서 모리스의 팔을 붙잡고 끌고 나가려고 했지만 모리스는 그의 손을 떨쳐냈다.

"무슨 살인사건이냐고 묻잖아?" 모리스가 되물었다.

그때 레이라는 남자가 대답했다. "뭔지 잘 모르겠지만 아마도 브리짓이라는 여자가 죽은 거 같습니다."

63

내가 말을 내뱉자마자 방 안은 공기가 전부 빠져나가버린 것처럼 조용해졌다. 순간 하워드, 루이스, 니콜의 표정이 뚜렷하게 변했다. 그들은 숨이 멈춘 듯 망연자실했다.

그들이 모리스라고 부르는 남자는 벼락이라도 맞은 표정이었다. 마치 감전과 동결이 동시에 일어난 듯했다. 내 말을 듣고 충격을 받은 모리스는 아무 말도 하지 못했지만 머릿속에서는 틀림없이 뭔가가 요동치고 있었다. 내가 알려준 짧은 정보로 인해 모리스의 눈동자는 시속 수백 킬로미터로 회전하고 있었다.

순간적으로 모든 것이 180도 변해버렸다. 균형이 무너졌다. 우리 모두는 5분 전과는 전혀 다른 상황에 놓였다. 이것이 토마스와 내게 유리한 상황인지 어떤지는 알 수 없었지만 더 나빠질 것은 없었다.

모리스라는 이름의 저 남자. 그가 방에 걸어 들어온 순간부터 나는 그의 얼굴이 익숙하다고 느꼈다.

만약 뉴스 같은 데서 봤다면 즉시 알아봤겠지만, 상황이 상황이니만큼 나는 그가 누군지 얼른 떠올리지 못했다. 그도 그럴 것이, 장난감 가게의 뒷방에서 세 명의 악당에게 붙잡혀 있으니 알아보지 못하는 것이 당연했다. 마치 매일 아침 자신에게 커피를 건네주는 던킨도너츠의 점원을 쇼핑몰에서 마주쳤을 때 곧바로 알아차리지 못하는 것처럼. 익숙한 사람이라는 건 알겠는데 도통 누군지 알 수 없는 것이다.

다시 말해, 내가 뉴욕 검찰총장을 알아보는 데는 1분 정도의 시간이 소요

되었다.

모리스 쏘척 검찰총장.

나는 신문과 뉴스를 통해 그의 소식을 많이 접해 왔다. 그러고 보니 몇 개월 전부터인가 그에 대한 기사가 줄어들었는데…….

혼란의 도가니인 이 방 안에서 내 생각은 굉장히 빠르게 흘러갔다. 모리스 검찰총장은 왜 요즘 뉴스에 자주 나오지 않았던 것일까? 왜 TV나 신문에 출현하는 것이 뜸했을까? 사진 속에서 그는 항상 아름다운 부인과—.

아, 이런…….

아까 내뱉은 말 덕분에 나는 비로소 모든 정황들을 한데 그러모을 수 있었다.

브리짓.

이제야 나는 그 기사가 생각났다. 뉴욕 검찰총장의 아내 브리짓 쏘척의 원인 모를 갑작스러운 죽음. 하지만 기사의 행간을 잘 읽으면 원인은 자살임을 짐작할 수 있었다.

그러나 아까 루이스는 이 장난감 가게의 사장이 브리짓의 시체를 옮기는 것을 도와줬다고 말했다.

맙소사…… 토마스…… 넌 무시무시한 사건을 목격한 거였어.

내가 던진 한 마디에 이어 4, 5초 정도의 정적이 흘렀지만 마치 몇 분, 아니, 몇 시간이 지난 듯 느껴졌다.

이윽고 모리스가 먼저 입을 열었다. 대상은 나였다.

"지금 뭐라고 했지?"

"살해당한 사람이 브리짓인 것 같아요." 그제서야 나는 그 말이 갖는 무게를 깨달았다. 나는 지금 이 남자의 아내 얘기를 하고 있는 것이었다. 모리스 쏘척이 충격을 받은 이유가 그 사실을 몰랐었기 때문인지 아니면 내가 알고 있다는 것을 알았기 때문인지는 확실치 않았다. 어느 쪽이든, 이 남자의 아내가 살해당한 것은 사실인 것 같았다.

아직 확실하지 않더라도 이제 곧 밝혀질 것이다. 모든 것이 드러날 것이다.

모리스는 소름 끼칠 만큼 차분하게 하워드에게 물었다. "저 사람, 지금 무슨 말 하는 거야?"

"글쎄, 나도 모르겠는데." 하워드는 급하게 나불거렸다. "머리가 이상한 놈이야. 동생 놈도 마찬가지고. 자네를 모함하려고 헛소리를 퍼뜨리는 정신 나간 콤비들이지. 그래, 그런 새끼들이야."

"아니에요. 내 동생이 저들의 살인 현장을 발견했어요. 그래서 우리를 죽이려고 여기로—."

"씨발, 아가리 닥쳐!" 루이스가 말했다.

"아니, 말하게 놔둬. 나는 이 정신 나간 남자가 하는 말을 들어야겠어." 모리스가 말했다.

"동생은 인터넷을 돌아다니고 있었어요. 〈월360〉 말입니다. 그러다가 오처드 가의 어느 건물 창가에서 누군가 살해당하고 있는 장면을 목격했어요. 그게 아마 당신 부인인 것 같습니다. 당신 부인이 브리짓 맞죠?" 내가 말했다.

모리스는 천천히 고개를 끄덕였다. 그의 얼굴이 온통 붉게 타오르고 있었다.

"이봐, 자네 저런 새끼의 말을—."

"하워드." 루이스가 끼어들었다. "이제 그만 합시다."

"뭐라고? 루이스, 나는—."

"어쩔 수 없습니다. 모리스 씨도 우리 쪽으로 끌어들이는 수밖에 없습니다. 만약 한패가 되지 않겠다면 처리할 수밖에요." 루이스가 말했다.

"뭐야?" 모리스는 루이스를 돌아보며 말했다. "이 자식이, 네가 뭔데 감히……."

"마지막까지 살아남을 사람이죠." 루이스가 말했다. "그리고 하워드와 당신도 함께 살아남는 겁니다. 함께 살아남는 방법은 딱 한 가지, 한배를 타는 것뿐입니다.”

“브리짓에게 무슨 짓을 했어? 사실대로 말해.” 모리스가 말했다.

방에는 다시 몇 초간 정적이 흘렀다. 하워드가 먼저 입을 열었다. “사고였네. 끔찍한 실수였어.”

“이럴 수가…… 설마 자네가…….” 모리스가 말했다.

하워드가 말을 이었다. “앨리슨 피치라는 여자가 있어. 그 여자가 브리짓을 협박했지. 브리짓과 자네의 이름에 먹칠을 하겠다고 위협했어. 우리—아니, 나는 앨리슨 피치가 자네에게 치명타를 날릴 만한 사실을 알고 있을까봐 두려웠어.”

“하워드…….”

“정치적인 치명타 말일세. 돈을 줘서 입을 막을까 생각했지만 그렇게는 깨끗이 해결되지 않을 게 뻔했지. 그래서 루이스와 의논한 결과 그 여자를 다른 방식으로 처리하기로 결정한 걸세. 더욱…… 확실한 방법으로 말이야.”

“도저히 믿을 수가 없군.” 모리스는 하워드에게서 눈을 떼지 못했다.

“그런데 계획을 행동에 옮기던 그날, 문제를 처리하던 그날, 아무도 예상치 못한 일이 벌어졌어. 그 여자가, 앨리슨 피치가 집에 없었던 거야.” 하워드는 말을 멈추고 침을 삼켰다. “거기 있던 건 브리짓이었어. 브리짓을 앨리슨 피치로 혼동했어.”

“하지만…… 하지만 브리짓의 시신은 전에 그녀가 살던 집에 있었잖아. 자네와 내가 직접 봤잖아.” 모리스가 말했다.

“시신을 거기로 옮긴 거였네.”

“자네하고 통화도 했잖아!” 모리스가 말했다. “브리짓이 전화로 말했다면서! 나 때문에 숨 막혀 죽을 것 같다고, 못 견디겠다고 말했다면서!”

하워드는 모리스의 시선을 피하며 말했다. “그건…… 거짓말이었어. 전화 통화는 없었어. 내가 지어낸 거야.”

모리스는 하워드의 옷깃을 움켜잡고는 그를 벽의 선반을 향해 냅다 내던졌다. 선반의 엑손 유조차와 배트모빌이 요란한 소리를 내며 바닥에 떨어졌다.

"이 개새끼야!" 모리스는 하워드의 멱살을 잡고 흔들다가 손을 풀고 주먹을 쥐더니 그의 얼굴에 직격탄을 날렸다. 하워드는 비명을 지르며 바닥으로 쓰러졌다. 모리스가 달려들어 다시 한 번 주먹을 날리려는 찰나, 루이스가 그의 팔을 움켜잡고 끌어당겼다.

"그만!" 루이스가 말했다. "둘 사이의 일은 나중에 정리하고 우선 당장 어떻게 할지 생각해야 합니다."

"죽여버릴 거야!" 루이스의 손아귀에 붙잡힌 채 모리스는 하워드를 내려다보며 소리 질렀다. "씨발 놈아! 이 개새끼야!"

"내 잘못이 아니야!" 하워드가 말했다. "내 잘못이 아니었어!" 그는 손가락으로 반대편을 가리켰다. "저 여자가 실수한 거야!"

모두의 시선이 일제히 니콜을 향했다.

모리스가 말했다. "당신이?"

"들으셨다시피 실수였어요." 니콜은 아무렇지도 않게 말했다.

"당신이 브리짓을 죽였어?"

"나는 그 집에 앨리슨 피치가 있을 거라고 들었어요. 가보니까 여자가 하나 있더라고요. 그런데 그게 다른 사람이었던 거죠." 니콜은 어깨를 으쓱했다. "미안하게 됐어요."

모리스가 말했다. "뭐……? 뭐라고?"

"말했잖아요, 미안하다고. 그것 말고 딱히 할 말이 없네요."

아연실색한 모리스는 하워드를, 그리고 루이스를 바라봤다.

루이스가 말했다. "저 여자 말이 맞습니다." 루이스는 격노하여 할 말을 잃은 모리스를 바라보다가 하워드에게 말했다. "하지만 하워드, 지난 일은 털어버리자는 선의의 증표로 모리스 씨에게 베풀 수 있는 일이 생각났습니다."

"그게 무슨 소리야?" 하워드가 물었다.

"브리짓을 되살릴 수는 없어도 복수는 할 수 있다 이 말씀이지요." 루이스는 재킷에 손을 집어넣고 총을 꺼냈다.

그는 몸을 돌려 니콜에게 총을 겨눈 뒤 방아쇠를 당겼다. 총열 끝에 소음기가 달린 탓에 총성은 생각만큼 크지 않았다.

하지만 충격으로 인해 뒤로 날아간 니콜이 선반에 머리를 부딪친 뒤 엎드린 자세로 바닥에 떨어지는 바람에 방 안은 요란해졌다. 두 개의 선반이 무너졌고 장난감들이 산사태처럼 바닥으로 우르르 떨어져 내렸다. 슈퍼볼들이 긴 포물선을 그리며 사방으로 튀어다녔다.

"어차피 조만간 처리할 생각이었습니다." 루이스가 말했다.

64

방 안은 내가 브리짓의 이름을 언급했던 순간만큼이나 고요해졌다. 모리스 쏘첵은 아연실색하여 루이스를, 그리고 바닥에 쓰러진 니콜을 바라보았다.

"이게 무슨 짓이야?" 모리스가 말했다.

"늘 하던 일을 한 것뿐입니다. 당신과 하워드를 위해 골칫거리를 처리하는 일 말이지요." 루이스가 말했다.

갑자기 모리스는 재킷 안으로 손을 집어넣어 루이스처럼 총을 꺼내 들었다. 검찰총장쯤 되는 사람은 권총을 늘 휴대하는 모양이었다. 루이스는 모리스의 생각을 직감적으로 알아차린 듯 그가 루이스의 머리로 총을 겨누는 순간 똑같이 그의 머리를 향해 총을 겨누었다.

두 사람은 서로에게 총을 겨눈 채 얼어붙은 듯 그 자리에 서 있었다.

"이봐, 제발 다들 진정해." 하워드가 말했다.

모리스는 루이스에게 시선을 고정시킨 채 대답했다. "나를 위한답시고 사람을 죽이다니, 헛소리 집어치워. 이따위는 절대 나를 위한 게 아니야."

"이미 엎질러진 물이야." 하워드는 모리스의 뒤에 서서 조용히 말했.

"자네가 루이스를 쏘면 상황은 악화될 뿐이야. 우리에겐 루이스가 필요해."

"입 닥쳐!"

루이스의 팔은 허공에서 미동도 하지 않았다. 그는 방아쇠에 손가락을 걸치고 모리스의 머리를 향해 곧게 총을 겨누고 있었다. 자세와 눈빛을 보니 루이스가 모리스보다 훨씬 총에 익숙하다는 걸 알 수 있었지만, 모리스 쏘첵

검찰총장 역시 언제든 지체 없이 총을 쏠 준비가 됐다는 듯 만만치 않은 기세였다.

"안 돼, 모리스. 제발 말 좀 들어. 이미 자네를 위해 일은 벌어졌어. 불행한 일이, 지저분한 일이 벌어졌다고. 들통이 나면 자네도 무사하지 못해. 자네의 지시가 아니었다고 아무리 말해도 사람들은 믿지 않을 거야. 모리스, 내 말을 들어. 그렇게 되면 자네는 영원히 재기 불능이야. 이건 나와 루이스뿐 아니라 자네 본인의 일이야. 자네도 이미 손에 보이지 않는 피를 묻힌 셈이라고." 하워드가 말했다.

모리스와 루이스는 여전히 서로에게 총을 겨누고 있었다.

하워드가 계속 말을 이었다. "게다가 모두 자네가 브리짓을 죽였다고 생각할 거야. 자네가 브리짓의 살인을 지시했다고 생각할 거야, 모리스. 사태를 바로잡고 싶은 자네 심정은 알겠지만 이미 틀렸어. 심지어 브리짓의 비밀까지 까발려질 거야. 하긴, 이제……." 하워드는 말꼬리를 흐렸다. "이제 그런 비밀 따위 아무래도 상관없지만……."

모리스의 코에서 숨소리가 들렸다. 흥분한 숨을 들이쉬고 내쉬고, 들이쉬고 내쉴 때마다 콧구멍이 벌름거렸다. 그는 총을 들어 올렸을 때처럼 갑자기 총을 내리더니 바닥으로 시선을 떨궜다. 패배를 인정한 듯한 표정이었다. 그는 총을 재킷 안에 집어넣었다.

루이스는 천천히 팔을 내렸지만 손에는 여전히 총이 굳게 쥐어져 있었다.

모리스가 루이스를 쏘았다면 내게는 오히려 유리한 상황이 되었을 테지만, 나 역시 그들처럼 안도의 한숨을 내쉬었다. 나는 토마스를 향해 고개를 돌렸다. 토마스도 극도로 긴장해 있을 거라는 나의 예상과 달리 그는 눈을 꼭 감고 있었다. 아마 지금 상황이 펼쳐지는 동안 줄곧 눈을 감고 있었던 모양이다.

"토마스, 눈 떠도 돼." 내가 말했다.

토마스는 눈을 뜨고 니콜의 시체를 보더니 나를 바라봤다. 아무 말도 하지 않았지만 그의 눈빛은 간절히 애원하고 있었다. 어서 빨리 여기를 나가자고 애원하고 있었다. 하지만 나의 불안한 눈빛은 그를 안심시키지 못했다.

모리스는 고개를 저었고, 루이스와 하워드는 그가 허튼짓을 할세라 경계하는 눈빛으로 유심히 지켜보았다.

갑자기 모리스는 몸을 돌려 하워드를 지나치더니 커튼을 열어젖히고 현관문을 향해 걸어갔다.

"모리스?" 하워드가 말했다.

"아니, 지금 뭐하자는 거야? 빌어먹을." 루이스가 말했다.

하워드는 얼른 모리스를 쫓아갔다. 루이스도 두 사람을 따라가고 싶어 하는 듯 보였다. 그는 토마스와 나를 슬쩍 쳐다보더니 우리가 꼼짝할 수 없으리라고 판단하고는 이내 그들을 쫓아 나갔다.

이어서 문이 열리는 소리가 들리는가 싶더니 곧바로 다시 닫히는 소리가 들렸다. 모리스가 밖으로 나가려는 것을 루이스나 하워드가 저지한 모양이었다. 세 사람이 일제히 소리 지르며 언쟁을 벌이는 것이 들렸다. 내용은 알아들을 수 없었지만 지금 그런 건 아무 상관 없었다.

토마스와 내가 달아날 기회가 있다면 지금이 바로 그때였다. 나는 의자에 앉은 채 몸을 앞으로 기울여 무게 중심을 두 발에 실었다. 다리가 의자에 묶여 있지 않았기 때문에 나는 조금이나마 움직일 수 있었다.

"형 뭐해?" 토마스가 물었다.

"쉿."

나는 의자를 매단 채 어기적어기적 뒷걸음질을 쳐서 토마스에게 다가가 등을 맞대었다. 밖에서 열띤 토론을 벌이는 세 사람에게 들릴 것 같진 않았지만 나는 의자가 끌리는 소리가 나지 않도록 의자를 살살 바닥에 내렸다. 커튼이 닫혀 있어서 그들에게는 우리의 모습은 보이지 않았다.

나는 토마스의 손목을 의자에 결박한 테이프에 손가락이 닿을 수 있도록 가까이 다가갔다.

"여기서 나가는 거야." 나는 토마스의 손목을 묶은 테이프를 뜯어내기 위해 양손의 손가락을 꼼지락거렸다. 테이프는 겹겹이 둘려 있어서 손가락만 가지고 뜯어내기란 쉽지 않았다. 하지만 일단 약간의 틈이라도 생긴다면 ……

"빨리해." 토마스가 속삭였다.

"조금만 기다려."

"형, 내가 조직 폭력단을 위해 일하게 만들어 놓고는 말도 안 해주면 어떻게 해?"

"그거 다 거짓말이야." 나는 손가락으로 테이프를 이리저리 비틀며 속삭였다. "시간을 벌려고 꾸며낸 얘기였어."

"그랬어? 형 똑똑하다." 토마스가 말했다.

"—뭐라고? 아니, 절대 안 돼!" 모리스가 소리를 질렀다. 세 사람이 밖으로 나간 뒤 최초로 들린 명확한 문장이었다.

테이프의 뜯어진 부분이 조금씩 벌어지기 시작했다. 토마스가 말했다. "느슨해진 거 같아."

"네 것이 풀리거든 내 것도 풀어줘. 함께 도망치는 거야."

"응. 형, 근데 여기가 어딘지 모르겠어." 토마스가 말했다.

"너라면 길거리로 나가자마자 알 수 있겠지."

조금 더 뜯어내자 테이프는 드디어 순조롭게 찢어지기 시작했다.

"형, 됐어. 손목을 움직일 수 있어. 하지만 손에 아직 테이프가 붙어 있어." 토마스가 말했다.

"어서 빠져나오기나 해."

등 뒤에서 토마스가 남은 테이프를 떼어내려고 애쓰는 소리가 들렸다. 봄을 돌리자 그가 손목에 남은 테이프 조각들을 떼어내는 게 보였다. 곧바로 토마스는 허리에 감긴 테이프를 풀어내는 작업에 착수했다.

"토마스, 빨리……."

바깥의 세 사람의 목소리는 아까보다 조용해졌지만 여전히 말소리가 들렸다.

"빨리해." 내가 속삭였다.

"응, 응." 마침내 결박에서 풀려난 토마스가 의자에서 일어났다. "이제 형을 풀어줄게."

그때 교회 종소리처럼 뚜렷하게 루이스의 목소리가 들려왔다. "놈들을 지켜보러 가겠습니다."

"도망가." 내가 속삭였다.

"금방 풀 수 있어." 토마스가 내 손목을 두른 테이프를 떼어내기 시작했다. 루이스의 발소리가 다가오는 것이 들렸다.

"시간 없어!" 나는 급박하게 속삭였다. "어서 가! 뛰어! 가서 도움을 요청해!"

토마스는 공포에 질렸다. 그는 나를 놔두고 가고 싶지 않았다.

"하지만—."

"씨발, 빨리 나가란 말이야!"

결국 토마스는 시키는 대로 했다. 그는 뒷방 옆의 짧은 복도로 뛰어가 바깥으로 이어지는 문을 벌컥 열어젖히고 곧 밖으로 사라졌다.

"네, 알겠습니다. 걱정 마십시오." 뒷방으로 걸어오던 루이스가 도중에 멈추며 말하는 소리가 들렸다.

그가 커튼을 젖히고 들어오기 직전, 나는 쓰러진 니콜을 내려다보다가 바닥에 피가 고여있지 않다는 사실을 깨닫게 되었다.

65

토마스는 좁은 골목으로 뛰쳐나갔다. 건물과 건물 사이를 메운 하얀색 밴이 보였다. 그는 어둠에 적응하기 위해 한두 번 눈을 깜빡인 뒤 양쪽을 두리번거리며 어느 쪽으로 가면 거리가 나올지를 생각하다가 곧 한쪽을 골랐다.

토마스는 골목길을 벗어나 뚜렷한 이유 없이 직관적으로 오른쪽으로 돌았다. 그는 달렸다. 도중에 자전거 가게, 양복점 따위들을 지나쳤지만 그는 관심을 기울이지 않았다. 지금 토마스의 머릿속에는 달아나야 한다는 생각, 한시라도 빨리 달아나서 도움을 요청해야 한다는 생각밖에 없었다.

평상시였다면 토마스는 밖으로 나오자마자 자신의 위치를 알았을 테지만 지금은 두 가지 요소가 그것을 가로막았다. 첫째는 토마스가 공포에 질린 상태라는 사실, 둘째는 지금이 밤이라는 사실이었다. 〈휠360〉의 이미지들은 전부 낮시간 동안 찍힌 것들이었다.

처음 두 블록까지 토마스는 전력 질주를 했지만 몇 년 동안 전혀 운동을 하지 않고 방에 틀어박혀 컴퓨터만 한 그로서는 그 속도를 유지한다는 건 무리였다.

토마스는 질주를 포기하고 속보로 전환했다. 그는 걸어가는 도중 되는대로 방향을 바꿨다. 어떤 사거리에서는 좌회전, 어떤 사거리에서는 우회전을 했다.

달아나야 돼, 달아나야 돼, 달아나야 돼.

한참 후 토마스는 걸음을 멈췄다. 그는 허리를 숙여 양 손바닥으로 무릎을 짚은 채 숨을 들이쉬었다. 숨이 가빴고 가슴이 아팠다.

토마스는 몸을 펴고 제자리를 몇 바퀴 돌며 숨을 골랐다. 호흡이 진정되자 그는 주위를 둘러봤다. 어두운 밤이었시만 거리의 불빛들 덕분에 집중을 하면 주변의 사물이나 가게의 간판, 거리 표지판 등을 식별할 수 있었다.

길모퉁이의 스트롬볼리 피자 가게 벽에는 "지금 이 순간은 당신이 생각하는 것보다 소중합니다."라는 글귀가 쓰여 있었다. 그 옆으로는 채식 전문 식당이, 길 건너편에는 다양한 운동화들이 진열된 신발 가게가 보였다.

거리 표지판을 보지 않고 토마스는 중얼거렸다. "세인트 마크스 플레이스 가와 1번 애비뉴의 교차로."

이어서 토마스는 거리 표지판을 보고 그의 판단이 옳다는 것을 확인했다.

"위치를 알아냈어. 나는 내가 어디 있는지 알아." 토마스는 소리 내어 말했다.

마침 어깨까지 머리를 기른 키 작은 남자가 그의 옆을 지나치다가 말했다.

"그거 다행이군."

주변 경관에 몰입해 있는 토마스의 귀에는 남자의 말이 조금도 들어오지 않았다.

"여기는 뉴욕이야. 맨해튼. 난 여기가 어딘지 알아." 토마스가 말했다.

그는 피자 가게를 향해 걸어갔다. 토마스는 가게 바로 앞에 멈춰 서서 손가락으로 유리창을 건드렸다.

느낄 수 있었다.

손가락 끝의 유리창을 느낄 수 있었다.

그리고 예전에 그 유리창에서, 아니, 토마스가 탐험한 세계 어느 곳의 유리창에서도 본 적이 없는 것이 보였다.

유리창에 비친 자신의 모습이었다.

〈훨360〉과는 너무도 달랐다. 〈훨360〉으로도 집과 가게와 표지판과 벤치와 우편함들을 볼 수는 있었다. 심지어 원하기만 하면 화면을 확대해서 자세히 살펴볼 수도 있었다. 하지만 그것들의 촉감은 절대로 느낄 수 없었다.

토마스는 냄새를 맡았다.

빵을 굽는 냄새. 밀가루 반죽. 피자 반죽이었다. 밤늦은 시간이라 가게는 문을 닫았지만 아직 그 냄새가 남아 있었다.

굉장히 좋은 냄새였다. 아주 맛있어 보이는 냄새. 토마스는 자신이 밥을 먹은 지 오래됐다는 사실을 문득 깨달았다. 만약 컴퓨터를 통해서였다면 음식을 볼 수는 있어도 절대 냄새까지 맡을 수는 없었을 것이다.

등 뒤에서 트럭이 우르릉거리며 지나가는 소리가 들렸다. 토마스는 몸을 돌려 1번 애비뉴를 올라가는 트럭을 바라봤다. 이곳에서는 트럭들이 소리를 내며 움직인다. 사람들은 걸어 다닌다. 선명한 얼굴을 지닌 채.

〈휠360〉의 세계에는 소리가 없었다. 냄새도 없었다. 아무것도 만질 수 없었다.

토마스는 주변의 모든 것이 경이로웠다. 여기 1번 애비뉴와 세인트 마크스 플레이스 가의 모퉁이에 서 있자니 마치 컴퓨터 화면 속으로 들어온 것 같았다. 아니, 그보다 훨씬 현실감이 있고 신기했다.

토마스는 지금껏 들렀던 모든 도시들을 머릿속으로 떠올렸다. 전 세계의 도시들. 도쿄, 파리, 런던, 뭄바이, 샌프란시스코, 리우데자네이루, 시드니, 오클랜드, 케이프타운.

실제로 그곳들에 가면 어떤 기분일까? 발아래로 그 길거리들을 직접 느낀다면 어떨까? 거리의 냄새를 맡는다면? 거리의 소리를 듣는다면?

그런 생각을 하니 토마스의 마음은 경이로움으로 가득 찼다.

토마스는 그런 생각에 빠져 당장 해야 할 일을 잊어버릴 뻔했지만 다행히 잊어버리지는 않았다.

"형……." 토마스는 낮게 속삭였다. "형을 구해야 해."

하지만 어떻게?

주변에는 경찰차도 보이지 않았고 공중전화도 없었다. 하지만 전화 부스가 있었다 한들 토마스에게는 돈이 없었다. 동전도 지폐도 신용카드가 든 지갑도 없었다. 애당초 토마스에게는 신용카드가 없었고 어떻게 사용하는지 알지도 못했다.

"택시!"

토마스는 거리를 올려다봤다. 남자 하나가 허공에 팔을 들어 올리면서 토마스에게도 익숙한 노란색 차를 부르는 것이 보였다. 남자는 그 차에 홀쩍 올라탔고 노란색 차는 곧 출발했다.

토마스에게는 휴대폰이 없었다. 있었다면 경찰에 전화를 걸 수 있을 텐데. 형에게는 휴대폰이 있었고 아버지에게도, 줄리에게도 휴대폰이 있었다. 즉, 대부분의 사람들은 휴대폰을 하나씩 가지고 있는 듯했다. 지금 길거리를 지나가는 사람들은 아마 휴대폰을 가지고 있을 것이다.

남쪽 방향에서 두 명의 십대 소녀들이 서로를 지탱하듯 함께 팔짱을 끼고 하이힐을 신은 채 휘청휘청 걸어오는 것이 보였다.

"저기요." 토마스는 그들의 앞을 정면으로 막아서며 말했다. "휴대폰 있어요? 911에 전화해야 하는데 빌려줄래요?"

갑자기 길이 막힌 소녀들은 눈을 깜빡이며 토마스를 바라봤다. 토마스는 그들이 뭔가에 겁을 먹은 것 같다고 생각했다. 소녀들은 팔짱을 낀 팔을 풀더니 각각 토마스의 좌우를 지나쳐갔다. 그중 한 명이 중얼거렸다. "미친놈."

토마스는 소녀들에게 휴대폰이 없나보다고 생각하고는 다른 두 사람을 잡아 세웠다. 첫 번째는 쓰레기통의 내용물에 지대한 관심을 보이는 넝마 차림의 노인이었다. 그는 토마스를 돕는 일보다 방금 발견한 반쯤 남은 커피에 더 관심을 보였다. 두 번째는 중년 여인이었는데, 토마스가 휴대폰을 빌려달라고 하자 핸드백을 가슴께에 꼭 끌어안더니 총총걸음으로 달아났다.

뉴욕에 사는 사람들은 휴대폰을 안 가지고 다니나 보다, 라고 토마스는 생각했다. 그는 지금 곁에 줄리가 있으면 좋겠다고 생각했다. 토마스는 줄리를 좋아했다. 줄리라면 나를 도와줄 수 있을 텐데.

어떻게 하면 줄리를 만날 수 있을까? 휴대폰도 없었지만 토마스는 어차피 줄리의 전화번호를 알지 못했다. 그렇다면 어떻게—.

잠깐.

줄리의 여동생이 뉴욕에 살고 있다. 컵케이크를 파는 가게를 하고 있다고 했다. 이름이 뭐였지? 캔디스? 그래, 캔디스였어. 가게 이름은 〈캔디스 컵케이크〉. 캔디스는 그 가게 위층에 살고 있다고 했다.

위치는 서쪽 8번 가.

토마스는 잠시 눈을 감았다. 장면이 보였다. 구운 빵들이 가득한 진열장. 빨간 줄과 하얀 줄이 그어진 차양. 가게 앞 보도에 놓인 연철 테이블과 의자.

토마스는 캔디스를 찾으면 줄리에게 연락할 수 있다는 것을 깨달았다.

서쪽 8번 가로 가기만 하면 된다.

거리를 올려다보니 아까와 같은 노란색 차가 다가오는 것이 보였다. 토마스는 차선의 중앙으로 뛰어들어 양손을 허공에 쳐들고 외쳤다. "택시!"

운전사가 브레이크를 밟자 차는 요란하게 끼익 소리를 내며 멈췄다.

"아니, 당신 미쳤어?" 택시 운전사가 소리를 질렀다.

토마스는 운전석의 창문으로 걸어갔다. "아저씨, 저를 뉴욕 서쪽 8번 가에 있는 〈캔디스 컵케이크〉까지 데려다 주세요."

"8번 가라고? 여기가 어딘지는 알고 하는 소리예요?"

"세인트 마크스 플레이스와 1번 애비뉴의 교차로예요." 토마스는 택시 운전사라면 그 정도는 알아야 하는 거 아닌가, 라고 생각하며 대답했다.

"알았으니까 타요." 운전사가 말했다.

토마스는 차를 빙 돌아 조수석에 올라탔다. "뒷좌석!" 운전사가 고개를 절레절레 저으며 소리를 질렀다. 토마스는 뒷좌석에 올라탄 뒤 오래전에 본 영화를 떠올리며 이런 상황에서 하기에 알맞은 대사를 내뱉었다. "밟아요."

운전사는 액셀을 밟았다.

"납치범들한테 붙잡혀 있는 형을 구하려고 도움을 요청하러 가는 길이에요." 토마스가 말했다.

"아하, 그래요?"

"그래서 서둘러서 가야 해요. 창가에서 살해당한 여자 때문에 이렇게 됐어요."

"그래요? 그거 참 골치 아프겠구먼."

토마스는 창밖으로 스쳐 가는 거리 표지판들을 살펴보며 말했다. "이것보다 더 빠른 길이 있어요."

"그런 길은 금시초문인데." 운전사가 말했다.

길에는 차가 거의 없었기 때문에 택시는 이내 컵케이크 가게 앞에 도착했다. "닫힌 것 같네요." 운전사가 말했다. "컵케이크가 꼭 먹고 싶다면 내가 아는 야간 식당에 데려다 줄 수 있어요."

토마스는 캔디스가 살고 있을 2층의 창문을 바라봤지만 어떻게 들어갈 수 있을지는 몰랐다. 아마 건물로 들어가려면 가게를 통과해야 하는 모양이었다. 가게 문을 세게 두드려서 캔디스를 깨워 내려오도록 할 수 있을까?

토마스는 문손잡이를 당겨 열고는 보도로 발을 내디뎠다. "정말 고맙습니다."

"어, 이봐, 잠깐!" 운전사가 말했다. "요금. 5달러 80센트예요."

"예?"

"5달러 80센트 달라고요."

"저는 돈을 안 가지고 있어요. 집에서 안 나오니까 돈이 필요 없거든요."

"5달러 80센트!"

"형한테 돈이 있어요. 형이 납치범들한테 풀려나면 돈을 줄 수 있을 거예요."

"당장 내려, 개새끼야!" 운전사가 말했다. 토마스가 문을 닫자마자 택시는 쏜살같이 떠나갔다.

토마스는 〈캔디스 컵케이크〉의 현관으로 걸어가 유리문을 세차게 두드렸다. 가게는 어두웠지만 뒤쪽에 불이 밝혀져 있는 것이 보였다.

"저기요! 캔디스 씨!" 토마스는 소리를 질렀다.

토마스가 계속 문을 두드리자 유리가 격렬하게 덜컹거렸다. 이윽고 몸집이 작은 흑인 사내가 가게 저편에서 성큼성큼 다가와 자물쇠를 풀고 문을 살짝 열었다.

"시끄러워!" 남자가 소리를 질렀다.

"캔디스 씨를 만나야 해요. 줄리에게 연락해야 해요." 토마스가 말했다. 안에서 빵을 굽는 냄새가 났고 흑인의 셔츠에는 온통 케이크 밀가루 반죽 같은 것이 튀어 있었다. 이렇게 늦은 밤에 일을 하는 것일까?

"뭐라고?" 남자가 말했다.

"줄리에게 연락해야 한다고요. 형과 관련된 일이에요. 지금 형이 의자에 묶여 있어요."

"꺼져!" 남자는 그렇게 말하고 문을 닫으려고 했지만 토마스가 문을 붙들었다.

"캔디스 씨를 만나야 해요! 캔디스 씨가 줄리의 전화번호를 알 거예요." 토마스가 소리를 질렀다.

흑인은 가게 뒤쪽을 향해 외쳤다. "사장님! 이리 좀 와봐요, 사장님!"

몇 초 후 넓은 흰색 앞치마를 두르고 머리에 망사 모자를 쓴 여자가 나타나 문가로 다가왔다.

"무슨 일이야?" 여자가 물었다.

"이 미친놈이 고래고래 소리 지르면서 사장님을 찾고 있어요. 줄리라는 사람 얘기를 하던데요?"

여자는 남자를 옆으로 밀치고 문을 활짝 열었다. "누구세요?"

"토마스예요."

"토마스 누구요?"

"토마스 킬브라이드요. 당신이 줄리의 동생이에요?"

"네."

"한밤중에도 일해요?"

"이봐요, 뭐예요? 줄리 언니가 뭘 어쨌는데요?"

"줄리 휴대폰 전화번호 알아요?"

"왜요?"

"형을 구하는 데 줄리의 도움이 필요해요."

캔디스는 성이 난 얼굴로 고개를 절레절레 젓더니 주머니에 손을 집어넣어 휴대폰을 꺼냈다. 그녀는 전화번호를 검색하여 통화 버튼을 누르고 휴대폰을 귀에 갖다 댔다.

상대방이 순식간에 전화를 받았는지 그녀는 놀란 표정을 지었다.

"여보세요? 언니, 나야. 이 시간에 전화해서 미안한데 웬 미친 남자가 언니하고—어, 맞아, 토마스. 이름이 토마스야……알았어." 캔디스는 휴대폰을 토마스에게 건넸다. "언니가 바꿔달래요."

토마스는 휴대폰을 받아들고 말했다. "안녕, 줄리. 나하고 형이 뉴욕으로 납치됐어. 나는 도망쳤는데 형은 아직 갇혀 있어. 형이 나를 풀어줬는데 내가 형을 풀어줄 시간이 없—."

"지금 우리 동생 컵케이크 가게에 있어?" 믿기지 않는다는 듯이 줄리가 말했다.

"응."

"내가 2분 안에 갈게. 거기서 기다려!"

토마스는 휴대폰을 캔디스에게 돌려줬다. "줄리가 곧 온대요."

캔디스는 이게 무슨 일인지 영문을 모르겠다는 듯 말했다. "아니, 언니는 뉴욕에 왔으면서 나한테 연락도 안 했어?"

66

모리스 쏘척은 한때 목숨의 위협을 받던 시절부터 가지고 다니던 그의 총을 다시 권총집에 집어넣고 퍼버 골동품점의 문손잡이를 잡았다. 하지만 그가 문을 열자마자 하워드가 급하게 손을 뻗어 문을 쾅하고 닫았다.

"어쩌려고 그래, 모리스?" 하워드가 말했다.

"비켜."

루이스가 두 사람의 대화에 끼어들었다. "그거 좋은 질문이군요. 여기서 나가서 뭘 할 생각입니까?"

"앞으로 벌어질 일 따위는 신경 안 써. 이런 짓을 해야 할 만큼 중요한 건 아무것도 없어. 내가 보고 들은 걸 다 얘기할 거야. 사람들이 안 믿어준다 해도 상관없어." 모리스가 말했다.

이어서 모리스의 관자놀이에 차갑고 단단한 것이 느껴졌다. 검찰총장은 왼쪽으로 눈을 돌렸다. 루이스가 그의 관자놀이에 총구를 들이대고 있었다.

"이러면 일이 해결될 것 같나, 루이스? 내 머리통을 날려버리면 다 끝날 것 같아? 지금 상황이 이 모양이니 차라리 나까지 처리해서 문제를 해결하겠다 이거야?"

"그럴지도. 하워드, 모리스의 총을 압수하시죠." 루이스가 말했다.

하워드는 모리스의 코트 안에 손을 집어넣어 총을 꺼내 루이스에게 건넸다. 루이스는 모리스의 총을 허리춤에 쑤셔 넣었다.

하워드가 말했다. "자네가 엄청난 충격을 받았다는 거 알아. 받아들이기 힘들겠지. 이해해. 하지만 섣불리 행동하기 전에 이걸 알아야 해. 이게 다 자네를 돕기 위해 시작된 거지만 상황은 180도 변했어. 우리가 자네를 계속 도울 수 있도록 자네가 우리를 도와야 해. 안 그러면 자네의 생존은 보장할 수 없어."

"진작에 네놈을 쫓아냈어야 했는데……." 모리스가 말했다.

"하지만 자네는 그러지 못했지. 왜냐하면 내가 일을 아주 잘했기 때문이야. 자네도 알고 나도 아는 사실이지. 자, 협력하지 않으면 무슨 일이 벌어질까? 일단 루이스가 자네 머리에 총구멍을 내겠지. 그다음에는 어떻게 될 것 같나?"

하워드는 바깥을 향해 고갯짓을 했지만 모리스는 하워드의 의중을 알 수 없었다.

하지만 이윽고 그는 깨달았다.

"안 돼, 제발…… 안 돼……."

하워드가 고개를 끄덕였다. "루이스, 자네가 말해봐."

"우리는 당신을 없앤 다음 헤더를 죽일 겁니다. 머지않아 헤더가 당신을 찾아 가게로 들어올 테니까." 루이스가 말했다.

하워드가 말했다. "모리스, 나도 지금의 자네 같았어. 이 사태의 발단이 된 바로 그때, 앨리슨 피치를 처리한다는 극단적인 조치를 취하도록 루이스에게 허락하던 그 순간, 나는 스스로를 도저히 믿을 수가 없었지. 그렇게까지 극단적인 결정은 처음이었으니까. 정말일세. 과거에도 자네를 위해 많은 짓을 했지만 살인을 한 적은 없었어. 그런데…… 그런데 일은 끔찍한 방향으로 틀어졌고 나는 정말 미칠 것 같았지. 하지만 그거 아나? 한번 돌아갈 수 없는 다리를 건너면 고스란히 자신의 업보를 떠안고 살 수밖에 없다는 것 말이야. 지금의 자네가 바로 그래, 모리스. 우리와 함께 다리를 건너서 영원히 책임을 져야 한다는 거야."

모리스는 한쪽 팔을 문에 기댄 뒤 고개를 기울였다. 그는 하워드에게 말했다. "잠시 시간을 주게."

"그럼, 그럼. 물론이지."

"저 여자는 누구지? 당신이 죽인 여자 말이야." 모리스가 루이스에게 묻자 루이스는 총구를 모리스의 관자놀이에서 거두었다.

"살인 청부업자입니다. 자업자득이에요. 그년은 못된 짓을 많이 저질렀습니다. 최악은 바로 이번 일을 망치면서 실수로 브리짓을 죽인 것이죠. 아시겠지만 어차피 순순히 봐줄 생각은 아니었습니다." 루이스가 말했다.

모리스는 당장이라도 쓰러질 것 같았다. 그는 버티기 위해 한 손으로 하워드의 어깨를 붙잡았다. 세 남자는 잠시 동안 말없이 서 있었다. 루이스와 하워드는 모리스가 고분고분 협력하기를 잠자코 기다렸다.

그것 말고는 선택의 여지가 없지 않은가?

"헤디를 다치게 하고 싶지 않아. 헤더는…… 헤더는 좋은 사람이야." 모리스가 말했다.

"당신이 아직까지 안 건드린 게 신기합니다." 루이스가 분위기를 누그러뜨릴 요량으로 농담을 던졌다.

"헤더에게는 애가 둘이나 있어. 어린 딸이 둘 있다고." 모리스가 말했다.

"아하, 그렇군요." 루이스가 말했다.

하워드는 모리스를 다독였고 이미 피력했던 자신의 주장을 되풀이했다.

이윽고 루이스가 커튼을 돌아보며 말했다. "놈들을 지켜보러 가겠습니다."

하워드가 루이스에게 말했다. "아까 그 배콘 얘기, 자세히 좀 알아야겠어. 레이라는 놈이 허풍을 떨었는지 아닌지 무슨 수를 써서라도 알아보도록 해."

"배콘?" 모리스가 말했다.

"설명하려면 길어." 하워드가 말했다. 그는 루이스를 돌아보았다. "한번 확인해보고 걱정할 게 없다 싶으면 두 놈은 처리하도록 해. 최대한 자비롭게."

"네, 알겠습니다. 걱정 마십시오."

루이스는 뒷방으로 돌아갔다.

"하워드." 모리스가 말했다. "처리하라니, 제발 그런 짓은—."

"빌어먹을!" 루이스였다. 그는 커튼을 열어젖히고 하워드에게 소리쳤다. "문제가 생겼습니다."

67

니콜은 이단 평행봉에서 착지 연기를 펼치는 중이었다. 몸을 웅크려 2회전 공중뒤돌기, 무릎 펴고 몸을 굽혀 2회전 공중뒤돌기, 다리를 쭉 편 채 몸을 반쯤 뒤틀며 공중을 올려다본 상태로 내려오기, 몸을 웅크린 채 한 바퀴 뒤틀며 공중뒤돌기.

어느 것 하나 제대로 할 수 없었다.

그녀는 자꾸만 머리부터 떨어졌다.

실패는 계속 반복되었다. 니콜의 머리는 미사일처럼 바닥의 매트로 곤두박질쳤다. 그녀의 투지가 꺾이고 있었다. 무시무시한 고통. 두개골이 쪼개지는 듯 아팠다.

그뿐만이 아니었다. 매트를 뚫고 나온 아이스픽. 머리를 매트에 부딪친 니콜의 몸통이 바닥으로 떨어지면서 아이스픽에 꽂혔다.

이것이 자꾸만 자꾸만 반복되었다. 평행봉에서 손을 떼어 공중으로 날아올라 몸을 비틀고 회전했지만 아무것도 뜻대로 되지 않았다. 니콜의 몸은 의지와는 정반대로 움직였다.

이건 현실이 아니야, 니콜은 스스로에게 말했다. 있을 수 없는 일이야.

니콜이 옳았다. 이것은 현실이 아니었다. 하지만 그녀가 머리를 다쳤고 가슴에 타격을 입은 것은 사실이었다.

서서히 의식이 돌아오고 있었다. 니콜은 눈을 뜨기 직전에 모든 상황을 이해했다.

루이스가 총을 쐈어.

그래.

그랬지. 모리스의 비위를 맞추기 위해. 니콜은 머지않아 루이스가 그녀를 손볼 것임을 알고 있었지만 지금 순간에 그러리라고는 예상하지 못했다.

물론 니콜은 아무리 주의를 기울여도 허점이 생길 수 있다는 것을 잘 알고 있었다.

총알은 그녀에게 강한 충격을 주었다. 바닥에 엎어진 채 니콜은 총알이 그녀의 몸을 감싼 케블러 방탄복을 관통했을까 생각했지만 다행히 그러지는 않은 듯했다. 총에 맞았다기보다는 발로 걷어차인 느낌이었다.

니콜을 기절시킨 것은 총알이 아니었다. 그녀는 뒤로 밀려나면서 빌어먹을 선반 모서리에 머리를 강하게 부딪쳤다. 눈앞에서 불이 번쩍였고 그녀는 바닥에 쓰러졌다.

이제 의식이 돌아오고 있었다. 니콜은 귀를 기울였다.

아무래도 잠시 이대로 가만히 있는 편이 나을 듯했다.

68

"어디 갔어?" 루이스가 나를 향해 짖어댔다. "그 새끼 어디 갔어?"

"도망쳤지." 내가 대답했다.

이어서 하워드가 뒷방으로 들어오더니 비어 있는 의자와 이리저리 널려 있는 접착테이프 쪼가리들을 뚫어지게 바라보았다. 그의 얼굴에 그나마 남아 있던 핏기가 싹 가셨다. "맙소사." 그는 루이스를 흘겨보며 말했다. "그 자식이 없잖아!"

루이스는 방의 옆문으로 뛰쳐나갔다. 그는 토마스가 달아난 지 얼마 안 됐기를 바라며 붙잡아 다시 끌고 올 생각이었다. 토마스가 나간 것은 기껏해야 30초 정도였지만 전속력으로 도망쳤다면 따라잡히지 않을 것이다.

나는 토마스가 도움을 요청하라는 내 말을 부디 경찰에 가서 신고하라는 뜻으로 이해해주기를 바랐다. 그 정도는 알아들었으리라고 생각하지만 시간이 조금만 더 있었더라면 구체적인 행동을 설명해 줬을 것이다.

지금으로서는 토마스가 내 유일한 희망이었다.

"그 자식이 어떻게—어떻게 달아난 거지?" 하워드가 말했다.

"동생에게 재능이 많다고 말하지 않았어요?" 나는 약간 뻐기듯이 말했다.

"가서 배콘을 만날 걸요? 배콘의 부하들이 밖에서 기다리고 있을 테니까. 당신네들이 한 짓을 알면 그들이 당신—"

하워드의 눈이 번쩍였다. 그는 팔을 힘껏 휘둘러 손등으로 내 뺨을 때렸다. 체구가 작은놈 치고는 꽤나 힘이 있었다.

"헛소리 집어치워!" 하워드가 말했다.

나는 뺨이 얼얼했고 머리가 덜그럭거렸다.

커튼이 다시 열리더니 이번에는 모리스가 나타났다. "이번엔 또 무슨 일이야?"

"한 놈이 달아났어. 머리에 지도책을 저장한 놈이." 하워드가 말했다.

"지도책?" 그간의 사정을 잘 모르는 모리스가 되물었다.

"루이스가 찾으러 나갔네. 못 찾으면 끝장이야."

"계속 이런 식으로 숨길 작정인가? 불가능해. 언젠가는 탄로 날 거야. 자네도 그랬잖아? 수개월에 걸쳐 조금씩 탄로 나지 않았나?" 모리스는 휴대폰을 꺼내 들었다. "총은 빼앗았지만 이건 잊어버렸더군. 헤더에게 전화해서 오늘 밤은 그냥 들어가라고 말했네. 아니, 아예 며칠 쉬라고 했어. 여행이라도 다녀오라고 말이야. 확실히 안전을 보장해주고 싶었거든. 헤더는 이제 없어. 자네들이 붙잡은 마지막 지푸라기는 사라졌어, 하워드. 헤더를 위협하다니, 무고한 사람을 해칠 수야 없지. 자네는 이제 사면초가야."

하워드는 그 말의 함의를 생각하며 모리스를 쳐다봤다.

"자네, 헤더에게 또 무슨 말을 했지?"

"자네가 나를 집까지 바래다줄 거라고 말했지. 자네와 루이스가."

"무슨 일이 생기면 헤더가 알아차릴 거다, 이거군."

모리스는 고개를 끄덕였다. 그의 목소리는 이상하리만치 차분했다. "저 사람을 풀어줘. 그리고 자네와 루이스는 자수하는 게 좋을 거야. 그게 싫으면 내일 일찍 신분을 위조해서 볼리비아행 비행기를 타고 떠나든가. 자네는 뉴욕에서 제일가는 변호사들을 알잖아, 하워드? 자네와 루이스를 변호해 줄 사람을 각각 선임하도록 해. 자네 둘이 형량을 줄이려고 각자의 변호사를 통해 서로 공격하며 헐뜯는 모습이 눈에 선하군. 그런 일이라면 우리 모두 일가견이 있잖아? 나도 아마 똑같은 조치를 취하겠지. 자, 어서 저 남자를 풀어줘."

사실 나는 벌써 그 작업을 진행 중이었다. 토마스가 방을 나간 순간부터 나는 손목에 감긴 테이프를 끊으려고 발버둥쳤다. 손톱으로 테이프의 모서리를 꼬집으며 약간의 틈이라도 만들기 위해 애썼다.

하워드가 말했다. "그렇게 간단히 해결된다면 얼마나 좋겠나, 모리스."

루이스가 숨을 헐떡이며 나타났다. "코빼기도 안 보입니다."

"모리스가 우리더러 변호사를 구하라는군." 하워드가 말했다.

"뭐라고요?"

"우리와 함께하지 않겠다는 뜻이야."

루이스가 코웃음을 치며 말했다. "모리스 씨, 이해하신 줄 알았는데. 그렇다면 어쩔 수 없어―."

"헤더는 떠났어. 나도 이만 나가겠네. 바래다줄 걱정은 하지 마. 택시를 탈테니까." 모리스가 말했다.

모리스는 커튼을 옆으로 젖히고 현관을 향해 걸어갔다. 루이스는 손에 총을 들고 그의 뒤를 쫓았다. "모리스!"

루이스가 니콜을 쏘았을 때와 같은 재빠른 소음이 들렸다. 몸이 바닥에 쓰러지는 소리가 뒤를 이었다.

하워드는 그쪽을 내다보지도, 커튼을 열지도 않았다. 무슨 일이 일어났는지 안 봐도 뻔했다. 루이스가 다시 방으로 들어와 곧바로 하워드를 지나치더니 내 오른쪽으로 다가왔다.

"네놈 동생은 어디로 갔지?" 루이스가 내게 물었다. "경찰에 갈 만한 머리가 있는 놈인가? 아니면 달아나서 어디 숨었나?"

나는 후자일 가능성이 크다고 생각하면서 대답했다. "모르겠군요. 하지만 내가 당신이라면 최악의 경우를 대비할 겁니다."

하워드가 그랬던 것처럼 루이스는 참을 수 없는 분을 풀기 위해 나를 때렸다. 하지만 손바닥으로 뺨을 때린 것이 아니라 총으로 머리를 가격했다. 채찍 같은 권총의 타격. 내 오른쪽 귀가 고통으로 울부짖는 듯했고 고개는 왼쪽 어깨에 거의 닿다시피 했다. 나는 비명을 질렀다. 몇 초 동안 주위가 온통 빙글빙글 돌았다.

그렇게 정신이 없는 와중에 나는 니콜의 팔이 움직이는 것을 보았다. 신빈에서 떨어져 바닥에 서 있는 딩키 토이즈의 견인차 모형에 그녀의 팔이 아주 살며시 부딪혔고, 견인차는 몇 밀리미터 정도 옆으로 굴러갔다. 하지만 머리를 심하게 맞아 모든 게 어지럽게 움직이고 있는 상태였으므로 나는 그것이 단지 나의 상상이라고 생각했다.

"시간이 얼마 없습니다." 루이스가 말했다.

"훌륭해, 아주 훌륭해. 경찰이 언제 들이닥칠지 모르는데 처리해야 할 시체가 벌써 셋이나 되었군." 하워드가 말했다.

나는 아직 시체가 아니었지만 이대로라면 머지않아 그리될 것이 분명했다. 나는 계속해서 손목을 이리저리 뒤틀었다.

"치울 시간 없습니다. 당장 이곳을 떠나야 합니다." 루이스가 말했다.

"어디로 떠나자는 말이야?" 하워드가 물었다.

"도와줄 사람들을 압니다. 필요한 서류들을 작성할 때까지 우리를 숨겨줄 만한 사람들이 있어요."

"제기랄, 처음부터 끝까지 네가 다 망쳤어. 네가 앨리슨 피치를 없애자고 했고 저 여자를 고용했어." 하워드는 니콜을 가리켰다. "게다가 그 미친놈까지 놓쳤잖아!"

"좋을 대로 하십시오." 루이스가 말했다. 그는 나를 빙 돌아 니콜의 시체와 나 사이에 섰다. "나 혼자라도 갈 테니까."

"빌어먹을……." 하워드는 할 수 없다는 듯 고개를 저었다. "저놈을 처리해. 빨리 나가자고."

나는 손목을 비틀어댔다. 손만 자유롭다면 의자를 등에 업은 채 루이스에게 돌진하여 목을 조르든 어떻게든 할 수 있다. 루이스는 손에 총을 들고 있었고 나는 그가 곧 나를 향해 그것을 사용할 것임을 알았다.

하지만 아직은 아니다.

"자, 그럼……." 루이스는 팔꿈치를 굽혀 총을 내 머리로 조준했다.
다음 순간, 그는 비명을 질렀다. 내장이 뒤틀리는 듯한 끔찍한 비명.
그는 고통의 원인을 찾아 아래를 내려다봤고 나 역시 그쪽을 바라봤다.
아이스픽이 그의 오른쪽 종아리를 파고들어 있었다.

69

"레이는 어디 있어? 자, 진정하고 생각해봐. 응? 생각해." 줄리가 토마스에게 말했다.

두 사람은 〈캔디스 컵케이크〉 앞에 주차된 줄리의 차 안에 앉아 있었다. 시동은 켜진 채였고 보도에는 캔디스가 도대체 무슨 일인가 싶은 표정으로 두 사람을 지켜보며 서 있었다.

"날은 어두웠고 나는 달리고 있었어." 토마스가 말했다. 옷이 땀으로 흠뻑 젖은 채 그는 몸을 떨었다. "나는 너무 빨리 달려서 주위를 살필 수가 없었어. 그러다가 세인트 마크스 플레이스 가와 1번 애비뉴의 교차점에 도착했어." 그는 줄리를 바라보았다. "〈훨360〉에서 본 것과 똑같았어. 하지만 만질 수 있었어. 냄새도 맡을 수 있었어."

"자, 집중해봐. 아까 골목으로 뛰쳐나온 다음 보도로 나갔다고 했지? 그리고 어느 방향으로 달렸어?" 줄리가 물었다.

"오른쪽."

"붙잡혀 있던 가게 앞을 지나쳤어?"

"아니. 반대쪽으로 뛰었어."

"맨 처음 지나친 게 뭐였어?"

토마스는 생각했다.

"양복점이 있었고 자전거 가게가 있었고 그리고……."

"자전거 가게?"

"응. 가게 이름이 '마이크의 바이크'였던 것 같아."

"좋아." 줄리는 대시보드 위에 올려진 휴대폰을 집어들었다. "한번 검색해보자."

"잠깐만." 토마스가 말했다. 그는 눈을 감았다. "마이크의 바이크…… 양복점 옆……." 그는 고개를 한쪽으로 살짝 움찔하더니 멈췄고 다시 움찔하다가 멈췄다.

"뭐해?" 줄리가 물었다.

"거리를 올라가고 있어." 토마스가 말했다. 그는 머릿속으로 마우스를 클릭하며 〈횔360〉의 이미지 속을 전진하고 있었다.

"어느 거리야?"

"동쪽 4번 가." 토마스가 말했다. "자전거 가게는 동쪽 4번 가에 있어."

줄리는 여동생에게 인사도 없이 쏜살같이 자동차의 기어를 넣고 액셀을 밟아 도로를 질주했다. 토마스의 머리가 좌석 머리받이로 쏠렸다. 그는 눈을 떴다.

"4번 가까지 내가 길을 알려줄게." 토마스가 말했다.

"그 길은 나도 알아. 정확히 4번 가의 어디인지 말해줘."

토마스는 다시 눈을 감았다. 그의 머리가 다시 움찔거렸다. "골동품 가게. 퍼버 골동품점. 진열장에 장난감들이 진열돼 있어."

"주소가 어떻게 돼?"

토마스는 줄리에게 주소를 말했다. "그곳일 거야. 거기 형이 있을 거야."

줄리는 교차로에서 빨간 신호등을 무시한 채 전속력으로 질주했다.

"총 있어?" 토마스가 눈을 뜨며 물었다.

"뭐?"

"총 가지고 있어? 그 남자는 총을 가지고 있었어. 여자는 아이스픽을 들고 있었어."

"나한테 그딴 게 있을 리가 없잖아." 줄리가 말했다. 그녀는 혼자서 그 가게로 쳐들어가 봤자 소용이 없다는 것을 알고 있었다.

뉴욕 경찰청과 소방서에 연락해야 한다. 하지만 길게 설명할 시간은 없다. 줄리는 휴대폰을 가리키며 토마스에게 말했다. "911에 전화를 걸어서 나한테 넘겨 줘."

토마스는 휴대폰을 집어들며 물었다. "통화 버튼을 먼저 누르고 번호를 누르면 돼?"

줄리는 토마스에게서 휴대폰을 낚아채 휴대폰과 도로를 번갈아 바라보면서 번호를 누른 뒤 휴대폰을 귀에 가져다 댔다.

911 접수원이 나오자 줄리는 겁에 질린 목소리로 말했다. "불이에요! 퍼버골동품점의 뒤편에서 불이 난 것 같아요! 동쪽 4번 가에 있는 골동품점이에요! 총소리도 들렸어요!" 줄리는 번지수를 가르쳐 준 뒤 접수원이 미처 질문을 하기 전에 전화를 끊고 휴대폰을 토마스의 무릎 위로 던졌다.

학창 시절 시험을 보기 싫을 때 줄리가 써먹던 방법이었는데 나름 효과가 있었다.

70

아이스픽은 루이스의 오른쪽 무릎 10센티미터쯤 아래쪽으로 다리 측면을 파고들었다. 니콜의 아이스픽은 루이스의 청바지를 뚫고 들어갔고 그 끄트머리는 피로 새빨갛게 물든 채 다리 반대편을 뚫고 나왔다.

루이스는 찔린 다리에 균형을 잃으면서 양 무릎으로 털썩 주저앉았고 비명을 지르며 보드 게임 상자 위로 요란스럽게 무너졌다. 총이 루이스의 손에서 떨어져 나왔다. 그는 아이스픽의 손잡이를 잡아 빼기 위해 온몸을 비틀었다.

보고 싶지 않았지만 나는 그 광경에서 눈을 뗄 수가 없었다. 하워드도 마찬가지였다. 하지만 이어서 펼쳐진 광경은 더욱 끔찍했다. 니콜은 일어나 앉더니 루이스보다 먼저 아이스픽을 잡았다. 그녀는 아이스픽을 빼서 다른 부위를 찌르는 대신 더욱 깊숙이 박아넣고 옆으로 잡아당겼다. 다리에 박힌 강철의 날이 살을 찢자 루이스는 고통스럽게 비명을 질렀다. 그는 격렬하게 다리를 흔들었다. 그의 부츠 뒷굽이 한쪽 팔로 버티고 앉은 니콜의 가슴을 정통으로 때렸다.

니콜은 뒤로 나자빠졌지만 금세 다시 일어나 앉았다.

루이스는 바닥에 떨어진 총을 잡기 위해 엉금엉금 기어갔다. 바닥은 순식간에 루이스의 피로 흥건해져 있었다. 그는 총을 잡으려고 손을 뻗었지만 니콜이 그보다 빨랐다.

니콜은 피로 축축해진 총의 손잡이를 잡고 루이스의 머리를 향해 겨냥했다. 루이스는 뒤로 드러누워 팔로 몸을 반쯤 일으킨 채 게처럼 엉금엉금 뒷걸음질을 쳤다. 부상당한 다리가 바닥에 질질 끌렸다.

니콜은 무릎을 꿇고 앉아 양손으로 총을 감싸 쥐고는 팔을 곧게 쭉 폈다.

"역시 총은 정이 안 가." 니콜이 말했다. 그녀의 찢어진 블라우스 사이로 검은 패드 같은 것이 보였다.

방탄조끼.

"니콜, 잠깐, 내 말 좀 들—."

니콜이 방아쇠를 당기자 총알이 루이스의 머리 한쪽을 날렸다. 그의 몸이 바닥에 널브러졌다. 바닥은 피와 뇌수로 온통 난장판이 되었다.

하워드는 금방이라도 토할 듯 손으로 입을 막았다. 그는 커튼을 열어젖히고 밖으로 뛰쳐나갔다. 니콜도 비틀거리며 그를 쫓아 나갔다.

멀리서 사이렌 소리가 들렸다.

내가 왼손을 테이프의 결박으로부터 풀어내자, 테이프는 오른쪽 손목에 붙은 채 너덜거렸다. 나는 내 배와 의자에 둘러진 테이프를 뜯어내기 시작했다.

사이렌 소리가 점점 가까워졌다.

하지만 그보다 먼저 다른 자동차가 끼익 하는 소리를 내며 옆 골목에 멈추는 소리가 들렸다. 누군가 소리를 질렀다. 여자였다.

"토마스!"

이런……

의자에서 풀려난 나는 눈앞의 장난감들을 향해 몸을 던졌다. 루이스의 시체에 다가가기 위해서였다.

루이스의 바지 앞에 모리스의 것인 듯 보이는 총이 한 자루 쑤셔 넣어져 있었다.

가게의 앞쪽에서 푹, 푹 하는 소리와 함께 누군가 쓰러지는 소리가 들렸다.

밖에서 고함이 들렸다. "형!"

"토마스, 들어가면 안 돼!"

줄리.

나는 무릎을 꿇고 앉아 총을 향해 팔을 뻗었다. 손가락이 총 손잡이에 닿는 순간 방의 커튼이 다시 열렸다. 내가 위쪽을 올려다보기도 전에 니콜의 부츠가 내 턱을 후려갈겼다.

굉장한 타격이었다.

눈앞에서 불이 번쩍했고 내 몸은 뒤로 튕겨져나갔다. 나는 떨어지는 충격을 완화하기 위해 본능적으로 팔을 뻗었지만 여전히 고통스러웠다. 뭔가 딱딱한 게 내 등을 파고드나 싶더니 옆으로 휙 삐져나갔다. 장난감 덤프트럭이었다.

오른손 밑으로는 선반에서 떨어진 또 다른 장난감이 느껴졌다. 무엇인지 보이지 않았지만 플라스틱과 금속으로 만들어진 것임을 알 수 있었다.

니콜이 나를 향해 총을 겨누었다. 하지만 그녀가 방아쇠를 당기기 전에 골목과 연결된 뒷방의 짧은 복도에서 쾅 하는 소리가 들렸다.

문이 열리는 소리.

"내가 도움을 요청했어! 줄리를 데려왔어!" 토마스가 소리를 질렀다.

"안 돼!" 토마스보다 한 걸음 뒤에 있는 줄리의 외침이 들렸다.

니콜의 눈이 목소리가 들리는 방향을 향했고 뒤이어 총도 그쪽으로 돌아갔다. 곧 방에 들이닥칠 토마스의 목숨이 위험했다.

나는 내 오른손 밑을 내려다봤다. 길이가 30센티미터쯤 되는 잔디밭용 다트의 파란색 플라스틱 손잡이들이 팔 아래 깔려 있었다. 금속으로 된 다트의 끝은 뾰족했다.

나는 고등학교 때 투창뿐만 아니라 다트도 잘했었다. 아니, 그냥 잘한 정도가 아니라 최강이었다.

토마스가 방에 뛰어들어오기 천 분의 일 초 전. 나는 다트 던지기가 한번 배우면 잊어버리지 않는 자전거 타기와 같기를 바랐다.

머리와 턱과 등의 통증을 참으며 나는 번개 같은 속도로 다트의 꼬리를 잡고 어깨를 뒤로 젖혀 있는 힘껏 집어던졌다.

"형!"

토마스가 방으로 뛰어들었다.

다트는 니콜의 목에 명중했다. 3~5센티미터쯤 깊숙이 들어갔는지 다트는 목에 꽂힌 채 그대로 매달려 있었다.

니콜은 입을 벌렸지만 비명을 지르지 못했다. 그녀는 오른손으로 총을 쥔 채 왼손을 위로 쳐들었다. 그리고 다트를 붙잡아 뽑아냈다.

마치 수도꼭지에서 물을 튼 듯한 광경이 펼쳐졌다.

피가 사방으로 뿜어져 나왔다.

니콜은 다트를 떨어뜨리고 왼손으로 상처를 움켜쥐었다. 이어서 그녀의 오른손에서 총이 떨어져나와 책상 쪽으로 데굴데굴 굴러갔다.

니콜이 기침을 하자 목에서처럼 입에서도 피가 흘러나왔다. 그녀는 쓰러지지 않기 위해 책상에 손을 짚었지만 몇 초 버티지 못하고 바닥에 고꾸라졌다. 사이렌 소리가 귀가 먹먹하리만치 크게 들려왔다.

이어서 줄리가 방에 등장했다. 살육의 현장 앞에서 그녀는 급브레이크를 건 자동차처럼 멈춰 섰다. 뒤따라오던 소방관이 갑자기 멈춘 그녀를 넘어뜨리다시피 하며 달려들어왔다.

"레이?" 줄리가 말했다.

토마스는 나를 일으키며 말했다. "봐, 내가 찾았어. 줄리를 데려왔어." 그는 웃음을 지었다. "내가 돌아왔어."

71

이어지는 24시간 동안 토마스, 나, 줄리는 다양한 기관들의 수많은 질문들에 답해야 했다. 우리는 뉴욕 시 형사, 뉴욕 주 경찰, FBI, 심지어 항만 관리 위원회로부터 따로 또 같이 질문을 받았다. 나중에 안 사실이지만 그중에는 국가 안전 보장국 사람도 있었다고 하는데, 우리 머릿속의 정보를 점유하려는 사람들이 너무도 많았기에 그게 누구였는지 알 길이 없었다.

잠깐 둘만 있게 된 틈을 타서 토마스는 걱정된 목소리로 CIA에서 아무도 오지 않았다고 내게 말했다. "내가 일을 잘하고 있는지 확인하러 올 줄 알았는데." 토마스가 속삭였다. 그의 눈에 실망하는 빛이 가득했다. 상처받은 게 분명했다.

장시간의 수사 과정에서 우리는 이 사건의 자초지종을 알 수 있었다. 비어 있는 정보들이 하나 둘 채워지기 시작했는데, 그것은 제때 나타난 소방관들과 구급 의료대원들이 장난감 가게 바닥에 피를 흘리며 쓰러져 있는 하워드 탤리먼과 모리스 쏘척의 목숨을 구한 덕분이었다.

위독한 상태의 탤리먼은 적극적으로 수사에 협조할 수 없었지만, 폐에 총을 맞아 중상을 입은 쏘척은 검찰관들에게 본인이 아는 모든 것을 털어놓았다. 호흡 유지를 위한 수많은 기계 장치들에 연결된 상태에서 쏘척은 그들이 중환자 시설로 들고온 노트북 컴퓨터의 자판을 이용해 최대한 신속히 질문들에 답했다.

나는 납치되어 있는 동안 드문드문 들은 정보를 통해 사건의 많은 부분을 이미 알고 있었다. 앨리슨 피치는 협박(그녀가 알고 있었던 것이, 또는 아는 척한 것이 무엇인지는 잘 모르겠지만)을 하다가 제거 대상이 되었다. 하지만 착오로 브리짓 쏘척이 살해당했다. 니콜은 브리짓이 질식당하는 현장의 인터넷 이미지를 없애는 과정에서 시카고의 카일 빌링스 부부를 살해했다.

간단히 요약하자면 대략 그런 얘기였다.

루이스 블로커는 당연히 목숨을 잃었다.

구급 대원들은 니콜의 목숨도 구하지 못했다. 알고 보니 니콜은 그녀의 본명이 아니었다. 한때 올림픽에 출전했던 운동선수였다는 얘기가 들려왔지만 (그래서 발길질을 그렇게 잘했던 것이다) 경찰이 상황을 완전히 파악할 때까지는 시간이 걸릴 것이었다.

나는 내 손으로 그 여자를 죽였다는 사실에 마음이 편치 않았다. 선택의 여지가 없었다고는 해도 결코 유쾌한 일이 아니었다. 아마 앞으로 꽤 오랫동안 나는 그녀가 나타나는 악몽을 꿀 것이다.

하지만 어찌 됐건, 나나 토마스보다는 그 여자가 땅에 묻히는 편이 나로서는 훨씬 반가운 일이었다.

내가 혼자 있을 때 받은 질문들 중 많은 부분은 토마스와 그의 기이한 취미에 관한 것이었다. 심문자들은 이미 그리고린 선생에게 연락을 취한 듯했고, 이어서 반가운 FBI의 파커와 드리스콜 요원이 등장하여 나의 증언이 사실임을 확인해주었다. 그들은 토마스가 괴짜이기는 하지만 타인이나 자신을 해칠 만한 사람이 아니라는 것도 증명해주었다. 심문이 끝날 무렵, 현장의 여러 법 집행 기관들은 토마스가 무고할 뿐 아니라 이 사건의 영웅이라는 결론을 내렸다. 그의 〈휠360〉 탐험 덕분에 브리짓 쏘척의 살인이 만천하에 드러난 것이었다.

하지만 한 가지 내가 밝히지 않은 것은 그 탐험이 결과적으로 카일과 로셸 빌링스 부부의 죽음으로까지 연결되었다는 사실이었다. 토마스도 그 점을 알고 있는지 모르겠지만 나는 굳이 얘기를 꺼내지 않았다. 그들의 죽음은 토마스뿐만 아니라 내 탓이기도 했다. 〈휠360〉의 인쇄물을 흔들어대면서 앨리슨 피치의 집 현관문을 노크하다가 감시 카메라에 찍힌 머저리는 다름 아닌 나였다.

그리고 아무도 묻지 않은 의문점이 하나 있었다. 바로 토마스의 방으로 걸려와 루이스가 받았던 전화. 토마스는 경찰에 그 얘기를 하지 않았다고 했고 나도 마찬가지였다.

이 사건 이후 토마스는 예전보다 더욱 자기 안으로 파고들었다. 이 사건은 모두에게 트라우마를 남겼지만 나는 토마스가 오히려 그의 독특한 성격 덕분에 상황을 잘 견디지 않을까 싶었다. 그는 평소에도 인터넷을 제외한 바깥세상과는 연을 끊고 살아왔다. 그러한 마음의 벽 덕분에 토마스는 밀려들어오는 공포심을 더욱 잘 내치고 있을 것 같았다.

물론 나로서는 모를 일이었다.

하지만 토마스는 요즘 들어 깊이 생각에 빠져 있었다. 나는 그것이 최근에 겪은 이 사건 때문인지, 아니면 니콜라 루이스가 집에 쳐들어오기 직전 토마스가 털어놓으려고 했던 과거의 사건 때문인지 궁금했다. 토마스가 열세 살때 일어났던, 그와 아버지 사이에 마찰을 일으켰던 바로 그 사건.

토마스는 줄리에게라면 얘기할 수 있다고 했었지만 아직은 때가 아니었다. 우리 모두는 다른 일을 처리하기 전에 마음을 진정시킬 시간이 필요했다.

나도 나대로 걱정거리가 있었다.

나는 당분간 벌링턴에 돌아가지 않고 토마스와 함께 아버지의 집에 머물지 고민 중이었다. 하지만 의외로 내 계획을 듣고 토마스는 탐탁지 않아 했다.

"형하고 같이 살지 않는 게 좋겠어. 형 때문에 엄청나게 고생했잖아." 토마스는 인터넷을 할 수만 있다면 요전번에 내가 방문했던 시설에서 살고 싶다고 말했다.

그렇다 하더라도 나는 여전히 벌링턴의 집을 팔고 아버지의 집으로 옮겨올지 고민했다. 토마스 근처에 사는 편이 가끔씩이라도 그가 잘 지내고 있는지 확인하기 수월했다. 뉴욕 시에서 머문 마지막 날에 아침을 먹으며 나와 토마스는 여행 얘기를 하게 되었다. 그는 파리에 있는 어떤 페이스트리 가게의 창문을 만지고 싶다고 말했다.

"파리까지 갔는데 창문만 만진다고? 들어가서 페이스트리도 사 먹어야지." 내가 말했다.

"응. 그래도 좋아." 토마스가 말했다.

하지만 내 머릿속에 있는 것은 앞으로의 할 일이 전부는 아니었다. 여전히 나는 그 전화 연락에 대한 의문을 떨칠 수가 없었다.

우리 셋은 줄리의 차를 타고 프로미스 폴즈로 돌아왔다.

집에 돌아와 보니 집의 진입로 입구를 경찰차가 가로막고 있었지만 놀랄 일은 아니었다. 언론사에서 (줄리가 아닌 다른 기자들이) 우리의 얘기를 주워 듣고 토마스와 나를 취재하고자 몰려든 것이었다. 지금까지 우리는 기자들과의 만남을 피해 왔다. 질문 공세가 싫어서이기도 했지만 줄리가 다른 기자들보다 앞서 상세하게 사건을 취재할 수 있도록 하기 위해서였다. 우리(주로 나)에게서 직접 들은 이야기 덕분에 줄리는 확고히 독점 취재권을 선점하고 있었다.

제복을 입은 경찰이 우리를 보더니 경찰차에서 내렸다. 내가 이 집에 사는 사람이라고 밝히자 그는 진입로에서 경찰차를 비켜주었고 줄리는 집까지 차를 몰고 가서 세웠다. 맨 먼저 토마스가 집으로 들어갔다. 티를 내지는 않았지만 그는 집에 돌아와서 매우 기쁜 듯했다.

나는 집으로 향하는 토마스에게 외쳤다. "네 방에 있는 전화기 건드리지 마."

"왜?"

"그냥 건드리지 마. 근처에도 가지 마." 내가 말했다.

토마스는 토를 달지 않았다. 그는 전화기 따위에는 관심이 없었다. 오로지

작업할 컴퓨터가 사라졌다는 사실에 짜증을 낼 뿐이었다. 그는 집으로 돌아오는 길에 언제 새 컴퓨터를 사러 갈 것인지 열 번도 넘게 물었다.

나는 차에서 내려 운전석으로 다가갔다. 줄리가 차창을 내렸다.

"고마워." 나는 허리를 숙여 차창 안으로 반쯤 얼굴을 들여놓았다.

"그 말은 벌써 많이 했거든?"

"다 네가 무지막지하게 잘해 준 탓이야."

"일단 신문사로 들어가야 돼. 기사를 써야지. 어떻게 쓸지 얘기해줬나?"

"응. 조금은." 내가 말했다.

"나중에 연락할게."

"그래. 기다릴게." 나는 고개를 숙여 줄리에게 키스를 했다.

나는 줄리의 차가 떠나가는 것을 지켜보다가 집으로 들어갔다. 곧바로 토마스의 방으로 올라갈 생각이었지만 주방의 전화기에서 불이 깜빡이는 것을 보고 먼저 메시지를 확인해보기로 했다.

다섯 개의 메시지가 있었다.

"여보세요? 레이 씨? 저 앨리스예요. 오셔서 서명하실 것이 있다고 변호사님이 말씀하시네요. 연락주세요."

삑. 나는 7번 버튼을 눌러 메시지를 삭제했다.

"레이? 나야, 해리. 앨리스가 어제 메시지를 남겼을 텐데 받았나? 바로 연락주게."

삑. 나는 다시 7번을 눌렀다.

"세상에, 레이, 나 해리야. 뉴스 봤네. 자네들 무사한 거지? 돌아오면 연락주게."

삑. 다시 7번.

"여보세요? 토마스 킬브라이드 씨나 레이 킬브라이드 씨와 통화하고 싶습니다. 저는 〈투데이 쇼〉의 프로듀서인 트리샤라고 해요. 여러분을 꼭 만나고 싶어요. 아주 중요한—."

이번에는 삑 소리가 나오기 전에 7번을 눌렀다.

"안녕하세요. 〈뉴욕 타임스〉의 앵거스 프리드입니다. 연락드린—."

7번.

나는 목이 바싹 말라서 수도꼭지로 가서 물이 차가워지기를 기다린 뒤 컵에 물을 따라 단숨에 벌컥벌컥 들이켰다.

이제 때가 왔다.

토마스의 유선 전화기의 통화 내역을 확인함으로써 무엇을 알게 될까? 아무것도 발견하지 못할 수도 있다. 발신자 추적이 제한된 번호라서 그 정체가 영원히 미스터리로 남을지도 모른다.

나는 빈 유리컵을 싱크대에 올려놓고 계단으로 걸음을 옮겼다.

그때 현관에서 노크하는 소리가 들렸다.

현관문을 열어보니 과체중의 중년 사내가 서 있었다. 정장은 구겨져 있었고 셔츠는 옷깃이 펼쳐진 채였다. 검은 넥타이는 아래쪽으로 쭉 당겨져 있었다. 그는 내게 형사 배지를 들어 보였다.

"킬브라이드 씨 되십니까? 댁의 진입로에 있는 제 부하로부터 돌아오셨다는 얘기를 들었습니다. 며칠 동안 굉장히 고생하셨겠습니다. 그날 밤 통화로 말씀드렸습니다만 저는 프로미스 폴즈 경찰서의 배리 덕워스 형사입니다. 소식은 전부 들었습니다. 정말 큰일을 치르셨더군요. 여하튼 괜찮으시면 레이 씨 아버지 얘기를 마저 하는 게 어떻겠습니까?"

72

"들어오세요." 내가 말했다.

덕워스 형사와 나는 거실에 들어가 앉았다. "며칠 새 일어난 사건 때문에 정신이 없으실 텐데 좀 어떠십니까?"

"네, 견딜 만합니다. 좀…… 좀 참혹했습니다만."

"참혹이라…… 표현이 적절하군요. 자, 그럼 지난번에 했던 얘기를 마저 드려도 괜찮겠습니까?"

"네. 통화한 게 아주 오래전 일 같군요." 나는 이마를 문질렀다. "아버지와 얘기하셨다고요?"

"맞습니다."

"아버지가 형사님에게 연락을 하셨군요?"

"네, 하셨습니다."

"말씀해주십시오."

덕워스는 의자에 앉아 팔을 팔걸이에 걸쳤다. "동생 토마스 씨에 관한 일로 아버님께서 연락을 주셨습니다. 토마스 씨가 어릴 때 벌어진 일이었죠. 하지만 지금까지 아버님은 동생의 말을 믿지 않았습니다. 왜냐하면 토마스 씨는 그…… 상태가…… 뭐랄까요……."

"형사님 표현을 빌리자면 신뢰할 수 없는 증인이죠."

"바로 그렇습니다."

"들리지 않는 목소리를 듣고, 있지도 않은 악당들을 보니까요." 나는 머뭇거렸다. "늘 그런 건 아닙니다만."

"오래전에 토마스 씨는 본인이 폭행을 당했다고 말했지만 애덤 씨는 믿지 않았습니다. 아니, 정확히 말해 믿고 싶지 않았던 거겠죠. 그도 그럴 것이 토마스 씨가 지목한 것은 애덤 씨의 친구였거든요. 그래서 애덤 씨는 아들이 이야기를 지어냈다고 생각하고는 다시는 말도 못 꺼내게 한 겁니다."

"폭행……. 납치당하기 직전에 토마스로부터 그 사건에 대해 조금은 들어서 알고 있습니다."

"성폭행이었습니다. 적어도 성폭행이 시도된 것은 사실입니다. 강간 미수인 셈이죠." 덕워스가 말했다.

나는 속에서 분노가 치밀어 오는 것을 느꼈다. "토마스가 지목한 것은 누구였습니까?"

덕워스는 손을 들어 올리며 말했다. "지금부터 말씀드리겠습니다. 애덤 씨는 그 친구에게 사건에 대해 물어봤다고 합니다. 하지만 친구는 충격을 받더니 완강히 부인했다더군요. 애덤 씨는 친구의 말을 믿었습니다. 아들의 말을 믿을 수가 없었기 때문이죠. 당시만 해도 토마스 씨는 종종 터무니없는 얘기들을 하곤 했으니까요."

"그때도 그렇고 지금도 그렇습니다." 내가 말했다.

"그런데 최근 애덤 씨가 생각을 바꾼 계기가 생긴 겁니다." 덕워스가 말했다.

"어떤 계기 말씀이신가요?"

덕워스는 방을 둘러보다가 새 TV와 블루레이 플레이어에 눈길을 멈췄다.

"아버님께서 하이테크 제품을 좋아하셨나 보군요?"

"네. 좋아하셨습니다. 아버지의 장난감이었죠. 사람들은 나이가 들면 새로운 기술에 거부반응을 보이지만 아버지는 여전히 좋아했어요. 저 TV로 스포츠 경기를 즐겨 보셨습니다."

"애덤 씨는 휴대폰을 새로 장만할 생각이었습니다."

나는 놀라며 물었다. "그걸 어떻게 아시죠?"

"본인이 말씀하셨거든요. 아까 말한 계기라는 게 바로 그거였습니다."

나는 곤두박질치기 직전의 놀이기구에 탄 듯 의자 팔걸이를 붙잡았다. "말씀해보세요."

"애덤 씨는 통화 기능뿐 아니라 다양한 기능을 가진 휴대폰을 구입하고 싶어 했습니다. 저도 그런 휴대폰을 가지고 있기는 하지만 기능들을 거의 활용할 줄 몰라요. 사진 찍는 법도 휴대폰을 산 지 1년이 지난 다음에야 알게 됐지 뭡니까. 하지만 애덤 씨는 바로 그걸 원했습니다. 사진 찍는 기능이요."

나는 고개를 끄덕였다.

"여러 기종들을 두고 고민했지만 판매자의 추천은 믿을 수가 없었다고 하시더군요. 뭐든 제일 비싼 걸 팔려고 들 테니까 말이죠. 이런 경우에는 친구들한테 물어보고 의견을 듣는 게 보통이죠. 입소문 말입니다."

"그렇죠."

"친구와 함께 있던 어느 날, 그러니까 토마스 씨가 지목했던 바로 그 친구 말씀입니다만, 애덤 씨는 그의 휴대폰을 집어들었습니다. 친구의 휴대폰이 어떨지 궁금했던 거죠. 때마침 친구는 방에 없었지만 애덤 씨는 그다지 신경 쓰지 않았어요. 휴대폰을 보는 정도는 괜찮을 거라 생각했습니다. 애덤 씨는 카메라 기능을 살펴보기 위해, 그 뭐라더라, 그렇지, 카메라 앱을 눌렀어요. 아이콘을 누르자 그때까지 촬영된 사진들이 나타났습니다." 덕워스는 숨이 찬 모양인지 말을 멈췄다.

"그래서 어떻게 됐습니까?" 내가 말했다.

"애덤 씨로서는 매우 못마땅한 사진들이었습니다."

나는 침을 삼켰다. "무슨 사진이었는데요?"

"소년들." 덕워스가 말했다. "어린 소년들의 사진이었습니다. 다정한 가족사진을 말하는 게 아니에요. 무슨 말씀인지 아시겠죠? 열 살에서 열세 살쯤 되어 보이는 어린 소년들이 아주 도발적인 자세를 취하고 있는 사진이었습니다. 애덤 씨는 그 사진이 어찌나 당혹스러웠던지 저한테 제대로 설명도 못 하시더군요."

"아버지의 친구가 찍은 사진이었군요."

덕워스가 고개를 끄덕였다. "그 친구는 여행에서 돌아온 지 얼마 안 된 모양이었습니다. 그런 취향을 지닌 사람들이 즐겨 가는 그런 곳에 다녀온 것이었죠. 사진들을 본 순간 애덤 씨는 아들이 오래전에 말했던 것이 사실임을 깨달았습니다. 지어낸 얘기가 아니라는 걸 말이죠. 그런 사진을 찍는 사람이라면 아들을 성폭행할 여지가 충분히 있음을 깨달은 겁니다."

"그게 누굽니까?" 나는 이미 답을 알고 있었지만 덕워스에게 물었다.

덕워스는 다시 손을 들어 올렸다. "일단 제 얘기를 들어보세요. 곧 친구가 방으로 돌아왔고 애덤 씨는 단도직입적으로 물었어요. 도대체 이게 무슨 사진이냐고 물었습니다. 애덤 씨는 오래전 자기 아들이 한 말이 사실이었냐고 친구에게 따졌습니다."

"그 사람은 뭐라고 대답했습니까?"

"물론 딱 잡아뗐습니다."

"그래서 아버지는 어떻게 하셨나요?" 그 뒤에 아버지가 노트북으로 아동 성매매에 관해 검색해 봤다는 사실은 나도 이미 알고 있었다.

"한동안 혼자 끙끙 앓으셨죠. 그러다가 마침내 저한테 연락을 하신 겁니다. 그 일 때문에 미칠 것 같고, 아들한테 용서를 구하려다가 다퉜다고 말씀하시더군요. 애덤 씨는 그 친구가 아들에게 저지른 짓을 처벌할 수 있냐고 물었습니다. 저는 아마 어려울 거라고 대답했어요. 아주 오래전에 일어난 일인데다가 토마스 씨의 상태를 고려할 때 유죄 판결을 받아내기가 매우 어렵다고 말입니다."

"휴대폰에 저장된 사진들이 있잖아요?"

"애덤 씨는 그가 곧바로 사진들을 삭제했을 거라고 말했습니다. 혹시 경찰이 해외 아동 성매매 행위를 조사해서 그걸 가지고 처벌할 수 있는지도 물으시더군요."

"태국." 내가 말했다.

"네?"

"그 외국이란 게 태국 아닌가요? 아동 성매매가 행해지는 나라가 태국만 있는 건 아니고 분명 미국 어딘가에서도 벌어지고 있겠지만, 아버지 친구 중 최근 태국에 다녀온 사람이 있습니다."

"누구인지 아직 말씀드리지 않았습니다만. 그게, 사실 저도 모르거든요. 애덤 씨는 저한테 말하지 않았습니다. 말해도 괜찮을지 확신하지 못했던 거죠." 덕워스는 한숨을 쉬었다. "그러다가 사고가 일어나는 바람에 돌아가셨습니다."

"네…… 사고라고 알려졌겠죠."

73

"렌 프렌티스." 내가 말했다.

"네? 뭐라고 하셨습니까?" 덕워스는 메모장을 꺼내며 말했다.

"아버지가 몇 년 동안 근무했던 회사의 사장입니다. 아버지와는 오랫동안 친구로 지냈어요. 토마스는 옛날부터 렌 프렌티스를 좋아하지 않았습니다. 얼마 전 그가 집을 찾아와 토마스를 억지로 바깥에 끌고 나가 점심을 먹으려고 했습니다. 아버지가 돌아가시기 전에 토마스에게 무슨 말을 했는지 알아내려고 그랬는지도 모르겠군요." 나는 잠시 생각하다가 말했다. "얼마 전에 렌은 부인을 놔두고 여행을 갔습니다. 바로 태국으로."

"흠, 그거 아주 흥미로운 사실이군요." 덕워스가 말했다.

피로감이 온몸을 덮쳤다. 며칠 간 일어난 일도 모자라 이제 이런 일까지 고개를 든 것이다. 나는 소리를 질렀다. "개새끼! 쳐죽일 변태 새끼! 토마스를 강간해도 무사할 거라고 안심한 거야! 토마스가 말해봤자 다들 미친놈의 헛소리로 무시할 거라고 생각했던 거라고!"

"흔한 패턴입니다. 그런 놈들은 통제하기 쉬운 취약한 사람을 노려요."

관자놀이의 혈관에서 피가 솟구치는 듯했다. 나는 당장이라도 차를 타고 렌 프렌티스의 집으로 가서 놈의 목을 조르고 싶었다. 두 손으로 그 개자식을 목 졸라 죽여버리고 싶었다.

"토마스는 오랜 세월 동안 얘기조차 못 하고 지낸 거예요."

"얘기했을 때 혼쭐이 났었기 때문이죠. 그냥 잊히기만을 바랐을 겁니다."

"아버지가 그 얘기를 꺼냈을 때, 이제야 토마스의 말을 믿겠다고 했을 때,

토마스의 심정은 어땠을까?" 나는 소리 내어 중얼거렸다. "분했을 거야. 이제 와서 아버지가 손을 쓰겠다고 나서봤자 이미 엎질러진 물인데……."

덕워스는 진지하게 고개를 끄덕였다. "그랬을 겁니다."

나는 양손으로 머리를 감싸 쥐었다. "견디기가 힘들군요."

"네. 무리도 아니죠."

우리는 잠시 동안 아무 말이 없었다. 이윽고 내가 입을 열었다. "아버지가 돌아가셨다는 소식을 듣고 돌아온 날부터 마음에 걸리는 게 하나 있었습니다."

덕워스는 잠자코 내 말을 기다렸다.

"아버지가 돌아가신 사고 현장. 그것이 마음에 걸렸어요."

"현장의 어떤 게 말입니까?"

"아버지의 죽음이 사고처럼 보이는 건 맞아요. 가파른 언덕에서 트랙터를 타다가 굴러떨어진 사고. 하지만 아버지는 몇 년이나 아무 일 없이 그런 식으로 잔디를 깎았어요."

"위험한 일을 해도 한참 별 탈이 없다가 갑자기 사고를 당하기도 하잖습니까?" 덕워스가 물었다.

"알아요, 압니다. 하지만 토마스가 아버지 위에서 트랙터를 치운 뒤 트랙터는 쭉 사고 현장에 방치돼 있었어요. 제가 트랙터를 헛간으로 집어넣었는데, 그때 시동이 '꺼짐' 상태로 되어 있는 걸 발견했습니다. 게다가 잔디 깎는 칼날은 들어 올려져 있었죠. 마치 누군가 언덕으로 다가와 말을 거는 바람에 아버지가 잔디 깎기를 멈춘 것처럼. 아버지는 작업을 마무리하기 위해 엔진을 끄고 날을 들어 올린 것 같아요."

"사고가 일어나기 전에 애덤 씨에게 말을 걸었다는 사람은 없었습니다. 사고 현장에 있었다는 사람은 아무도 없었어요."

"만약 그 누군가가 아버지를 떠민 장본인이라면 당연하지 않겠습니까?" 내가 반문했다.

덕워스는 내 말에 관해 골똘히 생각했다. "잘 모르겠군요. 하지만 흥미로운 가설입니다."

"아버지가 렌 프렌티스를 어떻게 할지 고민하는 동안 렌 프렌티스는 미쳐가고 있었을 겁니다. 아버지가 경찰을 찾아갈지도 몰라 전전긍긍했을 거예요. 아버지는 형사님에게 그의 이름을 대지 않았지만. 부인이나 친구들에게 까발리는 것도 불안했을 거예요. 법적인 처벌이 불가능하더라도 주위 사람들에게 렌의 실체를 낱낱이 까발려 매장시킬 수 있었을 테니까요."

"가능한 얘기입니다."

"불안에 시달리던 렌은 아버지를 설득하기 위해 집을 찾아왔을 겁니다. 휴대폰에 저장된 벌거벗은 소년들의 사진을 말도 안 되는 핑계로 변명하려 들었겠죠. 마침 아버지는 언덕에서 잔디를 깎고 있었던 겁니다. 렌이 찾아오자 아버지는 트랙터를 멈췄고 두 사람은 언쟁을 벌였겠죠. 그러다가 렌이 아버지를 떠밀었고 아버지는 트랙터와 함께 뒤로 굴러떨어졌을 겁니다. 렌은 도움을 요청하거나 아버지를 트랙터 밑에서 끌어낼 수 있었겠지만 그러지 않던 거예요. 그는 아버지가 몇 년 동안 언덕에서 위험하게 잔디를 깎고 있었다는 사실을 알고 있어요. 예전에 어머니는 아버지가 그런 짓을 그만두게 말려달라고 렌에게 부탁한 적이 있습니다."

덕워스 형사는 입술을 꼭 다물고 생각에 잠겼다가 입을 열었다.

"왜 휴대폰에 그런 사진들을 굳이 저장했을까요? 부인한테 들킬 수도 있을 텐데?" 덕워스가 물었다.

나는 양손을 들어 올렸다. "모르겠습니다. 하지만 마리는 휴대폰 같은 기계에 서툴러요. 형사님, 제가 모든 걸 다 아는 건 아닙니다. 하지만 렌 프렌티스는 분명 수상해요. 제 느낌이 확실합니다."

"적어도 그 사람과 한번 만나보는 건 좋을 듯싶군요. 뭐라고 대답하는지 한번 들어봅시다." 덕워스가 말했다.

"네, 이서 가시죠." 네기 말했다.

"아니, 잠깐만요." 덕워스는 손을 들어 올리며 나를 말렸다.

"지금 가자고요. 그 작자에게 묻고 싶은 게 많습니다. 같이 못 가게 하신다면 형사님이 그 집에서 나오자마자 현관문을 부숴서라도 들어가겠어요."

덕워스는 잠시 고민하다가 대답했다. "정 그러시면 같이 가시죠. 단, 질문은 제가 하겠습니다."

나는 대꾸하지 않았다.

"좋아요. 제 차를 타고 가봅시다. 그 사람 집이 어딘지는 아시죠?"

"압니다. 하지만 그 전에 잠깐 나갔다 오겠다고 동생에게 말하고 오겠습니다. 확인할 것도 하나 있고요." 내가 말했다.

"포치에서 기다리겠습니다."

덕워스는 자리에서 일어나 밖으로 나갔고 나는 계단을 올라갔다.

2층 복도에는 여전히 사방에 지도들이 붙어 있었다. 그 광경을 보고 편안하기는 처음이었다. 나는 토마스의 방으로 들어갔다.

토마스는 책상에 앉아 모니터와 키보드를 뚫어지게 쳐다보고 있었다. 본체가 없는 그것들은 마치 엔진이 빠져버린 자동차와 같았다.

"이제 컴퓨터 사러 가는 거야?" 토마스가 물었다.

"당장은 아니야. 잠깐 혼자 있어도 괜찮겠어? 밖에 경찰이 있으니까 안전할 거야." 내가 말했다.

"응. 괜찮을 것 같아. 어디 가는데?"

"렌 프렌티스를 보러 갈 거야."

토마스는 얼굴을 찌푸렸다. "나는 그 사람이 싫어."

나는 어릴 때 누구에게 폭행을 당했느냐고 토마스에게 물어볼까 하다가 그만두었다. 며칠 동안 무지막지하게 고생한 녀석을 그 일까지 들먹이면서 괴롭히고 싶지 않았다.

"나도 그 사람이 싫어." 내가 말했다.

나는 책상 위의 전화기로 시선을 돌리며 물었다. "저거 만졌어?"

"형이 만지지 말라고 했잖아."

"그냥 확인하는 거야."

"안 만졌어."

나는 책상에 손을 뻗어 전화기를 끌어당긴 뒤 버튼을 눌러 통화 내역을 살펴보았다.

우리가 납치당한 날 밤 이후 걸려온 전화는 없었다.

그날 저녁 10시 13분에 걸려온 전화가 한 통 있었는데 그것이 통화 내역에 유일하게 남아 있는 번호였다.

틀림없이 프로미스 폴즈의 지역 번호였다.

"토마스, 전화기에 통화 내역이 한 통밖에 없네? 그동안 다른 전화는 걸려온 적이 없었어? 텔레마케터라든가?" 내가 물었다.

"전화를 끊은 다음에는 항상 내역을 삭제해. 클린턴 각하가 그렇게 하라고 지시했어." 토마스가 말했다.

하지만 토마스는 그날 밤 루이스 블로커가 받았던 그 전화는 미처 삭제하지 못했다.

토마스의 전화기를 사용하는 것은 현명한 생각이 아니었다. 나는 내 휴대폰을 꺼내 번호를 누른 뒤 귓가에 가져다 댔다.

"누구한테 전화 거는 거야? 대통령 각하께 전화하는 거야? 각하가 전화 걸지 말라고 했는데. 게다가 각하의 번호를 삭제하지 않은 걸 아시면 싫어할 거야." 토마스가 말했다.

나는 입 다물라는 뜻으로 토마스를 향해 손을 들어 보였다. 통화연결음이 한 번 울렸다.

두 번.

세 번.

상대방이 전화를 받았다. 휴대폰을 만지작거리는 소리에 이어 목소리가 들렸다.

"여보세요, 해리 페이튼입니다."

74

"여보세요?" 다시 해리가 말했다. "안 들리십니까?"

"저 레이예요." 나는 목소리를 진정시키고 대답했다.

"레이!" 해리가 흥분한 목소리로 외쳤다.

"다행이군! 무사히 돌아왔구먼!"

"네. 둘 다 무사히 돌아왔어요." 내가 말했다.

"세상에, 무슨 일이 있었던 건가? 자세한 내용은 보도되지 않았지만 자네가 모리스 쏘척의 부인이 살해당한 걸 알아냈다면서? 맙소사, 도대체 어쩌다가 그런 일에 말려든 건가? 그래, 분명 토마스가 관련됐겠지. 아무튼, 자네들 하마터면 죽을 뻔했구먼."

"죽음의 문턱까지 갔었죠." 나는 애써 마음을 가다듬었다.

"집으로 몇 번 전화를 걸었는데 받지를 않더군. 그래서 자네가 토마스를 데리고 며칠 벌링턴에 가 있나 싶었다네."

"그러지는 않았어요."

해리가 웃으며 말했다. "이제는 상황을 알아. 자네 괜찮은가? 몸은 좀 어때? 다들 괜찮은가?"

"손목이 좀 쑤셔요. 온몸이 뻐근합니다." 내가 말했다.

"그래, 당연하겠지. 참, 자네 서명이 필요한 서류가 있는데 상황이 괜찮아지면 아무 때나 들르도록 해. 일단 주변이 좀 정리된 다음—."

"아닙니다. 지금 바로 가겠습니다."

"아, 그래? 잠깐만, 오늘 일정을 좀 확인—."

"바로 출발하겠습니다."

"레이, 잠깐. 그러고 보니 자네 지금 내 휴대폰으로 전화를 걸었구먼? 왜 사무실로 걸지 않았나? 이 번호는 어떻게 안 거야?"

"곧 뵙죠." 나는 전화를 끊었다.

토마스가 나를 바라보며 물었다. "대통령 각하는 안녕하시대?"

나는 아버지의 방으로 들어가 문을 닫고 침대 모서리에 걸터앉았다. 그리고 휴대폰을 침대보 위에 던져 놓았다. 침대보를 손으로 쓰다듬자 굴곡진 천의 감촉이 손바닥에 느껴졌다.

도대체 이게 어떻게 된 일이지?

해리 페이튼이 토마스에게 전화를 걸어 클린턴 전 대통령을 사칭했다. 이는 틀림없이 토마스를 속이기 위해서였다. 그는 동생의 망상에 대해 잘 알고 있었다.

동생의 망상을 이용해 그를 속인 것이었다.

루이스가 받은 것이 첫 번째 연락일 리는 없다. 분명 해리는 그전에도 전화를 걸었을 것이다. 토마스가 받은 전화들. 토마스가 상대방을 빌 클린턴이라고 생각하며 나누었던 대화들.

하지만 토마스가 상대 없이 대화를 나누는 광경도 나는 똑똑히 목격했다. 전화기가 필요 없는 상상 속의 대화.

해리 페이튼은 그 상상 속의 대화를 알고 있었다.

그리고 상상을 현실로 끌어낸 것이었다.

나는 휴대폰을 집어들고 아버지의 방을 나와 다시 토마스의 방으로 들어갔다. 토마스는 여전히 낙심한 표정으로 의자에 앉아 있었다.

"너, 저 전화기로 전화받았을 때 말이야…… 그 사람이 너한테 무슨 말을 했지?" 내가 물었다.

토마스는 눈을 깜빡였다. "각하가 요즘 나한테 친절하지 않다고 말했었나?"

"그래."

"내가 형한테 '그걸' 말하면 안 좋은 일이 생길 거라고 말했어. 옛날에 나한테 일어났던 일하고 요즘 각하가 내게 들려주는 얘기들 말이야. 각하는 우리의 대화를 남들에게 비밀로 하라고 말했어. 그리고 나와 형과 아버지에 대해 사적인 것들을 묻기도 했어. 전화로 통화하지 않을 때는 그런 질문은 하지 않았는데. 목소리만으로 말을 걸 때는 그런 건 안 물어봐."

"아버지에 대해 뭘 물어봤지?"

"아버지가 친구 얘기를 한 적이 있느냐고 물었어. 나쁜 친구에 대해 말한 적이 있냐고 물었어. 클린턴 각하는 내 주변에 혹시 첩자가 있을까 봐 걱정하셨거든."

"그래서 너는 뭐라고 대답했어?"

토마스는 어깨를 으쓱했다. "별로 말한 건 없어. 내가 렌 프렌티스를 싫어하고 해리 페이튼도 무지 싫어한다고 말했어. 그래서 난 아버지 장례식에 안 갔어. 해리 페이튼을 보기 싫어서."

"토마스." 나는 부드럽게 말했다. "옛날에, 오래전에 너한테 일어났던 그 일, 창문에서 나를 봤을 때의 그 일, 그거 해리 페이튼이 그런 거지? 맞지?"

토마스는 먼 곳을 바라보는 듯한 눈으로 대답했다. "아버지는 그 얘기를 하면 안 된다고 했어. 절대로. 내 말이 사실이라는 걸 알고 사과한 다음에도 아직 얘기해선 안 된다고 했어. 앞으로 어떻게 할지 결정할 때까지는. 하지만 언젠가는 내가 그 얘기를 해야 될 거라고 말했어." 토마스는 시선을 돌렸다. "나는 얘기하기 싫었어. 아버지는 오래전부터 나한테 그 일을 잊어버리라고 강요했어. 나는 이제 와서 얘기하고 싶지 않았어. 경찰서와 법정에서 증언하는 건 절대 하고 싶지 않았어."

나는 휴대폰을 들고 전화번호를 검색했지만 찾는 번호가 저장되어 있지 않았다. 전화번호부가 필요했다.

"나중에 다시 얘기하자, 알겠지? 그래, 컴퓨터도 사러 가야지." 내가 말했다.

"응. 내가 저녁 식사 준비할까?" 토마스가 말했다. 예상치 못한 동생의 친절에 나는 눈물이 쏟아질 지경이었다.

"집에 먹을 게 있을지 모르겠다. 저녁은 내가 돌아와서 생각해 볼게."

나는 계단을 내려가 바깥을 내다봤다. 덕워스 형사가 포치에 서서 나를 기다리고 있었다. 나는 주방 서랍에서 전화번호부를 꺼내 펼치고 렌 프렌티스의 집 전화번호를 찾아냈다.

"여보세요?" 마리가 전화를 받았다.

"안녕하세요, 마리 아줌마. 저 레이예요."

"어머나, 레이, 세상에, 너희들 소식 들었어. TV에—."

"급하게 여쭤볼 것이 있어요. 아시는 대로 대답해주세요."

"응? 무슨 얘기니?"

"렌 아저씨가 태국에 갔을 때 아줌마는 같이 가지 않았잖아요? 그때 다른 사람이 동행했어요?"

"그럼, 물론이지. 해리가 같이 갔어. 해리 페이튼 말이다. 하지만 태국에서 해리가 혼자 돌아다니는 바람에 렌은 좀 실망했단다. 그건 그렇고 너희들 좀 어떠—." 나는 전화를 끊고 포치의 덕워스에게 다가갔다.

"계획 변경입니다." 내가 말했다.

덕워스의 차를 타고 프로미스 폴스 시내로 나가는 길에 나는 최대한 자세히 자초지종을 설명했다. 아버지가 해리 페이튼의 태국 여행에 대해 알게 되었고 그가 어린 토마스에게 한 짓이 사실임이 드러나자 해리 페이튼이 겁에 질렸다는 사실을.

"그 자식이 아버지를 죽인 겁니다. 적어도 아버지를 사고 현장에 그대로 방치한 건 틀림없어요. 그리고 아버지가 돌아가신 후, 아니 아마도 그전부터 해리는 토마스에게 전화를 걸었어요. 토마스의 망상을 이용했어요. 자기가 한 짓을 토마스가 떠벌리고 다니지 못하게끔 입막음을 하기 위해서. 대통령의 명령이라면 토마스도 고분고분 따르리라고 생각했겠죠."

"허…… 이건 여태껏 겪은 사건들 중 최악이로군요. 저도 나름 겪을 만큼 겪었는데 말입니다." 덕워스가 말했다.

"해리가 형사님께 전화해서 뭐라고 하던가요? 토마스에 대해, 토마스가 〈휠360〉에서 발견한 것에 대해 뭐라고 말했습니까?" 내가 물었다.

"그게 무슨 말씀입니까?" 덕워스는 운전대 위에 손목을 올려놓은 채 말했다.

"얼마 전에 해리를 만났었어요. 토마스가 인터넷에서 살인 현장처럼 보이는 것을 목격했다고 말했습니다. 경찰에 신고하고 싶지만 믿어주지 않을 것 같다고 했더니 자기가 덕워스 형사님을 아니까 대신 연락해주겠다고 했는데요?"

덕워스는 천천히 고개를 저었다.

"해리 페이튼과 오랫동안 알고 지낸 것은 사실이지만 그런 말은 못 들었습니다."

"개새끼…… 빌어먹을 개새끼……." 내가 말했다.

덕워스는 나를 바라보며 물었다. "성폭행 사건이 발각됐다는 걸 눈치챘을까요?"

"아까 왜 사무실 전화로 걸지 않고 휴대폰으로 걸었느냐고 묻더군요. 어떻게 번호를 알았냐면서."

덕워스는 혀로 윗입술을 훔쳤다. "눈치챘겠군요."

"네, 그럴 겁니다."

우리는 함께 해리 페이튼의 사무실로 걸어갔다. 덕워스는 자신이 앞장서겠다면서 먼저 문을 열고 들어갔다.

책상에 앉아 있던 페이튼의 비서 앨리스가 고개를 들었다. 그녀는 미소를 지으며 말했다.

"안녕하세요, 배리 씨." 앨리스는 덕워스 형사에게 먼저 인사를 건넨 뒤 나를 바라보았다. "레이 씨! 세상에, 엄청난 일을 당하셨다고 들었어요."

"해리를 만나러 왔습니다." 덕워스가 말했다.

"두 분이 함께 오신 거예요?" 앨리스가 물었다.

"네. 해리를 만나러 왔습니다." 덕워스는 전에 없이 엄중한 표정으로 되풀이했다.

앨리스는 미소를 거두고 전화기를 집어들었다.

"손님이 오셨어요."

몇 초 후 앨리스의 책상에서 3미터쯤 떨어진 곳의 육중한 나무문이 열렸다. 해리는 문손잡이를 잡은 채 우리를 바라봤다. 그의 시선은 처음에는 나에게, 곧이어 덕워스 형사에게로 이어졌다.

내가 형사와 함께 있다는 사실만으로도 충분했다. 해리의 눈빛은 이제 다 끝났음을 직감하고 있었다.

"해리, 물어볼 것이 좀 있네." 덕워스는 문으로 걸어가면서 말했다.

해리는 뒷걸음질을 치더니 쾅 하는 소리와 함께 문을 닫아버렸다.

덕워스는 앞으로 돌진하여 손잡이를 붙잡고 문을 밀었지만 문은 꿈쩍도 하지 않았다. 나는 덕워스 형사 옆으로 다가가 열리지 않을 줄 알면서도 문을 밀어댔다.

"해리!" 덕워스가 소리를 질렀다. "문 열어!"

해리는 아무 대꾸가 없었다.

덕워스는 앨리스를 향해 외쳤다. "사무실에 다른 출구가 있습니까?"

"없어요. 그 방 창문은 열리지 않아요." 그녀가 대답했다.

"열쇠 있어요?"

앨리스가 책상 서랍을 뒤지는 동안 나는 문에 입을 대고 소리쳤다.

"다 알아, 해리! 네가 무슨 짓을 했는지 다 안다고! 아버지에게, 동생에게 한 짓을 다 알아!" 나는 주먹으로 문을 부숴버릴 듯 두드렸다. "당장 나와! 이 개새끼야, 어서 나오라고! 다 밝혀졌어! 아버지가 네놈 휴대폰에서 본 사진들—."

"꺼져!" 사무실 안에서 해리가 소리쳤다.

"아버지가 휴대폰에서 그 사진들을 보고 알아낸 거야! 토마스의 말이 사실이었다는 것을!"

"빨리 열쇠 찾아요!" 덕워스가 앨리스에게 말했다.

"이제 끝장이야, 해리!" 나는 계속 소리쳤다. "토마스와 아버지에게 한 짓으로 법적인 처벌을 받지 않는다고 해도 더 이상 프로미스 폴즈에서 살 수 없게 만들어 주겠어!" 나는 목소리를 다소 낮췄지만 여전히 해리가 들을 수 있을 만큼 큰 소리로 말했다. "모두 네 실체를 알게 될 거야. 내 말 명심해, 이 변태 살인자야!"

"찾았어요." 앨리스가 말했다.

"이리 줘요." 덕워스는 앨리스로부터 열쇠를 넘겨받았다.

"저기, 한 가지 아셔야 할 게 있어요." 앨리스가 말했다.

"내 말이 들리냐, 해리!" 나는 다시 목소리를 높였다. "내 말 들리냐고!"

덕워스는 열쇠를 열쇠 구멍에 꽂기 위해 나를 옆으로 밀며 앨리스에게 물었다. "뭘 알아야 한다는 거죠?"

"저기, 변호사님은 총을—."

그 순간 총성이 들렸다.

"엎드려!" 덕워스는 즉시 양팔로 나를 감싸 안으며 바닥으로 납작 엎드렸다.

책상 뒤에서는 앨리스가 끊임없이 비명을 질러댔다.

"일어나지 말아요." 덕워스는 한 손으로 내 등을 내리누르며 일어섰다. 그는 재킷에서 총을 꺼낸 뒤 외쳤다. "해리!"

대답이 없었다.

"해리!"

덕워스는 열쇠를 구멍에 꽂아넣고 돌렸다. 그리고 문손잡이를 붙잡고 천천히 문을 열었다.

"이런……." 덕워스가 말했다.

75

"여기는 딱 한 번 와 봤어." 토마스가 말했다. 나는 도로에서 차를 돌려 잘 가꾸어진 프로미스 폴즈 공동묘지로 들어가는 중이었다. "어머니가 돌아가셨을 때. 기억해?"

"그래, 기억해." 나의 아우디는 구불구불하고 좁은 포장도로를 기어가듯 천천히 나아가고 있었다. 차창 밖으로 석조물과 기념비들이 미끄러지듯 스쳐 지나갔다. 토마스는 대시보드에 달린 GPS 시스템인 마리아 양의 안내를 신뢰할 수가 없어서 도착할 때까지 조금도 건드리지 않았다.

지난주의 사건은 토마스를, 아니, 우리 모두를 바꿔놓았다.

하지만 토마스의 경우는 더욱 특별했다. 이제껏 내 눈에 그는 변화라는 것이 불가능한 사람처럼 보였다. 그는 줄곧 마음의 병 안에 갇혀 있었다. 하지만 지금의 그는 분명 예전과는 달랐다.

해리 페이튼이 목숨을 끊은 이틀 뒤, 나는 토마스에게 새로운 컴퓨터를 사주었다. 함께 컴퓨터를 설치하자마자 토마스는 〈훨360〉에 접속했고 나는 1층으로 내려가 맥주 캔을 따 마셨다.

20분 뒤 토마스는 주방으로 내려왔다. 점심이나 저녁을 먹을 시간은 아니었다. 그저 휴식을 취하러 내려온 것이었다. 토마스는 냉장고에서 콜라를 꺼내 테이블에 앉아 마신 뒤 다시 2층으로 올라갔다. 나중에 그의 방을 슬쩍 들여다보니, 토마스는 인터넷으로 〈타임스〉를 읽고 있었다.

놀라운 건 그뿐만이 아니었다.

그리고린 선생은 토마스를 진료하고 나서 나에게 토마스가 달라졌다고 말했다.

"두고 봐야겠지만 앞으로 잘 적응할 것 같군요." 그리고린은 너무 큰 기대를 갖지 않도록 조심스럽게 말했다. "과도한 해석은 피해야겠지만 해리 페이튼의 죽음이 토마스로서는 일종의 해방이 아니었나 싶어요. 아마도 그 사람 때문에 토마스는 집 밖으로 나오고 싶어 하지 않았는지도 몰라요."

토마스는 시설에 들어가 사는 것이 기대된다고 말했다. "이 집에 살면 어머니와 아버지 생각이 너무 많이 나." 그날 아침 토마스는 내게 말했다. "아버지하고 있었을 때는 그럭저럭 괜찮았는데 둘 다 없는 지금은 이 집에 있는 게 너무 어색해." 그는 잠시 말을 멈췄다. "형도 여기서 나랑 살고 싶지 않잖아?"

"토마스, 그건―."

"형은 줄리하고 살고 싶으니까. 그러면 줄리랑 섹스할 수 있잖아."

"그래, 그렇겠지." 내가 말했다.

"나는 이제 형 때문에 고생하고 싶지 않아." 토마스는 요즘 그 말을 자주 반복했다. 마치 도미노의 첫 번째 말을 내가 넘어뜨리기라도 했다는 듯이, 인터넷에서 브리짓 쏘척을 발견한 장본인이 나라는 듯이.

아침을 먹고 토마스는 아버지에게 인사하고 싶다면서 무덤으로 데려가 달라고 부탁했다.

나는 해리 페이튼의 사무실에서 벌어졌던 일과 그동안 내가 알아낸 것들을 토마스에게 알려주었다. 과거에 해리 페이튼이 사라토가의 2층집에서 토마스를 성폭행했던 사건과 아버지가 그의 휴대폰 사진들을 보고서 비로소 토마스의 말을 믿게 되었다는 사실. 이제는 모두가 토마스를 믿었다. 페이튼의 자살을 수사하던 경찰은 그의 컴퓨터에서 나는 생각만 해도 속이 뒤집어질 것 같은 수많은 사진들을 발견했다.

나는 해리 페이튼이 아버지를 죽음으로 몰아넣었으리라는 것을 토마스에게 말하지 않았다. 그것은 합리적인 추측이었지만 아직 추측의 범위를 벗어나지 못했다. 내 머릿속에서는 해리가 집으로 찾아와 아버지를 설득하려다 말싸움을 벌이고 이어서 트랙터가 뒤집어지는 장면이 선했다.

나는 이미 고생할 만큼 고생한 토마스에게 그 얘기까지 해서 부담을 주고 싶지 않았다. 게다가 해리가 이미 세상을 떠난 마당에 그 사건이 수사되거나 법정까지 갈 일도 없었다. 그 사건은 이대로 묻혀 버릴 것이었다.

"똑같은 위치에 있지?" 내가 차를 멈추는데 토마스가 물었다. "어머니와 아버지 무덤 말이야."

"그래."

"컴퓨터로 이 공동묘지를 볼 수 있다는 거 알아? 위성 사진이 아주 잘 찍혀 있어. 나는 자주 봐서 가는 길을 다 알아."

정말로 그랬다. 토마스는 들뜬 표정으로 차에서 훌쩍 뛰어내리더니 잔디밭을 성큼성큼 가로질러갔다. 나는 차에서 내려 그를 따라잡았다.

부모님의 묘비가 가까워지자 토마스는 걸음을 늦췄다. 그는 예법을 지켜 묘비 정면에서 2미터 떨어진 곳에 멈춰 서더니 앞으로 손을 모아 꼭 맞잡고 살며시 고개를 숙였다.

나는 토마스의 등 뒤에 서서 한 손을 그의 어깨에 올렸다.

"안녕하세요, 아버지. 장례식에 가고 싶었지만 페이튼 씨가 보기 싫어서 안 갔어요. 하지만 언젠가는 아버지를 만나러 올 생각이었어요. 이런 말 하면 안 되는 거 알지만, 페이튼 씨가 죽어서 참 다행이에요." 토마스가 말했다.

나는 토마스의 어깨를 꼭 붙잡았다.

"아무튼, 아버지가 보고 싶어요. 요즘 형한테 이것저것 배우고 있어요. 밥을 차리는 법이라든가 스스로를 돌보는 법을요. 앞으로 내가 살 곳에서는 사람들이 서로 일을 거들어야 하니까 지금 배워두는 게 좋아요."

토마스는 말을 멈췄다. 하지만 자리를 떠날 기미는 보이지 않았다. 아직 아버지에게 하고 싶은 말이 남은 듯했다. 나는 다시 한 번 토마스의 어깨를 꼭 붙잡았다.

"그래서 아버지한테 미안하다고 말하고 싶어요. 장례식에 안 온 것뿐만 아니라 집안일을 거들지 않은 것도요." 토마스는 침을 삼켰다. "그리고 그때 계단에서 떠밀어서 미안해요." 그는 잠시 말을 멈췄다. "언덕에서 떠민 것도요."

나의 손이 얼어붙었다.

"페이튼 씨 얘기를 경찰에 증언해야 할지도 모른다고 해서 화가 났어요. 그래서 아버지한테 그 말을 하려고 밖에 나갔던 거예요. 떠밀 생각은 없었어요. 그리고 빨리 도움을 요청하지 않아서 정말 미안해요." 또다시 그는 말을 멈췄다. "너무 무서웠어요."

나는 그의 어깨에서 손을 떼었다.

"음…… 하고 싶은 얘기는 다 한 것 같아요." 그는 아버지에게 말했다.

"곧 다시 보러 올게요."

그는 내게 몸을 돌려 말했다. "이제 내가 새로 살 집을 보러 갈까? 물건들을 어떻게 배치할지 미리 생각해보려고 해."

그는 내 옆을 지나쳐 걷기 시작했다. 나는 자리에 선 채 그가 차를 향해 돌아가는 것을 멍하니 지켜보았다.

■ 옮긴이 | 신상일

　서울대학교 영어영문학과를 졸업했고, 같은 대학 대학원에서 언어심리학으로 석사 학위를 받았다. 옮긴 책으로는 <코드명 투어리스트>(올렌 슈타인하우어), <말라스트라나 이야기>(얀 네루다, 공동번역), <네버 룩 어웨이>(린우드 바클레이) 등이 있다.

트러스트 유어 아이즈

2013년 06월 20일 초판 발행

지은이　린우드 바클레이
옮긴이　신상일
펴낸이　이경선
펴낸곳　해문출판사

등　록　1978년 1월 28일 제3-82호
주　소　서울시 서초구 서초동 1328-11 도씨에빛 2차 1420호
전　화　325-4721
팩　스　325-4725

값 14,000원
ISBN 978-89-382-0519-3

※ 잘못 만들어진 책은 구입하신 곳에서 바꾸어 드립니다.

국립중앙도서관 출판시도서목록(CIP)

트러스트 유어 아이즈 : 린우드 바클레이 장편소설 / 지은이: 린우드 바클레이 ; 옮긴이: 신상일. -- 서울 : 해문출판사, 2013
　　p. ;　　cm

원표제: Trust your eyes
원저자명: Linwood Barclay
영어 원작을 한국어로 번역
ISBN 978-89-382-0519-3 03840 : ₩14000

영미소설(英美小說)

843.6-KDC5
813.6-DDC21　　　　　　　　　　　　CIP2013007667